W0313263

Mary Kuniz

Wenn Träume plötzlich funkeln

Mary Kuniz

Wenn Träume plötzlich funkeln

Roman

Informationen über die Autorin finden Sie hier:
www.marykuniz.de

Originalausgabe, Auflage 1

ISBN: 9798603993065

Herausgeber:
Mary Kuniz
Karolingerstr.7
55278 Köngernheim
kontakt@marykuniz.de

© Cover- und Umschlaggestaltung:
Ina Glahe - coverdesign-ina-glahe.de

© Lektorat und Korrektorat: U. & J. Karl

Widmung

Für Mama und Papa

Danke, dass ihr mich immer unterstützt habt – egal, wie unsinnig euch auch mancher Traum von mir erschienen sein mag.
Ich liebe euch.

An Cara Sally Hadler
Irgendwo in Glückseligkeit
Im vierzigsten Lebensjahr

Hallo, liebe »Beinahe-Vierzig-Cara«,
zunächst gehe ich davon aus, dass es mir, also uns, gut geht und ich ein glückliches Leben führe. Schließlich habe ich als Achtzehnjährige alles Erdenkliche dafür getan. Aber nicht nur ich, sondern vor allem Ma und Dad … die beiden haben mir nämlich außer ihrer grenzenlosen Liebe noch viel Wissen und zudem Offenheit für alles und jeden mitgegeben. Ich hoffe doch sehr, den Zweien geht es ebenfalls gut und sie sind irgendwo in Indien oder Thailand unterwegs und genießen ihr spirituelles Leben in vollen Zügen.
Es ist schon verrückt, dass ich heute an mein über zwanzig Jahre älteres Ich schreibe, um mir selbst eine Liste mit meinen Lebenswünschen zu schicken, die ich bis zum vierzigsten Geburtstag (unfassbar, dass man so alt werden kann … hahaha) unbedingt erfüllt haben möchte. Hier nun meine auserkorenen Lebensziele:

- zunächst hoffe ich, dass ich mein Abi in wenigen Wochen so gut wie möglich schaffe und dass ich die Ausbildungsstelle im Stadthotel Mainz bekomme (bitte, bitte, bitte … ich glaube, eine bessere Lehrstelle gibt es nicht für mich)!

- ich habe eine erfolgreiche Lehre als Hotelfachfrau absolviert und daraufhin Innenarchitektur studiert!
- ich bin sehr, sehr glücklich!
- ich bin verheiratet mit einem traumhaften, intelligenten, liebevollen, witzigen und herzensguten Mann (gut aussehen darf er auch)!
- ich habe hoffentlich eine Tochter, die ich Lilly genannt habe, und mit der ich eine genauso wunderbare Beziehung führe, wie Ma und ich es tun! Eigentlich wünsche ich mir zwei bis drei Kinder und sollte ich noch ein weiteres Mädchen bekommen haben, fände ich den Namen Vivian schön. Über Jungennamen habe ich mir bisher absolut keine Gedanken gemacht …
- ich habe mir den Traum von einem kleinen Hotel am See erfüllt, das ich eigenhändig eingerichtet habe, und arbeite dort Hand in Hand mit meinem traumhaften Mann!
- ich lebe an einem See (logisch, wenn mein Hotel da steht) oder vielleicht auch am Meer … Ach ne, lieber am See!
- mir macht allein schlafen nun überhaupt nichts mehr aus, weil ich vor nichts und niemandem Angst habe!!!
- ich habe nie aufgehört, mein Kindheitsritual weiterzuführen – noch immer schreibe ich mir von Zeit zu Zeit einen Brief in die Zukunft, den ich zur Aufbewahrung und zur rechtzeitigen Weiterleitung in die Obhut meiner Ma gebe!
- ich bin einfach rundherum glücklich (hatte ich zwar schon, kann man aber nicht oft genug erwähnen)!

Liebe alte Cara, ich weiß, dass ich MIR noch viele Briefe in meinem Leben schreiben werde, und hoffe für MICH, dass alle Wünsche an mein Leben in Erfüllung gehen. Ich arbeite hart dafür und glaube fest daran, dass ich bis kurz vor der Vierzig schon einige Früchte ernten konnte.

Liebe Grüße in die Zukunft von deinem achtzehnjährigen ICH
Cara Sally Hadler
(März 1997)

Kapitel 1

Mir scheint die Sonne aus dem Hintern«, murmelte Cara zunächst gedankenverloren und sprang im nächsten Moment schwungvoll vom Boden auf, drehte das Radio lauter und tanzte singend zu *I Should be so Lucky* durch das riesige Wohnzimmer.

Nichts konnte sie heute aus ihrer guten Laune reißen, noch nicht einmal die kurz aufflackernde Traurigkeit nach ihrem Telefongespräch am Morgen mit ihrer siebzehnjährigen Tochter Lilly, die seit gut einem Jahr in Neuseeland lebte, um dort eine Ausbildung zur Hotelfachfrau zu absolvieren. Zwar schmerzte es sie noch immer, ihr kleines Mädchen so weit weg zu wissen, doch Caras neue berufliche Aufgabe lenkte sie in den letzten drei Monaten bestmöglich von ihrer Sehnsucht nach Lilly ab.

Während sie weiterhin wild herumtanzend auf all die Hotelpläne, Zimmerskizzen und Notizen starrte, die übersichtlich ausgebreitet auf dem Boden des Penthouses lagen, riss sie mit einem Mal die Arme hoch und lachte glücklich. »Alle meine Träume gehen nach und nach in Erfüllung … *I should be so lucky, lucky, lucky, lucky* …« Sie hob den Brief auf, der am Morgen gekommen war – die Zeilen ihres achtzehnjährigen Ichs –, drückte ihn an die Brust und ihr leicht gerötetes Gesicht bekam ein seliges Leuchten. Als sie klein war, hatte ihre spirituell angehauchte irische Mutter mit dem außergewöhnlichen Ritual angefangen. Zunächst hatte Isla die Briefe an ihre Tochter verfasst, doch als Cara alt genug gewesen war, hatte sie sich selbst Nachrichten in die Zukunft geschrieben und diese dann zur Verwahrung ihrer Mutter voller Freude in die Hand gedrückt. Später, als sie ihre Ausbildung in Mainz angefangen hatte, und ihre Eltern ohne sie weiter die Welt bereisten, hatte sie die Briefe an deren jeweilige Adresse geschickt, feinsäuberlich mit einem Zeitraum versehen, damit Isla und Hendrik genau wussten, wann sie diese zurücksenden sollten.

Caras Blick fiel auf eine ihrer Skizzen und sie verharrte für ein paar Sekunden. Schlagartig begann ihr Hirn wieder geschäftig zu denken. »Sollte ich nicht besser doch damit anfangen?« Sie beugte sich vor, zog sich ein weiches Kissen bei und kniete sich darauf. Den Brief legte sie sorgsam beiseite, schnappte ihren Notizblock, senkte ihren knallroten Lockenkopf darüber und begann eifrig zu schreiben. Sogleich hatte sie die Welt um sich herum vergessen und nahm weder die auch jetzt noch laut dröhnende Musik aus dem Radio wahr, noch hörte sie das Räuspern ihres Mannes.

Robert Sandberg war aus dem Fahrstuhl in das Penthouse im obersten Stockwerk des sich seit Jahren in Familienbesitz befindenden *Stadthotels* getreten und hatte seine Frau minutenlang schweigend beobachtet. Ihr Singen, Tanzen und ausgelassenes Lachen faszinierten ihn genauso wie ihr nunmehr andächtiges Arbeiten. Wiederholt räusperte er sich, dieses Mal kräftiger, aber Cara war absolut vertieft in ihre Aufzeichnungen und blendete alles andere konsequent aus. Zufrieden stellte er fest, dass es wirklich das Richtige gewesen war, es seiner Frau zu ermöglichen, den Auftrag als Innenarchitektin und Planerin bei dem frischgebackenen Hotelerben Falk Baringhaus annehmen zu können, um dessen Hotel am See neu zu gestalten. Nicht dass sie mit ihrer Arbeit in ihrem gemeinsamen *Stadthotel* bisher unzufrieden oder gar unglücklich gewesen wäre, aber ihr hatte ihre ganz persönliche Herausforderung gefehlt in die sie ihr ganzes Herzblut, vor allem seit Lillys Weggang, stecken konnte. Zärtlich betrachtete er sie, als er leise in die Küche ging, um sich einen Kaffee aufzubrühen. Cara war für ihn die schönste und beeindruckendste Frau, die er kannte – sie war ein Geschenk.

Cara bekam überhaupt nicht mit, dass ihr Mann von seiner dreitägigen Geschäftsreise zurück war, als sie leise mit sich selbst sprach: »Wir haben am 23. April mit den Renovierungsarbeiten rund ums Hotel angefangen und heute ist der 12. Juli. Die Fortschritte werden Falk aus den Schuhen hauen, wenn er sie später sieht.« Sie kicherte, als sie sein begeistertes und zugleich erstauntes Gesicht deutlich vor sich sehen konnte. »Wir werden den ganzen Weg abfahren, an den prägnanten Punkten haltmachen, ich werde ihm all meine Vorschläge präsentieren«, sie hakte beim Sprechen Punkt für Punkt auf ihrer Liste ab, »und er wird beeindruckt sein. So beeindruckt, wie ich es von seinem Hotel bin.« Sie zog das Kissen unter ihren Knien hervor, schob es nach hinten und setzte sich im Schneidersitz darauf. »Und wenn meine Zimmerpräsentationen genauso gut verlaufen wie die Arbeiten auf der Baustelle, kann das Traum am See … Oh, wie ich diesen Namen liebe.« Sie kicherte erneut und erinnerte sich an ihre gemeinsame Namensfindung. In Ihren Gesprächen war bestimmt in jedem zweiten Satz »traumhaft« vorgekommen, als sie das alte Gemäuer und das Anwesen gründlichst inspiziert hatten – und der angrenzende, im Sonnenlicht glitzernde See hatte ihre Träume dabei noch wahrhafter werden lassen. »Willkommen im Traum am See und eine traumhafte Zeit für Sie beim Herausfinden, wie es sein wird, wenn Träume plötzlich funkeln«, sagte Cara überaus herzlich mit einem leichten Kopfnicken in Richtung der großen Palme neben der Fensterfront. »Wir wünschen Ihnen einen entspannten und vor allem traumhaften Aufenthalt.« Sie klatschte freudig in die Hände, wurde aber schlagartig wieder ernst, schnappte ihren Bleistift und tippte sich damit grüblerisch an die Lippen. »Das Hotel könnte spätestens Mitte Oktober eröffnet werden, vielleicht sogar schon am Anfang … oder gar bereits Ende September? Was Falk wohl dazu sagen wird?« Zum wiederholten Male wanderte sie gedanklich zu dem äußerst attraktiven Hotelerben. Cara spürte, wie sich ihre Wangen röteten, als sie an ihn und seine offene Art sowie den jungenhaften Charme dachte, der sie ein ums andere Mal für ihn eingenommen hatte, wenn auch seine spielerische Flirterei ihr des Öfteren Probleme bereitete. Flirterei, so ein Unsinn, überlegte sie kopfschüttelnd und streckte sich ausgiebig. Falk Baringhaus hatte in der letzten Zeit viel zu oft ihre Gedanken beherrscht – und das leider nicht nur aus geschäftlichen Gründen. »Und das muss aufhören«, murmelte sie und neigte ihren Kopf wieder über den Notizblock.

Robert, der zwischenzeitlich mit einer Tasse Kaffee für sich und einer für seine Frau aus der Küche zurückgekommen war und sich auf die Couch gesetzt hatte, lauschte belustigt Caras Selbstgesprächen. Er trank genüsslich einen Schluck und beobachtete, wie sie sich die wirren Locken aus der Stirn strich. »Was muss aufhören, mein Schatz?«, fragte er nun so laut, dass sie ihn trotz dröhnender Radiomusik nicht mehr überhören konnte.

Sie wandte ihm verwirrt, aber keineswegs erschrocken den Kopf zu und innerhalb von Sekunden begann ihr Gesicht zu leuchten. »Du bist zurück?!«

Hastig sprang sie auf, drückte mit der Fernbedienung die Musik aus und Robert hatte gerade noch Zeit, die beiden Kaffeetassen auf ein Tischchen zur Seite zu stellen, als seine Frau ihm auch schon in den Armen lag.

»Ich habe dich so vermisst.« Beim Anblick ihres Ehemanns verdrängte Cara schlagartig jedes Nachsinnen über Falk und tat das spielerische Geplänkel zwischen ihnen als das ab, was es in ihren Augen war – Teeniekram. Schließlich war auch Falk vergeben und sie konnte überhaupt nicht verstehen, warum der attraktive Hotelerbe in letzter Zeit immer wieder wie ganz von allein in ihrem Kopf herumspukte. Robert war von jeher der Mann ihrer Träume gewesen – gutaussehend, über einen Meter neunzig groß und gertenschlank. Aber nicht nur das Äußerliche hatte sie beeindruckt, sondern vor allem seine fürsorgliche Art und dass er keinerlei Machoallüren hatte. Er war kein Mann, der sich über eine Frau stellen musste, um Anerkennung zu erfahren. Er war ehrlich, strebsam und mittlerweile auch recht kommunikativ, was er in den ersten Jahren ihrer nunmehr achtzehnjährigen Ehe nicht gewesen war. Erst nach und nach hatte Cara es geschafft, ihn aus der Reserve zu locken, was ihm nicht zuletzt auch im Umgang mit den Angestellten zugutekam. Er pflegte immer freundlich und gerecht zu sein und achtete sorgsam darauf, dass das Persönliche in ihrem großen *Stadthotel* nicht in den Hintergrund trat.

»Und ich habe dich vermisst«, erwiderte er zärtlich und spürte sogleich die Schwere in seinem Herzen und das ihm nun schon seit Monaten wohlbekannte unangenehme Rumoren im Magen. Er zog sie ganz fest in die Arme und verdrängte jeglichen aufkeimenden unguten Gedanken. »Wie kommst du voran mit deinem Traumhotel am See«

»Ich werde heute damit anfangen, Herrn Baringhaus meine Zimmerideen zu präsentieren.« Sie richtete sich auf, griff nach den zwei Tassen, reichte eine davon ihrem Mann und beugte sich dabei vor, um ihm einen leichten Kuss zu geben. »Der ist von deiner Tochter. Wir haben heute Morgen lange telefoniert und ich soll dich grüßen, drücken und küssen.« Cara lächelte ihn sanft an.

»Alles gut bei ihr?«

»Ja. Sie liebt ihren Job immer noch und hat mir von all ihren Kollegen und Freunden geradezu vorgeschwärmt.« Sie nippte an ihrem Kaffee und lehnte den Kopf an die Couch.

Robert sah den leichten Schatten, der ihre fröhliche Miene ein wenig verdunkelte, und versuchte, sie zu beruhigen: »Nur noch zwei Jahre.«

»Nein, es sind schon zwölf Monate rum, so müssen wir rechnen«, sagte sie bestimmt und schloss für wenige Sekunden die Augen, bevor sie ihren Mann wieder anstrahlte wie zuvor.

Nichts in Caras Miene ließ darauf schließen, dass sie ihn auch heute, wie schon so oft nach einem Telefongespräch mit ihrer Tochter, für einen kurzen Moment verteufelt hatte. Mittlerweile hatte sie sich anscheinend langsam an den Umstand der Trennung gewöhnt und schien ihm auch endlich verziehen zu haben, dass er selbst Lilly im letzten Jahr auf die Idee gebracht hatte, ihre Ausbildung am anderen Ende der Welt bei ihrem Großonkel zu machen. Lilly wollte etwas von der Welt sehen und war sofort begeistert von dem Vorschlag ihres Vaters gewesen. Zum ersten Mal in all den Jahren, seit Robert und Cara sich kannten, hatten sie bitterböse gestritten. Und auch wenn Cara wusste, dass ihr Kind dort sehr glücklich war, war ihr Herz beim Abschied ein wenig gebrochen. Er dachte mit Grauen an die Zeit zurück und gleichzeitig an die in Kürze bevorstehende und für ihn unausweichliche neuerliche Veränderung – wie würde Cara wohl darauf reagieren? Sein Magen schien sich allein bei der Vorstellung daran zu drehen und Robert schluckte ein paarmal schwer die aufsteigende Magensäure hinunter.

»Schmeckt dir der Kaffee nicht?« Cara beobachtete ihren Mann lächelnd. »Ich finde ihn lecker. Ein wenig stark vielleicht.«

»Ja. In der Tat, er ist ein bisschen stark geraten«, beeilte er sich, zu erwidern. »Herr Baringhaus ist also von seiner Geschäftsreise zurück?«

»Ja, seit gestern. Wir wollen uns später treffen. Er wird staunen, wie sehr sich alles in den letzten drei Wochen verändert hat. Die Arbeiten rund ums Hotel sind jetzt soweit fertiggestellt. Na ja, noch nicht alle, aber es sind nur noch Kleinigkeiten, die gemacht werden müssen. Und ich habe …«

Schweigend lauschte er ihren euphorischen Ausführungen und verbot sich dabei das tief in seinem Innersten vergrabene Gefühl, das er fast Befreiung nennen konnte, aber nicht wollte. Er wollte die Erleichterung darüber, Cara auch in der nächsten Zeit mit dem Hotel am See beschäftigt zu wissen, nicht wahrhaben. Heftig atmend begann er am ganzen Körper zu zittern, als eine leichte Panikwelle ihn erfasste. Was war er für ein Ehemann? Die seit Monaten an ihm nagende Besorgnis, dass allein durch eine Entscheidung seinerseits alles über kurz oder lang ein Ende finden sollte, ließ ihn erschauern.

Mit einem Mal verstummte Cara, stellte ihre Tasse weg und ließ ihren Kopf mit einem leisen Seufzer an seine Schulter sinken. »Mir schwirrt so viel im Kopf herum und ich bin so oft auf der Baustelle, dass ich kaum Zeit für dich habe.« Ruckartig fuhr sie hoch. »Bist du mir böse, weil ich kaum anwesend bin und wenn ich mal da bin, mich trotzdem mit nichts anderem beschäftige als dem Hotel am See?«

Robert hauchte ihr einen zarten Kuss auf die Stirn und entgegnete: »*Ich* war drei Tage weg, mein Schatz, nicht du. Außerdem freut es mich, zu sehen, wie du mit ganzem Herzen in deiner Aufgabe aufgehst.«

»Es ist mein Traum«, wisperte sie.

»Ich weiß. Dein großer Kindheitstraum – das Einrichten eines Hotels an einem See. Du hast es mir oft erzählt«, bestätigte er schmunzelnd.

Ich habe mir den Traum von einem kleinen Hotel am See erfüllt, das ich eigenhändig eingerichtet habe, und arbeite dort Hand in Hand mit meinem traumhaften Mann, schossen ihr die Zeilen aus ihrem Brief vom Morgen in den Sinn, und sie versteifte sich ein wenig. Falk war der Mann, mit dem sie zurzeit diesen Traum verwirklichte, und nicht etwa Robert, ihr wunderbarer Ehemann.

Robert, der ihre Anspannung sehr wohl bemerkte, zog sie dicht an sich und sagte beruhigend: »Ich wusste, auf was ich mich einlasse und gönne dir die Erfüllung deines innigen Wunsches ohne Wenn und Aber.«

Cara genoss seine so vertraute Nähe und freute sich, dass er wieder da war. Die Tage ohne ihn bekam sie mit viel Arbeit herum, aber die Nächte, die sie allein verbringen musste, waren eine Qual für sie – Cara hasste es, allein zu schlafen. Geschützt und geborgen in seinen Armen, ihrem gewohnten und geliebten Rückzugsort, entspannte sie sofort wieder und spürte augenblicklich Dankbarkeit in sich aufsteigen – Dankbarkeit für das immense und uneingeschränkte Verständnis ihres Mannes, was ihren Traum anging. Und doch regte sich ein klein wenig ihr schlechtes Gewissen. »Aber ich bin seit Monaten so wenig zu Hause und …«

»Alles gut, Cara«, unterbrach Robert beruhigend, »du hast mich jahrelang tagein, tagaus hier im *Stadthotel* unterstützt und hast jedes nur erdenkliche Recht, nun einmal das zu tun, nach was dir der Sinn steht. Nicht dass ich dich über all die Jahre unterdrückt hätte«, er grinste verschmitzt, »aber doch kamen immer mein und Lillys Wohl bei dir an erster Stelle. Du warst immer für mich und unser Hotel da. Du warst da, als es beinahe zum Zerwürfnis mit meinem Vater kam und hast dich für mich stark gemacht. Du warst und bist unserer Tochter die beste Mutter, die sich ein Kind wünschen kann. Und du bist eine vorbildliche Chefin, die sich für nichts zu fein ist und auch stets ein offenes Ohr für die Belange unserer Angestellten hat. Nur durch dich ist unser *Mainzer Stadthotel* das, was es heute ist, und ich bin so verdammt stolz auf dich.« Er neigte sich vor, umfasste sachte ihr Gesicht und fuhr liebevoll fort: »Und du brauchst gar nicht die Augen zu verdrehen, nur weil ich einmal ausspreche, was ich dir viel zu selten sage. Du bist fantastisch und hast jede Minute, die du dich mit deinem Traumhotel beschäftigst, mehr als verdient.«

»Ach Robert«, seufzte sie berührt und strahlte ihn selig an. »Manchmal kann ich kaum glauben, dass all meine Wünsche nach und nach in Erfüllung gehen. Ich hatte eine wundervolle Kindheit, konnte meine Traumberufe erlernen und arbeite Seite an Seite mit dir in unserem Hotel. Ich habe dich und unser Kind, das einfach unbeschreiblich ist, und …« Kurz stockte sie beim Gedanken an Lilly, wollte aber keinerlei Traurigkeit oder gar Groll aufkommen lassen, sondern momentan nichts außer

Dankbarkeit im Herzen empfinden. »Manchmal frage ich mich, womit ich so viel Glück verdient habe. Ich habe doch gar nichts außergewöhnlich Gutes getan, sondern bin einfach nur …«

»Nein, Cara. Und da liegt dein Denkfehler – du bist nicht einfach nur, du bist einfach einmalig.« Robert nahm sie erneut in die Arme und spürte im gleichen Moment, wie sein Magen sich abermals schmerzhaft bemerkbar machte.

Dicht an ihren Mann geschmiegt, ihre innige Verbundenheit spürend, flüsterte Cara den Tränen nahe: »Ohne dich wäre ich nur halb so viel, wie ich bin … Du bist mein Leben, mein Vertrauter, mein …« Sie verstummte, als Robert sie so fest an sich drückte, dass ihr fast die Luft wegblieb.

Ohne dich?! Robert hoffte inständig, dass sein Magen noch einige Minuten stillhalten würde. Nie, nie will ich es ihr sagen! Ich will sie nicht vor die unvermeidliche Tatsache stellen. Ich will sie weiter Tag für Tag in meine Arme schließen dürfen, dachte er krampfhaft und kämpfte sogleich gegen die Tränen, die in seine Augen traten und die Übelkeit, die sich unaufhaltsam in ihm ausbreitete. Doch auch dieses Mal brachte er die Selbstbeherrschung auf, die ihn beides verdrängen ließ, und löste seine Umarmung ein wenig. »Erzähl, auf was darf sich Herr Baringhaus noch gefasst machen?«

»Ich hoffe, es ist für dich okay, wenn ich in den nächsten zwei Wochen nicht ganz so oft nach Hause komme und auch ab und an im Seehotel übernachte.« Sie sah ihn prüfend an.

»Natürlich ist das okay. Was hast du vor?« Robert versuchte, sich wieder voll und ganz auf seine Frau zu konzentrieren.

»Also ich will Falk, also Herrn Baringhaus, auf eine ganz besondere Weise von meinen Ideen für die Zimmergestaltung überzeugen.« Caras grüne Augen bekamen einen träumerischen Glanz.

»Warum wundert es mich eigentlich nicht, dass du etwas ganz Besonderes vorhast?« Robert schmunzelte und war nicht im Mindesten erstaunt, dass seine Frau keine einfache Präsentation erstellt hatte, sondern es dem Hotelerben auf eine spezielle Weise nahebringen wollte. Er dachte daran, wie außergewöhnlich Cara ihm oder den Kollegen schon hin und wieder neue Ideen dargeboten hatte. Lächelnd fiel ihm ihre Schnitzeljagd durch andere Hotels ein, um ihnen aufzuzeigen, wo genau sie ihre Verbesserungen im *Stadthotel* ansetzen mussten.

»Du kennst mich halt zu gut.« Sie schmiegte sich wieder an seine Schulter und begann zu erzählen: »Wenn wir nachher starten, dann …«

Robert bemühte sich, ihr seine volle Aufmerksamkeit zu schenken, aber es wollte ihm nicht recht gelingen. Immer wieder schweifte er gedanklich ab und erinnerte sich mit bangem Herzen an die vergangenen Tage in Berlin. Ein Würgereiz ließ ihn zusammenfahren.

Cara schaute erstaunt auf, als ihr Mann sich die Hand vor den Mund hielt und leise aufstöhnte. »Geht es dir gut?«

»Jaja«, erwiderte er schnell, ließ seine Hand sinken und bat: »Rede weiter. Du willst also Herrn Baringhaus auf eine ganz individuelle Reise mitnehmen?!«

Sie warf ihm noch einen fragenden Blick zu, legte dann jedoch den Kopf wieder an seine Schulter und fuhr mit ihrer Erzählung fort, während Roberts Hand beruhigend über ihren nackten Arm streichelte – nur wen er damit beruhigen wollte, war ihm nicht klar.

Nach einer ganzen Weile beendete sie ihren ausführlichen Bericht, sah auf und strich ihrem Mann durch sein dunkles, welliges Haar, das an den Schläfen schon ein wenig ergraute. »Du siehst müde aus. Ich rede die ganze Zeit nur von mir und habe noch gar nicht gefragt, wie es mit Carlos auf dem Kongress in Berlin war. War es sehr anstrengend?«

Er winkte ab und beteuerte: »Alles gut. Erzähle ich dir die Tage ganz in Ruhe. Hat hier alles soweit geklappt?«

»Ja, wie immer gab es keine Probleme. Jeremy ist nicht nur eine wunderbare Vertretung für mich, sondern auch für dich. Er managt alles mit so viel Herzblut, dass man ihn schon beinahe zwingen muss, sich frei zu nehmen.« Sie kuschelte sich an seine Brust und seufzte tief. »Ich bin so froh, dass du zurück bist. Und ich finde es schade, dass ich gleich wegmuss.«

»Holt Herr Baringhaus dich ab?«

»Ja.« Sie schaute auf ihre Armbanduhr. »Und zwar in genau fünfzehn Minuten. Wir hatten vier Uhr ausgemacht.«

Sein Blick glitt über die am Boden verstreuten Papiere und er grinste: »Dann solltest du wohl lieber deine Aufzeichnungen zusammenpacken.«

»Ja, du hast recht.« Sie gab ihm einen leichten Kuss und stand widerwillig auf.

Robert beobachtete seine Frau, während sie sich ihre bunte Umhängetasche schnappte und die Unterlagen darin verstaute. Er nippte an seinem nunmehr kalten Kaffee, schüttelte sich und stand ebenfalls auf.

»Koffer und Tasche, mehr brauche ich von hier oben nicht«, murmelte Cara vor sich hin und griff zum Haustelefon, um Bescheid zu sagen, dass sie gleich den Korb mit Speisen und Getränken in der Küche abholen würde. »Aber ich habe noch ein paar Unterlagen in meinem Büro und muss in der Küche den Picknickkorb holen. Kommst du noch mit runter?«

»Klar, mein Schatz.«

Sie zeigte auf den Koffer. »Kannst du den bitte nehmen?«

Robert nickte, zog den Trolley zum Fahrstuhl und gemeinsam fuhren sie ins Parterre des Hotels, wo sich die Büros befanden. In der Lobby drückte er einem Pagen das Gepäck in die Hand und wies ihn freundlich an, den Speisekorb aus der Küche kommen zu lassen und am Eingang auf seine Frau zu warten.

Während Cara in ihrem Büro auf dem Schreibtisch die fehlenden Notizen zusammensuchte, trat Robert ans Fenster und schob die Jalousien auseinander. »Dann mach dich mal los. Herr Baringhaus ist gerade vorgefahren.«

»Oh …« Rasch schnappte sie alles, eilte zu ihrem Mann und drückte ihm einen langen, zärtlichen Kuss auf den Mund. »Es ist schrecklich, dass wir uns nur so kurz sehen, aber …«

»Aber du musst los, und es ist wie es ist. Ich wünsche dir ganz viel Spaß bei deiner Präsentation.«

»Danke.« Cara strahlte über das ganze Gesicht und spurtete aus ihrem Büro.

Robert sah seiner Frau kurz nach, lehnte dann den Kopf gegen die Fensterscheibe und beobachtete, wie der junge Hotelerbe Cara breit lächelnd begrüßte. Nachdem der Page das Gepäck im Kofferraum verstaut hatte, hielt Falk Baringhaus Cara die Tür des Wagens auf, während sie mit glühenden Wangen etwas zu ihm sagte und einstieg.

Nur Sekunden später verschwand der Geländewagen im fließenden Verkehr und aufs Neue beschlich ihn ein unheilvolles Gefühl. Was konnte er tun, damit die kommende Zeit nicht allzu qualvoll werden würde? Weder für Cara oder gar Lilly, noch für ihn selbst? Robert Sandberg wusste es nicht und versuchte, den erneuten Würgereflex herunterzuschlucken. Doch dieses Mal ließ sein Magen das Verdrängen nicht zu. Gehetzt eilte er in das Badezimmer, das zwischen seinem und Caras Büro lag, und erbrach sich heftig in die Toilette.

Als er nach gut zehn Minuten in sein Büro trat, erinnerte er sich zu seiner eigenen Verwunderung an Caras und Lillys morgendliches Ritual, das er zwar oftmals belächelt, aber bei dem er auch ab und an mitgemacht hatte. Er schaltete das Radio ein und fragte beinahe tonlos: »Was wird die Zukunft bringen?«

»Wir spielen jetzt den nächsten Song: *All The Broken Pieces* von Matthew West«, verkündete der Moderator in diesem Moment und er lauschte schwer atmend.

»Did you feel, feel it break from all the weight of your mistake? You never knew how much it cost, feels like your innocence is lost. So much for the perfect life …«

Robert Sandberg wurde abermals schlecht, als er sich die ersten Worte des Liedes verinnerlichte – *fühlst du, wie alles zerbricht durch deinen schweren Fehler …*

Kapitel 2

»Sie haben in den letzten drei Wochen anscheinend ausgiebig die Sonne genossen und sehen absolut entspannt aus, hatten Sie überhaupt Zeit für Ihre Planungen?«, stellte Falk neckend fest, als er an einer Ampel anhalten musste und betrachtete Caras gebräunte Haut und die über das gesamte Gesicht verteilten Sommersprossen. Während sie ihn förmlich anstrahlte, folgte auf seine bereits vorhandene Vorfreude auf ihr Treffen und sein Hotel nunmehr ein beinahe ausgelassenes Glücksgefühl – er hatte Cara und ihre euphorische, schwungvolle, aber auch sprunghafte Art vermisst.

»Meine leichte Bräune und meine Entspanntheit sind Ihrem traumhaften Hotel zu schulden. Dank des herrlichen Sommerwetters war es mir möglich, im Freien die weiteren Planungen auszuarbeiten, und ich habe jede Minute in der Natur genossen.« Cara fühlte sich wie elektrisiert und konnte sich ein verschmitztes Grinsen nicht verkneifen. Nicht nur dass sie gespannt war, wie Falk auf ihre Präsentation reagieren würde, sie war auch froh, wieder mit ihm gemeinsam die Tage verbringen zu können – sie hatte seine besonnene und humorvolle Art vermisst. Wie bereits in den letzten Monaten, wenn sie mit Falk zusammen gewesen war, dachte sie augenblicklich nicht mehr an ihre Sehnsucht nach ihrer Tochter im fernen Neuseeland oder dass sie ihren Mann viel zu wenig zu Gesicht bekam – nur der Gedanke an das *Traum am See* beherrschte sie. »Haben Sie alles dabei, was Sie mitbringen sollten?«

Er hielt kurz bestätigend den Daumen hoch. »Selbstverständlich.«

»Gut. Und Ihre Freundin weiß Bescheid, dass sie Sie in den nächsten Tagen nicht sehr oft zu Gesicht bekommen wird?«

»Ja. Selina ist sowieso zu Dreharbeiten in London und von daher ist das kein Problem. Wie sieht es mit Ihrem Mann aus?«

»Ja, Robert hält mir nach wie vor den Rücken bei allem rund ums *Stadthotel* frei. Haben Sie sich denn für die nächsten zwei Wochen von allen geschäftlichen Terminen freischaufeln können?«

»Leider war es mir nicht möglich, alle Termine zu verschieben, aber die meisten. Gut, dass ich meine Chinareise auf die vergangenen Wochen verlegt hatte, so muss ich in den nächsten Tagen lediglich zwei oder dreimal zurück nach Frankfurt in die Bank.« Die Ampel sprang um und er fuhr weiter in Richtung Bundesstraße. »Warum haben wir uns eigentlich nicht am Hotel getroffen?«

»Ich möchte, dass wir gemeinsam die ersten Eindrücke erleben, und das geht nebeneinander in einem Auto besser. So können wir uns schneller auf Fehlersuche begeben.«

»Meinen Sie, Sie haben Fehler gemacht?« Er warf ihr einen schrägen Blick zu.

»Nein, eigentlich nicht.« Sie lachte fröhlich und beobachtete ihn, während er den Wagen sicher durch den Verkehr lenkte. Auch heute fiel ihr wieder seine Attraktivität auf, was sie für einen kurzen Moment nervös werden ließ. Sie senkte die Lider und konnte nicht vermeiden, dass sie ihn immer noch vor ihrem inneren Auge sah – seinen gut einen Meter fünfundachtzig großen, durchtrainierten Körper, sein kurzes, hellbraunes Haar, die glatte Gesichtshaut, die erahnen ließ, dass sein Bartwuchs nicht allzu üppig ausfiel, seine relativ gerade Nase mit einer kleinen, aber markanten Narbe direkt über dem linken Nasenflügel sowie seine tiefgrünen Augen, die dieses ungestüme Flackern besaßen, das sie schon des Öfteren in Unruhe versetzt hatte. »Sind Sie bereit für Ihren großen Traum?«, fragte sie hastig, ohne ihn anzusehen.

»Ja, das bin ich.«

In seinem fest auf die Straße gerichteten Blick konnte sie etwas Sehnsüchtiges erkennen. »Sie sind also vollkommen entspannt und haben Ihren Bankeralltag hinter sich gelassen?« Sie fuhren mittlerweile auf der Bundesstraße und Cara achtete genau auf den Weg.

»Mmmh, ja, ich denke schon.«

»Das klingt aber nicht sehr überzeugt.« Sie wusste bereits, dass er sich in seiner Frankfurter Welt, vor allem in der Geschäftswelt nicht mehr sehr wohlfühlte, aber sie hatten nie ausführlich über seine Arbeit gesprochen. »Was machen Sie eigentlich genau?«

»Puh ...« Er hatte keine Lust, über sein Geschäft zu reden. Viel lieber wollte er wissen, wie weit die Arbeiten im Hotel fortgeschritten waren und was Cara für Pläne hatte, und antwortete deshalb kurz angebunden: »Unternehmen beim Börsengang unterstützen, Wertpapierhandel, Vermögensverwaltung ...«

»Danke, das reicht.« Cara hob die Hand und gähnte mit weit offenem Mund. »Das hört sich ermüdend an.«

»Ist es auch. Aber nicht mehr lang. Ich habe bereits alles in die Wege geleitet, um in wenigen Wochen einen Schlussstrich ziehen zu können.«

»Also werden Sie keinen Manager einstellen, sondern Ihr Hotel selbst leiten?!« Sie hob die Hand und deutete nach rechts. »Halten Sie dort bitte kurz.«

Er hielt am Seitenstreifen und machte den Motor aus. »Ja, ich werde es selbst leiten, aber trotzdem zunächst noch einen Manager einstellen, der vom Hotelwesen mehr Ahnung hat als ich.« Er ließ seinen Kopf zur Seite sacken und schaute sie fest an. »Wie Sie ja wissen, ist es schon lange ein Wunsch von mir, ein Hotel zu führen, aber mir ist auch klar, dass allein der Wunsch nicht ausreicht, damit mein Vorhaben von Erfolg gekrönt wird.«

»Sehr vernünftige Einstellung. Wenn Sie mögen, bin ich Ihnen bei der Suche nach einem geeigneten Kandidaten gern behilflich.« Sie legte den Kopf schräg und äußerte ihr Bedauern: »Irgendwie finde ich es ehrlich gesagt traurig, dass Sie Ihren Kindheitswunsch erst jetzt verwirklichen können, so kurz vor der vierzig, und nicht schon ...«

»Ich bin sechsunddreißig«, begehrte er lachend auf.

»Ja, meinetwegen. Aber dass Sie erst so alt werden mussten, um sich diesen Wunsch zu erfüllen, ist doch traurig, oder?«

»Mmmh, warum eigentlich? Bei Ihnen ist es doch nicht anders.«

»Na ja, ich arbeite seit Jahren in dem Beruf, den ich liebe«, verteidigte Cara sich und wollte überhaupt nicht weiter darüber nachdenken, dass er vielleicht recht haben könnte – Falks inniger Wunsch erfüllte sich, ihr eigener, immerwährender Kindheitstraum dagegen nur teilweise.

Falk zuckte mit den Schultern. »Mmmh, Sie haben wohl recht. Schön, dass meine Großtante mich so gut kannte und so großzügig in ihrem Testament bedacht hat. Dafür bin ich sehr dankbar.« Er schwieg ein paar Sekunden und sah sie dann erwartungsvoll an. »Wann geht es nun los? Zu meinem Traum, meinem Hotel, meiner neuen Arbeit und meinem zukünftigen Leben!«

»Jetzt, Herr Hotelbesitzer! Dann mal los, lassen Sie uns träumen.« Cara zeigte auf die leere Ackerfläche vor ihnen. »Hier muss ein großes Schild hin: *Zum Traum am See in fünfhundert Metern rechts.*«

»*Nach fünfhundert Metern rechts abbiegen* sollte darauf stehen, sonst könnte man denken, mein Hotel würde direkt an der Bundesstraße liegen.« Falk richtete sich ein wenig auf und spürte, wie sich jeder Muskel in seinem Körper vor Neugier und Vorfreude anspannte – sein Hotel.

»Gut. Ich notiere das gleich.« Sie griff nach hinten und holte aus ihrer Umhängetasche ihr Klemmbrett samt Bleistift. Während sie schrieb, forderte sie ihn auf: »Fahren Sie bitte weiter.« Schon kurz darauf deutete sie auf eine Hauswand. »Hier dann nur ein Pfeil zum Abbiegen und der Hotelname.«

»Okay. Ist das mit dem Eigentümer …«

»… bereits geklärt? Selbstverständlich.«

»Selbstverständlich«, murmelte er nickend und warf ihr einen raschen Blick zu. Er war begeistert von ihrer Idee, jedes noch so kleine Detail von Anfang an in Augenschein nehmen zu können. »Sie haben aber auch an alles gedacht.«

»Das hoffe ich doch. Es ist mein Job.« Sie grinste vergnügt vor sich hin und erklärte, als sie durch ein kleines Dorf fuhren: »Hier habe ich schon mit der Ortsgemeinde gesprochen und wir werden genau solche Hinweisschilder aufstellen dürfen, wie es die anderen Gewerbetreibenden getan haben.«

Falk begutachtete flüchtig die weinroten Wegweiser mit weißer Schrift und nickte nur. Es folgten noch mehrere Stellen, an denen es Hinweistafeln zum Hotel geben sollte, bevor sie auf den Schotterweg durch den Wald einbogen. Nachdem sie sich dafür entschieden hatten, alle fünfhundert Meter ein Schild mit einem Slogan aufzustellen, hielt Falk auf ihre Anweisung kurz vor der Kurve zum Hotel.

Cara schaute von ihren Unterlagen auf und wollte wissen: »Was halten Sie davon, wenn auf dem letzten Schild steht: *Träumen Sie einzigartig und ganz speziell – nur noch wenige …*«

»*… Meter zu Ihrem ›Traum am See‹*«, beendete er ihren Satz und spürte, wie eine innere Unruhe ihn packte. Begeistert sah er Cara an und war sogleich gefangen in ihren grünen Augen, die die gesamte Landschaft um sie herum widerzuspiegeln schienen und ihm förmlich seine Träume aufzeigten. Es kam ihm so vor, als würde ihr sehnsüchtiger Blick all das ausdrücken, was er sich bisher im Leben untersagt hatte – er wollte genau wie sie mit aller Leidenschaft in seinem neuen und vor allem von ihm selbst auserkorenen Beruf aufgehen. Wenn Falk auch in den letzten drei Monaten ab und an überlegt hatte, ob er das Richtige tat, indem er so viel Hoffnung und Vertrauen in eine Frau setzte, die laut ihres Ehemanns seit ihrem Studium außer im eigenen Hotel über keinerlei Erfahrung mit größeren Projekten im innenarchitektonischen Bereich besaß, war er nun umso glücklicher, dass sein Instinkt ihn nicht getäuscht hatte und er niemand Besseren für seine Traumverwirklichung hätte finden können.

»Fahren Sie langsam weiter«, bat Cara und lächelte selig über die offensichtliche Zufriedenheit des Hotelerbens mit ihrer Arbeit.

Falk gab ein wenig Gas und fuhr nur Sekunden später um die letzte Kurve aus dem Wald. Unvermittelt trat er auf die Bremse und legte wie selbstverständlich eine Hand auf ihre. »Das … das ist … Wahnsinn. Was ist passiert? Es ist traumhaft … Wie …?«

Cara genoss diesen einzigartigen Moment zutiefst – Falks Begeisterung und ihre eigene Ehrfurcht sowie auch ein wenig Stolz vor dem bisher Erreichten. In stiller Eintracht bestaunten sie sein Hotel. Nichts erinnerte mehr an das alte und größtenteils von Pflanzen überwucherte Gebäude. Weder die ehemals bröckelnde Fassade in ihrem farblosen Beige noch die von Motten zerfressenen Sonnenschirme auf der Terrasse direkt vor dem Hotel waren noch vorhanden und auch kein abbruchreifer Steg mit verwahrlosten Liegestühle ragte zu ihrer Rechten in den See. Und wenn das alte Gemäuer schon in seinem sanierungsbedürftigen Zustand in Caras und Falks Augen einfach wunderschön gewesen war, so übertraf es jetzt alles, was sie je erwartet hatten. Und selbst Cara, die das Anwesen in den letzten Wochen nahezu täglich gesehen hatte, war aufs Neue gefangen von dem Bild, das sich ihnen bot. Sie schaute zu Falk, der mit offenem Mund aus der Windschutzscheibe starrte. Er war gut drei Wochen nicht da gewesen und hatte somit nur telefonisch, wenn Cara ihn im fernen China doch einmal hatte erreichen können, die größten Veränderungen miterlebt. In den ersten Wochen des Umbaus hatte sich das Hotel nicht so einem krassen Wandel unterzogen – es war eher ein Ausmisten, Entsorgen, Abreißen und Säubern gewesen. Doch nun konnte Falk mit eigenen Augen das Erwachen seines Traumes bewundern. Das Gerüst am Haus war abgebaut und der Naturstein der Mauern präsentierte sich im Sonnenlicht von seiner schönsten Seite. Es schien, als würde er dankbar aufatmen. Der Steg ragte malerisch in das funkelnde Wasser des Sees und lud idyllisch zum Verweilen ein. Die gesamte Außenanlage, befestigt, gestutzt und gesäubert, schien regelrecht Willkommen zu schreien.

Fest drückte er ihre Hand. »Kneifen Sie mich, bitte.«

»Aber gern.« Sie löste ihre Finger aus seiner Hand und kniff ihm kräftig in den Oberarm.

»Aua … Es ist wirklich kein Traum mehr«, flüsterte er.

»Nein, er ist wahr geworden. Und ich freue mich, ihn mit Ihnen träumen zu dürfen.« Dankbar sah sie ihn an und bat: »Fahren Sie bitte weiter?«

»Ja …« Kurz wandte er seinen Blick vom Hotel ab und schaute in ihre strahlende Miene. Es faszinierte ihn, dass auch Cara Sandberg von der Magie seines Hotels – seinem Traum – infiziert war. Ebenso kam er nicht umhin, Gefallen an ihr selbst zu finden. Er hatte es zwar in seinem bisherigen Leben schon mit vielen attraktiven und gleichzeitig intelligenten Frauen zu tun gehabt, aber eine Frau, die darüber hinaus noch genau zu wissen schien, was sie wollte, und ehrlich aussprach, was sie dachte, war ihm noch nie begegnet. Ihm imponierte ihre Offenheit und er empfand ihre dynamische Art sowie das ungehemmte zur

Schau tragen ihrer Gefühle als äußerst erfrischend. Ihre grünen Augen leuchteten voller Begeisterung und ihre Wangen waren vor Aufregung leicht gerötet. Er war mehr als nur beeindruckt von ihr und das stimmte ihn kurz nachdenklich. Attraktivität und Intelligenz hin oder her, das hier war rein geschäftlich. Und wenn er eins gelernt hatte, so war es, dass man Geschäftliches und Privates immer trennen sollte. Doch Cara Sandberg brachte ihn mit ihrer enthusiastischen Art ganz aus dem Konzept. Wie konnte es sein, dass diese Frau innerhalb von wenigen Wochen das Verständnis für ihn und seine Wünsche aufbrachte, aber Menschen, die ihm seit Jahren nahestanden, dazu nicht fähig zu sein schienen? Kopfschüttelnd betrachtete er sie. Das in ihm aufkeimende Gefühl der Vertrautheit ließ sein Herz augenblicklich schneller schlagen.

»Falk?!« Sie legte eine Hand auf seinen Arm. »Würden Sie bitte weiterfahren?«

»Jaja …« Er riss sich förmlich aus seinen Gedanken und fuhr sogleich im Schritttempo zu dem neuen, frisch geschotterten Parkplatz. Nachdem sie ausgestiegen waren, zählte Falk leise die Stellplätze. »Zwölf?!«

»Ja, wie ich schon sagte, es sollen zwölf Zimmer werden.«

»Und die Restaurantgäste?«

»Daran habe ich auch schon gedacht und es besteht die Möglichkeit, dort im hinteren Teil zum Angestelltenparkplatz hin, der noch befestigt werden muss«, sie zeigte zum Feldrand am Ende des Parkplatzes, »die Fläche zu erweitern. Mit den vorhandenen Parkmöglichkeiten haben wir aber zunächst die Auflagen erfüllt.«

»Was ist mit behindertengerecht?«

»Parkplätze?!« Cara war kurz irritiert. »Der erste hier wird als Behindertenparkplatz ausgeschildert.«

»… und das Hotel?!«

»Durch den Wegfall des Paternosters und den Einbau eines modernen Lifts entspricht es ebenfalls den neuesten Vorschriften.«

»Schön.« Er zeigte auf den geschotterten Weg, der bis zum Hoteleingang und dann weiter zur Terrasse des Hotels führte. »Aber von hier kann niemand in seinem Rollstuhl zum Restaurant fahren.« Er drückte einen Fuß fest in die Steine. »Selbst Schieben wird hier schwer.«

»Oh, Sie haben recht, soweit habe ich nicht gedacht.« Sie nahm mit einem leisen Knurren das Klemmbrett und machte sich flink Notizen.

»Wurmt Sie das?«

»Ein bisschen schon. Ich bin es nicht gewohnt, etwas zu übersehen.«

»Deshalb ist es doch manchmal gut, zu zweit zu denken und mit vier Augen zu sehen.«

Sie verdrehte die Augen. »Das gefällt Ihnen, oder?«

»Ja, irgendwie schon. Es gibt mir das Gefühl, nicht ganz so dämlich neben Ihnen dazustehen.«

»Warum sollten Sie dämlich neben mir stehen?« Cara war ehrlich verblüfft.

»Na, weil Sie perfekt in allem sind und einem einfach das Gefühl vermitteln, nicht ganz so perfekt zu sein.«

»Glauben Sie mir, auch ich bin nicht perfekt … Nah dran vielleicht, aber nicht perfekt.« Sie lachte ihn herzlich an. »Sonst wäre mein Name ja Mary Poppins.«

»Na dann, Miss Poppins, gucken wir doch mal, wie es weitergeht.«

»Sie trauen mir wirklich viel zu, oder?«

»Eigentlich traue ich Ihnen sogar alles zu.« Er zwinkerte verschwörerisch. »Und jetzt?«

Eine sanfte Röte überzog ihre Wangen. »Also, ähm … also dort der Eingang …«

»Bei dem Sie übrigens an eine Rampe für Rollstuhlfahrer gedacht haben«, unterbrach er sie erneut zwinkernd. »Ich sage doch, Sie sind perfekt.«

Lachend winkte sie ab. »Ach, hören Sie auf. Der Eingang bekommt noch ein Vordach, angepasst an den Stil des Anwesens, und blühende Pflanzen werden in antiken Kübeln den Aufgang entlang stehen. Was halten Sie eigentlich von dem Gebäude ohne diesen scheußlichen Putz?«

»Es sieht wunderschön aus. Ich erinnere mich noch genau an unseren ersten gemeinsamen Tag, als wir alles in Augenschein genommen haben. Und ich werde wohl nie Ihr wildes Putzabklopfen vergessen. Ihr Elan hat sich wirklich gelohnt.« Er lachte, als sie abermals abwinkte. »Winken Sie nicht ab, ohne Ihren Enthusiasmus wäre das alles hier nicht möglich.«

Cara lächelte dankbar und fragte: »Wollen wir jetzt erst die Restaurantterrasse und den Steg sowie die Liegewiese begutachten, bevor wir ins Haus gehen?«

»Gern.« Falk drehte sich um und lief voraus zum See. »Wo sind die Arbeiter? Es ist erst kurz nach fünfzehn Uhr an einem Donnerstag. Haben sie bereits Feierabend?«

»Ja, für heute schon. Ich habe sie gebeten, früher Schluss zu machen, damit wir das Ambiente ohne Lärm und Staub genießen können.« Sie schloss zu ihm auf.

»Sehr schön.« Schmunzelnd zeigte er zum Steg. »Ein kleiner Tisch und zwei Stühle stehen auch schon bereit. Fehlen nur noch Kaffee und Kuchen?«

»Das hole ich gleich aus dem Auto.«

»Ich wusste es doch. Perfekt – ich kenne Sie anscheinend schon ganz gut.«

Sie zuckte mit den Schultern. »Tja, anscheinend.«

»Und«, er blieb dicht vor ihr stehen und schaute sie intensiv an, »was werde ich heute noch über Sie erfahren?«

Auch wenn Cara seine Nähe für einen kurzen Moment verwirrte und sie das eigentümliche Grummeln in ihrem Bauch hartnäckig zu ignorieren versuchte, erwiderte sie seinen Blick genauso intensiv. »Ich denke, lieber Falk, wir werden noch einiges übereinander erfahren …« Sie schmunzelte über sein verblüfftes Gesicht und machte unauffällig einen Schritt zurück. Sofort fühlte sie sich wieder sicherer und zeigte auf die Planken des Stegs. »Gefällt Ihnen das Holz?«

»Ja. Eiche, oder?«

»Ja, in Anlehnung an die Bäume, die den Weg hierher säumen. Ich denke, das ist in Ihrem Sinne.«

Er nickte nur und zeigte auf die Wiese rechts vom See. »Soll hier die Liegewiese entstehen?«

»Genau. Kommen Sie.« Sie stiegen ein Stück die Böschung hinab und Cara erklärte ihm die Neuerungen im Außenbereich. Sie redete wieder mit so viel Enthusiasmus, dass Falk sie begeistert anstarrte und ihr zunächst stumm überall hin folgte – zur Terrasse, dem neuen Anbau, einer weiteren Grünfläche, die am Rande in eine üppige Blumenwiese überging, und zu der geplanten Fahrradhütte. Nach seiner ersten Sprachlosigkeit stellte er hier und da Zwischenfragen und freute sich, dass Cara auf alles eine Antwort hatte. Sie redete sich in einen wahren Rausch und schien ihn zwischenzeitlich ganz vergessen zu haben.

Sachte berührte Falk mit seiner Hand kurz ihren Arm. »Sie sind fantastisch«, sagte er unvermittelt, als sie eine Redepause einlegte, und ein Strahlen huschte über sein

Gesicht. »Ich möchte, dass Sie in meinem Hotel arbeiten, wenn es eröffnet ist. Werden *Sie* meine Managerin, ich könnte niemand Geeigneteres finden als Sie.«

Kurz war Cara irritiert von der Wärme seiner Hand, von dem Lächeln, das sanft seine Lippen umspielte und von seinem plötzlichen Wunsch. »Aber …«, sie wusste nicht, was sie erwidern sollte, »aber ich habe doch meinen Job im *Stadthotel*.«

»Geben Sie ihn auf«, forderte er, ohne nachzudenken.

»Aber … das geht doch nicht. Ich arbeite dort schon seit Jahren mit meinem Mann zusammen und …«

»Ich weiß, aber macht es Sie auch glücklich?« Er runzelte skeptisch die Stirn.

»Ja«, entgegnete sie schnell und um ihren eigenen kurz aufflackernden Zweifel auszuräumen, bekräftigte sie nochmal: »Ja, es macht mich glücklich, gemeinsam mit meinem Mann zu arbeiten.«

»Aber Sie sagten doch, Ihr Traum wäre ein Hotel am See.« Er machte eine ausladende Geste. »Würde das alles hier Sie nicht viel glücklicher machen?«

»Ich … Nein … Ich …« Sie brach ab und dachte wirklich für Sekunden: Ja, würde es. Aber schnell wischte sie den Gedanken beiseite, zeigte in Richtung der Hotelterrasse und wollte stattdessen wissen: »Wie … wie finden Sie eigentlich die Idee mit dem überdachten Grill und der Außenbar?«

Falk hätte am liebsten sein Angebot betreffend weiter nachgehakt, ließ sich jedoch auf Caras Ablenkungsmanöver ein und beschloss dabei, das Thema bei passender Gelegenheit noch einmal aufzugreifen. »Mmmh, einen überdachten Grill und die Bar im Freien?« Er überlegte nicht lange. »Perfekt.«

»Perfekt?« Augenblicklich erfüllte Cara Stolz und sie strahlte übers ganze Gesicht. »Schön, das freut mich. Dann gehen wir jetzt zum Steg. Sie machen es sich gemütlich, genießen Ihre Aussicht und Ihre Zukunftsvisionen und ich hole derweilen das Carepaket.«

»Sie meinen wohl das perfekte Cara-Paket?«, hinterfragte Falk schelmisch.

»So kann man es wohl auch nennen.« Sie lachte fröhlich, erleichtert über Falks bisherige Zufriedenheit mit ihrer Arbeit und freute sich auf die nächsten Stunden.

Sie liefen zurück zum Steg und während Falk es sich auf einem der Stühle bequem machte, eilte sie zu seinem Auto.

»Cara!«

Sie drehte sich um, als er nach ihr rief.

»Es ist traumhaft.« Er hob erneut einen Daumen hoch und grinste sie jungenhaft an. »Einfach traumhaft!«

Ein Strahlen erhellte ihre Miene, als sie zum ersten Mal bewusst wahrnahm, dass sie nicht nur dabei war, Falks Traum zu verwirklichen, sondern auch irgendwie ihren eigenen – gemeinsam …

Kapitel 3

Stellen Sie Ihre Tasche auf einen der übrig gebliebenen Tische, die sind nicht so staubig wie der Boden.«

Falk folgte ihrem Rat und kam aus dem Staunen nicht mehr heraus, als er sich in der Lobby umschaute. Müsste er jemandem beschreiben, wie es jetzt hier aussah, hätte er nicht gewusst, wie und wo er anfangen sollte. Er fühlte sich mit einem Mal in seine Kindheit zurückversetzt. Die großen Terrazzoplatten in einem Grün-Grau-Gemisch und die genau in der Mitte des Foyers und seitlich an der Wand entlanglaufenden weinroten Ornamente, die seine Großtante vor Jahren mit einem pflegeleichten PVC-Boden und mit scheußlichen Abschlussleisten überdecken lassen hatte, waren wieder zum Vorschein gekommen. Die weißen Stuckwände sowie die ebenfalls in Stuck gehaltene Decke, die vereinzelt das gleiche weinrote Ornament enthielt wie der Boden, waren von Staub und Spinnweben befreit und wirkten schon jetzt, vor dem kommenden Neuanstrich, hell und freundlich. Der Empfangstresen diente sorgfältig abgedeckt noch als Abstellplatz für allerlei Werkzeuge und wo einst der altersschwache Paternoster gewesen war, befand sich jetzt eine Holztür. In Gedanken versunken öffnete er sie und entdeckte dahinter den modernen Lift. Anerkennend nickend schloss er die Tür wieder und sein Blick wanderte weiter umher. Die Eichenholztreppe und das Geländer waren aufgearbeitet worden und bereit für die erste Versiegelung. Abgeschliffen lehnten die massiven Restauranttüren an der Wand zur Lokalität und warteten ebenfalls auf ihren Anstrich. Und gleich neben dem Eingang lagerten gestapelte Stühle sowie ein paar Tische, die ihre beste Zeit hinter sich hatten, und zum Abtransport bereit waren.

»Wo sind eigentlich die Container draußen hin?« Falk erwachte aus seinen Gedanken und blickte fragend zu

Cara, die sich auf einen der Tische gesetzt hatte und ihn schmunzelnd beobachtete.

»Die habe ich für einen geringen Aufschlag heute Vormittag entfernen lassen.« Sie blinzelte unschuldig. »Morgen früh werden sie zurückgebracht und dann wird auch der Rest an unbrauchbarem Mobiliar weggeworfen.«

»Aha …«

»Ich hoffe, das ist in Ordnung. Ich wollte einfach …«

»Schon gut.« Er hob lächelnd die Hand. »Selbst wenn es nicht okay für mich wäre, wäre es ja wohl jetzt zu spät, um daran etwas zu ändern.«

Cara stand auf und kam unruhig mit ihrer Kette spielend auf ihn zu. »Ich wollte nur versuchen, Ihnen das Anwesen so zu präsentieren, wie es Ihre Gäste wahrnehmen würden, und da haben diese drei Monsterdinger einfach gestört … und deshalb habe ich …«

Erneut hob Falk die Hand. »Danke, Cara, ich danke Ihnen wirklich für Ihre tolle Demonstration. Sie ist einmalig.«

»Puh, Gott sei Dank, ich dachte schon, Sie wären vielleicht sauer, weil ich so verschwenderisch mit Ihrem Geld umgehe.«

»Nein, bestimmt nicht.« Er zeigte zum Restaurant. »Was ist dort bisher passiert?«

»Kommen Sie. Sie werden staunen!« Unbekümmert griff Cara nach seiner Hand und zog ihn mit sich. »Tataa …« Sie wirbelte mit ausgebreiteten Armen durch den leeren Raum, der nun noch größer wirkte. »Ist das nicht herrlich?« Der Raum war komplett renoviert und nichts erinnerte mehr an das heruntergekommene Lokal von vor wenigen Wochen.

»Verdammt soll ich sein, das ist doch verrückt.« Er drehte sich ebenfalls ein paar Mal um die eigene Achse und kam minutenlang aus dem Staunen nicht mehr heraus. Nachdem er alles genau inspiziert hatte, schaute er mit großen Augen an der Theke vorbei. »Und die Küche?«

»Darin ist noch nicht viel passiert.« Sie winkte ihn zu sich, als sie durch den Raum schritt.

Er folgte ihr durch das Restaurant und sah sich kurz darauf in der angrenzenden Küche um. Hier hatte sich wirklich nicht viel verändert, noch immer befanden sich die alten, weißen Schränke darin, und einzig ein paar Markierungen an den freien Wänden ließen darauf schließen, dass sich in Kürze auch hier etwas tun würde.

»Wow, da ist ja der alte Getränkeaufzug in den Weinkeller.« Lachend klopfte Falk gegen das Holz. »Mein Gott, ich dachte, den gäbe es nicht mehr.«

»Doch, da wurde einfach nur eine Tür davor gebaut, die wir entfernt haben.«

»Verrückt.«

»Was halten Sie davon, wenn wir die alte Küche in Ihrem Apartment einbauen? Sie ist noch in einem Topzustand für einen Privathaushalt und Sie sagten doch, dass sie Ihnen gefällt, oder?«

Falk drehte sich ruckartig zu ihr um. Beinahe fassungslos suchte er ihren Blick – sie merkte sich wirklich alles. »Das … das wäre großartig.«

»Ist notiert.« Sie strahlte ihn an.

Er brauchte einen kleinen Moment, um sich wieder zu sammeln – kein Mensch in seinem Leben, außer vielleicht seine Großtante, hatte sich bisher so sehr für seine Belange interessiert. Ich bezahle sie ja schließlich dafür, wies er sich innerlich zurecht, während er mit den Fingern die Maserung der Küchenfront nachzeichnete. Ohne sie anzuschauen, fragte er knapp: »Und wie geht es weiter?«

Cara meinte, einen kühlen Unterton zu vernehmen, und stutzte kurz. Doch sie überging ihr Gefühl einfach. Nichts vermochte in diesem Augenblick ihre gute Laune zu verderben – sie konnte es kaum abwarten, Falk ihre ganzen Ideen darzubieten. »Jetzt kommen wir wohl zum großen Moment der Wahrheit – zu meinen Vorschlägen für die Gästezimmer … Stopp, nein, fast hätte ich etwas total vergessen. Kommen Sie!« Cara eilte voraus ins Restaurant zu einem alten bereits instandgesetztem Buffet und zog vorsichtig eine Schublade heraus. »Hier, das gehört wohl Ihnen.« Sie reichte ihm einen vergilbten Umschlag und kicherte. »Die Mausefalle war sicherlich für eine Ihrer Schwestern gedacht, oder?«

»Mein Geld. Wo haben Sie …« Er erinnerte sich augenblicklich an seine Kindheit zurück, die vielen Ferien, die er hier mit seinen vier großen Schwestern verbracht hatte, und an das Trinkgeld von den Gästen, das er, wenn er seiner Großtante geholfen, bekommen hatte.

»Da, wo Sie es versteckt hatten. Zum Glück hat die Falle nicht zugeschnappt, als ich mich an Ihren vierzehn Mark und dreißig Pfennig bereichern wollte.«

»Ha! Sehen Sie, es war das perfekte Versteck.« Er öffnete den Umschlag und ließ die Münzen samt Mausefalle lachend auf den Boden fallen.

»Ja, das war es wohl.«

Als sie leise Stimmen im Foyer hörten, drehte Falk sich verwundert um. »Wer kommt …«

»Nicht hinschauen, bitte.« Sie streckte sich und hielt ihm schnell die Augen zu. »Bitte, es soll doch alles eine Überraschung sein.«

Er verharrte kurz und genoss ganz gegen seinen Willen ihre schmalen, warmen Finger. Langsam drehte er sich zu ihr um und blickte mit unnatürlich klopfendem Herz direkt in Caras vor Vorfreude gerötetes Gesicht. »Sie machen es aber wirklich spannend.«

»Ja, ich weiß«, gab sie zerknirscht zu. »Aber es soll doch alles perfekt sein.«

»Natürlich, Miss Poppins. Also, wie geht's weiter?«

Sie kramte in ihrer Umhängetasche nach einer neuerlichen Skizze und legte sie aufs Buffet. »Ich will ja, dass Ihr Hotel etwas ganz besonderes wird, und dachte deshalb an Themenzimmer.« Forschend sah sie ihn an und wartete gespannt auf eine Reaktion.

»Weiter, weiter«, er tippte auf die Skizze, »ich bin ganz bei Ihnen.«

»Heute werden wir das erste Zimmer quasi erträumen. Ich werde Ihnen meine Ideen für die Gestaltung der Räumlichkeiten unterbreiten und wir werden erleben, wie ein Gast sich darin fühlen könnte. Wir können über alles reden und jegliche Änderung vornehmen … Oh!« Erschrocken hielt sie sich die Hand vor den Mund. »Natürlich nur, wenn Ihnen das Gesamtkonzept überhaupt zusagt … und …«

»Wissen Sie, dass Sie gern vorpreschen und dann oft erschrocken und mit vorgehaltener Hand ein wenig zurückrudern?« Er fixierte sie durchdringend.

»Oh, tu ich das?« Reflexartig legte Cara abermals die Hand auf ihren Mund. »Ups, das tue ich ja wirklich.« Kichernd senkte sie die Hand. »Sie sind ein guter Beobachter, das ist sehr hilfreich für unseren Testlauf.«

»Verraten Sie mir, welches Zimmer wir als erstes erkunden?«

»Ja, es ist das im ersten Stock, genau über der Küche und mein Arbeitstitel dafür lautet *Kulinarische Träume*.«

»So soll das Zimmer heißen?« Falk legte verwirrt den Kopf schief. »Ich dachte eher an Namen wie *Storchennest, Burgunderzimmer* oder auch *Seeblick*.«

»Für dieses Zimmer?« Ebenfalls verwirrt hob sie die Schultern.

»Nein, nein, ich dachte allgemein, halt der Umgebung angepasst.«

»Das ist aber langweilig und vor allem schon in vielen Pensionen und Hotels üblich.«

»Okay.« Ergeben hob er die Hände. »Schon überzeugt. Geben Sie mir, nur um meine Neugierde zu befriedigen, noch einen Arbeitsnamen für ein anderes Zimmer?«

»Mmmh, eigentlich wollte ich das nicht, aber egal … Mal überlegen, was halten Sie von *Edle Tropfen*?« Verschmitzt lächelnd wollte sie sich umdrehen, als Falk eine Hand auf ihren Arm legte.

»Das ist aber sehr ähnlich. Kommen Sie, noch ein anderes, damit ich ein wenig in Stimmung für Ihre Ideen komme«, bat er und sah sie eindringlich an.

Caras Lächeln wich, als sie im leuchtenden Grün seiner Augen zu versinken drohte. Nur allzu bewusst spürte sie seine Finger auf ihrer nackten Haut und nahm verwundert die Wärme wahr, die sie durchströmte. Verlegen stotterte sie: »Sie … Sie haben meine … Sie haben meine Augen.«

»Wie bitte?«, brachte er verdutzt hervor.

»Oh nichts …« Ihre Hand ging wie automatisch Richtung Mund. »Sorry … Ha, ich hab's schon wieder getan.« Nervös lachend fuhr sie sich durchs Haar. »Ich habe gerade nur festgestellt, dass ihre Augen so grün wie meine sind und das habe ich bisher nur noch bei einem Menschen gesehen, bei meiner Tochter Lilly. Sorry.«

»Stimmt, das ist mir auch schon aufgefallen.« Noch immer lag seine Hand auf ihrem Arm und Falk spürte die Hitze ihrer Haut überdeutlich. Er genoss die Berührung und Cara augenscheinlich auch, sonst würde sie ja zurückweichen. Was war das, fragte er sich und schaute von seiner Hand in Caras Gesicht. Ihre Miene spiegelte nicht wider, was sie in diesem Moment dachte, aber auch sie verharrte und sah ihn mit leicht geöffneten Lippen an. Schweren Herzens löste er seine Finger von ihrem Arm und räusperte sich. »Ähm, zurück zu den Zimmern. Bitte denken Sie an meine Stimmung für Ihre Idee und verraten Sie mir noch ein wenig darüber.«

»Ich … Also …« Cara stand mit einem Mal neben sich. Sie vermisste die Wärme seiner Hand und konnte mit diesem eigentümlichen Gefühl tief in ihrer Magengrube nichts anfangen. »Ähm …« Ein Klopfen an der Tür ließ sie zusammenfahren. Schnell streckte sie sich, warf einen Blick über seine Schulter und rief laut: »Wir sind in fünf Minuten oben.«

»Wer ist das?« Falk drehte sich um und wollte in die Lobby gehen.

Schnell sagte sie: »*Natur pur-* und *Weltreise-Zimmer* … Zufrieden?«

»Oh.« Er blieb stehen, machte auf dem Absatz kehrt und sah sie mit gerunzelter Stirn an.

»Sind Sie jetzt verwirrt?«

»Ja, restlos. Bekomme ich heute noch einen Tipp oder muss ich dumm sterben?«

»Sagen wir mal so, nach der heutigen Nacht werden Sie um einiges schlauer sein, auch ohne einen Tipp von mir.«

»Wie meinen Sie, nach der Nacht?« Ihm wurde heiß.

»Na, für was, meinen Sie, habe ich Sie Kleidung für mehrere Tage einpacken lassen?« Cara war wieder ganz geschäftig und blendete mühelos den kurzen Zwischenfall aus.

»Ich weiß nicht, ich dachte … Nein, stimmt nicht, ich habe überhaupt nicht gedacht«, gab er ehrlich zu.

»Wissen Sie, es ist einfach besser, abends und nachts zu träumen, wenn alles um uns herum still ist und es keinen Baulärm gibt und keine Handwerker einen mit Fragen löchern können.« Sie lief erzählend Richtung Foyer und wie meist folgte Falk ihr wortlos. »Es wird anders sein, als Sie denken, einzigartig und bestimmt auch ein wenig …«

»Speziell?«

»Ja, genau.« Cara drehte sich zu ihm um und strahlte ihn freudig an.

»Träumen Sie einzigartig und ganz speziell?«, wiederholte Falk ihren gemeinsam erfundenen Werbespruch.

»Ich bin ganz bei Ihnen, Cara, und lasse mich auf alles ein.« Auf alles und mehr, schoss ihm in den Sinn und er spürte ein Kribbeln, das seinen Körper durchzog.

Als sie im ersten Stock vor dem Zimmer standen, an dessen Tür ein Post-it klebte mit der Aufschrift: *Die Königin der Kochrezepte ist die Phantasie – Sprichwort,* klopfte Cara an und zu Falks Erstaunen öffnete nach wenigen Sekunden ein junger Mann in Livree und begrüßte sie freundlich: »Willkommen in Ihrem ganz persönlichen Zimmer *Kulinarische Träume.* Treten Sie doch bitte ein.« Er machte einen Schritt zur Seite und fragte, als sie eingetreten waren: »Darf ich Ihnen Ihr Gepäck abnehmen?«

Sie reichten ihm die Taschen und Falk sah sich erwartungsvoll in dem großen, hellen Raum um, der außer einem stilvoll gedeckten Tisch und zwei Stühlen vor der Balkontür sowie zwei dicken Matratzen unter dem Fenster rechts daneben nichts an Mobiliar vorzuweisen hatte. Er stutzte, als er zu seiner Linken einen Mann bemerkte, der zwischen zwei Tischen mit Küchenutensilien hantierte, und schwerlich nicht als Koch zu erkennen war.

»Sobald Sie sich akklimatisiert haben, erwartet Sie unser Chefkoch Maximilian in der Küche, die sich gleich hier befindet.« Der junge Mann machte eine einladende Geste in Richtung imaginärer Kochnische auf der linken Seite des Raums. »Mein Name ist übrigens Julian und ich werde Sie am heutigen Abend bedienen. Wenn Sie mich brauchen, müssen Sie nur läuten.« Er reichte Falk eine kleine silberne Klingel und deutete mit den Taschen in der Hand zu den Matratzen. »Ihr Gepäck bringe ich ins Schlafzimmer, wenn es recht ist.«

»Ah, ein Schlafzimmer also?!« Falk zwinkerte Cara vielsagend zu.

Eine leichte Röte huschte über ihr Gesicht, doch ihre Verlegenheit währte nur kurz. »Das gehört alles zur Ideenfindung.«

»Soso, Ideenfindung.« Falk konnte sich ein süffisantes Grinsen nicht verkneifen. »Ist das die Zimmereinteilung?« Er zeigte auf die Striche und Zeichnungen auf dem Estrich.

»Ja.« Cara warf ihm einen prüfenden Blick zu. Sie hätte allzu gern gewusst, was jetzt in ihm vorging. »Soll ich Ihnen kurz die Aufteilung erklären?«

»Ja, bitte.«

»Wir stehen im Flur, der sehr großzügig bemessen ist. Zur Rechten befindet sich das Badezimmer, das sowohl von hier als auch vom Schlafzimmer aus, das Sie, wie unschwer an den Matratzen zu erkennen ist, genau vor uns sehen, zu begehen ist.« Ihre Finger fuhren in der Luft herum. »Da dies hier das *Kulinarische Träume-Zimmer* ist, ist der Koch-Wohn-Ess-Bereich am größten geraten. Von dort hat man Zugang zum Eckbalkon, damit man auch auf diesem speisen kann. Eine Ziehharmonikatür trennt beide Bereiche, um bei Bedarf einen größeren Raum zu schaffen.«

»Ziehharmonika? Warum keine Schiebetür, die dichtet doch weitaus besser ab und sieht bestimmt auch edler aus?!«

»Das habe ich auch überlegt, aber wie Sie sehen können, würde die Schiebetür dann hier in den Flur ragen und das ist nicht ...«

»Und wenn man von beiden Seiten ein ... vielleicht ein Schuhregal baut und die Tür in der Mitte verschwinden lässt?« Falk war stolz auf seine Idee.

»Mmmh ...« Cara holte einen Zollstock aus ihrer Umhängetasche und begann ohne ein weiteres Wort die Abstände von der Tür zum Schlafzimmer bis zur geplanten Zwischentür zu messen. »Ob das langt?« Sie stellte sich wieder neben ihn und prüfte das Ganze nochmal genau. »Ich notiere es mal mit Fragezeichen.« Mit skeptischer Miene schrieb sie etwas auf ihren Block und wollte dann sogleich wissen: »Wie finden Sie ansonsten die Aufteilung?«

Falk überlegte lange, ließ seinen Blick von links nach rechts schweifen und antwortete dann: »Warum ein Innenbad und warum nicht größer?«

»Ich wusste, dass Sie das fragen würden.« Sie ging einen Schritt über die Linie ins Badezimmer. »Ich habe mir den Kopf darüber zerbrochen, ob es den Gästen wichtig ist, wie groß ein Bad ist und ob es ein Fenster hat und kam zu dem Schluss, dass es darauf ankommt, aus welchem Grund sie hier sind.« Sie zeigte auf den Küchenbereich. »Dieses Zimmer hat das Paar wegen des kulinarischen Hintergrunds gebucht und ich glaube, deshalb legen sie weniger Wert auf das Schlaf- oder Badezimmer ...«

»Matratzen und Dixi-Klo also?«

»Nein, natürlich nicht. Die Matratzen sind nur für uns gedacht. Ich wollte …«

»Ah, also nur für uns und unsere erste gemeinsame …«

»Herr Baringhaus«, sagte Cara mahnend und kniff die Augen zusammen.

Entschuldigend hob er die Hände. »Fahren Sie fort.« Ein leicht verschmitztes Grinsen breitete sich auf seinem Gesicht aus.

»Es wird natürlich sehr wohl eine gehobene Ausstattung geben, auch für das Innenbad und …«

Falk starrte sie fasziniert an, wie sie so überzeugt von ihrer Idee sprach und nickte, als sie endete. »Ich denke, ich bin überzeugt. Danke. Und jetzt?«

»Jetzt bekommen wir bei unserem ganz persönlichen Küchenprofi eine Kochstunde.«

»Ohne richtig anzukommen? Ist das nicht ein bisschen gewagt?«

»Der Gast kann natürlich wählen, zu welchem Zeitpunkt er seine Profikochstunde haben möchte. Sie bieten alles an«, erwiderte sie fast schon schnippisch und ging hinüber zum Tisch.

Falk bemerkte ihre leichte Verstimmung und versuchte, die Harmonie mit einem Scherz wieder herzustellen »Hat das nicht wehgetan?«

»Wie bitte?«, fragte sie erstaunt.

»Na, Sie sind voll gegen die Mauer gelaufen.« Falk machte eine ausladende Geste, als ob er eine Tür öffnen würde, schritt mit einem höflichen Nicken am Koch vorbei und setzte sich an den Tisch. »So macht man das, meine Liebe.«

Cara schaute vom Koch zum Kellner und erkannte in den Gesichtern das unterdrückte Schmunzeln, das auch Falk auf den Lippen hatte. »Lustig, Herr Baringhaus, sehr lustig.« Sie schüttelte den Kopf. »Hier also meine Vorschläge für ein kulinarisches Wochenende: Anreise Freitag ab …«

»Wieso nur Wochenende?«

»Ahhh, das ist doch nur ein Angebotsbeispiel und natürlich absolut variabel.«

Zum ersten Mal schien Cara ein wenig die Geduld zu verlieren und Falk stocherte nur zu gern nach. Er wollte an der Oberfläche der perfekten Miss Poppins kratzen. Warum, wusste er selbst nicht. »Wenn ein Gast Sie solche Dinge fragt, reagieren Sie dann genauso aufbrausend?«

»Ich bin überhaupt nicht aufbrausend, ich versuche einfach nur, Ihnen alle Möglichkeiten darzulegen, und finde Ihre Bemerkungen langsam …«

»Unhöflich, nervend oder unnötig, aber vielleicht …«

»Stopp!« Sie setzte sich ihm gegenüber, besann sich auf ihre normalerweise immer vorhandene Professionalität und strich sich unwirsch die Locken aus dem Gesicht. »Sie haben recht. Ich bin ungehalten und das ist falsch. Also noch einmal von vorne.« Sie sah ihn direkt an. »Sind Sie bereit?«

»Natürlich, lassen Sie hören.«

Seine fast schon herablassende Handbewegung reizte Cara beinahe erneut, aber sie nahm sich zusammen. »Ankunft Freitag … oder an jedem anderen Wochentag«, fügte sie süffisant hinzu, was Falk mit einer gehobenen Braue registrierte, »gegen fünfzehn Uhr, Kaffee und Kuchen auf der Terrasse oder im Restaurant. Im Anschluss wird dem Gast das Zimmer präsentiert, wo bereits der Koch und ein Kellner für …«

»Nicht erst ins Zimmer? Will das nicht jeder Gast? Und dann sind gleich Angestellte anwesend? Ohne dass der Gast Zeit hat, die Koffer auszupacken und sich frisch zu machen? Ich weiß nicht …«

Caras Augen verengten sich und sie fuhr fort, ohne auf seine Fragen einzugehen: »… für den ersten Kochkurs Fünf-Gänge-Dinner zur Verfügung stehen. Am nächsten Tag …« Sichtlich genervt unterbrach sie sich, als Falks Finger in die Höhe schoss. »Ja?«

»Vielleicht wäre für den ersten Abend auch das Thema leichte Hausmannskost interessant?! Etwas Regionales, was nicht so schwer im Magen liegt. Außerdem gab es ja gerade erst Kaffee und Kuchen.« Er wartete gespannt auf ihre Reaktion.

»Ich notiere es«, war alles, was Cara knapp entgegnete und schrieb es schnell auf. »Am nächsten Tag wird der Kurs Leichtes Mittagessen stattfinden und am Abreisetag Gesundes Frühstück. Drei Einheiten in drei Tagen …«

»Jetzt rasen Sie aber los und meine Frage wegen der Gästeankunft und der anwesenden Angestellten haben

Sie auch nicht beantwortet. Sie sind doch ein wenig angesäuert, oder?« Ihn störten die zwei Männer im Raum offenbar überhaupt nicht.

»Nein, bin ich nicht«, empörte sie sich.

»Sicher?« Er zog fragend eine Braue hoch.

Resigniert legte sie den Stift nieder und seufzte tief. »Und ich dachte, das wäre das einfachste Zimmer, um Sie von meinen Ideen zu überzeugen. Ist es aber anscheinend nicht.«

»Cara«, er berührte vorsichtig ihre Finger, »Sie machen das grandios und ich provoziere Sie gerade absichtlich, weil ich … Ach, egal.« Er winkte ab. »Ihnen bei all Ihren Ausführungen zu folgen, ist heute recht anstrengend für mich. Ich habe ein paar arbeitsreiche Wochen hinter mir, denn damit habe ich mir die Zeit für Ihre Präsentation freigeschaufelt. Heute war auch ein langer Tag mit vielen nervigen Gesprächen und nur wenigen Pausen und ich muss zugeben, ich bin vor Neugier ein klein bisschen aufgeregt. Es könnte allerdings auch der Hunger sein, der mich leicht reizbar macht. Wollen wir nicht einfach mit unserer Kochstunde anfangen?« Mit einem Mal überhaupt nicht mehr provozierend schaute er sie treuherzig an.

Cara verstand ihn – auch sie empfand es wider Erwarten recht anstrengend und war ebenfalls zu gleichen Teilen aufgeregt und genervt. »Gern, ich bin auch hungrig.« Sie stand auf. »Dabei werde ich Ihnen erzählen, wie die Einrichtung aussehen könnte, okay?«

»Nein, nicht okay. Wir kochen und konzentrieren uns nur darauf. Und später reden wir während des Essens bei einem leckeren Glas Wein über das Ambiente und alles Weitere.« Falk schob seinen Stuhl zurück, kam schwungvoll hoch und blieb dicht vor ihr stehen. »So machen wir das, Cara.«

Verwundert blickte sie zu ihm auf, nahm das muntere Leuchten in seinen grünen Augen wahr und freute sich mit einem Mal, dass ihr jemand eine Entscheidung abnahm. Das war sie sonst weder von zu Hause noch von der Arbeit oder aus dem Bekanntenkreis gewohnt. Immer erwartete jemand von ihr, dass sie den Weg vorgab und voranging. Dieser Moment hier mit Falk war eine angenehme Abwechslung. »Ja, so machen wir das.«

Cara genoss in diesem Augenblick nicht nur Falks bestimmende Art – denn trotz immer wieder auftauchender kleiner Meinungsverschiedenheiten, über ihre unterschiedlichen Vorstellungen oder Vorgehensweisen, begann sie sich in seiner Gegenwart von Minute zu Minute wohler zu fühlen …

Kapitel 4

Jeder mit einer weinroten Schürze versehen, auf die Cara *Traumhaft* hatte drucken lassen, bereiteten sie nach den Anweisungen des Küchenchefs ihren ersten Gang zu.

Cara konnte jedoch nicht wirklich das Thema ruhen lassen und erklärte Falk dabei: »Je nach Wunsch des Gastes werden ihm Menüvorschläge präsentiert, unter denen er dann seine Speisefolgen aussuchen kann und …«

»Cara, bitte.« Mehr sagte Falk nicht, sondern sah sie nur sanftmütig an.

Abrupt verstummte sie und spürte, wie bei seinem intensiven Blick Röte in ihre Wangen stieg. Cara senkte die Lider, begann auf Anweisung des Kochs mechanisch, das Gemüse und den Salat für die Vorspeise zu schnippeln und fragte sich dabei, warum Falk es problemlos fertigbrachte, sie zu verunsichern, sei es durch einen liebevollen Blick oder herzliche Worte – vor allem aber durch seine harmlosen Berührungen …

Als sie kurz darauf am Tisch saßen und der Kellner ihnen nach dem Salat die frisch zubereitete Shrimpssuppe servierte, zeigte Falk auf die Weinflasche: »Möchten Sie ein Glas Weißwein dazu?« Noch bevor er nach der Flasche, die im Kühler auf dem Tisch stand, greifen konnte, war der Ober wortlos bei ihnen und übernahm das Einschenken.

»Danke.« Sie legte die Hand aufs Glas. »Ich bleibe lieber beim Wasser.«

»Danke, Julian.« Falk begann zu essen und sagte nach dem ersten Löffel begeistert: »Mmmh, sehr schmackhaft unsere Suppe.«

»Ja, das finde ich auch.«

»Haben Sie die Speisenfolge festgelegt?«

»Na ja, ich habe ein wenig vorgegeben, was ich mag.«

»Ah, was sie mögen.« Er nickte schmunzelnd.

»Oh«, sie ließ den Löffel sinken und ihre Hand legte sich wie von selbst auf ihren Mund, »in all dem Eifer habe ich vollkommen vergessen, Sie nach etwaigen Allergien zu fragen.«

Seine Augen weiteten sich und er stöhnte entsetzt: »Oh Gott, Schalentiere …«

Caras Hand fuhr erneut in Richtung Mund und ihr wäre fast ein weiteres »Oh« entsprungen. »Das ist jetzt nicht Ihr Ernst, oder? Sie bekommen doch jetzt keine allergische Reaktion … So was wie dicke Lippen, oder?!«

Falk sah sie zunächst todernst an, musste aber schon nach wenigen Sekunden loslachen. »Nein, Spaß. Ich riskiere vielleicht manchmal eine dicke Lippe, aber Schalentiere liebe ich. Und Allergien habe ich keine, allerdings mag ich Rosenkohl absolut nicht und bei Pilzen bin ich auch ein wenig wählerisch.«

»Oh nein, es gibt Pfifferlinge.« Jetzt war Cara wirklich entsetzt.

»Alles gut.« Er hob beruhigend die Hände. »Ich werde es überleben.«

»Das ärgert mich jetzt aber, weil ich doch wollte, dass alles …«

»… perfekt ist, Miss Poppins?«

»Ja«, stimmte sie zerknirscht zu.

»Es ist wirklich kein Problem, liebe Cara.«

»Wirklich nicht? Na gut.«

Ihrer Stimme war deutlich der Zweifel anzuhören, doch für Falk war das Thema erledigt und er widmete sich wieder seiner Suppe.

»Wissen Sie, hier in der Essecke fände ich es ganz schön, wenn …«, fing sie mit neuem Schwung an, wurde aber sogleich unterbrochen.

»Ahhh … Stopp, wir hatten doch gesagt, erst …«

»… während des Essens bei einem leckeren Glas Wein reden wir über das Ambiente.« Cara griff hastig nach der Flasche, schenkte sich ein wenig Wein ein und grinste verschmitzt. »Darf ich jetzt?«

»Ah, wenn es darum geht, zu bekommen, was Sie wollen, ist Ihnen jedes Mittel recht, oder?«, stellte er stirnrunzelnd fest.

»Ja«, bestätigte sie ernst und hob ihr Glas. »Zum Wohl.«

Aufstöhnend lehnte er sich zurück. »Prost. Aber bitte nur ein paar wenige Details, damit ich nicht wieder überflutet werde von Ihren Ideen.«

»Ist Ihnen das etwa alles zu viel? Soll ich vielleicht ...«

»Cara«, Falk hob breit lächelnd die Hände, »alles ist gut. Bitte nur nicht zu viele Infos auf einmal. Sie müssen auch mal daran denken, dass Sie das schon alles etliche Male durchdacht, aufgeschrieben oder manches vermutlich auch schon ausprobiert und das Szenario durchgespielt haben. Doch für mich ist das Neuland und ich weiß zwar, dass wir bisher meist auf einer Wellenlänge lagen, aber in manchen Dingen rauschen Sie mir einfach zu schnell davon. Das ist alles. Nicht schlimm, jedoch ein wenig mühsam für mich. Verstehen Sie?«

»Ja.« Sie grübelte kurz. »Ich erzähle Ihnen jetzt nur etwas zu diesem Essbereich hier. Einverstanden?«

»Einverstanden.«

»Der Esstischfuß soll aus Eichenholz sein, auf dem eine Glasplatte in Form eines Eichenblattes liegt, unter der sich eine Schublade befindet, in der man heimische Anbauprodukte präsentieren kann ...« Einmal angefangen, redete sich Cara augenblicklich in einen Rausch und sprang von dem Esstisch zu den Parkettböden im ganzen Haus und weiter zur Hotelküche, bis sie wieder bei ihrer Präsentation und dem heutigen Themenzimmer landete.

Ohne sie zu unterbrechen, hörte Falk ihr leicht lächelnd zu. Er mochte ihre Euphorie und auch ihre angenehme Stimme. Sie war nicht hell und quietschend, sondern relativ tief und beinahe erotisch.

Nachdem Cara ihren ausführlichen Bericht beendet hatte, machten sie sich daran, den Hauptgang zuzubereiten. Zu Falks Erstaunen blieb Cara währenddessen die meiste Zeit stumm. Kurz bevor sie erneut ihre Eigenkreation serviert bekamen, legten sie die Schürzen ab und setzten sich wieder.

»Was ist mit den Wänden? Haben Sie dafür bunte Tapeten oder einen hellen Anstrich mit Bildern vorgesehen?«

Cara war einigermaßen verblüfft, dass auch Falk an so etwas dachte, erinnerte sich aber an den Wunscheinrichtungsstil seiner eigenen vier Wände, über den sie bei einem ihrer ersten Treffen geredet hatten – Holzmöbel und das ein oder andere farbenfrohe, allerdings nicht abstrakte

Bild. Hatte sie sich dazu vielleicht sogar Notizen gemacht? Sie war schon im Begriff, nach den alten Unterlagen zu suchen, besann sich aber und griff in ihre Umhängetasche, um nach einer Zeichenmappe zu kramen. »Hier. Ich habe eine Künstlerin gefunden, die sogar aus der Umgebung ist und wunderschöne Aquarelle malt. Das Besondere an ihren Werken ist für mich jedoch, dass sie lediglich einen prägnanten Farbakzent in die ansonsten schwarzweiß gehaltenen Gemälde setzt.«

»Wow, sehr, sehr schön.«

»Ja, finde ich auch.«

»Ich verstehe nicht wirklich viel von Kunst und Galerien und Museen sind mir ein Graus. Aber das ein oder andere Werk kann selbst mich beeindrucken. Gut, dass unser Geschmack der gleiche zu sein scheint.«

»Ja, das finde ich auch. Ich denke, ich werde die Dame auch fragen, ob sie ähnliche Zeichnungen mit diversen Fässern, Flaschen oder Gläsern anfertigen könnte, die ins Zimmer *Edle Tropfen* passen würden.« Sie sah ihn an und bemerkte seine leicht hochgezogene Braue. »Ups«, sie hielt sich die Hand vor den Mund, »und schon rausche ich wieder davon, stimmt's?«

Falk grinste spitzbübisch. »Ups«, seine Hand ging zum Mund, »ist nicht schlimm, ich kann Ihnen folgen.«

»Sie machen sich über mich lustig.« Ihre Augen wurden schmal.

»Ja, das tue ich wohl gerade.« Er zwinkerte ihr zu.

Cara atmete tief ein und überlegte, wie sie reagieren sollte. Falks Sticheleien im Wechsel mit seinen sanften Worten versetzten sie in Unruhe und machten es ihr schwer, sich einzig und allein auf das Geschäftliche zu konzentrieren. Er schaffte mit seinem freundschaftlichen Geplänkel eine Atmosphäre, die Cara unkonzentriert werden ließ und bei ihr immer wieder ein unkontrolliertes Herzklopfen hervorrief – sie musste dem unbedingt Einhalt gebieten. Sie grübelte, wie sie ihm alles, was sie sich über Wochen mühevoll erarbeitet hatte, mitteilen und damit wieder die geschäftliche Distanz herstellen konnte. Über Wochen? Sie lächelte leicht. Es waren nicht nur Wochen gewesen, in denen sie all ihre Vorstellungen zu Papier gebracht hatte – im Grunde befanden sich alle Ideen schon seit Jahren in ihrem Kopf.

Falk erfreute sich an ihrem verträumten Gesichtsausdruck und erkundigte sich: »Was gibt es jetzt noch Leckeres zum Nachtisch?« Als sie nicht sofort etwas erwiderte, stand er schmunzelnd auf und ging zum Küchenchef, der dabei war, Geschirr zusammen zu räumen. »Maximilian, wie geht es weiter?«

»Da wir nicht allzu viele Möglichkeiten der Zubereitung haben und es auch schnell gehen soll, zaubern wir nun einen ›Sommerfruchttraum‹.« Der Küchenchef griff in die Kühltasche und beförderte die Zutaten hervor. »Würden Sie bitte die Eier trennen und das Eiweiß steif schlagen?«

Cara kam mit undurchdringlicher Miene dazu und folgte ebenfalls den Anweisungen des Kochs. Nicht nur, dass Falk sie auf eigentümliche Weise verwirrte, er schaffte es auch, sie zu provozieren, obwohl Cara normalerweise nicht so leicht aus der Ruhe zu bringen war. Sie warf ihm ab und an kurze Blicke zu und dachte dabei entsetzt, dass sie trotz der kleinen Provokationen dennoch seine Art mochte. Es gefiel ihr, wenn er herzlich lachte und wie jetzt unbefangen mit dem Koch scherzte. Und wenn er sie dann noch anstrahlte oder auch durchdringend anschaute, wurde sie nervös und in ihrer Magengrube zog es unnatürlich.

»Schmeißen Sie ja nichts weg«, bat Falk an den Koch gewandt, als sie wieder am Tisch saßen und er sein Dessertglas bereits zur Hälfte geleert hatte, »ich nehme die Reste auf jeden Fall auch noch. Wie schmeckt es Ihnen?«

»Sehr gut.«

Julian hatte ihnen als Digestif einen Honig-Grappa eingeschenkt, an dem Falk erst einmal schnupperte, bevor er daran nippte, um dann begeistert zu seufzen: »Mmmh, absolut lecker.«

»Prost.« Auch Cara nippte an dem Tresterbrand, verzog aber sogleich das Gesicht und stellte das Getränk außer Reichweite.

Falk schmunzelte, griff nach ihrem Schnapsglas und stellte es vor sich. »Darf ich?«

»Ja, gern.«

Nachdem er auch den zweiten Grappa getrunken hatte, lehnte er sich im Stuhl zurück und legte die Hände auf seinen Bauch. »Ich denke, ich bin jetzt einigermaßen gesättigt. Sie können also gern fortfahren mit weiteren Details, die ich wissen sollte.«

»Sind Sie wieder aufnahmefähig?«, fragte Cara, selbst in ihren eigenen Ohren eine Spur zu schnippisch und kramte hastig in ihren Unterlagen. Sie war verstimmt. Zunächst wegen ihrer allzu privaten Gedanken über Falk, aber auch, weil seine Reaktionen auf ihre Präsentation nicht die waren, die sie sich erhofft hatte. Sie versuchte, ihren Unmut mit geschäftigem Treiben zu überspielen. »Der Balkon soll ebenfalls die Gelegenheit zum Speisen bieten. Er ist schmal, aber es ist auf jeden Fall möglich, einen Tisch und zwei Stühle zu stellen.« Sie schob ihm ein paar Bilder zu. »Ich finde, schmiedeeiserne Möbel würden großartig passen, vor allem in Anlehnung an das Balkongeländer.«

»Sind die nicht zu unbequem?« Falk hatte sehr wohl ihre Gereiztheit bemerkt, ging aber darüber hinweg.

»Nein!«, entgegnete sie energisch, ruderte aber angesichts Falks verblüffter Miene sogleich ein wenig zurück. »Nein, das sind sie bestimmt nicht. Mit den passenden Kissen schon gar nicht.« Sie tippte auf eines der Fotos.

Er warf ihr einen skeptischen Blick zu, der nicht nur die Art der Balkonbestuhlung infrage stellte, sondern auch ihre zunehmend kühle Art. »Würden Sie mir bitte noch ein Dessert bringen«, bat er den jungen Kellner, der schweigend neben der Zimmertür stand.

»Ich denke, Sie sind satt und außerdem bekommen wir gleich noch ein wenig Käse«, warf Cara ein.

»Den schaffe ich auch noch, keine Angst.«

»Gut.« Sie zeigte aus dem Fenster. »Was halten Sie nun davon?«

»Kommen Sie mit.« Falk stand auf, griff nach dem Nachtisch, den der Kellner ihm gerade reichte, schnappte seinen Löffel und öffnete die Balkontür.

Etwas konsterniert über seinen forschen Ton, folgte sie ihm auf den Balkon. Sie stellte sich neben ihn und schweigend blickten sie direkt auf den See, der im Schein der letzten Sonnenstrahlen traumhaft funkelte.

»Wissen Sie, was mir in diesem Zimmer fehlt?«, fragte er, seinen zweiten Nachtisch genießend.

»Nein. Woher soll ich das wissen?« Auch wenn sie anfangs beteuert hatte, dass sie sich gemeinsam auf Fehlersuche begeben würden, passte es ihr nicht, dass Falk ihre Ideen so kritisch betrachtete.

»Ein Rückzugsort.«

»Sie sind gut«, Cara wandte sich ihm zu und starrte ihn mürrisch an, »wie soll das bitte schön ohne Wände gehen?«

»Ich meine nicht nur heute, obwohl ich es ehrlich gesagt als recht unangenehm empfinde, die ganze Zeit unter Beobachtung zu stehen, aber das ist momentan nun mal nicht anders machbar. Ich meine in Ihren Entwürfen. Sie haben zwar die Schiebetür zum Schlafzimmer …«

»Noch ist es eine Ziehharmonikatür, da Ihre Idee vielleicht gar nicht umsetzbar …«

»… die Schiebetür zum Schlafzimmer hin«, wiederholte er ruhig, jedoch mit einem warnenden Unterton. »Wobei ich mittlerweile sogar eher zu einer richtigen Tür tendiere. Doch das meine ich jetzt gar nicht. Mir fehlt zur Küche hin eine Abtrennung. Ich finde, das sollte intimer sein. So würde ich mich garantiert nicht wohlfühlen und deshalb, meine Liebe, sage ich zu dieser Variante nein!«

Erbost fuhr sie ihn an: »Aber Sie können doch nicht einfach nur wegen eines kleinen Details die ganze Variante infrage stellen! Das ist doch … das ist doch …« Ihr fehlten die Worte, als sie seinen spöttischen Blick wahrnahm.

»Was ist es?« Er stellte das leere Dessertglas samt Löffel neben sich auf den Boden und fragte erneut: »Was ist es denn?«

»Ach verdammt, Sie … Sie nerv…« Cara brach ab. Nur zu gern hätte sie ihrem Auftraggeber einmal gehörig die Meinung gesagt. Missmutig stierte sie vor sich hin.

Falk wurde hellhörig. »Also ich nerve Sie?! Na, wenn ich schon nerve, dann halt richtig. Ich mag diese Eisenstühle nicht, sie sind unbequem, fertig. Überlegen Sie sich etwas Neues.«

Durch Falks rigoroses Ablehnen einer ihrer Ideen wurde Cara schlagartig bewusst, was sie hier veranstaltete. Sie präsentierte Falk ihre ganz eigenen Träume und erwartete allen Ernstes, dass er zu sämtlichen Vorschlägen Ja und Amen sagen würde. Sie hatte ihm am heutigen Tag wenige Möglichkeiten zum Mitträumen gegeben, außer bei dem Anfahrtsweg und im Außengelände, da hatte es noch irgendwie funktioniert, weil sie bei diesen nicht so festgefahren wie mit ihren Ideen für die Zimmergestaltung war. Verstohlen schielte sie zu ihm hinüber und sah in seine nunmehr finstere Miene.

»Und nochmal zurück zu den fehlenden Küchenwänden«, jetzt redete Falk sich in Fahrt, »wissen Sie, Cara, dort drinnen, auf dem Präsentierteller, würde sich kein Paar anfauchen und streiten, sie würden alles runterschlucken und …«

Sie drehte sich erstaunt zu ihm um. »Aber sie sollen sich doch auch nicht streiten, sondern …«

»Na, jetzt ist aber gut, Frau Sandberg. Meinen Sie ernsthaft, nur weil Sie ein traumhaftes Ambiente schaffen, wird es hinter diesen Mauern«, er klopfte mit der Hand ein paarmal gegen die Hauswand, »keinen Streit geben? Etwas naiv gedacht, würde ich mal behaupten.«

»Dann bin ich halt naiv, na und, immer noch besser als so … so …« Sie funkelte ihn nach Worten ringend an.

»Stopp, bitte.« Er trat einen Schritt auf sie zu, blieb dicht vor ihr stehen und seine Finger umfassten vorsichtig ihren Arm. »Bevor wir anfangen, uns zu beleidigen, sollten wir lieber den Grund unserer Auseinandersetzung klären. Sagen Sie mir, was Sie so sauer gemacht hat. Waren es meine ironischen Bemerkungen über Ihre ›Ohs‹ und ›Upses‹ oder ist es, weil ich Ihnen ehrlich mitteile, was mir gefällt und was nicht?«

Sie starrte auf seine Hand, spürte wieder seine Wärme. »Es sind nicht die ironischen Bemerkungen, obwohl … Nein, sind es nicht.« Ihr Unmut war verflogen. »Es ist einfach … Ich verstehe nicht, wie Sie das alles nicht gut finden können und …«

»Liebe Cara, was reden Sie denn da? Von alldem, was Sie mir bisher erzählt und gezeigt haben, fand ich neunzig Prozent klasse, und das habe ich Ihnen auch gesagt. Aber was die Gestaltung der einzelnen Zimmer betrifft – Sie haben mir versprochen«, intensiv schaute Falk sie an, »Sie wollen gemeinsam mit mir träumen. Das tun Sie aber leider nicht. Sie beschreiben mir Ihren ganz eigenen Traum, aber der muss sich nicht zwangsläufig mit meinem decken. Das ist alles, mehr nicht. Sie sind großartig und haben bisher wunderbare Arbeit geleistet … und das wissen Sie auch.«

»Ja … Danke. Sie haben ja recht.« Sie zog eine Grimasse, die er in dem schummrigen Licht nur erahnen konnte, und gab zu: »Das gleiche habe ich vor ein paar Minuten auch gedacht. *Ich* präsentiere Ihnen meine Träume und erwarte, dass *Sie* alles gut finden.«

»Ja, so ist es.« Er strahlte sie ehrlich erfreut über ihre Selbsterkenntnis an. »Aber da wir das jetzt geklärt haben – Frieden?!«

»Puh, ja.« Caras Kopf sackte erleichtert nach vorne und berührte flüchtig seine Schulter. Sie fühlte sich plötzlich kraftlos und genoss den Moment der Ruhe.

Ohne nachzudenken, legte Falk seine Arme um sie und zog sie behutsam an sich. »Sehen Sie, auch so etwas würde nicht vor den Augen des Personals passieren«, flüsterte er an ihrem Haar. »Kein Paar könnte sich wieder versöhnen … Wie auch«, er lachte rau auf, »sie hatten ja noch keine Chance zum Streiten.« Seine Hand strich bedächtig über ihren Rücken, und Falk musste sich eingestehen, dass er ihre Nähe mehr genoss, als ihm lieb war. »Und auf eine eisig eingenommene Mahlzeit würde bestimmt keine leidenschaftliche Nacht …«

Cara versteifte sich mit einem Mal. Sie war kurzzeitig weggedriftet und hatte nur für ein paar Sekunden verschnaufen wollen. Dass sie seine Umarmung als wohltuend empfand und der Duft seines Aftershaves, der ihr in die Nase stieg, genießerisch einatmete, entsetzte sie mit einem Schlag. Ruckartig löste sie sich von Falk und stieß hastig hervor: »Nur, dass wir kein Paar sind und überhaupt, das geht mir doch ein wenig zu …«

»… zu weit?! Sie haben recht, Entschuldigung. Ich weiß nicht, was gerade in mich gefahren ist.« Bedauernd sah er sie an. »Es war ein anstrengender Tag und …« Unbeholfen zuckte er mit den Schultern. »Es tut mir wirklich leid. Ich …«

»Schon gut, es ist ja nichts passiert, außer dass wir Frieden geschlossen und für einen Augenblick diese friedliche Ruhe ausgekostet haben.« Sie bückte sich nach dem Glas auf dem Boden. »Also alles gut, Falk. Lassen Sie uns wieder reingehen.«

Er nickte nur, drückte die Balkontür auf und ließ sie unter seinem Arm hindurchschlüpfen.

»Sagen Sie mir doch bitte, wo ich ein intaktes Badezimmer finde?« Falk hüpfte übertrieben auf und ab, und lockerte damit die Stimmung sogleich noch ein wenig mehr auf.

»Sie müssen in den anderen Flur und das erste Zimmer neben der Treppe ist das, in dem es eine Toilette und auch eine Waschgelegenheit gibt.«

»Nur eine Waschgelegenheit? Ich hoffe doch auch eine Dusche für morgen früh?!«

»Oh«, wie immer fuhr ihre Hand zum Mund, »habe ich Ihnen nicht gesagt, dass es zurzeit keine Duschmöglichkeit gibt, außer der Gartendusche am See?«

»Nein, das haben Sie wohl vergessen«, murrte er beim Rausgehen.

»Das tut mir aber leid«, rief sie ihm hinterher.

»Ihrem Ton nach zu urteilen, tut es das nicht«, kam es dumpf zurück.

Cara kicherte einigermaßen befreit und schob alle Gedanken an ihre sehr eigentümlichen Gefühle Falk gegenüber beiseite – zumindest versuchte sie es …

Kapitel 5

»Also so haben Sie sich das alles hier vorgestellt?« Falk schob einen weiteren Happen der abschließenden Käseplatte in den Mund, streckte sich auf seiner Matratze aus und starrte an die Decke. »Das Paar ist satt und zufrieden, ob mit oder ohne Streit …« Er versuchte, ihren Blick zu erhaschen, konnte sie aber durch das kleine zwischen ihnen stehende Tischchen nicht gut sehen. »… zweifellos besser ohne, und was passiert jetzt?« Er richtete sich ein wenig auf und stützte sich auf seinen Ellbogen ab. »Ich meine natürlich außer dem Üblichen, was Paare zu diesem Zeitpunkt normalerweise miteinander machen …«

»Falk.« Mahnend hob sie den Finger. »Sie werden anzüglich, das steht Ihnen nicht.«

»Nicht? Schade«, erwiderte er lachend und ließ sich zurückfallen. Caras Reaktion auf seine Provokation amüsierte ihn. Es machte ihm immer noch Spaß, die perfekte Mary Poppins ein wenig aus der Reserve zu locken. Er wusste nicht, was es war, aber irgendetwas an ihr reizte ihn. Falk mochte ihre Gradlinigkeit und das Gewissenhafte, vermutete aber unter ihrer vorbildlichen Perfektion und offensichtlichen Unbedarftheit etwas Wildes und … ja, und vielleicht auch Leidenschaftliches. Er linste über das Tischchen. Es reizte ihn herauszufinden, ob sie bei allem so voller Hingabe wie in ihren Planungen und den Arbeiten rund um sein Hotel war?

»Ich möchte Ihnen jetzt gern noch etwas mehr zur Dekoration des Zimmers erzählen.« Ein paar im Raum verteilte Kerzen sowie eine karge Glühbirne an der Decke spendeten Cara ausreichend Licht, um dabei ihre Notizen durchzusehen.

»Ich lausche.« Falk verdrängte seine Gedanken und versuchte, sich wieder voll und ganz aufs Maßgebliche, die Einrichtung seines Hotels, zu konzentrieren.

»Genau wie im Essbereich würde ich auch im Schlafzimmer ein paar Bilder mit Speisen aufhängen, doch mehr … mehr im …« Leicht verlegen brach sie ab. Ihr kam in diesem Augenblick das Thema ein wenig heikel vor – allein mit einem Mann, der noch vor einigen Sekunden frivole Anspielungen gemacht hatte und sie jetzt ganz offenkundig musterte, und den sie selbst, wie sie sich eingestehen musste, nicht gerade unattraktiv fand. »Ähm, hören Sie auf, mich so anzuschauen.«

»Wie schaue ich denn?« Er setzte sich auf seiner Matratze auf und nahm noch ein Stück Käse.

»Mmmh, wie … wie eine Katze auf die Maus oder ein Wolf auf das Lämmchen.« Cara musste bei ihren eigenen Worten kichern. »Oh Gott, ich glaube, ich habe doch einen Schluck Wein zu viel getrunken.«

»Sie haben doch noch nicht einmal ein Glas von dem guten«, er hob die Flasche an und betrachtete das Etikett, »Riesling aus Köngernheim getrunken.«

»Ich trinke sonst nie.«

»Nie?«

»Na ja, selten und dann meist nur ein paar Schlucke.«

»Sind Sie etwa schon betrunken?«

»Oh Gott, nein.« Kichernd hielt sie sich die Hand vor den Mund.

»Sie tun es schon wieder. Das ist echt eine süße Eigenart.«

»Süß?« Cara lachte nun laut. »Vorhin dachte ich noch, es nervt Sie.«

»Nein, tut es nicht«, beruhigte er sie lächelnd. »Was für Bilder möchten Sie denn nun hier haben … im Schlafgemach?«

»Also ich habe mir überlegt«, wieder gefasst und ganz professionell holte sie eine Skizze aus ihrer Tasche, »dass hier Obst als …«

»Ihre Umhängetasche ist immer in Ihrer Nähe und ein wahres Wunderding, genau wie die von Mary Poppins, oder? Wo Mary Poppins Garderobenständer hervorzaubert, zaubern Sie aus Ihrer prallgefüllten Tasche Skizzen, Fotos und Notizen«, witzelte er breit grinsend.

Sie wollte zu einer spaßigen Erwiderung ansetzen, bremste sich aber, um so dem spielerischen Geplänkel, durch das sie nie weiterkommen würden, Einhalt zu gebieten. »Hier. Am besten, Sie sehen sich die Skizze an. Ich habe nur einen groben Entwurf von Adam und Eva und dem Sündenfall gezeichnet. Wie ich schon sagte, die Künstlerin würde dann daraus schwarzweiße Aquarelle mit einem Akzent, hier dem roten Apfel, anfertigen.« Sie wartete gespannt ab.

»Natürlich. Aber wo ist die Schlange?«

»Die Schlange?«

»Na, kein Sündenfall ohne Schlange …«, erklärte er zwinkernd und grinste erneut übers ganze Gesicht.

»Bitte konzentrieren Sie sich aufs Wesentliche. Gefällt Ihnen so etwas?«

»Mmmh …« Er schaute sich um. »Würde mir so ein Bild gefallen? Ja, ich denke schon. Haben Sie noch eins?«

»Jaaa …« Cara schluckte und fixierte ihn scharf. »Aber bleiben Sie bitte ernst.«

Unschuldig hob er die Hände. »Todernst! Profi durch und durch.«

»Dieses Mal sind es zwei Farbakzente, wieder in Rot gehalten, da ich es gern im Großformat über dem Bett aufhängen würde«, sie zeigte auf die Wand zum Nachbarzimmer, »oder vielleicht sogar als Zeichnung auf die ganze Wa…«

»Zeigen Sie schon«, unterbrach er sie ungeduldig, griff nach dem Blatt und bestaunte es fasziniert. »Haben wirklich Sie das gemalt?«

»Gezeichnet, ja.« Abwartend versuchte sie, in seiner Mimik eine Reaktion zu erkennen. »Und?«

»Wow! Sehr schön und sehr erotisch, die zwei nackten, ineinander verschlungenen Körper. Und das Rot der Erdbeere, die er an ihren Mund hält, ist wirklich ein ansprechender Akzent. Aber auch die umgefallene Schale mit den restlichen Erdbeeren auf dem zerknäulten Laken sieht sehr plastisch, sehr realistisch aus …« Unmerklich schluckte er schwer, reichte ihr die Bilder und nickte dabei anerkennend. »Ja! Ja, sehr schön, ein Hingucker allemal.«

»Nicht zu viel oder vielleicht auch zu vulgär?«

»Auf keinen Fall. Es ist für ein Erwachsenenhotel, in dem Paare ihre Zeit verbringen werden, genau die richtige Mischung zwischen Verspieltheit, Romantik und sanfter Erotik. Mir gefällt's.« Falk sank zurück auf seine Matratze und war für einen kurzen Moment verwirrt von seiner sich im ganzen Körper ausbreitenden Unruhe. Er würde sich doch nicht von einer Zeichnung erregen lassen? Nein, nicht von der Zeichnung, aber von der Frau, die sie gemalt hatte und ihm nun unschuldig präsentierte. Unverständlich für Cara brummte er vor sich hin: »Eiterpickel, Godzilla, Kotzeimer …«

»Was murmeln Sie?« Cara beugte sich vor und schob das Tischchen ein wenig zu Seite.

»Nichts, alles gut.« Ruckartig setzte er sich auf. »Sie können wirklich sehr lebendig zeichnen.«

»Ich habe Innenarchitektur studiert, da ist es von Vorteil, zeichnen zu können. Soll ich Ihnen noch eins zeigen? Vielleicht eins, das ich mir gut im Badezimmer vorstellen kann?«

»Puh, im Badezimmer?« Falk stöhnte innerlich auf. Er hatte das Gefühl, Cara war sich nicht wirklich bewusst, welch erotische Fantasien ihre sinnlichen Bilder bei ihm erzeugen konnten. Nicht zum ersten Mal am heutigen Tag dachte er an seine Freundin Selina, die für einen Dreh seit zwei Wochen in England war. Was sie wohl dazu sagen würde, wenn sie wüsste, dass er mit einer nicht unerheblich attraktiven Frau in einem einsam gelegenen Haus, Wein trinkend und auf zwei Matratzen liegend erotische Malerei betrachtete. Sie würde austicken und das zurecht. Er würde nicht anders reagieren. Froh darüber, ihr nichts davon erzählt zu haben, grübelte er weiter über seine Situation nach. Aber was war es überhaupt für eine Situation? Geschäftlich, rein geschäftlich und mehr nicht, redete er sich glaubhaft ein und sagte laut: »Ich bin gleich zurück.« Ohne eine weitere Erklärung verließ er rasch das Zimmer.

Cara schaute ihm einigermaßen verblüfft hinterher und fragte sich ihrerseits, was das hier war. Sie war nicht dumm und auch nicht so naiv, wie Falk zu glauben schien. Sie war eine knapp vierzigjährige verheiratete Frau und Mutter, und bemerkte heute nicht zum ersten Mal, dass Falk ein anziehender Mann war. Ein ganz anderer Typ als ihr Mann Robert, aber nicht minder attraktiv. Jünger, jungenhafter, verschmitzt und ein wenig selbstverliebt. Nein, eher selbstbewusst. Seine lockere Art war ihr zeitweise nicht ernsthaft genug, wenn auch sie ihn als zielorientiert einschätzte und ihn heute als einen Mann erlebt hatte, der sich nicht scheute,

Probleme anzusprechen. Doch genau wie sie selbst war er vergeben und das sollte wohl reichen, um jeglichen Gedanken an etwas anderes als eine reine Geschäftsbeziehung zu unterbinden, mahnte sie sich. Mit Schwung stand sie auf, drehte sich herum und prallte unerwartet gegen Falk. Erschrocken stieß sie ein »Oh« hervor, kam leicht ins Straucheln und wäre beinahe rückwärts über die Matratze gefallen, hätte Falk sie nicht reaktionsschnell um die Taille gepackt und festgehalten.

»Hoppla, Frau Sandberg, nicht so stürmisch«, sagte er lachend und verstärkte den Druck seiner Finger.

Cara hatte ihn nicht wieder ins Zimmer zurückkommen hören und stand ihm nun ganz dicht und mit laut klopfendem Herzen gegenüber. Sie hob den Kopf ein wenig an und versank schlagartig im Grün seiner Augen. Vergessen waren die Gedanken an »vergeben« und »rein geschäftlich«, als sie seinen warmen Atem auf ihrem Gesicht spürte und nun wie gebannt auf seine Lippen starrte. Auch Falk schien es in diesem Moment die Sinne zu vernebeln. Er zog sie noch ein Stück näher an sich und neigte, ihre Reaktion abwartend, leicht den Kopf. Nur noch wenige Millimeter und ihre Lippen würden sich berühren.

Mit einem Mal setzte Caras Verstand wieder ein und sie schüttelte nur leicht den Kopf. Wortlos löste sie seine Finger von ihrer Taille, trat einen Schritt zur Seite und griff nach ihrer Umhängetasche, um darin verlegen herumzukramen. Unfassbar für sich selbst, hatte sie doch in ihren Gedanken für wenige Sekunden mit dem Feuer gespielt, und fragte deshalb nun betont geschäftig: »Wollen Sie noch eine Zeichnung sehen?«

Er fixierte sie kurz, nickte dann und sagte, während er sich auf seine Matratze setzte, durchatmend: »Ihre Idee für das Badezimmergemälde, bitte.«

»Dafür muss ich ein wenig ausholen.« Cara bemerkte sein Augenrollen sehr wohl, kümmerte sich aber nicht weiter darum. »Da fast alle Bäder innenliegend sind, kam mir die Idee, dass man an einer Wand eine Fensterattrappe anbringen könnte, mit einem Bild als Aussicht. Kurz genug gefasst, Herr Baringhaus?«

»Danke, Frau Sandberg, ich sehe, wir verstehen uns«, erwiderte er grinsend. »Wie sollen die Bilder denn aussehen?«

»Ähnlich den Zeichnungen hier, aber nicht schwarzweiß, sondern farbig. Aber wiederum soll es nur einen richtig kräftigen Farbakzent geben.« Sie setzte sich ihm gegenüber und wirkte äußerlich ruhig und entspannt, doch tief in ihr sah es ganz anders aus – noch immer schlug ihr Herz ungewohnt schnell, was sie irgendwie genoss und trotzdem versuchte, zu ignorieren.

»Tut mir leid, dafür reicht meine Vorstellungskraft nicht.« Er streckte seine Hand aus. »Greifen Sie in Ihre Wundertasche, Miss Poppins, und zaubern Sie mir ein Bild hervor.«

Und Cara zauberte.

Er begutachtete die Skizze genau und war erneut von der Schönheit der Zeichnung beeindruckt. Jetzt verstand er auch das Farbenspiel – verschwommen und in Pastellfarben gezeichnet war eine nackte Frau aus der Seitenperspektive zu sehen, die unter einer Gartendusche in den Weinbergen stand, ihre Hände im Haar, wodurch man nur die leichte Kontur ihrer Brust erahnen konnte, und nur in den Rebstöcken die reifen, dunkellilafarbenen Trauben waren kräftig hervorgehoben.

»Warum wollen Sie solche Bilder in Auftrag geben? Sie könnten sie doch selbst perfekt malen … Ich meine zeichnen.«

»Das ist schon eher gemalt.« Ein kurzes Zucken seiner Braue veranlasste sie, schnell weiterzureden: »Danke. Es gefällt Ihnen also. Und die Idee, die dahintersteckt, mit dem Fenster?«

»Ja, gefällt mir alles sehr gut.«

Er gab ihr die Skizze zurück, sah sich im Raum um und wollte schließlich wissen: »Ist das alles, was dieses Zimmer bereithält an kulinarischen Köstlichkeiten?«

»Wie meinen Sie das?«

»Ich fasse mal zusammen: es gibt mehrere Kochkurse, zu jeder Tages- und möglicherweise auch Nachtzeit. Es wird wunderschöne Bilder an den Wänden geben, alle im Bezug zum Essen … sogar im Badezimmer, mit der wirklich sehr beeindruckenden Idee einer Fensterattrappe. Der Esstisch ist außergewöhnlich und enthält ebenfalls etwas aus den heimischen Gewächsen oder wird themenbezogen gestaltet, je nach Buchung. Habe ich etwas vergessen? War das alles?«

»Ähm … Momentan habe ich keine weiteren Ideen. Was brauchen Sie denn noch?« Cara hörte selbst, dass es schnippischer klang, als sie beabsichtigte.

»Nichts, denke ich. Alles gut.«

»Könnten Sie sich vorstellen, sich für ein Wochenende hier einzubuchen?«, erkundigte sie sich erleichtert.

»Mit der richtigen Frau bestimmt.«

Kurz trafen sich ihre Blicke und es herrschte für wenige Sekunden eine unangenehme Stille.

»Also mit Ihrer Freundin«, sagte Cara voller Überzeugung und ließ somit keine Zweifel zu, dass die Fronten geklärt waren. Es war und würde nichts zwischen ihnen passieren. Sie waren beide vergeben – glücklich vergeben!

»Mit Selina?!«, fragte er ungläubig und musste herzlich lachen. »Nein, eher nicht.«

»Warum?«

»Als Schauspielerin achtet sie wie ein Schießhund auf ihre Figur.«

»Oh, das tut mir leid.«

Abermals musste er lachen. »Für Selina, weil sie kaum etwas zu sich nimmt, oder für mich, weil ich dadurch selten in den Genuss komme, gut mit ihr essen zu gehen?«

»Na, eigentlich für Sie beide. Das stelle ich mir nicht toll vor, immer hungern zu müssen.«

»Sie hungert nicht unbedingt, aber was wir heute gekocht und gegessen haben, würde Selina in drei Tagen nicht zu sich nehmen.«

»Wie gesagt, das tut mir leid.« Cara schüttelte bedauernd den Kopf. »Das heißt jedoch für uns, dass wir auch ein geeignetes Arrangement für Sie als Paar finden müssen, eines, bei dem Sie beide ins Träumen kommen können.«

»Ja, das heißt es dann wohl.« Falk machte es sich wieder auf seiner Matratze gemütlich und überlegte krampfhaft, was Selina gefallen würde. Nach wenigen Minuten fragte er: »Hatten Sie vorhin nicht was von Weltreise gesagt?«

»Ja. Meinen Sie, das *Weltreisezimmer* würde ihrer Freundin gefallen?«

»Ja, ich vermute schon.«

»Gut. Dann träumen wir morgen gemeinsam von einer Weltreise.« Cara sah Falk an, nahm seinen fragenden Blick wahr und fügte bestimmt hinzu: »Wir träumen für Sie und Ihre Freundin!«

»Oh nein, ich glaub's ja wohl nicht, verdammt!«, brummte Falk unwillig. »Was soll das? Das geht für mich überhaupt nicht!« Sein finsterer Gesichtsausdruck brachte Cara zum Lachen, was ihn dazu veranlasste, sich wieder die Decke über den Kopf zu ziehen.

Sie hörte sein dumpfes Fluchen, als sie fröhlich aufsprang und forderte ihn erneut auf: »Kommen Sie schon, ein Bad im See ist jetzt genau das Richtige und wird Ihre Lebensgeister wecken.«

»Es ist kurz nach sechs, spinnen Sie total?«

Cara verstand seine Worte, wenn auch nur gedämpft. »Sie werden bald eh nicht mehr zur Ruhe kommen, die Arbeiter beginnen heute mit dem Anstrich der Flurwände.«

Er vergrub sein Gesicht im Kissen. »Scheichen gehm leische.«

»Was haben Sie gesagt?« Sie zog ihm die Decke vom Kopf.

Er richtete sich unwillig auf und knurrte: »Ich sagte: Streichen geht leise, und nun lassen Sie mich in Ruhe.«

Sie hatte überhaupt nicht mitbekommen, dass er ohne T-Shirt schlief und konnte nicht umhin, einen kurzen Blick auf seinen kräftigen, leicht gebräunten und unbehaarten Oberkörper zu werfen, sah jedoch schnell wieder weg und stellte belustigt fest: »Na, Sie sind ja ein richtiger Morgenmuffel, Herr Baringhaus.«

»Na und? Sie sind dafür ein Angsthase, Frau Sandberg.« Er riss ihr die Decke aus der Hand und drehte sich samt dieser um.

Peinlich berührt dachte Cara an ihr Geständnis der vergangenen Nacht, als Falk sie gefragt hatte, ob es ihrem Mann denn recht wäre, wenn sie beide im selben Zimmer schlafen würden. Sie war bisher, selbst nach der kurzen verfänglichen Situation am gestrigen Abend, überhaupt nicht auf die Idee gekommen, dass Robert ein Problem damit haben könnte. Er wusste schließlich, dass er ihr wie eh und je blind vertrauen konnte. Deshalb hatte sie Falks Frage auch unbeantwortet gelassen, allerdings zähneknirschend zugegeben, dass sie im Dunkeln nicht gern allein war, schon gar nicht in einem so großen und einsamen Haus. Zu ihrer Erleichterung hatte Falk daraufhin keine ironische Bemerkung gemacht, was er aber in seiner morgendlichen Übellaunigkeit sogleich nachholte.

»Ich gehe jetzt. Wollen Sie wirklich nicht mitkommen?«

»Verschwinden Sie schon«, brummte er nur und winkte sie weg wie eine lästige Fliege.

So etwas war Cara nicht gewohnt – Robert, Lilly und auch sie selbst liebten das frühe Aufstehen und die Ruhe am Morgen. Kopfschüttelnd lief sie zum Zähneputzen ins Badezimmer auf dem anderen Flur, sprang daraufhin in ihren Bikini und eilte zum See. Tiefenentspannt schwamm sie mit kräftigen Zügen bis zur Mitte des Sees, machte dann kehrt und entdeckte Falk unter der Gartendusche. Zufrieden stellte sie fest, dass er sich aus seinem Nachtlager gequält hatte und freute sich schon darauf, ihm nach dem Frühstück weitere Ideen präsentieren zu können.

Als sie wenige Minuten später am Steg ankam, war Falk gerade wieder im Hotel verschwunden, und sie brauste sich flink ab, hüllte sich in ein Handtuch und lief ins Haus, um Kaffee aufzusetzen.

Frisch angezogen und mit zwei Kaffee bewaffnet, kam sie kurz später an der offenen Tür des *Kulinarische Träume-Zimmers* an und blieb irritiert stehen. »Ich habe Ihnen einen …«

»Ich bin nackt.« Falk drehte sich fluchend um und zog eilig eine frische Boxershorts an.

»Das sehe ich …« Sie wollte wegschauen, starrte aber wie gebannt auf seinen muskulösen Rücken.

»Na, klasse.« Er wandte sich ihr zu und streckte seine Hand aus. »Geben Sie her.«

»Bitte schön, ein Kaffee zum Munterwerden für den Herrn.« Sie reichte ihm eine Tasse und versuchte, sich von seinem nackten Oberkörper nicht weiter ablenken zu lassen. »Also, wenn Sie dann soweit fit sind, würde ich gern …«

»Frau Sandberg!« Falk fixierte sie mit zusammengekniffenen Augen an. »Es ist noch nicht mal halb acht am Morgen, eine Zeit, die ich normalerweise nur erlebe, wenn ich um diese Uhrzeit stockbetrunken nach Hause komme. Ich habe noch keinen Schluck meines Kaffees intus, was meine Laune nicht gerade hebt, und stehe hier halbnackt vor Ihnen, was normalerweise nicht meinem Aufzug bei einem geschäftlichen Gespräch entspricht. Außerdem kann ich es kaum für möglich halten, dass in diesem verdammten Haus noch keine der Duschen funktioniert und ich die Morgentoilette an einem Waschbecken und einer Gartendusche machen musste«, seine dunkle Stimme wurde noch brummender, »was sich ganz und gar nicht mit meinen Vorstellungen von Körperhygiene deckt …«

Ohne Punkt und Komma kamen die Worte aus ihm heraus und Cara merkte, wie er sich immer mehr in Rage redete. In diesem Moment beschloss sie, dass es wohl einen Meditationsraum im Haus geben musste, in dem er von Zeit zu Zeit wieder runterkam. Sie konnte nur mühsam ein Lächeln unterdrücken und entschied sich, ihren Gedanken besser für sich zu behalten. Stattdessen sagte sie forsch, auf das heutige Datum anspielend: »Für Sie ist Freitag der Dreizehnte wohl kein Glückstag?!«

Er ignorierte ihren Kommentar vollkommen. »… und wie ich schon sagte, stehe ich halbnackt vor Ihnen und bin keineswegs in …«

Ihr Blick fiel auf die Tasse in seiner Hand, als sie sich hinsetzte. »Trinken Sie doch einen Schluck und dann können wir …«

Er hob warnend die Hand und stellte den dampfenden Kaffee auf den Tisch. »Glauben Sie mir, ich kann noch gar nichts.« An die Wand gelehnt schlüpfte er in eine Jeans und streifte ein dunkelgrünes T-Shirt über den Kopf. Er schnappte Schuhe und Socken, setzte sich zu Cara an den Tisch und nahm die volle Kaffeetasse. »Sie sind ein Albtraum!«

»Na, hören Sie mal«, fuhr sie empört hoch. »Ich …«

»Widersprechen Sie mir bitte nicht, außer Sie können mich ohne Worte vom Gegenteil überzeugen.«

»Wie soll das gehen?«

»Sehen Sie, es geht nicht, Sie können mich nicht vom Gegenteil überzeugen.«

»Jetzt reden Sie aber schon ziemlich viel. Wann sind Sie wieder aufnahmefähig?«

»Gegen fünfzehn Uhr.«

»Waaas? Aber ich dachte … Ähm, was ist mit unserem Traum?«

»Albtraum?!«

Sie konnte ein flüchtiges Lächeln über sein Gesicht huschen sehen, als er sich vorbeugte, um seine Socken und Schuhe anzuziehen. »Aber …«

»Liebe Cara, danke für diesen wirklich beeindruckenden Abend.« Er kam wieder hinter dem Tisch hervor. »Und danke für den Koffeincocktail, den ich bitter nötig hatte.« Falk trank den immer noch dampfenden Kaffee aus und stand auf. »Doch jetzt verziehe ich mich erstmal und heute Mittag bin ich dann irgendwann zurück und freue mich auf unsere gemeinsame Weltreise«, fuhr er fort, holte seinen Autoschlüssel sowie Sonnenbrille und Portemonnaie aus der Tasche und ging zu Tür. »Bleiben Sie hier, oder soll ich Sie nach Hause fahren?«

»Sie meinen das ernst, oder?«

»Haben Sie schon vergessen, dass das nicht meine Uhrzeit für Späße ist?«

Cara stand auf und folgte ihm aus dem Zimmer den Flur entlang. »Was machen Sie denn jetzt?«

Die Treppe hinuntergehend klärte er sie über sein Tagesprogramm bis zum Mittag auf: »Ich fahre nach Hause, um dort ganz gemütlich einen Kaffee zu trinken, eine Kleinigkeit zu frühstücken und meine Zeitung zu lesen. Im Anschluss werde ich mich in mein wunderbar großes und absolut kuschliges Bett legen und den Schlaf nachholen, der mir fehlt. Wenn ich dann gegen dreizehn Uhr aufstehe, gehe ich unter meine supermoderne, mit Massagefunktion ausgestattete Dusche und werde mich danach wach, erfrischt und vollkommen entspannt wieder auf den Weg hierher begeben.« Auf den Stufen des Hotels drehte er sich zu ihr um. »Und dann, meine Liebe, gehöre ich wieder ganz Ihnen und Ihren Träumen.«

»Aber …«

»Ja, genau, aber! Aber bevor wir später loslegen, werde ich Sie über meine Schlafgewohnheiten aufklären, die Sie dann bitte in Ihrem gut durchdachten Plan notieren.« Er hob den Zeigefinger. »Und das bitte als Priorität eins.«

»Puh, sind Sie anstrengend.«

»Ha!« Falk stand mittlerweile an der Fahrertür seines Autos. »Ich? Bitte lassen Sie uns das jetzt nicht ausdiskutieren. Ich möchte einfach nur nach Hause und …«

Genervt von seiner Art, verdrehte sie die Augen, und murmelte: »Dann fahren Sie halt heim.«

»Jetzt sind Sie sauer auf mich.« Er warf ihr einen prüfenden Blick zu. »Anscheinend steht Freitag der Dreizehnte auch bei Ihnen unter keinem guten Stern?!«

Sie ignorierte seine Bemerkung und bat beherrscht: »Herr Baringhaus, würden Sie mich bitte zum *Stadthotel* fahren, damit ich mein Auto holen kann? Ich werde auch wie gewünscht schweigen und alles andere klären wir dann heute Nachmittag.«

»Okay.« Er nickte, setzte sich hinters Steuer und startete den Motor, als Cara auf dem Beifahrersitz Platz nahm.

Als er losfuhr, schielte Cara verstimmt zu ihm hinüber und dachte ihm gleichen Moment: Wie konnte ein an sich überaus netter und fröhlicher Mensch über Nacht zu einem solch missmutigen Mann mutieren. Schnell wandte sie den Kopf und warf noch einen Blick zurück, bevor sie um die Kurve in den Wald einbogen. Der Anblick von Falks Hotel riss sie augenblicklich aus ihrer eher trüben Stimmung – es würde traumhaft werden …

Kapitel 6

Cara saß auf dem Steg und während sie auf Falk wartete, kramte sie den Brief aus ihrer Tasche hervor, den sie am Morgen erhalten hatte, und las erneut die Zeilen, die sie sich vor fast genau einem Jahr geschrieben hatte. Mit Grauen erinnerte sie sich an den Tag, als sie mit Robert zurück aus Neuseeland gekommen war, und ihre Tochter tausende von Kilometern entfernt zurückgelassen hatte.

Liebe supererwachsen agierende und verzeihende Cara im Jahr 2018,
ich hoffe aus tiefstem Herzen, ich habe Robert mittlerweile verzeihen können, dass er mit dem irrsinnigen Vorschlag kam, mein sechzehnjähriges Lillykind ins Ausland zu schicken, und mich einigermaßen daran gewöhnt, dass meine geliebte Tochter im fernen Neuseeland lebt. Sie wird es bestimmt gut haben bei ihrem Großonkel und seiner Familie, und eine aufregende und glückliche Zeit in Christchurch verbringen. Aber ehrlich – eine Lehre in Deutschland hätte in meinen Augen auch vollkommen gereicht.
Bis zum gestrigen Tag, bis zum Abschied von meinem Lillykind am Flughafen in Christchurch, der schmerzvoll und tränenreich war, hatte ich noch nie einen so großen Streit mit Robert, dagegen waren die leidigen Diskussionen in den letzten Monaten ein Klacks. Ich war im Flieger bitterböse und gemein zu ihm und habe ihn aufs Übelste beschimpft. Und auch nach unserer Ankunft zu Hause – nach zwei Wochen Abschiednehmen – bin ich noch immer außer mir und weine seit Stunden. Ich schaffe es nicht, mich zu beruhigen. Wie konnte er nur mit so einem hirnrissigen Vorschlag wie Neuseeland, am Ende der Welt, daherkommen und Lilly diesen Floh ins Ohr setzen? Und wie konnte sie, mein kleines Mädchen, sich so mir nichts dir nichts für seine Idee begeistern, weit weg von mir, in einem fernen, fremden Land

mit fremden Menschen drei Jahre zu leben? Ich bin unsagbar traurig und gleichzeitig zornig auf die beiden.
Bitte, liebe Zukunfts-Cara, bitte sei wieder gut mit meinem Mann und akzeptiere, dass meine Tochter schneller selbstständig geworden ist, als es mir lieb war – wenn ich auch heute noch nicht sehen kann, wie ich das bewerkstelligt haben will.
Mein haderndes ICH im Juli 2017

»Zwei Dinge sollen Kinder von ihren Eltern bekommen – Wurzeln und Flügel.« (Goethe)

Sie steckte den Brief zurück und schloss die Augen. Hatte sie Robert mittlerweile verziehen? Cara dachte an seine Fürsorge und Liebe, die er ihr seit Jahren bedingungslos entgegenbrachte, und ihr war klar, dass sie weitestgehend mit seinem Handeln ausgesöhnt war. Sie empfand es als sehr seltsam, dass in so kurzer Zeit zwei Briefe eingetroffen waren, und laut dem Zettelchen, das ihre Mutter beigelegt hatte, würden in naher Zukunft noch weitere folgen. Sie dachte an die Worte ihrer Mutter: *Es ist Zeit für Veränderung – denk immer daran, du bekommst im Leben nichts aufgebürdet, was du nicht bewältigen kannst. Du bist voller Kraft.*

»Ich bin voller Kraft«, murmelte Cara leise vor sich hin, bevor sie abermals zu Falk sagte: »Wir werden also gegen neunzehn Uhr im *Weltreisezimmer* essen …«

»Wieder nur essen?«

»Was heißt ›wieder nur‹? Gestern haben wir dabei ja wohl auch noch gekocht.« Cara schaute ihn entrüstet an und wünschte, er würde seine blöde Sonnenbrille, mit der er die ganze Zeit gelangweilt herumspielte, weglegen. Falk hatte ihr bei seiner Ankunft vor einer halben Stunde versichert, dass er nun fit sei und ihren Ideen offen gegenüberstünde, allerdings merkte sie davon momentan nichts. »Wollten Sie mir nicht etwas zu Ihren Schlafgewohnheiten erzählen? Bitte schön, ich lausche.« Vielleicht war das ja ein besserer Anfang für den heutigen Nachmittag. Sie schlug die Beine übereinander, griff nach ihrem Wasser auf dem Tisch und wartete ab.

Er fixierte sie genau, schien zu überlegen, ob ihm der Themenwechsel passte, und entschied sich offensichtlich dagegen. »Was halten Sie eigentlich von so einer Schwimminsel im See?« Er rückte seinen Stuhl auf dem Steg zurecht, sodass er auf das Wasser blicken konnte. »Sie wissen schon, so eine … eine Insel halt, die am Grund verankert ist.«

Cara folgte seinem Blick. Zu müde, um sich auf eine neuerliche Diskussion einzulassen, antwortete sie: »Fände ich sehr schön.«

»Ja?« Verwundert über ihre friedfertige Art, hakte er nach: »Kennen Sie die auch noch? Meist waren die doch blau, oder?«

»Ja, die kenne ich. Erst letztens habe ich so eine im *Schweriner See* gesehen. Ich glaube, sie heißen *Ponton-Schwimminseln*. Soll ich mich darum kümmern?«

»Ja, bitte, mich würde der Preis interessieren. Schreiben Sie es doch gleich mal in ihre schlauen Notizen.«

Die Art, wie er das sagte, löste bei Cara das Gefühl aus, sie würde mit dem Aufschreiben jeder Kleinigkeit etwas Lächerliches tun. Er wollte sie reizen, das wurde ihr deutlich bewusst, aber warum, war ihr nicht klar. Wenn auch der heutige Morgen ein glatter Fehlstart gewesen war, so war doch der gestrige Abend nach anfänglichen Diskussionen sehr harmonisch verlaufen. Natürlich war es schwierig für sie beide, einen Konsens zu finden, da sich über Geschmack bekanntlich streiten ließ, aber Falk hatte doch stets beteuert, dass ihm ihre Arbeit gefiel. Warum dann nun abermals diese unterschwellige Bissigkeit? Sie fixierte ihn genau, wie er so überaus entspannt dasaß und auf den See blickte – was ging in ihm vor, fragte sie sich.

Falk bekam von ihren Beobachtungen nichts mit. Er war in seine Gedanken vertieft und versuchte, wieder mehr Normalität und vor allem Professionalität herzustellen. Was ihm aber augenscheinlich nicht gelang. Noch immer beschäftigte ihn der vergangene Abend, besser gesagt, der ganze Tag. Cara konnte ja nicht wissen, dass er in der Nacht vor ihrem gestrigen Treffen bis in die Morgenstunden gearbeitet hatte, um sich Zeit freizuschaufeln für sein Hotel – und vor allem für Caras Ideen, ihre Träume, die er hoffte, mitträumen zu können. Die neuen Eindrücke am vergangenen Tag, seine und auch ihre Euphorie sowie nicht zuletzt das gute Essen und der Wein hatten ihr Übriges getan und ihn erledigt. Und als ob das noch nicht gereicht hätte, war Cara mit diesen geschmackvollen, erotischen Zeichnungen dahergekommen, kurz nachdem er sie für einen kleinen Moment in den Armen gehalten und ihren weichen Körper an seinem gespürt hatte. Und letztlich noch dieser Bruchteil einer Sekunde, als sie sich so nahegekommen waren, dass sie sich hätten küssen können. Falk stöhnte leise, als er an den kurzen Augenblick zurückdachte, der ihn mehr erregt hatte, als ihm lieb war – und es immer noch tat.

Ihre Bitte, nicht allein schlafen zu wollen, hatte ihm schließlich den Rest gegeben. Als die Kerzen ausgepustet und das Licht gelöscht waren, hatte er atemlos auf irgendein Geräusch von ihrer Matratze gehorcht, die sich nur durch das kleine Tischchen getrennt ganz nahe neben seiner befand. Ihren regelmäßigen Atemzügen lauschend, war er dann irgendwann in einen unruhigen Schlaf gefallen und hatte geträumt – erotische Träume – von sich selbst und einer wunderschönen Frau, die sich zudem nicht als seine Freundin Selina, sondern als Cara entpuppte. Wie also sollte er daraufhin morgens um sechs Uhr ausgeruht und fit sein? Und wie bitte schön sollte er jetzt an etwas anderes denken können, geschweige denn sich auf sein Hotel konzentrieren?

»Ich würde mir gern ein paar Notizen zu Ihren Schlafgewohnheiten machen, damit ich diese in meinen weiteren Planungen berücksichtigen kann«, riss Cara ihn aus seinen Gedanken. Er wandte den Kopf und sah sie fragend an, während sie den Bleistift übertrieben ausholend zückte und mit süßlicher Stimme wissen wollte: »Lieber Falk, Sie sind also ein Langschläfer. Könnten Sie mir einen ungefähren Zeitpunkt nennen, ab dem Sie ansprechbar wären.« Cara nahm seine irritierte Miene wahr und fuhr munter fort: »Haben Sie eventuell sogar besondere Zeitwünsche für spezielle Gespräche? Zum Beispiel: Vor dem ersten Kaffee um zehn Uhr dreiundfünfzig beantworte ich keine Fragen zu Thema A, ab der Kaffeezeit am Mittag werde ich mich zu Thema B nicht äußern und wenn mein Kaffee ohne Milch und Zucker serviert wird, sag ich zu Thema C erst recht nichts …« Seine Miene zeigte ihr nicht, was er dachte. »Ich fände es nur fair von Ihnen, lieber Falk, wenn Sie mich in Ihren Zeitplan einweihen würden.« Mit einem verschmitzten Lächeln wartete sie auf eine Reaktion von ihm.

Es dauerte einen Moment, bis Falk sich regte, um auf ihre recht süffisanten Fragen etwas zu entgegnen. »Liebe Frau Sandberg, dann reden wir jetzt einmal übers Einweihen.« Er rückte seinen Stuhl näher an ihren, lehnte sich, die Ellenbogen locker auf die Oberschenkel abgestützt und die Hände gefaltet, nach vorne und betrachtete Cara freundlich. »Erstens: Sie können davon ausgehen, dass vor zehn Uhr am Morgen mit mir nichts anzufangen ist. Bitte berücksichtigen Sie das und geben Sie mir die Möglichkeit, auszuschlafen.«

»Wie vereinbaren Sie das mit Ihrer Arbeit?«, stellte sie ehrlich verwundert fest. »Ich denke, Sie sind Banker?! Beginnt der Tag da nicht am frühen Morgen? Und wie machen Sie das auf Reisen mit der Zeitverschiebung und …«

»Ich habe das große Glück, meine Zeit flexibel einteilen zu können«, unterbrach er sie, »und lege mir die meisten Termine auf den Nachmittag und Abend. Die Zeitverschiebung ist mir ein verhasstes Gräuel, und deshalb sorge ich dafür, dass meine Geschäftstreffen zu Zeiten stattfinden, in denen ich wieder fit bin. Frage beantwortet?«

»Ja, danke.«

»Sehr schön. Nun zum Zweiten: Ich schlafe grundsätzlich allein, da ich mich durch die Anwesenheit einer anderen Person gestört fühle.« Falk blickte in ihre sich weitenden Augen, und nahm zwar mitfühlend das Entsetzen darin wahr, aber schon ihre nächste Frage lenkte ihn davon ab.

»Und was ist mit Ihrer Freundin?«, wollte sie perplex wissen und hatte ihre Mimik schlagartig wieder im Griff.

»Wir haben getrennte Schlafzimmer und wenn wir … wenn wir nicht nur schlafen wollen … Egal«, er winkte ab, »Sie wissen, was ich meine.«

Der intensive Blick, den er ihr zuwarf, verunsicherte Cara und sie ging gar nicht auf seine Anspielung ein, sondern überlegte nur krampfhaft, was das für sie bedeuten würde. Das hieß dann wohl, die kommende Nacht allein in einem der großen Räume schlafen zu müssen. »Gut.« Mehr sagte sie nicht dazu. Aber warum hatte er dann ein Zimmer mit ihr geteilt, schoss ihr in den Kopf.

»Damit komme ich auch schon zu drittens: Ich möchte, dass in den Hotelzimmern die Möglichkeit besteht, getrennt schlafen zu können, in zwei verschiedenen Räumen …«

»Dafür ist aber nicht genug Platz und …«

»Das bekommen wir schon hin.« Er tippte auf ihren Block. »Bitte notieren Sie das, es ist mir wichtig.«

Cara wollte etwas erwidern, verkniff sich aber jeden Kommentar, als er rhythmisch auf das Papier klopfte. Widerwillig schrieb sie es auf.

»Viertens …«

Sie stöhnte auf.

Lachend streckte er sich ausgiebig und trank einen Schluck Kaffee, bevor er, den Blick erneut fest in ihrem verankert, wiederholte: »Viertens: Ich finde Ihren Zeitplan nicht wirklich optimal und möchte, dass Sie diesen straffen. Zwölf Zimmer in zwölf Tagen, das ist mir zu viel … oder besser gesagt, zu wenig.« Ihre Augen verengten sich und ihr abermaliges Aufstöhnen ließ Falk beruhigend fortfahren: »Und jetzt zu fünftens, das ist der allerwichtigste Punkt: Sie machen eine fantastische Arbeit und ich schätze diese sehr. Jedoch muss ich nochmal betonen, dass es Ihre Träume sind, die sie in die Hotel- und Zimmergestaltung haben einfließen lassen, und diese sind nun mal nicht immer mit meinen Vorstellungen vereinbar. Also bitte nehmen Sie meine Einwände an, ohne sie als Kritik an Ihrer Person oder Ihren Träumen zu verstehen.« Er lächelte sanft. »Ich will nicht den Chef raushängen lassen, aber ich bin es nun einmal und habe meine eigenen, wenn auch zugegebenermaßen nicht ganz ausgereiften Träume, die ich aber gern mit Ihrer Hilfe verwirklicht haben möchte.« Falk richtete sich auf und sah sie erwartungsvoll an. »Das war es, liebe Cara, jetzt sind Sie dran.«

»Darf ich kurz über den Zeitplan nachdenken?« Nervös wippte sie mit ihrem Bein und klackerte dabei mit dem Absatz des Schuhs.

»Natürlich.« Falk sprang energiegeladen auf, streckte sich abermals und schlenderte lässig Richtung Hotel. »Ich werde kurz das stille Örtchen aufsuchen und nach etwas Essbarem Ausschau halten.«

»Aber, wir wollen doch bald essen und …«

Grinsend blieb er stehen und drehte sich um. »Kein Problem, ich bekomme immer etwas rein.« Er rieb sich über seinen flachen Bauch, machte kehrt und war kurz darauf im Hotel verschwunden.

Cara starrte ihm noch hinterher, als bereits die Tür hinter ihm ins Schloss gefallen war. Aufseufzend stand sie auf, schnickte ihre Schuhe weg und setzte sich an den Rand des Stegs. Sie ließ die Beine baumeln und ihre Zehen berührten leicht das kühle Wasser. Falks Worte waren für sie vollkommen einleuchtend, wenn auch sie ihr nicht unbedingt gefielen. Krampfhaft grübelte sie, wie sie ihm eine Großzahl ihrer Ideen mitteilen und dennoch ein paar Asse im Ärmel behalten konnte. Er hatte recht damit, dass eine gesamte Präsentation zu lange dauern würde, das war ihr auch schon aufgefallen. Doch wie sollte sie das alles abkürzen?

»Hier!« Falk, der unbemerkt zurückgekommen war, unterbrach Caras Gedanken, indem er ihr das Klemmbrett reichte, und bat: »Bitte schreiben Sie Außen- oder Seetoilette auf.«

Sie griff wortlos danach, während er sich schwungvoll an ihre Seite setzte und ebenfalls die Beine über den Steg baumeln ließ. »Ah, verdammter Mist.« Erschrocken zog er die Beine wieder an und betrachtete verdutzt seine nassen Schuhe.

Caras Augen wurden groß und ihre Wangen blähten sich auf.

»Sie lachen jetzt nicht!« Scharf fixierte er sie und entledigte sich fluchend seiner Schuhe und Socken. Unachtsam warf er sie hinter sich, hörte ein Platschen und sprang im nächsten Moment entsetzt auf, um nach einem seiner Schuhe zu fischen, der auf der anderen Seite des Stegs ins Wasser geplumpst war.

Cara bemühte sich, ihr unterdrücktes Glucksen zu verbergen, aber Falks Anblick und sein mürrischer Gesichtsausdruck machten es ihr schwer.

Ohne seine gelungene Schuhfischaktion zu kommentieren, setzte er sich wieder zu ihr und wiederholte gefährlich ruhig: »Ich sagte doch, nicht lachen«.

»Ich lache ja nicht.« Cara hielt sich kichernd die Notizen vor den Mund.

»Wenn Sie nicht sofort aufhören, landen Sie im Wasser.« Falk legte eine Hand auf ihren Rücken und ihr war klar, dass er seinen Worten ohne mit der Wimper zu zucken Taten folgen lassen würde und nicht nur bluffte.

»Aber meine Notizen«, brachte sie nahezu wimmernd hervor, zog schnell die Beine an und stand flugs auf.

»Das wäre mir egal gewesen.« Er schaute zu ihr auf.

»Das glaube ich Ihnen.« Amüsiert forderte sie ihn auf: »Lassen Sie uns wieder ernst werden.«

»Ich bin ernst, todernst.« Er fixierte sie weiter mit zusammengepressten Augen. »Was man von Ihnen nicht gerade behaupten kann.«

»Es tut mir leid, das war aber auch zu lustig, das müssen Sie selbst zugeben.« Sie trat an den Rand des Stegs. »Darf ich mich wieder setzen?«

»Ja«, knurrte er und klopfte mit der Hand neben sich. »Auf dann, notieren Sie die Außentoilette.«

»Gern doch.« Sie notierte es sich schnell und schlug dann vor: »Ich würde Ihnen gern alle meine Zimmerideen vorstellen und dazu jeweils ein paar Arrangements, die diese beinhalten könnten. Danach muss ich ein Telefongespräch führen, um zu erfahren, ob die Möglichkeit besteht, eines der Arrangements, das eigentlich erst in ein paar Tagen dran gewesen wäre, vorzuziehen. Okay?« Sie blätterte in ihren Notizen ein paar Seiten weiter.

»Ja.« Wieder entspannt beäugte er das Blatt, auf dem gut leserlich und feinsäuberlich nummeriert und mit jeder Menge Anmerkungen versehen ihre Traumzimmerideen standen. »Darf ich?« Er griff nach dem Klemmbrett.

Sie zögerte, zuckte aber dann mit den Schultern und gab es ihm. »Bitte schön.«

»Wenn Sie nicht in Eile rumkrickeln, haben Sie ja eine wunderbar lesbare Schrift«, merkte er an und las laut vor: »*1. Märchen* … Aha, noch ohne Anmerkung. 2. *Edle Tropfen – Lastenaufzug ins Lager, Bierbrauen, Bar, Fass, Weinverkostung, Wingertsfahrt, Whiskeyprobe. 3. Tänze.* Oh, das klingt ja interessant … *Tanzkurs, Zimmer zum Feld, Musikanlage, Tanzfläche.*« Er senkte die Notizen. »Wirklich? Eine Tanzfläche schwebt Ihnen vor?«

»Warum nicht?«

»Ja, warum nicht.« Neugierig fuhr er fort: »*4. Natur – Eckzimmer mit Treppe in die Natur, Hochbett in einem Baum, Aquarium, Terrarium, Wanderung durch die angrenzende Gemarkung. ›Blumen sind die Leibesgedanken der Natur‹ – Bettina von Arnim.* Wow, das scheint mir sehr aufwendig, aber okay.« Abwägend ging sein Kopf leicht hin und her. »*5. Weltreise – ›Man reist nicht, um anzukommen, sondern um zu reisen‹ – Goethe / ›Wer reisen will, muss zunächst Liebe zu*

Land und Leuten mitbringen‹ – Theodor Fontane.« Er schielte zu ihr hinüber. »Viele Informationen haben Sie zu diesem Thema ja nicht notiert.«

»Lassen Sie sich überraschen.« Cara war seltsamerweise absolut entspannt und es machte ihr wider Erwarten nichts aus, dass Falk ihre lange Zeit geheimen Ideen laut vorlas.

»*6. Film, Horror, Krimi?????* Wow, fünf Fragezeichen und keine weiteren Gedankengänge. *7. Musik – Jukebox, Leinwand mit Livekonzerten*. Mmmh, das klingt für mich ausbaufähig. Musik vielleicht mit Tanz vermischt?« Er schaute sie grübelnd an. »Was meinen Sie?«

»Die Idee ist mir auch schon gekommen, aber irgendwie habe ich sie wieder verworfen – ich weiß nicht, warum.« Cara neigte sich zu ihm und suchte in ihren Notizen den nächsten Punkt. Augenblicklich wurde sie nervös. »Langt Ihnen das jetzt nicht erst einmal an Input?.«

»Nein, alles gut. Es sind ja nicht mehr viele. Mir gefällt es, dass Sie mich an ihren ganz persönlichen Vorstellungen teilhaben lassen – sie sind sehr interessant.« Falk suchte mit dem Finger das Blatt ab. »Was kommt als Nächstes? Hier! *8. Leidenschaft …* Leidenschaft?« Er sah auf, direkt in Caras flammendrotes Gesicht.

»Ja … Warum … warum nicht?«, stotterte sie verlegen. »Die meisten Menschen, die die Zweisamkeit suchen, suchen doch auch die Leidenschaft … irgendwie, oder?«

»Oookaaayyy …« Falk zog die Buchstaben unerträglich in die Länge und zwinkerte ihr frech zu. »Jetzt kommen wir wohl zu den ganz intimen Gedanken. Suchen Sie die Leidenschaft?«

»Quatsch! Es geht doch nicht um mich, das ist …«

»Na ja, es sind ja schließlich Ihre Träume, also geht es sehr wohl um Sie. Träumen Sie von Leidenschaft?« Gespannt beobachtete er sie.

Sie ignorierte seine Frage und erklärte abwinkend: »Das hört sich alles weitaus aufregender an, als es ist. Es sind doch nur Ideen, genau wie bei den anderen Zimmern.«

Falk schmunzelte in sich hinein, hielt das Klemmbrett empor, so als ob er dadurch besser lesen könnte und sagte: »Na, dann sehen wir doch mal nach, was hier für Träume von Ihnen dahinterstecken …«

»Es sind wirklich nur …«

»Schon gut«, beruhigte er sie, »wir sind erwachsene Menschen. Also nochmal, *8. Leidenschaft – letzter Raum zum Feld hin, Videos, erotische Literatur, Tücher für Fesselspiele oder als Augenbinde. Koffer mit erotischem Spielzeug. ›Uns alle bewegt der Wunsch, die Leidenschaft‹ – Friedrich von Schiller*. Ah, oookaaayyy ...« Erneut dieses langgezogene Okay, was Cara sofort veranlasste, sich erklären zu wollen, aber Falk kam ihr zuvor. »Im Gegensatz zu den anderen Zimmern hatten Sie hier aber wirklich viele fantasievolle Einfälle.« In seiner Erinnerung erschien mit einem Mal das Ehepaar Sandberg bei ihrem gemeinsamen Treffen im April. Er hatte zwar ganz deutlich die liebevolle Herzlichkeit und eine offensichtlich große Vertrautheit bemerkt, die sich in jeder noch so kleinen Geste oder einem flüchtigen Blick gezeigt hatte, aber von Leidenschaft hatte er nichts spüren können. Warum eigentlich? Cara schien ihm eine sehr emotionale und lustvolle Frau zu sein. Verschmitzt grinsend und mit einem spöttischen Unterton bohrte er nach: »Sie hatten doch nicht etwa vor, in diesem Zimmer all Ihre erotischen Vorstellungen mit mir durchzuexerzieren ... wie den Kochkurs gestern Abend?«

Cara entwich jegliche Gesichtsfarbe und sie konnte vor Empörung nichts entgegnen. Durchexerzieren, wiederholte sie in ihrem Kopf und schnappte wütend nach dem Klemmbrett. Ohne Vorwarnung gab sie Falk einen kräftigen Stoß, der ihn mit einem lauten Platsch in den See beförderte.

Erschrocken von ihrer eigenen Unbeherrschtheit sprang Cara auf und starrte mit weit aufgerissenen Augen auf die Luftblasen im Wasser, als Falk auch schon prustend an die Oberfläche kam. Sie wusste, er würde sauer sein – und das war ihm nicht zu verdenken.

Doch ganz gegen ihre Vermutung war Falk keineswegs sauer. Breit grinsend schaute er zu ihr auf. »Das habe ich heute wohl mehr als verdient. Es tut mir wirklich leid, das war eben ganz und gar nicht erwachsen von mir und rechtfertigt absolut Ihre impulsive Reaktion.« Er paddelte zur Leiter, kletterte sie ein wenig empor und zog sich mühsam T-Shirt und Jeans aus, knäulte die Sachen zusammen und warf sie mit Schwung auf den Steg. »Kommen Sie rein, eine Abkühlung wird auch Ihnen guttun.«

»Nein, danke, ich glaube, das wäre jetzt nicht das Richtige.« Ihr Blick haftete sich auf seinen muskulösen Brustkorb, wanderte zu der enganliegenden Boxershorts und jäh stieg Hitze in ihr empor.

»Wie Sie meinen.« Er stieß sich ab, sprang kopfüber ins Wasser, drehte sich auf den Rücken und strampelte wild mit den Beinen, sodass Cara ein paar kräftige Wasserspritzer abbekam. Schützend hielt sie die Notizen hinter den Rücken, rührte sich aber ansonsten keinen Millimeter. »Dann lesen Sie mir wenigstens die letzten Punkte auf Ihrer Liste vor.«

Automatisch zückte sie ihr Klemmbrett und begann innerlich aufgewühlt, aber äußerlich absolut sachlich, vorzulesen: »*9. Entspannung – Eckzimmer, Whirlpool, Sauna, Hängematte. 10. Afrikareise. 11. Sternenhimmel. 12. Romantik pur.* Fertig.«

»Sehr schön. Entspannung hört sich doch gut an. Bis gleich, meine Liebe.« Falk tauchte unter, um wenige Sekunden später an einer anderen Stelle aufzutauchen, und schwamm mit kräftigen Kraulschlägen durch den See.

Cara starrte ihm gedankenverloren nach. Entspannung, kam ihr in den Sinn. Nichts an ihrer momentanen Gefühlswelt war auch nur ansatzweise entspannt – dank Falk …

Kapitel 7

Cara und Falk saßen relativ entspannt an einem kleinen Ecktisch im *Weltreisezimmer* und gingen sachlich die Für und Wider von Caras Idee, die dahintersteckte, durch.

»Ich verstehe schon, wie Sie sich das vorstellen, aber reicht allein das Ambiente aus, um einen Gast hierherzulocken?« Er sah sich im Zimmer um, das nicht annähernd eine so aufwendige provisorische Einrichtung hatte wie das gestrige. Eine Matratze in der Ecke, auf der eine Decke mit dem Motiv des London Tower lag, eine Weltkarte an der Wand, ein paar afrikanische Trommeln in einer anderen Ecke und ein chinesisches Teeservice auf einem kleinen Tischchen. »Es tut mir leid, ich kann mir beim besten Willen nicht vorstellen, wie es hier später einmal aussehen soll.«

»Ich würde hier gern die verschiedenen Kontinente und deren unterschiedliche Stilrichtungen vereinbaren. Wie würde es denn Ihrer Freundin gefallen?«

»Mmmh, ich weiß nicht.« Falk schüttelte leicht den Kopf. »Na ja, um ganz ehrlich zu sein, glaube ich nicht, dass Selina es hier gefallen würde.« Ihm schoss in den Sinn, dass das alles hier, das ganze Hotel, das ländliche Idyll rundherum sowie die Ruhe der rheinhessischen Natur, seine Freundin nicht beeindrucken konnte.

»Mmmh, schade.« Cara rieb sich das Kinn. »Was würde ihr denn gefallen?«

»Sie mag Glitzer, Glamour, Partys und laute Musik«, kam es spontan, doch keineswegs erfreut über seine Lippen.

»Und Tanzen?«

»Mmmh, ja, Selina tanzt gern. Aber egal. Jetzt nochmal zurück zum Thema dieses Zimmers.« Er nahm einen Schluck von seinem Guinness und hielt daraufhin das

Glas hoch. »Reicht das Ambiente und ein paar kulturelle Speisen und Getränke aus, um einen Gast dieses Zimmer buchen zu lassen? Leckeres irisches Guinness, also bin ich mit meinen Gedanken in Irland – grüne Wiesen, schroffe Felsen, unendliche Weite …«

Cara blickte von ihrem Block auf, auf dem sie sich schnell ein paar Notizen gemacht hatte. »Rothaarige Menschen«, ergänzte sie und hob eine Strähne ihres Haares an.

»Genau. Stimmt, Ihre irischen Wurzeln.«

»Ja. Meine Ma stammt aus Dublin und meine Granny und einige Großcousins und Cousinen leben dort auch heute noch.« Cara lächelte. »Die andere Verwandtschaft hat es nach Neuseeland verschlagen.«

»Oh, Neuseeland, da ist es wunderschön. Ich habe vor drei Jahren eine Rundreise gemacht und war fasziniert.«

»Meine Tochter Lilly ist seit letztem Jahr in Christchurch und macht dort eine Ausbildung zur Hotelfachfrau.«

Falk sah sofort, dass Caras Lächeln verschwand und ein Schatten über ihr Gesicht huschte. Erstaunt fragte er: »Aber doch nicht allein, oder? Sie lebt doch bestimmt bei Ihrer Verwandtschaft? Sie war doch gerade erst siebzehn im letzten Jahr, oder irre ich mich?« Er erinnerte sich an ein Gespräch, in dem Cara ihm erzählt hatte, dass sie und ihre Tochter am 23. Oktober, witzigerweise nur einen Tag vor ihm selbst, Geburtstag hatten, also würde Lilly erst in drei Monaten achtzehn werden.

Caras Herz, das beim Gedanken an ihre Tochter wie immer schwer wurde, erwärmte sich bei Falks Worten augenblicklich. Er sprach ihr aus der Seele und sie spürte eine weiter wachsende Sympathie für Falk, der, ohne sie groß zu kennen, die gleichen Bedenken äußerte. »Sie irren sich nicht. Wir haben Lilly vor ihrem siebzehnten Geburtstag ans andere Ende der Welt begleitet, wo sie zuerst bei meinem Großonkel gelebt hat, aber Anfang des Jahres ist sie in eine WG unweit des Hotels gezogen und …« Cara unterbrach sich, um den Kloß im Hals herunterzuschlucken.

»… und Sie hassen den Gedanken und wünschten, sie wäre wieder zu Hause bei Ihnen«, beendete Falk ihren Satz und legte sanft seine Hand auf ihre.

»Ja.«

Ein einfaches Ja, ohne Erklärung, und trotzdem verstand Falk sie. »Wie lange geht die Ausbildung?«

»Drei Jahre.«

»Schön, dann sind ja bereits gut zwölf Monate rum. Wie doch die Zeit vergeht.« Er lächelte aufmunternd, drückte ihre Finger kurz und hob seine Hände in die Luft. »Wissen Sie, was Sie noch nicht über mich wissen?«

Cara schaute auf, dankbar für die Ablenkung von ihren trüben Gedanken und gleichzeitig verblüfft, dass Falk genau wie sie das Positive bemerkte – nicht die Zeit zählte, die sie noch ohne ihre Tochter verbringen musste, sondern die Zeit, die sie bereits ohne sie überstanden hatte. Sie entspannte sich sichtlich und erwiderte: »Vieles, denke ich, aber woher soll ich bitte schön wissen, was Sie jetzt gerade meinen?«

»Ja, stimmt, woher?« Falk grinste und deutete auf sein Haar. »Es ist zwar hellbraun, aber wenn ich mir einen Bart wachsen, na ja, eher ein paar Stoppeln stehen lasse, dann sind einige von ihnen karottenrot.«

»Sie hatten wohl einen irischen Kobold in der Familie?«, fragte Cara ironisch.

»Wenn Sie einen meiner Ahnen als Kobold bezeichnen wollen?!«

»Was?« Damit hatte sie nicht gerechnet.

»Ja, mein Ururgroßvater mütterlicherseits kam aus Kilkenny.«

»Eine sehr schöne Stadt. Waren Sie schon einmal dort?«

»Nein, bisher noch nicht.«

»Da müssen Sie unbedingt hin. Irland ist überhaupt traumhaft … Ups …« Sie hielt sich die Hand vor den Mund. »Traumhaft. Wie oft denn noch?«

»Ups, das frage ich mich auch.« Falk ahmte schmunzelnd ihre Geste nach.

»Ach Sie, hören Sie auf damit.« Cara lachte, war aber in keinster Weise beleidigt, dass er sie schon wieder imitierte.

Falk stand kurz auf und nahm das Post-it von der offenen Zimmertür. »Warum haben Sie eigentlich diesen Spruch gewählt?« Er setzte sich wieder zu Cara und las gedankenvoll vor: »›*Was ist Reisen? Ein Ortswechsel? Keineswegs! Beim Reisen wechselt man seine Meinungen und*

Vorurteile‹ – Anatole France. Dieses Zitat stand doch gar nicht in Ihren Unterlagen.«

»Sie wollen doch nicht behaupten, Sie wüssten noch alles, was in meinen Notizen steht?«

»Nein, nicht alles. Aber bei diesem Zimmer hatte ich mich schon gefragt, was für eine Weisheit Sie hervorzaubern.«

»Wegen Ihnen und Ihrer Freundin?«

»Nein, wegen Ihnen und Ihren wunderbaren Ideen.«

Dankbar sah sie ihn an. »Und? Gefällt Ihnen das Zitat?«

»Ja, sehr schön und auch irgendwie passend. Auch ich ändere meine Meinung ständig, wenn ich mit Ihnen durch mein Hotel reise.«

»Inwiefern?«, wollte Cara wissen, neugierig, was sie mit ihren Ideen in ihm auslöste.

»Durch Ihren Enthusiasmus, was jedes noch so kleine Detail angeht, sehe ich mein Hotel immer wieder mit anderen Augen, und mir gefällt es wider Erwarten ausgesprochen gut, wenn ich meine Meinung beinahe stündlich ändere.«

»Und ich muss zugeben, dass ich meine Vorurteile Ihnen gegenüber nach und nach abgebaut habe.«

»Sie haben Vorurteile gegen mich?«

Ein verwirrter Ausdruck trat in seine Augen und Cara beeilte sich, zu erklären: »Ja, schon, ich *hatte* ein wenig Vorurteile. Ich dachte anfangs: zu jung, zu unerfahren, zu selbstherrlich und keine Ahnung von Menschen und ihren Wünschen, von seinen eigenen Wünschen ganz zu schweigen. Aber …«

»Wow, das ist hart«, unterbrach er sie und lehnte sich ehrlich getroffen im Stuhl zurück. »Konnte ich Sie denn …«

»Ich sagte doch ›hatte‹«, beruhigte sie ihn sanft. »Keines hat sich wirklich bestätigt. Na ja, außer dass Sie noch sehr jung sind und …«

Er lachte befreit auf. »Gott, Cara, mit ›sehr jung‹ kann ich wunderbar leben. Es freut mich, dass ich Sie positiv überrascht habe.«

»Ja, das freut mich auch.« Sie lachte ebenfalls gelöst.

»Gut, das hätten wir nun geklärt, also weiter im Text. Wir haben jetzt vorzüglich gegessen … Wie ist das eigentlich, gehören die Speisen bei jedem Zimmer dazu, kann man die mitbuchen oder wie haben Sie sich das vorgestellt?«

»Na ja, ich dachte schon, dass man das Menü individuell zu den Zimmern buchen und auch hier zu sich nehmen kann, wenn man nicht unten im Restaurant essen möchte«, antwortete Cara zögernd.

»Mmmh, dann wäre ich ja mal gespannt, wie die Speisenfolge bei *Entspannung, Märchen* oder *Sternenhimmel* aussieht – wohltuendes Heilwasser, märchenhaftes Geißlein und frische Sternfrucht? Oder …«

»Ah, ja, Sie haben soeben einen wunden Punkt in meinen Vorschlägen gefunden und ich möchte nicht weiter darauf eingehen.« Cara reckte gespielt hochnäsig ihr Kinn und winkte dabei lässig ab.

»Nun gut, ich muss zugeben, ich mag es, undichte Stellen in Ihren Plänen zu entdecken, Miss Poppins.« Er rieb sich die Hände. »Okay, dann weiter … Mal schauen, ob ich noch die ein oder andere Kleinigkeit bemerke, die Sie übersehen haben.«

Cara amüsierte sich über seinen Eifer und ging sogleich viel entspannter als am gestrigen Tag und keineswegs beleidigt mit ihm noch einmal alles genauestens durch.

»Gemeinsam scheinen wir uns mit unseren Ideen einfach wunderbar zu ergänzen«, sagte Falk nach einer Weile vor Zufriedenheit strahlend und lehnte sich entspannt zurück.

»Mmmh, ja. Ich denke, langsam kommen sich unsere Vorstellungen immer näher. Wenn ich jetzt noch ein wenig Abstand von meinen eingefahrenen Ideen nehme, dann werden wir zusammen ein traumhaftes Hotel gestalten.« Ein bisschen wehmütig, ihre Sichtweise ändern zu müssen, sah Cara ihn an.

»Nicht so schnell.« Er hob mahnend die Hand. »Erst Ihre Träume bringen uns auf den Weg, vergessen Sie das nicht. Also jetzt bloß nicht zurückrudern, sondern weiter so. Brainstorming ist wichtig, glauben Sie mir, das habe ich in meiner langjährigen Bankerkarriere gelernt. Etwas Unwichtiges oder total Blödsinniges kann ins Gegenteil verwandelt werden und mit noch ein paar weiteren Bausteinen, sprich Geistesblitzen, ist plötzlich aus der irrsinnigsten Idee etwas ganz Großes entstanden. Wir werden uns das Beste aus allem rauspicken.«

Sichtlich erleichtert hob sie ihr Wasserglas. »Dann mal Prost.«

»Mit Wasser anstoßen und das für eine halbe Irin?! Leben Sie deshalb in Deutschland, weil Sie in Irland die Aufnahmeprüfung von drei Guinness, vier Whiskey und … na, sagen wir mal, zwei Cider nicht bestanden haben?«

Cara lachte hell. »Das wäre schon möglich. Aber glauben Sie mir, Sie wollen mich nicht angetrunken erleben, das ging bisher noch nie gut aus.«

»Erzählen Sie, was war Ihr schlimmster Zusammenstoß mit Alkohol?«

»Oh nein, das werde ich Ihnen bestimmt nicht verraten.« Sie schüttelte belustigt den Kopf.

»Och, bitte«, bettelte er lachend.

»Erst Sie.«

»Das ist einfach. Ich habe mit meinen Fußballkumpels den Film *Lissi und der wilde Kaiser* geschaut und bei jedem *Majestät* einen Schnaps getrunken. Ich glaube, ich habe nicht mal den halben Film geschafft.« Er deutete auf seine Stirn. »Und bin dann irgendwann mit *Tilt* quer über die Stirn gepinselt aufgewacht.«

Sie kicherte. »War es wenigstens nur Kugelschreiber?«

»Filzstift! Nicht wasserlöslich!« Falk schnitt eine Grimasse.

»Okay, der war bös. Also ich jetzt. Lassen Sie mich mal überlegen …«

»Es gab anscheinend mehrere Zusammenstöße mit Alkohol in Ihrem Leben.« Verblüfft zog er eine Braue hoch und betrachtete Cara genau. Er konnte sich bei ihr, so gewissenhaft und akkurat wie sie war, jedoch nicht wirklich vorstellen, dass sie jemals exzessiv getrunken hätte. Aber wie schon einige Male zuvor, überraschte sie ihn mit dem Gegenteil.

»Die Kurzfassung: Mädelsabend auf dem Weihnachtsmarkt, zu viel Glühwein mit Schuss, anschließendes ausgiebiges Übergeben mit dem altbekannten Haargriff einer Freundin«, sie fasste mit verdrehten Augen ihre Locken im Nacken zusammen, »morgens nackt, wie Gott mich schuf, auf dem Rücken neben dem Bett einer lesbischen Bekannten aufgewacht und absoluter Filmriss.« Sie fixierte ihn. »Ausreichend?«

Falk machte große Augen.

»Jetzt aber zurück zum Wesentlichen.« Cara ignorierte seinen Blick, nichts ahnend, dass ihr gegenüber ein Mann saß, der zu diesem Zeitpunkt an alles dachte – nur nicht an das Wesentliche.

»Ähm … Filmriss? Das heißt Sie wissen nicht mehr, was Sie in der Nacht …«

»Falk …« Sie schüttelte den Kopf. »Ich habe Ihnen ein Beispiel genannt und nun ist es gut. Keine weiteren Fragen, bitte. Wenn ich Sie also richtig verstanden habe, notiere ich als Eckpunkte erst einmal: Kulinarisches, Attrappenfenster, Bilder und vielleicht auch noch …«

»Ähm, Bilder?« Falk hatte Mühe, das Bild einer nackten Cara aus seinem Kopf zu bekommen, das sein Hirn ihm ohne Unterlass suggerierte.

»Och bitte, kommen Sie schon, konzentrieren Sie sich. Vielleicht noch Aktivitäten?«

»Aktivitäten?« Langsam wurde es ihm unheimlich zumute. Bilder, Aktivitäten … seine Gedanken überschlugen sich und er wollte das Thema noch nicht ruhen lassen. »Nochmal zurück zu ihrem ›Getränkeunfall‹.« Er malte Gänsefüßchen in die Luft. »Sie haben wirklich keinerlei Erinnerung, was Sie mit der … der anderen Dame …«

Cara hob eine Braue und musterte ihn kritisch. »Wie ich sehe, ist mit Ihnen gerade nichts anzufangen. Ich gehe kurz nach unten, um ein Telefongespräch zu führen. Wenn Sie wollen, können Sie ja schon mal alles ein wenig zusammenräumen, das lenkt Sie von Ihren unsinnigen Gedanken ab.« Sie stand abrupt auf und eilte aus dem Raum. Ihr Herz klopfte wild und sie mahnte sich innerlich zur Vorsicht. Nur vor was, wollte ihr nicht einleuchten. Vor Falks allzu intimen Fragen oder vor ihrem bereitwilligen Akzeptieren seiner Flirtversuche, an denen sie anscheinend auch noch Gefallen fand. *Puh, Flirten?!* Cara konnte sich nicht erinnern, je wirklich geflirtet zu haben. Mit Robert war von Anfang an alles so klar gewesen. Sie hatten gewusst, dass sie füreinander bestimmt waren, da hatte es keine Spielchen gegeben. Und seitdem hatte sie nie wieder irgendein Interesse an einem anderen Mann gehabt. War sie an Falk interessiert? Ja, das war sie, als Hotelinhaber und als ihr Chef, mehr nicht! Bestätigend nickte Cara, während sie die Stufen der Treppe zur Lobby nahm. Doch tief versteckt in ihr, in einem kleinen Winkel ihres Herzens, den sie seit jeher gut verschlossen gehalten hatte, keimte eine Emotion empor, die sie nicht wirklich kannte – Begeisterung für die Leidenschaft, die Falk in ihren Augen verströmte, und die bei ihr für dieses ungewohnte Kribbeln im Bauch sorgte. Er hatte etwas an sich, das sie als Frau ansprach, und sie malte sich nicht zum ersten Mal in den letzten Wochen aus, wie Falk als Liebhaber sein würde. Leidenschaftlich?! Hochrot im Gesicht kam sie im Foyer an und mahnte sich lautstark: »Frau Cara Sally Sandberg, sind Sie von allen guten Geistern verlassen? Ich bin professionell! *Professionell!*«

Falk starrte Cara lange hinterher – fasziniert von ihrem eleganten Gang in den halbhohen Sandalen, dem sich sanft hin- und herbewegenden, sommerlich kurzen Rock und dem grasgrünen Top, passend zu ihren Augen, das mehr Haut entblößte, als er zu diesem Zeitpunkt zu ertragen schien. Er wünschte nicht zum ersten Mal heute, dass seine Freundin bald von ihren Dreharbeiten zurückkam. Appetit holen war erlaubt, redete er sich selbst ein und begann die Reste des Abendessens in einen Korb zu räumen, doch gegessen wird zu Hause. Er musste grinsen, als er seine Gedanken mit seiner derzeitigen Handlung verglich. Er hatte mit Cara gegessen und sie machte ihm Appetit auf …

Unwirsch stapelte er die Teller und versuchte, das Bild von Cara vor seinem inneren Auge mit dem seiner Freundin zu tauschen. Selina, mit ihren langen blonden Haaren, ihren perfekten Maßen und dem hübschen Gesicht.

Selina und er waren nunmehr seit drei Jahren ein Paar und weitgehend glücklich miteinander. Dass sie mit ihren Fünfundzwanzig noch sehr jung war, störte ihn nicht weiter. Sie waren meist auf der gleichen Wellenlänge, liebten Reisen und Sport und hatten einen großen Freundeskreis, mit dem sie viel gemeinsam unternahmen. Der einzige Streitpunkt war momentan sein Hotelerbe. Selina drängte ihn dazu, das Anwesen zu verkaufen und dafür lieber eine größere Stadtwohnung zu erwerben. Das aber wollte er überhaupt nicht. Falk wollte sich mit diesem Hotel am See seinen langersehnten Traum erfüllen und endlich seinen meist sehr anstrengenden und nicht wirklich befriedigenden Job an den Nagel hängen. Er stammte aus einer Reihe von Bankern, mütterlicher sowie auch väterlicherseits, und hatte eigentlich bei seiner Berufswahl nie darüber nachgedacht, was er wirklich wollte, sondern einfach das Naheliegende gewählt. Dass er dadurch reichlich Geld verdiente, war natürlich ein positiver Nebeneffekt bei seinem ansonsten recht trockenen Tagesgeschäft. Sein Glück, als Alleinerbe seiner Großtante bedacht worden zu sein, erstaunte ihn immer noch. Auch wenn sie ein gutes Verhältnis gehabt hatten, waren seine Besuche in den letzten Jahren weniger geworden und die Telefonate seltener. Und doch war es seiner Großtante wichtig gewesen, dass er das Hotel bekam und noch dazu die Rücklagen, die sie über Jahre für eine Renovierung gebildet hatte – und das war jede Menge Geld. Kurz vor ihrem Tod, bei seinem letzten Besuch, hatte sie ihm das Versprechen abgenommen, dass er es wenigsten mit einem Neuanfang im Hotelgewerbe versuchen wollte. Als er skeptisch eingewandt hatte, dass er nicht genug über das Hotelwesen wüsste, hatte sie zuversichtlich gemurmelt: »Ich glaube an dich, weil ich weiß, dass du dein ganzes Herzblut in mein Hotel stecken wirst. Und wenn es nicht funktioniert, kannst du ja immer noch alles verkaufen.«

Und nun stand er hier, in seinem Hotel, in seinem Traum – und wünschte sich, dass Cara und er das irgendwie hinbekommen würden. Cara und er?!

»Super, danke. Sie haben ja schon alles zusammengeräumt.« Er hatte nicht bemerkt, dass sie zurückgekommen war, und fuhr erschrocken zusammen. »Oh, Entschuldigung.« Ihre Hand hob sich leicht, sackte aber sofort wieder nach unten.

»Ups«, Falks Hand fuhr an seinen Mund, »haben Sie mich jetzt erschreckt.«

Cara kniff ein Auge zu, da sie sehr wohl bemerkte, dass er sie erneut nachahmte. »Sind Sie bereit für einen neuen Traum?«, fragte sie dennoch friedlich.

»Natürlich«, er ging einen Schritt auf sie zu, »wohin entführen Sie mich jetzt?«

»Wir tanzen, Herr Baringhaus.« Sie wich ein wenig vor ihm zurück. »Wir werden tanzen, um herauszufinden, ob Ihrer Freundin so etwas gefallen würde.«

»Ähm … Tanzen?«

»Na, Sie sagten doch, Selina mag Tanzen.«

»Jaja …« Er nickte bestätigend, konnte sich aber in Caras Gegenwart kaum auf seine Freundin konzentrieren. »Tanzen also.«

»Genau, lassen Sie uns in Träumen schwelgen, während wir übers Parkett gleiten.« Sie lächelte ihn unbefangen an, wenn auch in ihrer Magengrube ein stetiges, für sie absolut ungewohntes Grummeln herrschte, das sich noch verstärkte, wenn Falk sie so intensiv ansah, wie er es gerade wieder tat …

Kapitel 8

Sie standen im ersten Stock des Hotels in einem Zimmer auf der Rückseite des Hauses mit Blick auf die Weinberge sowie die bunt blühenden Blumenwiesen, und Falk kam aus dem Staunen nicht mehr heraus.

Der Raum war kleiner als die Zimmer, die sich nach vorne zum See über dem Restaurant befanden. Es war kein Eckzimmer, sondern ein mittleres, aber trotzdem in seiner Größe nicht zu verachten. Leise Musik erklang aus der Minibox in der Ecke neben der Balkontür und kleine Appetithäppchen und eine Flasche Sekt im Kühler auf dem Bistrotisch luden zum Verweilen ein. An den Wänden hingen Poster von Olivia Newton-John und John Travolta, Patrick Swayze und seinem »Baby« sowie eins von einem exotischen Pärchen, das offensichtlich Lambada tanzte. An der offenen Tür klebte ein Post-it mit dem Zitat: *Tanz ist Hingabe an die Leidenschaft der Musik – Helga Schäferling.*

»Können Sie tanzen, Falk?«

»Können ist vielleicht übertrieben, aber unbegabt bin ich auch nicht. Immerhin habe ich zwei Tanzkurse absolviert.« Er deutete auf den schwarzen Boden, der in der Mitte des Zimmers über dem Eichenboden ausgelegt war. »Ist das die Tanzfläche?«

»Ja.« Cara drehte sich ein paarmal auf dem Untergrund im Kreis. »Das ist der mobile PVC-Tanzboden. Klasse, finden Sie nicht?«

Er betrat ebenfalls den PVC und versuchte, leichtfüßig darüber zu gleiten, stellte jedoch enttäuscht fest: »Meine Schuhe haben nicht das richtige Profil.«

»Ich habe Sie doch darum gebeten, welche mit glatter Sohle mitzubringen sowie einen Anzug.«

»Stimmt!« Er schlug sich gegen die Stirn. »Der ist drüben im anderen Zimmer.«

»Nein, im zweiten Stock im *Weltreisezimmer,* wo wir eben waren. Machen Sie sich dort fertig und ich gehe schnell ins Badezimmer und ziehe mich da um. Sagen wir in zwanzig Minuten wieder hier?«

»Gut, bis gleich.« Voller Vorfreude eilte Falk aus der Tür.

Cara kramte in ihrer Tasche nach dem Kleid und den Schuhen, die sie sich für den Tanzabend mitgebracht hatte und schnappte ihren Kulturbeutel.

Als sie gerade ins Badezimmer gehen wollte, hörte sie Falk aus dem zweiten Stock rufen: »Darf ich noch kurz vor Ihnen ins Bad hupsen?«

Hupsen? Sie kicherte. »Natürlich. Geben Sie mir Bescheid, wenn Sie ausgehupst haben, und ich rufe Sie dann, sobald ich fertig bin.«

Sie ging zurück ins Zimmer und prüfte ein letztes Mal, ob alles ihrer Vorstellung entsprach. Ihre Skizzen von den Bildern, die sie für diesen Raum vorbereitet hatte, legte sie vorsorglich auf einen Stuhl in der Ecke und betrachtete sie nochmals eingehend. Cara selbst liebte die Zeichnungen und sie war glücklich, dass sie sich mit Falk zumindest in diesem Punkt zu einhundert Prozent einig war. Mit einem Mal konnte sie es kaum noch erwarten, ihre Entwürfe kunstgerecht gemalt zu sehen.

»Fertig! Sie können«, erklang es laut durch den Flur.

»Danke«, rief sie und zündete schnell die im Zimmer verteilten Kerzen an, bevor sie ihre Sachen schnappte und eilig ins Badezimmer lief.

»Sie … Sie sehen bezaubernd aus«, brachte Falk bewundernd hervor, als er ins *Tanzzimmer* trat.

Cara stand an einen der Barhocker am Bistrotisch gelehnt, einen der silbernen High Heels auf der Fußstütze stehend, in einem hellgrünen Neckholderkleid mit weit schwingendem Rock, der knapp oberhalb der Knie endete, und lächelte ihm zaghaft entgegen. Außer ihrem Ehering und der Kette mit dem kleinen Schlüsselanhänger trug sie keinerlei Schmuck, was ihrem Erscheinungsbild diese unaufdringliche Eleganz verlieh, die Falk die Stimme und zudem schier die Sinne raubte.

Wenn er es nicht besser wüsste, wenn er nicht mitbekommen hätte, wie sehr Cara ihren Ehemann liebte und verehrte und wie vertraut das Ehepaar Sandberg miteinander umging, würde er ihren Auftritt als Einladung für eine Nacht, in der alles passieren durfte, interpretieren. Er konnte sich nicht vorstellen, dass eine Frau, die mit ihrem Mann hier in diesem Zimmer die Erfüllung ihrer Träume suchte, jemals verführerischer und dennoch so absolut natürlich wirken würde.

Cara kam langsam mit zwei gefüllten Champagnergläsern auf ihn zu und reichte ihm eines davon. »Ich muss sagen, auch Sie geben in Anzug und Fliege eine sehr adrette Erscheinung ab. Kompliment.«

»Danke.« Falk erhob das Glas, stieß mit ihr an und trank hastig einen Schluck, gefangen von ihrem Anblick. Sie hatte ihr Haar mit einem Band zu einem strengen Zopf nach hinten gebunden und nur ein paar vorwitzige Strähnen umspielten ihr Ohr. Lidschatten in einem sanften Grün, Wimperntusche und ein dezenter, rotschimmernder Lippenstift machten den Look perfekt. »Und jetzt?«, fragte er nahezu atemlos.

Sie lachte hell. »Wissen Sie, dass Sie in Ihrem Wortschatz vier Lieblingswörter haben? ›Perfekt‹, ›traumhaft‹ und ›und jetzt‹.«

Falk lachte ebenfalls, erleichtert über dieses unverfängliche Thema. »Bei Ihnen sind es ›notieren‹, ›Zimmer‹ und auch«, er legte nachdenklich den Kopf schief und schaute sie intensiv an, »›traumhaft‹.« Galant bot er ihr seinen Arm an und erkundigte sich erneut: »Und jetzt?«

Geheimnisvoll lächelnd hakte sie sich ein und rief Richtung geöffneter Balkontür: »Claude, Michelle, Sie können hereinkommen.«

Wie aus dem Nichts standen plötzlich ein Herr im schwarzen Anzug und grauer Fliege und eine Dame in einem knallgelben Ballkleid vor ihnen und begrüßten sie herzlich.

»Noch einmal hallo, liebe Cara, sehr geehrter Falk, willkommen zu Ihrem ganz privaten Tanzvergnügen, Ihrem absolut individuellen Tanzkurs. Wir hoffen, Sie werden Spaß mit uns haben.« Der Mann verbeugte sich formvollendet und während die Dame an seiner Seite einen tiefen Knicks machte, stellte er sich und seine Begleitung vor:

»Darf ich Sie mit meiner Partnerin Michelle bekanntmachen. Und ich selbst bin Claude von *Claude's Tanzschule*.«

»Und ich bin beeindruckt«, stellte Falk mit offenem Mund fest.

Cara schubste ihn leicht in die Seite und nahm ihm das Glas aus der Hand. »Los geht es.«

»Moment.« Falk holte sich das Glas zurück, trank es auf einen Zug leer und bestätigte dann: »Jetzt bin ich bereit.«

»Zuerst schauen wir uns an, was Sie schon so alles können.« Michelle ging zu der Musikanlage und steckte einen USB-Stick ein. »Zum Anfang einen langsamen Walzer.« Sie ging auf Falk zu und Claude ergriff gleichzeitig Caras Hände.

Sekunden später tanzten die zwei Paare über die mobile Tanzfläche. Nach und nach folgten diverse Tanzrichtungen, bis Claude die Musik anhielt und Cara und Falk bat: »Und jetzt Sie beide bitte zusammen. Wir beginnen mit dem Discofox. Achten Sie auf den Rhythmus und Sie, liebe Cara, lassen sich bitte führen. Er ist der Mann.« Er deutete mit ernster Miene auf Falk und machte die Musik wieder an.

Etwas gehemmt sich auf Armlänge entfernt haltend, stockte es anfangs und ihre Tanzschritte wirkten fast schon unbeholfen. Unsicher sahen sie sich an und zuckten verblüfft zusammen, als sie die Hände der Tanzlehrer in ihren Taillen spürten. Michelle war hinter Cara und Claude hinter Falk getreten und gemeinsam führten sie das Paar durch den Raum. Aus anfänglichem Misstrauen dem Ganzen gegenüber wurde mit einem Mal ein entspanntes Schweben, das sie so nicht erwartet hatten. Als das nächste Lied im gleichen Takt einsetzte, lösten sich die Tanzlehrer von ihnen und beobachteten das Paar wohlwollend von der Seite.

»Cara, Kopf hoch, sehen Sie Ihrem Partner in die Augen«, mahnte Claude mit erhobenem Zeigefinger und einem belustigten Zwinkern, und forderte sogleich Falk auf: »Sie sind der Mann! Sie führen! Lassen Sie sich das Heft nicht aus der Hand nehmen.«

Cara musste kichern, als sie Falks finsteren Blick wahrnahm, den er Claude zuwarf. »Lassen Sie sich nicht aus der Ruhe bringen, Sie machen das wirklich gut«, bekräftigte sie leise.

»Ja, weil Sie führen«, knurrte er unwillig und zog sie fester an sich.

»Genau, Falk, die Frau muss den Druck Ihrer Hand fest an ihrer Hüfte spüren, nur so macht sie, was Sie wollen.« Michelle klatschte erfreut in die Hände.

»Haben Sie gehört? Sie haben zu machen, was ich will«, flüsterte er dicht an ihrem Ohr.

Cara hatte in diesem Moment überhaupt nicht vor, etwas anderes zu tun, als das, was er wollte. Zu sehr war sie gefangen von ihrem Tanz, der Atmosphäre – und von Falk.

Erst als die Musik irgendwann stoppte und Claude und Michelle begeistert auf beide einzureden begannen, kam Cara langsam wieder in die Wirklichkeit zurück. Wie gebannt sah sie auf ihre Finger, die noch immer in Falks Hand ruhten, und starrte dabei auf ihren Ehering – abrupt kam sie zur Besinnung. Hastig löste sie sich von ihm, trat einen Schritt zur Seite und fragte tief durchatmend: »Ist die Stunde um?«

»Die Stunde, meine Liebe?« Michelle lachte auf. »Es sind knapp zwei vorbei. Sie haben als Paar traumhaft harmoniert.« Sie trat zu Cara und umarmte sie herzlich. »Vielen Dank, dass Sie uns gebucht haben. Wir stehen Ihnen für Ihr gemeinsames Hotel jederzeit zu Verfügung.«

»Danke, das freut mich zu hören. Aber das ist nicht unser gemeinsames …«

Falk unterbrach sie und reichte Claude die Hand. »Vielen Dank für diesen tollen Abend, wir werden uns auf jeden Fall bei Ihnen melden.«

»Den Stick mit der Musik lassen wir Ihnen zum Üben da.« Der Tanzlehrer zwinkerte verschmitzt.

Nachdem sich Michelle und Claude um kurz nach elf verabschiedet hatten, breitete sich eine bleischwere Stille aus, die nur von der gedämpften Musik unterbrochen wurde.

Cara war sichtlich nervös und begann zögernd zu sprechen: »Ich … ich denke, wir sollten jetzt schlafen gehen.«

Falk, noch immer gefesselt von der stimmungsvollen Atmosphäre, war noch nicht gewillt, den Abend enden zu lassen. »Hören Sie?! *Private Emotion* von Ricky Martin, ein wundervolles Lied.« Er reichte ihr seine Hand. »Ein letzter Tanz?«

»Ich weiß nicht … Ich …« Wie von selbst legte sich Caras Hand in seine – auch sie konnte sich der Magie des Augenblicks nicht entziehen.

Behutsam umschloss er ihre Finger, griff vorsichtig nach ihrer Taille und sie begannen zu tanzen. Gefühlvoll schob Falk Cara über die Tanzfläche, sein Blick ruhte auf ihrem Gesicht und seine Augen spiegelten sich in ihren. Als das Lied endete, lösten sie sich wie in Trance voneinander und stellten sich gegenüber an den Stehtisch – abwartend sahen sie sich an. Keiner wusste, was er sagen sollte, zu tief waren die Eindrücke der letzten Stunden. Wortlos füllte Falk die Champagnergläser und prostete ihr stumm zu.

Cara nippte nur, stellte ihr Glas zur Seite und begann zögerlich: »Es … es war ein wunderschöner Abend. Hat es Ihnen auch so gut gefallen?«

»Gut gefallen ist leicht untertrieben, es war fantastisch. Cara, Sie … Ich … Wir …«

»… wir haben nun herausgefunden, dass so ein *Tanzzimmer* mit absoluter Gewissheit bei Ihren Gästen ankommen würde«, unterbrach sie ihn schnell. »Das wollten Sie doch sagen, Falk, oder?«

Er schaute in ihre blitzenden grünen Augen, auf ihre glänzenden Lippen und setzte schon zum Widersprechen an, als Cara langsam die Hand hob und demonstrativ mit ihrem Ehering spielte. »Ja … ja, genau das wollte ich sagen.« Bedauernd begriff er die Anspielung. »Können wir mit der Auswertung des Abends bis morgen warten und schlafen gehen?«

»Sie sind der Mann, Sie führen«, erwiderte sie und war erleichtert, dass er ihr Zeichen verstanden hatte.

»Gut, dann würde ich sagen, wir gehen schlafen. Bitte schön.« Er machte einen eleganten Diener Richtung Tür.

»Wir sagen hier Gute Nacht. Ich respektiere Ihren Wunsch nach nächtlicher Einsamkeit.«

»Aber …« Er stutzte kurz, warf einen Blick auf die einzelne Matratze in der Ecke, bemerkte das aufgesetzte Lächeln in ihrem Gesicht und schüttelte ungläubig den Kopf. »… Sie wollen doch nicht wirklich allein hier nächtigen?«

»Doch klar. Wir sehen uns dann morgen früh um kurz nach zehn Uhr.«

»Nein!« Falk erinnerte sich an ihren entsetzten Gesichtsausdruck am Nachmittag, als er erklärt hatte, er wolle allein schlafen.

»Es ist wirklich alles gut …«

Ohne auf sie zu achten, schnappte er die Matratze samt Bettzeug. »Nehmen Sie Ihre Tasche und kommen Sie mit.«

»Aber …«

»Ich bin der Mann, schon vergessen?« Ohne sich nochmals umzudrehen, ging er mit ihrer Schlafgelegenheit aus dem Zimmer.

»Warten Sie.« Er blieb stehen bis Cara alle Kerzen ausgepustet, das Licht gelöscht und die Unterlagen samt Umhängetasche geschnappt hatte. »Aber ich schlafe im Nachbarzimmer«, bestimmte sie resolut, als sie ihm durch den Flur folgte.

»Sie …«

»Bitte, Falk, das ist besser so.« Ihr Ton war eindringlich und auch Falk musste zugeben, dass es wirklich besser wäre – für sie beide.

Er schritt die Treppen voran nach oben, ging an dem ersten Zimmer im zweiten Stock vorbei und legte die Matratze im anschließenden Raum gleich neben den Eingang. »Die Türen bleiben aber offen!«, ordnete er im Befehlston an und fragte sogleich um einiges milder: »Möchten Sie zuerst ins Badezimmer oder soll ich?«

»Gehen Sie ruhig.«

»Gut.« Zögernd blieb er im Türrahmen stehen und sah sie mit einem Blick an, der Cara durch und durch ging.

»Meinen Sie, Ihrer Freundin würde das *Tanzzimmer* gefallen?« Es interessierte Cara im Moment nicht wirklich, aber sie wollte händeringend die eigentümliche Stimmung durchbrechen, die sie beinahe mehr ängstigte, als das Alleinschlafen.

Auch Falk wollte in diesem Augenblick keinen Gedanken an Selina verschwenden und zuckte nur stumm mit den Schultern.

Cara nickte leicht und sagte sanft: »Gute Nacht. Bis morgen.«

Dass das sein Rauswurf war, bemerkte er sofort und drehte sich ruckartig um. »Gute Nacht, schlafen Sie gut.«

Nachdem sie beide im Bad gewesen waren, alle Lichter gelöscht hatten und in getrennten Zimmern auf ihren Matratzen lagen, riefen sie sich noch einmal ein Gute Nacht zu, und Cara dachte unwillkürlich an eines ihrer gelegentlichen Telefongespräche mit ihrer Mutter Isla, das sie vor kurzem geführt hatte. Dadurch, dass ihre Eltern irgendwo im Dschungel von Ecuador lebten, waren persönliche Treffen nur äußerst selten und auch telefonischer Kontakt fand oft über Monate nicht statt. Um so seltsamer hatte Cara es gefunden, dass Isla sich in den vergangenen Wochen zweimal hintereinander bei ihr gemeldet hatte und sie hatte erst vermutet, dass etwas mit ihrem Vater wäre. Doch Isla hatte sie beruhigt und ihr versichert, dass sie nur anrufe, weil sie wisse, dass ihr geliebtes Kind momentan seelische Unterstützung brauche. Verwundert hatte Cara ihrer Mutter gesagt, dass sie augenblicklich eine der besten Zeiten ihres Lebens hatte und ihr von dem Hotel am See, der Schönheit des Anwesens, der traumhaften Umgebung und von ihrem vorübergehenden Arbeitgeber erzählt. Daraufhin hatte Isla erleichtert festgestellt: *Du hast Glück, mein Kind, dass jemand wie Falk in dein Leben getreten ist. Er wird dir guttun und dich in harten Zeiten ermutigen, deinen Weg zu gehen.*

Cara wusste zwar nicht, was ihre Mutter zu einer solchen Aussage bewegt hatte, aber sie empfand die gemeinsame Zeit mit Falk in seinem Hotel wirklich als guttuend. Sie schloss die Augen und versuchte, genau wie Falk nur wenige Meter von ihr entfernt, in den Schlaf zu finden.

Jeder für sich wälzte sich unruhig und von den Erlebnissen des Tages aufgeputscht hin und her. Jeder für sich dachte krampfhaft an seinen Partner zu Hause – jeder für sich schweifte fortwährend mit den Gedanken ab …

Als Falk nachts plötzlich von einem Geräusch wach wurde, machte er sein Handylicht an und stand auf. Schlaftrunken ging er in den Flur und wäre beinahe über die leise schnarchende Cara gestolpert, die samt Matratze ihr Nachtlager vor seinem Zimmer aufgeschlagen hatte. Fassungslos schaltete er das Licht an, beugte sich zu ihr hinunter und schüttelte sie vorsichtig an der Schulter.

»Was?« Sie fuhr hoch und starrte ihn verwirrt an.

»Stehen Sie auf, ich hole Ihre Matratze rein.« Seine Hand griff nach der Schlafunterlage.

»Nein!« Mit einem Mal hellwach widersprach sie heftig: »Sie sagten, Sie können nicht mit jemand anderem in einem Raum schlafen. Ich bleibe hier!«

»Noch weniger kann ich schlafen, wenn ich weiß, dass jemand vor meiner Tür kauert, weil er Angst vor dem Alleinsein hat.« Falks grüne Augen blickten sie einfühlsam an. »Kommen Sie, es ist vollkommen in Ordnung.« Erneut griff er nach der Matratze.

Mit einem letzten, schwachen Protest versuchte Cara, ihn davon abzuhalten: »Aber ich möchte nicht ...«

»Bitte keine Diskussionen um diese Uhrzeit.«

Ohne weiteren Kommentar stand Cara auf und folgte ihm ins Zimmer. Dicht an seiner Matratze platzierte er ihre und bedeutete ihr, sich hinzulegen. Wortlos fügte sie sich und als Falk das Licht ausmachte und sich kurz darauf nur wenige Zentimeter von ihr entfernt in seine Decke einwickelte, spürte sie keinerlei Anspannung, sondern ein für diese außergewöhnliche Situation absolut beruhigendes Gefühl. »Danke«, wisperte sie.

»Kein Problem. Schlafen Sie gut.«

Im Halbdunkeln konnten sie lediglich die Silhouetten ihrer Köpfe erahnen sowie das Weiß ihrer Augen sehen.

»Warum schlafen Sie nicht gern allein?«

»Ich weiß nicht, ich hatte schon als Kind Angst vorm Alleinsein.«

»Mmmh ...«

»Warum können Sie schlecht schlafen, wenn jemand bei Ihnen ist?«

»Ich musste immer mit einer meiner vier Schwestern das Zimmer teilen. Horror.«

»Ich hätte es geliebt.«

»Und ich hätte das Alleinsein geliebt.«

»Es ist Horror.«

»Sie sind nicht allein, schlafen Sie jetzt.« Er streckte seine Hand aus und berührte ihre zögerlich. »Gute Nacht.«

Ihre Finger legten sich wie selbstverständlich in seine Hand und wurden sogleich zart umschlossen. Cara fühlte sich augenblicklich geborgen und seufzte leise: »Danke.«

Hand in Hand fanden beide nach diesem überaus emotionalen Abend ihren wohlverdienten Schlaf in einer zaghaften unschuldigen Berührung …

Kapitel 9

Cara hatte länger als normal geschlafen und als sie gegen acht Uhr die Augen aufschlug, blickte sie direkt in Falks leuchtendes Grün.

»Guten Morgen«, murmelte er lächelnd.

Ihre Hand ruhte noch immer in seiner. »Ähm …« Verwirrt zog Cara sie zurück und richtete sich auf. »… ist es denn schon nach zehn?«

»Nein.« Er grinste und setzte sich ebenfalls auf.

»Darf ich schon mit Ihnen reden?« Sie wusste nicht genau, wo sie hinschauen sollte, da sein nackter Oberkörper sie irritierte. Dass er abermals nur in Shorts geschlafen hatte, war ihr in der Nacht überhaupt nicht aufgefallen. Unruhig fingerte sie an ihrer Kette herum.

»Haha …« Er streckte sich lachend, was Cara noch nervöser werden ließ. »Ich bin erstaunlicherweise fit, fragen Sie mich nicht, warum. Einzig meine Waden scheinen nicht mitbekommen zu haben, dass sie fit sein sollten und zwicken ein wenig. Tut Ihnen auch etwas weh?«

»Ähm …« Cara ging überhaupt nicht auf ihn ein, sondern stellte verwundert fest: »Ich höre gar keine Bauarbeiter.«

»Es ist Samstag.«

»Oh, stimmt. Heute geht es ja später los.«

»Wie jetzt? Keine Hand vor dem Mund?«

»Wie bitte?« Cara blickte ihn verständnislos an.

»Na, da frage ich mich doch, wer heute noch nicht aufnahmefähig ist.« Er schüttelte schmunzelnd den Kopf und stand auf. »Möchten Sie zuerst ins Bad?«

»Nein, gehen Sie ruhig.« Sie starrte ihn an, während er in seiner Tasche kramte, und überlegte insgeheim, warum der bekennende Morgenmuffel heute so gut in Form und ausgeglichen war und sie genau das Gegenteil?

»Schön.« Er richtete sich auf und sah auf sie hinunter.

Ihr Augenmerk heftete sich, ohne dass sie es steuern konnte, auf seine wahrscheinlich durch hartes Training beeindruckend definierten Bauchmuskeln und wanderte langsam nach unten. Peinlich berührt von den Gedanken, die ihr durch den Kopf schossen, sprang sie hastig auf, verhedderte sich dabei ungeschickt in der Decke und wäre der Länge nach hingefallen, hätte Falk sie nicht reaktionsschnell am Arm festgehalten.

»Hoppla, Frau Sandberg, immer schön langsam.« Er ließ sie spottend los und lief zur Tür. »Treffen wir uns dann unten? Ich vertrete mir erstmal ein wenig die Füße und muss dabei ein paar Telefonate führen.«

»Ja, auf dem Steg.«

»Gibt es eigentlich Frühstück?«

»Natürlich. Ich habe Vorräte in den Weinkeller gebracht.«

»Natürlich. Hätte mich auch gewundert, wenn nicht, Frau Perfekt-Poppins.«

Sie hörte ihn lachen, als er den Flur entlangging und rang sich selbst ein leichtes Lächeln ab. *Perfekt-Poppins* – ihr gefiel der Spitzname.

Nachdem auch sie mit ihrer Morgentoilette fertig war, traf Cara auf ihrem Weg nach unten im Foyer auf den gerade eingetroffenen Vorarbeiter und sie besprachen kurz die Arbeiten für den heutigen Tag. Die Balkongeländer bekamen heute den ersten Anstrich und das Verklinkern des Anbaus für die Angestellten neben dem Hotel stand ebenfalls auf dem Plan. Auch im Dachgeschoss lief weiterhin alles wie geplant und war in Kürze der nächste Teil des Hauses, der seinen Innenausbau bekam, sobald Falk sich für eine der drei Varianten, die Cara ihm schon vor Wochen vorgestellt hatte, entschieden hatte. Cara stellte flink frischen Kaffee auf, eilte in den Weinkeller und lief mit einem gut gefüllten Frühstückstablett zum Steg. Beim Tisch eindecken überlegte sie, dass sie im Grunde rundum zufrieden sein konnte, doch irgendwie wollte sich dieses Gefühl nicht einstellen. Der vergangene Abend, die Nacht sowie ihr eigentümliches Empfinden am Morgen in Falks Nähe ließen sie unruhig grübeln. Jäh vermisste sie ihren Mann und ihre ungezwungene Vertrautheit. Sehnsucht ergriff sie und Cara beschloss, Robert gleich nach dem Frühstück anzurufen, um seine Stimme zu hören. Sollte sie ihm eigentlich beichten, dass sie die Nächte hier gemeinsam mit Falk in einem Zimmer verbrachte? Aber was gab es schon zu beichten? Nichts!

»Was sagt überhaupt Ihr Robert dazu, dass Sie mit einem anderen Mann so viel Zeit und vor allem auch die Nächte verbringen?«, wollte Falk in diesem Moment wissen, als er auf den Steg trat.

Cara fuhr zusammen und ließ vor Schreck scheppernd einen Kaffeelöffel in eine Tasse fallen – was sollte die Frage? Gerade jetzt, wo sie selbst ein wenig verunsichert über ihre Situation nachgrübelte?

»Ich war nochmal kurz drinnen und dachte mir, ich bringe den Kaffee mit.« Falk stellte die Kanne auf den Tisch, setzte sich und fixierte Cara eingehend.

Sie nahm ihm leicht irritiert gegenüber Platz, starrte auf allerlei Köstlichkeiten und wusste nichts zu erwidern.

»Sie müssen ein großartiges Vertrauensverhältnis haben«, stocherte Falk weiter und griff nach einer Scheibe Brot.

»Ja, das haben wir.« Cara sah ihn fest an und schenkte sich Kaffee ein. »Für Sie auch?«

»Ja, bitte.« Er hielt ihr seine Tasse hin. »Wie lange kennen Sie sich eigentlich schon?«

»Einundzwanzig Jahre«, gab sie ihm kurz angebunden Auskunft. »Aber lassen Sie uns jetzt nochmal den gestrigen Tag Revue passieren. Wie fanden Sie ihn?«

Doch Falk wollte noch nicht wieder in die Arbeit eintauchen. »Also Selina wäre stinksauer, wenn sie davon wüsste. Ich bin froh, dass sie zurzeit nicht da ist.«

»Es gibt nichts, worauf mein Mann oder auch Ihre Freundin sauer sein müssten. Und jetzt möchte ich bitte weitermachen.« Ihr Blick war undurchdringlich. »Sagen Sie mir, wie Ihnen mein Konzept für das *Tanzzimmer* gefallen hat.«

Dieses Mal ließ sich Falk auf den Themenwechsel ein und antwortete: »Also mir hat die Idee mit dem Tanzboden und den zwei Tanzlehrern sehr, sehr gut gefallen. Haben Sie dazu auch Bilder gezeichnet?« Er legte entspannt den Kopf in den Nacken und genoss dabei die frühmorgendlichen Sonnenstrahlen auf seinem Gesicht. Falk konnte sich nicht erinnern, wann er das letzte Mal vor zehn Uhr geschäftliche Gespräche geführt hatte, geschweige denn dabei auch noch so gut gelaunt gewesen war.

»Habe ich. Moment.« Wie immer kramte Cara in ihrer Umhängetasche und präsentierte stolz die drei Skizzen, die sie vergessen hatte, ihm am gestrigen Abend zu zeigen. »Es sind natürlich wieder nur grobe Entwürfe, aber so ungefähr könnte ich mir das vorstellen. Was meinen Sie?«

Falk begutachtete das Bild eines Flamenco-Tanzpaares, auf dem ihr Kleid sowie sein Rüschenhemd knallrot leuchteten. Auf dem nächsten war eine Reihe von irischen Stepptänzern und -tänzerinnen zu sehen, auf denen es vereinzelt grün aufblitzte. Und natürlich durfte ein Lambada-Bild nicht fehlen, auf dem ein dunkelhäutiges Paar abgebildet war, er oberkörperfrei und sie in sparsamer Bekleidung und nur ihr knappes Höschen unter dem schwingenden Rock wurde purpurfarben hervorgehoben. »Sehr schön.« Er gab Cara die Zeichnungen zurück und sagte voller Überzeugung: »Also egal, welche Themen am Schluss infrage kommen und wie viele Zimmer es letztendlich werden oder auf welches Konzept wir uns einigen, eines steht für mich fest – Ihre Entwürfe werden in allen Räumen ihren Platz finden. Sie sind wieder wunderschön geworden.«

»Danke.« Sichtlich erfreut steckte Cara die Blätter weg. »Und was haben Sie jetzt genau von dem *Weltreisezimmer* gehalten? So ganz ohne Aktion, einfach nur die Idee des Zimmers?«

»Mmmh …« Falk wiegte den Kopf hin und her. »Um ehrlich zu sein, hat es mich nicht ganz überzeugt. Wissen Sie«, er rückte seinen Stuhl zurecht, »wenn es jetzt ein ›Welthotel‹ werden sollte und die Zimmer in verschiedenen Stilen, wie amerikanisch, thailändisch, afrikanisch und so weiter eingerichtet würden, dann ja …« Er zögerte, schüttelte dann allerdings entschieden den Kopf. »Aber das will ich nicht. Solche Themenhotels gibt es schon zur Genüge. Ein Kollege von Ihnen hat mir neulich erzählt, dass es in … in … Mir fällt gerade nicht mehr ein, wo es ein Hotel gibt, dass beispielsweise ein futuristisches

Zimmer hat, alles in Silber und so, oder ein afrikanisches, ganz dunkel gehalten mit typischen Accessoires vom schwarzen Kontinent und …«

»Okay.« Cara hob lächelnd die Hand. »Ich habe verstanden. Also *Weltreise* ist raus.«

Während sie sich eifrig Notizen machte, dachte Falk für einen kurzen Moment an seine Freundin. *Weltreise* war raus – das hätte doch ihr gemeinsames Zimmer werden sollen. Ob sich seine Zukünftige im *Tanzzimmer* genauso wohlfühlen würde wie er? Und könnte er die Zeit dort mit ihr in gleicher Weise genießen wie den vergangenen Abend mit Cara? Ein wenig unruhig bei dem Gedanken an die Anziehung, die Cara auf ihn ausübte, überlegte er nahezu verzweifelt, welche Zimmeridee seiner Freundin ansonsten zusagen würde – doch er konnte sich in Caras Anwesenheit kaum oder gar nicht auf Selina konzentrieren.

Cara saß ihm gegenüber, mit der einen Hand schrieb sie eifrig und mit der anderen spielte sie mit dem Schlüsselanhänger ihrer Kette.

»Was hat es eigentlich mit dem Schlüssel als Anhänger auf sich?«, wollte Falk wissen, gedanklich bereits weit weg von seiner Freundin.

Vertieft in ihre Notizen bekam Cara seine Frage überhaupt nicht mit und murmelte: »Ich fasse zusammen: Die Bilder sind bisher das Einzige, was Sie vollkommen überzeugt hat, aber wegen einfacher Zeichnungen kommen die Menschen nicht hierher. Sie sind ein nettes Beiwerk, aber mehr auch nicht.« Sie hob den Kopf und wartete sein Urteil darüber ab.

Erneut fasziniert von ihrem Arbeitseifer und zudem froh, zurück zum sachlichen Denken kehren zu müssen, bestätigte er: »Ja, so ist es.«

»Was Sie auf jeden Fall mögen und Sie sich in Ihrem Hotel vorstellen können, sind diverse Aktivitäten, stimmt's?«

»Ja, auf jeden Fall. Sowohl der Kochkurs als auch die Tanzstunde waren klasse. Vielleicht lässt sich da etwas kombinieren?!«

»Ja, vielleicht?!«

Falk schenkte sich Kaffee nach. »Was haben Sie denn als Nächstes auf Ihrer Liste stehen?«

»Ich muss noch zwei Telefonate führen, um etwas abzuklären, und wenn das alles klappt, wie ich hoffe, werden wir heute ...«

»Hallo?! Hallo?!«

Verwundert über die helle Frauenstimme, hoben beide den Kopf und schauten zum Hotel. Da aber ein großer Container den direkten Blick zum Eingang versperrte, konnten sie niemanden entdecken.

»Hallo?! Falk?«, rief es nun lauter.

Falk stand auf und lief verwundert vom Steg zur Terrasse. »Selina?«

»Falk ... endlich!«

Cara war ebenfalls aufgestanden, folgte ihm und konnte so beobachten, wie eine junge blonde Frau mit sichtlich angespanntem Gesichtsausdruck auf ihn zukam.

»Selina, was machst du denn hier? Ich dachte, du kommst erst in zwei Tagen zurück.« Erstaunt ging Falk seiner Freundin entgegen.

»Ich wollte dich überraschen«, kam es schmollend über ihre Lippen, was Cara einen Schauer über den Rücken jagte. Was für ein Püppchen, stellte sie verwundert fest. Unauffällig musterte sie Selina, die klein und zierlich war und Falk gerade einmal bis an die Schulter ging. Mit ihrem blonden Haar, den großen blauen Augen und dem üppigen Mund erinnerte sie Cara an *Skipper*, die kleine Schwester der Barbiepuppe. So sah also Falks Frauengeschmack aus, dachte sie immer noch verwundert und betrachtete das Pärchen stumm.

»Das ist dir auch gelungen. Hallo, Schatz.« Er nahm seine Freundin in die Arme und gab ihr einen Kuss.

Noch immer schmollend löste sie sich von ihm. »Warum hast du dich nicht gemeldet? Ich habe mehrmals versucht, dich telefonisch zu erreichen.«

»Oh, sorry, aber ich habe seit gestern nicht mehr auf mein Handy geschaut.«

»Wofür habe ich dir so ein teures iPhone geschenkt, wenn du nie drangehst, wenn ich dich sprechen will?« Selina interessierte es offensichtlich nicht, dass sie eine Zuhörerin hatten, und mäkelte weiter an ihm herum: »Ich wusste noch nicht mal, wo du steckst, und erst deine Mutter sagte mir, dass du vermutlich hier in dieser Einöde bist und Hotelchef spielst.« Cara beobachtete, wie sich

Falks Augen verengten, er jedoch keinerlei Protest einlegte, als Selina sich immer weiter in Rage redete: »Das Ding hier ist so schlecht zu finden, ich war ewig unterwegs.«

Das Ding?! Cara verdrehte die Augen.

»Aber wir waren doch schon zusammen hier«, stellte Falk trocken fest.

»Jaja, aber meinst du, da habe ich auf den Weg geachtet?!«, entgegnete sie mit einer wegwerfenden Handbewegung und warf nunmehr zum ersten Mal Cara einen prüfenden und nicht gerade freundlichen Blick zu.

Falk folgte ihrem Blick und verstand Selinas Ärger sogleich. Sie kam nach Wochen nach Hause, wusste nicht, wo er war, und fand ihn dann mit einer äußerst attraktiven Frau beim Frühstücken vor. Hatten Cara und er nicht vor wenigen Minuten von ihren Partnern und deren Reaktion auf ihr Zusammensein gesprochen? Selina war offensichtlich sauer und schien nicht so ein großes Vertrauen in ihn zu haben wie Robert Sandberg in seine Frau.

»Ich habe mich so auf dich gefreut. Und du? Freust du dich auch?«

Cara fand, dass Selina Falk mit ihren großen Kulleraugen ansah wie ein Dackel, der ein Leckerli wollte, und wandte sich genervt ab, um auf den Steg zurückzugehen.

»Warten Sie.« Falk rief ihr hinterher und sie musste wohl oder übel stehen bleiben. Er legte fürsorglich einen Arm um seine Freundin, drückte ihr beruhigend einen Kuss auf die Stirn und kam mit ihr auf Cara zu. »Selina, das ist Cara, die wohl beste Eventplanerin und Innenarchitektin, die man sich vorstellen kann.«

»Guten Tag, es freut mich, Sie kennenzulernen.« Cara reichte der jungen Frau die Hand und hätte dabei am liebsten die Augen über Falks Gesülze gerollt.

»Hallo«, kam es kurz angebunden über die knallrot geschminkten Lippen der Blondine und Skepsis war ihr ins Gesicht geschrieben.

Selina legte seicht ihre Hand in Caras, was diese auf der Stelle nervte – dann lieber keinen Händedruck als eine solch wachsweiche Geste.

»Und, freust du dich, mich zu sehen?« Die junge Frau drehte sich wieder zu Falk und ließ Cara kurzerhand links liegen. »Allerdings wundert es mich, dass du schon wach bist. Es ist erst kurz nach neun und um diese Uhrzeit bist du doch meist noch im Tiefschlaf.«

»Warum glaubten Sie dann, er würde Ihnen auf Ihre ›Hallo, Falk‹-Rufe antworten?« Es war Cara schneller rausgerutscht, als sie denken konnte, und sie hielt sich automatisch die Hand vor den Mund. Die Augen des zarten Persönchens vor ihr verengten sich und Cara war mit einem Mal bewusst, dass sie es sich nicht unbedingt leisten konnte, die Freundin ihres Arbeitgebers zu verärgern. »Ach, egal«, sie lachte gekünstelt auf, was ihr einen erstaunten Blick von Falk einbrachte, zeigte auf den gedeckten Tisch und fragte betont liebenswürdig: »Wollen Sie vielleicht mitfrühstücken? Dann hole ich schnell noch ein Gedeck.«

»Das wäre wirklich nett.« Falk nickte ihr dankbar zu. »Selina trinkt am liebsten schwarzen Tee, wenn Sie das einrichten könnten.«

Selina hängte sich an seinen Arm, streckte ihr Näschen in die Luft und bat Cara bemüht höflich: »Es macht Ihnen doch nichts aus, wenn mein Freund und ich allein weiterfrühstücken? Wir haben uns zwei Wochen nicht gesehen und ich habe ihn so vermisst.« Schmachtend senkte sie ihre stark getuschten Wimpern und bevor Falk Luft holen konnte, um zu protestieren, streckte sie sich und küsste ihn aufreizend. »Hast du mich auch vermisst, Honey«, murmelte sie an seinen Lippen.

Peinlich berührt löst sich Falk sanft, aber bestimmt von ihr und erklärte: »Aber Cara und ich haben gerade wichtige Details über das Hotel besprochen und …«

»Och Schatz …« Erneut dieser Dackelblick.

»Schon gut, wie bereits gesagt, muss ich sowieso noch ein paar Telefonate führen.« Cara lächelte die beiden überaus freundlich an. »Zuvor bringe ich Ihnen allerdings noch das Gedeck und Ihren Tee.« Sie drehte sich um und schritt hocherhobenen Hauptes über die Terrasse.

»Das müssen Sie doch nicht, wir können …«, hörte sie Falk sagen, was sie jedoch ignorierte.

»Lass doch, Schatz. Ich habe Hunger und außerdem bezahlst du sie doch dafür«, drang ebenfalls noch an Caras Ohr, bevor sie im Hotel verschwand. Und lauter als nötig hörte sie die frivole Lache von Falks Freundin und ihre

Beteuerung: »Ich wollte dich ja eigentlich im Bett überraschen und dich so begrüßen, wie es dir am besten gefällt … Du weißt schon, wenn ich dir …«

Mehr bekam sie Gott sei Dank nicht mit. Selinas schrille Lache hallte noch in Caras Ohren, als sie den Tee aufgoss. Sie warf einen verstohlenen Blick aus dem Fenster und beobachtete, wie die Blondine auf Falks Schoß saß und eifrig auf ihn einredete. Sein Gesicht konnte sie von ihrem Sichtwinkel aus nicht erkennen und wusste so auch nicht, was er von dem unerwarteten Auftauchen und besitzergreifenden Verhalten hielt. Als sie Falk jedoch lachen hörte und er auf die Zimmer nach oben zeigte, war sie sich sicher, dass ihm der Überraschungsbesuch gefiel. Cara wurde es urplötzlich heiß, er wollte doch nicht mit seiner Freundin in das *Weltreisezimmer*, in dem sie beide die letzte Nacht verbracht hatten – Hand in Hand …

Ohne weiter darüber nachzudenken, schoss sie durch die Lobby, die Treppen hoch und packte ihre Matratze, um sie in den angrenzenden Raum zu tragen. Es wäre verheerend, wenn die zwei für ein Schäferstündchen nach oben kämen und Selina fände zwei benutzte Matratzen vor. Ihre Reaktion konnte sich Cara lebhaft vorstellen – sie würde Falk wahrscheinlich eine Szene hinlegen, die kein Drehbuchautor besser schreiben könnte. Kichernd lief Cara ins Restaurant, obwohl sie der Gedanke an Selina und Falk in einem der Traumzimmer eigentlich nicht erheiterte. Sie nahm das Geschirr und den Tee und schritt kurz darauf gemächlich zurück zum Steg.

Zu Caras Erstaunen hatte Selina mittlerweile entdeckt, dass sie schon ganz allein auf einem Stuhl sitzen konnte. Sie thronte mit übereinandergeschlagenen Beinen, eine Zigarette rauchend vor Falk und redete wild auf ihn ein, verstummte aber sogleich, als sie Cara auf sie zukommen sah.

»Danke schön.« Falk stand auf und nahm ihr die Teekanne ab. »Wollen Sie sich nicht doch zu uns setzen?« Die Frage brachte ihm einen bösen Blick seiner Freundin ein, den er aber bewusst ignorierte.

Für den Bruchteil einer Sekunde war Cara versucht, sein Angebot anzunehmen, nur um die in ihren Augen absolut verzogene Göre zu ärgern. Sie entschied sich jedoch augenblicklich dagegen. Sie hatte nun wirklich keine Zeit und Lust, ihren Morgen zu verplempern. »Nein, danke. Wie ich schon sagte, habe ich Telefonate zu führen.« Sie stellte Selina das Geschirr hin und fragte an Falk gewandt: »Wäre es in Ordnung für Sie, wenn wir uns so gegen zwölf treffen und alles Weitere besprechen?«

»Ja, natürlich. Das geht klar. Bitte schön.« Er reichte ihr die Umhängetasche. »Bis später dann.«

»Bis später, Falk. Auf Wiedersehen, Selina.«

Sie ging zurück zum Hotel und konnte dabei noch hören, wie Selina in Caras Ohren recht abfällig sagte: »Und die malt also auch die Bildchen, die du mir gezeigt hast?!«

Die?! Bildchen?! Gezeigt?! Caras Gesichtsfarbe änderte sich schlagartig und sie glaubte, jeden Moment explodieren zu müssen, so sehr trafen sie die Worte der jungen Frau.

Eiligst lief sie ins Haus und packte ein paar Sachen zusammen. Kurz darauf gab sie Tom Bescheid, der mittlerweile mit ein paar Arbeitern am Werkeln war, dass sie ab sofort nur telefonisch erreichbar wäre, und saß schon in der nächsten Minute im Auto und fuhr den Schotterweg entlang.

Sie brauchte ein wenig Abstand – Cara hatte das Gefühl, als wachse ihr plötzlich alles über den Kopf, als verließe sie zum ersten Mal im Leben ihre Professionalität.

Zuhause bei Robert, ihrem vertrauten Rückzugsort, würde sie ein wenig Ruhe finden – hoffte sie …

Kapitel 10

Am späten Vormittag, zurück in ihrem Penthouse, gönnte Cara sich ein ausgiebiges Bad. Im Hintergrund lief Musik aus ihrem Lieblingssender und sie lauschte den Klängen mit geschlossenen Augen. Meditations- und Yogakurse hatten sie gelehrt, auch einfach einmal abzuschalten und das tat sie in diesem Moment.

Ihr Mann war außer Haus und hatte laut seiner Sekretärin am Nachmittag eine Besprechung mit einem Weinlieferanten, sodass Cara ihn zu ihrem Bedauern erst gegen Abend antreffen konnte. Nachdem sie verärgert vom Hotel am See gekommen war, hatte sie zunächst einige Telefonate geführt und daraufhin beschlossen, erst morgen zurückzufahren, um mit der gemeinsamen Konzepterarbeitung mit Falk fortzufahren – in der Hoffnung, dass Klein-Barbie bis dahin wieder weg wäre. Zufrieden mit ihrem Entschluss hatte Cara versucht, Falk telefonisch zu erreichen, aber es war nur seine Mailbox angesprungen. Mit dem Glauben, zu wissen, was er gerade tat und weswegen er nicht an sein iPhone ging, hatte sie ihm recht kühl eine Nachricht hinterlassen und um Bestätigung ihres neuen Termins am morgigen Sonntag um fünfzehn Uhr gebeten. Danach hatte sie mit Jeremy, ihrer Vertretung im *Stadthotel*, ein kurzes Gespräch geführt und war ihre persönliche Post durchgegangen. Darunter war ein weiterer Brief aus der Vergangenheit gewesen, dem ihre Mutter ein paar Zeilen beigelegt hatte. Cara griff mit schaumbedeckter Hand nach den zwei Blättern, die neben der Wanne auf einem Tischchen lagen.

Dear Cara-Darling, heute, wie von dir gewünscht, wieder einer deiner vielen Briefe, die noch vor deinem 40. Geburtstag bei dir eintreffen werden (es kommt auch noch einer von mir, von vor gut dreißig Jahren – time flies, my love). Ich bin unsagbar glücklich und aus tiefster Seele dankbar, dass du unser Kindheitsritual auch heute noch, als erwachsene, verheiratete Frau und Mutter eines liebenswerten und außergewöhnlichen Kindes (so wie du eins warst), weiterführst. Es ist doch immer wieder faszinierend, Briefe und damit wichtige Botschaften von uns selbst aus der Vergangenheit zu erhalten. Ob näher oder weiter zurückliegend spielt kaum eine Rolle, wir werden in niedergeschriebenen Zeilen immer wieder unsere Veränderungen und Fortschritte erkennen, unsere Wünsche und Sehnsüchte prüfen und manches Mal auch unsere Vorhersehungen mit einem lachenden und weinenden Auge betrachten …

Unsere Sehnsüchte?! Das Hotel am See war zurzeit ihre große Sehnsucht und sie liebte ihre Arbeit dort. Seufzend las Cara erneut die Zeilen, die sie sich selbst im Herbst des vergangenen Jahres geschrieben hatte.

Liebe Zukunfts-Cara im Jahr 2018,
diesen Brief schreibe ich mir zwei Monate, nachdem ich meine ganze Frustration niedergeschrieben habe.
Heute ganz kurz und bündig – mir geht es besser. Meine Traurigkeit kommt zwar noch, aber in Wellen, und ich bekomme sie meist schnell in den Griff. Und Robert tut alles dafür, dass ich mich besser fühle. Er umsorgt mich, fängt mich auf und hält mich, wenn ich weine. Auch Aufheitern gehört zu seinem Repertoire, damit ich nicht vor Kummer verzweifle. Aber das tue ich ja auch nicht, das will ich ja überhaupt nicht – ich will nach vorne schauen und werde alles dafür tun, um aus diesem Loch herauszukommen. Es wäre doch gelacht, wenn ich es nicht wie andere Mütter schaffen würde, mein Kind loszulassen.
Meinem Lillykind geht es nämlich sehr gut in Neuseeland.
Und wenn es ihr gutgeht, geht es auch mir gut.
Ich bete inständig, dass es so bleibt.

Mein langsam wieder gefestigtes ICH im September 2017

Lilly ging es gut. Ihr ging es gut. Und Robert ebenfalls. Es war also alles gut!

Caras Laune hatte sich nach und nach gebessert und so stieg sie mit einem leichten Lächeln aus der Wanne, trocknete sich ab und schlüpfte in ihren Bademantel. Gerade als sie das Radio im Badezimmer ausschalten wollte, hörte sie genauer auf das Lied, das soeben gespielt wurde.

»... it's all right – i think we're gonna make it ...«

Wie passend. »Ja, es ist alles in Ordnung, ich denke, wir werden es schaffen ...«, sagte sie schmunzelnd zu ihrem Spiegelbild, schaltete das Radio aus und tänzelte beschwingt ins Wohnzimmer, wo sie sich auf die Couch kuschelte. Ein kurzer Blick auf ihr iPhone verriet ihr, dass Falk sie zweimal versucht hatte zu erreichen. Nachdem sie die Mailbox abgehört hatte, auf der jedoch keine Nachricht war, drückte sie immer noch positiv gestimmt die Rückruftaste.

Schon nach dem ersten Klingeln erklang seine tiefe Stimme: »Hallo, Cara. Wo sind Sie?«

»Ich bin zu Hause und lümmle zufrieden auf meiner Couch herum.« Sie lachte leise.

»Ähm ... Das ist schön für Sie, aber wollten wir uns nicht um zwölf Uhr ...«

»Hatten Sie zwei noch einen angenehmen Morgen?«, fragte sie, anstatt ihm zu antworten.

»Ähm ...«

Cara merkte, dass ihre sprunghafte Art ihn wieder einmal durcheinanderbrachte, und fuhr dennoch, oder gerade deswegen, unbekümmert fort: »Ich dachte mir, dass es vielleicht ganz schön sei, wenn wir die heutige Nacht mit unseren Partnern verbringen und ...«

»Ähm ... Wir waren doch verabredet und ...«

»Oh, Entschuldigung, haben Sie meine Nachricht nicht abgehört?«

»Doch, schon, aber war Ihr Plan nicht, dass wir heute weitermachen? Sie wollten doch ...«

»Ja, wollte ich auch erst, aber dann hat es mit einer der Aktivitäten, die ich ausgesucht habe, nicht geklappt und daraufhin habe ich beides auf morgen verlegt. Ich hoffe doch, es ist Ihnen recht. Somit haben Sie mehr Zeit für Ihre Freundin«, fügte sie mit einem süffisanten Unterton hinzu. Sie konnte förmlich vor sich sehen, wie seine grünen Augen sich verdunkelten.

»Ja, okay, wenn das so ist, dann gut. Bis morgen Nachmittag also?!«

»Genau. Fünfzehn Uhr mit festem Schuhwerk und robuster Kleidung.«

»Gehen wir wandern?«

»Mmmh, wandern? Nein. Sagen wir mal, wir bewegen uns in der Natur.«

»Was haben Sie vor?« Falk wurde neugierig.

»Morgen sind *Natur* und *Edle Tropfen* dran.«

»Also werden wir Ihre Ideen dafür gemeinsam weiterträumen?!«

»Genau. Sie können ja schon mal vorträumen und überlegen, was wir alles anstellen werden ...«

»Aber heute Nacht kommst du nicht dazu von deinem Hotel zu träumen«, drang die schrille Stimme Selinas durch den Hörer an Caras Ohr und sie schüttelte sich unwillkürlich. »Heute Nacht werden wir ...«

»Selina!«, sagte Falk mahnend und im nächsten Moment: »Cara, ich werde dann ...«

»Na, anscheinend nicht von Ihrem Hotel träumen«, unterbrach sie ihn und konnte sich nicht verkneifen hinterherzuschieben: »Ihre Freundin hat wohl andere Pläne für die Nacht.«

Eine kurze Stille trat ein, bevor Falk erwiderte: »Ja, sieht wohl so aus.«

»Dann wünsche ich Ihnen eine gute Nacht und ...«

»Das wünsche ich Ihnen auch, Cara, und grüßen Sie Ihren Mann von mir.«

»Ja ... ja, mache ich, bis morgen.« Sie drückte das Gespräch weg und sogleich tauchten Falk und seine Freundin vor ihrem inneren Auge auf. Kopfschüttelnd suchte sie nach der Fernbedienung. Ein bisschen Ablenkung würde ihr guttun und so zappte sie durch die Programme und blieb schließlich bei einer Dokumentation über den Regenwald hängen. Sofort dachte sie an ihre Eltern und deren Leben in dem tropischen Land. Sie spürte, wie sie sich bei dem Gedanken an Isla und Hendrik vollkommen entspannte. Sie entspannte sogar so weit, dass ihr irgendwann die Augen zufielen und sie zu träumen begann – von ihrem eigenen Hotel am See, zwölf wundervollen Zimmern, jeder Menge begeisterter Hotelgäste, ihrem Partner ...

Cara fuhr hoch, als Falks Gesicht anstelle das ihres Mannes in ihrem Traum erschien. Hastig stand sie auf, macht den Fernseher aus und schüttelte alle Gedanken ab, während sie ins Badezimmer lief. Die wirren Locken ein wenig gebändigt, ein zartes Make-up aufgelegt und in einem luftigen Sommerkleid war sie zehn Minuten später auf dem Weg zum Büro ihres Ehemanns im Erdgeschoss. Sie wollte sich in Roberts Arme schmiegen, um etwas Normalität zu spüren, um damit die immer wieder aufpoppenden Bilder von Falk und ihr zu verdrängen. »Ich weiß, wo ich hingehöre«, sagte sie mit Nachdruck zu sich selbst, als sie leichtfüßig und voller Vorfreude auf ihren Mann die Treppen hinunterlief.

Auf dem Gang zu den Büros traf sie auf den Chefconcierge, der gerade aus dem Büro ihres Mannes kam. »Hallo, Carlos, ist mein Mann wieder da?«

»Oh … Ja. Hallo, Frau Sandberg …« Er schien irritiert zu sein, sie hier zu treffen. »Sie sind gar nicht in dem Hotel am See?«

Etwas verblüfft über seine Irritation entgegnete sie: »Nein, wie Sie sehen, bin ich hier.«

»Entschuldigung, Ihr Mann meinte nur, dass Sie das ganze Wochenende unterwegs wären.«

»Das hatte ich auch vor, aber es gab eine Planänderung.« Sie lächelte ihn herzlich an. »Hat er Zeit für mich oder ist jemand bei ihm?«

»Herr Sandberg ist allein, aber er telefoniert.« Er tippte sich an seine imaginäre Mütze und entschuldigte sich: »Ich muss los. Auf Wiedersehen, Frau Sandberg.«

»Bis dann, Carlos.« Sie mochte ihren aus Spanien stammenden Chefconcierge, den sie vor gut einem Jahr angestellt hatten. Er leistete hervorragende Arbeit am Empfang, war bei den Gästen überaus beliebt und genau wie Jeremy für ihren Mann ein wertvoller Vertrauter geworden.

Sie klopfte an die Bürotür. Als jedoch keine Antwort kam, drückte sie leise die Klinke herunter und trat ein. Robert lehnte mit dem Rücken zu ihr am Schreibtisch und hörte seinem Telefongesprächspartner aufmerksam zu. Cara wollte sich irgendwie bemerkbar machen und ging deshalb zu dem kleinen Tischchen, auf dem Getränke standen, und öffnete geräuschvoll eine Wasserflasche.

»… und Sie meinen, ich muss zu keinen weiteren Untersuchungen kommen, habe ich Sie da richtig verstanden, Herr Doktor …«

Untersuchungen?! Herr Doktor?! Cara ließ vor Schreck die Flasche fallen.

Entgeistert fuhr Robert herum und beobachtete, wie seine Frau hastig die Flasche aufhob, die zum Glück nicht zu Bruch gegangen war, sie wieder auf den Tisch stellte und nun versuchte, mit ein paar Servietten die Flüssigkeit vom Parkettboden aufzusaugen.

»Vielen Dank nochmal für Ihren Rückruf. Auf Wiedersehen.« Robert legte auf und griff nach einem Stapel Servietten, der auf der Kaffee- und Getränkebar lag, eilte zu Cara und beugte sich zu ihr hinunter. »Hallo, Liebling. Du hast mich erschreckt.« Mit zwei schnellen Handbewegungen hatte er das Wasser vom Boden beseitig, knäulte die Servietten zusammen und warf sie in den Papierkorb. »Was machst du hier?« Er nahm sie in die Arme und gab ihr einen Kuss auf die Wange.

»Störe ich?« Cara war noch immer perplex.

»Nein, überhaupt nicht. Ich wundere mich nur, das ist alles.« Er hielt sie auf Armlänge von sich und erkundigte sich erneut: »Warum bist du hier und nicht auf der Baustelle? Ist irgendetwas schiefgelaufen?«

»Nein, nein … Es ist nur … es …« Sie strich seine Arme weg und fixierte ihn genau. »Was war das für ein Telefonat?«

»Ach das, nichts Wichtiges, nur …«

»Du lügst!« In ihrem Kopf rotierte es: Sah er verändert aus? War er krank? Was wollte er vor ihr geheim halten?

»Alles gut, Liebling«, beschwichtigte er sie.

Er sieht verändert aus! Er ist krank! Cara bebte innerlich bei ihren davongaloppierenden Gedanken. »Und was war das dann eben für ein Telefongespräch?«, fragte sie nochmals mühsam beherrscht, nicht hysterisch zu werden.

»Es ist wirklich nichts Schlimmes.« Er zog sie mit sich auf die Couch. »Komm, setz dich.«

Steif nahm Cara neben ihm Platz und knetete unruhig ihre Finger.

Liebevoll schaute er sie an und stellte wieder einmal fest, dass sie auch heute noch, mit knapp vierzig, eine wunderschöne Frau war. Doch nicht nur Caras Aussehen hatte ihn

in jungen Jahren dazu bewogen, sich in sie zu verlieben, sondern vor allem ihre natürliche und erfrischende Art, die Dinge beim Namen zu nennen. Als sie ihm am ersten Tag als Auszubildende im *Stadthotel* mit vor Anstrengung hochrotem Kopf und dennoch freudig strahlend mit einem Berg Bettwäsche in den Armen im Flur begegnet war, hatte sie auf der Stelle sein Herz berührt. Schon am Tag darauf waren sie sich erneut über den Weg gelaufen und ohne lange zu zögern, hatte er sie um eine Verabredung gebeten. Auch Cara gefiel der Juniorchef augenblicklich und rasend schnell hatte sie ihr Herz an ihn verloren. Noch bevor Cara ihre Lehre beendet hatte, kündigte sich Nachwuchs bei dem bis über beide Ohren verliebten Paar an und an einem herrlichen Sommertag, gleich nach ihrem Abschluss zur Hotelfachfrau, heirateten sie. Nach Lillys Geburt im Oktober war Cara knapp ein Jahr lang Tag und Nacht für ihre Tochter da, doch anschließend organisierten sie ein Au Pair Mädchen, damit Cara ihr Innenarchitekturstudium beginnen konnte, das sie in den vorgegebenen Semestern mit Bravour meisterte. Von da an arbeitete das Ehepaar Hand in Hand im *Mainzer Stadthotel,* was dazu geführt hatte, dass Cara nie die Möglichkeit gehabt hatte, ihre innenarchitektonische Kreativität auszuleben. Robert war immer schon stolz auf seine Frau gewesen, er bewunderte ihr Durchhaltevermögen, ihre mentale Stärke und vor allem ihren unverbesserlichen Optimismus. Er selbst war eher ein grüblerischer und zurückhaltender Mensch, der durch den überaus harten Erziehungsstil seines Vaters zeitweilig zu viel über sich hatte bestimmen lassen müssen. Jedoch fand er an Caras Seite den Platz, den er sich schon immer gewünscht hatte – durch sie fand er den Mut, endlich seine Meinung zu sagen und diese auch lautstark zu vertreten. Sie hatte es geschafft, ihn positiver in die Welt blicken zu lassen. Caras Stärke war über die Jahre auch zu seiner Stärke geworden, und er konnte sich nicht vorstellen, wie ein Leben ohne seine Frau für ihn aussehen würde.
Sein Magen machte sich urplötzlich und zu seinem Unwillen unangenehm bemerkbar. Behutsam legte Robert seine Hände auf ihre und erklärte vorsichtig: »Ich hatte letztens eine routinemäßige Untersuchung, bei der festgestellt wurde, dass ich ein Magengeschwür habe und der Arzt wollte …«

»Ein Geschwür?« Cara wurde blass.

»Ja, wirklich nichts Schlimmes. Der Arzt hatte daraufhin eine Magenspiegelung angeordnet, bei der Gewebeproben entnommen wurden, und hat mir soeben mitgeteilt, dass alles in Ordnung ist. Alles außer dem Magengeschwür natürlich, das recht harmlos ist und bei guter Pflege«, er streichelte ihr zärtlich über die Wange, »und ein wenig Stressminderung in ein paar Wochen vorbei sein sollte.«

»Aber …« Cara spürte den Kloß im Hals und unterdrückte ein Schluchzen.

»Nichts aber, Liebling. Alles gut. Du musst dir keine Sorgen machen, ich bin kerngesund.«

»Warum hast du nichts gesagt?« Eine Träne löste sich in ihrem Augenwinkel.

»Weil ich genau das verhindern wollte.« Sanft strich er die Träne weg. »Ich wollte vermeiden, dass du dich aufregst und unnötig sorgst. Okay?«

»Mmmh …« Nichts war für Cara in diesem Augenblick okay. Sie war in Panik geraten, ein Gefühl, das sie so nicht kannte und ihr unheimlich zusetzte. »Weiß Lilly davon?«

»Bist du des Wahnsinns?« Robert schüttelte lachend den Kopf. »Sie ist deine Tochter und würde mit Sicherheit jetzt schon im Flieger sitzen.«

»Stimmt. Blöde Frage«, murmelte sie und ließ sich nur zu gern in seine Arme ziehen.

»Cara, bitte, mach dir keine Gedanken um meine Gesundheit. Mir geht es wirklich gut.«

»Musst du Medikamente nehmen?«

»Nur ein Magenschutzmittel. Wie gesagt, es ist mehr stressbedingt und …«

»Wir fahren in Urlaub!« Cara schoss hoch und fixierte ihren Mann durchdringend.

»Nein, Liebling, dafür hast du momentan keine Zeit und es genügt, wenn …«

»Du fährst in Urlaub!« Cara ließ nicht locker.

»Cara!« Ein wenig genervt erhob Robert sich und trat hinter seinen Schreibtisch. »Hör bitte auf zu übertreiben, das ist doch sonst nicht deine Art.«

»Aber so ein Magengeschwür ist doch das erste Anzeichen dafür, dass du zu viel arbeitest und ein bisschen mehr …«

»Schluss jetzt! Mir geht es gut und ich will keinen Urlaub machen und auch nicht weniger arbeiten.« Robert wusste zwar, dass sich seine Frau nicht so leicht zufriedengab, aber er wollte das Thema damit beendet haben. Als er das ihm nun bereits wohlbekannte Druckgefühl in der Magengegend spürte, fügte er besänftigend hinzu: »Was hältst du davon, wenn wir heute Abend erst etwas Leckeres essen, es uns dann gemütlich machen und du erzählst mir, warum du eigentlich hier bist und nicht in deinem Traumhotel.«

Cara ging um den Schreibtisch, gab ihm einen liebevollen Kuss und erwiderte, tatsächlich ein wenig besänftigt: »Okay, wenn du mir versicherst, es ist so weit alles in Ordnung, dann ist das wohl so.« Noch einmal musterte sie prüfend seine unergründliche Miene. »Dann machen wir es uns heute Abend also gemütlich. Ich schau mal, was wir uns zum Essen kommen lassen, am besten etwas Leichtes, wegen deinem …«

Mahnend sah er sie an.

»Ups«, ihre Hand fuhr zum Mund, »vergiss es. Ist gegen neunzehn Uhr, also in zwei Stunden, okay für dich?«

»Ja, schön, bis dahin habe ich alles für meinen Termin morgen früh erledigt.« Er deutete auf einen Stapel Papiere vor sich.

»Morgen früh musst du schon wieder weg? Aber ist das nicht zu stressig? Genau das sollst du doch vermeiden, hat doch bestimmt der Doktor …«

»Husch, husch, ab mit dir, du hast Vorbereitungen zu treffen, und ich werde mich stressfrei durch den Papierberg kämpfen.« Lächelnd unterbrach er sie und winkte sie mit der Hand fort. »Bis später, Liebling.«

»Bis dann. Und arbeite nicht zu viel.« Cara ging schweren Herzens aus seinem Büro, absolut unbefriedigt über den Verlauf des Gesprächs. Sie konnte nicht anders, als immer weiter darüber nachzugrübeln, ob Robert wirklich nicht ernsthafter erkrankt war, als er zugab – doch sie beschloss, ihm so zu vertrauen, wie sie es bereits seit etlichen Jahren tat. Warum auch sollte er sie belügen?

Als Cara am nächsten Morgen an die Brust ihres Mannes geschmiegt aufwachte, hatte sie die unguten Gedanken des gestrigen Tages einigermaßen verdrängt.

Ihr gemeinsamer Abend war absolut harmonisch verlaufen. Sie hatten ihre Zweisamkeit bei einem schmackhaften und, auf Caras Wunsch, gut magenverträglichen Essen und einem leckeren Glas Wein mit wenig Säure in vollen Zügen genossen und Cara hatte Robert auf den neuesten Stand rund um die Hotelrenovierung gebracht. Voller Enthusiasmus hatte sie ihm von ihrem Einfall mit dem *Tanzzimmer* erzählt, dem Spaß, den sie mit Falk, Claude und Michelle gehabt hatte und auch von Falks Begeisterung über ihre Ideen. Nebenbei erwähnte sie die gemeinsam verbrachten Nächte in einem Raum allein mit Falk, dem Robert jedoch wenig Beachtung geschenkt und sie nur liebevoll mit ihrer Angst vorm Alleinsein geneckt hatte. Er selbst hatte von dem in der vergangenen Woche stattgefundenen Kongress in Berlin berichtet und den neuen Anregungen, die er für das *Stadthotel* mitnehmen konnte. Mit keinem Wort war nochmals das Thema auf Roberts Magengeschwür gekommen.

Und auch jetzt wollte Cara nicht über die Erkrankung Roberts nachdenken, sondern nur das vertraute Gefühl zwischen ihnen genießen. Zart, mit einem Auge in sein Gesicht schielend, glitten ihre Finger unter sein Pyjamaoberteil über seinen Bauch bis an den Saum der Hose. Sie spürte seine erwachende Erregung, noch bevor er die Augen öffnete und sie fragend ansah. »Oh … Cara?!«

»Guten Morgen, Schatz.« Sie drehte sich auf ihn und küsste ihn verführerisch.

»Guten Morgen, meine Liebe«, murmelte er zwischen den Küssen und umfasste sanft ihre Hüften.

Das laute Klingeln des Telefons ließ sie zusammenzucken.

Cara stierte genervt auf den Wecker. Es war kurz nach sieben Uhr. »Das kann nur Lilly sein«, knurrte sie unwillig.

»Ja, wer sonst?! Gehst du dran?«

»Grrr … ich mach sie alle.« Cara zupfte ihr Nachthemd zurecht, stand auf, ging ans Telefon und begrüßte nach einem raschen Blick aufs Display herzlich ihre Tochter: »Guten Morgen, Süße, oder besser gesagt, guten Abend. Wie geht es dir?«

Die nächsten Minuten kam Cara nicht mehr zu Wort, sondern lauschte geduldig ihrem Kind, während Robert aufstand und ins Badezimmer lief. Das war's dann wohl mit ein bisschen intimerer Zweisamkeit, dachte Cara resigniert und richtete ihre Aufmerksamkeit auf die Erzählungen ihrer Tochter.

Als Lilly und sie das Gespräch nach knapp einer Stunde beendeten, war Robert längst aus dem Penthouse verschwunden und unterwegs zu seinem bereits gestern angekündigtem Geschäftstermin. Wie immer nach den Gesprächen mit ihrer Tochter mit Traurigkeit erfüllt und gleichzeitig ein wenig frustriert, dass sie in den Armen Roberts keinen Trost fand, ging Cara unter die Dusche.

Das erfrischende Nass aktivierte jedoch schnell ihre positiven Lebensgeister. Konsequent schob Cara daraufhin die beunruhigenden Gedanken wegen Roberts Magengeschwür sowie die Traurigkeit wegen Lilly beiseite und setzte sich an ihren Schreibtisch, um noch ein wenig an ihren Plänen für das Hotelprojekt zu feilen.

Sie schaltete vollkommen ab, begann vor sich hinzuträumen und sah vor ihrem inneren Auge das Hotel am See, wie es in ein paar Monaten aussehen würde. Falks Gesicht drängte sich in ihr Bild und sie riss erstaunt die Augen auf. Ohne groß nachzudenken, kramte sie Briefpapier aus der Schublade und fing zu schreiben an – einen weiteren Brief an ihr Zukunfts-Ich …

Kapitel 11

Cara war bereits um zwölf Uhr im Hotel am See und kümmerte sich um die *Märchen* und *Edle Tropfen* Zimmergestaltung. Selbst mit Hilfe zweier Arbeiter, die an ihrem freien Sonntag extra herausgekommen waren, nahm es einige Zeit in Anspruch, bis alles zu ihrer Zufriedenheit fertiggestellt war. Nach gut zwei Stunden verabschiedeten sich die Männer und Cara setzte sich mit ihrem Brief, den sie noch nicht zur Post gebracht hatte, auf den Steg. Schon mehrmals hatte sie den Inhalt überflogen und war noch immer erstaunt und sogar ein wenig entsetzt über ihre Zeilen und überlegte ernsthaft, ob sie ihn nicht lieber zerreißen sollte.

Liebe Zukunfts-Cara,
heute schreibe ich nur ein paar kurze Zeilen – Gedanken, die mir durch den Kopf schießen und mich mehr beschäftigen, als mir lieb ist.
Ich sollte, nein, ich will mich momentan mehr auf Robert konzentrieren, auch wenn ihm das nicht passt. Er hat ein Magengeschwür und sollte ein wenig kürzertreten, was er natürlich anders sieht. Leider habe ich durch das Hotel am See zu wenig Zeit, um mich um ihn zu kümmern, aber er will nicht, dass ich mich dort zurücknehme (worüber ich natürlich auch froh bin, ich liebe die Arbeit dort). Mein toller Mann will, dass ich endlich meinen Traum von einem Hotel am See träumen kann und dafür bin ich ihm unsagbar dankbar. Obwohl ich glaube, dass er das alles nur eingefädelt hat, um meine nicht enden wollende Sehnsucht nach meinem Lillykind ein wenig zu schmälern. Als ob?! Lilly ist Tag und Nacht in meinem Kopf …
Aber da ist noch etwas, was mich beschäftig und aufwühlt: Ein anderer Mann weckt Bedürfnisse in mir, die bisher nur Robert in mir geweckt hat – und doch sind sie anders. Falk ist ganz anders als Robert. Außer dass er ein wenig jünger ist, attraktiv

(anders attraktiv als Robert) mit wunderschönen grünen Augen, hat er auch noch diesen jungenhaften Charme, dem ich mich nur schwer entziehen kann. Und eine mir bisher unbekannte Sehnsucht, lässt mich darauf hoffen, von Falk geküsst zu werden. Alles in mir sträubt sich, so zu empfinden, aber was kann ich dagegen tun? Aber vielleicht ist es auch nur eine Phase, die sich in Kürze wieder verflüchtigt.
So, liebe Zukunfts-Cara, das war es schon von mir. Ich musste das alles kurz loswerden, um mich wieder mit klarem Kopf auf mein Pläneschmieden für Falks Hotel konzentrieren zu können.
Ich hoffe, der Brief wird mich so Anfang Oktober erreichen. Das ist ungefähr die Zeit, in der das Hotel am See fertiggestellt sein soll. Mal schauen, ob Ma das hinbekommt. Ich werde den Brief gleich eintüten und ihr schicken.
Liebe Zukunftsgrüße von meinem etwas jüngeren ICH im Juli 2018

Das mit dem gleich Wegschicken hat ja nicht wirklich hingehauen, stellte Cara leicht belustigt fest und verwarf den Gedanken schnell, den Brief doch lieber zu entsorgen. Resolut zog sie einen Umschlag aus ihren Unterlagen, beschriftete ihn und steckte das Schreiben rein. Gleich morgen bringe ich ihn zur Post, mahnte sie sich, während sie sich ihrer Kleidung entledigte, unter der sie bereits ihren Bikini trug. Noch immer ein wenig verunsichert über ihre wirre Gefühlswelt, sprang sie in den See. Als sie nach einer Weile aus dem Wasser stieg und unter der Gartendusche stand, herrschte in ihrem Kopf ein wenig mehr Klarheit – sie schob ihre momentane Empfänglichkeit gegenüber Falks spielerischer Flirterei auf ihre ständige Nähe und dem Teilen ihres Traums und beschloss, ein wenig mehr Abstand zu wahren.

Cara hörte ein Auto kommen und in der Sicherheit, dass es sich an diesem Sonntagmittag nur um Falk handeln konnte, wickelte sie sich flink in ein Handtuch und eilte ihm entgegen, um ihn davon abhalten zu können, einen Blick in eines der vorbereiteten Zimmer zu erhaschen. »Hallo, Sie sind ja überpünktlich.«

»Sie aber auch.« Er betrachtete sie abschätzend. »Sind denn heute Aktivitäten im See geplant? Ich dachte, wir bewegen uns zu Fuß in der Natur?«

»Ja, tun wir auch, ich habe mich nur kurz erfrischt, bevor es losgeht. Sind Sie bereit?«

»Na, auf jeden Fall bereiter als Sie.« Falk zeigte erst auf seine festen Trekkingschuhe und dann auf ihre nackten Füße. Er vermied es, den Blick über ihren Körper in dem knappen Handtuch gleiten zu lassen, konnte aber nichts dagegen tun, es ihr in seiner Vorstellung abzustreifen.

»Geben Sie mir nur ein paar Minuten.« Sie eilte die Hotelstufen empor. »Wenn Sie einen Kaffee brauchen, in der Lobby gibt es frischgekochten.«

»Danke, nein. Ich habe bereits genug Koffein intus. Wo soll ich meine Tasche hinbringen?« Er hob diese an und folgte ihr zögernd die Treppe hinauf, immer noch mit dem Gedanken bei einer halbnackten Cara.

»Ähm … Stopp!« Sie streckte die Hand aus. »Geben Sie sie mir und ich nehme sie mit.«

»Aha, ich muss mich also noch gedulden?«

»Ja.« Sie nickte und griff nach seinem Gepäck. »Aber nur einen Moment, okay?«

»Wie Sie meinen. Ich setze mich solange auf den Steg«, erwiderte er, drehte sich ruckartig um und bemühte sich, die äußerst freizügigen Bilder aus seinem Kopf zu bekommen.

Cara war keine zehn Minuten später zurück, stellte sich mit den Händen in die Hüfte gestemmt vor Falk und legte sogleich los: »Es gab eine kleine Planänderung, da ich für heute einen der Events nicht mehr organisieren konnte. Das bedeutet leider, dass wir heute nur einen Teil *Edle Tropfen* gepaart mit *Märchen* und morgen dann *Natur, Musik* mit dem zweiten Teil *Edle Tropfen* erträumen können. Ich hoffe, das ist so in Ordnung für Sie und …«

»Langsam«, er hob ergeben die Hände, »zu viele Infos auf einmal, liebe Cara. Schalten Sie mal einen Gang runter und sagen Sie mir, mit was wir beginnen.«

»Oh«, ihre Hand fuhr wie immer wie von selbst an ihren Mund, »Entschuldigung. Zu viel Output meinerseits. Ich zeige Ihnen jetzt zuerst das *Märchenzimmer* und erzähle von meinen Ideen, und dann werden wir zu einer Weinbergs- und Gemarkungswanderung abgeholt.«

»Also doch wandern?«, stellte er lächelnd fest.

»Geruhsames Bewegen in der Natur«, erklärte sie ebenfalls lächelnd.

Einträchtig schweigend gingen sie ins Hotel, hoch in den ersten Stock und betraten einen Raum auf der Seeseite. Das Post-it an der Tür hatte Falk schmunzelnd zur Kenntnis genommen. *Zimmer eins: Das wunderbarste Märchen ist das Leben selbst – Hans Christian Andersen*

»Ich habe mich für zwei Varianten entschieden«, begann Cara unverzüglich zu erläutern, »das Schlafzimmer soll im Stil *Tausendundeine Nacht* gestaltet werden.« Sie zeigte auf die Matratze, die von einem weißen Himmel und seitlich gerafften langen Stoffen umhüllt wurde. Accessoires waren dieses Mal orientalische Lampen sowie kleine bunte Teppiche verteilt im Raum. »Hier drüben, wo sich der Wohnbereich befinden wird, soll alles mehr nach *Grimms Märchen* und natürlich *Hans Christian Andersens Erzählungen* eingerichtet werden. Ich dachte dabei, um ein Beispiel zu nennen, an eine Standuhr wie in *Die sieben Geißlein*. Der Gesamtstil könnte einem Königssaal gleichen, mit thronähnlichen Sesseln zum Fernsehen und dann könnte man …«

»Moment.« Falk bedeutete ihr mit einem Handzeichen, Luft zu holen. »Zuerst wieder das Positive: Es ist sehr schön gedacht …«

»Aber?«

»Sie sagten mir einmal, ganz am Anfang, dass sich wahrscheinlich nicht alle Wünsche und Träume vereinbaren ließen, und ich denke, es ist zu …«

»Es ist nicht zu viel!« Cara wusste genau, was er sagen wollte. Sie erinnerte sich an jedes Wort seiner schwärmerischen Ausführung, wie er sich alles rund um sein Hotel vorstellte und was er für seine Gäste wünschte. *Ich möchte meinen Gästen ermöglichen, ihrem Alltag zu entfliehen. Ich will ihnen dazu verhelfen, für kurze Zeit ihre Träume leben zu können. Der Weg zum See soll ein Pfad der Sinne werden, auf dem sie das Rauschen der Blätter wahrnehmen und die Steine unter ihren Füßen spüren können. Der Gesang der Vögel soll in ihren Ohren als wunderschöne Melodie erklingen, und die Sicht auf das Hotel und die Umgebung soll ihnen unvergesslich bleiben. Der sanft funkelnde See, die mächtigen Bäume, die bunten Blumenwiesen, die blühenden Reben. Sie müssen den Duft der Magnolien einatmen und auch den Wein in der Lesezeit riechen können. Ihre Zimmer sollen aufregendes Neuland und zugleich vertraute Behaglichkeit aus-*

strahlen. Meine Gäste sollen mit allen Sinnen ihre Umgebung genießen und dabei will ich sie auf Reisen schicken, in eine andere Welt eintauchen lassen und dennoch auch irgendwie das einmalige Flair Rheinhessens erhalten. Und ein bestimmter Geruch oder ein wohlklingendes Geräusch muss ihnen nach ihrem Aufenthalt hier in ihrem Alltag ein Lächeln ins Gesicht zaubern, weil sie sich sofort an eine traumhafte Zeit erinnert fühlen. Von ihrer Erwiderung, dass sich vielleicht nicht alles ermöglichen ließ, wollte sie heute nichts mehr wissen und wiederholte deshalb: »Es ist nicht zu viel. Wir müssen nur …«

»Doch, das finde ich schon.« Er trat ans Fenster.

»Aber ich weiß, dass das geht.«

»Nein, das glaube ich nicht. Sie verzetteln sich. Das ist definitiv zu viel.«

»Ist es zu viel oder mögen Sie es nur nicht?« Cara wusste, sie sollte nicht so empfindlich reagieren, aber jedes Mal, wenn er eine ihrer Ideen für nicht gut befand, fühlte sie sich persönlich getroffen.

»*Tausendundeine Nacht* und *Grimms Märchen* gepaart? Ich weiß nicht, das passt doch irgendwie nicht.«

»Sie mögen es also nicht?!«

»Mmmh …« Grüblerisch legte er die Stirn in Falten. »Was für eine Aktivität würde sich zu diesem Zimmer finden?«

»Ähm …« Hektisch kramte sie nach ihren Unterlagen. Zuerst fielen ihr die Skizzen des *Märchenzimmers* in die Hand. Als Falk diese sah, kam er auf sie zu und nahm sie ihr vorsichtig aus der Hand.

»Wow, sie sind wieder wunderschön.« Er betrachtete eine Prinzessin, die einen Prinzen küsste und nur die Kronen Gold glänzten; Aladin auf seinem bunten, fliegenden Teppich und Rotkäppchen mit ihrem Korb mit Wein, wobei hier ihr Käppchen und der Wein der auffallende Akzent waren. Er gab sie Cara zurück und wartete ab.

»Ach Mann …« Verärgert steckte sie die Zeichnungen weg. »Sie haben vermutlich recht. Für das *Märchenzimmer* habe ich nicht mehr gefunden als einen Ausflug in den *Märchenwald* in Bad Breisig, was bestimmt ganz schön wäre, aber über eine Stunde Fahrtzeit beträgt. Ansonsten ist mir nichts …«

»Das *Märchen* ist aus, liebe Cara«, schmunzelte er. »Auch wenn ich finde, dass Märchen unwahrscheinlich schön zum Träumen passt, aber …«

»Nicht so schnell. Sie meinten doch gestern Morgen, wir könnten versuchen, zu kombinieren. Das mache ich heute ja, warten wir mal ab, was Sie später davon halten.«

»Gut, wie Sie meinen.« Ergeben beugte er sich ihrem Enthusiasmus, obwohl er insgeheim schon wusste, dass ihm dieses Thema auch später nicht zusagen würde.

Laute Motorengeräusche ließen Cara aus dem Fenster sehen. »Ah, Werner ist da. Kommen Sie, jetzt geht's auf große Fahrt.«

Er folgte ihr. »Ich dachte, wir laufen?!«

»Auch, aber den ersten Abschnitt verbringen wir auf einem Traktor.«

»Auch okay.« Falk zuckte mit den Schultern. »Was mich aber noch interessieren würde – dient das jetzt allein zu unserer Ideenfindung oder soll das später alles für den Gast buchbar sein?«

»Buchbar natürlich!« Sie trat, gefolgt von Falk, aus dem Hotel. »Hallo, Werner.«

»Natürlich …« Wie hatte er auch fragen können, dachte er belustigt, während er Cara half, ins Führerhaus des Traktors zu klettern. Als er ihre Hand ergriff, die sich zart und zerbrechlich in seiner anfühlte, klopfte sein Herz plötzlich unruhig. Sein Blick ruhte kurz auf ihrem Hintern, was seine Nervosität noch verstärkte, und er ermahnte sich murmelnd: »Reiß dich am Riemen …«

»Was sagten Sie?« Cara setzte sich und schaute zu ihm nach unten.

Falk dankte insgeheim dem lautstarken Motor des Traktors und erwiderte schnell: »Dass ich gespannt bin, was der Nachmittag so bringt.« Er grinste sie schief an und schwang sich ebenfalls empor.

Zweifelnd sah Cara ihn an, als er ihr gegenüber Platz nahm, hakte aber nicht weiter nach. »Es kann losgehen, Werner«, sagte sie an den Winzer gewandt und fühlte sich mit einem Mal seltsam befangen. Auch sie hatte, mehr als ihr lieb war, wahrgenommen, wie der kurze Körperkontakt mit Falk ihr Herz für einen kleinen Moment hatte springen lassen. Sie erinnerte sich an die vorletzte Nacht zurück, an ihren Abschlusstanz und spürte förmlich Falks Hände auf ihren Hüften, seinen Blick auf ihrem Gesicht und seine sanften Worte, die sie mehr genossen hatte, als sie zugeben wollte. Und auch die Tuchfühlung während des Einschlafens konnte sie beinahe erneut spüren. Unwirsch rief sie sich innerlich zur Vernunft und lächelte Falk zaghaft an. »Ich hoffe, Ihnen wird das Angebot des heutigen Nachmittags zusagen.«

»Davon gehe ich aus, liebe Cara.« Falk lächelte ebenfalls und versuchte, zu entspannen. Seine zuvor kurz aufflackernde innere Unruhe ignorierte er hartnäckig und konzentrierte sich auf die Umgebung.

Nach gut vier Stunden und voll mit neuen Eindrücken kamen Cara und Falk gutgelaunt zurück ans Hotel. Die anfängliche Spannung zwischen ihnen hatte sich auf dem Traktor gegenübersitzend und kräftig durchgeschüttelt werdend langsam aber sicher verflüchtigt. Die Weinwanderung durch die Gemarkung hatte bei kurzen Stopps mit edlen Tropfen diverser Weine aus der Umgebung dann für endgültige Entspannung gesorgt. Als sie ihr Abendbrot, alles Spezialitäten aus der Region und natürlich noch mehr Wein, im urigen Untergrund eines Weinguts serviert bekommen hatten, war die Stimmung zusehends gestiegen und der gemeinsame Heimweg in einer alten Pferdekutsche war der krönende Abschluss eines wundervollen Ausflugs gewesen.

»Das geht kaum noch zu toppen. Wenn ich Hotelgast wäre, würde ich dieses Arrangement hundertprozentig buchen. Es war wirklich klasse.« Lachend legte Falk ganz ungezwungen einen Arm um Caras Schultern. »Und was kommt jetzt noch?«

»Und was jetzt? Da ist er wieder, einer Ihrer Lieblingssätze.« Cara schmunzelte, befreite sich geschickt aus seinem Schultergriff und stellte sich vor ihn auf die Eingangsstufen des Hotels. »Ich hoffe doch, Sie haben bisher keinen über den Durst getrunken und stehen eine regionale Weinverkostung noch durch?!« Cara selbst hatte wohlweislich nur an ihren Getränken genippt.

»Puh«, Falk wischte sich über die Stirn, »noch mehr Wein?«

»Ja. Ist das ein Problem für Sie?«

»Boah …« Er grinste breit. »Als Urfrankfurter wäre mir zwar Äppler lieber, aber ich bin flexibel. Wann geht es los? Können wir noch in den See springen … Zur Abkühlung?«

»Mmmh … Ähm … Wenn Sie meinen, Sie seien noch nüchtern genug …« Sie beäugte ihn kritisch.

»Alles gut, ich habe die Proben nicht immer leergetrunken. Kommen Sie mit?« Er sah sie erwartungsvoll an.

»Wissen Sie, nachdem Sie vorhin so allergisch auf das *Märchenzimmer* reagiert haben, habe ich mir gedacht, dass auch das …«

»Zu viele Infos.« Er begann sein Shirt über den Kopf zu ziehen. »Kommen Sie mit oder nicht?«

Noch bevor sie ihm antworten konnte, stand er auch schon nur in Boxershorts vor ihr und schaute sie abwartend an. Caras Wangen verfärbten sich und sie versuchte krampfhaft, den Blick in eine andere Richtung zu lenken. Den ganzen Nachmittag, in Gesellschaft des Landwirts, waren keinerlei Gefühle, die sich für sie, eine verheiratete Frau, nicht gehörten, in ihr hochgekommen. Doch jetzt konnte Cara förmlich das Prickeln auf ihrer Haut spüren. Sein nahezu makelloser Köper – außer der Narbe auf seiner Nase und, wie sie jetzt zum ersten Mal registrierte, eine an seinem rechten Oberarm – ließ sie an Dinge denken, die sie am heutigen Morgen am liebsten mit ihrem Ehemann gemacht hätte. Doch jetzt stellte sie sich mit offenen Augen träumend etwas ganz anderes vor – und Falk spielte darin eine nicht unwesentliche Rolle …

»Cara, träumen Sie? Kommen Sie jetzt mit oder nicht?«

»Ähm, nein … Ich, ähm … Nein!« Hastig drehte sie sich um, lief ins Haus und zog mit Nachdruck die Eingangstür hinter sich zu. Irritiert von ihren nur allzu intimen Gedanken über Falk, drückte sie ihren Rücken gegen die geschlossene Tür und konnte dabei sein lautes Lachen hören, welches ihr einen Schauer über den Körper jagte – sie mochte sein tiefes, herzliches Lachen. Cara schloss die Augen und schüttelte unmerklich den Kopf. Verdammt, diese Gedanken müssen aufhören, wies sie sich, wie schon so oft in der letzten Zeit, tief durchatmend innerlich zurecht und versuchte, bewusst gegenzusteuern. Denn auch wenn sie durch die Ablenkung heute nicht länger über ihren Ehemann und seine angeblich harmlose Krankheit hatte nachdenken müssen, tat sie es nunmehr, indem sie sich ein kurzes Gespräch vom Morgen ins Gedächtnis rief …

Ihr war eine Visitenkarte von einem Gastroenterologen in Berlin in die Hände gefallen und sofort hatte sie eins und eins zusammengezählt. Mit der Karte in der Hand war sie schnurstracks zu Carlos gegangen und hatte ihn damit konfrontiert. »War mein Mann in Berlin bei diesem Arzt?«

Dem Concierge war deutlich anzusehen gewesen, wie irritiert er von Caras heftiger Art war und er hatte nur zögernd geantwortet: »Ich weiß nicht, Frau Sandberg. Wir waren ja nicht die ganze Zeit zusammen, als wir auf dem Kongress waren. Es kann schon gut …«

»Wissen Sie, dass mein Mann ein Magengeschwür hat?«

»Ähm … Er erwähnte es neulich in einem Gespräch.« Carlos fühlte sich sichtlich unwohl dabei, über seinen Arbeitgeber zu reden.

Cara legte ihm die Hand auf den Arm und bat: »Carlos, bitte sagen Sie es mir, wenn Sie mehr wissen. Ich glaube irgendwie, Robert verschweigt mir etwas und … und er ist möglicherweise doch kranker, als er zugibt.«

»Es tut mir sehr leid, dass Sie sich solche Gedanken machen, aber ich bin mir sicher, Ihr Mann verheimlicht Ihnen nichts und er hat wirklich nichts Ernsthaftes, sondern lediglich ein Magengeschwür.« Der Blick des Concierge war offen gewesen und doch hatte Cara ein komisches Gefühl im Bauch zurückbehalten …

Und dieses Gefühl stellte sich jetzt wieder überdeutlich ein – irgendetwas stimmte mit Robert nicht, das wusste sie, das spürte sie.

Rasch, nun doch wieder die unschönen Gedanken wegwischend, lief sie hoch in den ersten Stock in das Eckzimmer Nummer vier, das eine herrliche Aussicht auf die Weinberge und Blumenfelder bot, und kontrollierte dort noch einmal alles. Als sie Falk die Treppen hochkommen hörte, trat sie auf den Flur und rief ihm zu: »Wenn Sie sich fertig gemacht haben, kommen Sie bitte in Zimmer vier.«

Nur mit einem Handtuch um die Hüften geschlungen kam er um die Ecke und fragte: »Wo sind meine Sachen?«

»Ähm …« Ihr Blick scannte für Sekunden seinen Körper ab und sie stellte mit Entsetzen fest, dass ihr Herz bei dem mittlerweile schon fast zur Gewohnheit gewordenen Anblick ein paar unkontrollierte Hüpfer machte. »Ach so, ja, Ihre Tasche. Die … sie ist im *Märchenzimmer*, wo Sie auch schlafen.«

»Danke. Muss ich mich besonders fein machen?«

»Nein, nein, heute nicht.« Seinem Blick ausweichend schaute sie hastig an sich herunter und deutete auf ihr Shirt, die dreiviertel Hose und die Turnschuhe. »Leger ist vollkommen in Ordnung für heute Abend.«

»Dann bis gleich, schöne Frau. Ich bin gespannt.«

Das war Cara auch. Sie sah erneut an sich herunter – schöne Frau? Eine sanfte Röte überzog ihr Gesicht und sie konnte nicht anders, als sich mit unruhig klopfendem Herzen über seine Worte und gleichzeitig auf die nächsten Stunden zu freuen …

Kapitel 12

»Hereinspaziert ins *Edle Tropfen-Zimmer.*« Cara grinste ihn an, nunmehr wieder ganz konzentriert auf ihr Vorhaben.

Falk nahm das Post-it von der Tür und trat laut vorlesend in Zimmer Nummer Vier: »*Wein entdeckt die Geheimnisse des Herzens – aus China.* Aha, Sie wollen mir also noch ein paar Geheimnisse entlocken und deswegen der viele Wein.« Schmunzelnd klebte er den Zettel wieder an die Tür und schaute sich interessiert um. Zuerst fiel ihm die einzelne Matratze in der linken Ecke auf. Er zeigte auf die Schlafgelegenheit und sah Cara durchdringend an. »Darüber reden wir später noch.«

»Aber …«

»Später!« Falk ging durch den Raum an die mobile Theke, die rechts von der Balkontür stand und reichte dem Mann dahinter die Hand: »Guten Abend, Baringhaus.«

»Guten Abend, Herr Baringhaus. Mein Name ist Stefan Weiler. Ich bin für heute Abend Ihr Sommelier.«

»Sommelier … soso.« Er drehte sich zwinkernd Cara zu. »Wir hatten also wirklich noch nicht genug Wein?«

»Nein, hatten wir nicht. Seien Sie froh, dass ich die Bier- und Whiskeyprobe auf morgen verschoben habe.« Sie lachte herzlich über sein verdutztes Gesicht.

»Ich würde Ihnen gern zu Begrüßung einen Perlwein aus dem wunderschönen Rheinhessendörfchen Köngernheim kredenzen. Zum Wohl.«

Stefan reichte ihnen die Getränke und Falk stellte überlegend fest: »Hatten wir die Tage nicht schon einen Wein aus Köngernheim?«

»Ja, hatten wir.« Cara zeigte auf die Balkontür. »Kommen Sie, wir gehen auf den Balkon.«

»Warum?«

»Wie ›Warum‹?«

Falk betrachtete sich nochmals den Raum und deutete auf das Weinfass in der Mitte des Zimmers. »Wir können uns doch auch hier hinstellen, oder?«

»Das ist doch wieder typisch für Sie.« Cara blitzte ihn erbost an. »Jetzt habe ich Ihren Wunsch nach Privatsphäre bedacht, die Sie sich im kulinarischen Zimmer so sehr wünschten, und sorge dafür, dass wir unter uns sind, und das ist Ihnen auch wieder nicht recht. Sie können einen …«

Weiter kam sie nicht, da Falk sie am Arm packte und mit einem inbrünstigen Aufstöhnen sowie einem verzweifelnden Blick Richtung Sommelier und dem theatralischen Ausruf: »Frauen« auf den Balkon hinauszog.

»Lassen Sie das.« Heftig entriss sie ihm ihren Arm.

»Sie sind eine Kratzbürste, Perfekt-Poppins. Wenn es nicht nach Ihrem Kopf geht, fauchen Sie wie eine … eine …«

»Vorsicht, Herr Baringhaus!« Sie hob mahnend den Finger.

Falk lächelte sie gewinnend an. »Ach, kommen Sie schon, seien Sie nicht so ernst. Prost, auf einen schönen Abend.« Er hielt ihr sein Glas entgegen und Cara stieß automatisch mit ihm an. »Setzen wir uns doch. Ich bin schon gespannt, mit welchen Ideen Sie mich gleich überfluten werden.« Falk stellte beim Platz nehmen erstaunt fest, dass die beiden Sitzgelegenheiten unterschiedlich waren. »Warum zwei verschiedene?«

Leicht widerstrebend setzte Cara sich und beantwortete seine Frage kühl: »Ich wollte Ihnen demonstrieren, dass die schmiedeeisernen Sitzgelegenheiten weitaus schöner sind als einfache Gartenstühle.«

»Schöner? Mmmh, mag sein, aber das hier ist nicht nur ein einfacher Gartenstuhl, eher ein bequemer Sessel. Herrlich.« Er lehnte sich zurück und seufzte genussvoll.

»Sie könnten es ja wenigstens ausprobieren.«

»Nein, danke, kein Bedarf.« Er seufzte nochmal. »Es ist traumhaft hier. Ein sagenhafter Ausblick, alles wunderbar eingedeckt und wieder gibt es allerlei Leckereien. Sie mästen mich, Frau Sandberg«, stellte er gespielt vorwurfsvoll fest, nahm sich ein Brezelchen und tunkte es in den Spundekäse.

»Normalerweise gibt es zu einer Weinprobe immer nur Weißbrot zur Neutralisierung des Gaumens, aber ich dachte mir, da Sie so gern essen …«

»Danke, da haben Sie richtig gedacht.« Aus seinen grünen Augen sah er sie sanft an. »Und danke, dass Sie sich an meinen Wunsch, der Wahrung unserer Privatsphäre, erinnert haben«, fügte er wie ganz nebenbei hinzu.

Durch seinen intensiven Blick und die Worte des Dankes besänftigt, griff sie nach einer Weintraube mit Käse. »Wir bekommen …«

»Entschuldigung.« Der Sommelier war leise auf den Balkon getreten. »Ich bringe Ihnen hier den zweiten von vier Perlweinen. Im Anschluss können Sie noch vierzehn Weine und zwei Beerenauslesen sowie einen Trester und einen Traubenlikör verkosten. Zum Wohl.«

»Vierzehn Weine?« Falk blieb vor Staunen der Mund offen stehen. »Das ist aber eine ganze Menge.«

»Es sind ja jeweils nur so kleine Schlückchen … Zum Probieren halt.«

Er nickte und trank sein Glas leer. »Dieses Zimmer wird glaube ich mein Favorit.«

»Wenn Sie mögen, wird Stefan zu jedem Wein etwas erzählen, es sei denn, es ist Ihnen zu viel und Sie …«

»Ganz ehrlich. Ist es mir. Ich denke nicht, dass die Gäste nach einer Wingertswanderung inklusive Weinprobe abends noch eine Verköstigung überstehen würden, das wäre ein bisschen …«

»… zu viel?!«

»Exakt«, er grinste sie an, »viel zu viel.«

Sie lachten übermütig und Cara machte eine imaginäre Luftnotiz. »Wird auf die Liste der meist gebrauchten Wörter bei der Entstehung Ihres Traumhotels gesetzt: *zu viel!*« An den Sommelier gewandt sagte sie: »Sie haben es gehört, lieber Stefan, leider wird uns das alles ein wenig zu viel und deshalb können Sie dann doch wieder gehen. Wir werden uns an der Theke nach und nach selbst bedienen. Wie ich gesehen habe, haben Sie ja kleine Informationsblätter zu jeder Probe mitgebracht.«

»Ja, habe ich. Ich bringe Ihnen noch den nächsten Perlwein, bevor ich mich verabschiede.« Er eilte ins Zimmer und stand nur wenige Sekunden später mit einem frischen Glas Secco vor ihnen. »Hier habe ich einen Spätburgunder Rosé Perlwein aus Köngernheim …«

»Ich höre immer nur Köngernheim …«, unterbrach Falk ihn.

»Tja, da habe ich halt die besten Beziehungen hin. Es wird auch noch eine Huxel-Beerenauslese und einen wirklich hervorragenden Portugieser *Rosé* aus diesem Örtchen geben.« Sie schaute zu dem jungen Mann und nickte ihm freundlich zu. »Danke Ihnen und noch einen schönen Feierabend. Ich rufe Sie morgen an.«

Der Sommelier stellte die zwei Gläser ab und nahm die leeren mit. »Ich wünsche Ihnen noch einen angenehmen Abend. Auf Wiedersehen.«

»Tschüss und danke.« Falk hob sein Glas und prostete Cara zu. »Köngernheim?! Ich glaube, da hatten wir vor ein paar Jahren mal eine Tagung in irgendeiner Mühle.«

»In *Jordan's Untermühle* meinen Sie wohl. Ja, das kann sein. Ein wirklich sehr gutes Hotel mit einem wunderschönen Ambiente.«

»Aber bestimmt nicht so wunderschön, wie *unser* Hotel werden wird«, stellte Falk lächelnd und vollkommen überzeugt fest.

»Natürlich nicht«, versicherte Cara schnell, einigermaßen verwundert über sein betontes *Unser*. »*Ihr* Hotel wird einzigartig in der ganzen Umgebung werden.« Auch sie betonte das *Ihr* deutlich und wartete seine Reaktion ab. Doch außer einer für wenige Sekunden hochgezogener Braue veränderte sich sein Gesichtsausdruck nicht, er lächelte sie weiterhin herzlich an.

»Verraten Sie mir, was Sie mit Köngernheim verbindet?«

»Mein Mann hat dort seine frühste Kindheit verbracht, bei seiner Oma, weil seine Eltern mit dem Umbau und der Wiedereröffnung des Hotels in Mainz so viel Arbeit hatten. Wir waren bis zum Tod seiner Oma vor vier Jahren oft dort gewesen und haben natürlich auch so manch schöne Stunde in der *Untermühle* und den beiden Straußwirtschaften verbracht.« Sie hob ebenfalls ihr Glas. »Robert und ich haben zudem diverse Weine der anderen Köngernheimer Winzer und auch aus der näheren Umgebung probiert. Heute gibt es …«

Falk hob die Hand.

»Zu viel?«, erkundigte Cara sich unterdrückt lachend.

»Definitiv zu viel. Zum Wohl.«

»Zum Wohl.«

»Ich traue mich gar nicht, es zu fragen«, Falk räusperte sich, »aber was …«

»… jetzt?« Cara prustete los. »Ich habe mir nicht vorstellen können, dass es heute noch so lustig wird.«

»Warum nicht?« Falk wirkte erstaunt.

»Weil … Ach egal, hat nichts mit Ihnen zu tun.« Augenblicklich wurde sie ernst und über ihre Miene flog ein Schatten. »So, jetzt kommen zuerst einmal die Zeichnungen für dieses und für das *Filmzimmer*«, sagte sie geschäftig, beugte sich über ihre Umhängetasche und kramte darin herum.

Falk sah sie durchdringend an, nahm die Blätter aus ihrer Hand, legte sie ungesehen zur Seite und wollte es nun genauer wissen: »Geht es Ihnen gut?«

»Natürlich«, erwiderte Cara mit einer lapidaren Handbewegung und schnappte sich erneut die Zeichnungen. »Hier, schauen Sie …«

»Wirklich?« Falk legte eine Hand auf ihre und stoppte somit jäh ihre geschäftige Art. Forschend suchte er in ihrem Gesicht, nach einem Anzeichen für ihr Befinden und entdeckte mit einem Mal Tränen in ihren Augen schimmern.

»Ich … ich …« Cara stand abrupt auf, murmelte ein »Entschuldigen Sie mich für einen Moment« und ließ einen verdutzten Falk auf dem Balkon zurück. Sie eilte durch das Zimmer, hinaus auf den Flur und ging rasch die Treppen in die Lobby hinunter, riss die Eingangstür auf und trat tief durchatmend ins Freie. Ihr Blick glitt zum funkelnden See und sie hoffte, schnellstens ihr Gefühlswirrwarr wieder im Griff zu haben. Tränen liefen ihr über die Wange beim Gedanken an Robert – war wirklich alles in Ordnung mit ihm? Falks Gesicht tauchte mit einem Mal vor ihrem inneren Auge auf und sie verfluchte seine herzliche Art – wenn jemand sie fragte, ob es ihr gut ginge und sie antwortet darauf mit ja, so wollte sie das nicht weiter hinterfragt haben. Doch genau das tat Falk – er sah ihr tief in die Augen und wollte von ihr erfahren, wie es ihr wirklich ginge?!

Cara war fast eine halbe Stunde fortgeblieben und Falk war mehr als einmal in Versuchung geraten, sie zu suchen, hatte jedoch gegen seinen Instinkt gehandelt und ausgeharrt – bei einem weiteren Glas Wein und einem Grappa.

»Es tut mir leid, ich war kurz … Ich habe nur …«, versuchte Cara, sich zu erklären, als sie zu ihm an die Bar trat.

»Schon gut, Sie müssen sich nicht entschuldigen. Geht es Ihnen wieder besser?«

»Sie haben ja alles hereingeräumt«, stellte sie erstaunt fest.

»Es hat zu regnen begonnen, während Sie weg waren.«

»Oh …« Keine Hand fuhr zum Mund, als sie sich neben ihn auf einen Barhocker setzte und ihr Weinglas in einem Zug leerte. »Ich muss etwas essen. Der viele Alkohol vernebelt mir sonst irgendwann noch komplett die Sinne.« Sie nahm zwei Käsewürfel, schob sie in den Mund und biss sogleich in ein Stück Baguette.

»Ist wirklich alles okay bei Ihnen?« Er legte sachte seine Hand auf ihre und schaute sie prüfend an.

»Ja. Danke.« Sie zog ihre Hand augenblicklich zurück und fragte plötzlich aufgeregt: »Haben Sie meine Zeichnungen mit reingebracht?«

»Natürlich.« Er bückte sich und hob ihre allgegenwärtige Umhängetasche vom Boden auf. »Bitte schön, ich habe sie feinsäuberlich in eine Hülle gesteckt.«

»Danke. Also …«

»Ist wirklich alles okay?« Falk musterte sie eindringlich und nahm ihr leicht gerötetes Gesicht wahr.

Sein erneutes Fragen und sein intensiver Blick ließen Cara nervös an dem Anhänger ihrer Kette spielen. Hastig trank sie von ihrem Wein, den Falk ihr wieder frischaufgefüllt hatte. Auch wenn die Gläser nicht viel Inhalt hatten und sie meist nur am Wein nippte, hatte sie das Gefühl, ihr Kopf wäre wie in Watte gepackt. »Ich würde Ihnen ganz gern das *Filmzimmer* zeigen und Ihnen etwas dazu erzählen.«

»Kein Interesse.« Er schüttelte bedauernd den Kopf und zeigte im gleichen Moment auf die Matratze in der Ecke. »Dazu wollte ich Ihnen noch sagen, dass das keine Option ist. Ich werde Sie hier nicht allein schlafen lassen.«

»Aber …«

»Nein!«

»Aber Sie sehen doch, dass es sonst womöglich zu Verwicklungen kommen könnte. Deshalb habe ich doch auch gestern meine Matratze aus dem Zimmer geholt und sie in den Nachbarraum gebracht, damit Ihre Freundin nicht denkt …«

»… was nicht denkt?«

»Na, ich dachte, wenn Sie mit Selina hochgehen sollten, um … ins … um ihr die Zimmer zu zeigen, dann …«

»Das hatte und habe ich nicht vor. Wie kommen Sie auf die Idee?«

»Das ist ja wohl nicht abwegig, es ist ja schließlich Ihre Freundin, oder?« Cara warf ihm einen eigenartigen Blick zu, den Falk nicht zu deuten wusste.

»Ja, natürlich ist sie das, aber sie hat nicht wirklich großes Interesse an meinem Hotel.«

»Nicht?« Ihrem ungläubigen Gesichtsausdruck entnahm Falk, dass sie das überhaupt nicht verstehen konnte.

»Nein. Nicht jeder findet unseren Traum von einem eigenen Hotel nachvollziehbar.« Er dachte an seine Kollegen und an seine Familie, auch hier traf er auf wenig Verständnis. »Sie können froh sein, dass Ihr Mann Ihnen die Möglichkeit gegeben hat, hier Ihre Träume auszuleben.«

»Ja.« Cara lächelte ihn an. »Ich bin wirklich froh, dass Sie mich gefragt haben, Ihnen beratend zur Seite zu stehen. Wie kamen Sie eigentlich auf mich?«

»Ich habe meine Fühler bei einem Hotelier in Wiesbaden ausgestreckt und kurz darauf hat Ihr Mann mich kontaktiert und mich zu einem ersten Treffen eingeladen. Als wir uns dann …«

»Wie? Mein Mann hat Sie angerufen?« Cara unterbrach ihn verwirrt. »Ich dachte, Sie sind auf meinen Mann zugekommen und außer telefonischem Kontakt war das Treffen im April das erste gewesen?!«

»Ähm, nein …« Verunsichert, ob er nicht gerade in einen Fettnapf trat, erklärte er: »Ich habe mich schon einmal Mitte März mit Ihrem Mann getroffen und da haben wir uns über …«

»Das glaube ich ja jetzt nicht …« Verwundert schüttelte sie den Kopf. »Das alles ist sehr seltsam. Es hat sich für mich so angehört, als ob Sie auf mich …«

»Es tut mir leid, wenn ich für Verwirrung sorge«, fiel er ihr bedauernd ins Wort.

»Sie können ja nichts dafür.« Sie schenkte sich einen Schluck Weißwein ein und starrte vor sich hin. Als Falk ihr sein Glas hinschob, goss sie auch ihm nach und las wie automatisiert den von Stefan angefertigten Zettel der Nummer acht vor: »*Riesling Spätlese feinherb – kräftige Frucht der …*«

»Wollen Sie darüber reden?«, unterbrach er sie, berührte sacht ihre Finger und sah sie dabei zärtlich an.

Trotz der Hitze, die sie augenblicklich durchströmte, entspannte Cara mit einem Mal, nippte an ihrem Wein und drehte sich auf dem Hocker zu ihm um, sodass sie sich direkt gegenübersaßen. Ihre Knie sowie auch ihre Hände auf der Theke hatten leichten Kontakt und ihre Blicke waren tief ineinander verwurzelt, als Cara begann, ihm ihre Ängste anzuvertrauen: »Ich stehe vor einem Rätsel, was meinen Mann betrifft … und Ihre Bemerkung eben macht alles noch dubioser.«

»Erzählen Sie doch von Anfang an.« Falks Hand legte sich nunmehr fest auf ihre und drückte sie zaghaft.

Ein wohliger Schauer überlief Cara und sie beäugte verunsichert seine Hand, die ihre bedeckte. Sie war weich, beinahe seidig und Cara stellte sich plötzlich vor, wie seine Finger zärtlich ihre nackte Haut berührten. Sie malte sich Liebkosungen aus – wie Flügelschläge, behutsam und doch so intensiv, dass sie vor Erregung erzittern würde. Ihr Körper vibrierte und ihre Lippen bebten, als sie weitersprach: »Es … es war ganz seltsam … Robert hat mir nichts gesagt davon, von …« Sie versuchte, sich zu konzentrieren, was ihr in Falks Nähe und dank ihrer eigenen Hirngespinste immens schwerfiel. Halbherzig wollte sie ihre Hand wegziehen, doch er hielt sie sanft auf den Tresen gepresst fest. »Er hat ein Magengeschwür und war letzte Woche in Berlin bei einem Gastroenterologen. Er hat mir zunächst nichts davon gesagt. Ich habe es gestern zufällig bei einem Telefongespräch mitbekommen und selbst da wollte er nicht wirklich mit mir darüber sprechen. Er hat es als nichtig abgetan und … es wäre harmlos, alle Befunde seien okay. Aber warum hat er mir nicht erzählt, dass es ihm nicht gut ging und auch von dem Arzttermin wusste ich nichts und …« Sie wollte nach ihrem Glas greifen und forderte Falk bedauernd auf, ihre Hand loszulassen. »Ich möchte gern etwas trinken.«

»Ja, natürlich.« Er reichte ihr das Glas und trank selbst einen Schluck.

»Heute Morgen habe ich unseren Chefconcierge gefragt, ob er etwas wüsste … Ob Robert mir etwas verheimlicht. Sie waren zusammen in Berlin auf einem Kongress und ich habe überlegt, ob er vielleicht weiß, warum mein Mann …« Falks Hand legte sich beruhigend auf ihr Knie, was Cara sogleich aus dem Takt brachte. »… warum er … Was meinen Sie? Was soll ich tun? Robert weiter löchern oder ihn in Ruhe lassen?« Sie spürte Tränen in sich aufsteigen und schloss seufzend die Augen.

Sanft hob Falk ihr Kinn an. »Sehen Sie mich an, Cara.«

Er hatte sich vorgeneigt und als sie ihre Lider wieder aufschlug, war sein Gesicht ihrem ganz nahe. Wie gebannt sah sie in seine Augen. »Also ich denke ja, dass wirklich alles in Ordnung ist mit Ihrem Mann. Sie haben eine so vertrauensvolle Beziehung und er würde ihnen mit Sicherheit sagen, wenn es nicht so wäre.«

»Aber …« Ihr Blick wanderte zu Falks Lippen und sie stellte erstaunt fest, dass er eine weitere kleine, kaum sichtbare Narbe an seiner Unterlippe hatte – noch ein Makel. »Gott sei Dank«, entfuhr es ihr. »Oh!« Ihre Hand fuhr automatisch zum Mund.

»Ja, Gott sei Dank ist es so. Sie können mir glauben.«

»Meinen Sie wirklich?« Froh, dass er ihre Gedanken nicht kannte, richtete sie sich abrupt auf. Etwas nervös fuhr sie sich durch die Locken und versuchte, sich wieder auf das Gespräch zu konzentrieren.

»Cara … Er ist ein Mann! Und Männer reden nicht gern über Wehwehchen. Schon gar nicht, wenn diese in der Verbindung mit Stress, Überarbeitung oder irgendeinem anderen seelischen Firlefanz gebracht werden können.« Er lächelte sie gewinnend an. »Glauben Sie mir, kein Mann gibt gern zu: Ich bin am Limit und bräuchte mal eine dreimonatige Auszeit. Was meinen Sie, warum es so viele Burn-outs gibt?! Meist alles Männer, die über Jahre für eine Sache brennen und denken, eine Schwäche einzugestehen, macht sie erst recht schwach, aber …«

»Aber das ist doch Quatsch. Warum soll man das nicht zugeben?« Sie schüttelte entschieden ihren roten Lockenkopf und schaute finster.

»Das müssen Sie schon Ihren Mann fragen, aber ich denke wirklich, dass es nichts Schlimmeres ist.« Falk stand auf und ging hinter den Tresen.

Sie beobachtete ihn, als er sich zu der Kühltasche mit den Weinen beugte und konnte nicht anders, als seinen knackigen Po anzustieren – den Po eines Mannes, der nicht ihr Ehemann war. Kurz senkte sie die Lider und versuchte krampfhaft, das Bild eines nackten Falks aus ihrem Hirn zu verbannen. »Ich ... ich denke, Sie haben recht damit«, stellte sie halbwegs bei der Sache fest und trank ihr Glas leer. »Robert ist zu pflichtbewusst und würde einen Fehler in seinem System nur schwer zugeben. Er war noch nie krank. Lilly, ich und auch unsere Angestellten kennen ihn nur als einen Macher, liebevoll im Umgang mit uns allen, doch nie schwach. Und es wäre wohl eine Schwäche für ihn, zugeben zu müssen, dass mit ihm etwas nicht stimmt und er dann schlimmstenfalls nicht mehr das Vorbild wäre, das er für alle sein möchte.« Sie sah Falk fest an, als er ihnen Wein nachschenkte. »Ja, ich glaube wirklich, dass Sie recht haben. Danke.«

»Gern geschehen. Es freut mich ...«

»Aber warum hat er mir nicht gesagt, dass er Sie angesprochen hat und es aussehen lassen, als ob Sie auf ihn zugekommen wären?« Dieser neue Aspekt ließ sie nicht in Ruhe und sie legte grüblerisch die Stirn in Falten. »Das ist doch komisch, oder?« Sie trank erneut einen kräftigen Schluck und spürte, wie der Alkohol sich warm in ihr ausbreitete.

»Hat er das wirklich, oder haben Sie es sich nur ...«

Ohne ihn ausreden zu lassen, sagte sie nachdenklich, als ob sie ihre eigenen Worte selbst nicht begreifen könnte: »Vorhin dachte ich einen Moment, er hat alles geplant, weil er bald stirbt und mir eine Aufgabe geben will, damit ich abgelenkt bin.«

»Cara, jetzt reicht es aber!« Falk war entsetzt über ihre Gedanken.

»Na, jetzt seien Sie doch mal ehrlich, das ist doch alles recht seltsam ...« Sie stockte und ihr kam Lilly in den Sinn. Hatte Robert deshalb dafür gesorgt, dass sie so weit weg ist? Entsetzt riss sie die Augen auf und sprudelte ungefiltert ihre Gedanken hervor: »Erst schickt er unsere Tochter weg, weit weg. Dann bekomme ich mit einem Mal meinen Wunschtraum erfüllt, den ich schon beinahe abgehakt hatte, und erst dann sagt er mir, dass er krank ist ... Was weiß ich, wie lange er es schon wusste und mir verschwiegen hat, und dann fährt er ...«

»Jetzt ist aber gut!« Falk wurde richtig laut und Cara zuckte erschrocken zusammen. Er kam um die Theke und stand mit den Händen in die Hüften gestemmt vor ihr. »Der Wein scheint Ihnen das Gehirn aber doch gehörig zu vernebeln.« Cara senkte beschämt die Lider. »Und jetzt sprechen wir auch nicht mehr über Ihren Mann, das regt Sie nur auf und Sie steigern sich da in etwas hinein. Morgen fahren Sie nach Hause und reden noch einmal mit ihm.« Besänftigend fuhr er fort: »Es wird sich bestimmt alles klären, bestimmt.« Behutsam legte er seine Hände auf ihre Wangen und zwang sie dazu, ihn anzusehen. »Okay?«

»Ja«, kam es tonlos über ihre Lippen. Die Hitze seiner Hände breitete sich in ihrem Körper aus. »Darf ich trotzdem noch etwas trinken? Ich rede auch nicht mehr über Robert und denke auch nicht an ihn, ehrlich.« Schief lächelte sie ihn an. »Ich glaube, ich … ich brauche das heute irgendwie … den Alkohol, um abzuschalten. Schlimm?«

»Schlimm? Nein, alles gut.«

Cara genoss die kraftvolle Berührung seiner Finger auf ihrem Gesicht. Sie hatten eine beruhigende Wirkung auf sie und der Alkohol tat sein Übriges. »Ich trinke normalerweise nie, aber heute … Ich …« Sie legte ihre Hände auf seine, versuchte halbherzig, sie von ihren Wangen zu streifen, und versank dabei in seinen Augen. Sein durchdringender Blick verunsicherte sie. Kraftlos und kaum fähig, sich zu rühren, ließ sie die Arme nach unten sacken. »Es ist schlimm, oder?«

Falk wollte ihre Wangen freigeben, wollte einen Schritt zurücktreten, Abstand zwischen sie bringen, aber nichts davon tat er – er fühlte sich magisch angezogen. »Verdammt, Cara. Das glaubst du, würde ich als schlimm empfinden?« Er lachte rau auf. »Weißt du, was schlimm ist? Dass du von deinem Mann sprichst, dir Sorgen um ihn machst und ich, anstatt dich zu beruhigen, ständig nur daran denken kann«, sein Gesicht kam ihrem ganz nah, »wie es sich wohl anfühlt, deine wundervollen Lippen zu küssen …«

Cara glaubte, sein heißer Atem würde ihr die Luft nehmen, und sie fühlte sich augenblicklich nicht mehr allein nur vom Alkohol berauscht …

Kapitel 13

Wegen des leichten Regens am nächsten Morgen richtete Cara den Frühstückstisch anstatt auf dem Steg im Restaurant an. Es war kurz nach neun Uhr und sie war an diesem Montag bereits seit drei Stunden wach, was sie dem Umstand verdankte, dass sie schlecht, bis überhaupt nicht geschlafen hatte und ihr Kopf ununterbrochen dröhnte. Nie im Leben werde ich nochmals so viel Wein trinken, war das, was sie sich immer wieder sagte. Krampfhaft überlegte sie, wie sie das unvermeidliche Gespräch mit Falk über den vergangenen Abend hinauszögern konnte, und einer plötzlichen Eingebung folgend schob sie einen großen Tisch herbei und deckte auch diesen ein. Sollten doch heute alle Arbeiter in den Genuss kommen, gemeinsam mit ihnen zu frühstücken, dabei wäre dann auch ein reger Gedankenaustausch über noch anstehende Arbeiten möglich.

»Guten Morgen, Cara.«

Falks fröhliche Stimme ließ sie zusammenzucken, jedoch fasste sie sich schnell und begrüßte ihn, ohne sich umzudrehen: »Guten Morgen, Falk, ich hoffe, es ist für Sie in Ordnung, wenn wir alle gemeinsam frühstücken, um die weiteren Arbeiten mit den Männern zu besprechen …«

»Warum wieder dieses förmliche Sie?« Seine Stimme erklang leise an ihrem Ohr und sie verspürte sogleich ein heftiges Kribbeln in der Magengrube. »Wir hätten uns gestern beinahe geküsst.«

Cara erbebte unmerklich und bewegte sich hastig ein paar Schritte von ihm fort. »Sie sagen es, beinahe! Es ist nichts passiert, was mich veranlassen müsste, zum vertraulichen Du überzugehen.« Sie drehte sich um und sah ihn mit undurchdringlicher Miene an. Falk wirkte im Gegensatz zu ihr frisch und ausgeschlafen. Sein Lächeln war offen und herzlich und ihr fiel es schwer, ihm in die Augen zu schauen –

vor Scham und auch, weil sie wusste, er würde es erneut schaffen, ihre Gefühlswelt durcheinanderzubringen, was er allein durch seine Nähe schon tat. »Nur der Alkohol war schuld an diesem Beinaheausrutscher, so etwas wird nicht wieder vorkommen«, erklärte sie deshalb kühl.

»Nicht? ›Nicht‹ hört sich so vage an und ...«

»Nie wieder!«, bekräftigte sie schnell.

»Wie können Sie das wissen?«

»Weil es keine Wiederholung geben wird.«

Er war mehr als erstaunt und kam einen Schritt auf sie zu. »Wir werden zu keinen weiteren Ausflügen in neue Traumwelten entschwinden?«, wollte er mit übertrieben betrübtem Gesichtsausdruck wissen.

Cara trat beiseite, sodass der Tisch die dringend benötigte Distanz zwischen ihnen schaffte. »Ich weiß noch nicht, ob ich weiter so arbeiten kann. Ich werde es mir überlegen.« Sie verabscheute diese Situation. Wie hatte sie die Erfüllung ihres Traums wegen ein paar Gläsern Wein und dem daraus resultierenden kurzen romantischen Augenblick aufs Spiel setzen können? Ihr lag so viel daran, Falk auch weiterhin intensiv ihre Ideen mitleben zu lassen, und in ihr sträubte sich alles gegen die Beendigung dieser ganz speziellen Erlebnisreise durch sein Hotel. Innerlich verkrampfte sie – sie wollte die Arbeit hier nicht aufgeben, auf keinen Fall. Und Robert, schoss ihr in den Sinn und schlagartig wurde es ihr noch elender zumute. Wie konnte ihr erster Gedanke nicht ihrem Ehemann gelten?

»Es liegen noch einige Zimmer vor uns.«

»Ich weiß, aber ich bin mir nicht klar darüber, wie wir weiter zusammenarbeiten sollen, wenn diese ... diese ...« Cara fand keine Worte für das, was hier passierte.

»... diese große Anziehungskraft, diese Magie, die zwischen uns herrscht?«

»Ja ... Ähm, nein ... Ich ...« Sie wollte das nicht – wollte nicht wahrhaben, dass hier irgendetwas passierte, oder gar ›herrschte‹, das sie nicht kontrollieren konnte. Verdammt, ich bin glücklich verheiratet, rief sie sich ins Gedächtnis.

»Liebe Cara, Sie werden es doch wohl fertigbringen, sich in der Gewalt zu haben?!«, fragte er schelmisch grinsend, legte dabei den Kopf ein wenig schief und zwinkerte ihr belustigt zu.

Seine lockere Art, die ihn in Caras Augen zu jedem anderen Zeitpunkt so anziehend machte, empfand sie in diesem Moment als maßlos provozierend. »Natürlich habe ich mich in der Gewalt! Spinnen Sie jetzt komplett? Vielleicht sollten Sie lieber Ihre männlichen Triebe unter Kontrolle bringen und diese dann mit Ihrem dümmlichen Blondchen ausleben«, stieß sie gereizt und ohne nachzudenken hervor.

»Dümmliches Blondchen?« Seine Miene verfinsterte sich. Was er bis eben als spaßige Neckerei empfunden hatte, war plötzlich alles andere als lustig. »Warum mit einem Mal so biestig? Selina kann wohl nichts dafür, dass es offensichtlich mir sowie Ihnen an Disziplin mangelt, und deshalb brauchen Sie meine Freundin jetzt auch bestimmt nicht zu beleidigen.« Falk beugte sich ein wenig vor, stützte sich mit den Händen fest auf dem Tisch ab und fixierte sie mit zusammengekniffen Augen.

Er erwartete eine Entschuldigung, das war Cara klar, aber ihr wollte keine über die Lippen kommen. Sie konnte in dieser für sie absolut absurden Situation einfach nicht aus ihrer Haut und suchte die Schuld bei Falk – schließlich hatte er sie am gestrigen Abend zärtlich berührt und sie damit aus ihrem gut kontrollierten Gleichgewicht gebracht. Als sie daran zurückdachte, durchströmte sie sengende Hitze und ihre Wangen begannen zu brennen – es war ihr, als erlebte sie jede Sekunde noch einmal …

… zitternd vor Erregung hatte sie in Falks Armen gelegen und seinem Kuss entgegengefiebert. »Ich kann … Das darfst du … Das dürfen Sie nicht sagen … Es ist falsch und …«, konnte Cara nur atemlos wispern und bewegte sich dennoch nicht von ihm weg.

»Ich weiß.« Sein Mund war nur wenige Millimeter von ihrem entfernt und sie versank in seinen grünen Augen, während seine Finger federleichte Bewegungen auf ihrer Wange beschrieben.

»Falk, bitte …«, brachte sie beinahe tonlos hervor.

»Bitte … ja?« Sein Gesicht rückte ein wenig ab und sein Daumen zeichnete aufreizend langsam ihre Oberlippe nach. »Oder bitte, nein?«

»Falk, du … du nutzt mein …«

»Ich glaube nicht, dass ich irgendetwas ausnutze, Cara.« Falk löste seine Hände, legte sie mit sanftem Druck an ihren Hinterkopf und hauchte einen Kuss auf ihre Wange. Zart berührten seine Finger ihre heftig pochende Halsschlagader und er lachte dabei leise auf. Sein warmer Atem verstärkte ihr inneres Glühen. »Du duftest so gut«, raunte er so nah an ihrem Hals, dass sie seine Lippen spüren konnte. Hitzewellen wechselten sich urplötzlich mit kleinen Schauern ab. Ihr Kopf wurde schwer und drohte nach hinten zu sacken, doch Falk hielt sie eisern fest, sodass sie weder zu schwach werden noch entkommen konnte. Er fuhr durch ihre Locken und umfasste erneut ihr Gesicht.

Sie registrierte seine vor Verlangen dunkelgrünen Augen, spürte seinen immer schneller gehenden Herzschlag unter ihren Fingern, die auf seinem Brustkorb lagen, und fragte sich dabei, wie ihre Hände dort hingekommen waren. Ohne weiter nachzudenken, presste sie sich fester an ihn, was ihm ein wohliges Stöhnen entlockte und Caras eigene Begierde mit einem Mal anfachte. Ihr Blick senkte sich, als ihre Finger wie selbstverständlich unter sein Shirt wanderten, um seine warme Haut zu streicheln.

»Cara …« Falk stöhnte lustvoll auf und umfasste ihr Gesicht nun nicht mehr ganz so sanft. »Schau mich an. Ich will, dass du mich ansiehst, wenn ich dich küsse.«

In weiter Ferne hörte Cara Alarmglocken schrillen, doch gefangen von Falks begehrlichen Blick und seinem immer näherkommenden Mund ignorierte sie diese. Ihre Finger krallten sich in seine Hüften und fasziniert lauschte sie den gehauchten Worten ganz nah an ihren Lippen. »Cara, ich möchte dich so gern küssen, dich schmecken, möchte dich mit all meinen Sinnen entdecken.« Er nahm die Hände von ihrem Gesicht, legte sie um ihre Hüften und zog sie an sich, sodass sie sein Verlangen deutlich spüren konnte. »Ich möchte dich ganz langsam ausziehen, dich ansehen, bewundern. Ich würde dich am liebsten mit an den See nehmen, nackt, und jede Bewegung deines Körpers beobachten, wenn du ohne Kleidung vor mir hergehst. Ich würde deinen Po zart berühren, dich am Steg auf ein großes Handtuch betten und zusehen, wie der warme Nieselregen auf dich fällt und der kühle Wind über deine nackte Haut fährt, deine Knospen hart werden lässt und du dabei vor

Kälte, Erregung und unbändiger Lust erzitterst.« Allein der Gedanke, nackt und schutzlos seinen Blicken und Berührungen ausgeliefert zu sein, ließ sie erbeben, was er mit einem triumphierenden Lächeln wahrnahm. »Jede Stelle deines Körpers würde ich zärtlich liebkosen.« Seine Hand legte sich auf ihren Po und er zog sie noch ein wenig fester an sich. Er verstärkte die Umarmung und fixierte sie somit zusätzlich zu ihrer sowieso schon vorhandenen Bewegungslosigkeit. Immer noch ganz nah an ihren Lippen, ohne sie jedoch zu berühren, was Cara schier wahnsinnig machte, drang seine sinnliche Stimme weiter an ihr Ohr und ließ sie erröten und gleichzeitig erblassen. »Ich will die Begierde in deinen Augen lesen, wenn ich deine Brüste gefühlvoll umfasse und mit der Zungenspitze kleine Kreise um deine Brustwarzen beschreibe. Ich möchte dich Stöhnen hören, wenn ich mich deinen Bauchnabel entlang küsse, deine Hüften anhebe und dich dann sanft berühre …« Caras Beben verstärkte sich und in diesem Moment, durch seine Nähe und die sinnlichen Worte, machten sich Gefühle in ihrem Magen, ihrem Unterleib breit, die sie so nie zuvor erlebt hatte, geschweige denn zu unterdrücken wusste. »Ich würde dich dabei beobachten und es genießen, wie du dich unter meinen Händen vor Lust verbiegst …« Er lachte rau auf, als Cara ein Seufzer entsprang und sie sich noch näher an ihn presste. »Und dann wärst du bereit für mich und ich würde dich leidenschaftlich lieben. Deine Finger krallen sich in meinen Rücken und immer wieder rufst du meinen Namen, um Erlösung flehend … Du spürst den heftigen Regen nicht, weil ich dich mit meinem nackten Körper ganz bedecke. Du brennst lichterloh – ich in dir, du unter mir – und deine Schreie der Lust dämpfe ich mit meinen Lippen, bis wir miteinander verschmolzen zum Höhepunkt kommen …«

Er lockerte seinen Griff und sein Mund entfernte sich, was Cara entsetzte. Ihr erster Instinkt war, ihn zurück an sich zu ziehen, doch ihr Verstand schien mit einem Mal wieder seine Arbeit aufzunehmen, als Falk liebevoll flüsterte: »Aber das alles passiert nur, wenn du nüchtern bist und nicht in einer emotionalen Ausnahmesituation. Ich will dich, Cara. Ich will all das mit dir machen, was ich dir eben beschrieben habe, wenn du bereit bist und es auch willst …«

Sie konnte sich noch an jedes einzelne seiner sehnsuchtsvollen Worte, an ihr eigenes körperliches Beben und ihr beinahe schmerzhaftes Verlangen nach ihm erinnern, aber alles, was danach passiert war, erschien nur verschwommen in Caras Erinnerung. Er hatte sich von ihr gelöst, ihre Hand genommen und sie ins *Märchenzimmer* geführt. Dort war sie in die Kissen auf der Matratze gesunken, hatte noch mitbekommen, wie Falk ihr Schuhe und Hose auszog, und war in einen unruhigen Schlaf gefallen. Als sie am heutigen Morgen wach geworden war, lag Falk schlafend auf einer Matratze, die er sich aus dem anderen Zimmer geholt hatte, weit von ihr entfernt in der gegenüberliegenden Ecke und hatte gedämpft geschnarcht. Sie war leise aufgestanden, hatte ihre Kleidung mitgenommen und war zum Aufräumen ins *Edle Tropfen-Zimmer* gegangen …

… je länger sie über den Verlauf des Abends nachdachte, desto peinlicher wurde ihr alles. Doch Cara wollte sich nicht eingestehen, dass sie wirklich in Versuchung geraten wäre, sondern schuldete es dem Alkohol, dass sie beinahe – aber nur beinahe – schwach geworden wäre und ihre Kontrolle verloren hätte.

Falk stand immer noch mit aufgestützten Händen vor Cara und wartete auf irgendeine Reaktion, auf eine Erklärung ihres unmöglichen und auch beleidigenden Verhaltens gegenüber seiner Freundin, doch sie konnte ihm keine geben, und sagte deshalb schneidend: »Sie haben eine Grenze überschritten. Ich wollte und will das nicht. Ich bin verheiratet, glücklich verheiratet, und Sie haben diese … eine Freundin … Also tun Sie so etwas wie gestern nie wieder!«

»Sie wollten das nicht? Das habe ich aber anders in Erinnerung. Wenn ich nicht der Vernünftige gewesen wäre und Sie vor sich selbst beschützt hätte, hätten wir heute Nacht miteinander gevögelt – wild und hemmungslos.«

Cara zuckte bei seiner derben Ausdrucksweise zusammen, fühlte jedoch zugleich ein Ziehen in den Eingeweiden, das sie irritierte. Seine sinnlichen Worte hallten in ihrem leicht benommenen Kopf wider und augenblicklich ergriff sie die gleiche Sehnsucht wie am vergangenen Abend. Wütend über ihre körperliche Reaktion und sich dessen wohl bewusst, dass Falk jede Regung ihrerseits wahrnahm, fauchte sie: »Hören Sie auf, so zu reden. Nichts wäre passiert, überhaupt nichts ... Sie ... Sie ...«

»Ich denke, es ist besser, wenn ich mir mein Frühstück mit nach oben nehme.« Er griff nach der Kaffeekanne, einer Tasse und zwei Hörnchen und steckte sich je drei portionierte Zucker- und Milchpäckchen ein. »Es wäre wohl gut, wenn wir vorerst privaten Kontakt unterbinden und uns später, wenn Sie wieder vernünftig sind ...«

»Ich bin vernünftig!«, keifte Cara hochrot vor Erregung und Zorn.

»Das sehe ich Ihnen deutlich an, Frau Sandberg«, höhnte er. »Lassen Sie mich die nächsten Stunden einfach in Ruhe und vielleicht können wir später dann ...«

»Ha, lassen Sie mich in Ruhe«, imitierte sie ihn ironisch. »Haben Sie etwa Angst, die Beherrschung zu verlieren?«, fragte sie provozierend.

Überraschend schnell hatte Falk alles, was er in den Händen hielt, wieder auf dem Tisch abgestellt, war mit zwei kurzen Schritten bei ihr und umfasste energisch ihren Oberarm. Cara wollte vor ihm – vor seinem aufgebrachten und gleichzeitig begehrlichen Gesichtsausdruck – zurückweichen, aber er hielt sie eisern fest. Sie riss die Augen auf, wurde rot bis unter die Haarwurzeln und verfluchte erneut ihre körperliche Reaktion. Ihr Herz raste, ihre Brust hob und senkte sich hektisch und das Verlangen, sich an ihn zu drängen, ihn zu küssen und zu berühren, erfasste sie jäh. Sein Blick heftete sich auf ihre bebenden Lippen und er stieß rau hervor: »Treiben Sie es nicht zu weit, Frau Sandberg.« Unvermittelt ließ er sie los, sodass Cara kurz ins Straucheln kam. Ohne sie eines weiteren Blickes zu würdigen, drehte er sich um, schnappte seine Frühstückssachen und verließ das Restaurant.

Cara blieb zunächst sprachlos stehen, doch nach nur wenigen Sekunden fiel die Starre von ihr ab und eine unbändige Wut machte sich in ihr breit. Wie von einer Tarantel gestochen stürmte sie ihm hinterher in die Lobby, die Treppenstufen hoch und als sie ihn eingeholt hatte, packte sie ihn an der Schulter. Ihr Zorn verlieh ihr Kraft und sie riss ihn wutschnaubend herum. »Ich glaube, Sie haben sie nicht mehr alle, Sie Möchtegern-Hotelbesitzer, Sie selbstherrlicher Jüngling, Sie arroganter ... Sie ...«

Zwei grasgrüne vor Zorn blitzende Augenpaare trafen aufeinander und fochten sekundenlang den stillen Kampf der Beherrschung.

»Machen Sie das nie wieder!«, knurrte er.

»Was soll ich nicht mehr machen?«

»Geben Sie nicht mir die Schuld an Ihren verwirrten Gefühlen. Senden Sie keine Doppelbotschaften.« Er kicherte doof und ahmte sie nach: »*Oh ja, Falk … Oh nein, Herr Baringhaus.*« Mit ernstem Gesicht fuhr er fort: »Wir sind erwachsen, verhalten Sie sich so. Entweder Sie wollen mit mir ins Bett oder nicht.« Falk fixierte sie kalt. »Und reden Sie nicht mehr schlecht über Selina! Sie hat mit dem, was hier läuft, überhaupt nichts zu tun.« Er drehte sich um und ging die Stufen empor, ohne weiter auf Cara zu achten.

Sie hastete ihm hinterher und griff ihn erneut an der Schulter. »Bleiben Sie stehen, Sie … Sie …«

Er wandte sich um und sprach gefährlich ruhig: »Fallen Sie mich nie wieder von hinten an und hören Sie endlich auf, mich zu provozieren. Vergessen Sie nicht, ich bin zurzeit Ihr Chef und kann Sie, wann immer ich will, feuern. Und …«

»Sie, mich feuern?!« Cara lachte höhnisch auf. »Wie wollen Sie es denn ohne mich schaffen, all die Zimmer herzurichten? Ihnen fehlen doch jegliche Ideen und …«

»Lesen Sie Ihren Vertrag nochmals gut durch, Frau Sandberg, und dann sprechen wir weiter«, erwiderte er schneidend, drehte sich um und lief die Treppe hoch.

»Wieso sollte ich …«

»Lesen Sie ihn einfach und wenn Sie dann wieder von Ihrem hohen Ross heruntergekommen sind, finden Sie mich in Zimmer Nummer drei, wo ich in aller Ruhe mein Frühstück genießen werde.«

Er hielt es nicht einmal mehr für nötig, haltzumachen und sich beim Reden ihr zuzuwenden, was Caras Wut noch um einiges anfachte. »Herr Baringhaus, finden Sie nicht …«

Krachend fiel eine Tür ins Schloss, kurz nachdem er ihrem Blickfeld entschwunden war, und Cara stand allein mit ihrem Zorn auf der Treppe – was war in den letzten Stunden bloß passiert? Was war ihr passiert? Wo sollte das noch hinführen, wenn sie dem allen nicht rigoros Einhalt gebot? Cara verspürte nur noch den Wunsch, nach

Mainz zurückzufahren. Sie wollte zu ihrem vertrauten Rückzugsort in Roberts Armen – sie wollte zu ihrem Ehemann …

Kapitel 14

Als Cara kurz nach der Auseinandersetzung mit Falk auf den Vorarbeiter getroffen war, hatte sie Tom über ihre Heimfahrt informiert und dass sie für ihn telefonisch erreichbar wäre. Daraufhin setzte sie sich ins Auto und fuhr zurück nach Mainz. Unterwegs ließ sie die Geschehnisse mit etwas Abstand noch einmal Revue passieren und beruhigte sich weitestgehend.

Dass eine große Anziehungskraft zwischen Falk und ihr herrschte, war ihr nicht erst seit letzter Nacht bewusst, und auch, dass sie offensichtlich anfällig auf Falks mehr als ausführliche Beschreibungen eines möglichen Liebesakts mit ihr reagierte, konnte sie nüchtern betrachtet nicht von der Hand weisen. Seine erotischen Worte hatten gegen ihren Willen Begehren in ihr entfacht. Doch zum Glück hatte sich ihr Gewissen rechtzeitig eingeschaltet und ihr eines verdeutlicht, sie brauchte momentan nur eines – ihren Mann und seine fürsorgliche Art, um wieder klar zu erkennen, wohin sie gehörte. Ihre nunmehr über zwanzig Jahre andauernde Beziehung mit Robert verlief in einem ruhigen, harmonischen Fahrwasser, vertrauensvoll und trotzdem nicht langweilig. Ihre Partnerschaft war seit jeher von gegenseitigem Respekt, gefühlvoller Liebe und ehrlichen Gesprächen geprägt. Robert war ihr erster und bisher einziger Mann gewesen – was sie auch nicht nur im Geringsten vorhatte, zu ändern – und sie konnte sich keinen besseren und rücksichtsvolleren Liebhaber vorstellen. Selbst dass sie zurzeit eine kleine »Flaute«, wie sie es nannte, im Bett hatten, änderte nichts an der Tatsache, dass ihr Sexualleben ausgesprochen zärtlich war. Robert hatte es über all die Jahre immer wieder geschafft, ihre Sehnsüchte mit inniger Hingabe zu erfüllen. Sie waren tief verbunden, vertrauten einander, und genau das war es, was sie in ihrem Leben wollte – und deswegen hatten auch keine Flirterei, keine Wildheit, keine schnelllebige Leidenschaft und schon gar kein unsinniges und ihren klaren Verstand irritierendes Herzrasen darin Platz. Kurz flackerte das Bild von Falks immer näherkommenden Lippen durch ihre Gedanken, was sie sogleich resolut beiseite wischte, um sich voll und ganz auf ihre Ankunft im *Stadthotel* zu konzentrieren. Sie hatte nichts getan, wofür sie sich schämen musste.

Als sie, kurz nachdem sie ihren Wagen im Parkhaus abgestellt hatte, an Roberts Bürotür klopfte und sein liebenswürdiges »Herein« vernahm, fühlte sie sich im Nu geborgen – die Arme ihres Ehemanns waren der Rückzugsort, den sie jetzt dringend brauchte.

»Hallo, Schatz.« Sie lief um den Schreibtisch, umarmte ihn und gab ihm einen sanften Kuss.

»Was machst du denn hier?« Etwas konsterniert starrte er sie an. »Seid ihr fertig mit eurer Zimmerplanung?«

»Nein, sind wir nicht. Störe ich dich?« Cara war erstaunt über seine nahezu schroffe Art und fragte besorgt: »Geht es dir gut?«

»Ja, nein … Alles gut.« Er klappte seinen Laptop zu und stand auf. »Ich wundere mich nur, das ist alles. Erst sagst du mir, du bist knapp zwei Wochen weg und dann bist du beinahe täglich hier. Das ist alles, mehr nicht.« Sein Blick wanderte auf seine Armbanduhr.

»Hast du einen Termin, oder können wir uns ein wenig unterhalten? Ich wollte dich etwas zu deinem Abkommen mit Herrn Baringhaus fragen.« Das Ganze ließ ihr keine Ruhe und sie schaute ihn erwartungsvoll an.

»Was für ein Abkommen?«

Robert wirkte abwesend, beinahe genervt – und urplötzlich fühlte sich Cara um ihren Rückzugsort betrogen. Sie war hier, um zu entspannen und neue Kraft zu tanken, um sich vor Ort zu vergewissern, dass nur Robert der Mann war, mit dem sie zusammen sein und von dem sie sich küssen lassen wollte. Und ihm, ihrem Ehemann, schien ihr zugegebenermaßen überraschendes Erscheinen überhaupt nicht zu passen. »Robert, wenn ich …«

Cara wurde von einem Klopfen an der Tür unterbrochen und zu ihrer großen Verwunderung rief Robert nun keineswegs mehr freundlich, sondern mürrisch: »Herein.«

Sie trat neben ihn und erkundigte sich vorsichtig: »Was ist los, Schatz. Soll ich …«

Carlos trat leise in den Raum und sah von Cara zu seinem Chef. »Oh, Entschuldigung. Ich wollte nicht stören. Ich …«

»Dann tun Sie es gefälligst auch nicht«, herrschte Robert ihn an.

Die Miene des Chefconcierge wirkte leicht verstört und er entschuldigte sich verlegen: »Es tut mir leid. Ich komme dann später nochmal, wenn Sie Zeit für mich haben?!« Er warf Cara einen kurzen Blick zu, den sie schulterzuckend erwiderte.

»Ja. Ich rufe Sie, wenn ich Zeit habe.« Als Carlos die Tür hinter sich schloss, setzte Robert sich wieder an seinen Schreibtisch und fragte sichtlich bemüht, liebenswürdig zu klingen: »Was wolltest du von mir wissen?«

»Robert? Was ist los? So kenne ich dich ja gar nicht. Der arme Carlos, er war total erschrocken von deiner harschen Art. Was …«

»Bitte frag jetzt nicht noch einmal, was los ist«, unterbrach er sie nun sichtlich genervt. Als er jedoch ihren verletzten Gesichtsausdruck bemerkte, ruderte er sofort zurück: »Cara, es tut mir leid … Ich bin ein wenig gestresst. Was wolltest du denn jetzt wissen?«

Sie versuchte, seine ungewohnt ruppige Art zu ignorieren, und sprach das Thema, das ihr auf der Seele brannte, einfach an: »Warum hast du mir nicht erzählt, dass *du* Falk kontaktiert hast und mich in dem Glauben gelassen, *er* hätte uns aufgesucht, um sein Hotel zu gestalten?«

»Ich habe dir doch gesagt, dass es ein verfrühtes Geschenk für deinen Geburtstag sein soll. Wie oder wer wen wann kontaktiert hat, spielt doch dabei überhaupt keine Rolle, oder?« Er fuhr sich mehrmals durch die Haare und mied den Augenkontakt.

»Nein, klar, da hast du ja recht, eigentlich nicht … aber mir kam es komisch vor, weil …« Sie zögerte, wusste plötzlich nicht mehr, wie sie ihm ihre Bedenken erklären sollte, ohne dass er sich erneut aufregte.

»Weil was?«

»Na, weil es mir so vorkommt, als ob du mich loshaben wolltest, weil … weil du mir etwas verheimlichst.« Sie versuchte, seinen Blick einzufangen, aber er wich ihr aus. »Robert, bist du doch kränker, als du zugibst?«

Er zuckte zusammen und stand ruckartig auf. Sein Gesicht der Fensterfront zugewandt erwiderte er resigniert: »Nein, Cara, ich bin nicht kränker, als ich dir gesagt habe, ehrlich nicht.«

Sie beobachtete ihn genau und überlegte, ob sie ihm glauben sollte. Warum schaute er sie nicht an, warum konnte er ihr das nicht ins Gesicht sagen, warum war er so nervös – warum war ihr Mann so anders als sonst?

»Robert?«, fragte sie mit einem Mal absolut beunruhigt.

»Oh Gott, Cara.« Er stöhnte auf und seine Schultern sackten nach vorne. »Ich … ich fürchte, es ist an der Zeit dir etwas zu gestehen. Ich kann es nicht länger verheimlichen … und will es auch nicht … Ich …«

In diesem Augenblick fiel ein schwarzer Schleier auf Cara – sie konnte sich förmlich als Witwe und Lilly als Halbwaise sehen. Ihr wurde schlecht und sie meinte plötzlich, ihre schlimmsten Albträume würden Wirklichkeit. »Robert, bitte … bitte sag mir …« Cara musste sich selbst unterbrechen, nicht fähig, ihn weiter um die Wahrheit zu bitten – eine Wahrheit, vor der sie solch eine panische Angst hatte und die sie um nichts in der Welt hören wollte.

»Bitte, Cara, ich kann nicht …« Er ruderte zurück. Ihn ergriff wieder diese Panik, die ihn seit Monaten lähmte. »Lass uns einfach so … bitte lass uns einfach so weitermachen …« Roberts Worte kamen abgehackt, während er weiterhin mit dem Rücken zu ihr stand.

Cara spürte ihr Herz bis zum Hals klopfen, spürte die aufkeimenden Tränen und wünschte sich, sie wäre absolut gefühllos. Ihre Gedanken überschlugen sich und sie rang nach Worten: »Robert, Liebling, was … was ist? Ich muss es wissen … Bitte …«

»Ich wollte das nicht, Cara, wirklich … Ich wollte das nie …«

Sie stierte auf seine zuckenden Schultern, seinen unruhig sich hin- und herbewegenden Kopf, seine Hände, die er verkrampft in seinem Nacken zusammenkrallte, und brachte nunmehr nur noch tonlos ein Aufstöhnen hervor – sie wusste, gleich würde ihre Welt aus den Angeln gehoben werden und sie konnte rein gar nichts dagegen tun.

»… ich wollte das nie. Nie! Aber ich …« Einige Sekunden verstrichen in denen Cara nicht zu atmen wagte und

Robert heftig nach Luft schnappte. »… ich habe mich verliebt«, flüsterte er kaum hörbar, den Blick immer noch starr auf die Jalousien des Fensters gerichtet.

Cara hörte ihn, erfasste auch, was er sagte, und entgegnete dennoch wie selbstverständlich: »Das geht nicht, Robert, du liebst doch mich.«

»Ja, Cara«, er drehte sich um, »dich liebe ich von ganzem Herzen. Du bist meine Seelenverwandte, meine beste Freundin, meine Frau, der ich vor Gott versprochen habe …« Er brach ab und sah sie mit tränenverschleiertem Blick an.

Zu keiner Regung fähig stand sie wie versteinert da und schaute ihn mit weitaufgerissenen Augen an. Was hatte er gesagt? Seelenverwandte, Freundin, Frau … Sie ging wie ferngesteuert auf ihn zu, noch immer nicht realisierend, dass ihre heile Welt vor wenigen Sekunden in Abermillionen winzig kleine Einzelteile gesprengt worden war. »Robert, was redest du da?«

»Ich … ich muss dir endlich alles sagen … Dir eingestehen, dass ich …«

»Hör auf!«, schrie sie ihn urplötzlich an und hielt sich die Ohren zu. »Hör auf! Sag so was nicht … Ich will nichts hören! Du spinnst, du bist betrunken, gestört …« Allmählich drang der Sinn seiner Worte zu ihr durch. Ihr über alles geliebter Ehemann war dabei, ihr zu gestehen, dass er eine Affäre hatte – dass er sich in eine andere verliebt hatte.

»Cara, bitte, ich … Es tut mir leid …«, versuchte Robert, sie zu beruhigen, während er auf sie zukam und nach ihren Händen griff, die sie immer noch auf die Ohren presste. »Bitte lass dir erklären …«

Sein Blick glich dem eines verwundeten Tieres, aber das sah Cara nicht, denn in ihrem Kopf hallten nur seine Worte: *Ich habe mich verliebt!* »Fass mich nicht an«, brachte sie mühsam hervor und hörte immer wieder den Hall in ihren Ohren: *Ich habe mich verliebt!* Sie wollte ausholen, ihn schlagen, ihn körperlich verletzen, so wie er es gerade seelisch mit ihr tat, doch ihre Hände sackten kraftlos nach unten. »Du … du …« Sie rang nach Worten, rang um ihre Sprache.

Robert fasste nach ihren Händen und hielt sie fest an seine Brust gepresst. »Cara, bitte … bitte beruhige dich und lass mich erklären …«

Sie versuchte, ihn wegzustoßen. »Beruhigen? Beruhigen?« Fassungslos stieß sie die Worte hervor. »Ich soll mich beruhigen? Hast du sie noch alle?« Sie befreite ihre Hände und stemmte sich kraftlos gegen seine Brust. »Beruhigen …?« Sie wollte ihn immer noch wegstoßen, sich abwenden und wegrennen, aber sie schaffte es nicht, sondern klammerte sich stattdessen regelrecht an ihn. »Robert …« Tränen rannen über Caras Gesicht, als sie zu ihm aufblickte und in die sanften, blauen Augen ihres geliebten Ehemanns schaute. Sie konnte die Liebe, die er ihr seit über zwanzig Jahren schenkte, darin sehen, spürte die wohltuende Wärme seiner Hände, die sie aufrecht hielten, und meinte, sein Herz ganz nah an ihrem klopfen zu hören, wie in so unendlich vielen Nächten, als sie an seiner Brust eingeschlafen war. Und trotz allem, was sie eben gehört hatte, fühlte sie sich wie all die Jahre auf eine gewisse Art beschützt in der Nähe ihres Mannes.

Aufschluchzend brach sie zusammen, ging zu Boden wie ein Boxer beim KO-Schlag, und weinte hemmungslos. Robert kniete sich neben sie, nahm sie fest in seine Arme und wiegte sie behutsam. Er schwieg, während sie all den Schmerz, den er ihr antat, beweinte.

Und Cara weinte eine gefühlte Ewigkeit in seinen Armen, was den Kummer in seinem Herzen und die Übelkeit in seinem Magen noch um ein vielfaches verstärkte. Robert hielt sie stumm und versuchte erst gar nicht, sie zu beruhigen. Er hatte lange, sehr lange mit sich gerungen, ihr alles einzugestehen, und fühlte sich nun, nachdem er es ausgesprochen hatte, keinen Deut besser als zuvor. Er verletzte die Frau, die er am meisten liebte und konnte rein gar nichts dagegen tun – nicht mehr.

Wie in Trance waren sie irgendwann mit dem Aufzug ins Penthouse gefahren und saßen sich nun am Esszimmertisch gegenüber. Cara starrte auf den Stapel Post vor sich, auf dem ganz oben ein Brief ihrer Mutter lag. Sie erkannte Islas Handschrift sofort und nahm den Umschlag in die Hand. Sie öffnete ihn nicht, sondern fuhr mit den Fingerspitzen ihren Namen nach – Cara Sandberg. *Sandberg!* Seit achtzehn Jahren trug sie diesen Namen und war immer stolz darauf gewesen. Und jetzt? Cara war nach wie vor wie betäubt, hatte sich aber insoweit beruhigt, dass sie anfing, Robert Fragen zu stellen. »Warum?«

»Ich weiß es nicht ... Ich wollte es nicht, es ist einfach passiert. Ich ...«

»Seit wann?«

»Das ist doch egal ... Es ist noch nicht lange, nicht wirklich ... Es ist ...« Er rang nach Worten, nach Erklärungen.

»Seit wann betrügst du mich?«, stieß sie mit einem Mal hart hervor.

Robert sah auf und beteuerte: »Ich habe dich nicht betrogen ... Noch nie, aber ich ...«

Caras Verstand begann wieder zu arbeiten, die Betäubung wurde in den Hintergrund gedrängt und sie versuchte, seine Worte zu begreifen. »Was verstehst du unter betrügen?« Sie schaute ihn mit weitaufgerissenen Augen an und dachte dabei kurz an ihre intensiven Momente mit Falk zurück – war das schon Betrügen gewesen? Hektisch fuchtelte sie mit den Händen in der Luft herum und um ihr eigenes schlechtes Gewissen zu überspielen, wollte sie zynisch wissen: »Hast du sie geküsst? Berührt? ... oder hattet ihr Clinton-Sex?«

»Cara, ich ...« Es fiel Robert unwahrscheinlich schwer, ihr alles zu sagen – die ganze Wahrheit.

»Cara, ich«, äffte sie ihn nach und sprang wütend auf. »Geht das schon lange oder war es eine einmalige Sache? Wirst du sie wiedersehen?« Sie holte tief Luft. »Es ist doch keine Angestellte, oder? Ist es etwa eine von unseren Bekannten?« Sie bombardierte ihn mit Fragen und hoffte insgeheim, er würde irgendwann einfach beteuern: *»Alles gut, mein Schatz, ich liebe nur dich und alles andere zählt nicht.«*

»Ich habe nicht geküsst, keinen Sex gehabt und auch sonst nichts gemacht, für was ich mich bei dir entschuldigen muss. Ich habe mich nur verliebt ... Ich kann nichts dafür, ich bin einfach machtlos ... Es ... Wir hatten nur wenige sanfte Berührungen ... Nichts Sexuelles ... Nur unsere Finger haben sich ...« Er brach ab und sah sie hilflos an.

Cara starrte ihren Ehemann entsetzt an. Es war nichts passiert? Ein paar harmlose Berührungen, sonst nichts?! Konnte sie ihm daraus einen Vorwurf machen? Hatte sie seit einigen Tagen nicht immer wieder ähnliche Situationen mit Falk erlebt – ganz zu schweigen von ihrem Beinahe-Kuss?! Aber das hat doch nichts mit Verliebtsein zu tun. Gott, sie waren bald zwanzig Jahre verheiratet, da konnte schon mal ein hübscher Jüngling einem ein bisschen den Kopf verdrehen. »Robert?!« Sie setzte sich neben ihn und griff nach seiner Hand auf dem Tisch. »Wenn doch nichts passiert ist, dann ist doch alles gut und …«

»Nichts ist gut, Cara.« Er entzog ihr die Hand und drückte seine Finger fest gegen die Schläfen. »Gar nichts ist mehr gut.«

»Und jetzt? Was jetzt?« Sie hatte Angst vor seiner Antwort, panische Angst.

Er hob unglücklich die Schultern.

»Robert, ich liebe dich, wir können doch alles klären. Wir gehören zusammen – wir!« Verzweifelt versuchte sie, ihren Mann von ihrer gemeinsamen, starken Liebe zu überzeugen. »Robert, bitte.« Stumm schüttelte er den Kopf, was Cara so gut wie alle Hoffnung nahm. »Bitte, bitte, lass uns reden … Lass uns irgendetwas tun … bitte.« Ihre eigenen schmerzlichen Worte dröhnten in ihren Ohren. »Robert, wir …« Als er aufschaute und sie die Tränenspuren auf seinen Wangen sehen konnte, verstummte sie jäh.

»Bitte, Cara, können wir morgen weiterreden?«

»Aber …«

»Bitte … Ich kann nicht … Ich muss … Ich will …«

Ein giftiger Stachel bohrte sich in Caras Herz, als sie begriff. »Du willst mit … mit ihr reden, stimmt's?« Sie konnte es nicht fassen – ihr Leben drohte in diesem Moment zu zerbrechen.

Schweigend schüttelte er den Kopf, nickte zugleich und zuckte hilflos mit den Schultern.

Hastig stand Cara auf, griff nach ihrer Umhängetasche, steckte eilig den Brief ihrer Mutter ein und lief zum Fahrstuhl, ohne sich nochmals umzudrehen. Sie musste weg, ganz schnell weg.

»Cara!!!«

Sie hörte noch, wie er ihr hinterherrief, aber sie ignorierte es einfach, als sich auch schon die Fahrstuhltür hinter ihr schloss.

Als Cara kurz darauf im menschenleeren Parkhaus des Hotels im Auto saß, innerlich zerrissen, doch mit einem Mal äußerlich gefasst, begann sie hysterisch zu lachen. »Ich muss mich von meinem Rückzugsort zurückziehen.

Das ist blanker Hohn«, schrie sie und schlug mit der Faust aufs Lenkrad. »Oh Gott, das ist alles ein ganz schlechter Traum … Das kann nur ein schlechter Traum sein … Ein Albtraum …«

Kapitel 15

Nachdem Cara zunächst eine Weile planlos durch die Gegend gefahren war, hatte sie schließlich am *Volkspark* haltgemacht und war dort wie betäubt herumspaziert. Tränen waren ihr die ganze Zeit übers Gesicht gelaufen und als sie, noch während ihres unruhigen Umherstreifens durch die Grünanlage, den Brief aus ihrer Umhängetasche zog und öffnete, war ihr schmerzendes Herz für Sekunden zum Stillstand gekommen – ihre eigenen Zeilen vom Jahresbeginn verschwammen vor ihren Augen.

Liebe, hoffentlich wieder beruhigte, Zukunfts-Cara,
seit letzten August ist Lilly weg, seit ein paar Wochen lebt sie in einer WG in Christchurch, seit Lillys Weggang ist für mich nichts mehr wie zuvor, und jetzt beschleicht mich auch noch das ungute Gefühl, dass Robert etwas vor mir verheimlicht. Wahrscheinlich ist in gut einem halben Jahr, wenn ich diesen Brief bekomme, alles wieder in Ordnung und meine unbegründete Angst ist nur meinem leicht mit Alkohol vernebeltem Hirn entsprungen. Ich hoffe, dem ist so, ich hoffe es so sehr.
Robert hat sich verändert. Gut, auch ich habe mich verändert, das ist normal nach knapp zwanzig gemeinsamen Jahren, aber irgendetwas ist anders bei ihm. Er ist öfter unterwegs als früher. Er hat mehr Telefonate, die er abbricht, wenn ich dazukomme, und er lässt sein Handy nicht mehr so offen herumliegen wie zuvor.
Oder war das alles auch vorher schon und mir ist es nur nicht aufgefallen, weil Lilly, meine geliebtes Lillykind, noch bei uns war? Ich trinke jetzt schon das dritte Glas Wein und, wie ich ja selbst weiß, vertrage ich keinen Alkohol. Wahrscheinlich entspringen meine unbegründeten Ängste dem Weingeist – sie sind doch unbegründet, oder?

Ist es eigentlich normal, dass wir nun schon seit Monaten keinen Sex mehr hatten? Ja, das ist doch normal, oder? Nach so vielen Ehejahren kann auch einmal eine Flaute im Schlafzimmer vorkommen … Ich war ja auch sauer wegen Lilly und so … Und da hatte ich auch keine Lust auf Intimität. Aber hat Robert in der letzten Zeit überhaupt irgendwelche Annäherungsversuche gemacht?
Oh Gott, mir wird langsam schlecht. Ich höre jetzt auf – mit Trinken, mit Gedankenmachen und mit Schreiben. Bald ist wieder alles beim Alten, alles gut.
Liebe Zukunfts-Cara, sollte ich über meine nächtlichen Ergüsse lachen können, so freue ich mich jetzt schon riesig – dann ist nämlich wirklich nur alles dem Weingeist entsprungen.
Ich glaube fest daran, dass alles gut wird!

Mein betrunkenes ICH im Januar 2018

Sie hatte etwas geahnt! Cara war einer Ohnmacht nahe und sackte wie betäubt auf eine der Parkbänke. Diese Worte, die ihre eigenen Ängste von vor gut sechs Monaten beschrieben, waren ihr überhaupt nicht mehr in Erinnerung gewesen. Sie konnte sich weder an das Geschriebene erinnern, noch an die Situation, in der sie sich damals befunden hatte. Sie hatte etwas geahnt? Tief in ihrem Unterbewusstsein hatte sie etwas geahnt und nichts von ihren Befürchtungen, dass Robert sich verändert hatte und etwas vor ihr verheimlichte waren dem Weingeist entsprungen? Sie stopfte den Briefbogen unachtsam in die Tasche und nahm das Zettelchen aus dem Umschlag, das wie immer mit liebevollen Worten von Isla beigelegt war. Mit schmerzhaft zusammengezogenem Herzen las sie die wenigen Zeilen ihrer Mutter.

Die Zeit ist immer reif für irgendetwas – sei es für Stillstand oder Veränderung. Es liegt an dir, mein geliebtes Kind, die Zeichen der Zeit für dich und dein Herz richtig zu interpretieren.

Sie ließ den Zettel in den Schoß sinken und starrte immer noch weinend vor sich hin. Nicht nur sie hatte etwas geahnt oder sogar gewusst, sondern auch ihre Mutter. Nicht zum ersten Mal in ihrem Leben glaubte Cara, dass Isla eine mit Engeln verbundene Seherin war.

Sie ignorierte das permanente Klingeln ihres Handys und schaltete es schließlich auf lautlos. Außer Robert hatte auch Falk versucht, sie zu erreichen, und ebenso der Vorarbeiter. Sie musste sich einigermaßen sammeln, um dann wieder klaren Kopfes zu sein, bevor sie ins Hotel am See fahren würde. Cara kam keine Sekunde in den Sinn, nicht dorthin zurückzugehen – es war ihre Arbeit, ihre willkommene Ablenkung. Vergessen war die Auseinandersetzung mit Falk am Morgen, sie kam ihr auf einmal lächerlich und unwichtig vor. Überhaupt kamen ihr die letzten Stunden unwirklich vor, als ob all das jemand anderem passierte, aber nicht ihr. Bis heute hatte Cara unerschütterlich an Roberts aufrichtige und für immer andauernde Liebe geglaubt. Sie war sich absolut sicher gewesen, dass Robert eher tot umfallen würde, als eine andere zu haben. Wie man sich doch irren kann, schoss ihr durch den Kopf und sie wischte resolut die Tränen von den Wangen. *Genug geheult, Frau Sandberg. Es wartet Arbeit auf dich!* Sie kramte in der Umhängetasche nach den Unterlagen des Hotels und war Minuten später vertieft in ihre Aufzeichnungen. Alles verdrängen und dort weitermachen, wo sie vor wenigen Stunden aufgehört hatte, schien ihr die allerbeste Lösung – wenn auch sicherlich nicht die einfachste.

Wieder am Hotel am See angekommen, fragte sie den Vorarbeiter, ob Falk noch auf der Baustelle sei. Als Tom ihr sagte, dass Herr Baringhaus vor über einer Stunde zum Joggen aufgebrochen war, versuchte Cara, ihn auf dem Handy zu erreichen.

»Ja?«, ertönte es schon nach dem ersten Klingeln keuchend.

»Hallo, Falk. Wo sind Sie?« Cara klang entspannt und zu ihrem eigenen Erstaunen war sie es sogar. Sie stand auf dem Steg und schaute auf das im hellen Sonnenlicht funkelnde Wasser. Alle Gedanken an Robert, sein Geständnis, ihre Angst, ihre Tränen hatte sie beiseitegeschoben. Sie wollte sich nur noch auf ihre Zusammenarbeit, und ausschließlich auf diese, mit Falk konzentrieren – sie wollte ihren Traum nicht aufgeben. Sie konnte ihn nicht aufgeben und deshalb drängte sie ihre Sorgen in den Hintergrund – nur ihr Traum zählte und alles andere musste warten. Musste? Ja, es musste, sonst würde sie zusammenbrechen.

»Ich bin gleich wieder am Hotel. Wo sind Sie?«

»Am See.« Sie setzte sich auf einen der Stühle, weiterhin den Blick auf das Wasser gerichtet.

»Okay, dann bis gleich.«

»Bis gleich.« Cara kramte ihren Block samt Bleistift aus der Umhängetasche und las sich ihre Aufzeichnungen ein weiteres Mal durch. Immer wieder fielen ihr hier und da ein paar Dinge ein, auf die sie noch achten oder an die sie noch denken musste, und sorgsam notierte sie sich alles. Die Flucht in ihre geliebte Arbeit rund um das Seehotel ließen sie für einen kurzen Moment die schonungslose Realität vergessen.

Nur wenige Minuten nach ihrem Telefongespräch bog Falk aus den Weinbergen kommend um das Gebäude und lief zu ihr auf den Steg. »Hey.« Er blieb neben ihr stehen und betrachtete sie abwartend.

»Hallo. War Ihnen die Mittagssonne nicht zu heiß zum Joggen?«, fragte Cara und warf dabei einen kurzen Blick auf ihre Armbanduhr. Es war erst kurz nach vierzehn Uhr, wie sie verwundert feststellte. Nur ein paar Stunden waren seit ihrer Auseinandersetzung mit Falk und dem darauffolgenden Horrorgeständnis ihres Mannes vergangen. Nur wenige Stunden – und plötzlich war nichts mehr wie zuvor.

»Nein. Ich habe die kleine Runde genossen.« Der Ruhe nicht trauend, beäugte er sie argwöhnisch. Irgendetwas schien passiert zu sein, das entnahm er ihrer angespannten Miene. Kritisch stellte er fest, dass sie müde aussah und ihre Augen verquollen wirkten. Konnte das möglich sein? Hatte sie sich den Streit am Morgen mehr zu Herzen genommen, als er gedacht hätte? »Wie war Ihr restlicher Vormittag?«, forschte er deshalb skeptisch nach.

»Ich hatte schon schönere, aber … okay.« Sie machte eine wegwischende Handbewegung und deutete auf den Stuhl neben sich. »Setzten Sie sich doch.«

»Oh nein.« Er hob seine Arme und verzog das Gesicht. »Ich stinke und brauche zuerst eine Dusche.«

»Ich wollte mich noch bei Ihnen für mein … mein unmögliches Verhalten heute Morgen entschuldigen«, begann sie zögerlich das unaufschiebbare Gespräch.

»Bitte.«

»Was ›bitte‹?«

»Bitte, ich höre.« Er grinste nunmehr spitzbübisch, froh, die angespannte Situation ein wenig aufheitern zu können.

»Sie …« Cara musste gegen ihren Willen lachen. »Gut. Also es tut mir leid, dass ich mich so aufgeführt habe. Und es tut mir wirklich leid, dass ich Ihre Freundin ein dummes Blondchen genannt habe, das war …«

»… vielleicht dumm von Ihnen?« Sein Grinsen wurde breiter.

»Ja, sehr gut möglich, dass es dumm war. Sorry dafür.« Offen schaute sie ihn an. »Falk, ich möchte wirklich gern da weitermachen, wo wir gestern Abend aufgehört haben.«

Er zog eine Braue hoch und fragte erstaunt: »Wirklich?«

»Ich meine … Ich …« Cara errötete. »Sie sollen das nicht mehr machen.«

»Was mache ich denn?«, wollte er unschuldig wissen.

»Sie … Sie … Ach, egal.« Es war ihr in diesem Moment wirklich egal, sie hatte keine Lust auf weitere Diskussionen. »Ich meine, ich möchte wirklich gern weiter mit Ihnen Ihr Hotel planen. Es gibt derzeit nichts, was ich lieber täte.«

Ihre großen, grünen Augen sahen ihn erwartungsvoll an und auch wenn Falk unheimlich sauer auf sie gewesen war, konnte er bei diesem Blick überhaupt nicht anders, als ihr zuzustimmen: »Ich möchte auch gern mit Ihnen weiterarbeiten. Und es tut mir leid, dass ich Sie so provoziert habe.«

»Frieden?« Sie stand auf und streckte ihm die Hand entgegen.

»Frieden.« Er nahm ihre Hand und fixierte Cara eindringlich. »Wollen wir noch über … über uns reden?«

Cara, die schon beim Berühren seiner Hand meinte, einen Stromschlag zu bekommen, entzog sie ihm schnell und schüttelte den Kopf. »Bitte nicht. Mein Tag war bisher ausgesprochen schrecklich und das kann ich nicht auch noch gebrauchen. Bitte.«

In ihrem Blick, ihrer Stimme lag etwas so Intensives, nahezu Flehendes, das Falk sofort zustimmen ließ: »Okay, wenn es Ihnen damit besser geht.«

»Danke.« Sie schaute erneut auf die Uhr. »Noch über eine Stunde, dann gehen wir zu einem Imker. Sie haben also noch genügend Zeit zum Duschen.«

»Ich wollte eigentlich erst in den See springen, kommen Sie mit?«

Cara überlegte nicht lange, sondern antwortete schnell: »Geben Sie mir fünf Minuten.« Und noch bevor Falk etwas erwidern konnte, drehte sie sich um und lief ins Hotel, um ihren Bikini anzuziehen.

Sie schwammen weit hinaus, fast bis zum anderen Ende des Sees und erzählten dabei munter, so als ob sich der kleine Vorfall am gestrigen Abend und die Auseinandersetzung am Morgen nie ereignet hätten. Cara schätzte sein verständnisvolles Stillschweigen sehr, denn um nichts in der Welt würde sie heute ein weiteres Streitgespräch verkraften, und Falk genoss ihr Übereinkommen ebenfalls, auch wenn er wusste, dass sie nicht ewig totschweigen konnten, dass es da irgendetwas zwischen ihnen gab.

»Aber eins muss ich doch noch wissen – was meinten Sie eigentlich mit: ›Lesen Sie Ihren Vertrag durch!‹?«

Falk war zunächst irritiert, grinste mit einem Mal schelmisch und tauchte für Sekunden unter. Als er wieder hochkam, erklärte er entschuldigend: »Nichts, Cara, wirklich nichts. Ich war sauer und wusste in diesem Moment nicht weiter. Bei uns Bankern berufen wir uns, um Zeit zu schinden, immer auf den Vertrag, das war alles. Sorry.«

»Tz … und ich habe mir vorhin noch einmal alles genau durchgelesen und mich gefragt, was Sie von mir wollen. Das war …«

»Gemein, ich weiß«, bestätigte er zerknirscht und wechselte dann einfach das Thema. »Also ist heute *Natur* und noch ein Teil von *Edle Tropfen* dran, habe ich das richtig im Kopf?«

Cara ließ sich einfach, ohne weiter darüber nachzudenken, auf seine Frage ein. »Ja, und zudem *Musik*.«

»*Musik,* das gefällt mir.« Er sah sie von der Seite an. Sie befanden sich auf dem Rückweg, schwammen entspannt nebeneinander her und nachdem sie bisher ausschließlich über die schöne Umgebung gesprochen hatten, folgten nunmehr erneut die Zimmer. »Wenn auch ich mir wieder keinen richtigen Bezug zu einer Aktivität vorstellen kann. Oder irre ich mich?«

»Wie immer, lieber Falk, irren Sie leider nicht. Zum *Musikzimmer* sind mir außer die *Nibelungenfestspiele* in Worms und eventuell ein Besuch im *Mainzer Staatstheater* sowie das ein oder andere Konzert in der Nähe bisher keine Unternehmungen eingefallen.«

»Aber das hört sich doch schon mal gut an.«

»Ja, schon, aber die *Nibelungenfestspiele* sind jedes Jahr nur gut zwei Wochen im Juli oder August und das *Staatstheater* macht Sommerpause. Natürlich gibt es noch die hiesigen Weinfeste und vielleicht das ein oder andere Openairfestival, aber sonst?« Sie waren am Steg angekommen und Cara stieg vor ihm aus dem Wasser.

»Ähm, ich … Ähm …« Sein Augenmerk heftete sich auf ihren Po, der von dem knappen Bikini eher weniger als mehr bedeckt wurde, und er dachte in diesem Moment an alles, nur nicht an Musik. Hitze stieg in ihm hoch. »… Feuer, ähm …«

»Wie bitte?« Cara stand tropfend auf dem Steg, neigte sich ein wenig vor und schaute zu ihm ins Wasser.

»Ich meinte … Lagerfeuer mit Musik«, brachte er schlagfertig hervor und schluckte schwer, als er nach oben blickte und nichts anderes sehen konnte als ihre harten Brustwarzen, die sich deutlich durch das Oberteil abzeichneten. Innerlich glühend, trotz der kühle des Wassers, wartete er am Fuß der Leiter, dass sie endlich ins Haus gehen würde, damit er aus dem See steigen konnte.

»Oh … Lagerfeuer?! Hört sich gut an. Kommen Sie nicht raus?«

»Doch gleich … Ich …« Verflucht, wie sollte er sein Zögern erklären?

»Ich geh schon mal duschen.«

Als sie sich umdrehte, tauchte Falk aufstöhnend unter und stellte sich dabei vor, wie Cara ihren wundervollen Körper abduschte und … Er blieb länger unter Wasser, als er wollte – um runterzukommen und nicht gleich wie ein kleiner Schulbub mit ausgebeulter Badehose vor ihr zu stehen. Als er wieder auftauchte und einen Blick über den Steg wagte, beobachtete er, wie Cara in ein Handtuch gehüllt Richtung Hotel lief und stieg daraufhin aus dem Wasser. Er stellte sich ebenfalls unter die Dusche und mahnte sich, dass er damit aufhören musste, in Cara mehr zu sehen als seine Beraterin. Sie war verheiratet und er in einer Beziehung – Schluss! »Wenn ich es mir oft genug vorsage, wird das schon«, murmelte er vor sich hin und freute sich gleichzeitig auf den Tag mit Cara.

Knapp zwanzig Minuten später klopfte Cara an die Tür des *Märchenzimmers,* in das Falk zum Umziehen gegangen war, weil seine Tasche noch von der letzten Nacht dort stand.

»Sind Sie fertig?« Sie trat ein, mit ihrer allgegenwärtigen Umhängetasche im Arm und einem freudigen Lächeln auf den Lippen.

Falk starrte sie an und hoffte, sie würde seine Gedanken nicht erraten können. Cara sah in dem zartgrün schimmernden Schlauchkleid und den goldenen Ballerinas umwerfend aus. Ihre wilden Locken waren noch leicht feucht und strahlten intensiver rot, als er sie bisher wahrgenommen hatte. Sie hatte ein wenig Wimperntusche und Lipgloss aufgetragen und wirkte dennoch absolut natürlich. Ihre vor dem Badeausflug noch verquollenen Augen leuchteten, ihr Teint schimmerte und ihre Wangen glänzten, als ob sie sich eigens für ihn zurechtgemacht hätte.

»Also, wir haben heute ein paar Punkte auf der Tagesordnung, die es abzuarbeiten gilt, und …«

»Punkte? Abarbeiten? Das klingt nicht sehr vergnüglich.«

»Wird es aber sein«, beteuerte sie und zog ein paar Skizzen aus der Tasche. »Hier, die können Sie sich zuerst ansehen. Und sagen Sie nicht, ich kann sie stecken lassen, weil sie Ihnen sowieso gefallen. Ich möchte sie Ihnen gern zeigen.«

Falk nahm wortlos die Zeichnungen und überflog sie flüchtig. Zu sehr war er gefangen von ihrem Auftreten, ihrem betörenden Anblick und seinen eigenen, schier unkontrollierbaren Emotionen. Er schaute auf Bienenwaben in einem Feld, goldgelb war der einzige Akzent – und er nahm nur Caras zarte Füße in den goldenen Ballerinas wahr; ein Teich mit Fröschen – und er versank direkt in Caras unergründlich grünen Augen; verschiedene Obstbäume, an denen nur die Kirschen verführerisch rot leuchteten – in Gedanken strichen seine Hände durch ihre rote Lockenmähne. Er schüttelte sich unmerklich und reichte ihr die Skizzen. »Sie sind sehr schön.« Mehr konnte er nicht dazu sagen.

Caras Gesicht erhellte sich merklich und sie bedankte sich, wie immer erfreut, dass Falk ihre Zeichnungen mochte. »Danke. Also, wir gehen jetzt zuerst zu einem Imker, danach in eine Bierbrauerei, selbstverständlich wird es zwischendurch auch etwas zu essen geben, und später machen wir dann einen kurzen Abstecher ins *Natur-* und *Musikzimmer*, bevor wir wieder im *Edle Tropfen* landen, wo eine kleine Whiskeyprobe stattfindet.« Sie sah ihn an und wartete auf sein übliches »zu viel«, aber nichts geschah und etwas verblüfft darüber ging sie aus dem Zimmer. »Los geht's, Herr Baringhaus. Geben wir nach dem Fehlstart in den Tag diesem nun einen wunderschönen Abschluss.«

Während er ihr folgte, wollte er keinen Gedanken an ihren Fehlstart am Morgen und schon gar nicht an Selina, die ihm kurz in den Sinn kam, verschwenden. Er freute sich auf den Nachmittag und auch auf den Abend in Caras Gesellschaft – hatte jedoch beinahe Angst vor der kommenden Nacht …

Kapitel 16

Wow …« Falk stand im Türrahmen des Zimmers Nummer sechs und sein Blick wanderte von der Einrichtung zu dem Klebezettel auf der offenstehenden Tür. *Die Natur ist ein sehr gutes Beruhigungsmittel – Anton Pawlowitsch Tschechow.* Er nickte und wusste nichts anderes zu sagen außer: »Traumhaft!«

Sie hatten einen wunderbaren Nachmittag miteinander verbracht. Zuerst konnten sie bei einem Imker die unterschiedlichsten Schritte einer Honigproduktion miterleben und im Anschluss wurden sie von einem Hobbybraumeister in die Geheimnisse der Bierbraukunst eingeweiht. Beide Termine waren nur Stippvisiten gewesen, um Falk aufzuzeigen, welche Möglichkeiten im Bereich der Zimmer *Natur, Edle Tropfen* oder auch *Kulinarische Träume* bestanden. Und der junge Hotelerbe war wie so oft restlos begeistert und hatte beim abschließenden Vesper mit Hausmannskost aus der eigenen Bioproduktion eines rheinhessischen Landwirts keinen Zweifel daran gelassen, dass solche Events auf jeden Fall in eines der Arrangements aufgenommen werden sollten. Falk, eigentlich seit etlichen Jahren durch und durch ein Stadtmensch, war mehr als nur ein bisschen angetan von der Vielfalt auf dem Land und vor allem von der Herzlichkeit der Bewohner. Ihm war seine komplette Kindheit wieder in Erinnerung gerufen worden, die einzigartigen Ferienaufenthalte bei seiner Großtante und seine Sehnsucht nach der Ruhe in der Natur. Als er am heutigen Tag das erste Mal zu einer Joggingtour durch die Weinberge aufgebrochen war, war ihm erst so richtig bewusst geworden, wie sehr ihm die Stadt mittlerweile verhasst war. Als daraufhin dieser eindrucksvolle Nachmittag folgte, war er sich nunmehr in einer Sache ganz sicher – er war kein Stadtkind mehr. Arbeiten in Frankfurt, ja, das wäre vielleicht weiterhin möglich, aber leben? Nein, unter keinen Umständen. Er gehörte hierher.

»Sie müssen sich vorstellen, dass hier neben dem Whirlpool, den Sie übrigens gleich einmal ausprobieren dürfen, während ich noch etwas vorbereite«, sie lächelte ihn herzlich an, »eine Zweimannsauna eingebaut wird. Das Bett«, Cara ging in die andere Hälfte des Raums, »wird ungefähr hier entweder in einen Baum gebaut oder auf Aquarien und Terrarien stehen ... und ich würde gern ...« Falks erhobene Hand ließ sie abrupt verstummen. »Zu viel?«

»Ja.« Er schaute sich um und zeigte auf den Whirlpool. »Wo haben Sie das organisiert und vor allem, wie haben Sie es mit warmem Wasser gefüllt?«

»Wer sagt, dass es warm ist?« Sie ging zu dem Pool, bespritzte ihn mit etwas Wasser und lachte ausgelassen. »Es ist warm, keine Angst. Und zum Organisieren: Es gibt wirklich Unternehmen, die Whirlpools verleihen. Ich habe das Internet durchstöbert und wurde schnell fündig. Aber sollte Ihnen die Idee zusagen, würde ein fester Pool eingebaut werden. Auch da habe ich schon meine Fühler ausgestreckt und in ...«

»Cara, Sie sind wirklich faszinierend. Ich habe noch nie eine Frau kennengelernt, die so viel Enthusiasmus lebt, wenn es um etwas geht, was sie liebt. Sie sind von allem entweder restlos begeistert oder lehnen es total ab. Sie können einen mit Ihrer Art mitreißen und ... und Sie sind wahnsinnig gut in dem, was Sie tun.«

»Danke, aber ich mache doch nur meine Arbeit«, wehrte sie sein Kompliment ab, wieder einmal berührt von seinen schwärmerischen Worten.

»Sie machen viel mehr als das ... Sie legen ihr ganzes Herzblut in mein Hotel. Danke dafür.«

Cara winkte lächelnd ab. »Dafür bezahlen Sie mich ja schließlich.« Sie zeigte auf den Pool und fragte: »Was halten Sie davon, wenn Sie jetzt hier eine wohlverdiente Ruhepause einlegen?«

Falk machte einen Schritt auf sie zu und erkundigte sich: »Wollen Sie mit ...«

»Derweilen«, unterbrach sie ihn schnell, »werde ich nachsehen, ob alles so weit vorbereitet ist, wie ich es Ihnen präsentieren will.« Sie drehte sich um und ging zur Zimmertür. »Ich klopfe, wenn ich soweit bin. Lassen Sie es sich gutgehen.« Ohne auf eine Erwiderung zu warten, verschwand sie aus dem Raum und ihr Herz pochte wie wild, als sie Tür hinter sich zuzog. Cara hatte den festen Plan, sich heute in keinster Weise mehr von Falk provozieren zu lassen und sich einzig und allein auf die Präsentation zu konzentrieren. Sie schob jegliche Emotionen in den Hintergrund, denn sie wusste, egal, welches Gefühl heute noch zum Vorschein kommen würde, es würde eskalieren. Nur ihr gut strukturiertes Denken und ihre gewohnte Geschäftigkeit hielten sie davon ab, sich in ihrem Gefühlswirrwarr zu verlieren.

Falk stand mit sich und seinen Gedanken allein da und starrte auf die geschlossene Tür. Als er sich langsam entkleidete, war das Erste, was ihm durch den Kopf schoss, dass er unbedingt mit Selina reden musste. Ihm war heute absolut klar geworden, dass er sich ein Leben, wie sie es führen wollte, nicht mehr vorstellen konnte – zu weit gingen ihre Zukunftspläne mittlerweile auseinander. Selina wünschte sich pulsierende Großstadt, den Glamour des Showbusiness und wilde Partys. Er wiederum brauchte das alles nicht mehr. Er sehnte sich nach seinem Hotel am See, der Schönheit der Natur und der Ruhe des Landlebens. Verwirrt stieg er ins Wasser, als ihm immer klarer wurde, dass nun endgültig ein Schnitt zwischen seinem bisherigen und seinem zukünftigen Leben stattfinden würde, nein, stattfinden musste! Bisher hatte er Selinas Abneigung gegen seinen Traum immer damit abgetan, dass sie sich schon irgendwann arrangieren würden, einen Konsens finden könnten, bei dem jeder ein wenig ab- und zugab. Doch mittlerweile beschlich ihn das dumpfe Gefühl, dass Selina nicht geneigt sein würde, ihren bisherigen Lebensstil zu ändern, und er musste sich eingestehen, dass auch er auf keinen Fall zu Kompromissen bereit war. Er wollte hier leben und arbeiten, hier in seinem kleinen Hotel am See – ob mit oder ohne Selina.

»Falk?« Cara klopfte zum wiederholten Mal an die Zimmertür. Als erneut keine Antwort kam, öffnete sie diese einen Spalt breit. »Falk?«

»Ja?« Er fuhr aus seinen nunmehr anhaltenden Zukunftsgedanken hoch und schaute zu Cara. »Kommen Sie ruhig rein.«

Cara betrat den Raum, blieb jedoch sogleich zögernd stehen, als sie sah, dass Falk immer noch im Whirlpool saß. Entspannt hatte er die Arme auf den Rand gelegt und sie konnte nicht anders, als auf seinen muskulösen Brustkorb zu starren. »Es … es geht gleich weiter. Kommen Sie dann?«

»Klar.«

Er machte Anstalten, aufzustehen, was Cara nahezu panisch zurückweichen ließ. Der Gedanke, dass er vielleicht nackt sein könnte, entsetzte und erregte sie zugleich. Verlegen linste sie unter gesenkten Lidern zu ihm.

»Spaß«, beteuerte er grinsend. »Ich warte, bis Sie gegangen sind, und komme gleich nach.« Er bemerkte ihren erleichterten Gesichtsausdruck und fragte sich, ob eine neuerliche Provokation sie verstimmen würde. Abermals richtete er sich ein wenig auf und fixierte sie dabei durchdringend. Was er registrierte, gefiel ihm – sie wurde rot bis unter die Haarspitzen, konnte aber anscheinend den Blick nicht von ihm abwenden. »Ich bräuchte ein Handtuch?«

Cara zeigte auf den Stuhl neben dem Pool und verließ wortlos das Zimmer.

Ich kann es Robert nicht verdenken, wenn er sich von einer anderen, möglicherweise sogar jüngeren Frau angezogen fühlt, schoss ihr durch den Kopf, als sie sich zum zweiten Mal innerhalb kürzester Zeit mit laut klopfendem Herz gegen die geschlossene Tür lehnte und sich nervös durch die Locken fuhr. Ich muss um ihn kämpfen. Es passiert so leicht, auf Abwege zu geraten. Sie lachte hart und unnatürlich auf. Es passiert einfach so – man sieht es nicht kommen, ist urplötzlich mittendrin und kann sich nur mühevoll aus der Situation herausmanövrieren. Cara eilte voller wirrer Empfindungen ins *Musikzimmer* in den zweiten Stock. Ich weiß, dass wir uns lieben! Dass er mich liebt! Er ist mein Mann! Wir gehören zusammen und ich werde kämpfen! Caras Gedanken formulierten die Sätze immer und immer wieder. Sie wollte im Moment keinen Zweifel daran lassen, dass es für ihre Ehe – für Robert und sie – noch eine Chance gab. Mit einem seligen Lächeln dachte sie an ihren Hochzeitstag vor gut achtzehn Jahren zurück, an dem sie beide so glücklich gewesen waren, und erstarrte, als sich plötzlich ein anderes Bild dazwischen drängte – von einem lachenden Falk, der sie mit strahlend grünen Augen sehnsüchtig ansah. Immer mehr Bilder der beiden Männer fegten ihr abwechselnd im Sekundentakt durch den Sinn, sodass sie meinte, ihr Kopf würde schlagartig bersten. Sie rieb sich die Schläfen und begann, gegen die Überreaktion ihres Hirns zu arbeiten. Im *Musikzimmer* nahm sie in der Mitte des Raums in der Lotusposition auf dem Boden Platz und meditierte nur Sekunden später, um wie schon seit Jahren gewohnt, innerlich zur Ruhe zu kommen. Bereits nach wenigen Minuten wurde sie ruhiger, ihre Atmung war mit einem Mal gleichmäßig und ihr Kopf leerte sich allmählich.

Ein lautes Rufen unterbrach ihre Meditation und sie stand ohne Eile und wieder entspannt – so entspannt, wie sie es situationsbedingt sein konnte – auf und öffnete die Tür. »Ich bin im zweiten Stock, mittleres Zimmer mit Aussicht in die Weinberge«, rief sie den Gang entlang, ging zurück und prüfte nochmals, ob alles zu ihrer Zufriedenheit vorbereitet war. Sie hatte einen kleinen Esstisch, auf dem eine gekühlte Fischplatte, Weißbrot und eine Flasche Wein im Kühler standen, vor dem Balkonfenster liebevoll eingedeckt. Ihr Blick glitt über die Wände, die mit Postern der verschiedensten Bands und Sänger verziert waren, und nickte dabei leicht – alles war so, wie sie es Falk präsentieren wollte.

»Wie schön.« Als Falk mit einem herzlichen Lächeln eintrat und sich wohlwollend umsah, war es augenblicklich um Caras Ruhe geschehen. Hatte sie wirklich an alles gedacht? War sie nicht zu abgelenkt und fahrig und hatte vielleicht etwas vergessen?

»Wir essen also wieder, das gefällt mir.« Er nahm am Tisch Platz und deutete auf den Stuhl ihm gegenüber. »Setzen Sie sich doch und versorgen Sie mich mit neuen Informationen.«

Als Cara sich ebenfalls hinsetzte, holte Falk die Flasche aus dem Kühler und hielt sie hoch. »Möchten Sie Wein? Wie ich sehe, ist er wie immer aus Köngernheim.«

»Ein wenig, danke.« Mit einem Mal war Cara wieder vollkommen unkonzentriert und das durfte sie nicht sein, wenn sie wollte, dass der Abend so reibungslos und perfekt ablief, wie sie es geplant hatte. Doch schon allein beim Erwähnen des Örtchens Köngernheim schweiften Caras Gedanken wieder ab und sie dachte an Robert. *Robert!* Hatte sie irgendetwas geahnt? Dem heutigen Brief aus der Vergangenheit nach anscheinend schon. Aber wie hätte sie das ahnen können? Robert war doch immer noch derselbe gefühlvolle Mann gewesen wie all die Jahre. Gut, sie hatten wegen Lilly mehrmals gestritten, und vielleicht hatten sie auch weniger miteinander unternommen und auch ihr Liebesleben war nicht mehr so aktiv gewesen wie zuvor, aber das war doch normal, oder? »Ist es doch auch …«, murmelte sie vor sich hin und schaute in Falks erstauntes Gesicht. »Oh, Entschuldigung«, ihre Hand fuhr zum Mund, »ich war in Gedanken und …«

»Kein Problem. Geht es Ihnen gut?«, fragte er sanft und blickte sie prüfend an.

»Jaja, alles gut, danke.« Sie nickte heftig.

Falk schaute skeptisch, sagte aber nichts weiter dazu und hob sein Weinglas. »Prost.« Er tippte auf die Fernbedienung neben ihr auf dem Tisch. »Musik im *Musikzimmer*?«

»Oh …« Sie senkte das Glas, ohne zu trinken, und drückte hastig ein Lied an. »Ich hatte Ihnen ja gesagt, dass ich einiges zusammengelegt habe und deshalb …«

»Sehr schöne Songauswahl …«, unterbrach er sie lächelnd.

Cara verstummte irritiert und lauschte kurz der rauchigen Stimme des Moonset Road Sängers Panu Turunen: »*… and in my dreams there is only a you and me …*« Ihre Gedanken waren sofort wieder bei ihrem Mann und erneut abgelenkt fuhr sie fort: »Es … es ist leider alles ein wenig anders, als ich es geplant hatte. Es tut mir leid, wenn es Ihnen zu …«

»Quatsch.« Er winkte ab, trank einen Schluck und beruhigte sie sogleich: »Es ist alles gut für mich. Ich bin sogar ein wenig froh, wenn auch Frau Perfekt-Poppins nicht immer alles im Griff hat.«

Ha! Wenn Falk wüsste, was ich alles nicht im Griff habe, überlegte Cara verstimmt und atmete tief durch. Als sie noch geistesabwesend an ihrem Glas nippte, verzog sie angewidert das Gesicht.

»Nicht Ihr Geschmack?«

»Heute wohl nicht. Es war ja gestern auch ungewohnt viel Wein für mich.« Sie schüttelte sich leicht und griff nach dem Besteck. »Lassen Sie uns essen und dann …«

»Und dann? Sie wollen doch nicht etwa schweigend, ohne mir neuen Input zu liefern, speisen? Sind Sie krank?«

»Ich … Nein, natürlich nicht.« Eiligst griff sie in die Umhängetasche, holte ihre Notizen hervor und begann, ihre Ideen zu erläutern: »Wir sind hier, wie Sie unschwer erkennen können, im *Musikzimmer*.« Sie zeigte auf die Poster an den Wänden. »Auch hier kann ich Ihnen nur eine Einrichtung vorgeben und keine großen Aktivitäten, außer Ausflüge zu Konzerten in der Umgebung. Ihren Einfall mit dem Lagerfeuer mit Musik finde ich sehr gut, dazu fehlt mir aber noch eine zündende Idee. Im Großen und Ganzen würde das *Musikzimmer* wohl auch Ihren Auswahlkriterien zum Opfer fallen, was ich natürlich verstehen kann, weil …«

»Es schmeckt hervorragend. Probieren Sie mal.« Genussvoll schob Falk sich einen Happen Schillerlocke in den Mund.

»Es interessiert Sie also nicht weiter, wie …«

»Doch, natürlich bin ich interessiert, aber auch schon wieder hungrig.« Er griff nach seinem Wein. »Möchten Sie mir vielleicht Ihre Skizzen zeigen? Und wie lautet eigentlich der Spruch für dieses Zimmer? Ich habe überhaupt kein Post-it an der Tür gesehen.«

»Oh …« Caras Hand fuhr zum Mund. Hastig löste sie einen gelben Zettel von ihrem Block. »Den habe ich auch vergessen, es tut mir leid, ich …« Ohne Falk das Stück Papier zu zeigen, klebte sie es gedankenverloren auf das nächste Blatt.

»Hören Sie bitte auf, sich andauernd zu entschuldigen. Es ist alles klasse, wie immer. Entspannen Sie sich doch einfach.« Er reichte ihr ein Wasserglas. »Zum Wohl. Auf einen wunderschönen und vor allem entspannten Abend.«

»Ähm … Ja, danke. Zum Wohl.« Sie sah ihn an, versank in seinem herzlichen, beinahe liebevollen Blick und wollte nur noch eines – weg von hier und ausbrechen aus ihrer absolut auf den Kopf gestellten Gefühlswelt. Doch wohin, wusste sie auch nicht. Zu Robert?! Aber ihren vertrauten Rückzugsort in den Armen ihres gütigen Ehemanns gab es nicht mehr.

»Cara?« Seine Hand legte sich sachte auf ihre. »Cara, geht es Ihnen wirklich gut?«

Ihr war nicht bewusst, dass sie durch Falk hindurchschaute und überhaupt nicht mitbekam, dass er mit ihr redete. Erst die Berührung seiner Finger, die wie ein jedes Mal einem Stromschlag gleichkam, erweckte sie wieder zum Leben. Und obwohl die natürliche Reaktion auf einen Stromschlag das Zurückzucken gewesen wäre, tat Cara nichts dergleichen, sondern genoss einfach stillschweigend die Wärme seiner Hand.

»Mir geht es in der Tat nicht ganz so gut … Es tut mir leid, ich …«

Er rollte genervt die Augen und schloss seine Hand fester um ihre. »Noch ein ›Es tut mir leid‹, dann …«

»Was dann?«

»Dann werde ich Sie …« Falk fixierte sie eindringlich. Er konnte in ihrem Gesicht wie in einem Buch lesen und was er darin las, beunruhigte ihn – Kummer und Angst spiegelten ihre Züge wider. »Nein, vergessen Sie es.« Ruckartig löste er seine Hand von ihrer und lehnte sich zurück. »Sie haben recht. Auch das *Musikzimmer* kann mich nicht überzeugen, aber ich bin trotzdem interessiert an Ihren Ideen.«

Verwirrt von seinem plötzlichen Themenwechsel und dem Rückzug seiner Hand, versuchte Cara, sich wieder zu konzentrieren. »Hier, die Skizzen für diesen Raum.« Sie schob sie über den Tisch, bedacht, damit sie ihn nicht erneut berührte. »Meine Ideen hatten Sie ja schon gelesen: Jukebox, Leinwand mit Livekonzerten … und vielleicht auch so etwas wie Karaoke?!«

»Mmmh-mmh …« Falk betrachtete die Zeichnungen und war auch dieses Mal begeistert von der Harmonie der Bilder. Eine Reggeaband mit bunten Strickmützen und ein großer gemischter Chor, mit vereinzelt einem lilafarbenen Akzent. Das dritte Bild faszinierte Falk am meisten: Auf einer riesigen Bühne kniete ein Sänger mit dem Mikrofon zwischen den gefalteten Händen und strahlte dankbar in sein Publikum, das mit hocherhobenen Armen seinem Star zujubelte – nur die Augen des Sängers leuchteten azurblau und man hatte das Gefühl, in seine Seele blicken zu können. »Sie haben wirklich Talent. Ich habe das Gefühl, live bei dem Konzert dabei zu sein, und würde am liebsten ebenfalls die Arme hochreißen und wild drauflosklatschen.«

Cara lächelte leicht, löste das Post-it von einem Blatt und reichte es Falk.

Musik ist alles und alles ist Musik – Philipp Hoffmann …

Kapitel 17

Nach dem Essen waren sie wieder an die Bar ins *Edle Tropfen-Zimmer* gewechselt und tranken gerade einen kleinen Schluck eines Probewhiskeys. »Wie schmeckt er Ihnen?«, wollte Falk wissen und nippte nochmals.

»Mmmh, er ist ganz okay und kann vielleicht auf die Getränkekarte, oder was meinen Sie?«

»Ja, könnte ich mir vorstellen.« Er nickte und wollte zu seinem Verständnis nochmals genau wissen: »Also wir haben jetzt hier einige Whiskeysorten mit genauster Beschreibung, die wir probieren sollen für das zukünftige Sortiment in der Bar?!«

»Jein … Ich dachte, ich verbinde eine Whiskeyprobe, die leider ohne Fachmann auskommen muss, da ich das nicht mehr umorganisieren konnte«, sie zuckte bedauernd mit den Schultern, »mit der Auswahl für die Getränkekarte. Wir könnten den Gästen also außer einem Bierbraukurs auch eine Whiskeyprobe anbieten, es ist alles buchbar und wir …«

»Wir?« Er sah sie erstaunt an.

»Ähm, ich meinte natürlich Sie … in Ihrem Hotel …«

»Mir gefällt Wir. Es war mein Ernst, als ich Ihnen sagte, dass ich begeistert wäre, Sie hier an meiner Seite zu wissen.« Ein Funkeln trat in seine Augen.

»An Ihrer Seite …«, wiederholte Cara mit leicht bebender Stimme.

»Na, ich denke, Sie und ich wären ein Dreamteam und da es ja unser gemeinsamer Traum ist, könnte ich mir …« Er brach ab, als er bemerkte, wie sehr er sich wünschte, dass Cara mehr in ihnen sehen würde, als nur vorübergehende Geschäftspartner. Cara verwirrte ihn immer mehr und er würde sich belügen, wenn er sich nicht eingestand, dass er sich bisher selten zu einer Frau in dieser

Weise hingezogen gefühlt hatte. Er genoss ihre Gespräche, die teils kämpferisch und anstrengend und doch offen, ehrlich und auch oft gefühlvoll waren. Was Cara in ihm auslöste, konnte er nur schwer beschreiben – sie brachte ihn dazu, unkonzentriert zu sein und an Dinge zu denken, die alles andere als geschäftlich waren.

Für eine kurze Weile starrte Cara ihn an und versuchte, sich seinen Wunsch zu verinnerlichen. Wenn sie auch noch vor wenigen Tagen problemlos Nein zu seinem Angebot hatte sagen können, war doch jetzt alles anders. Nichts war mehr wie zuvor und sie wusste heute noch nicht, wie es in Zukunft weitergehen würde mit ihrer Arbeit im *Stadthotel* – geschweige denn zwischen ihr und Robert … Cara spürte einen dicken Kloß im Hals und verbot sich augenblicklich einen weiteren Gedanken an all das zu verschwenden. Sie straffte die Schultern und fuhr geschäftig fort: »Da es mit der geführten Whiskeyprobe nicht geklappt hat, habe ich mir fünfzehn sehr gute Whiskey geben lassen, die wir …«

»Fünfzehn … wow.« Falk bemerkte sofort ihren emotionalen Rückzug und wollte die eigenartige Stimmung überbrücken, indem er gekünstelt auf seinem Barhocker zu schwanken begann. »Dafür, dass Sie normalerweise keinen Alkohol trinken, hauen Sie aber ganz schön in die Vollen.«

»Ich nippe ja nur und manchmal reicht mir auch schon der Geruch, und außerdem ist es ja auch nicht für mich, sondern soll Sie von meinen Ideen überzeugen.«

»Und Sie meinen, das geht betrunken einfacher?«

»Nein, nein, Sie verstehen mich falsch …«

»Schon gut, Cara. Ich verstehe Sie bestimmt nicht falsch. Und ich kann Ihnen sagen, Sie überzeugen mich.« Mild lächelte er sie an, griff nach einem der umwickelten Grissinis und erkundigte sich kauend: »Was war eigentlich mit Musik? Wollten Sie nicht …«

»Oh Mist!« Cara schlug sich gegen die Stirn und sprang auf. »Sorry, ich hole den Recorder und dann …«

»Für jedes ›Sorry‹, ›Es tut mir leid‹ und ›Entschuldigung‹ müssen Sie ab sofort ein Lied trällern«, bestimmte Falk mit erhobenem Zeigefinger. »Und legen Sie bitte wieder bei jedem ›Oh‹ Ihre Hand vor den Mund und schlagen Sie sich nicht gegen Ihre hübsche Stirn.«

»Oh … Ähm …« Cara konnte gerade noch ihren Reflex beherrschen und schaute ihn verschämt an. »Sorry, das ist wirklich eine dumme Angewohnheit von mir. Ich bin gleich wieder da.«

Sie huschte aus dem Zimmer, konnte aber noch hören, wie Falk ihr lachend hinterherrief: »Für das ›Sorry‹ bekomme ich ein Lied gesungen.«

Als sie wenige Augenblicke später zurückkam, fragte Falk: »Wollen wir nicht noch einen Moment auf den Balkon? Es ist eine wunderbar klare Sternennacht.« Ohne ihre Antwort abzuwarten, stand er mit zwei gefüllten Gläsern auf und ging zur Balkontür.

Cara öffnete die Tür, schloss den Recorder an der nahegelegenen Steckdose an und brachte die Fernbedienung sowie eine Flasche Wasser mit heraus. Sie nahm gegenüber von Falk, der sich wieder in den in seinen Augen bequemen Balkonstuhl gesetzt hatte, auf ihrem schmiedeeisernen Wunschstuhl Platz.

Falk verschränkte die Arme und forderte: »So, für Ihr ständiges Entschuldigen bekomme ich jetzt ein Lied geträllert. Wie wäre es mit …«

»Bestimmt nicht.« Cara schüttelte heftig ihre Locken. »Ich wäre eher dafür, dass wir …«

»Wissen Sie, was ich glaube?«, unterbrach Falk sie.

»Dass ich überhaupt nicht singen kann?«, erwiderte Cara spottend und nippte an ihrem Glas. »Sie haben recht, es gehört bestimmt nicht zu meinen Talenten.«

Er kniff ein Auge zusammen, legte den Kopf schräg und musterte sie genau. »Nein, das glaube ich nicht, Perfekt-Poppins. Sie denken vermutlich nur, Sie können nicht singen.«

»Sie haben wirklich eine sehr hohe Meinung von mir, das ehrt mich.« Cara freute sich sichtlich über sein Kompliment.

»Ich wollte aber eigentlich etwas ganz anderes sagen.«

»Was wollten Sie sagen?«

»Ich denke, es werden keine zwölf Zimmer, sondern …«

Cara fuhr augenblicklich hoch. »Warum? Ich dachte, es geht nur um die …«

»Richtig, liebe Cara, Sie dachten«, unterbrach er sie ganz ruhig, »aber ich habe mir auch etwas überlegt und könnte mir anstatt der zwölf Zimmer doch eher acht Suiten vorstellen, die dann …«

»Aber das ist zu wenig, das rechnet sich in keinem Fall.« Cara schüttelte energisch den Kopf. »Sie müssen doch auch wirtschaftlich denken und nicht nur ...«

»Wollen Sie mir, wirklich *mir* erzählen, wie man rechnet? Haben Sie vergessen, dass ich Banker bin und mit Zahlen umzugehen weiß?« Falk wirkte leicht angesäuert. »Und wissen Sie, was ich Ihnen schon die ganze Zeit sagen wollte, was mir an unseren Gesprächen aufgefallen ist ... Dass wir uns immer ...«

»Natürlich weiß ich, dass Sie mit Zahlen umgehen können, aber Sie haben keine Ahnung vom Hotelgewerbe und deshalb glaube ich, dass es ein Fehler wäre, mit nur acht Suiten das Hotel zu eröffnen.« Sie reckte ihr Kinn empor und sah ihn kämpferisch an.

»... dass wir uns immer unterbrechen«, vollendete er seinen Satz und fixierte sie dabei genau.

»Aber ...« Cara verstummte, überlegte kurz und äußerte mit einem Mal bestürzt: »Oh, das tun wir ja wirklich.«

Er nickte nur und wartete ihre weitere Reaktion ab.

»Wir haben wohl beide eine ganz schlechte Redekultur«, fuhr sie grüblerisch fort. »Obwohl, es ist nicht so, dass wir uns nur unterbrechen, um dem anderen die eigene Sicht aufzudrängen ... Na ja, vielleicht ab und zu, aber wir sind auch oft derselben Meinung und können unsere Sätze problemlos beenden. Fast schon unheimlich, oder?«

»Unheimlich?« Falk lächelte sie sanft an. »Wohl eher bemerkenswert, weil wir uns schon so vertraut sind.«

»Mmmh ...« Hastig senkte Cara die Lider – vertraut? Vertrauen war das, was sie mit Robert verbunden hatte. Verwundert stellt sie fest, dass ihr Zusammensein mit Falk sie wirklich von ihren Gedanken rund um Robert ablenkte und nur dieses kleine Wörtchen »Vertrauen« erinnerte sie nunmehr wieder schmerzhaft an ihren geliebten Mann und sein Geständnis. Sie fragte sich, wie sie es fertigbrachte, hier mit Falk zu sitzen, um ganz Profi an seiner Traumverwirklichung weiterzuarbeiten? Schlagartig wurde ihr bewusst, warum: Würde sie es sich erlauben, das Gespräch vom Vormittag zu präsent werden zu lassen, würde sie wie ein Häufchen Elend zusammenbrechen. Sie richtete sich auf und sah Falk fest an. Sein liebevoller Blick jagte ihr einen Schauer über den Rücken – ihre Welt war auf den Kopf gestellt und nur professionelles Denken und Handeln konnten sie momentan vor Gefühlen jeder Art retten. »Ja, es ist schon irgendwie bemerkenswert, aber auch mehr als unhöflich, den anderen immerzu zu unterbrechen.«

»Ich denke, unser Problem liegt nicht im Ausredenlassen, eher im geduldig Zuhören. Unsere Köpfe sind meist voll mit Ideen und wir sind viel zu ungeduldig, nicht immer gleich damit rausrücken zu dürfen, was uns auf der Zunge liegt. Vielleicht sollten wir anfangen …«

»… zuzuhören! Ups …« Cara schlug sich die Hand vor den Mund. »Schon wieder. Verdammt, Sie haben recht.«

Sie schauten sich groß an und begannen gleichzeitig herzlich zu lachen, was Caras zuvor gefühlte Anspannung von ihr abfallen ließ und sie stattdessen für den Moment eine wohltuende Unbeschwertheit empfand.

»Ich liebe Ihr Lachen, Cara«, merkte Falk gedankenlos an und beugte sich über den Tisch ein wenig zu ihr vor, »und wenn Sie ›Upsen‹ oder ›Ohen‹, ist es herrlich, Ihnen zuzusehen, wie Sie sich automatisch die Hand vor den Mund halten.«

Sein Lächeln war so vertraulich, dass es Cara heiß und kalt zugleich wurde. Ohne ihre Reaktion zu überdenken, legte sie ihre Hand auf seine und erwiderte leise: »Ich bin sehr gern mit Ihnen zusammen. Sie sind ein wahnsinnig interessanter Mann.«

Falk schluckte schwer, genoss ihre zarte Berührung mehr, als er sich selbst eingestehen wollte, und legte seine andere Hand fest auf ihre Finger. »Meinen Sie nicht, wir sollten über uns … über das alles hier …«

Sie unterbrach ihn nicht, schüttelte nur mit einem bittenden Blick den Kopf, was reichte, um Falk jäh verstummen zu lassen. Er würde ihr gern so viel sagen, so viel erklären, sie so viel fragen, aber er tat es nicht. Stattdessen nickte er nur verstehend, zog seine Hände langsam zurück und räusperte sich. »Ich hole dann mal einen weiteren Whiskey und erzähle Ihnen gleich ein bisschen von meinen Hirngespinsten rund um die Zimmeranzahl. Ist das für Sie in Ordnung?«

Erleichtert lehnte sich Cara zurück. »Ja, gern. Ich höre Ihnen auch gut zu und versuche«, sie lächelte zaghaft, »ich versuche wirklich, Sie nicht zu unterbrechen.«

»Das ist sehr löblich, Frau Sandberg. Ich danke Ihnen recht herzlich dafür.« Falk schmunzelte und in seinen grünen Augen blitzte es vergnügt auf, als er aufstand und ins Zimmer ging.

Cara wollte in eine entspannte Haltung rutschen und versuchte, es sich auf ihrem Stuhl bequem zu machen, was aber auf dem kleinen Eisenstuhl nicht wirklich funktionierte. Etwas neidisch starrte sie auf Falks überaus komfortabel aussehenden Stuhl und musste ihm insgeheim recht geben. Auch wenn diese schmiedeeisernen Sitzgelegenheiten ein wahrer Blickfang waren – sie waren auf Dauer absolut ungemütlich.

»Stehen Sie auf«, forderte Falk sie aus heiterem Himmel auf. Er war zurückgekommen, hatte die zwei Gläser auf den Tisch gestellt und beobachtete sie genau.

»Nein, warum? Alles gut.«

»Keine Widerrede! Sie machen es sich in meinem Komfortsessel bequem und lauschen andächtig meinen Worten und ich werde stocksteif auf Ihrem Eisengestell sitzen und so auch nicht in Versuchung kommen, zu ermüden, wenn ich Ihnen *ununterbrochen*«, er grinste, »etwas erzähle.« Er schnappte ihre Hand und zog sie hoch.

Bereits bei der kurzen Berührung spürten beide schlagartig ihre Nerven vibrieren und schoben sich daher, intensiven Blickkontakt haltend, vorsichtig auf dem schmalen Stück zwischen Tisch und Tür aneinander vorbei.

Cara seufzte leise, als sie sich seitlich in den bequemen Stuhl kuschelte und die Beine hochzog. »Danke, Falk. Ihr Vorschlag ist der bessere. Wer will schon nur *schön* sitzen, wenn es doch *gemütlich* viel angenehmer ist.«

»Und das aus Ihrem Mund … Wahnsinn.« Er nahm sein Glas, schwenkte den Whiskey andächtig und begann, Cara seine Vorstellungen darzulegen: »Ich habe mir all Ihre Vorschläge durch den Kopf gehen lassen und …« Er bemerkte, wie sie etwas einwenden wollte und fuhr sogleich beschwichtigend fort: »… ich weiß, es sind noch nicht all Ihre Ideen und ich bin wirklich gespannt, was noch kommt. Aber die Vorschläge, die Sie bisher vorgebracht haben, habe ich gründlich überdacht. Die Bilder brauche ich nicht mehr zu erwähnen, die möchte ich sowieso alle.« Ihr zufriedener Gesichtsausdruck freute ihn.

»Ich bin mir nur in einem nicht ganz sicher. Will ich mehrere, also zwölf Zimmer, die themengebunden eingerichtet werden, aber ohne individuelle Aktivitäten, oder …«

»Aber …« Cara konnte nicht an sich halten und fuhr hoch. »Ich dachte, Sie mögen die …«

»Cara, bitte, lassen Sie mich doch einfach ausreden und dann können wir diskutieren. Okay?!«

Widerwillig nickte sie stumm und machte es sich wieder bequem, wenn sie auch merkte, dass Anspannung sich in ihr breitmachte – sie sah ihren Traum von einem Hotel am See vor sich und wusste plötzlich, dass er nie so sein würde, wie sie ihn sich jahrelang erträumt hatte. Wie ihr Leben mit Robert, stellte sie traurig fest. Auch hier war ihr Traum scheinbar zu Ende.

»Oder gehe ich auf acht Suiten, auch themengebunden, aber mit diversen außergewöhnlichen Aktivitäten? Sagen wir mal, Tanz und Musik werden eine Suite. Hier könnte ein Tanzkurs stattfinden, Konzertbesuche angeboten werden und es könnte eine Jukebox sowie auch eine Tanzfläche geben und alles, was das Thema sonst noch bietet. Trinken und Essen würde ich zusammenlegen – Bier-, Wein- und Whiskeyprobe, Kochkurs, Wingertsfahrt, das alles würde wunderbar miteinander harmonieren. Und ich weiß nicht, wie das *Entspannungszimmer* genau aussehen soll, aber ich glaube, es würde der *Natur pur* Idee sehr nahekommen – Whirlpool, Imkerbesuch, Gemarkungswanderung und was weiß ich noch alles …« Er trank seinen Whiskey und schaute Cara fragend an. »*Leidenschaft* finde ich auf jeden Fall auch interessant, wenn ich auch gern wüsste, wie das genau umgesetzt werden soll. Mir ist jedenfalls zu diesem Zimmer keine weitere Aktivität eingefallen. Ihnen vielleicht?« Er zwinkerte Cara provozierend zu.

Cara war für einen Moment peinlich berührt, richtete sich dann jedoch abrupt auf und murmelte: »Etwas Aufregendes oder Herausforderndes … Ich weiß nicht, aber …« Sie verstummte und grübelte weiter über Falks neu dargelegte Ansichten nach.

»Wenn wir aber bei zwölf Zimmern bleiben,« Falk ging überhaupt nicht auf ihre Grübeleien ein, »finde ich, sollten die Aktivitäten ein allgemeines Hotelprogramm sein, sprich: Kochkurse für jeden, der mitmachen möchte; Tanzabende mit Lehrern, für alle, die das Tanzbein schwingen wollen; Lagerfeuer mit Musik, Weinbergsrundfahrten, Imker- oder Brauereibesuche, *Nibelungenfestspiele* und so weiter. Alles sollte für alle angeboten werden und nur …«

»Stopp!« Cara fuhr unvermittelt hoch. »Darf ich Sie kurz unterbrechen?«

»Natürlich.«

Ihre Gedanken rasten. »Wissen Sie, was noch zur Leidenschaft passt? Dinge, die einem einen Kick verpassen, so wie eine Fesselballonfahrt, Bungee- oder Klippenspringen, Autorennen fahren …«

»Neeein«, erwiderte er erstaunt, »finden Sie wirklich?«

»Ja, natürlich. Durch einen besonderen Kick wird doch die Leidenschaft angefacht.« Wieder angefacht, schoss ihr durch den Kopf. Wäre das eine Möglichkeit ihre Ehe zu retten? Hatte es vielleicht zu wenig Leidenschaft in all den Jahren zwischen Robert und ihr gegeben?

»Das finde ich jetzt überhaupt nicht.«

»… Hochseilgarten, Paintball …« Sie hörte ihm gar nicht zu. Zu begeistert war sie von ihrer Idee und gleichzeitig von der Aussicht, so vielleicht ihre Beziehung mit Robert wieder beleben zu können.

»Ich finde eher, dass es etwas mit Romantik zu tun haben sollte. Kaminfeuer, romantische Musik und …«

»… Tauchen …«, fiel ihm Cara ins Wort, »… ja, genau, das ist klasse. Es macht mir sofort Lust auf einen Aufenthalt im Zimmer der Leidenschaft und der Kicks.« Sie strahlte Falk an, ohne ihn wirklich wahrzunehmen oder überhaupt eine Silbe von dem mitzubekommen, was er sagte.

Falk schüttelte teils erstaunt über ihre gegensätzlichen Ansichten, teils belustigt über ihren Eifer den Kopf und beugte sich zu ihr vor. »Cara, Sie sind faszinierend …«

»Motocross!«, rief sie lebhaft und rutschte unruhig hin und her.

Zunächst schweigend versank Falk in ihren vor Begeisterung hellgrün blitzenden Augen und konnte ihren weiteren Worten nicht mehr folgen. Sein Herz raste unnatürlich. Cara übte mehr als nur eine kleine Faszination auf ihn aus – sie riss ihn förmlich mit. Von ihrer Euphorie und seinem eigenen Verlangen nach ihr gepackt, umfasste er ihre Finger und zog sie urplötzlich so heftig hoch, dass dabei ein Glas zu Boden fiel und zu Bruch ging. »Verdammt,

Cara …« Seine Hände legten sich auf ihre Wangen und jäh verstummte sie und sah ihn mit großen Augen an.

Die Wärme seiner Finger, ihr Köper nur Millimeter entfernt von seinem und sein intensiver und überaus begehrlicher Blick, ließen ihren Atem stoßweise gehen. In diesem Moment spürte Cara eine Leidenschaft, die sie so aus all ihren Ehejahren nicht kannte, und wusste augenblicklich, dass sie Falk nicht mehr lange widerstehen konnte – wollte – und wisperte dennoch: »Falk, ich … ich bin … Wir dürfen das nicht.«

Sein Gesicht war ihrem ganz nah, als er flüsterte: »Dürfen wir es nicht oder willst du es nicht?«

»Ich darf … Ich will …« Caras Gedanken fuhren Achterbahn und sie wünschte, ihr Verstand würde sich einfach ausschalten. Sie seufzte tief und gestand: »Ich glaube, ich … ich will … aber … Nein …« Sein Mund war ihrem so nah, dass sie sich nur ein wenig hätte strecken müssen, um seine Lippen zu berühren – was sie tief in ihrem Inneren auch wollte. Und dennoch kämpfte sie hartnäckig gegen den Befehl an, den ihr Hirn versuchte, an ihre Füße weiterzugeben. »Nein, Falk … bitte …«

Seine Finger lösten sich widerstrebend von ihrem Gesicht und er hauchte einen zarten, kaum spürbaren Kuss auf ihre Lippen, bevor er sie abrupt losließ. »Cara, ich weiß, dass du es genauso willst wie ich. Egal, ob du verheiratet bist oder ich in einer Beziehung, zwischen uns ist etwas und ich will verdammt sein, wenn ich nicht herausfinden sollte, was es ist. Aber ich kann warten …«

Cara senkte die Lider, meinte immer noch, den Hauch seines Kusses zu spüren, und nickte nur stumm – er hatte ja so recht.

»Und eines sage ich dir«, er hob mit dem Zeigefinger leicht ihr Kinn an, »wenn du mich jetzt wieder siezt, vergesse ich mich.«

Tief in seinen Augen versunken, ganz ohne zu denken, beschrieben ihre Finger eine Linie auf seiner Brust, wanderten seinen Hals entlang und umfassten sanft seinen Nacken. Sie streckte sich ein wenig, atmete den Duft seines Aftershaves ein und flüsterte an seinem Ohr: »Ich weiß ja auch nicht, was das mit uns ist …«

Falk stöhnte leise und war versucht, sie an sich zu ziehen, doch seine Vernunft – warum auch immer – siegte.

»Es ist besser, wenn wir … Lass uns reingehen und ich hole unten Handfeger und Schippe, um die Scherben wegzukehren und danach bin ich gespannt, ob du noch etwas auf Lager hast für heute.« Er löste ihre Hände von seinem Nacken und umschloss ihre Finger mit seinen. »Schlafen ist jetzt wirklich noch nichts für mich, auch wenn es schon Mitternacht ist«, fügte er gespielt munter hinzu.

Unsagbar dankbar für sein Verständnis und seine Beherrschung, bot sie ihm an: »Wir können ›*Das weise Radio*‹ spielen, falls dir das etwas sagt.«

»›*Das weise Radio*‹?« Erstaunt sah er sie an. »Du meinst, eine Frage stellen und dann das nächste Lied im Radio anhören, um eine Antwort zu bekommen?«

»Ja. Kennst du das etwa auch?« Das vertraute Du fiel ihr ganz leicht auszusprechen.

Er drückte ihre Hände, die noch immer in seinen lagen, an seine Brust und erwiderte lächelnd: »Und ich glaube sogar daran.«

Keineswegs verwundert darüber, nickte sie leicht. »Ich auch …«

Kapitel 18

Während Cara bereits den Recorder im *Musikzimmer* anschloss und Falk gerade mit dem Weinkühler und den Snacks hereinkam, fragte er: »Soll ich noch eine Flasche Wasser und Gläser holen?«

Cara nickte zuerst, sagte dann aber: »Ich hole es schnell.«

»Nein, schon gut. Ich mache das. Mach du es dir bequem.« Er stellte alles auf dem Tischchen zwischen ihren Nachtlagern ab und verschwand nochmals.

Cara setzte sich auf eine Matratze und starrte auf eines der Plakate an der Wand, ohne es jedoch wirklich zu sehen. Ihr Kopf war leer. Sie fühlte sich gefangen in einer Traumblase, in der sie sich mit ihrem schlimmsten Albtraum gepaart mit kurzen Momenten des hoffnungsvollen Glücks befand. Und Cara war bewusst, dass diese Traumblase irgendwann platzen würde – und dann?

»Mit wem spielst du ›*Das weise Radio*‹ immer?«, wollte Falk wissen, als er zurückkam, sich ihr gegenübersetzte und ein Glas Wasser einschenkte.

»Ähm …« Sie schaute zunächst durch ihn hindurch, kaum fähig, all ihre Emotionen greifen zu können. Wie konnte ihr Leben mit einem Mal eine solche Wendung nehmen? Cara drückte den Rücken durch, schob sich die Locken aus dem Gesicht und atmete tief ein – ihre Konzentration kam zurück. »Ich spiele es mit meiner Tochter Lilly. Sie hat das vor Jahren in einer Serie gesehen und fand es toll. Und ich dann übrigens auch. Meist haben wir morgens den Sendersuchlauf im Radio gedrückt und die Frage gestellt: ›Wie wird mein Tag heute?‹.« Cara seufzte. »Aber seit Lilly weg ist, ist alles so anders und manchmal … Ach …« Sie winkte ab und ließ sich nach hinten in die Kissen fallen. Robert, Lilly, Falk – Schmerz, Vermissen und Sehnsucht vermischten sich.

»Du vermisst sie sehr, oder?«

»Wahnsinnig.« Caras Herz wurde augenblicklich noch schwerer. »Aber das ist nun mal so, wenn Kinder groß werden – sie gehen«, fügte sie versucht sachlich hinzu und setzte sich wieder auf. »Sie hat eine tolle Zeit in Christchurch und allein das ist wichtig.«

»Musste es denn Neuseeland sein?« Falk betrachtete Cara eindringlich und stellte dabei fest, dass er viel zu wenig über die Frau wusste, die seit Wochen in seinem Kopf herumspukte. Obwohl … Verwundert registrierte er, dass er bereits einen beachtlichen Einblick in ihr Leben hatte und schon eine Menge Dinge über sie wusste. Cara hatte tausend Ideen im Kopf, war sehr akribisch, vermisste ihre Tochter schmerzlich, liebte schwimmen, konnte sehr schön zeichnen, tanzte wundervoll, vertrug nicht viel Alkohol, hatte irische Vorfahren und wollte nachts nicht allein schlafen …

»Nein, Neuseeland musste es natürlich nicht sein, war aber wegen des Hotels meines Großcousins naheliegend.« Cara nippte am Wein und spürte dabei den altbekannten Zorn auf Robert in sich hochsteigen, und fragte sich jäh, hatte er damals schon eine Affäre gehabt? Hatte er deswegen alles dafür getan, dass Lilly ans andere Ende der Welt ging, damit ihre Tochter das Ende ihrer Ehe nicht hautnah miterleben musste? Dieser Beschützerinstinkt würde zwar einerseits zu Robert passen, doch anderseits traute sie ihm so viel Kalkül nicht zu. Allerdings hatte sie ihm ja auch nicht zugetraut, sich in eine andere zu verlieben. *In eine andere … verlieben …* Cara fiel bei diesem Gedanken das Atmen schwer und sie musste sich zusammenreißen, um nicht in ihrem Schmerz zu versinken. Sie richtete den Blick auf Falk, der sie durchdringend ansah. »Oh, Entschuldigung, hast du was gesagt?«

»Wie oft siehst du Lilly?«

»Oh, per Skype eigentlich recht oft. Und als wir sie letzten Sommer nach Neuseeland gebracht haben, sind wir noch zwei Wochen geblieben und waren über Weihnachten auch wieder dort.« Sie zuckte unglücklich mit den Schultern. »Doch dieses Jahr habe ich sie außer bei unseren Videoanrufen noch nicht gesehen, erst wieder zu Weihnachten, dann erst kommt sie für drei Wochen nach Hause. Aber wir schreiben uns und telefonieren fast täglich und lassen uns auch weiterhin Fragen vom ›*Weisen Radio*‹ beantworten.«

»Ja, darauf zu vertrauen, dass ›*Das weise Radio*‹ einem eine motivierende Antwort gibt, ist spannend und interessant. Ich habe einmal wissen wollen, ob der große Abschluss, den ich an diesem Tag mit einem Kunden haben sollte, zustande kommen würde. Es sah alles danach aus, dass das Ding schiefgehen würde, weil schon zu viele Missverständnisse während den Verhandlungen aufgetreten waren. Und weißt du, was für ein Lied gerade lief?!«

»Woher soll ich das wissen?« Sie schaute ihn kopfschüttelnd an.

»Stimmt. Dumme Frage. Es lief *Firework* von Katy Perry und hat mir den absoluten Motivationskick verpasst. Ich habe mich bei unserem finalen Gespräch selbst übertroffen und nach wenigen Stunden den größten Auftrag an Land gezogen, den ich bis dato bekommen hatte.« Er grinste breit. »Verrückt, oder?«

Cara nickte verstehend. So war es ihr und auch Lilly oft gegangen, die Songantworten hatten ihre ganz eigene Dynamik entwickelt. Sie selbst kannte aus ihrer Kindheit die zahllosen Motivationskarten von Isla und hatte auch daraus immer etwas für sich mitgenommen. Versonnen lächelte sie beim Gedanken an ihre esoterische Mutter. »Mit wem spielst du es?«, erkundigte sie sich, und hoffte augenblicklich, es würde nicht seine Freundin sein. Ihr war sofort klar, dass ihr das Spiel dann keinen Spaß mehr machen würde.

»Mit meiner Nichte Kira. Sie ist fünfzehn und guckt seit einiger Zeit die Serie *One Tree Hill*, daher kenne ich es.«

»Ich auch.« Cara war überrascht. »Lilly hat die ersten Staffeln mehrmals angeschaut und da kam irgendwann ›*Das weise Radio*‹ …«

»Das war, glaube ich, in Staffel drei, oder?«

»Das ist jetzt nicht dein Ernst, oder?« Cara brüllte vor Lachen los. »Du guckst dir das an?«

»Ich muss.« Er hob unschuldig die Hände. »Meine Nichten haben mich dazu genötigt.«

»Guckst du dir ihnen zuliebe auch noch andere Serien an?«

»Klar.« Falk reckte sein Kinn empor und zählte ernsthaft auf: »*Vampire Diaries, Grey's Anatomy, Gilmore Girls, McLeods Töchter …*«

»Hahaha …« Cara kringelte sich vor Lachen auf. »*Desperate Housewives, Sex in the City …*«

»Nein, bloß nicht«, entgegnete er entrüstet. »So weit geht meine Liebe zu den Mädels dann doch nicht.«

»Wie viele Nichten hast du denn?«

»Acht. Und die neunte ist unterwegs.«

»Was? So viele?«

»Ja. Ich habe vier große Schwestern, alle haben zwei Mädels und Meike bekommt bald ihr drittes.«

»Wie alt sind deine Schwestern?«

»Meike ist achtunddreißig, Astrid vierzig und Sybille und Claudia sind zweiundvierzig.«

»Und dann noch acht Nichten, das ist ja Frauenpower pur. Du Armer.« Er tat ihr wirklich leid. Sie konnte sich vorstellen, dass es hart sein musste, als Jüngster mit vier Schwestern aufzuwachsen, und zugleich war sie auch ein wenig neidisch, denn sie hatte sich als Kind immer Geschwister gewünscht, am liebsten eine ganze Handvoll.

»Ja, ich tue mir regelmäßig selbst leid, aber es hat auch seine Vorteile. Ich bin nämlich ein echter Frauenversteher.« Er zwinkerte ihr zu und grinste verschmitzt. »Mir macht keine Frau so leicht etwas vor.«

»Na, dann fragen wir doch mal ›*Das weise Radio*‹: Versteht Falk mich?«

Gespannt setzten sie sich auf und Cara schaltete das Gerät ein. Aus einem beliebigen Sender ertönte: »*… and you're spending all your time in this wrong situation. And anytime you want it to stop I know I can treat you better than he can. And any girl like you deserves a gentleman. Tell me why are we wasting time …*«

Lachend drehte Falk den Ton leiser und fiel zurück auf seine Matratze. »Muss ich dazu noch etwas sagen?« Genüsslich übersetzte er den Songtext: »Shawn Mendes hat es genau getroffen: *Und du verbringst all deine Zeit in dieser falschen Situation und jederzeit willst du damit aufhören. Ich weiß, ich kann dich besser behandeln, als er es kann. Und jedes Mädchen, wie du, verdient einen Gentleman. Sag mir, warum wir Zeit verschwenden …«*

Cara erstarrte innerlich und senkte hastig die Lider. *Roberts Affäre!* Sie spürte, wie die über Stunden gut verdrängten Emotionen in ihr hochzukriechen drohten und schluckte mehr als einmal kräftig, um den Kloß im Hals zurückzudrängen. Ihre Gesichtsfarbe wich und sie hatte Mühe klar zu denken. *Falsche Situation?!* Alles war zurzeit falsch – ihre Situation zu Hause ebenso wie hier. Gefasster als sie sich fühlte, forderte sie Falk rasch auf: »Stell du jetzt eine Frage.«

»Über uns?«, wollte er immer noch lachend wissen.

»Es gibt kein *Uns*!«, entgegnete sie mürrisch. Sie wollte ihn auf Distanz halten – körperlich, was sie momentan ohne Probleme schaffte, aber erst recht gefühlsmäßig, was möglicherweise zum Problem werden könnte.

»Ach komm, Cara. Der war doch schon mal gut, oder? Du weißt doch, ›*Das weise Radio*‹ spricht immer die Wahrheit.« Er setzte sich wieder auf, schloss kurz grüblerisch die Augen und murmelte dabei: »Mmmh, was könnte ich fragen? Bin ich heute der Frau meiner Träume begegnet? Wie endet die heutige Nacht? Oder was würde dabei rauskommen, wenn ich frage: Ist Cara die …«

»Hör auf damit!«, fuhr Cara ihn an. »Wenn du nur in diese Richtung denkst, stehe ich auf und fahre heim.« Sie wollte nicht nach Hause, auf keinen Fall. Allerdings fühlte sie sich auch nicht in der Lage, Falks Anspielungen auf Dauer Paroli bieten zu können. Heute war kein guter Tag für sie, um Versuchungen zu widerstehen, nicht heute. Sie dachte wieder an Robert, an sein Geständnis am Morgen, das ihr seit Stunden kontinuierlich im Kopf herumspukte, und welches sie zu verdrängen versuchte, so gut es ging. Konnte sie sich nicht einfach vorgaukeln, das Gespräch hätte nie stattgefunden? *Ich habe mich verliebt,* hallte es nun jedoch nur allzu realistisch in ihrem Kopf wider.

»Du hast Alkohol getrunken und kannst nicht mehr fahren.« Er war noch nicht bereit dazu, seine spielerische Provokation zu beenden. »Also …«

»Bitte, hör auf, Falk«, brachte Cara fast kraftlos hervor und scheute den Augenkontakt.

Mit einem Mal wurde Falk klar, dass er mit seinen Anspielungen nun doch zu weit ging, und er erkundigte sich deshalb fürsorglich: »Wollen wir einfach nur reden, Cara. Willst du reden? Über dich? Über uns? Ohne Hintergedanken, einfach nur so?«

Stumm schüttelte sie den Kopf und griff nach ihrem Glas.

»Ich habe dich heute Mittag gar nicht danach gefragt, aber weißt du etwas Neues von deinem Mann?«

Caras Kopf fuhr hoch. »Warum?«

Erstaunt über ihre heftige Reaktion beschwichtigte Falk sie sofort: »Na, wegen seinem Magengeschwür und deiner Angst, dass …«

»Ach so, nein, alles gut. Ich will nicht reden …«

»Manchmal nimmt das Reden der Realität den Schrecken und bringt es fertig, alles etwas nüchterner zu sehen. Vielleicht wäre das gut oder sogar heilsam für dich … für uns?« Falk war nun wirklich bemüht, Cara entgegenzukommen und ihr das Gefühl zu geben, dass sie das, was zwischen ihnen war – was auch immer es war – einfach einmal rational betrachten sollten.

»Jetzt lügst du dir aber gerade in die Tasche, mein Lieber«, konterte Cara und schüttelte verständnislos den Kopf. »Reden hilft hier auch nichts. Besser wir schweigen es tot!«

Verblüfft ruderte er ein wenig zurück. »Gut … Na also dann ist meine Frage: Wofür ist es gut, nicht zu reden?« Er beugte sich zum Recorder und stellte einen neuen Sender ein – irgendeinen. Nur Sekunden später erklang: *»… schon halb zwei, mein Gott, wo bleibst du denn nur? Dein Anruf nahm mir den Mut. Es wird heut spät – leider lügst du nicht gut. Erst saß ich da wie betäubt, dann hab ich geheult, doch ich tu mir nicht leid. Ich bin die Frau, die dich liebt, und das macht mich sehr stark, auch wenn die Nacht dich besiegt, ich wart auf den Tag, wenn das Glück uns verlässt, halt ich die Scherben noch fest …«*

Falk beobachtete Cara während des Liedes von Gitte Haenning genau und war fassungslos, als sie urplötzlich wie ein Häufchen Elend in sich zusammensackte und die Hände vors Gesicht schlug. Er ahnte sogleich, dass das Lied der Auslöser für ihre plötzliche Traurigkeit war, drückte hastig den Ausschalter und schob das Tischchen zwischen ihnen zur Seite. Er rutschte ganz nah zu Cara, die ihm gegenüber mit angewinkelten Beinen und den Kopf auf die Knie gebettet saß, und legte mitfühlend eine Hand auf ihren Arm.

Nur am Zittern ihrer Schultern konnte er erahnen, dass sie weinte. Kein Mucks kam über ihre Lippen, so als wollte sie nicht, dass er irgendetwas mitbekam.

»Cara?«, fragte er vorsichtig und streichelte sanft über ihren gebeugten Rücken.

Ihr Beben wurde mit einem Mal immer heftiger und er hörte sie herzzerreißend aufschluchzen. Nichts brachte ihn darauf, was ihren plötzlichen emotionalen Zusammenbruch ausgelöst haben konnte, und sein schlechtes Gewissen meldete sich – hatte er es etwa doch übertrieben? Sie war schließlich eine verheiratete Frau und es war nicht richtig von ihm, sie immer wieder dermaßen offensichtlich zu bedrängen und in Verlegenheit zu bringen. Hatte er ihre Signale so falsch gedeutet? Nein! Er erinnerte sich an ihre noch vor kurzem ausgesprochenen Worte »Ich will«, und an den Moment in der letzten Nacht, als sie zitternd vor Verlangen nach einem Kuss in seinen Armen gelegen und er sie der Vernunft halber nicht geküsst hatte, obwohl seine Sehnsucht ihn schier um den Verstand gebracht hatte. War sie etwa eine dieser Frauen, die einer sich bietenden Versuchung nachgaben, um es im nächsten Augenblick schon wieder zu bereuen? So schätzte er Cara aber nicht ein. Wenn sie etwas tat, dann in vollem Bewusstsein der Konsequenzen und ohne späteres Katzengejammer – sie würde zu ihren Verfehlungen stehen.

Falk grübelte und grübelte, aber ihm wollte nicht klar werden, warum Cara so bitterlich weinte. »So viel zu Frauenversteher«, knurrte er leise vor sich hin.

Caras Körper begann, immer heftiger zu vibrieren und ohne lange nachzudenken, zog Falk sie mit Schwung auf die Beine, was sie teilnahmslos geschehen ließ. Er hielt sie fest an seine Brust gepresst, streichelte beruhigend über ihren Rücken und murmelte: »Weine nur, ich bin da. Nichts kann dir passieren.«

»Ich … ich …«, vernahm er nach einer ganzen Weile schwach von einer noch immer in seinen Armen vor sich hin bebenden Cara. Falk horchte auf und hoffte, dass sie sich wieder fangen würde. »Ja?«

Sie drückte die Hände gegen seine Brust und brachte mühevoll beherrscht vor: »Ich ersticke.«

Er löste den Griff leicht und schaute in ihr Gesicht – und erkannte verwundert, dass sie mit einem Mal Tränen lachte.

Sie lachte so sehr, dass sie kaum reden konnte und Falk zuerst nur Kauderwelsch verstand, als Cara anfing zu sprechen: »Er ... betrü... und ... iiich ...«

»Was ist los?« Er begriff in diesem Moment nichts mehr.

Sie versuchte, sich zu beruhigen, wischte die Tränen von den Wangen und holte tief Luft. »Robert betrügt mich ... und ich ...«, sie lachte hart auf, »... und ich fühle mich schuldig, weil ich sehnsüchtig nach einem Kuss von dir bin. Ist das nicht irrsinnig?«

»Wie, dein Mann betrügt dich?!« Falk schob sie von sich, die Worte kaum begreifend.

»Ja, ja, das tut er. Na ja, nicht richtig, aber ...« Sie begann mit einem Mal albern zu kichern. »... aber er ist verliebt und ...«

»Cara, du spinnst. Du hast zu viel getrunken.«

»Nein.« Sie schüttelte den Kopf. »Robert hat mir heute Morgen gestanden, dass er sich verliebt hat. Nicht etwa noch einmal in mich«, sie grinste schief, »sondern in eine andere Frau.« Die Worte kamen ihr mit einem Mal ganz leicht über die Lippen – es war beinahe befreiend, sie auszusprechen. Sie beugte sich zu ihrer Tasche, holte ein Taschentuch hervor, wischte die letzten Tränen vom Gesicht und putzte die Nase.

»Hat er nicht?!«

»Doch, das hat er.« Sie verschränkte die Arme, drehte ihm den Rücken zu und sagte: »So stand er am Fenster, ich starrte auf seinen Rücken, und dann hat er mir gebeichtet ›*Ich habe mich verliebt*‹.« Cara wandte sich wieder zu Falk, zog ihre Schultern hoch und hob hilflos die Hände. »Und weißt du, wie ich reagiert habe? ›*Das geht nicht, Robert, du liebst doch mich!*‹ waren meine ersten Worte gewesen.«

Sie kicherte abermals, doch Falk konnte den Kummer in ihren tränengetrübten Augen sehen, und wusste nichts zu erwidern. Wenn er mit allem gerechnet hatte, aber nicht damit. »Dein Mann betrügt dich?!«

»Ach nein, pfff«, sie winkte ab, »nicht wirklich. Laut ihm ist bisher außer ein paar unschuldigen Berührungen nichts passiert, aber er ist verliebt, sagt er. Punkt.«

»Warum hast du das nicht schon vorhin erwähnt?«

»Was hätte ich denn sagen sollen?«

»Du … Ich weiß es auch nicht.« Falk zuckte unbeholfen mit den Schultern. »Wie geht es dir jetzt?«

Ohne zu zögern, sprudelte es aus ihr heraus: »Ich bin einerseits durcheinander, traurig, entsetzt, wütend, deprimiert, komme mir dumm und blind vor und möchte am liebsten schlagen, schreien … und doch ist da noch etwas in mir … ein anderes Gefühl, das ich nicht beschreiben, nicht verstehen kann. Es hat nichts mit Robert zu tun … Es ist …« Sie brach ab und schaute hilflos in Falks ihr nun schon so vertrautes Gesicht. »Ich fühle mich zu dir hingezogen, möchte dich küssen, dich spüren … aber …«

»Aber?«

»Ich kann nicht.« Sie hob verzweifelt die Schultern und ihre Pupillen flackerten unruhig. »Ich … ich habe doch geschworen …« Caras Blick haftete sich für Sekunden auf ihren Ehering. »Aber jetzt … und auch schon bevor Robert mir gestanden hat, dass er in eine andere verliebt ist … Ich kann so etwas nicht. Du hast eine Freundin, was ist mit ihr?«

Falk zuckte kurz zusammen, sagte dann jedoch fest: »Wir werden getrennte Wege gehen.«

»Wie? Warum?«

»Cara, lass es bitte einfach so stehen. Ich will jetzt nicht über Selina sprechen, ich möchte nur wissen, wie es dir geht. Du bist mir wichtig.«

Sie spürte sein ehrliches Interesse an ihrer Gefühlswelt, was es ihr umso schwerer machte, ihm weiterhin zu widerstehen. »Auch wenn ich mich nach dir, deinen Berührungen, deinen Küssen sehne … Es ist falsch, weil ich …«

Falk sah sie liebevoll an und legte sanft eine Hand auf ihre Wange. »Ist das falsch, Cara?«

Ihre Augen weiteten sich und sie schüttelte stumm den Kopf – und genoss die wohltuende Wärme, die sich in ihr ausbreitete.

Seine Finger strichen zart ihren nackten Arm entlang, sein Blick fest in ihrem verankert, fragte er: »Und das?«

»Nein«, hauchte sie, am ganzen Körper eine Gänsehaut verspürend.

»Wenn meine Hände deinen Rücken streicheln, ich dich an mich ziehe und dir sage, wie sehr ich dich begehre, ist das falsch?«

Ohnmächtig war Cara ihm und seinen Worten ausgeliefert. Kein Widerstand ihrerseits hielt ihn davon ab, sie an sich zu ziehen, seine Finger bedächtig über ihre Wirbelsäule gleiten zu lassen und mit seinen Lippen zärtlich ihren Hals zu liebkosen. »Sag, Cara, ist das falsch?«

Ihr leises Aufseufzen und ihre in seine Schultern gekrallten Hände waren ihm Antwort genug.

»Was ist dann falsch? Sag es mir.« Er löste seinen Mund von ihrem Hals, streifte leicht ihr Ohrläppchen, fuhr über ihre Wange und machte nur Millimeter vor ihrem Gesicht halt.

»Nichts …«, stieß sie erregt hervor, wollte ihn an sich ziehen, ihn spüren, sich ihm hingeben, doch sie war zu keiner Regung fähig, als zart, ganz bedacht und dennoch sehnsüchtig Falks Lippen ihre berührten …

Kapitel 19

Ich … ich wollte das nie, aber …« Robert sah seine Frau mitfühlend an.

Cara saß ihm im Wohnzimmer des Penthouses auf der Couch gegenüber und schaute ihn mit Tränen in den Augen hilflos an. Das hast du bereits zu genüge gesagt, schoss ihr in den Sinn, und trotzdem führten sie dieses Gespräch – dieses schreckliche Gespräch, das sie insgeheim gehofft hatte, umgehen zu können.

Als Cara am Morgen in Falks Armen wach geworden war, hatte sie sich unglaublich wohl und in diesem Augenblick wunschlos glücklich gefühlt, wenn auch der Abend vollkommen anders verlaufen war, als sie es sich bei der zarten Berührung seiner Lippen erhofft hatte …

… Cara hatte dem Moment entgegengefiebert, wenn sein Mund endlich vollends von ihrem Besitz nehmen, sie seine Berührungen überall auf ihrem Körper spüren und er sinnlich und voller Begierde ihren Namen raunen würde.

Doch nichts dergleichen geschah, es blieb beim sanften Aufeinandertreffen ihrer Lippen, Falks zärtlichem Streicheln ihres Rückens und ihren in seine Schultern gekrallten Fingern.

»Ich will dich, Cara, ich will dich so sehr«, murmelte er an ihrem Mund und drückte sich an sie. »Aber ich will dich zur richtigen Zeit. Nicht jetzt, wo du dich in einer Ausnahmesituation befindest und verwirrt bist. Ich will nicht nur deinen Körper, sondern auch deine Seele. Falls du jemals dazu bereit sein wirst?« Vorsichtig löste er sich von ihr. »Verstehst du mich? Weißt du, was ich meine? Ich will dich nicht zurückstoßen, aber ich will dich nur ganz – mit Herz und Seele.« Versunken in ihren Augen streichelte Falk sachte mit dem Handrücken über ihre Wange.

Cara war kaum in der Lage, sich auf den Beinen zu halten, so sehr traf sie sein gefühlvolles Geständnis bis ins Mark. Er wollte sie genau so sehr, wie sie ihn wollte, allerdings mit dem Unterschied, dass Falk mehr von ihr erwartete, als sie bereit war zu geben – ihr Herz und ihre Seele. Cara wusste, dass sie nicht dazu in der Lage war, sich ihm soweit zu öffnen. Wie auch? Ihr Herz und ihre Seele gehörten noch immer ihrem Mann. Sie nickte leicht, ergriff seine Hand, schmiegte ihre Wange hinein und murmelte: »… Zeit …«

In stiller Übereinkunft gingen sie nacheinander ins Badezimmer, um sich für die Nacht fertigzumachen, und als Falk aus dem Bad kam, fragte Cara ihn bittend und voller Vertrauen: »Würdest du mich heute Nacht einfach nur im Arm halten? Geht das?«

Falk starrte sie für wenige Sekunden entsetzt an, entgegnete dann aber: »Ich werde zwar verrückt vor Sehnsucht nach mehr werden und keine Minute schlafen können … aber für dich werde ich mich hellwach und bei klarem Verstand zurückhalten.« Schweigend, nur an den Händen haltend, gingen sie zu den Matratzen und legten sich hin. Dicht an seine Brust geschmiegt streiften Falks Lippen weich ihre Wange, ihre Stirn und ihre geschlossenen Lider. »Schlaf gut, Perfekt-Poppins, und träum von mir.«

Cara, erschöpft von den Ereignissen des Tages – dem Schmerz, den Tränen, der Sehnsucht, der auf den Kopf gestellten Gefühlswelt – war zu müde zum Antworten und seufzte nur selig, als Falk die Decke über sie beide zog. Noch mehr Wärme umhüllte sie – und Cara fühlte sich geborgen.

Ein zufriedenes Lächeln erhellte Falks Gesicht und auch Cara ruhte vollkommen entspannt in seinen Armen – als wäre es schon immer so gewesen; als wenn es im Hier und Heute genau so sein sollte; als wenn es in Zukunft nicht anders werden würde …

Am Morgen war es beiden immer noch vollkommen natürlich vorgekommen, so eng aneinandergeschmiegt zu liegen, und kein bisschen verlegen hatten sie gemeinsam den anstehenden Tag besprochen. Cara wollte nach Hause fahren, um erneut mit Robert zu reden, da sie ihre Ehe nicht kampflos aufgeben wollte, und Falk hatte nur wissen wollen, ob sie sich mental in der Lage sah, ihrem Mann gegenüberzutreten. Sie hatte ihm versichert, dass sie sich im Griff habe und dieses Gespräch auf jeden Fall mit Robert führen musste, um jede Chance zu nutzen, die ihr einen Weg zurück zu ihrem Ehemann bot. Ihre innere Unsicherheit hatte sie vor Falk verborgen und auf seine Bitte, nichts Impulsives und Unüberlegtes zu tun, schmunzelnd beteuert, dass sie nicht vorhatte, Robert etwas anzutun. Falks daraufhin innige Umarmung und sein ehrlicher Wunsch, dass ihr Gespräch mit Robert gut verlaufen würde, hatten Caras Herz noch ein klein wenig mehr für ihn geöffnet. Denn auch wenn er ihr in der Nacht zuvor klar zu verstehen gegeben hatte, dass er sie begehrte und sie haben wollte, hatte er seinerseits keinerlei Forderungen gestellt. Nach dem gemeinsamen Frühstück, als es für Cara Zeit gewesen war, aufzubrechen, hatten sie sich lange stumm an den Händen gehalten, wohlwissend, dass ihre aufkeimenden Gefühle in keiner Konkurrenz zu Caras Liebe zu ihrem Mann standen. Sein zärtlicher Blick und seine zuvor aufmunternden Worte waren das gewesen, was Cara für sich mitgenommen hatte, um gestärkt der Konfrontation mit Robert zu begegnen. Nicht eine Sekunde hatte sich bei ihr das Gewissen gerührt, schon gar kein schlechtes. Cara war sich keiner Schuld bewusst, sie hatte nichts getan, was ihr Mann erfahren müsste. Im Hotel am See, mit Falk, war sie eine ganz andere Person. Keine Ehefrau, keine Mutter, sondern eine Frau mit anderen und für sie neuen Bedürfnissen, die sie zwar nicht klar formulieren konnte, die jedoch ganz offensichtlich vorhanden waren. Sie hatte sich auf der Heimfahrt immer wieder gefragt, warum ihr Mann es nicht ebenfalls dabei belassen konnte. Er hatte eine andere kennengelernt, die offenbar bei ihm dieselben Begehrlichkeiten weckte wie Falk bei Cara. Aber deswegen konnte man das doch nicht »verliebt« nennen. Deshalb war doch ihre jahrelang harmonisch geführte Ehe nicht plötzlich in Gefahr …

Plötzlich – war das wirklich alles plötzlich gekommen? Cara stolperte gedanklich über dieses eine Wort, während sie dem Gestammel ihres Ehemanns zuhörte und sich dabei ganz weit weg wünschte.

»... ich habe dich wirklich nicht betrogen. Noch nie, Cara. Nie! Ich ... aber ...«

Sie fixierte Robert, wischte sich die Tränen, die ihr über die Wange liefen, weg und haderte stumm mit sich und ihrem Mann. Warum beeinflussten ihn Dinge, die sie selbst ganz klar von ihrer Ehe trennen konnte? Ein harmloser Flirt und ein »wieder einmal begehrt sein« durch die Aufmerksamkeit eines anderen Menschen waren doch kein Grund, alles, was sie beide über Jahre verband, einfach wegzuwerfen.

»... ich weiß nicht, was ich machen soll, aber ich ...« Auch Roberts Augen schimmerten feucht und seine Finger hantierten nervös mit der Fernbedienung auf dem Tisch. »... ich muss ... Ich werde ... Ich gehe ...«

Sie fuhr erschrocken zusammen. Gehen? Er sprach von Weggehen, Verlassen, Trennung? Es war doch nichts passiert – nichts!!! »Du kannst mich doch nicht so einfach verlassen, Robert«, brachte sie gequält hervor und fühlte diesen unendlich schmerzhaften Druck auf ihrer Brust.

»Egal, was passieren wird, Cara, ich werde dich nie ganz verlassen können.« Er sah sie fest an und Cara spürte die Wahrheit in seinen Worten, erfasste jedoch gleichzeitig, dass er es anders meinte, als sie es sich erhoffte – Robert würde für immer für sie als Freund und Seelenverwandter da sein, aber sie trotzdem als Geliebter und Ehemann verlassen.

»Warum willst du dann gehen?« Sie schlug die Hände vors Gesicht und wusste nicht weiter. Ihr Verstand arbeitete auf Hochtouren, wählte schon Sätze aus, die sie ihm sagen wollte und überdachte Handlungen, mit denen sie ihn vom Bleiben überzeugen konnte. Ihr Herz dagegen begriff bereits, dass ihr Kämpfen vergebliche Liebesmühe wäre, und bereitete sie langsam auf das Unvermeidliche vor – auf das Verlassen werden, auf die vielen Tränen und die Leere, die unweigerlich darauf folgen würden.

»Cara ...« Robert setzte sich neben sie auf die Couch und legte seine Hand auf ihren Arm. »Cara, bitte ...« Er löste ihre Hände vom Gesicht. »Bitte schau mich an.«

Haltlos liefen Tränen über ihre Wangen, ihre Kehle war wie zugeschnürt und ihr Herz raste, als sie in sein geliebtes Gesicht blickte. Sie hatte das schmerzliche Verlangen, in seine Arme zu sinken, ihn zu küssen und zu lieben, wie sie es seit Jahren tat, und was bis zum heutigen Tag das Normalste der Welt für sie gewesen war. Doch Cara bewegte sich nicht, sondern legte die Hände kraftlos in seine und erkannte mit Schrecken, wie er langsam vor ihren Augen verschwamm – Tränen wuschen das Bild weg, das sie von ihrem Ehemann hatte.

Wie ein Ertrinkender umklammerte Robert ihre Finger und auch er ließ seinen Tränen freien Lauf. »Es … es ist …« Er schluckte schwer und stieß, ohne noch einmal Luft zu holen, aus: »Cara, es ist Carlos!«

»Carlos?!«

Er beobachtet ihre Mimik ganz genau und nahm die totale Ahnungslosigkeit in ihren großen, grünen Augen wahr.

»Carlos?«, flüsterte sie, außerstande, sein Gesagtes zu verstehen.

Stumm nickte er und umfasste ihre Hände fester. Robert wartete darauf, dass sie begriff, was er ihr soeben eingestanden hatte – er wollte sich nicht wiederholen, sie nicht noch mehr verletzen, als er es bereits tat.

»Carlos«, kam es fast tonlos über ihre Lippen, als ihr Verstand endlich seine Worte verarbeitet hatte und sie realisierte, was ihr geliebter Mann ihr soeben eröffnet hatte – es war keine andere Frau, es war ein Mann. Robert, ihre große Liebe, ihr Freund, ihr Geliebter, der Vater ihrer Tochter, ihr Ehemann, hatte sich in einen anderen Mann verliebt – in den Chefconcierge ihres Hotels.

Durch den Tränenschleier starrte sie ihn an, seine Stimme drang aus weiter Ferne an ihr Ohr und es hallte immer wieder: *Es ist Carlos.* Mit allem hatte sie gerechnet, aber niemals damit. Cara verlor jegliches Zeitgefühl …

… eine Sekunde verstrich …
… eine Minute verging …
… eine Stunde verflog …
… ein ganzer Tag verrann …

Kraft- und hilflos war sie in sich zusammengesackt und hatte seine Erklärungsversuche nur noch wie durch dichte Nebelschwaden wahrgenommen. Ob sie ohnmächtig geworden oder einfach nur vor Erschöpfung eingeschlafen war, wusste sie nicht mehr, als sie irgendwann in ihrem Ehebett wach wurde.

Zunächst froh, dem Albtraum endlich entkommen zu sein, atmete sie tief durch und setzte sich auf. Das Zimmer war dunkel und Cara war nicht klar, ob es Tag oder Nacht war. Sie tastete vorsichtig die Betthälfte neben sich ab und seufzte zufrieden, als sie Roberts Körper unter ihren Fingern spürte. Es war alles nur ein schrecklicher Albtraum. Er ist hier bei mir und bei keiner anderen. Ich muss ihm verzeihen und um ihn kämpfen, kam ihr als erstes in den Sinn. Sie knipste die Nachttischlampe an, drehte sich ihrem Ehemann zu, der sie mit seinen himmlischen blauen Augen leicht verschlafen, aber dennoch zärtlich ansah, und lächelte ihn an. »Hallo, Schatz.« Sanft legte sie eine Hand auf seine Wange … und erschrak.

Seine Haut fühlte sich feucht und kalt an und seine Hand zitterte, als er ihren Arm berührte. »Nein!« Cara schüttelte heftig den Kopf und würgte zugleich. Hastig sprang sie aus dem Bett, eilte ins Bad und erbrach sich in der Toilette. In diesem Moment wurde ihr bewusst, dass sie nicht träumte, sondern alles der bitteren Wahrheit entsprach – ihr geliebter Mann würde sie verlassen. Er hatte sich verliebt, in einen Mann, in Carlos – wie konnte sie da noch kämpfen? Wie?

Robert kam ihr nach, hielt ihr die Haare zurück und streichelte behutsam ihren Rücken. Oh Gott, wie ich seine liebevollen Gesten, diese blinde Vertrautheit zwischen uns vermissen werde, schoss ihr dabei durch den Kopf und ein erneuter Würgereiz schüttelte sie.

Geschwächt stand sie auf, starrte mit rotunterlaufenen Augen in sein ihr so vertrautes Gesicht und begann hemmungslos zu weinen. Robert hielt seine Frau innig, bis sie sich wieder einigermaßen gefasst hatte. Er zog sie aus, duschte sie, richtete das Zahnputzzeug, half ihr beim Anziehen und als Cara zurück unter die Bettdecke kroch, legte er sich ganz dicht zu ihr, damit sie spüren konnte, sie war nicht allein.

Kein Kampfgeist, nur unsagbar schmerzvolle Leere beherrschte Cara …

… eine Sekunde verstrich …
… eine Minute verging …
… eine Stunde verflog …
… ein ganzer Tag verrann …

Als Cara erneut wach wurde, am ganzen Körper zitternd, nahm Robert sie sofort in seine Arme und wiegte sie wie ein Kind. Zaghaft flüsternd fing er an, ihr von all ihren gemeinsamen Jahren, ihrem Erlebten zu erzählen und dass er keinen Tag davon missen wolle.

»Weißt du noch, unsere erste Begegnung? Ich war so aufgeregt gewesen, dass ich kaum ein Wort über die Lippen gebracht habe. Ich war beeindruckt von deiner Schönheit und deinem herzlichen Lächeln.« Liebevoll betrachtete er sie. »Du warst die attraktivste, intelligenteste und selbstbewussteste Frau, die ich je kennengelernt hatte und ich habe mich auf Anhieb in dich verliebt. Ich konnte mein Glück kaum fassen, als du am nächsten Tag wie selbstverständlich zugestimmt hast, mit mir auszugehen. Erinnerst du dich noch, über was wir uns alles unterhalten haben?«

Cara nickte, löste sich ein wenig von ihm und rief sich diesen glücklichen Moment zurück: »Die 68er Bewegung und ihr Für und Wider, der erste Castor-Transport nach Gorleben und ob Windows 95 das Betriebssystem ist, das am besten fürs Hotelwesen geeignet sei.«

»Du hast mich mit deinem Wissen und deiner recht rebellischen Überzeugung total geplättet. Dafür, dass du gerade erst die Schule beendet hattest, warst du schon sehr erwachsen.«

»Ich war knapp neunzehn, hatte ein super Abi, unkonventionelle und lebenslustige, nein, lebenshungrige Hippies als Eltern und war es gewohnt, schon seit Jahren auf eigenen Füßen zu stehen.« Ihre Miene erhellte sich ein wenig bei der Erinnerung an ihre sehr spezielle und dennoch wunderschöne Kindheit. »Weißt du noch, als wir kurz nach Lillys Geburt das erste Mal die Serie *Dharma & Greg* gesehen haben – hundemüde und ängstlich, irgendeinen Schritt durch die Wohnung zu gehen, nachdem unsere kleine Maus gegen Mitternacht endlich eingeschlafen war?«

»Ja, du dachtest, sie hätten eine Serie über dich und deine Eltern gedreht.« Robert lachte leise. Er hatte über die Jahre wirklich viele Parallelen zwischen seinen Schwiegereltern und Dharmas Serieneltern gefunden und sich das ein oder andere Mal gefühlt wie der sehr konservativ erzogene Greg – die Leichtigkeit, mit der Cara und ihre Eltern das Leben nahmen, und das immense Vertrauen in ihr Tun hatten ihn oft tief beeindruckt. »Du hast mich nie verändern wollen, Cara, und dafür bin ich dir unendlich dankbar. Und noch dankbarer bin ich, dass ich mit dir an meiner Seite zu einem besseren Menschen geworden bin und vor allem zu einem guten Vater. Du hast mich gelehrt, dass nur mit uneingeschränkter elterlicher Liebe ein Kind kräftige Wurzeln und somit auch kräftige Flügel bekommt.« Sachte zog er sie in seine Arme und beide gaben sich ihren aufkommenden Tränen hin – sie weinten gemeinsam um ihre wunderschönen Erinnerungen.

»Ich sehe noch heute den Blick deines Vaters, als wir ihm eröffneten, dass Lilly unterwegs ist und du mich heiraten wolltest.« Cara wischte ihre Tränen weg und setzte sich auf.

»Oh ja ...« Robert schaute zu ihr auf. »Er war unheimlich beherrscht, doch in seinen Augen konnte ich die Wut und Enttäuschung lesen.«

»Er hatte sich jemand anderen für dich gewünscht. Die Tochter von einem seiner Golfkumpanen, die bereit war, sofort ins Hotel miteinzusteigen und in deines Vaters Augen die perfekte Schwiegertochter war – stilvoll, gebildet und sittsam.« Cara verzog das Gesicht. »Und dann kam ich daher, alles andere als sittsam und stilvoll mit meinen kurzen Röcken, bunten Strumpfhosen und einem ›Keine Atomkraft‹-Aufkleber auf dem Rucksack.«

»Er hatte immer vermutet, du wärst nur eine Phase ...« Erschrocken brach er ab.

»Was ich ja augenscheinlich auch war, nur dass dein Vater das nicht mehr miterleben kann.« Cara sprach emotionslos. Ihr wurde in diesem Moment bewusst, was sie da sagte – eine Phase! Nicht einmal mehr fähig, über ihre eigenen Worte zu weinen, starrte sie Robert an.

»Und trotzdem hat er dich bewundert, so wie auch ich dich jeden Tag aufs Neue bewundere.« Robert richtete sich neben ihr im Bett auf und beteuerte mit Nachdruck: »Du bist keine Phase, Cara, du bist mein Leben.«

»Bewunderung? Keine Phase? Dein Leben? Pah, Robert, das klingt so … so abgedroschen …« Schlagartig umhüllte sie Traurigkeit.

Er legte einen Arm um ihre Schulter, bettete ihren Kopf an seine Brust und flüsterte: »Es klingt vielleicht so, aber es ist die Wahrheit.« Sachte strich er die wilden Locken zurück und hauchte einen Kuss auf ihre Stirn. Und während Cara ihren abermals aufkeimenden Tränen nachgab, erzählte Robert leise weiter: »Weißt du noch, der Tag deines Studienabschlusses? Lilly war um die sechs Jahre und wir haben sie zu deinen Eltern gebracht, uns in ihren alten VW-Bus gesetzt und sind einfach ins Blaue gefahren. So etwas hatte ich nie zuvor im Leben gewagt.«

»Dein Vater war außer sich gewesen.« Cara schniefte und lächelte unter Tränen.

»Ja, er wollte mich enterben.«

»Das hätte er nie gemacht, du warst sein einziger Sohn und auf seine Art hat er dich geliebt.«

Robert seufzte auf. »Er hat mich nur dann geliebt, wenn ich der Norm entsprochen und funktioniert habe.«

»Mmmh-mmh …« Ja, das war Cara auch klar. Was wäre wohl gewesen, hätte Robert zugegeben, dass er schon damals Gefühle für … Cara wollte den Gedanken nicht weiterverfolgen und sagte stattdessen schnell: »Ich erinnere mich noch, dass Lilly, als sie zwölf war, total sauer auf mich gewesen war, weil ich ihr erlaubt hatte, zu einer 16. Geburtstagsparty zu gehen.« Sie kicherte.

Auch Robert musste schmunzeln. »Ja, ich kam dazu, als sie dich anschrie, du wärst doch nicht normal und solltest gefälligst mal reagieren wie andere verantwortungsbewusste Mütter.«

»Oh ja, was hat sie geschrien und dabei vor Zorn geheult.« Cara dachte wehmütig an das Wortgefecht mit ihrer Tochter zurück. »Als ich wissen wollte, was sie denn von mir erwarte, hat sie geantwortet: Ich möchte, dass du mir verbietest, auf diese bescheuerte Party zu gehen.«

»Genau, und erst da haben wir begriffen, dass sie einfach eine Ausrede brauchte, weil sie sich selbst nicht traute, ihren Freundinnen zu sagen, dass sie keine Lust hatte, dort hinzugehen.«

»Und gute Eltern, wie wir waren, haben wir es ihr natürlich verboten und gleichzeitig noch eine Woche Hausarrest draufgepackt.«

Schmunzelnd sahen sie sich an.

»Und jetzt ist unser Lillykind schon so groß, dass sie allein die Welt erobern kann«, murmelte Cara, und sofort löste Traurigkeit den kurzen Moment der Freude ab.

»Du bist eine sagenhaft fürsorgliche Mutter, Cara. Kein Kind könnte je eine bessere Mutter haben als dich. Ich bin dir so dankbar für deine Liebe, die du unserer Tochter gibst, für dein Verständnis, deinen Glauben an sie und auch für dein Loslassen, wenn es dir mitunter auch das Herz zerreißt.« Robert stand auf und zog Cara mit sich. »Komm, Schatz, lass uns in die Küche gehen. Wir sollten eine Kleinigkeit essen.«

Cara ließ sich widerwillig mitziehen. Lustlos und noch nicht einmal dazu imstande, ihren immer wieder aufkeimenden Groll auf Robert wegen Lillys Fortgang zu spüren, stocherte sie kurz darauf nur in ihrem Essen herum und bat kraftlos: »Bitte, lass mich wieder ins Bett gehen, ich bin nicht hungrig.«

Robert widersprach nicht, sondern ließ seine angefangene Mahlzeit ebenfalls stehen und folgte Cara ins Schlafzimmer. Zärtlich schmiegte er sich an ihren Rücken, schlang die Arme fest um sie und murmelte: »Alles wird gut, Cara.«

Ihr herzzerreißendes Schluchzen schnürte ihm die Kehle zu. »Nichts wird mehr gut. Sein Kind loszulassen, wenn auch viel zu früh, ist noch ganz natürlich, gehört zum Leben dazu und schon allein das ist … das ist schrecklich, tut unbeschreiblich weh und zerreißt mir das Herz …« Ihr ganzer Körper bebte. »… aber … aber den Mann, den man ein Leben lang geliebt hat und … und den man immer noch wahnsinnig liebt und man sich immer vorgestellt hat, mit diesem Mann, mit dir, Robert, alt zu werden …« Minutenlang war nur ihr erbarmungswürdiges Wimmern zu hören. »… dich loszulassen … dich zu verlieren, das ist schier unerträglich …«

»Du verlierst mich nicht, Cara«, murmelte er und umschloss sie noch inniger. »Ich werde immer ein Teil von dir bleiben, immer für dich da sein. Ich liebe dich aus tiefstem Herzen.«

»Und das ist der Grund, warum ich dich so liebe«, schluchzte Cara, »und immer lieben werde … weil du bist, wie du bist … oh Robert …« Ein erneuter Tränenstrom ließ Cara ihren Kopf tiefer in ein Kissen vergraben und über ihren großen Kummer schlief sie abermals erschöpft ein …

… eine Sekunde verstrich …
… eine Minute verging …
… eine Stunde verflog …
… ein ganzer Tag verrann …

Kapitel 20

Ganze drei Tage nahmen sich Cara und Robert Zeit, um ihre große Liebe zu betrauern. Es fiel kein böses Wort, keine Vorwürfe wurden ausgesprochen – allein ihre jahrelange vertraute Zweisamkeit war ihnen wichtig und machte den Schmerz der Trennung für beide halbwegs erträglich. Sie hatten weitere Erinnerungen an ihre wunderschönen Jahre zurückgeholt, die sie zum Lachen, jedoch auch mehrfach zum Weinen gebracht hatten.

Cara hatte irgendwann, nachdem sie ihre große Trauer einigermaßen in den Hintergrund gedrängt hatte, den Rückblick auf ihr gemeinsames Leben genossen und sich gewünscht, die Zeit in Roberts Armen würde nie enden. Sie war dankbar für alles, was sie zusammen erlebt und erreicht hatten – und unbeschreiblich glücklich darüber, ihr Leben über Jahre mit einem so wunderbaren Mann geteilt zu haben.

Als sie vor zwei Stunden an diesem Freitagmorgen widerwillig aus dem Bett aufgestanden war, hatte sie hartnäckig verdrängt, dass sie vermutlich das letzte Mal an der Seite ihres Ehemanns gelegen hatte. Cara hatte geduscht, ein kräftigendes Frühstück zu sich genommen und Robert versichert, dass sie sich wieder im Griff habe und dass er beruhigt ins Büro gehen konnte. Zunächst hatte sie ein längeres Gespräch mit Lilly geführt, welches zu ihrer Erleichterung größtenteils von ihrer Tochter bestritten worden war, und Cara somit wenig Möglichkeit gehabt hatte, sich in Traurigkeit zu verlieren. Nun saß sie am Esszimmertisch und ging die Post durch, die Robert ihr hingelegt hatte. Erfreut entdeckte sie einen Brief von Isla und riss ihn hastig auf – nichts konnte sie jetzt mehr aufbauen, als ein paar Zeilen von ihrer Mutter. Sie überflog zunächst das von Isla beigelegte Zettelchen und atmete daraufhin ein paarmal tief durch. Die Worte trafen ihre jetzige Situation genau, so als ob ihre Mutter wieder einmal etwas geahnt hätte. Gespannt faltete sie das Papier auseinander und fragte sich, von wann der Brief an ihr Zukunfts-Ich war. Doch dieses Mal waren nicht ihre eigenen Gedanken niedergeschrieben, sondern es war der angekündigte Brief von Isla selbst, den sie vor knapp dreißig Jahren verfasst hatte. Mit klopfendem Herzen begann Cara ihn aufgeregt zu lesen.

Liebe Cara, my dear Darling, meine geliebte, nunmehr große Tochter,
diesen Brief bekommst du in deinem vierzigsten Lebensjahr, und er ist mit ganz viel Hoffnung gespickt, dass ein Großteil deiner Kindheitsträume in Erfüllung gegangen ist.
Zurzeit leben wir in einer WG nahe Frankfurt, und da stehst du nun in deinem winzigen Zimmerchen, in dem du seit ein paar Wochen so glücklich bist, und spielst dein liebstes Spiel: Hotel!
Für dich, mein liebes Kind, wünsche ich mir, dass unsere Reisen irgendwann enden, und du einen festen Platz im Leben findest. Doch ich glaube, das wird erst passieren, wenn du auf eigenen Füßen stehst – dein Vater und ich sind einfach zu unstet für einen festen Wohnsitz. Papa und ich sind schon wieder am Pläne schmieden, wohin es für uns drei demnächst gehen soll – vermutlich wird es Lissabon sein.
»Einen wunderschönen, guten Tag und herzlich Willkommen in Caras Seeblick, Frau Käthe«, höre ich dich sagen, als du hinter einem alten Kinderkaufladen aufstehst, den du als Empfangstresen umfunktioniert hast. Sogleich fängst du geschäftig an, deine Papiere durchzublättern, die aus vollgeschriebenen Blättern und zwei Ordnern bestehen, die du unserem Mitbewohner Fritz abgeluchst hast. »Ah, hier. Sie haben für sieben Tage reserviert und ich habe für Sie ein traumhaftes Einzelzimmer mit seitlichem Blick auf den See und direkter Sicht auf die Balkoniaschlucht herrichten lassen. Ich hoffe, das ist Ihnen recht?« Du lächelst die Dame an, die im Übrigen deine antike Puppe von der Puppenmacherin Käthe Kruse ist, und führst sie dann zu ihrem Zimmer. Erinnerst du dich noch, mit wie viel Liebe zum Detail du alles aufgebaut hast?
Überall in deinem Zimmerchen sind abgegrenzt durch Kissen und Bücher kleine Räume entstanden und in jedem hast du

ein anderes deiner Kuscheltiere untergebracht. »Ich wünsche Ihnen einen wundervollen Aufenthalt und sollten Sie einen Wunsch haben, stehe ich Ihnen jederzeit zur Verfügung«, verabschiedest du dich und eilst zurück zum Empfang, wo bereits ein weiterer Gast wartet. »Hallo, Herr Hase, schön, Sie wieder bei uns begrüßen zu dürfen.« Du lächelst auch den großohrigen, freundlich grinsenden Hotelbesucher an. »Wie immer haben Sie und Ihre Gattin Zimmer drei im Parterre mit direktem Zugang zum See. Ihre Frau ist wohl schon am Wasser und genießt die frische Seeluft.« Voller Überschwang schnappst du deinen alten Hasen, der schon ziemlich abgewetzt ist, und führst auch ihn in sein imaginäres Zimmer.

Deinen Blick, my dear Cara-Darling, als du wieder an deinem umgebauten Kaufmannsladen-Empfangstresen stehst, würde ich am liebsten mit der Kamera einfangen – pures Glück und Zufriedenheit strahlen aus deinen grünen Augen. Und dann kommt über deine Lippen ein »brr-brr-brr« und du gehst ans Spielzeugtelefon. Ich verschlucke mich fast vor Lachen, doch du nimmst mich überhaupt nicht wahr, obwohl ich in der Zimmertür stehe. Wenn du in deine Hotelwelt abgetaucht bist, ist alles andere vergessen.

»Caras Seeblick, einen wunderschönen guten Tag, was kann ich für Sie tun?« ist dein Willkommensspruch am Telefon. Und du bringst ihn so ernsthaft, so glaubhaft, so herzlich hervor, dass es mir jedes Mal die Tränen in die Augen treibt – du bist so ein toller Mensch, Cara-Darling, dein Herz ist so rein und voller Liebe. Ich wünsche dir, dass niemals ein Mensch kommt, der dir dein Herz brechen oder dir deine erfrischend natürliche Herzlichkeit nehmen wird.

Mein Lachen vor wenigen Minuten hast du nicht gehört, doch mein Schniefen nimmst du wahr und schaust mich an. »Ma? Was ist, geht es dir nicht gut? Kann ich dir was Gutes tun?« sind deine Worte und ich könnte losheulen. Da stehst du nun, meine bildhübsche zehnjährige Tochter, und bist schon so erwachsen.

Dein Dad und ich wissen, dass wir mit unserer unkonventionellen Art der Erziehung und dem dauerhaften Umherwandern vieles richtig gemacht haben – du hast kräftige Flügel, die dich irgendwann tragen können, wohin du willst, und du hast einen weiten Blick und ein gütiges Herz, das dir im Leben immer den richtigen Weg weisen wird. Doch

natürlich birgt unstetes Herumreisen auch das Risiko, Ängste zu entwickeln – Bindungs- und Verlustängste. Bisher fiel es dir recht leicht, Freundschaften zu schließen, aber die schmerzhaften Abschiede fallen dir von Mal zu Mal schwerer. Und ich fürchte, dass du bereits heute mit deinen zehn Jahren deswegen für dich beschlossen hast, nie dein ganzes Herz an einen Menschen zu verschenken, weil du weißt, du wirst irgendwann wieder gehen.
Ich hoffe für dich, dass du in deinem Erwachsenenleben dein Herz einem Menschen anvertrauen kannst, von dem du dich niemals verabschieden musst und bei dem du auf ewig geborgen sein wirst.
Denke immer daran, mit der gleichen Leidenschaft einen Menschen zu lieben, wie du es auch mit deinen Träumen tust. Ich liebe dich tief aus meinem Herzen, Cara-Darling.
Ma

... und ich liebe dich natürlich auch von ganzem Herzen.
Dad

Cara ließ das Blatt sinken und wischte sich die Tränen von den Wangen. Noch konnte sie ihre Gefühlsausbrüche nicht steuern, zu frisch war der Schmerz, zu gering die Chance, aus diesem Albtraum zu erwachen. Was für ein wunderschöner Brief und doch so traurig. Was hatte Isla vor dreißig Jahren befürchtet? Sie hatte Angst, dass ihr Kind nie ihr ganzes Herz einem Menschen schenken würde, weil Cara wusste, sie selbst würde irgendwann wieder gehen. Und jetzt hatte sie ihr Herz an zwei Menschen verschenkt. Ihre Tochter war irgendwann gegangen, wie es der natürliche Weg eines Kindes war – und hatte ein Teil von Caras Herzen mitgenommen. Den Rest ihres Herzens besaß seit zwanzig Jahren Robert, und auch er ging – für immer. Welche Ironie! Nicht sie war gegangen – sie wurde verlassen.

Robert kam leise ins Penthouse und setzte sich Cara gegenüber an den Esszimmertisch. Sie sah auf, blickte in sein vertrautes Gesicht und schluckte schwer an dem Kloß im Hals, der sich nach oben drängte. Ihr war klar, Robert wollte mit ihr über Lilly reden, er hatte es bereits am Morgen angekündigt. Doch Cara wusste sogleich, ihrem Kind würde es nicht besser gehen als ihr selbst, wenn sie von der Trennung erfahren würde – eine Welt würde für sie zusammenbrechen. »Wir können es Lilly nicht bei einem Videoanruf sagen«, stieß sie heftig hervor und drückte die Zeilen ihrer Mutter an die Brust.

»Nein, das können wir wirklich nicht«, stimmte er ihr zu und betrachtete sie liebevoll.

»Ich bin mir eh nicht sicher, ob sie es überhaupt schon erfahren muss?!« Sie wollte ihrer Tochter den Schmerz so lange wie möglich ersparen.

»Ja, aber bevor sie es auf andere Art und Weise erfährt, sollten wir vielleicht …«

»Hast du etwa vor, morgen mit Carlos knutschend in der Hotellobby zu stehen und das via Skype zu übertragen?«, fragte sie bissig und spürte dabei, wie sich zum ersten Mal Wut in ihr breitmachte.

»Nein!«, entgegnete Robert entsetzt. »Ich habe überhaupt nicht vor, irgendetwas nach außen dringen zu lassen … Vorerst auf jeden Fall nicht.«

»Hast du denn überhaupt den Mut, Lilly einzugestehen, dass ihr Vater … dass du …« Auch wenn sie seit drei Tagen wusste, ihr Mann liebte einen anderen Mann, war es ihr nicht möglich, es auszusprechen.

»… ich schwul bin?!« Für Robert war es schmerzvoll, seiner Ehefrau diese Tatsache ins Gesicht zu sagen. Vor allem, weil er es sich selbst erst seit kurzem eingestanden hatte, dass er einen Mann liebte.

»Bist du denn richtig schwul? Oder doch eher bi?« Cara wollte mit einem Mal endlich verstehen, wie ihr Mann plötzlich einen anderen Menschen, noch dazu einen Mann, lieben konnte.

»Nein, ich denke nicht, dass ich bi bin«, erwiderte er um Fassung bemüht.

»Gott, Robert«, zischte sie und schlug mit der flachen Hand auf den Tisch, »wir schlafen noch miteinander.«

»Wir …«

Cara runzelte die Stirn. »Bis vor wenigen Monaten hatten wir regelmäßig Sex«, stellte sie fassungslos fest.

»Ja. Bis vor ein paar Monaten.« Was sollte er darauf erwidern, ohne Caras aufkeimende Wut noch anzufachen?

»Du hast noch immer einen Ständer bei mir bekommen.« Auch wenn es in ihren Ohren vulgär klang, konnte sie nicht anders, als das auszusprechen, was der Wahrheit entsprach. »Erst vor ein paar Tagen … morgens, da warst du bereit. Hätte Lilly nicht angerufen, hätten wir …«

Konnte er seiner Frau die Wahrheit sagen? Konnte er ihr erzählen, dass er in diesem Moment langsam wach geworden war und seine erregenden Gedanken einzig und allein bei Carlos gewesen waren?! Nein, das konnte und wollte er nicht. »Du bist eine wahnsinnig attraktive …«

»Ich glaub's ja nicht …« Cara sprang zornig auf und lief durchs Zimmer. »Ich weiß, dass ich nicht hässlich bin, nicht unsexy, nicht … was weiß ich noch alles, aber wie kann es sein, dass du sagst, du liebst einen Mann und bumst dabei noch immer mich?«

Robert fuhr zusammen, getroffen von ihrer derben Ausdrucksweise, die er so von ihr nicht kannte. Er wollte sich rechtfertigen, aber er schwieg, denn was auch immer er sagen würde, nichts davon war wirklich gut für Cara – jede Erklärung seinerseits würde sie noch mehr verletzten.

»Hattest du Spaß beim Sex mit mir oder war es eher eine leidige Pflichtaufgabe?« Cara bereitete sich auf eine schmerzhafte Erwiderung vor, doch es war ihr egal. Sie hatte bereits so viel in den letzten Tagen einstecken müssen, dass sie einen weiteren Schlag in die Magengrube ohne mit der Wimper zu zucken ertragen konnte – redete sie sich auf jeden Fall selbst tapfer ein. Doch Robert erwiderte nichts, sondern betrachtete sie nur voller Zuneigung, was Cara noch mehr auf die Palme brachte. »Guck mich nicht so an, verdammt.« Ihr Herz wollte schwer werden, doch sie ließ es nicht zu und stemmte kämpferisch die Arme in die Hüften. »Was war es? Eine Pflicht, der du nachkommen musstest oder … oder …« Beim Blick in Roberts himmelblaue Augen, die sich entsetzt weiteten, brach sie ab, erschrocken über ihre eigene Heftigkeit.

Pflicht? Robert schüttelte leicht den Kopf. Er hatte es wirklich nie als solche empfunden. Dass seine Gedanken im Ehebett des Öfteren nicht bei seiner Frau waren, hatte er über Jahre beharrlich verdrängt und sich das Warum nie eingestehen wollen. »Nein, Cara, nein …« Er richtete sich im Stuhl auf und sah sie fest an. »Es war nie eine Pflicht – *nie*!«

Robert verlieh seinen Worten so viel Nachdruck, dass Cara nicht anders konnte, als ihm zu glauben, weil sie es für sich und ihr schmerzendes Herz so inständig glauben wollte. »Ach Robert, was ist nur passiert? Warum …?«

»Ich wollte es lange nicht wahrhaben … Zu lange …« Er sackte in sich zusammen. Wie konnte er Cara seine Gefühle erklären – Emotionen, die er jahrelang vor seiner Umwelt und vor allem vor sich selbst verborgen hatte. »Es war … weil …«

»Warum jetzt, warum so plötzlich?«

»Plötzlich ist es nicht.« Robert schüttelte den Kopf.

»Für mich schon.« Sie setzte sich wieder auf einen der Stühle und starrte ungläubig vor sich hin. »Ich habe nie etwas bemerkt …« Wie hätte sie auch ahnen können, dass ihn so etwas beschäftigte? »… es war doch alles so gut zwischen uns. Okay, bis auf unseren Streit wegen Lilly. Aber sonst? Hast du Lilly deswegen weggeschickt?«

»Ich habe sie nicht weggeschickt, Cara. Es war ihr Weg, den sie gehen wollte und musste. Das weißt du auch. Ganz tief in deinem Inneren weißt du das, wenn du ehrlich zu dir bist.«

Natürlich wusste sie das, aber das Akzeptieren fiel ihr immer noch schwer. »Es kommt so plötzlich für mich«, wiederholte sie, die Verzweiflung abermals in sich hochkommen spürend.

»Ich weiß«, stimmte er ihr bedauernd zu. »Ich weiß, Cara.«

»Warum, Robert, warum nur?«

»Wie ich schon sagte, ich … ich habe mich verliebt und kann …« Er brach ab, als er bemerkte, wie sie zusammenzuckte und hob hilflos die Hände. »Ich weiß nicht, wie ich dir das alles …«

»Aber wie geht das so einfach?«

»Nicht einfach, Cara, es geht überhaupt nicht einfach. Mir ist noch nie etwas so schwergefallen, wie mir einzugestehen, dass ich mich in einen Mann verliebt habe.«

»Und ich und Lilly?«

»Ihr seid mein Leben! Ich wollte euch nie verletzen, aber …« Robert hoffte so sehr, dass Cara ihn irgendwie verstehen würde, und wusste dabei, dass er nahezu Unmögliches von ihr verlangte. »… aber ich kann es einfach nicht mehr.«

»Was ist ›*es*‹?«

»Es vor dir verbergen. Dich zu belügen.«

»Und Lilly?«

»Lilly hat damit überhaupt nichts zu tun. Das ist eine Sache zwischen dir und mir.«

»Und deinem Liebhaber«, stellte Cara boshaft fest.

Robert schüttelte bestimmt den Kopf. »Nein, auch er hat damit nichts zu tun. Ich habe meine Lüge mit dir gelebt und nicht …«

»Unser Leben ist eine Lüge?« Entsetzt horchte sie auf.

»Nein, nein, bestimmt nicht.« Er griff über den Tisch nach ihren Händen. »Cara, Liebling, unser Leben ist … war traumhaft …«

»Sag dieses Wort nicht …«, flüsterte sie verzweifelt und entzog ihm ihre Hände.

»Aber es war doch traum…«

»Sag es nie wieder, hörst du?!« Cara stand auf und forderte schneidend: »Nimm ein so schönes Wort nie wieder in den Mund, wenn du gleichzeitig von unserem Leben als Lüge sprichst. Nie wieder!« Sie begann am ganzen Leib zu zittern und dachte mit einem Mal an Falk. Traumhaft war ihr Wort, war Falks und ihre gemeinsame Zeit und sie konnte es schier nicht ertragen, dass Robert es in den Mund nahm.

»Cara, es ist nur ein Wort und …«

Nahezu hysterisch schrie sie: »Nein, ist es nicht! Es ist mehr … Es ist mein Wort … Es ist … Oh Gott …« Sie hatte geglaubt, nach dem tagelangen Durchheulen keine Tränen mehr zu haben, und doch quollen sie ihr unaufhaltsam aus den Augen. »Oh Gott, Robert, wie konnte das alles passieren? *Uns* passieren?« Mit tränenüberströmtem Gesicht sah sie ihren Ehemann an. »Warum, Robert, warum?«

»Es tut mir so leid, Cara. Es tut mir leid, dass ich dir so wehtun muss, aber …«

»Muss?« Sie lachte gequält.

»Ja, muss.« Robert stand auf und kam auf sie zu. »Darf ich dich in den Arm nehmen?«

Cara nickte nur. Wie in all den vergangenen Jahren sehnte sie sich nach der Umarmung ihres Mannes und lehnte seufzend den Kopf an seine Schulter.

Bedächtig streichelte er über ihren Rücken. »Ich muss dir wehtun, da ich sonst alles zerstört hätte. Mich, dich, Lilly und … und das Hotel, einfach alles.« Seine Arme umschlossen sie fest. »Ich war kurz davor, zusammenzubrechen. Das alles nagt schon so lange an mir … Es hat mich aufgefressen. Das Magengeschwür war der Warnschuss, dass ich endlich ehrlich zu mir selbst und auch zu dir sein muss. Ich hätte so nicht weiterleben können, Cara.« Er löste sich leicht von ihr und beobachtete sie genau. »Die Veränderung ist zwar schmerzhaft für uns und vor allem für dich, das weiß ich. Aber nichts ist so schmerzhaft, als dort zu bleiben, wo man nicht mehr hingehört, und ich würde …«

»Aber du gehörst doch zu mir«, wisperte sie und konnte ihren eigenen Worten im gleichen Moment nicht mehr glauben.

Robert zuckte unbeholfen mit den Schultern. »Nein … nicht mehr. Glaub mir, ich würde alles und jeden zerstören, wenn ich so weitermachen würde wie bisher.«

»So zerstörst du nur mich«, stellte sie aufschluchzend fest.

»Nein, das tu ich nicht. Ich tu dir weh, unsagbar weh, aber du wirst es überwinden und …«

»Und was? Einen anderen Mann finden, einen anderen Mann lieben, noch einmal meine große Liebe finden … Einfach so …« Sie schnippte mit den Fingern und sah ihn dabei unglücklich an.

»Ja, Cara, das wirst du irgendwann. Und ich werde immer für dich und Lilly da sein – immer!« Vorsichtig wischte er über ihre Wange. »Ihr bleibt mein Leben, du bleibst meine Liebe.« Er neigte sich vor und gab ihr einen zarten Kuss. »Ich liebe dich wirklich, Cara. Aber ich will nicht mehr gegen mich selbst kämpfen, mich selbst betrügen. Ich stehe auf Männer, ich habe mich in Carlos verliebt und möchte den Teil von mir, den ich so lange unterdrückt habe, leben.«

»Wie lange, Robert, wie lange?«

»Zu lange.«

Sie blickte ihn an, schmerzerfüllt und von ihren eigenen Gedanken überrollt – *wir haben seit Ewigkeiten nicht mehr miteinander geschlafen. Wir hatten liebevolle Momente, zärtliche Stunden, doch mehr nicht. Wie konnte mir das nicht auffallen? Die Zeit ist so schnell vergangen: Lillys Weggang; mein Kummer; unsere Auseinandersetzungen; die viele Arbeit im Hotel; das Seehotel …* »Zu lange«, flüsterte sie kaum hörbar.

»Cara, mir bricht es das Herz, dir so wehzutun, aber auch wenn es egoistisch klingt, ich weiß, dass ich die richtige Entscheidung getroffen habe – für mich.«

Cara nickte, ihre Tränen versiegten und der Kloß im Hals löste sich. »Für dich?!« Seine Worte taten noch immer genauso weh wie in der allerersten Minute. Doch ihr war klar, dass er sie nie absichtlich verletzen würde und dieser Schritt der einzig richtige für ihn war – und damit letztendlich auch für sie, zumindest irgendwann. »Ach Robert ...« Sie griff nach seiner Hand und setzte sich mit ihm auf die Couch. »Wenn ich dich nur nicht so lieben würde, wäre alles leichter ... und wenn Lilly nicht wäre ... Oh Gott, wie sollen wir es ihr bloß sagen?« Ihre Schultern strafften sich beim Gedanken an ihre Tochter und sie wischte sich die letzten Tränenspuren vom Gesicht. »Was ist jetzt mit Lilly? Willst du ihr etwas sagen? Jetzt schon, ohne dass wir beide wissen, wie es weitergeht?«

»Ich weiß es noch nicht.« Er drückte ihre Hand und sah sie dankbar an. »Danke, dass du mit mir gemeinsam überdenken willst, wann und wie wir es Lilly sagen wollen.«

»Schon gut.« Wehmütig streichelte sie über seine Finger und murmelte: »Ich kann nicht von heute auf morgen aufhören, dich zu lieben ... Ich brauche Zeit.«

Robert verstand, was sie meinte und sagte gefühlvoll: »Glaub mir, Cara, es ist auch überhaupt nicht leicht für mich, von dir loszukommen, du ...«

Er brach ab, als sie mahnend die Hand hob. »Bitte, nicht. Das macht es mir bestimmt nicht leichter ... Bestimmt nicht ...« Sie stand auf, ging zum Tisch und nahm das Zettelchen ihrer Mutter, das dem heutigen Brief beigelegen hatte, und las die wenigen Zeilen erneut durch. Hatten die Worte von Isla schon vor ihrem Gespräch mit Robert Sinn ergeben, so nahm sie diese nun als eine Zukunftsbotschaft wahr, die sie beherzigen wollte.

Wenn man eins in einer Partnerschaft ist, kann man den anderen nicht verletzen, ohne sich dabei selbst weh zu tun – jede Verletzung, die dir zugefügt wird, macht dich stärker. Glaube immer an dich und das Gute, das in deiner Zukunft liegt ...

Kapitel 21

Verdammt, Cara, was war die letzten Tage los mit dir?« Falk umklammerte sein Handy und atmete vor Erleichterung tief ein. »Wo bist du? Wo warst du? Was ist …«

»Halt die Luft an, Falk.« Cara musste über seine offensichtliche Besorgnis lächeln.

»Halt die Luft an?! Ist das alles, was dir einfällt? Spinnst du? Seit sechs Tagen versuche ich, dich zu erreichen, und ich habe unzählige Male angerufen, war sogar im Hotel, wo man mir mitteilte, du wärst nicht da, aber keiner konnte mir sagen, wo du bist …« Er sprach ohne Punkt und Komma und redete sich dabei in Rage. »… selbst deinen Mann habe ich angerufen, aber auch er ist nicht an sein Telefon gegangen und ich habe mir Sorgen gemacht, dass euch etwas passiert sein könnte … Dir etwas passiert ist … Dass du … dass du vielleicht deinen Mann …«

»… meinen Mann um die Ecke gebracht habe?« Cara nickte vor sich hin. So abwegig war seine Sorge in manchen Momenten gar nicht gewesen.

»Ja! Ja, genau.« Falk hatte wirklich darüber nachgedacht, dass Cara in ihrer Impulsivität etwas Unüberlegtes getan haben könnte. »Ich wusste doch nicht, wie du letztlich auf seinen Betrug reagierst, du warst …«

»Er hat mich nicht betrogen, er hat sich nur verliebt.«

»Nur verliebt? Ist bei dir alles klar … Ich meine geistig?« Falk war fassungslos angesichts Caras ruhiger Art.

»Jaja, ich bin ganz klar im Kopf«, erwiderte sie und überlegte gleichzeitig, ob sie wirklich so klar war. In den letzten sechs Tagen war ihre Welt nicht nur einmal auf den Kopf gestellt worden und doch war sie momentan seltsam gefasst. »Du musst dir wirklich keine Sorgen …«

»Also als du vor ein paar Tagen nach Hause bist, warst du ein klein wenig emotionaler, wenn ich mich recht erinnere.« Falk dachte an den Morgen zurück, vor allem daran, dass es ihm angst und bang gewesen war, sie nach Hause gehen zu lassen. Nicht nur, dass er befürchtet hatte, dass sie etwas Unbesonnenes tun könnte, sondern vor allem hatte er es kaum aushalten können, sie bei ihrem Mann und womöglich noch versöhnt in dessen Armen zu wissen – das hätte ihm die kleine Chance genommen, ihr zu zeigen, wie viel sie ihm mittlerweile bedeutete. Falk selbst war in den letzten Tagen unruhig durch sein Hotel getigert, hatte mit den Arbeitern gesprochen und sich davon überzeugt, dass alles weiterhin nach Plan lief. Abends war er in seine Wohnung gefahren und hatte dort seine aufgewühlten Wanderungen fortgeführt. Selina war seit vorgestern bei einem Dreh in München, was ihn unheimlich erleichtert hatte, da er sich in ihrer Gegenwart derzeit sehr unwohl fühlte. Ihm war klar, dass es nicht an ihr lag. Selina war wie immer, aber er selbst war anders – eben ruhelos, abwesend und distanziert. Auf ihre Frage, was mit ihm los sei, hatte er nur ausweichend geantwortet, doch wenn sie heute zurückkam, würde es an der Zeit sein, klare Fronten zu schaffen. Denn entgegen seiner Aussage Cara gegenüber, wusste Selina noch nichts von seinem Entschluss, ihre Beziehung zu beenden. Falk hatte nicht gewusst, wie er ihr erklären sollte, was in ihm vorging, er verstand es ja selbst nicht genau. Als er Cara vor Monaten kennengelernt hatte, war das Geplänkel mit ihr eine Art Spiel, aus dem ein harmloser Flirt entstanden war. Mittlerweile war ihm jedoch klar geworden, dass es alles andere als harmlos und schon gar kein Spiel mehr war. Er war drauf und dran, sich ernsthaft in Cara zu verlieben, und er war sich sicher, dass auch Cara, so glücklich sie bis dato auch mit ihrem Mann gewesen war, die Anziehungskraft, die zwischen ihnen herrschte, nicht verleugnen konnte. Wie das alles weitergehen sollte, wusste er nicht. Aber dass es weitergehen würde, wünschte er sich von Herzen – Cara war die Frau, die seinem Traum Leben einhauchte und dabei noch sein Herz zum Springen und seinen Körper zum Beben brachte.

»Es tut mir wirklich schrecklich leid, dass ich die vergangenen Tage nicht erreichbar war. Aber auf der Baustelle ist doch meines Wissens soweit alles klar?!«

Ihre sanfte Stimme drang an sein Ohr und er wurde mit einem Mal sauer. »Auf der Baustelle ist alles klar?!«, stieß er mühsam beherrscht hervor. »Ist bei dir noch alles klar?«

»Ich weiß, du bist sauer, aber ich kann dir alles erklären, wenn ich wieder in Deutschland bin. Und dann …«

»In Deutschland bin? Wo bist du, verdammt?«

»Ich bin in Dublin bei Granny und …«

»Oh, ist etwas passiert. Geht es ihr gut?« Jäh verschwand sein Zorn und er war nur noch besorgt.

»Ja … Na ja, doch, es geht ihr soweit gut. Robert und ich sind hierhergekommen, weil sie …«

»Du bist mit Robert da?« Falks Magen zog sich zusammen.

»Ja, wir sind vorgestern hierher geflogen. Ich bin jetzt wieder auf dem Weg zum Flughafen und fliege in zwei Stunden zurück.«

»Und dein Mann?«

»Er bleibt noch ein paar Tage. Er hat noch einen geschäftlichen Termin und …« Sie stockte kurz. »… und ich möchte zurück in dein Hotel am See und möchte mit dir … Ich … Wir müssen reden. Du und ich, weil … es ist so viel passiert, was ich dir sagen muss und … Falk? Bist du noch da?«

»Ja …« Was musste Cara ihm sagen? Was war passiert, seit sie sich das letzte Mal gesehen hatten? Falk wollte sich nicht ausmalen, dass sie vielleicht ihren Job bei ihm aufgeben und er seinen Traum nicht weiter mit ihr ausleben könnte und sie im schlimmsten Fall sogar nie wiedersehen würde. In diesem Augenblick wurde ihm bewusst, dass er sich bereits Hals über Kopf in Cara verliebt hatte und alles daran setzen würde, sie festzuhalten und nicht gehen zu lassen. »Du musst mit mir noch das letzte Zimmer erträumen – Leidenschaft …« Er sah seine Chance und versuchte sie zu nutzen.

Cara kicherte leise. »Mit Kick?!«

»Was?«

»Wir hatten doch besprochen, dass zur Leidenschaft eine Aktion passt, die einem einen Kick gibt, oder?!«

»Na ja, das war zwar eher deine Idee dazu, aber okay, wenn du meinst … Kick also.«

Wie auf Abruf begann Caras Hirn auf Hochtouren zu arbeiten. Das war es, was sie so dringend brauchte, eine Ablenkung. Einen Kick?! Blitzschnell konkretisierte sich ihre bereits vorhandene Idee und sie sprach aufgeregt: »Ich brauche ein wenig Zeit, um alles zu organisieren.

Am besten ist es, wir treffen uns morgen um zehn Uhr im Hotel zum Frühstück, und dann …«

»Morgen erst? Ich hatte gehofft, du würdest heute noch vorbeikommen?« Falk war enttäuscht – noch einen Tag länger warten zu müssen, passte ihm überhaupt nicht.

»Ich brauche die Vorbereitungszeit«, erwiderte sie. »Du weißt doch, dass meine Vorschläge immer ein wenig außergewöhnlich sind.«

»Mmmh, okay«, knurrte er unwillig und wunderte sich keineswegs über seine Ungeduld – er vermisste Cara. *Selina!* Seine Freundin fiel ihm siedend heiß ein. Sein Vorhaben, heute noch mit ihr ein klärendes Gespräch zu führen, stand für ihn nunmehr unausweichlich fest und deshalb war es wahrscheinlich ganz gut, dass er Cara erst morgen wiedersehen würde. »Ich freue mich auf dich«, fügte er sanft hinzu. »Ich vermisse es, dir durchs Hotel hinterherzulaufen, und ich weiß schon gar nicht mehr, wie sich dein ›Upsen‹ und ›Ohen‹ anhört …« Er zögerte kurz. »… und ich vermisse dein Lachen, deine wunderschönen, grünen Augen und deine Nähe.« Gespannt wartete er ihre Reaktion ab.

»Ach Falk …« Cara seufzte tief. Wie konnte sie ihm sagen, was sie fühlte, wenn sie es selbst doch gar nicht genau wusste. Sie lebte plötzlich in zwei Welten – in der realen, wenn auch momentan äußerst traurigen mit Robert, und in der aufregenden, mehr einem Traum gleichenden mit Falk. *Die Zeit ist immer reif für irgendetwas – sei es für Stillstand oder Veränderung,* fielen ihr die Worte ihrer Mutter ein. *Die Zeit mag vielleicht reif sein für Veränderung, aber ich bin es gerade scheinbar noch nicht.*

»Wie geht es dir genau in diesem Moment, wenn du dir von mir anhören musst, wie sehr ich dich vermisse?«, drang Falks Stimme unglaublich sanft an ihr Ohr.

Mir geht es gut dabei, war ihr erster Gedanke, gefolgt von: Es ist vermutlich doch an der Zeit, eine Veränderung zuzulassen. »Ich vermisse dich auch.« Sie atmete erleichtert auf, als ihr die Worte wie selbstverständlich über die Lippen kamen und wusste im gleichen Augenblick, dass sie genau so fühlte – sie freute sich auf Falk. »Ich möchte, nein, ich muss dir so viel erzählen … Wir sehen uns morgen um zehn.«

»Ich kann es kaum erwarten, dich wiederzusehen.«

»Guten Morgen.« Cara saß am gedeckten Frühstückstisch auf dem Steg und ihr Herz machte kleine Sprünge, als sie Falk abwartend beobachtete, der über den Kiesweg auf sie zukam. Veränderung, schoss ihr in den Sinn. Wie er sich mit der Hand durch sein im Sonnenlicht goldbraunes Haar strich und seine grünen Augen sie erwartungsvoll anstrahlten, ließ ihren Atem heftiger gehen, und sie sträubte sich nicht gegen das, was sie dabei fühlte – diese angenehm prickelnde Erregung.

»Guten Morgen.« Er stellte seine Tasche ab und kam, ohne sie aus den Augen zu lassen, langsam auf sie zu. Als Cara aufstand, schluckte er schwer. Sie sah mit ihrer mit einem Tuch zusammen gebundenen roten Lockenmähne, der grünen Latzhose, die an den Knöcheln hochgekrempelt war, und dem weißen Top zum Anbeißen aus. Falk musste seine ganze Willenskraft aufbringen, um sie nicht in die Arme zu reißen.

»Darf ich mich noch einmal bei dir entschuldigen?«, fragte sie vorsichtig, als er nur noch wenige Meter von ihr entfernt war.

Ohne etwas zu erwidern, ging Falk weiter auf sie zu, bis er ganz nah vor ihr stand. Leicht neigte er den Kopf, zog die Brauen zusammen und fixierte Cara genau. Er hob seine Hand und fuhr zärtlich mit dem Handrücken über ihre Wange. »Du bist blass. Geht es dir gut?«

»Ja …«, flüsterte sie, ergriffen von seiner liebevollen Geste und seinem besorgten Blick. »Mir geht's wieder gut. Na ja, besser … Nein … Doch, jetzt wo du da bist, geht's mir wirklich besser.« Sie fasste nach seiner Hand, schmiegte ihre Wange hinein und senkte die Lider. »Ich habe dich vermisst.«

Innig schloss Falk sie in die Arme und murmelte: »Ich habe dich auch vermisst.« Einen Moment verweilten sie stumm, ihre Nähe genießend, bevor Falk sie vorsichtig ein Stück von sich schob. »Lass uns frühstücken, du hast wie immer alles perfekt hergerichtet.«

Sie setzten sich und während Cara ihnen Kaffee einschenkte, sah Falk sie durchdringend an.

»Es tut mir leid, dass ich mich nicht gemeldet habe, aber ich konnte wirklich nicht. Ich habe …« Sie hatte sich alles so schön zurechtgelegt, doch es jetzt Falk gegenüber laut aussprechen zu müssen, tat noch immer weh. »Ich war tagelang am Weinen und zu nichts fähig … Robert trennt sich von mir und …«

»Er tut … *was*?« Falk war fassungslos, und versuchte dabei ohne jede Chance auf Erfolg, sein emporströmendes Glücksgefühl zu unterbinden. So verblüfft er von ihren Worten auch war, so sehr freuten sie ihn – für sich. Doch für Cara empfand er tiefes Mitgefühl und wünschte, sie müsste diesen Schmerz der Trennung nicht durchleiden.

»Er … Wir trennen uns.« Sie zuckte mit den Schultern und sah ihn hilflos an. »Was soll ich sagen? Es ist verrückt. Er hat …«

»… eine andere. Das hast du bereits erzählt. Aber es schien mir, als ob du das nicht einfach akzeptieren und um ihn kämpfen würdest und auch nicht glaubtest, dass eure Ehe ernsthaft gefährdet wäre …«

»Robert ist schwul und hat sich in unseren Chefconcierge Carlos verliebt«, kam es hastig und mit einem gekünstelten Lachen über ihre Lippen.

»*Waaas*?« Falk stellte abrupt die Kaffeetasse ab.

Sie nickte bekräftigend und wiederholte leise: »Robert ist schwul. Du hast schon richtig gehört.«

»Wie … Warum … Wie geht das?« Seine Verwirrung war groß.

»Na, er ist halt schwul geworden … Einfach so.« Sie lachte erneut auf und Falk konnte hören, wie falsch es klang. »Ich bin ja nicht die erste Frau, der das passiert«, sagte sie schulterzuckend und fügte ironisch hinzu: »Ich konnte ihm offensichtlich nicht das geben, was er brauchte … Na ja, also schwul wegen mir!«

»Quatsch! Kein Idiot würde wegen dir schwul werden.«

»Robert ist kein Idiot.«

»Das meine ich ja auch nicht.« Er legte seine Hand auf ihre. »Kein Mann wird plötzlich schwul, und wegen dir schon gleich gar nicht. Er … er muss dann wohl schon immer schwul gewesen sein … irgendwie …« Falk konnte das alles nicht begreifen und hatte Schwierigkeiten, die richtigen Worte zu finden. Bereits die Vorstellung, dass ihr Ehemann sich in eine andere verliebt haben sollte, hatte ihn maßlos erstaunt, aber dass es sich nunmehr um einen Mann handelte, verwunderte ihn noch mehr. Jedoch machte es auch alles ein wenig plausibler für ihn. Robert Sandberg war anscheinend an einem Punkt angekommen, an dem er seine Neigung nicht mehr verbergen konnte oder wollte, und das verstand Falk – keiner konnte oder sollte sich ein Leben lang verbiegen.

»Genau das hat Robert mir auch gesagt. Dass er schon immer so … so war. Aber ich konnte damit nicht wirklich viel anfangen.« Cara schüttelte unwillig ihre Locken. »Boah, mein Leben war eine einzige Lüge … Das ist doch scheiße, oder?« Sie starrte auf ihre Finger und umschloss fest seine Hand.

Falk spürte, dass sie Halt brauchte, und rutschte mit dem Stuhl zu ihr. Leicht legte er einen Arm um ihre Schultern und wie von selbst schmiegte sie den Kopf an seine Brust. »Das ist echt scheiße, aber ich glaube nicht, dass dein Leben eine einzige Lüge war. Dein Mann hat dich geliebt, liebt dich bestimmt immer noch … Aber anscheinend kann und will er nicht mehr verleugnen, dass er sich zu Männern hingezogen fühlt. Wow … Kein Wunder, dass du tagelang nicht ansprechbar gewesen bist.« Er fand es sogar erstaunlich, dass sie heute schon wieder bei ihm saß und ihm das alles relativ gefasst erzählte. »Es muss ihn unendlich viel Kraft gekostet haben, sich selbst und vor allem dir so etwas einzugestehen. Das alles hat doch aber nichts, absolut nichts mit dir zu tun.« Sanft küsste er ihr Haar und drückte sie fest an sich. »Du bist wunderschön, intelligent, herzlich, witzig und die begehrenswerteste Frau, die ich kenne.«

»Ach Falk … Danke.« Sie schniefte leise, da ihr abermals die Tränen kamen. »Sorry, ich wollte echt nicht mehr heulen.« Sie löste sich von ihm und kramte in ihrer Umhängetasche nach einem Taschentuch.

»Gott, Cara, du hast allen Grund zu heulen. Wegen mir musst du sicher nicht die Starke mimen.« Er zog sie wieder an sich und murmelte an ihrem Haar: »Weine, solange du willst. Ich bin einfach da und halte dich.«

Alles in Cara sträubte sich, abermals in Tränen zu zerfließen, doch sie konnte nichts dagegen tun, und so sank sie erleichtert an Falks Schulter und kämpfte nicht weiter gegen ihren erneuten Gefühlsausbruch an.

Eine ganze Weile saßen sie schweigend da – Cara überaus emotional und dankbar für seine starke Schulter und Falk schockiert und seinen Gedanken nachhängend.

Als nach etlichen Minuten des Schweigens Falks Magen irgendwann hörbar knurrte, richtete Cara sich auf, atmete ein paarmal tief durch und sagte bestimmt: »Schluss jetzt mit der Heulerei, lass uns endlich frühstücken.«

Sachte wischte er ihr über die feuchten Wangen, hauchte einen Kuss auf ihre Stirn und beteuerte: »Meinetwegen kannst du noch weiterweinen.« Er grinste schelmisch. »Ich genieße es sogar ein bisschen, dich so nah und anschmiegsam zu wissen. Wenn auch ich mir einen schöneren Grund vorstellen könnte.«

Cara verzog gequält das Gesicht, fuhr sich mit dem Taschentuch über die Augen, griff nach dem Brotkorb und hielt ihn Falk hin.

Er schob seinen Stuhl ein wenig zurecht und nahm ein Stück Brot. »Danke.«

»Hast du eine Idee, was heute der besondere Kick sein könnte?«, fragte Cara versucht geschäftig.

»Ähm … Ist ein Themenwechsel angesagt? Sofort, oder kann ich dich noch etwas fragen?« Falk schmierte sich Butter aufs Brot.

»Mmmh, kommt darauf an. Was möchtest du noch wissen?« Eigentlich wollte sie nicht weiter darüber reden, aber irgendwie hatte sie das Gefühl, sie schuldete Falk noch einige Antworten.

»Nur, wenn das okay für dich ist. Du musst auch nicht.«

»Nein, nein, ist schon okay. Frag!« Cara schmierte sich ebenfalls Butter aufs Brot, legte Käse darauf und biss ein Stückchen ab.

»Warum wart ihr nach seinem Geständnis gemeinsam in Dublin?«

»Granny hatte einen leichten Herzinfarkt und Robert wollte mich nicht allein zu ihr fahren lassen.«

»Aha …«

»Ich war froh, dass er dabei war.« Cara sah ihn unsicher an.

»Das verstehe ich.« Falk überlegte kurz. »Wisst ihr eigentlich, wie es weitergeht? Habt ihr es schon eurer Tochter gesagt?«

»Nein. Und nochmal nein. Wir wissen noch gar nichts und deshalb werden wir Lilly auch noch nichts sagen.« Unruhig zuckte sie mit den Schultern und dachte schmerzlich an die drei Tage, in der sie nicht in der Lage gewesen war, mit Lilly zu sprechen, und Robert ihrer Tochter vorgeflunkert hatte, dass sie im Hotel am See sehr beschäftigt wäre. »Lilly das alles zu erklären, wird schwer für uns werden.«

Er bemerkte sehr wohl, dass sie noch immer von »Uns« sprach. »Ihr werdet das alles bestimmt prima meistern, wenn es so weit ist. Ich glaube, ihr seid großartige Eltern, und Lilly kann sich glücklich schätzen, euch zu haben. Ihr könnt stolz auf euch sein.«

Dankbar schenkte sie ihm ein Lächeln. »Ja, ich denke auch, dass wir gute Eltern waren ... sind! Und das wird sich auch nicht ändern.«

»Gott, Cara, wie verkraftest du das alles?« Falk war maßlos erstaunt, wie ruhig sie das alles, trotz ihrer vielen Tränen, hinnahm.

»Das frage ich mich manchmal auch.« Tief aufseufzend und für sich selbst überraschend gefasst, erklärte sie ihm die Ruhe, die sie ausstrahlte: »Ich habe drei Tage mit Robert geweint. Wir haben uns gegenseitig unsere gemeinsamen guten Zeiten erzählt, und wir hatten fast nur gute. Er hat mir immer wieder beteuert, dass ich an nichts Schuld hätte, was mir anfangs schwerfiel zu glauben, aber ... Okay, es fällt mir irgendwie immer noch schwer.« Cara seufzte tief und schob den letzten Happen ihres Brotes in den Mund. »Aber tief in meinem Inneren weiß ich, dass ich nichts dafür kann. Robert hat sich jahrelang verstellt, aber seine Liebe zu mir ist aufrichtig ... Das weiß ich ... Ja, das weiß ich«, wiederholte sie leise, schüttelte dann jedoch den Kopf und fuhr mit kräftigerer Stimme fort: »Ich habe Abschied von meiner Ehe nehmen können. Na ja, einen Teilabschied, irgendwie kann ich noch immer nicht glauben, dass all das, was wir hatten, vorbei sein soll. Ich ... ich dachte immer, mein gemeinsames Leben mit Robert ist wie ein schönes warmes Bad zu nehmen – einlassen, genießen und bleiben, bis ich schrumpelig bin. Ha!« Sie lachte bitter auf. »Egal ... Ich werde jetzt einfach weiter meinen Traum verfolgen.« Sie sah Falk an und lächelte zaghaft. »Deinen Traum, Boss.«

»Du bist unglaublich.« Falk neigte sich vor und streifte ganz sachte mit seinen Lippen ihre Stirn.

Ihr wurde heiß und kalt zugleich und urplötzlich wollte sie nicht mehr reden, nicht mehr denken, sie wollte nur noch geliebt werden. Zum ersten Mal wurde ihr bewusst, dass sie und Falk bisher nicht mehr als ein paar zarte, unschuldige Berührungen ausgetauscht hatten und der Rest einzig und allein in ihren Köpfen stattfand. »Du bist jünger als ich, uns trennen vier Jahre«, war das, was ihr durch den Kopf schoss und sie spontan hervorbrachte.

»Drei! Ich habe einen Tag nach dir Geburtstag.« Falks Lippen streiften ihre Schläfen.

»Du hast eine Freundin, eine Jüngere, die noch keine Kinder hat und …«

»Cara«, unterbrach er sie, zog sie an sich, liebkoste ihren Nacken und murmelte: »Das mit Selina ist vorbei. Ich habe …«

Ihr Kopf neigte sich nach vorne und Cara genoss seine Liebkosung, während sie seinen Worten lauschte. Versunken in den Augenblick hörte keiner von beiden das Knirschen des Kieses und sie fuhren erst erschrocken auseinander, als sie hysterische Schreie vernahmen: »Verdammte Scheiße, ich wusste es. Du mieser, elender Betrüger. Du Arschloch. Du … Ich kratz ihr die Augen aus …«

Unsanft aus ihrem intimen Moment gerissen, starrten Cara und Falk entgeistert in das hochrote und wutverzerrte Gesicht Selinas …

Kapitel 22

Wie von der Tarantel gestochen sprang Falk auf und hielt Selina gerade noch am Arm fest, bevor sie sich auf Cara stürzen konnte.

Cara selbst war viel zu entsetzt, um irgendeine Reaktion zu zeigen, und starrte die junge Blondine nur aus weit aufgerissenen Augen an.

»Du sagtest, es hat nichts mit der zu tun! Und jetzt das?!« Selinas von Natur aus schon leicht schrille Stimme überschlug sich, während sie vergeblich versuchte, sich aus Falks Klammergriff zu befreien.

»Beruhig dich, verdammt nochmal, was ist denn in dich gefahren?« Falk schüttelte die kleine Blondine leicht. »Unsere Trennung hat nichts mit Cara …«

»Nichts? Nichts?« Die Hysterie in ihrer Stimme schwoll weiter an und sie kreischte außer sich: »Meinst du, ich bin doof und blind? Du erbärmlicher Hurensohn hast doch eben an der da rumgeknabbert und … und wäre ich nicht gekommen, hättest du die Schlampe doch gleich hier gefickt und …«

Cara stand wie ferngesteuert auf, trat einen Schritt auf das sich ankeifende Paar zu und brachte beinahe tonlos hervor: »Es tut mir leid, Selina, ich … Es ist nichts …«

»*Nichts*?!«, schrie sie erneut und funkelte Cara zornig an. »Mein Freund begrabscht dich und das soll *nichts* sein, du elendes Miststück?«

»Aber es war …«

»Cara!« Mahnend sah Falk sie an. »Bitte lass uns das allein regeln, es hat nichts mit dir zu tun.«

»Nichts! Nichts! Nichts!«, äffte Selina ihn nach, löste eine Hand aus seiner Umklammerung und schlug ihm gegen die Brust. »Wenn ihr euch hören könntet. Nichts, nichts!«

»Selina, verdammt, es reicht!« Falk hielt sie wieder auf Abstand. »Ich habe dir doch gestern all meine Beweggründe erklärt und dachte, du ...«

»All deine Beweggründe?!« Ihre Stimme schwoll immer weiter an, sodass sich ein paar Handwerker am Haus nach ihnen umdrehten. *»Ich möchte in der Natur leben. In meinem Hotel. Ich habe das Stadtleben satt. Ich verstehe, dass du das nicht möchtest. Lass uns gütlich auseinandergehen. Es gibt keine andere!«* Sie blickte hasserfüllt von ihm zu Cara, die wie angewurzelt auf dem Steg stand und zu keiner Regung fähig war. »Du hast wohl vergessen zu erwähnen, dass es diese alte Schlampe gibt, die offenbar nur allzu bereitwillig ihren faltigen Arsch ins gemachte Nest setzen will ...«

Cara erwachte aus ihrer Schockstarre und wollte nur noch weg. Ohne ein weiteres Wort eilte sie an Falk und Selina vorbei in Richtung Weinberge.

»Cara?!«, hörte sie Falk rufen, doch sie ignorierte ihn.

Weg! Ich muss weg, war das Einzige, was sie denken konnte.

»Ja, hau ab, du Miststück und lass die Finger von meinem Freund«, schrie Selina gellend.

»Verdammt, Selina, hör auf! Wir sind nicht mehr zusammen!«, war das, was Cara noch vernahm, als sie am Hotel entlang auf einen Weg zwischen den Äckern bog und zu rennen anfing. Sie hastete an Rebstöcken vorbei, quetschte sich inmitten von Sträuchern hindurch, deren Äste Striemen auf ihren nackten Armen hinterließen, und hörte erst auf zu rennen, als sie völlig außer Atem die ans Hotel grenzenden Weinberge verlassen hatte und auf einer Blumenwiese angekommen war. Japsend ließ sie sich neben einen Walnussbaum sinken und schlug die Hände vors Gesicht.

Sie hatte jegliches Zeitgefühl verloren. Noch immer völlig außer Atem hob sie den Kopf und stierte vor sich hin. *»Diese alte Schlampe, die offenbar nur allzu bereitwillig ihren faltigen Arsch ins gemachte Nest setzen will«*, wiederholte sie Selinas Worte immer noch fassungslos. Ohne es wirklich steuern zu können, fing sie leise zu kichern an. Was dachte diese kleine Barbie eigentlich von ihr? Als ob sie, Cara Sandberg, es nötig hätte, sich in ein gemachtes Nest zu setzen. »Oder habe ich es vielleicht doch bald wieder nötig, wenn Robert mich verlässt und ich mit nichts dastehe?«, überlegte sie laut und lachte dabei immer lauter. *Blödsinn!* Robert würde ihr so etwas nie antun. Aber was tat Falk Selina an? Hatte sie eben alles richtig mitbekommen? Er hatte gestern mit ihr Schluss gemacht? Cara überlief zunächst ein freudiger Schauer – er war frei und ungebunden. Ihr Verstand setzte jedoch sofort ein. Aber warum? Doch nicht ihretwegen, oder? Das wäre doch Wahnsinn. »Nein, das hat er bestimmt nicht meinetwegen getan«, stellte sie resolut fest.

»Nein, Cara, nicht deinetwegen, sondern wegen mir«, vernahm sie Falks Stimme und sah erstaunt auf. Wie aus dem Nichts stand er liebevoll lächelnd vor ihr und wusste anscheinend genau, über was sie nachgrübelte. »Ich würde sagen, gäbe es das Hotel und dich nicht, hätte ich wohl noch eine Weile gebraucht, bis mir bewusst geworden wäre, dass Selina und ich nicht wirklich zusammenpassen.«

»Aber sie glaubt doch …«

Beruhigend fuhr Falk fort: »Ich weiß, Selina denkt, ich hätte mich wegen dir von ihr getrennt. Aber glaub mir, es hat andere Gründe.« Er setzte sich zu ihr ins Gras und fixierte sie eindringlich. »Es war einfach an der Zeit. Und es tut mir unendlich leid, dass du Opfer einer der dramatischen Auftritte von Selina warst. Ich sagte dir ja schon, sie ist Schauspielerin und liebt das Drama. Gestern, ohne Publikum, war sie lange nicht so emotional, eher gefasst und …«

»Die Trauerphasen kommen in Wellen«, versuchte Cara, Selinas Ausbruch zu verteidigen, und dachte dabei an all die Emotionen, die sie in der letzten Zeit selbst durchlebt hatte.

»Bitte, du musst dir keine Gedanken machen. Weder über Selina noch über ihr Gerede. Sie ist eine Dramaqueen und hat mich wahrscheinlich schneller vergessen, als ich bis drei zählen kann.«

»Das hat sich eben aber nicht so angehört … und außerdem glaubt sie, dass wir etwas miteinander haben …«

Falk wollte nicht, dass Cara sich mit einem schlechten Gewissen gegenüber Selina belastete. »Bitte hör auf, dir darüber Gedanken zu machen, du hast genug eigene Probleme und Selina und ich gehören auf keinen Fall dazu.«

»Ist sie weg?«

»Ja.«

»War sie noch sehr aufgebracht?«

»Mmmh, sie ist ein sehr explosiver Mensch.« Falk grinste schief, griff vorsichtig nach ihrer Hand und umschloss sie mit seinen Fingern.» Es tut mir unendlich leid, aber wie gesagt, sie ist jetzt weg und mich interessiert viel mehr, wie es dir geht?«

Cara presste all ihre überschüssige Luft aus den Lungen und atmete zweimal tief durch. Falks beruhigende Worte zeigten Wirkung und seine sanfte Berührung spendete ihr den Trost, den sie so dringend brauchte. Es kam ihr zwar immer noch unwirklich vor, dass sie sich bei einem anderen Mann außer Robert plötzlich verstanden und geborgen fühlte, aber Falk schaffte es ganz langsam und unsagbar einfühlsam, sich in ihr Herz zu schleichen. »Mmmh, ›gut‹ wage ich mich noch nicht zu sagen, aber mir ging es auch schon schlechter.« Sie streichelte mit dem Daumen über seine Finger, die immer noch ihre Hand umschlossen. »*Du* tust mir gut.«

»Das ist auch alles, was ich momentan will, dir guttun.«

Seine andere Hand legte sich auf ihre Wange und Cara schmiegte ihr Gesicht hinein.

»Deine Arme sind ganz zerkratzt«, bemerkte er verwundert und inspizierte sie genau. »Was ist passiert?«

»Diese gemeingefährliche Natur hat wieder einmal zugeschlagen«, gab sie augenrollend zur Antwort. Sie fuhr sich mit den Händen über die Arme und stellte fest: »Es tut nicht weh, also ist es nicht so schlimm. Ich mache gleich ein wenig von meiner Kurkumasalbe darauf, die wirkt Wunder.«

»Soso, Kurkumasalbe, eine pflanzliche Salbe aus der Natur, also?!«

Cara kicherte. »Man muss diese Natur mit ihren eigenen Waffen schlagen.« Mit Schwung stand sie auf und sah Falk mit einem Mal erwartungsvoll an. »Bist du jetzt bereit für den Kick? Oder war Selinas Auftritt schon Kick genug für dich?«

»Was?« Falk war verwirrt. Er erhob sich ebenfalls, legte den Kopf schräg und ignorierte ihren makabren Scherz. »Möchtest du das jetzt wirklich? Sollen wir das nicht besser auf morgen verschieben und den Tag …«

»Nein«, unterbrach sie ihn heftig und schaute schnell auf ihre Armbanduhr. »Es ist gleich halb zwölf und wir haben um dreizehn Uhr einen Termin am Frankfurter Flughafen. Schaffen wir das?«

»Am Flughafen?«

»Ja. Hast du Lust auf einen Kick?«

Falk schüttelte verwundert den Kopf. »Wenn du das möchtest, bin ich dabei.«

»Ja«, sagte sie aus tiefster Seele, »ich glaube, ein Kick wäre jetzt genau das Richtige für mich.«

»War das nicht der helle Wahnsinn?«

»Es war fantastisch.« Falk strahlte über das ganze Gesicht, während er auf den Schotterweg Richtung Hotel einbog. »Wer von unseren Gästen dieses Arrangement bucht, bekommt wirklich etwas geboten.«

»So wie bei jedem anderen Angebot der Suiten«, entgegnete sie lächelnd.

»Du bist also mit den acht Suiten einverstanden und bestehst nicht mehr auf deine ursprünglich angedachten zwölf Zimmer?«

»Mmmh ...« Cara verzog nachdenklich die Stirn und erwiderte: »Hey, Maverick, nicht ganz so schnell, noch bin ich nicht ganz überzeugt, dass dein Businessplan aufgeht.«

»Vertrau mir, Iceman, ich bin Banker und weiß, was ich tue.« Er lachte über ihr *Top Gun*-Wortspiel, das sie während der Zeit im Flugsimulator begonnen hatten. »Ich hoffe, das war Kick genug?«

»Ja, das war es. Ich hätte nicht gedacht, dass wir einen solchen Spaß haben würden.« Und in Gedanken fuhr sie fort: »... dass ich überhaupt jemals wieder welchen haben würde.«

»Also haben wir jetzt den ersten Teil des Zimmers abgearbeitet«, Falk legte grüblerisch die Stirn in Falten, »dann fehlt nur noch Teil zwei.«

»Was meinst du?«

»Na, jetzt würde doch eigentlich die Leidenschaft kommen, oder?«, wies er vorsichtig auf ihren Plan hin und plötzlich ergriff ihn Unruhe.

Sie lächelte ihn ein wenig unsicher an und sagte, seine Frage ignorierend: »Also wenn wir wirklich die Zimmer thematisch mischen würden, hätten wir *Tanz* und *Musik, Kulinarische Träume* und *Edle Tropfen, Natur pur* und *Entspannung* sowie *Kick* und *Leidenschaft*. Das wären aber dann nur vier Suiten und wir müssten erst einmal noch meine anderen Ideen durchgehen, um acht daraus zu machen.«

Falk warf ihr einen raschen Blick zu und bohrte nicht weiter nach. Offensichtlich wollte sie das Thema Leidenschaft umgehen.

»Falk?!« Sie legte eine Hand auf seine, als sie aus dem Wald kommend um die letzte Kurve zum Hotel fuhren.

»Ja?« Er hielt mitten auf dem Weg an, stellte den Motor aus und drehte sich zu Cara. »Was?« Sie sah ihn mit großen Augen an und an ihrem zaghaften Lächeln konnte er erkennen, dass sie nervös war. »Die Idee mit dem Flugsimulator war super gewesen«, beeilte er sich zu sagen, um die eigentümliche Spannung zu überbrücken. »Ich kann mich nicht erinnern, wann ich jemals so viel Adrenalin in mir hatte … Okay, außer natürlich beim …« Er brach ab und fragte sich selbst, wie er auf einmal so einen Stuss daherreden konnte?

Caras Augen weiteten sich noch mehr und eine zarte Röte stieg in ihre Wangen. »… Sex?!« Verwundert nahm sie ihre körperliche Reaktion wahr – ihre Haut kribbelte wie elektrisiert.

»Ähm …«

Sekundenlang herrschte Stille und sie sahen sich nur schweigend an, jeder in seine Gedanken vertieft.

Mit einem Mal sagte Cara fast schon kleinlaut: »Ich … ich bin noch nicht so weit. Ich glaube …«

»Ich werde dich zu nichts drängen.«

»Es ist alles so verwirrend und neu und ich …«

»Du brauchst Zeit, das verstehe ich.«

»Das mit Robert ist noch so …«

»Komm!«, unterbrach er sie, öffnete die Tür und stieg aus. Falk wollte nichts mehr von ihrem Mann hören, es stimmte ihn übellaunig und Cara unglücklich. Er lehnte sich an die Motorhaube und war wie jedes Mal sogleich gefangen von dieser Perspektive auf sein Anwesen – das alte Gemäuer, umrahmt von blühenden Wiesen und Weinbergen, schien laut Willkommen zu rufen. Als Cara kurz darauf neben ihn trat, fasste er nach ihrer Hand und drückte sie leicht. »Unser Traum.«

»Mmmh, ja«, wisperte sie und genoss seine warmen Finger, die ihre umschlossen, während ihr Blick auf das alte Gemäuer geheftet war. »Ich bin dir unheimlich dankbar, das alles mit dir erleben zu dürfen.«

»Ich wünsche mir wirklich, dass es nicht nur *mein*, sondern *unser* Traum wird …« Falk sah sie an, legte seine Finger an ihr Kinn und drehte sachte ihren Kopf. »Was meinst du, unser Traum?«, fragte er, tief in ihre grünen Augen versunken.

»Unser Traum«, bestätigte Cara leise und starrte gebannt auf seinen sich nähernden Mund.

Falk, gefangen in ihrem sehnsuchtsvollen Blick, umfasste sanft ihre Wangen und neigte sein Gesicht zu ihrem. Er verschwendete keinen Gedanken mehr an Robert, an mehr Zeit oder dass sie sich noch nicht bereit fühlte, ihre Augen sprachen eine ganz andere Sprache.

Auch Caras Denken setzte aus, als sich seine Lippen ihren immer weiter näherten – sie fieberte seinem Kuss entgegen und senkte verzückt die Lider.

»Augen auf, Cara … Ich sagte doch, ich küsse dich nur, wenn du mich ansiehst und du voll und ganz bei mir bist.«

Schlagartig riss sie die Augen auf und ihr Gedankenkarussell setzte ein. Sie war in einem emotionalen Ausnahmezustand und sie wusste nicht, ob sie nur wenige Tage, nachdem Robert sich von ihr getrennt hatte, schon bereit für einen anderen Mann war. Allein der Gedanke an ihren Mann löste unsagbare Traurigkeit in ihr aus. Er war ihr Seelenverwandter – konnte sie jemals etwas Ähnliches für Falk empfinden? »Nein … Oh!« Sie zuckte zurück und ihre Hand ging zum Mund. »Oh, es tut mir leid. Ich wollte nicht schon wieder dieses Ja-Nein-Ding anfangen. Ich bin nur …« Cara schluckte und versank in seinem begehrlichen Blick. »Falk, du bewegst ganz viel in mir, so viel, dass ich überhaupt nicht weiß, wie ich das momentan alles ordnen und …« Sie zuckte mit den Schultern. »Ich brauche Zeit.«

Er entgegnete nichts, nickte nur verständnisvoll und legte eine Hand auf ihre Wange. »Ich weiß.« Ganz zart hauchte er einen Kuss auf ihre Lippen und murmelte: »Damit begnüge ich mich jetzt.«

Caras Herz machte einen Hüpfer und ihr Gedankenstrom versiegte. Die sanfte Berührung seiner Lippen setzten sie unter Strom. Instinktiv schlang sie die Hände um seinen Nacken, zog ihn näher an sich und schloss die Augen.

Falk stöhnte auf, verstärkte den Druck seiner Lippen und umfasste sehnsüchtig ihr Gesicht. Ihrem seligen Aufstöhnen und dem Kuss, den sie hingebungsvoll erwiderte, entnahm Falk, dass auch Caras Verlangen größer als ihre Bedenken waren.

Als ihr iPhone im gleichen Moment schrill in der Umhängetasche auf dem Rücksitz des Autos eine ihr bekannte Melodie spielte, stemmte sie sich urplötzlich gegen seine Brust. »Das … das …« Cara sah ihn mit glasigem Blick entrückt an.

»Lass es klingeln.«

Falk wollte sie wieder an sich ziehen, doch Cara wehrte ihn sanft, aber bestimmt ab. »Nein. Ich muss … Ich will da dran. Es ist …« Sie beendete den Satz nicht, sondern löste sich von ihm, lief ums Auto und kramte Sekunden später hektisch in ihrer Tasche.

»Es ist dein Mann, oder?« Falk war hinter sie getreten und musterte sie genau, als sie sich aufrichtete.

»Ja, das ist sein Klingelton. Es könnte etwas mit Granny sein … Es tut mir leid.« Sie hatte das iPhone gefunden, holte tief Luft und nahm das Gespräch immer noch atemlos an: »Ja?«

Falk war froh, dass endlich Ruhe war – er hätte nicht eine Sekunde länger *Can't Stop Loving You* ertragen können, was Cara als Erkennungsmelodie für ihren Mann hatte. Doch noch mehr traf es ihn, als Cara zärtlich ins Telefon sprach: »Hallo, Robert.«

Er warf ihr einen argwöhnischen Blick zu, als sie ein paar Schritte in Richtung Wald ging und erkannte sofort, dass sie aufgeregt war. Ihr eben noch erhitztes Gesicht war erblasst, ihre Hand umklammerte das Handy regelrecht und ihr flach kommender Atem ließ auf ihre innere Anspannung schließen.

»Ja … Ja, ich bin am Seehotel«, bestätigte sie hastig und schwieg daraufhin, während sie der Stimme ihres Mannes lauschte, die Falk ebenfalls vernahm, aber nicht verstehen konnte, was er sagte.

»Ich … ich weiß nicht … Warum bist du eigentlich schon wieder …« Vorsichtig schaute sie zu Falk, der sie weiterhin unverblümt beobachtete. Hastig senkte sie den Kopf, starrte auf den Waldboden und murmelte: »Ah, okay … Ja … Ja, ich denke, das geht.« Erneut hörte sie ihrem Mann zu.

Falk ging ums Auto und setzte sich auf den Fahrersitz. Sein Augenmerk richtete sich auf sein Hotel und mit einem Mal hatte er das ungute Gefühl, dass gerade etwas passierte, was seinen zuvor intimen Moment mit Cara im Nachhinein zunichtemachte.

»Okay, Robert … Bis später dann.« Cara hatte die Beifahrertür geöffnet, setzte sich ebenfalls und starrte stumm vor sich hin.

»Ist alles okay?«, erkundigte sich Falk versucht gelassen.

»Jaja …« Nervös spielte sie mit ihrem iPhone.

»Werdet ihr später nochmal telefonieren?«

»Ähm … Nein. Ich fahre nach Hause und …«

»Wieso?«, fragte er sichtlich verwirrt.

»Ähm … Robert ist aus Irland zurück und möchte mit mir reden und ich …«

»… und du willst das auch«, beendete er den Satz.

»Ja.« Sie flüsterte nur. »Es tut mir leid, aber ich …« Ihr fehlten die Worte und sie legte stumm ihre Hand auf seine.

»Schon gut.« Ohne sie dabei anzusehen, streifte er Caras Hand ab und startete den Motor. »Ich fahre dich noch gerade vor zu deinem Auto.«

»Ich komme später bestimmt wieder und dann …«

»Und dann machen wir da weiter, wo wir eben aufgehört haben?« Er betrachtete sie seitlich und grinste schief. »Das glaubst du doch selbst nicht.«

Sie zuckte nur leicht mit den Schultern und beobachtete verunsichert Falks eingefrorene Miene, der ohne eine Erwiderung am Hotelparkplatz anhielt. Sie drehte sich um, schnappte ihre Umhängetasche vom Rücksitz und öffnete die Tür. »Ich muss wirklich …«, versuchte sie, zu erklären, und schaute in Falks unergründliche Miene.

»Hast du alles?«

»Ja.« Sie fing seinen Blick ein. »Ich bin in ein paar Stunden zurück. Wartest du auf mich?«

Falk erwiderte ihren bittenden Blick stumm und nickte nur.

»Okay. Bis später.« Cara wollte sich zu ihm beugen, stoppte aber und sah ihn abwartend an. Als keine Regung von ihm kam, stieg sie langsam aus – sie war hin- und hergerissen.

»Fahr vorsichtig«, hörte Cara noch, als sie die Tür zuwarf, und nickte ihm durch die Scheibe zaghaft lächelnd zu, bevor sie den Motor startete und losfuhr. Im Rückspiegel sah sie, wie Falk aus seinem Wagen stieg und ihr kurz nachschaute. Dann wandte er sich um und ging ins Hotel. Am liebsten wäre sie augenblicklich umgedreht, zurück zu Falk und seinem Hotel, um weiter mit ihm ihren Traum zu verfolgen. Doch Robert hatte sie so inständig gebeten, nach Hause zu kommen, weil er unbedingt mit ihr reden wollte, dass sie überhaupt keine andere Möglichkeit sah, als ins *Stadthotel* zu fahren. Kopfschüttelnd fragte sie sich, ob sie das Richtige tat, schaltete mit zittrigen Fingern das Radio an und lauschte im nächsten Moment der kratzigen Stimme von Philipp Poisel. »*… und solang ich lebe, wird mein Herz nicht ruhn, und so wird es immer bleiben, du kannst gar nichts dagegen tun, weil du die Liebe meines Lebens bist …*«

»Oh Gott …« Cara trat auf die Bremse und starrte mit laut klopfendem Herzen auf den Schotterweg im Wald. *Das weise Radio* hatte wieder zugeschlagen. Wenn auch Falk anfing, ihr von Tag zu Tag mehr zu bedeuten, war noch immer Robert die Liebe ihres Lebens. In ihrem Kopf schrie es: Aber er ist doch schwul, er liebt jemand anderen, er will sich von mir trennen – und trotzdem gab Cara Gas, um schnellstens nach Hause zu ihrer großen Liebe zu kommen …

Kapitel 23

»Cara, ich liebe dich … Du … du weißt, wie sehr ich dich liebe.« Robert war von der Couch aufgesprungen, als Cara das Penthouse betrat. Verwirrt sah sie ihrem Mann entgegen, als er mit schnellen Schritten auf sie zukam und heftig in die Arme riss. »Ich liebe dich … Und ich weiß, ich will … Oh Gott, wie konnte ich es nur so weit kommen lassen?«

Roberts Nähe, seine Worte, seine Umarmung, zogen ihr förmlich den Boden unter den Füßen weg.

Ungestüm und ungeduldig, weitaus stürmischer als je zuvor, suchte sein Mund ihren und erstickte somit unweigerlich Caras aufkommende Fragen. Seine Finger jagten wie gehetzt über ihren Körper, nestelten das Top aus der Latzhose, streiften die Hosenträger über ihre Schultern und krallten sich in ihr nacktes Hüftfleisch. Er wollte ihr keine Zeit zum Denken geben, aus Angst, sie könnte ihn sogleich von sich stoßen.

»Robert? Ich …« Cara versuchte, unter seinen Küssen zu atmen, zu reden, doch er gab ihr keine Chance.

»Bitte, Cara … Bitte.« Robert drängte sie ins Schlafzimmer und sie ließ es ohne weiteres geschehen – irritiert und zugleich seine Begierde genießend. Jäh verschwammen die sehnsuchtsvollen Augenblicke mit Falk in ihrem Kopf zu einem fernen Erlebnis und nur ein einziger Gedanke beherrschte Cara in diesem Moment – ihr Ehemann, die Liebe ihres Lebens war wieder bei ihr und wollte sie zurück.

Noch immer nicht von ihren Lippen lassend, fiel Robert mit ihr aufs Bett. Er zog ihr flugs das Top über den Kopf, öffnete den BH und umfasste hitzig eine Brust. Hektisch fingerte er an ihrer Jeans, während seine Zunge erregt mit ihrer spielte. »Ich will dich, Cara, ich will dich«, stieß er heiser hervor, gab für Sekunden ihren Mund frei, schob ihr die Hose herunter und legte sich mit seinem gesamten Gewicht auf sie. Sofort begann er, sie wieder zu küssen, und seine Hände umschlossen beinahe grob ihr Gesicht.

»Robert?« Cara stöhnte unter dem Gewicht, hörte dabei ihre eigene Stimme wie durch Nebelschwaden und wusste nicht, ob sie wirklich sprach. »Robert, was ist mit dir?«

Sie bekam keine Antwort. Er rollte sich von ihr und mit seinen Lippen weiterhin fest auf ihre gepresst, streifte er hastig ihr Höschen ab und versuchte, mit der Hand ihre Beine zu spreizen.

Cara riss die Augen auf und schaute in Roberts erhitztes und unnatürlich verzogenes Gesicht. Sie sah seine geschlossenen Lider und wusste sofort, dass sie ihn stoppen musste. Jahrelang war ihr Liebesakt ein gefühlvoller Austausch von Zärtlichkeiten gewesen; nie hatte es solche Heftigkeiten gegeben. Sie begriff nicht, was ihren Ehemann plötzlich zu diesem heißblütigen, fast schon rücksichtslosen Vorspiel animierte. Beherzt schob sie ihn von sich, ohne auf sein Murren und seine Hand zu achten, die weiterhin versuchte, ihre Beine zu spreizen. Cara wusste, Robert würde nichts gegen ihren Willen tun und bat deshalb sanft: »Liebling, bitte hör auf.« Sie dachte nicht nach, sondern handelte rein intuitiv, als sie sich auf ihn drehte, eine Hand auf seine Wange legte und die andere in seine Hose schob. Im gleichen Augenblick forderte sie ihn auf: »Mach die Augen auf, Robert … Bitte sieh mich an, wenn ich dich berühre, küsse … liebe …«

Er presste die Augen noch fester zusammen, umschloss ihr Gesicht nunmehr wirklich grob mit seinen Händen, schob sich wieder auf sie und drückte seinen Mund hart auf ihren.

Cara ließ es teilnahmslos geschehen, zog ihre Hand zurück und machte sich mit einem Mal ganz steif.

»Bitte … bitte …«, stieß er flehend hervor und umklammerte sie noch fester.

Sie schmeckte Salz auf ihren Lippen – Salz der Tränen, die ihr Mann weinte, während er verzweifelt versuchte, sexuelle Erregtheit zu spüren. Auch ihr liefen jäh die Tränen über das Gesicht, als sie Gewissheit hatte, dass all das hier ein letztes, schmerzliches Experiment war, das ihnen nichts weiter brachte als noch mehr Leiden.

»Ich will … ich will dich, Cara. Ich kann …« Erstickte Laute entsprangen seiner Kehle.

»Bitte öffne die Augen, Robert, bitte«, murmelte sie gequält und stoppte mit zusammengekniffenen Lippen einen letzten, kraftvollen Vorstoß seiner Zunge.

Robert rollte sich aufstöhnend von ihr und schlug die Hände vors Gesicht. Sie ließ ihn nicht aus den Augen, während sie ihr Höschen sowie Top flugs anzog und sich in die Bettdecke wickelte. Mit klopfendem Herzen legte Cara sich wieder neben ihren Mann, löste vorsichtig seine Hände, nahm eine Hand in ihre, lehnte sich in die Kissen und drückte zart seine Finger, während sie an die Decke starrte. »Was ist passiert?« Cara hörte sein unterdrücktes Schluchzen und meinte, ihr Herz würde erneut brechen.

»Ich … ich will … Ich wollte wirklich … Ich … ich hasse mich.« Robert versuchte, seine Hand aus ihrer zu lösen, doch sie ließ es nicht zu.

»Warum?«

»Auch du wirst mich hassen.«

Cara wandte ihm den Kopf zu. »Nein, Robert, das werde ich nicht. Ich werde dich immer lieben, so wie du mich.« Sie war sich absolut sicher, dass es niemals anders sein konnte.

»Oh Cara, wie gern hätte ich deine Gewissheit, dein Vertrauen.« Noch immer sah er sie nicht an, sondern lag verkrampft neben ihr und begann stockend zu erzählen: »Als ich nach dem Geschäftstermin gestern Abend zu Granny gefahren bin, hatte ich plötzlich das Gefühl, dass ich den größten Fehler meines Lebens begehe, wenn ich dich verlasse. Ich zerstöre alles, was wir uns gemeinsam aufgebaut haben … Alles! Und ich habe panische Angst davor, es unserer Tochter zu sagen …«

»Das verstehe ich.« Sie starrte wieder an die Decke.

»Aber es ist nicht nur das. Es war … Es ist so viel mehr.«

»Wir müssen es ihr doch noch gar nicht sagen. Sie ist am anderen Ende der Welt und bekommt nichts mit. Lass uns doch einfach versuchen, normal unseren Alltag zu bewältigen, und dann schauen, wo es uns hinführt.« Noch immer hatte Cara Hoffnung, dass sich irgendwie alles noch zum Guten wenden würde. Für sie selbst, für Robert, für Lilly – noch immer hatte sie die Hoffnung nicht aufgegeben, dass ihre große Liebe bei ihr blieb.

»Carlos hat mich gestern angerufen … Das erste Mal seit … seit …« Seine Stimme brach, von Emotionen überrollt.

Cara fühlte sich urplötzlich fehl am Platz. Nicht sie sollte hier liegen, sondern die neue Liebe ihres Mannes. Nicht sie sollte seine Hand halten, sondern er. Nicht sie sollte ihn trösten, sondern Carlos. In ihrem Kopf hallte es, als Robert stockend weiterredete – sie hörte ihn kaum und es fiel ihr unsagbar schwer, seine Worte zu begreifen.

»Ich hatte mit einem Mal eine solche Sehnsucht …«

Nach seiner neuen Liebe, erkannte Caras Verstand sofort, doch ihr Herz wisperte: *Nach mir, bitte nach mir.*

»… und dann bin ich Hals über Kopf nach Hause geflogen, direkt zu …«

Zu mir, versuchte Cara, sich selbst einzureden.

»… ich konnte nicht anders. Mein brennendes Herz wollte …«

Dein Herz gehört mir, Robert, mir, sagte sie sich innerlich vor. *Mir ganz allein!*

»… es war das erste Mal, dass ich pure Leidenschaft …«

Dass du pure Leidenschaft empfunden hast – für mich, nur für mich, wiederholte Cara für sich immer und immer wieder.

»… es war ganz anders, es war so voller Tiefe und Hingabe …«

Ja! Ja, genau das war es immer. Mit mir, nur mit mir! Tränen quollen aus ihren Augen, unterdessen sie krampfhaft versuchte, ihre Selbstlüge zu verdrängen.

»… ich war wie besessen und wollte mehr. Doch gleichzeitig konnte ich nicht glauben, dass ich das bin, der solch einen heißblütigen Akt der …«

Heißblütig, Tiefe, Hingabe, Leidenschaft? Oh Gott, er meint nicht mich. Er kann nicht mich meinen. Ihr Herz begriff in diesem Moment, was ihr Verstand schon lange wusste. Selbst wenn Cara nie an Roberts aufrichtiger Liebe gezweifelt, sie sich nie nach einem anderen Mann gesehnt hatte, hatte sie eines nie mit ihrem Ehemann erlebt: ungehemmte, hingebungsvolle und verzehrende Leidenschaft.

»… und nachdem ich mit Carlos … mit Carlos zusammen war, wusste ich, ich muss zu dir, dich halten, spüren, schmecken, riechen … Mit dir schlafen … Muss wissen, ob ich … ich wirklich schwul bin … Oder alles vielleicht ein einziger großer Irrtum ist. Ich kann es nicht begreifen, wie … wie kann ich eine solch tiefe Leidenschaft empfinden, eine dermaßen einzigartige …« In seinem Eifer hatte Robert nicht mitbekommen, dass sich Caras Finger aus seiner Hand gelöst hatten und sie sich wie in Zeitlupe aufrichtete. Erst als er ihren entsetzten Aufschrei hörte, fuhr er erschrocken hoch und starrte in ihre wild flackernden Augen. »Cara, Schatz, es tut mir leid … Ich …« Er wollte seine Hand auf ihre Wange legen, sie beruhigen, wie in all den letzten Jahren, doch sie ließ es nicht zu.

Mit wutverzerrter Miene wischte Cara seine Hand weg und sprang auf. »Du elender Mistkerl, du … du mieser, dreckiger …« Sie griff nach einer Haarspraydose auf dem Schminktisch und feuerte sie ihm rasend vor Zorn entgegen.

Reaktionsschnell wehrte Robert die Dose mit der flachen Hand ab und sprang ebenfalls auf. »Cara? Was? … Du sagtest doch, dass …«

»Was habe ich gesagt?« Sie griff nach ihrem Schmuckkästchen und pfefferte es, ohne weiter nachzudenken, auf ihn. Sie interessierte in dem Augenblick nicht, ob es zu Bruch ging und sich der Inhalt im ganzen Zimmer verteilte, und erst recht kümmerte es sie nicht, ob sie ihn damit etwa verletzte.

Robert stöhnte auf, als das Kästchen zunächst wuchtig gegen seine Brust knallte und bevor es zu Boden fiel noch seine Lippe streifte. Mit einem blutigen Geschmack im Mund machte er einen schnellen Schritt auf Cara zu, schnappte ihre Hände und hielt sie eisern fest. »Was ist plötzlich in dich gefahren? Eben war doch noch alles …«

»… in Ordnung?!«, spuckte sie aus und riss sich los. Die erste Ohrfeige traf ihn noch unerwartet, der zweiten konnte er jedoch Einhalt gebieten, fühlte sich daraufhin aber machtlos, ihre heftigen Faustschläge auf seine Brust weiter abzuwehren. »Du hast mich benutzt. Erst hast du mit ihm gevögelt und wolltest dann testen, ob du noch ›normal‹ bumsen kannst … Mit mir, deiner Ehefrau …« Erneut klatschte ihre flache Hand auf seine Wange. »Du verdammter Heuchler, du … du hast mich benutzt! Ich … ich hasse dich …« Cara fiel jämmerlich in sich zusammen und sank schluchzend auf den Boden.

Robert war unfähig, sich zu ihr zu beugen oder gar zu trösten. »Ich wusste es, Cara, ich wusste, du wirst mich hassen.«

»Wie … wie kann … wie kann ich dich nicht … dich nicht hassen?«, brachte sie mühsam hervor und schaute tränenüberströmt und tief ins Herz getroffen zu ihm auf.

»Ich hasse mich selbst für alles, was ich dir antue.« Er schob sein Hemd in die Hose, wischte sich ein wenig Blut von seiner aufgesprungenen Lippe und ging benommen zur Tür. »Ich kann nur immer wieder sagen, wie leid mir alles tut.«

Cara schluchzte unkontrolliert: »Warum, Robert, warum nur?«

Er zuckte mit den Schultern, sah sie schmerzvoll an und flüsterte: »Es tut mir leid …«

Als sich die Schlafzimmertür hinter ihm geschlossen hatte, rollte Cara sich zusammen, umgriff ihre Knie und kauerte bewegungslos und mit weitaufgerissenen Augen auf dem Teppich. Sein verzweifelter Blick und sein »Es tut mir leid« machten es ihr nicht leichter, ihn zu hassen – und sie wollte ihn so dringend hassen, damit sie ihn nicht mehr lieben musste …

Cara löste sich aus ihrer Kauerposition am Boden des Schlafzimmers und empfand einen unerträglichen Schmerz. Nicht körperlich, auch wenn sie sich eine gefühlte Ewigkeit nicht von der Stelle bewegt hatte – rein seelisch. Sie schlüpfte wie ferngesteuert in eine Jogginghose, zog einen Pullover über den Kopf und schlurfte barfuß ins Wohnzimmer. Schwer ließ sie sich auf die Couch sinken, nahm Block und Stift zur Hand und begann, mit krakliger Schrift einen Brief an ihr Zukunfts-Ich zu schreiben.

An Cara, irgendwo in ferner Zukunft …
Es ist Dienstag, der 24.7.2018 so um die 23 Uhr und ich weiß jetzt, was hassen bedeutet!
Ich hasse ihn! Ich hasse ihn abgrundtief! Ich hasse ROBERT so sehr …

Ihr Kopf tat weh, ihr Hals war trocken und sie sträubte sich dagegen, aufzustehen. Aber irgendwo in ihrem Inneren war ein klein wenig Vernunft, welche sich vehement Gehör verschaffte und sie dazu zwang, etwas zu trinken. Gut vierundzwanzig Stunden waren seit Roberts Fortgang vergangen und Cara mahnte sich, möglichst bald wieder mit dem Normalfunktionieren anzufangen. Doch nach einem Glas Wasser und einem Toilettengang endete sie erneut auf der Couch und griff zum Stift.

Mittwoch, der 25.7.2018, genau 17.03 Uhr
Wusstest du das, liebe Zukunfts-Cara? Wusstest du, dass Robert schwul ist? Ich hasse ihn …

Über diesen Satz war sie wieder in Tränen ausgebrochen und hatte sich für weitere fünf Stunden in eine Ecke der Couch gekauert, bevor sie weiterschrieb.

Robert ist schwul!
Robert ist weg!
Robert hat unser Leben zerstört!
Robert hat MEIN Leben zerstört!
Robert wird meinem geliebten Lillykind weh tun!
Ich hasse ihn!

Ein weiterer Tag war an Cara vorbeigerauscht und erst eine abendliche Nachricht von Robert, die ihr der Stellvertreter des Hotels Jeremy ins Penthouse gebracht hatte, hatte sie kurzweilig aus ihrer Lethargie gerissen. Sie hatte ein wenig Erleichterung, aber auch noch immer dieses bohrende Hassgefühl beim Lesen der paar Zeilen verspürt – Carlos war nicht mehr im Hotel und auch Robert war für ein paar Tage weggefahren. Daraufhin war sie erstmals im Stande gewesen, zu duschen und sich eine Kleinigkeit zum Essen kommen zu lassen. Körperlich erschöpft und seelisch ausgelaugt hatte sie sich wieder auf die Couch verzogen – in ihr Bett wollte sie zu diesem Zeitpunkt nicht.

Liebe alte, einsame Zukunfts-Cara,
es ist bereits Donnerstag, der 26.7.2018, fast vier Uhr morgens und ich finde keinen Schlaf. Zwar sind meine Tränen langsam am Trocknen, aber sie versiegen nicht ganz. Robert ist weg und kommt NIE wieder zu mir zurück! Er hat aus unserem »Gemeinsam« die ersten drei Buchstaben mitgenommen und mich »einsam« zurückgelassen. Wie kann Robert mir so viel Schmerz zufügen und dabei sagen, er liebt mich? Wie kann ich ihn hassen und gleichzeitig nicht aufhören, ihn zu lieben? Wie kann er einfach unser Leben zerstören? Warum gibt er seine leidenschaftliche Liebe einem Mann und nicht mir? Wie konnte er mich jahrelang täuschen und unser gemeinsames Leben zu einer einzigen großen Lüge machen? Warum war ich so blind und habe nie etwas gemerkt? Warum? Ich hasse ihn!

Essen, Trinken und vor sich Hinstarren war alles, zu was sie in den letzten knapp vierzig Stunden fähig gewesen war. An Schlaf war in ihrem großen Ehebett nicht zu denken gewesen und Cara glaubte nicht, dass sie auch nur einen einzigen klaren Gedanken seit Roberts Weggang hatte fassen können. Außer in den Zeilen, die sie an sich selbst verfasste. Und so schrieb sie am Freitagabend auch weiter an ihrem Brief, nachdem eine erfrischende Dusche ein wenig ihre Lebensgeister geweckt hatte.

Und weiter geht es, liebe Zukunfts-Cara. Es ist jetzt Freitag, der 27.7.2018 und die Tagesschau läuft gerade. Es gibt noch eine Welt außerhalb dieser vier Wände – unfassbar!
Ich fange wieder an, normal zu atmen. Meine Heulkrämpfe habe ich unter Kontrolle und der Hass, der mein Herz besetzt, wandelt sich langsam in Kummer. Robert meldet sich ständig per WhatsApp, obwohl ich ihm gesagt habe, dass ich nichts von ihm hören will. Sehen kann ich ihn schon gar nicht, denn ich glaube, ich würde ihm noch immer an die Gurgel springen. Er hat mich benutzt wie ein Versuchsobjekt – bekomme ich bei meiner Alten noch einen hoch? Nein? Okay, dann vögle ich halt einfach den Typen weiter, bei dem ich »wahre Leidenschaft« erlebe. Wenn ich das schreibe, wandelt sich mein Kummer sofort wieder in Hass. Aber nicht allein gegen

Robert, sondern auch gegen mich. Ich hasse mich dafür, dass ich so leide, dass ich mein Leben an diesem Mann festmache, dass ich ihn immer noch schmerzlich vermisse, dass ich in den Nächten auf seine Seite rutsche und wünsche, er wäre da – dass ich Robert liebe, meinen Robert, der mir so lange so vertraut war. Ich hasse mich für meine Blindheit! Ich hasse mich für meine Verletzlichkeit!

Cara zog mit stoischer Ruhe das Bettzeug in ihrem Schlafzimmer ab, brachte es in den Waschraum und stopfte es in die Waschmaschine. Danach holte sie ihre Lieblingsblümchenbettwäsche hervor und bezog das Bett frisch – beide Seiten. Eine Nacht voller Selbsthass lag hinter ihr und sie hatte beschlossen, dass das aufhören musste. Sie holte sich Block und Stift, legte sich auf ihre Seite des Bettes und begann zu schreiben.

… es ist halb sieben am Samstagmorgen, wieder ist eine schlaflose Nacht vergangen. Ich muss ganz dringend aufhören, mich zu hassen! ICH kann nichts dafür! ICH habe nichts falsch gemacht! ICH konnte nichts ahnen! Alles, was ich konnte, war Robert lieben, so wie er mich geliebt hat. Ja! Wir haben uns geliebt, aber das ist jetzt vorbei. Robert hat eine neue Liebe, und ich muss das akzeptieren, auch wenn es unsagbar schmerzhaft ist. Und auch ich werde irgendwann mein Herz für eine neue Liebe öffnen, wenn auch ich heute noch nicht weiß, wie ich das machen soll. Ich habe vier Tage geweint, vier Nächte wachgelegen und werde jetzt schlafen – ALLEIN, aber NICHT einsam!

Um kurz vor fünf am Sonntagmorgen wachte Cara auf. Sie war wieder bei sich, sie war wieder da. Mit neugewonnenem Elan eilte sie unter die Dusche, machte sich danach ein kleines Frühstück und setzte sich an ihren Schreibtisch, um in den Unterlagen des Seehotels zu blättern. Bevor sie eine kurze Nachricht an Falk schrieb – er musste wissen, dass sie bereit war, ihren gemeinsamen

Traum mit ihm zu Ende zu träumen – beendete sie den Brief an ihr Zukunfts-Ich.

Liebe Zukunfts-Cara, das werden meine letzten Zeilen, bevor der Brief an Ma geht.
Ich habe ALLEIN geschlafen und mich dabei NICHT einsam gefühlt. Ich habe über zwanzig Stunden traumlos durchgeschlafen, ohne zu weinen, zu hadern oder gar zu hassen. Ich bin aufgewacht, habe mir die Frage gestellt, was ich jetzt brauche, um wieder glücklich zu werden, und habe das Radio angestellt. »Das weise Radio« hat mir meinen Weg ganz deutlich vor Augen geführt, als »I Have a Dream« von ABBA lief. Ich habe einen Traum und werde ihn nicht aus den Augen verlieren! Ich werde zurück ins »Traum am See« fahren und gemeinsam mit Falk sein Hotel fertigstellen. Ich werde offen für Neues sein und nicht mehr an Vergangenem festhalten.
ICH, Cara Sally Sandberg, habe einen TRAUM …

Kapitel 24

Während er sich die Zähne putzte, schielte Falk immer wieder auf sein Handy, das er eben angeschaltet hatte und das gerade damit beschäftigt war, eines dieser elendigen Updates auszuführen. Es war Sonntagmorgen und seit fünf Tagen hatte Cara kein Lebenszeichen von sich gegeben. Er hatte zwar nicht damit gerechnet, dass sie am selben Tag wieder zurück ins *Traum am See* kam, aber dass er so gar nichts von ihr hörte, trieb in fast in den Wahnsinn. Erfolglos hatte er mehrmals versucht, sie zu erreichen, jedoch war immer nur die Mailbox angesprungen. Falk spülte aus, nahm sein Handy und riskierte einen weiteren Blick. Etliche Nachrichten blinkten auf, die er hastig überflog, bis er an einem Namen hängenblieb – Cara!

Ich bin ab 16 Uhr im Hotel. Die letzten Zimmer warten auf uns. Hast du Zeit? Bist du da?

Bist du da? Und ob er da sein würde.

Nachdem er sich vor einigen Tagen schweren Herzens von Cara am Parkplatz verabschiedet hatte, war er ins Hotel gegangen und hatte sich bei seinem Vorarbeiter nach den neuesten Fortschritten erkundigt. Im unteren Bereich war nunmehr fast alles fertig und es fehlte nur noch hier und da das Mobiliar, aber die Renovierungsarbeiten waren größtenteils abgeschlossen und hatten sich sichtlich gelohnt. Den oberen Teil mied er bewusst – er wollte ihn nicht ohne Cara betreten, sondern mit ihr gemeinsam das Zimmer der Leidenschaft erträumen.

Die letzten Zimmer? Ich dachte, es wäre nur noch »Leidenschaft«?!, schrieb er zurück, neugierig, was sie jetzt schon wieder vorhatte.

Prompt kam ihre Antwort: *Herr Baringhaus, lassen Sie sich überraschen.*

Falk stöhnte gequält auf und tippte schnell: *Sie? Sind wir wieder beim »Sie« angekommen? Bitte nicht, Cara.*

Ein Smiley war alles, was sie daraufhin zurückschickte.

Er schaute auf die Uhr – kurz nach elf – also hatte er genügend Zeit, um noch ein wichtiges Telefonat mit seinem Nachfolger in der Bank zu führen, der vor einigen Tagen benannt worden war und mit dem die Übergabe zu seiner Erleichterung bisher reibungslos verlief. Sein größeres Problem war Selina, die sich mit Händen und Füßen weigerte, auszuziehen. Zu seinem Leidwesen schien sie momentan auch keine Rollenangebote zu haben und hing beinahe ständig zu Hause herum. Auch jetzt hörte er die laute Musik aus dem kleinen Fitnessraum, in dem sie vermutlich auf dem Trimmrad saß. Seine Bitte, sie möge bis zum Verkauf der Wohnung, der sich in Kürze abzeichnete, zu ihrer Schwester nach Heidelberg ziehen, lehnte sie rigoros ab. Während zwischen ihnen tagsüber eisige Stille herrschte, verbrachte Falk seine Nächte damit, Selinas nach reichlich Alkoholgenuss erwachende Leidenschaft vehement abzuwehren. Jegliches Bemühen seinerseits, ein klärendes Gespräch mit ihr zu führen, endete in einem erbitternden Streit. Mittlerweile fragte er sich ernsthaft, was sie die letzten drei Jahre verbunden hatte – waren es wirklich nur die Partys, der Sport und die wenigen gemeinsamen Freunde gewesen? Hatte er eigentlich je tiefe Liebe für Selina empfunden – diese tiefe Liebe, die einem den Atem raubte, wenn der Partner den Raum betrat? Die das eigene Herz bei der kleinsten Berührung zum Rasen brachte?

Bei tiefer Liebe fielen ihm sofort Cara und ihr Mann ein und es versetzte ihm einen Stich, als er an die spürbare Verbundenheit der beiden dachte. Noch immer war ihm unbegreiflich, dass sich Robert Sandberg von seiner Frau abwenden konnte, auch wenn er verstand, dass dessen Neigung ihm kaum eine andere Wahl ließ. Die Frage, die sich ihm jedoch viel dringender stellte, war, ob Cara ihre große Liebe überwinden würde und bereit war, sich erneut einem Mann – ihm – zu öffnen. Falk schwelgte für Minuten in Erinnerungen an ihre kleinen, kostbaren Momente, die so viele Gefühle in ihm hervorgerufen hatten. Sie führten wunderbare Gespräche, konnten über dasselbe lachen, waren oft einer Meinung und wenn nicht, taten sie alles dafür, um Kompromisse zu finden. Zudem verfolgten sie den gleichen Traum in ihrem Leben und das war wohl das Wichtigste, wie er jetzt, nach seiner gescheiterten Beziehung mit Selina festgestellt hatte. Außerdem erregte ihn die zugegebenermaßen große Anziehungskraft zwischen Cara und ihm immer wieder. Doch Cara hatte um Zeit gebeten und die wollte er ihr geben – die musste er ihr geben, wenn das, was sich ganz langsam zwischen ihnen entwickelte, eine Zukunft haben sollte.

Als Falk um kurz nach drei am Nachmittag auf den Parkplatz einbog und Caras Auto dort entdeckte, machte sein Herz vor Freude wilde Sprünge. Er parkte, stieg aus, schnappte seine Tasche und ging zum Hoteleingang. Mit leichtem Stolz betrachtete Falk die Gebäudefront und genoss für eine Weile die friedliche Stimmung, die ihn umgab. So, wie er jetzt, sollten seine Gäste sich fühlen, wenn sie hier ankamen – entspannt und gleichzeitig erwartungsvoll.

Er betrat die Lobby, räusperte sich und rief: »Cara, ich bin da!«

»Guten Tag, Herr Baringhaus, herzlich Willkommen im *Traum am See.*« Erschrocken fuhr Falk herum, als er Caras Stimme hinter sich vernahm. Von dem kleinen Spurt vom Steg zum Gebäude zwar heftig atmend, kam sie dennoch strahlend durch die Hoteltür auf ihn zu und streckte ihre Hand nach seiner Tasche aus. »Darf ich Ihnen Ihr Gepäck abnehmen und es auf Ihr Zimmer bringen lassen?«

»Ähm … Ich …«

»Das gesamte Team des *Traum am See* freut sich, Sie hier begrüßen zu dürfen und hofft, Ihr Aufenthalt im *Entspannungszimmer* wird Ihren ganz persönlichen Wünschen entsprechen.«

»Ähm, ja, danke …« Falk brauchte ein paar Sekunden, bis er Caras Rollenspiel verstand, zu sehr war er gefesselt von ihrem Auftreten. Ihre roten Locken waren zu einem verspielten Dutt hochgesteckt und ihre grünen Augen funkelten übermütig, wenn auch er meinte, trotzdem eine Spur Traurigkeit darin erkennen zu können. In kurzen Leggins, bauchfreiem Top, das ein blauglitzenders Bauchnabelpiercing provozierend hervorblitzen ließ, stand sie barfuß, mit bunt lackierten Fußnägeln tänzelnd vor ihm und wirkte noch attraktiver auf ihn, als er sie in Erinnerung hatte. »Ähm … Und Ihr Name ist?«

»Ich bin Cara und kümmere mich heute um Ihr Wohlbefinden.« Ihr Strahlen verstärkte sich und sie zeigte mit den Händen an ihrem Körper herunter. »Entschuldigen Sie meine Kleiderwahl, aber gleich wird uns Tamara in die Welt des Yoga entführen. Wenn Sie mögen, serviere ich Ihnen aber zuerst einen Bio-Smoothie am See, da Sie ein wenig zeitiger hier sind als geplant.«

»Ich … ich habe keine Sportkleidung dabei«, war alles, was ihm dazu einfiel. Entspannung?

»Das ist überhaupt kein Problem, Herr Baringhaus. Wir haben …«

»Nennen Sie mich Falk.«

»Falk.« Cara sprach seinen Namen so sanft aus, dass sich sein Magen schmerzvoll zusammenzog. »Wir haben Shorts in Ihrer Größe und wenn Sie mögen, können Sie sich am See in der Umkleide umziehen.«

»Ja … Ja, gut.« Benommen folgte er ihr aus dem Hotel. »Frau … Cara?!«, sagte Falk mit Nachdruck.

Sie drehte sich zu ihm um und bat: »Bitte mach mit.« Mehr nicht. Keine Erklärung, nichts.

»Okay.« Er fixierte sie genau. »Geht es dir gut?«

»Ja, natürlich geht es mir gut. Ich bin unverwüstlich.«

Ihr breites Lächeln ließ keinen Blick hinter ihre Fassade zu und er war sich nicht sicher, ob er ihr glauben konnte, und hakte deshalb nach: »Und wie geht es deiner Oma? Und was ist mit Robert …?«

Ein Schatten huschte über ihr Gesicht. »Meiner Granny geht es gut und … über Robert möchte ich nicht sprechen.«

»Aber …«

»Bitte lass es dabei«, forderte sie ihn mit Nachdruck auf und setzte erneut ein Lächeln auf.

Ohne weiter nachzubohren, beließ es Falk wirklich dabei und fragte stattdessen verschmitzt: »Um nochmal auf die Zimmer zurückzukommen, ich dachte, es gibt nur noch ein ganz spezielles.«

»Oh … Lieber Falk, ich hoffe, ich habe keinen Fehler begangen, wenn ich Ihnen zuerst nur für Sie allein das *Entspannungszimmer* gebucht habe? Ich dachte«, Cara machte eine bedeutende Pause und sah ihn groß an, »das *Zimmer der Leidenschaft* halte ich für die Nacht bereit.«

Falk schluckte und trat hastig einen Schritt auf Cara zu. Seine Hand umfasste ihren Arm und ganz nah an ihrem Gesicht flüsterte er: »Heute Nacht?«

Cara errötete und senkte verlegen die Lider. »Mmmh …«

Er legte einen Finger unter ihr Kinn, schob es sachte empor und hielt ihren Blick gefangen, während er betörend langsam über ihre Wange streichelte. »Ich habe mich nach deiner Nähe gesehnt.«

Allein diese wenigen liebevollen Worte ließen Cara hörbar die Luft einziehen und ihr Teint färbte sich dunkelrot. »Herr Baringhaus, ich bitte Sie, was sollen die Angestellten denken?!«

»Ich sehe hier niemanden, meine Liebe.«

»Ta… Tamara richtet gerade alles am Steg für … für unsere Yogastunde her«, brachte sie heiser hervor.

»Na, dann wollen wir Tamara nicht länger warten lassen, Frau Sandberg.« Er senkte seine Hand und verneigte sich. »Nach Ihnen.«

»Danke.« Cara rannte beinahe zum See, so sehr wühlte Falks Nähe sie auf.

Nachdem sich Falk und die Yoga-Lehrerin bekannt gemacht hatten, ging er mit der dunkelblauen Boxershorts, die Cara ihm in die Hand drückte, zur neuen Umkleide, die sich nach seinem Wunsch gleich neben der Dusche und der Gästetoilette im Anbau befand. Wenige Minuten später trat er, nur in Shorts und oberkörperfrei, zu ihnen auf den Steg und stellte, die Arme in die Seiten gestemmt, fest: »Also ich bin bereit.« Er lächelte die Trainerin an und zwinkerte Cara schelmisch zu. »Meinen Smoothie trinke ich im Anschluss.«

In der folgenden Stunde bemühte sich Falk, die Übungen korrekt auszuführen, und schielte dabei hin und wieder bewundernd zu Cara, die völlig versunken *den Tänzer, das Kamel* oder *den Baum* praktizierte und mit sich selbst eins zu sein schien. Tamara stellte zum Abschied lobend fest, dass sich Falk für sein erstes Mal gar nicht so schlecht angestellt hatte, und wünschte den beiden weiterhin einen entspannten Tag.

»Das gehört also zu *Entspannung*?!«

»Ja. Wie hat es Ihnen gefallen?« Cara wartete ungeduldig auf seine Meinung.

Falk setzte sich auf einen Stuhl an dem schmalen Tischchen und trank hastig den Smoothie, den Cara aus der Kühltasche geholt und ihm hingestellt hatte. »Mmmh, gewöhnungsbedürftig.«

»Was? Der Smoothie oder die Entspannung?«

»Sowohl, als auch.« Er saugte mit dem Strohhalm bereits geräuschvoll die Reste vom Glasboden. »Und was kommt jetzt?«

»Gleich wird Ihre Masseurin Mona vorbeischauen und Ihnen eine Ganzkörperwohlfühlmassage geben, während ich …«

»Wollen nicht Sie die Massage durchführen?«

»Nein, lieber Herr Baringhaus, dafür haben wir in unserem Haus Profis.« Cara setzte sich in angemessener Entfernung zu ihm und fuhr fort: »Sie können wählen zwischen einer Behandlung hier am See oder auch in Ihrem Zimmer. Ganz wie Sie wünschen.«

»Na, heute«, er deutete auf die kraftvoll scheinende Sonne, »wäre gegen die Seevariante ja nichts einzuwenden. Aber wenn hier normaler Hotelbetrieb herrscht. Stelle ich mir das schwierig vor …«

»Darüber habe ich mir ebenfalls Gedanken gemacht und kam auf die Idee, etwas weiter unten am See«, sie zeigte zum Ende der Wiese, kurz bevor der Wald anfing, »einen kleinen Pavillon oder so was in der Art aufzustellen, in der die Wohlfühlmassagen unter fast freiem Himmel stattfinden könnten.«

»Mmmh, sehr schön, denke ich.«

»Mona wird aber erst in einer Dreiviertelstunde hier sein und deswegen können Sie gern bis dahin eine Runde im See schwimmen, wenn Sie mögen.«

»Kommen Sie mit?«

»Ähm … Nein, ich habe noch zu tun und außerdem geziemt es sich nicht, dass das Hotelpersonal privaten Kontakt zu den Gästen pflegt«, sie senkte gespielt verschämt den Blick.

»Ist Ihr Chef denn so streng?«

»Oh ja, Sie sollten ihn einmal kennenlernen, ein wahrer Tyrann.« Cara schmunzelte.

»Das glaube ich Ihnen aber nicht, liebe Cara. Ich meine sogar zu wissen, dass ihr Chef besonderen Wert darauflegt, dass Sie alles nur Erdenkliche tun, um Ihren einzigen

Gast zufriedenzustellen.« Ohne Vorwarnung, sodass Cara keine Möglichkeit hatte, zurückzuweichen, rückte Falk seinen Stuhl neben ihren und ergriff ihre Hände. »Cara, komm mit in den See und …«

Erschrocken wollte Cara sich ihm und seinen intensiven Worten entziehen, aber seine Wärme und sein unwiderstehlicher Duft machten es ihr unmöglich. »Falk …«

»Ja, Frau Sandberg?« Seine Lippen berührten jeden einzelnen ihrer Finger.

»Ich muss … ich …«

»Sie müssen sich um mein Wohlbefinden kümmern und das schreit momentan nach einem Sprung in den See … Mit Ihnen!«

Sie spürte seinen warmen Atem auf ihrer Hand, ihrem Arm, ihrer Schulter – und stöhnte auf, als seine Lippen hauchzart über ihren Hals streiften. »Ich will …«

»Ich wusste, dass Sie wollen.« Für einen Bruchteil einer Sekunde berührte sein Mund ihren und Cara glaubte augenblicklich, in Flammen zu stehen. »Kommen Sie.« Er zog sie mit sich an den Rand des Stegs mit Blick auf den See, stellte sich hinter sie, verteilte spielerisch zarte Küsse in ihrem Nacken und fragte sanft an ihrem Ohr: »Haben Sie Ihren Bikini an?«

»Nein«, wisperte sie erregt von seiner viel zu präsenten Nähe.

»Aber Sie haben etwas darunter?«

»Ja …« Wieder nur ein Wispern ihrerseits.

Ohne auf ihren kaum merklich hervorgebrachten Protest zu achten, schoben sich seine Finger in ihre Leggins und streiften sie flink nach unten. Wie automatisiert stieg sie aus der knappen Hose und stand nunmehr in einem winzigen, dunkelgrünen String vor ihm.

Cara empfand seinen heftig gehenden Atem heiß in ihrem Nacken erregend und zuckte leicht zusammen, als seine Hände ihre Pobacken sachte umfassten und gemächlich ihren Weg entlang ihrer Wirbelsäule unter ihr bauchfreies Top fanden. »Heb deine Arme«, flüsterte er rau und streifte ihr blitzschnell das Shirt über den Kopf.

Noch immer die Arme in der Luft stieß sie einen wohligen Seufzer aus, als Falk bedächtig mit seinen Fingern ihre Arme hinabfuhr, kurz an ihren Achselhöhlen haltmachte, dabei kaum spürbare Küsse in ihren Nacken hauchte und seine Hände unter ihren Brüsten verschränkte. »Du duftest, du schmeckst und du siehst aus wie die Verführung in Person.«

Cara taumelte vor Anspannung und Erregung.

»Wir könnten nackt schwimmen.« Seine Hand glitt von ihren Bauch über ihre empfindlichen Seiten bis zum Verschluss des BH's. »Soll ich ihn öffnen?« Falk dachte in keiner Sekunde mehr daran, dass Cara sich eigentlich Zeit erbeten hatte und er sie ihr auf jeden Fall hatte geben wollen – er wollte sie in seinen Armen halten, berühren, schmecken.

»Ja …« In diesem Moment verfluchte Cara die leidenschaftlichen Gefühle, nach denen sie sich zwar immer gesehnt hatte, die jedoch jenen Kontrollverlust bei ihr erzeugten, der ihr Angst machte – und gegen den sie sich auch jetzt unwillkürlich sträubte. »… nein, nein … Ich will … nein …«

Falk spürte ihren Widerstand sofort, löste sich augenblicklich von ihr und drehte sie zu sich um. »Ich habe dir schon einmal gesagt, dass ich nichts tun werde, ohne dass du es willst«, beteuerte er abermals, fuhr jedoch weniger gutmütig fort: »Aber deine andauernden Ja-Nein-Spielchen nerven mich ehrlich gesagt langsam.«

Urplötzlich ernüchtert und fast schon beleidigt von seinen Worten zickte sie ihn an: »Ich weiß nicht, was du meinst? Ich hatte nicht die Absicht …«

Weiter kam Cara nicht, da Falk ihr einen leichten Schubs vor die Brust gab und sie somit unfreiwillig in den See befördert wurde. Als sie empört nach Luft schnappend auftauchte, sah sie in das grimmige Gesicht ihres Arbeitgebers. »Dein Rollenspiel ist gut, Cara, deine Ja-Nein-Spielchen dagegen kann ich nur bis zu einem gewissen Maß mitspielen. Entschuldigen Sie mich, Frau Sandberg, mir ist die Lust auf ein Bad im See vergangen. Ich brauche jetzt eine kalte Dusche, um runterzukommen!«

Sie erwiderte nichts, sondern tauchte wortlos unter und schwamm mit kräftigen Zügen davon. *Ja-Nein-Spielchen?* Auch wenn kurz Unmut über seine unverblümte Kritik in ihr aufgekommen war, konnte sie jetzt nicht anders, als Falk recht zu geben. Sie schwankte wirklich andauernd zwischen »Ich will« und »Ich will nicht« hin und her. Aber war es ihr zu verdenken? Zwei Welten, schoss Cara zum gefühlt hundertsten Mal in den Sinn. Vor wenigen Tagen noch die erzwungene Leidenschaft ihres Ehemanns, die ihr bitteres seelisches Leid zugefügt hatte, und heute diese sinnliche Leidenschaft Falks, die es um Haaresbreite geschafft hatte, sie mitzureißen und willenlos zu machen. Wenn Falk wüsste, wie es ihr in den letzten Tagen ergangen war, würde er sie verstehen, da war sie sich absolut sicher. Doch was sollte sie ihm sagen? Wollte sie ihm ihren inneren Kampf mitteilen? Sie war aus seinen Armen, in denen sie sich begehrt gefühlt hatte, in die Arme ihres Ehemanns geflüchtet, in der Hoffnung, ihre alte Vertrautheit würde ihre Ehe retten. Mit Schrecken dachte sie an die letzten Tage und tauchte für einen Moment den Kopf unter. Kühle umschloss und beruhigte sie sogleich. Den Kopf wieder über Wasser ließ sie sich ein wenig auf dem Rücken treiben und starrte in den wolkenlosen Himmel. Tränen, Übelkeit und Leere hatten sie die Tage und Nächte gefangen gehalten. Erst am Freitagabend war sie langsam wieder aus ihrer Lethargie erwacht und hatte dann am gestrigen Morgen angefangen, ihre Starre abzulegen. Nicht nur das Schreiben an ihr Zukunfts-Ich, sondern gerade ihr altgewohntes und so vertrautes geschäftiges Denken hatten sie angetrieben, wieder in die Normalität zu finden. Nur war das, was sie mit Falk erlebte, keineswegs normal für sie – es war eine Welt, die sie bisher nicht kannte, nach der sie sich aber seit ihrem Kennenlernen insgeheim sehnte.

Cara warf einen vorsichtigen Blick zum Steg, und beobachtete, wie Falk mit angespannter Miene und geschlossenen Augen unter der Außendusche stand. Fasziniert und mit stürmisch klopfendem Herzen betrachtete sie seinen athletischen Körper, der im Sonnenschein glänzte und Begehren in ihr hervorrief, das sie erfüllt haben wollte. Cara verfluchte sich jäh dafür, dass die Angst vor ihrer eigenen Courage sie um etwas brachte, was sie sich doch heimlich so sehnsuchtsvoll wünschte – ungehemmte Leidenschaft …

Kapitel 25

Bäuchlings auf einer mobilen Massagebank liegend, schielte Falk seitlich zu Cara hoch und lauschte ihren Ausführungen, während die Masseurin ihn mit gekonnten Handgriffen bei leiser Entspannungsmusik durchknetete.

»… und wenn Mona mit dir fertig ist, erwarte ich dich zu einem Spaziergang. Wir starten gleich hinter dem Haus. Ist das in Ordnung für dich?« Cara hoffte, mit dem Weglassen des Siezens alles wieder ein bisschen persönlicher zu gestalten, und betete, dass Falk kooperativ sein würde und sich die kalte Dusche positiv auf seine Stimmung ausgewirkt hatte. Sie hatte, nachdem sie aus dem Wasser gekommen war, kurz überlegt, ihm zu erklären, was in den vergangenen Tagen passiert war, doch irgendetwas hinderte sie daran, vor Falk zuzugeben, wie es momentan in ihr aussah. Sie war viel zu sehr darauf bedacht, sich selbst vor zu vielen Empfindungen zu schützen. Ihren heutigen Programmablauf wollte sie sich nicht durch irgendwelche Gefühlsduseleien durchkreuzen lassen und allein ihre beinahe minutiöse Planung gab ihr die Sicherheit, die sie so dringend brauchte.

»Mmmh-mmh, gut … Und wo sind meine Klamotten?« Falk drehte den Kopf wieder in die Mulde der Massagebank und seufzte zufrieden: »Mona, Sie haben wirklich magische Hände.«

»Ich bringe dir die Tasche gleich runter und dann kannst du dich in der Umkleide wieder umziehen.«

»Mmmh-mmh … Danke, Frau Sandberg, sehr liebenswürdig von Ihnen.«

Cara überging seinen förmlichen Ton kommentarlos, nickte Mona zu, entfernte sich vom Steg und schnappte sich den Bollerwagen, der auf der Terrasse vor der Restauranttür stand. Sie hatte nunmehr knapp eine Stunde

Zeit, um die restlichen Vorbereitungen für das Abendessen, ein Picknick in den Weinbergen, zu organisieren. Da Falk und sie sich in einem ihrer zahlreichen Gespräche für die Kombination von *Entspannungs- und Naturzimmer* entschieden hatten, fand Cara die Idee eines Picknicks im Grünen ansprechend. Sie hatte bei der Produktauswahl auf saisonale Biolebensmittel geachtet und in der Küche des *Stadthotels* einen kleinen Imbiss zusammenstellen lassen, den sie nun in dem Bollerwagen hinter sich herzog. Nicht weit vom Hotel am See entfernt hatte sie nach dem plötzlichen Auftauchen Selinas vor ein paar Tagen einen wunderschönen Platz direkt neben den Weinreben auf einer Blumenwiese unter einem riesigen Walnussbaum entdeckt. Wenigstens ein Gutes hatte diese leidige Begegnung gehabt, dachte Cara bei sich, als sie dort ankam. Sie breitete eine große rotweißkarierte Decke aus und stellte den Korb sowie die Kühltasche in den Schatten des Baumes. Flink zupfte sie ein paar Weinblätter von den Stöcken und pflückte einige der umliegenden Blumen, mit denen sie alles liebevoll dekorierte. Während sie zufrieden über das Arrangement blickte, kam ihr ein Geistesblitz und sie kramte hastig in ihrer Umhängetasche nach dem Skizzenblock. Bereits ein paar Minuten später hatte sie ihre Idee mit wenigen Strichen festgehalten und als sie noch darüber nachsann, ob ihr Einfall realisierbar wäre, klingelte ihr Handy. Sie kramte es aus der Tasche und schaute, obwohl sie genau wusste, wer es war, auf das Display – Robert!

Wie jedes Mal in den letzten Tagen schmerzte ihr Herz, als sie seinen Namen las, und wie jedes Mal drückte sie ihn weg. Als all seine Anrufe von ihr unbeantwortet geblieben waren, hatte Robert ihr mehrere Nachrichten geschickt, die sie trotz allem, was passiert war, wie unter Zwang gelesen hatte. Und so wusste sie bereits, dass er für ein paar Tage weggefahren war, Jeremy solange die Geschicke des Hotels leiten würde, und auch Carlos sich nicht weiter im *Stadthotel* aufhielt. Cara war einerseits dankbar über Roberts für ihn so typische Rücksichtnahme, andererseits ärgerte sie sich über sich selbst – sie musste ihm für nichts dankbar sein, er hatte sie schließlich in diese katastrophale Situation gebracht. Durch den über Tage anhaltenden Wechsel zwischen Dauerstarre und hysterischen Ausbrüchen war sie kaum aus ihrem Penthouse gekommen und einzig und allein die Telefonate mit ihrer Tochter hatte sie als tröstend empfunden. Ihre Gespräche waren dann auch die einzigen Momente gewesen, in denen sie sich tapfer zusammengerissen hatte. In dem ganzen Unglück war ihr zurzeit am wichtigsten, dass Lilly von dem, was tausende Kilometer entfernt von ihr zwischen ihren Eltern passierte, noch nichts mitbekam.

Bitte melde dich nur, wenn es um Lilly geht und wichtig ist!, tippte sie schnell ein, drückte auf Senden und schlenderte dann zurück zum Hotel. Cara atmete tief durch, bevor sie um die Hausecke Richtung Steg bog, verdrängte den Gedanken an Robert und merkte zugleich ihre steigende Nervosität, wenn sie an Falk dachte. Um sich ihre Unruhe nicht anmerken zu lassen, setzte sie eine reservierte Miene auf, als sie auf Falk zulief, der bereits wieder umgezogen am See saß und ihr entgegensah.

»Ich soll dir Grüße von Mona ausrichten und dass du anrufen sollst, falls du sie nochmal benötigst.«

»Danke. Hat es dir gefallen?« Sie beäugte ihn genau, um herauszufinden, inwieweit sich seine Laune durch die Wohlfühlmassage verbessert hatte.

»Es war himmlisch. Und die Idee, die Massagen unter freiem Himmel stattfinden zu lassen, finde ich wirklich gut. Während ich so dalag und entspannte, habe ich mir überlegt, dass wir anstatt eines Pavillons zur Wahrung der Privatsphäre vielleicht besser eine kleine Eichenholzhütte mit einer Glasüberdachung in die Nähe des Sees stellen könnten, die offen zum Wasser ist und …« Er unterbrach sich, als Cara ihre vor kurzem gezeichnete Skizze aus der Umhängetasche holte und sie ihm hinhielt. Erstaunt betrachtete er sie. »Kannst du Gedanken lesen?« Fast eins zu eins deckte sich seine Ausführung mit ihrer Zeichnung.

»Unsere Vorstellungen sind sich ziemlich ähnlich … Na ja, meistens.« Sie steckte den Block weg und zeigte Richtung Wald. »Wir werden jetzt einen meditativen Spaziergang machen und …«

»Meistens?« Er trat einen Schritt auf sie zu, ohne sie jedoch zu berühren. »Ich finde, unsere Ansichten sind fast immer identisch.«

Cara, die seine plötzliche Nähe sogleich in Unruhe versetzte, wich ein Stück zurück und wiederholte: »Der meditative Spaziergang geht …«

»Ich habe Hunger«, unterbrach er sie provozierend, von ihrem spürbaren Rückzug und der geschäftigen Art gereizt.

»Ähm … Nach dem Meditationsspaziergang gibt es …«

»Ich habe aber jetzt Hunger, es ist schließlich bald sieben und ich habe seit heute Mittag nichts mehr gesessen.« Seine Brauen zogen sich zusammen. »Und was ist überhaupt ein Meditationsspaziergang?«

»Du bist gerade bockig wie ein verzogenes Gör«, stieß Cara aufbrausend hervor.

»So, bin ich das?« Seine Miene verfinsterte sich.

»Ja.«

»Dann lass es mich anders umschreiben: Liebe Frau Sandberg, ich wüsste gern, was das Paket *Entspannung* noch bereithält und würde mich dann gern eigenständig entscheiden, ob ich meine Buchung so stehen lasse oder lieber eine Änderung vornehme.« Falk sprach gefährlich ruhig und fixierte sie dabei eingehend.

»Ich … ich …« Cara rang mit sich. Ihr lag eine patzige Antwort auf der Zunge, die sie jedoch herunterschluckte. Sie wollte weder mit ihm streiten noch ihn weiter verärgern, sondern einfach ihren Tag wie geplant weiterführen und deutete deshalb auf den Tisch und die Stühle auf dem Steg. »Lass uns kurz Platz nehmen. Ich erläutere dir den weiteren Ablauf und du sagst mir, ob es so in Ordnung für dich ist.«

Besänftig von ihrem Einlenken, schaltete Falk sofort einen Gang zurück. Er nickte leicht, zog sich einen Stuhl zurecht und bat: »Also erzähl mir doch bitte, wie der Tag weitergehen könnte.«

Cara setzte sich langsam und in einem für sie angemessenen Abstand zu ihm. »Gut«, erwiderte sie erleichtert und kreiste ihre verkrampften Schultern ein paar Mal. »Also bei *Entspannung* gehe ich wirklich in die Vollen. Das bedeutet, alles rund um dieses Zimmer, was wir ja überlegt hatten, mit *Natur* zu mischen, geht um Ausspannen, Genießen, innere Einkehr und so weiter. Außer Yoga und Massage ist mir noch der meditative Spaziergang eingefallen. Das heißt, wir gehen gemeinsam durch den

Wald und die Weinberge, über die Blumenwiesen … aber absolut schweigend. Nur tief ein- und ausatmend und ganz auf uns selbst fokussiert. Das Ganze kann man beliebig lang machen. Ich habe für uns einen Weg von circa fünfzig Minuten ausgewählt und dann … Ja, bitte.« Sie musste schmunzeln, als Falk den Finger hob und sich in vorbildlicher Schülermanier meldete.

»Wenn du fünfzig Minuten berechnet hast, gehen dann vielleicht auch zwanzig? Ich habe nämlich wirklich Kohldampf.«

Cara nickte. »Klar, das geht auch. Ich muss nur kurz überlegen, wo ich den Weg abkürzen kann, damit wir in deiner angegeben Zeit bei unserem Essen ankommen.«

»Ankommen?« Falk konnte damit nichts anfangen. »Essen wir nicht hier?«

»Nein, ich habe ein Picknick in den Weinbergen vorbereitet und deshalb …«

»Picknick? Oh, damit hätte ich jetzt nicht gerechnet. Dann lass alles so, wie es ist. Ich werde schon nicht verhungern.«

»Nein, schon gut, das bekomme ich hin. Wärst du ein richtiger Gast, müsste es ja auch irgendwie gehen, oder?«

»Da hast du wohl recht.« Trotz ihres Einlenkens konnte er ihre Reserviertheit förmlich spüren und sich dennoch nicht dieser immerwährenden sexuellen Spannung zwischen ihnen entziehen. Aber zurzeit schien es wohl besser zu sein, sie so gut es ging zu ignorieren – sie konnten ihren gemeinsamen Traum nur verwirklichen, wenn sie absolut professionell waren.

»Darf ich dir meine weiteren Ideen für das *Entspannungszimmer* erzählen?«

»Gern.«

»Also nach dem Spaziergang und dem Picknick steht im Zimmer der Whirlpool bereit und …«

»Du bist verrückt!« Entgeistert starrte er sie an.

»Warum?«, wollte sie verwundert wissen.

»Du hast doch nicht etwa den Pool einen Stock höher bringen lassen und erneut mit …«

»Nein, nein.« Cara lachte hell. Zum ersten Mal am heutigen Tag fiel die Anspannung von ihr ab. »Ich habe es mir einfacher gemacht. Da *Natur* und *Entspannung* von der Zimmeraufteilung her identisch sind, habe ich nur das Post-it an der Tür sowie die Zeichnungen an den Wänden geändert.«

»Na Gott sei Dank«, erwiderte er übertrieben aufatmend. »Alles Durchplanen hin oder her, so viel Perfektionismus ist selbst für dich zu viel, Perfekt-Poppins.« Falk lächelte sie zärtlich an und legte wie von selbst eine Hand auf ihre. »Ich finde es schön, dich wieder so entspannt lachen zu sehen.«

Mehr sagte er nicht. Perfekt-Poppins?! Caras Herz schlug augenblicklich schneller – das hatte sie schon lange nicht mehr von ihm gehört. »Komm, lass uns losgehen … und zwar schweigend.« Sie legte einen Finger an die Lippen, als sie gleichzeitig aufstanden. »Und du versuchst, wie vorhin beim Yoga, tief in den Bauch zu atmen. Am besten atmest du erstmal auf drei Schritte ein und auf die nächsten drei aus, bis du deinen Rhythmus findest. Wenn du stehen bleiben willst, tu das einfach. Der Sinn dieser Meditation ist, in Bewegung in der Natur zu seiner eigenen inneren Ruhe zu kommen, sodass man es, wann immer man möchte, auch im Alltag in den Tagesablauf einbauen kann. Okay?«

»Okay.« Falk lief für eine kurze Weile schweigend neben ihr her, als sie den Weg in Richtung Wald einschlugen. »Magst du jetzt erzählen, warum du Robert vor ein paar Tagen so plötzlich treffen musstest?«

Cara warf ihm einen entsetzten Blick zu, schüttelte heftig den Kopf und legte abermals einen Finger an ihre Lippen.

»Ups, stimmt ja, schweigen.« Er drückte eine Hand auf seinen Mund und versuchte, sich auf seine Atmung zu konzentrieren. Doch nur wenige Minuten später fragte er erneut: »Wirst du mir erzählen, was in den letzten fünf Tagen los war?«

Abrupt blieb Cara stehen und schaute ihn augenrollend an. Ihr Finger presste sich nunmehr fest auf ihre Lippen und sie atmete übertrieben tief ein und kurz darauf geräuschvoll aus.

»Jaja, schweigen und atmen, ich weiß.« Falk ging weiter und versuchte nun wirklich, den Spaziergang schweigend zu genießen. Wie er Cara einschätzte, würde sie ihre eigene Regel sowieso nicht brechen.

Cara beobachtete ihn seitlich aus halbgesenkten Lidern, und stellte fest, dass er nach einer Weile mit offenem Blick, einem sanften Lächeln und gleichmäßig atmend die Ruhe in der Natur zu genießen schien. Sie selbst kam nicht, wie gewünscht, zur inneren Einkehr – zu viele Gedanken strömten durch ihren Kopf. Falks Fragerei machte die letzten Tage nur allzu präsent und das war etwas, was Cara sich heute geschworen hatte, nicht zuzulassen. Sie hatte sich im Leben noch nie in einer solchen Anspannung befunden und wusste überhaupt nicht, wie sie wieder die ausgeglichene Frau werden sollte, die sie stets gewesen war. Roberts Geständnis, sein Weggang aus ihrem so sicher geglaubten gemeinsamen Leben sowie Falks offensichtliches Interesse an ihr und ihr eigenes, kaum kontrollierbares Verlangen nach seinen Berührungen stürzten sie in ein Gefühlswirrwarr, dem sie nur schwer Herr werden konnte.

Erst als Cara gut eine halbe Stunde nach ihrem Start auf der rot-weiß karierten Decke Falk gegenübersaß und ihm mit ihrem Sektglas zuprostete, fiel die Anspannung langsam von ihr ab. »Zum Wohl. Ich hoffe, dir hat es gefallen.«

»Ja, hat es. Man kann wirklich hervorragend über vieles nachdenken und dabei die Natur genießen.«

»Wie geht es eigentlich Selina?«, wollte Cara plötzlich aus heiterem Himmel wissen.

Falk entgegnete perplex: »Wie kommst du jetzt darauf?«

»Na, weil ich nach dem Theater mit ihr vor ein paar Tagen …« Sie verzog ein wenig den Mund. »… hier gesessen habe und du kamst dazu und …«

»Stimmt«, er nickte, »ich erinnere mich.«

»Und? Wie geht es ihr?«

»Soweit gut. Aber ich möchte jetzt wirklich nicht über sie reden«, wich er ihrer Frage abweisend aus und hob ebenfalls sein Sektglas. »Zum Wohl, auf diesen herrlich entspannten Tag.«

»Siehst du, Du möchtest nicht über Selina reden und ich noch weniger über Robert. Ich denke, da sind wir uns einig.« Sie trank einen Schluck und wartete gespannt auf eine Erwiderung. Doch Falk sagte nichts, sondern sah sie nur durchdringend an, was ihr kleine Schauer über den Rücken jagte. Mit leicht zitternder Hand stellte Cara ihr Glas ab und zauberte nach und nach allerlei Köstlichkeiten aus dem Picknickkorb. »So, lieber Herr Baringhaus, hier haben wir: leckeres Süßkartoffel-Tomaten-Mozzarella-Carpaccio, einen Endiviensalat mit Heidelbeeren, gedünstete Mangoldblätter gefüllt mit Rindermett und Pilzen, einen Aprikosen-Pflaumenkompott mit Walnüssen und …«

»Sehr extravagante Speisen, Frau Sandberg, ich bin begeistert.« Falk war genauso froh wie sie, nicht über ihre Ex-Partner sprechen zu müssen, und leerte sein Sektglas mit einem kräftigen Schluck.

»… und Weck und Worscht.« Cara zog einen kleinen Ring Fleischwurst und zwei Brötchen aus der Kühltasche, und prustete los, angesichts Falks irritierter Miene. »Dein Blick ist zum Schießen. Noch nie was von rheinhessischer Extravaganz gehört?« Sich kaum beruhigend, holte sie Wein und Gläser aus dem Korb, öffnete die Flasche und schenkte ihnen ein. »Und passend dazu einen süffigen Riesling.«

»Rheinhessische Extravaganz also?!« Er schnappte den Kringel und ein Messer, löste die Haut ab, biss herzhaft ab und grinste sie mit vollem Mund übermütig an. »Ich liebe Fleischwurst.«

»Magst du Senf dazu?« Sie kramte nochmals im Korb. »Ich habe mild, mittel, scharf oder extrascharf.«

»Extrascharf, ganz bestimmt extrascharf«, antwortete er aufstöhnend und zwinkerte ihr verschmitzt zu.

Sein jungenhaftes Grinsen und seine gelöste Art machten es Cara schlagartig leichter, endlich komplett locker zu werden. Unbefangen neigte sie sich vor und hauchte ihm einen Kuss auf die Wange. »Ich genieße jede Minute, die wir miteinander verbringen.«

Falk sah sie zunächst erstaunt an und fragte dann grinsend: »Wirklich jede? Auch wenn ich rede, wenn ich eigentlich schweigen soll? Oder dich provoziere, wenn mir deine ganze Planerei zu viel ist? Oder wenn ich mehr Nähe will, als du zulassen möchtest?«

»Ja«, erwiderte sie vollkommen überzeugt und ein Strahlen erhellte ihre Miene »auch dann.«

Er legte sein Essen zur Seite, zog sie näher zu sich und bettete ihren Kopf auf seine Beine. »Ich bin heilfroh, dass du meine Gegenwart noch immer genießt.« Seine Hände fuhren durch ihre wilden Locken und er betrachtete liebevoll ihr Gesicht. »Ich koste jede Sekunde aus, die wir zusammen sind.«

Sie versanken im Grün ihrer Augen und empfanden die Nähe als unglaublich wohltuend. Für eine kleine Ewigkeit verharrten sie, schauten sich schweigend an und hatten beide ein zärtliches Lächeln auf den Lippen.

Nach einer Weile begannen sie sich über den Nachmittag zu unterhalten, besprachen die Sinnhaftigkeit der speziellen Angebote und wie sie diese den Gästen präsentieren konnten. Erst als die Dämmerung langsam hereinbrach, richtete Cara sich auf und sagte leise: »Wir müssen allmählich zurück.«

»Warum?« Falk hob ihr Haar an und küsste zart ihren Nacken. »Ich könnte hier noch ewig bleiben.«

Caras Kopf ging wie automatisiert nach vorne und sie seufzte leise.

»Oder passt das nicht in deinen Plan, Perfekt-Poppins?«

Sein warmer Atem verursachte einen Schwindel bei ihr und sie wisperte nur noch: »Falk?!«

»Mmmh, ja.« Seine Arme umschlossen sie von hinten.

»Ich … ich will …«, fing sie zögerlich an und brach sogleich wieder ab.

»Was willst du?«

»Nicht …« Sie räusperte sich und flüsterte dann kaum hörbar: »Nicht was, wen – dich!«

Falk meinte, sein Herzschlag würde aussetzen. Er drehte sie an den Schultern leicht zu sich und sah sie verwirrt an. »Mich? Jetzt? Hier?«

Ein Lächeln huschte über ihr Gesicht, als sie ihre Hände auf seinen Brustkorb legte und murmelte: »Es ist noch ein Zimmer übrig, das wir erkunden müssen.«

Seine Augen weiteten sich und in Sekundenschnelle vergaß er seinen halbherzigen Plan, ihr und auch sich selbst Zeit zu geben. Tief ihren Duft einatmend, ihren warmen, weichen Körper intensiv spürend, wurden Falks Gedanken von seinen Gefühlen überrollt.

Und auch Cara versuchte, keine weiteren Zweifel zuzulassen – sie sehnte sich einfach nur danach, als Frau begehrt zu werden und sich hingeben zu dürfen. Gefangen in seinem Blick stand sie langsam auf und fasste nach seinen Händen. Mit strahlenden Augen schaute sie ihn an, streckte sich ein wenig und flüsterte ganz nah an seinen Lippen: »Komm …«

Kapitel 26

Auf ihrem Weg zurück zum Hotel hatten sie sich immer wieder sehnsuchtsvolle Blicke zugeworfen und auch jetzt, als Falk die Zimmertür öffnete, sahen sie sich voller Verlangen an. Durch die heruntergelassene Jalousie am Fenster, die die letzten Strahlen der untergehenden Julisonne abhielt, war der Raum ins Halbdunkel getaucht und nur der Schein der Flurlampe erhellte ihn ein wenig.

Die schnellen Schläge ihrer Herzen spürten sie bis in die Spitzen ihrer Finger und ihre Augen sprachen in diesem kostbaren Moment mehr als tausend Worte. Falk konnte nicht aufhören, Cara zu betrachten. Er nahm ihr Glühen aber auch ihre Ungläubigkeit darüber wahr, endlich an dem Punkt angekommen zu sein, auf den sie sehnsüchtig gewartet hatten. Er fixierte sie genau, wollte wissen, ob er nicht doch irgendwelche Zweifel in ihrem Gesicht lesen konnte – letzte Skrupel, die sie vielleicht zu einem Rückzieher nötigen könnten. Doch er entdeckte nichts in ihrer Miene, was ihr Zusammensein letztendlich noch verhindern sollte.

»Der Raum ist nicht ganz so … so erotisch geworden, wie ich es mir zuerst gedacht hatte. Warte kurz.« Sie löste ihre Hand aus seiner und griff nach dem Stilfeuerzeug, das auf einem kleinen Tischchen neben der Tür lag.

Er beobachtete Cara, wie sie Kerze für Kerze anzündete. »Du bist die sinnlichste und begehrenswerteste Frau, der ich je begegnet bin.«

Cara lachte verlegen auf und drehte sich, als sie das Zimmer in Kerzenschein getaucht hatte, zu ihm um. »Ich sehe, du hast wenig Frauen kennengelernt in deinen jungen Jahren.«

Falk rollte die Augen. »Sind wir wirklich bei ›jung‹ oder eher bei ›ich kann nicht glauben, dass ich begehrenswert und sexy bin‹?«

»Sexy?« Cara blickte an sich herunter und beäugte skeptisch ihr unspektakuläres Trägerkleidchen, das sie sich nach der Yogastunde angezogen hatte. »Du musst es wirklich nötig haben«, versuchte sie zu scherzen und schluckte schwer, als Falk sanft über ihr Dekolleté streichelte.

Seine Finger legten sich auf ihre pochende Halsschlagader. »Ich habe dich nötig, Cara. Dich.«

»Ach Falk …«, wisperte sie, ihre eigene Stimme nicht wiedererkennend, und schmolz unter seiner zarten Berührung dahin.

Er lächelte liebevoll, ließ von ihr ab, schaute sich im Schein der Kerzen um und ging zu dem Holzstehtisch in der Mitte des Raumes, auf dem Champagner, Kanapees sowie Erdbeeren standen. Ohne sie anzusehen, fragte er: »Du hast doch nicht etwa die Schlagsahne vergessen, Perfekt-Poppins?«

»Natürlich nicht, sieh mal in dem kleinen Behälter nach.«

Falk öffnete ihn, tauchte eine Erdbeere ein und kam wieder auf Cara zu. »Möchtest du?«

Sie zögerte.

»Sag jetzt nicht, dass du allergisch auf Erdbeeren reagierst.« Wieder dieses schelmische, jungenhafte Grinsen, das Cara den Verstand zu rauben schien.

»Nein«, murmelte sie, öffnete die Lippen und biss ein Stück ab.

Falk steckte sich den Rest der Erdbeere in den Mund, fuhr weich mit den Daumen über ihre Oberlippe und genoss dabei ihr spürbar körperliches Beben. Lächelnd drehte er sich um. »Das Matratzenlager ist enorm.«

»Drei auf drei Meter«, erklärte sie noch immer zitternd vor Aufregung.

Er nahm die Champagnerflasche, schenkte zwei Gläser voll und reichte ihr eins. »Auf uns.«

Hastig trank sie einen kräftigen Schluck und erwiderte nichts.

»Darf ich die Bilder sehen?«

»Bilder?« Caras Kopf schwirrte.

Sachte schob er ihr den Träger ihrer Umhängetasche über die Schulter. »Deine Skizzen für dieses Zimmer. Darf ich?«

Sie nickte nur und leerte ihr Glas in einem Zug, um sich sogleich wieder nachzuschenken.

»Langsam, denk daran, du verträgst nicht allzu viel Alkohol.« Falk lachte leise, unterdessen er in ihrer Tasche nach der Zeichenmappe suchte. »Hier sind sie schon.« Er fasste nach ihrer Hand und zog sie mit sich an den Tisch, um im Kerzenschein ihre Arbeit besser begutachten zu können. Auf dem ersten Bild war ein Pärchen zu sehen, Mann und Frau, sie in einem hauchdünnen Body, mit halterlosen Strümpfen und in Strapsen, leicht mit dem Rücken an seine Brust gelehnt und er, oberkörperfrei hinter ihr stehend, band gerade ein kräftig lila schimmerndes Seidentuch um ihre Augen. »Du liebst anscheinend die Farbe Lila, oder?«

»Ich liebe alle Farben.«

»Und magst du es, wenn dir die Augen verbunden werden?« Gespannt wartete er auf ihre Antwort.

»Ich weiß es nicht.«

»Möchtest du es ausprobieren – irgendwann?«

»Ich … ich denke, ja.«

»Schön.« Er ließ die Skizzen auf den Tisch sinken, neigte sich zu ihr, strich ihre Locken aus dem Nacken und begann, zart an ihrem Hals zu knabbern. »Wir werden es ausprobieren, wenn du mir vollkommen vertraust«, flüsterte er an ihrem Ohr, streifte mit seinen Lippen über ihre Wange und ließ wieder von ihr ab. Ihr aufgeregtes Ein- und Ausatmen nahm Falk genussvoll wahr und blätterte zum nächsten Bild. »Oh Cara, wunderschön, wie du diesen Moment eingefangen hast.«

»Mir gefällt es auch wirklich gut.« Sie kam näher zu ihm und zeigte auf den Mond. »Und ich finde, dass hier nur der Mond hell erstrahlt, gibt dem Ganzen noch mehr Ausdruck.«

»Ja, das stimmt.« Falk war tief beeindruckt. Das nackte Liebespaar, engumschlungen an einem Sandstrand, halb im Meer liegend und sich hingebungsvoll küssend, drückte genau diese Sehnsucht aus, die ihn erfasste, wenn er an Cara dachte.

Wie selbstverständlich lehnte sie ihren Kopf an seine Schulter und wartete gespannt, was er zum letzten Bild sagen würde.

Falk hauchte einen Kuss auf ihre Stirn und griff mit klopfendem Herzen und unruhigen Fingern nach der nächsten Zeichnung. »Ca… Cara?«, stammelte er. Gebannt starrte er auf die Skizze, die mehr als nur schemenhaft war, obwohl nur Schemen zu erkennen waren: Ein nackter Mann lag mit leicht aufgerichtetem Oberkörper unter einer ebenfalls nackten Frau, die rittlings auf ihm saß und deren Körper sich grazil nach hinten bog. Dabei umfasste eine seiner Hände eine Brust von ihr und einzig und allein das lange, flammendrote Haar ihres in den Nacken geneigten Kopfes war hier der absolute Blickfang. »Sie müsste Locken haben«, murmelte Falk und strich fasziniert durch Caras rote Mähne.

»Das kann ich ändern.« Voller Verlangen sah sie zu ihm auf, legte ihre Finger in seinen Nacken und zog ihn zu sich. »Wenn du magst, ändere ich das.«

Nichts konnte zu diesem Zeitpunkt Falks Erregung stoppen. Behutsam umfasste er ihr Gesicht, neigte sich vor und versank in ihren Augen.

Endlich berührten sich ihre Lippen – zuerst zaghaft und abwartend, doch mit jeder Sekunde wurde der Kuss intensiver. »Oh Gott«, entsprang es ihm stöhnend, als sich die Spitzen ihrer Zungen zart antippten. Seine Hände gruben sich in ihre Locken, bogen ihren Kopf fordernd zurück und sein Mund wanderte ihren Hals entlang zu ihren Brüsten.

Caras unkontrolliertes Stöhnen erregte ihn noch mehr und er drückte sie fest an sich. Seine Lippen suchten erneut ihre und sie küssten sich mit einer Hingabe, die ihnen förmlich körperlichen Schmerz zufügte – ihre Herzen pochten wie wild, ihr Atem verströmte eine sengende Hitze und ihre Sinne wurden in einen Nebel eingetaucht, der sie alles vergessen ließ. Caras Finger krallten sich Halt suchend in seine Schultern, während Falk hitzig ihre Pobacken umschloss und sie noch enger an sich zog.

Cara spürte seine Erregung und konnte vor Begierde kaum atmen. Sein Mund, seine Zunge, seine Hände und sein Duft verursachten einen Schwindel in ihrem Kopf, der sie benommen machte. Kaum noch klar denkend ließ sie sich mit Falk auf die Matratze fallen und wie von selbst glitten ihre Hände unter sein Shirt, streiften es ihm ab, und in der nächsten Sekunde erkundeten ihre Finger seinen Brustkorb. Während er sich zärtlich ihren Hals entlang küsste, befreite er sie aus ihrem Kleidchen und Cara zuckte wohlig zusammen, als sie seine warme Haut an ihrem nackten Oberkörper spürte. Falk nahm Besitz von ihrem Mund, presste sich noch näher an sie und die Innigkeit ihres Zusammenseins löste bei ihr ein Gefühl der Ohnmacht aus, gegen das sie vergeblich versuchte, anzukämpfen. Den drohenden Kontrollverlust nahm sie so plötzlich wahr, dass sie erschrocken die Augen aufriss – so etwas kannte sie bisher nicht, es war vollkommen anders, als sie es über Jahre mit Robert erlebt hatte.

Falks Mund glitt nunmehr sanft über ihren und ließ Verlangen nach mehr Küssen zurück, als seine Lippen bereits langsam über ihr Dekolleté wanderten und sich nur Sekunden später durch den dünnen Spitzenstoff ihres BH an ihren Knospen festsaugten. Jede einzelne Berührung brachte in ihr ein unheilvolles Feuer zum Lodern, das sie lichterloh in Flammen setzte und einerseits erregte wie nie zuvor, doch gleichzeitig unsagbar ängstigte. Vergeblich gegen ihre Angst ankämpfend, verlor sich Cara in diesem Moment in ihrem Gefühl – sie war wie in Trance. »Robert … Falk, bitte.«

»Cara?« Falk löste sich leicht irritiert von ihr.

»Bitte, bitte … lieb mich.« Cara versuchte, ihn wieder an sich zu ziehen.

»Cara, öffne die Augen und schau mich an.« Falk empfand mit einem Mal Ernüchterung.

Doch sie presste ihre Lider nur noch fester zusammen und wisperte: »Bitte.«

»Cara.« Er strich ihr ein paar Haarsträhnen aus der Stirn und forderte erneut: »Sieh mich an! Ich bin's, Falk und nicht … und nicht Robert.« Es versetzte ihm einen Stich, den Namen aussprechen zu müssen.

Sie riss entsetzt die Augen auf, murmelte hastig: »Ja. Ja, klar, ich weiß« und zog seinen Kopf wieder zu sich, suchte seine Lippen, ließ ihre Hand wild entschlossen über seinen Brustkorb und zielsicher in seine Hose gleiten.

Falks Verlangen erlosch in dem Moment, als ihm klar wurde, dass Cara scheinbar, je intimer sie geworden waren, umso mehr an Robert dachte. Er konnte noch nicht einmal sauer darauf reagieren, so verblüfft war er über die jähe Erkenntnis. »Cara, hör bitte auf«, brachte er mühsam hervor, schob ihre Hand weg und richtete sich ein wenig auf.

»Warum? Was ist? Willst du mich jetzt etwa auch nicht mehr?«

Als er die Tränen in ihren Augen schimmern sah, kam er sich irrsinnigerweise wie ein Mistkerl vor. Doch Falk wusste, er wäre ein noch größerer Mistkerl, wenn er versuchen würde, die Situation auszunutzen. »Cara, ich will dich mehr, als ich dir sagen kann, aber du willst scheinbar nicht mich, sondern ... sondern deinen Mann.«

»Robert ist schwul!«, stieß sie hart hervor und ihre Miene erstarrte.

»Ich weiß.« Sachte zog er sie zu sich hoch und fixierte sie intensiv. »Und ich bin es bestimmt nicht. Aber ich habe ein gewisses Ego und möchte gern, dass die Frau, die ich begehre, auch wirklich mich meint und nicht in Gedanken bei einem anderen ist.«

»Warum tust du das? Ich war bereit, mich fallen zu lassen, hatte sogar meine Kontrolle aufgegeben, wie noch niemals zuvor und jetzt ... und jetzt stößt du mich weg. Warum machst du alles kaputt?« Cara war fassungslos über Falks Zurückweisung, und obwohl sie tief in ihrem Inneren wusste, dass sie selbst die Stimmung zerstört hatte, gab sie ihm dafür die Schuld.

»Bitte glaub mir, ich möchte nichts zwischen uns kaputt machen, aber so will ich ...«

»Warum, warum?«, wollte sie flehend wissen und schlug verzweifelt die Hände vors Gesicht.

Zärtlich nahm Falk sie in die Arme und wiegte sie sanft. »Cara, alles was wir brauchen, ist Zeit.« Zeit, hallte es in seinem Kopf wider. Wie konnte er nur annehmen, dass sie innerhalb weniger Tage alle Geschehnisse der vergangenen Wochen verarbeitet hätte? Wie hatte er ihr nur glauben können, als sie beteuerte, es ginge ihr gut und alles wäre in Ordnung?

Bevor Falk noch etwas sagen konnte, brach es aus ihr heraus. Schluchzend erzählte sie ihm, was ihr mit ihrem Mann passiert war und Falk hörte bestürzt zu. Er konnte zunächst überhaupt nicht glauben, dass Robert Sandberg seine Frau in eine solch schreckliche Situation gebracht hatte, und war von dessen Verhalten nahezu angewidert – wie hatte er Cara so etwas nur antun können?

»Ich ... ich habe alles so schön ... so schön geplant«, schniefte sie und lehnte sich an seine Schulter. »Ich wollte das hier, dich … Wollte wissen, ob ich … ich …« Ein erneuter Tränenstrom erstickte beinahe ihre Worte. »Nach… nachdem Robert mich … Es war mir wie ein Benutzen vorgekommen, damit er weiß, was er will … Damit er weiß, ob ich oder … er…« Sie brach ab, sammelte sich kurz und sprach wirr weiter: »… dann habe ich … habe ich gedacht …«

»… du könntest mich genauso benutzen, um herauszufinden, was *du* willst?!« Er schob Cara einige Zentimeter von sich und fixierte sie prüfend. »Wolltest du das sagen?«

»Nein, nein … Ich hatte nur alles geplant und …« Tieftraurig und verstört sackten ihre Schultern nach vorne.

Und auch wenn Cara ihm unwahrscheinlich leidtat, brodelte es langsam in ihm. »Cara, weißt du überhaupt, was du da redest?« Er fasste sie an den Oberarmen und zwang sie, ihn anzusehen. »Was faselst du da von geplant? Leidenschaft kann man nicht planen! Sie ist da oder nicht!«

»Aber sie ist doch da … Zwischen uns.«

»Sie war da!« Seine Augen verengten sich. »Bis zu dem Moment, als du anfingst, mich für deine Zwecke zu missbrauchen, so wie es Robert mit dir getan hat.« Er ließ die Hände sinken, stand auf und zog sich sein Shirt über. »So funktioniert das nicht, Cara.«

»Aber ich wollte doch …« Cara begriff seinen offensichtlichen Ärger nicht und wurde nun ihrerseits ungehalten. »Du wolltest es doch schon seit Wochen, warum spielst du jetzt den Beleidigten?«

»Ich bin nicht beleidigt, sondern entsetzt! Entsetzt, dass ich dir anscheinend so wenig wert bin.« Verärgert haute er auf den Lichtschalter und tötete damit auch noch den letzten Funken jeglicher Romantik. »Wenn du ehrlich zu mir gewesen wärst, mir erzählt hättest, was passiert ist, und dann ganz einfach gesagt hättest, was du willst, so wie es erwachsene Menschen tun … Du musst keine Zuneigung heucheln, wenn es dir nur um Bestätigung und Bumsen geht …« Wut spiegelte sich in ihrer Miene wider, jedoch bemerkte er auch, wie sich ihre dunkelgrünen Augen vor Verlangen weiteten. Sie wollte ihn immer noch, das erkannte er. Aber wollte sie wirklich ihn? Provozierend fuhr er fort: »Ein einfaches ›Falk, ich möchte gefickt werden, ohne jegliches Tamtam ...‹ hätte ich akzeptiert. ›Nimm mich und besorg es mir richtig!‹ So hättest du ...«

Cara sprang auf, nunmehr wieder ganz bei Sinnen und Kräften. »Falk, ich möchte gefickt werden, ohne jegliches Tamtam!«, schrie sie ihn wild an und lachte dabei hart auf. »Und jetzt? Was jetzt, Herr Baringhaus? Sprachlos?«

Falk konnte nicht glauben, wie weit Cara bereit war, zu gehen, und stürmte wütend auf sie zu. Heftig riss er sie an sich und presste seinen Mund auf ihren. Nur Sekunden spürte er Widerstand, bevor ihre zuvor zusammengepressten Lippen weich wurden und Caras Zunge hungrig auf seine traf. Ein heiseres Stöhnen entsprang ihm, als ihre Hände unter sein Shirt fuhren, seine Bauchmuskeln befühlten, über seinen Rücken streiften und sich fest in seinen Hintern gruben.

Cara seufzte und genoss seinen überaus begehrlichen Kuss. Das war es, was sie wollte, die ganze Zeit gewollt hatte – sie wollte Leidenschaft, ohne denken zu müssen.

»Oh Gott, ich würde wirklich nur allzu gern ...«, brachte Falk gequält hervor und schob sie dabei sachte von sich. »Aber so nicht, Cara ... So nicht!«

»Aber ... Warum?« Sie taumelte zurück und sah ihn mit glühendem Blick an.

»Du sagtest, du brauchst Zeit. Die gebe ich dir, die gebe ich uns.« Er richtete sein Shirt und musterte sie eingehend. »Am 3. Oktober will ich mein Hotel eröffnen. Bis dahin werden wir warten – wenn du mich dann noch willst.«

»Falk, bitte ... Ich ...«

»Cara, ich kann jetzt nicht vernünftig mit dir reden, ich ... Ah, verdammt.« Er wischte sich den Schweiß von der Stirn.

»Aber was ... Warum?« Ihr Herz pochte wie wild und sie hätte sich am liebsten in Falks Arme geworfen, doch sein finsterer Gesichtsausdruck hielt sie davon ab.

»Warum? Zu viel Denken, zu wenig Gefühl!«

»Ich denke nicht mehr ... Ich ... ich fühle nur ...«

»Erstens glaube ich das nicht, und zweitens denke *ich* gerade umso mehr. Ich denke an deinen Mann, an eure jahrelange Ehe, deine Liebe zu ihm, den Schmerz, den er dir zufügt und, und, und ...« Er machte eine wegwerfende Geste.

»Aber …« Sie wollte einen Schritt auf ihn zugehen, stoppte jedoch abrupt, als er abwehrend die Hände hob.

»Nichts aber! Ich bin mir meiner Gefühle sehr sicher, Cara, aber kann sie nur leben, wenn mein Kopf mir nicht andauernd tausende von Fragen stellt.« Er brummte grimmig auf. »Ich bin erregt von dir, mehr als ich sagen kann, aber ich will dich nicht nur ›bumsen‹. Ich will mehr!« Falk drehte sich ruckartig um. »So, und jetzt nehme ich eine weitere kalte Dusche«, murmelte er beim Rausgehen und war verschwunden.

Zurück blieb eine vor Erregung noch immer bebende Cara, die ihm fassungslos nachstarrte. Wie ferngesteuert ging sie zur offenen Tür und zog das Post-it ab: *Durch die Leidenschaften lebt der Mensch, durch die Vernunft existiert er bloß – Nicolas Chamfort*.

Doch Cara wollte nicht mehr bloß existieren …

Kapitel 27

Caras Handflächen waren feucht und sie strich sich immer wieder nervös die Locken aus der Stirn. Entnervt von ihrer eigenen Unruhe griff sie nach dem Haargummi an ihrem Handgelenk und band sich die Haare zusammen. Robert und sie hatten am frühen Morgen telefoniert und nachdem er ihr die Dringlichkeit eines Treffens nahegelegt und sich fast in jedem zweiten Satz für sein Verhalten entschuldigt hatte, hatte sie eingewilligt, dass er für ein Gespräch nach Hause kommen durfte. Cara hatte geglaubt, sie fühle sich bereit dazu, spürte aber jetzt schon fast körperliche Schmerzen beim Gedanken an ihren Mann.

»Hallo, Cara.«

Erschrocken fuhr sie aus ihren Gedanken hoch und schoss aus ihrem Stuhl empor, als Robert die Penthousewohnung betrat und sie zurückhaltend, aber trotzdem mit einem Lächeln begrüßte. »Hallo.« Noch immer traf sie ein jäher Schmerz, noch immer kam die Sehnsucht in ihr hoch – und noch immer wollte sie in Roberts Armen Zuflucht suchen. Doch Cara kämpfte gegen ihre bis vor kurzem noch so natürliche Reaktion an und stand nur stocksteif da.

»Wie geht es …«

Er brach sofort ab, als sie mahnend die Hand hob und leise sagte: »Frag nicht. Es wird von Tag zu Tag anders, aber bestimmt noch nicht besser.«

»Das tut mir leid, Cara, ich …«

»… und hör auf *›Es tut mir leid‹* zu sagen. Es nervt.« Der Versuch eines Lächelns misslang ihr gründlich.

»Wie kommst du mit dem Hotel am See weiter?«

Sie zuckte die Schultern. »Es geht so. Falk und ich treffen uns heute Nachmittag, um den endgültigen Einrichtungsstil festzulegen.« Und um zu klären, wie es mit uns weitergeht, schoss ihr durch den Kopf, und sie fühlte zu der Schwere, die ihr Zusammentreffen mit Robert in ihr auslöste, noch den Stich im Herz, wenn sie an Falk dachte.

»Wann soll die Eröffnung sein?«

»Anfang Oktober.« Kurz flackerte Falks Gesicht vor ihren Augen auf.

»Da habt ihr noch zwei Monate Zeit.«

»Zeit?«, fragte sie mehr sich selbst gedankenverloren. Hatten sie überhaupt noch Zeit? Oder war am gestrigen Tag alles zwischen Falk und ihr zerbrochen? In winzig kleine Einzelteile, so wie auch schon ihre Ehe? Cara konnte sich nicht konzentrieren und murmelte ein »Jaja, die haben wir« hinterher. Innerlich aufgewühlt setzte sie sich wieder und griff mit zitternden Fingern nach ihrer Kaffeetasse.

»Wie ich dir vorhin am Telefon schon sagte, hat Lilly darum gebeten, dass wir morgen mit ihr skypen, weil sie uns etwas erzählen möchte. Hat sie dich mittlerweile erreicht und du hast eine Ahnung, um was es geht?« Eine Antwort abwartend beobachtete er seine Frau genau, merkte ihr die Anspannung und Nervosität an und fühlte sich dabei einfach nur schlecht. Immer noch war er entsetzt darüber, dass er seiner Frau so etwas hatte antun müssen und damit so viel Schmerz verursachte.

»Nein, ich weiß nichts. Wir haben zwar vor einer Stunde kurz telefoniert, aber sie hat sehr geheimnisvoll getan und will nur etwas uns beiden zusammen sagen.« Sie trank einen Schluck und sah zu ihm auf. »Willst du ihr das von uns erzählen?«

»Ich … ich weiß nicht genau.« Robert setzte sich zu ihr an den Tisch und betrachtete sie grüblerisch. »Willst du es ihr sagen?«

»Ich?!« Cara lachte bitter auf. »Ich?!«

»Nein, nein«, beschwichtigend hob er die Hände, »ich meine nicht, dass du es ihr sagen sollst, sondern ob du meinst, wir sollten es ihr jetzt schon erzählen?«

»Ich weiß nicht, Robert. Ich habe ehrlich gesagt, keine Ahnung, wie wir Lilly das beibringen sollen?« Hilflos hob Cara die Schultern.

»Ich auch nicht. Muss sie es denn überhaupt schon wissen?«

Erneut zuckte Cara hilflos mit den Schultern. »Was ... was meint Carlos?« Diesen Namen auszusprechen, schmerzte dermaßen, dass sie tief Luft holen musste.

»Das ist doch egal.« Robert schüttelte den Kopf. »Es ist unsere Entscheidung ... Allein unsere.«

»Na ja, das sehe ich ein wenig anders und er wahrscheinlich auch.« Sie senkte kurz die Lider, um sich zu sammeln.

Robert atmete tief ein und aus, schaute sie prüfend an und fragte sich, ob er fortfahren sollte. Als Cara ihn mit einem Mal erwartungsvoll ansah, begann er vorsichtig: »Also, Carlos ist der Meinung, wir sollten zuerst einmal überhaupt nichts sagen und uns gemeinsam überlegen, wie wir uns unsere Zukunft vorstellen. Mit dem *Stadthotel*, dem Penthouse, ob wir uns scheiden lassen oder erst einmal nur trennen und so weiter halt ... Und wenn wir das alles wissen, können wir uns Gedanken machen, wie und wann wir es Lilly sagen.«

»Wow ...«

»Wow?«

»Ja, wow.« Cara hob den Kopf und warf ihm einen tränenverschleierten Blick zu. »Das hört sich vernünftig an und ich denke, er hat recht ... Irgendwie.«

»Er hat noch einen anderen Vorschlag ...« Robert wusste nicht, ob er das Richtige tat, »... willst du ihn wissen?«

»Na, er sprüht ja regelrecht vor Ideen, dein ... dein ...«, brachte sie spöttisch hervor und wischte sich dabei über die Augen. »Egal ...« Sie zog den Gummi aus ihrem Haar, schob ihn über ihr Handgelenk und fuhr sich ein paar Mal durch die Locken. »Erzähl, was schlägt er denn vor?«

»Er denkt, dass wir abwarten und nichts überstürzen sollten. Er meint, es wäre doch okay, wenn alles so weiterlaufen würde wie bisher. Er braucht kein Coming-out und ich ehrlich gesagt auch nicht. Wir könnten ...« Er brach ab, als Cara sarkastisch auflachte.

»Ha! ... ›und ich auch nicht!‹. Hast du auf einmal Angst vor deiner eigenen Courage? Ein bisschen schwul sein nur für die dumme Ehefrau, aber nicht für die Welt?! Du machst es dir einfach, Robert, so einfach.« Ihre grünen Augen funkelten und sie schob störrisch das Kinn vor. Mein Leben, eine einzige Lüge, hallte in ihrem Kopf.

»Nichts an alledem ist einfach, Cara. Nichts!« Seine Hand griff reflexartig nach ihrer. Eine Geste, die ihnen so vertraut war und mit einem Mal doch so fremd. »Es tut mir leid, dass du so leiden musst. Ich …«

Caras kurz aufkeimende Wut verflog augenblicklich, als sie die Hand ihres Mannes auf ihrer spürte – die Hand, die sie jahrelang gehalten und gestreichelt hatte. Nein, nicht mein ganzes Leben war eine Lüge, besänftigte sie sich selbst und schüttelte wehmütig ihre Locken. »Gott, Robert, ich weiß, dass es dir leidtut«, sie entzog ihm schweren Herzens ihre Hand, »aber es nützt mir rein gar nichts. Es wird auch nicht besser, wenn du es immer wieder beteuerst. Es tut einfach nur weh … So verdammt weh.« Sie stand auf und ging im Zimmer umher. »Wie soll es denn nur weitergehen?«

Er konnte die Verzweiflung in ihrer Stimme hören, was bei ihm einen noch tieferen Schmerz verursachte, und Robert wurde schlagartig klar, dass es an ihm war, eine Lösung zu finden. Er durfte Cara in diesem Fall nicht die Verantwortung überlassen, so wie in all den Jahren zuvor, in denen meist sie sich um die Klärung anliegender Probleme, sei es familiär oder geschäftlich, gekümmert hatte. Sie aus ihrer gemeinsamen und vor allem von ihm selbst verschuldeten Misere herauszuführen, sodass es für sie nicht noch qualvoller sein würde, als es schon war – das war er der Frau schuldig, die er seit Jahren innig liebte und immer lieben würde.

Robert erhob sich ebenfalls, stellte sich neben sie ans Fenster, aus dem sie nunmehr am ganzen Körper zitternd starr über die Dächer der Stadt schaute. Minutenlang standen sie schweigend Schulter an Schulter. »Ich will es Lilly noch nicht sagen«, erklärte er plötzlich mit fester Stimme, »weil ich glaube, sie braucht es nicht zu wissen. Noch nicht. Es ist unsere Sache und es ändert nichts an dem Verhältnis zu unserer Tochter. Wäre sie hier und würde mit uns leben, wäre das etwas anderes, aber so …« Robert warf seiner Frau einen Seitenblick zu, um zu sehen, wie sie auf seinen Vorstoß reagierte, doch ihre Miene verriet nichts von ihren Gedanken und Gefühlen. »Wir werden weiterhin hier zusammen leben und arbeiten, bis wir beide mehr Klarheit haben, wie unsere Zukunft aussehen wird. Das Penthouse ist groß genug, sodass wir uns aus dem Weg gehen können und keiner muss vorerst ausziehen. Ich werde die nächste Zeit sowieso oft geschäftlich unterwegs sein und da du die nächsten zwei Monate mit der Fertigstellung des Seehotels noch sehr beschäftigt sein wirst, werden wir uns eh wenig sehen und können so Abstand gewinnen. Außerdem möchte ich es Lilly auf keinen Fall via Skype sagen. Vielleicht sollten wir bis Weihnachten warten, wenn sie nach Hause kommt, oder wir fliegen, wenn nötig, vorher zu ihr.« Robert sah sie erneut an, hoffte auf eine Regung, aber Cara starrte weiterhin bewegungslos aus dem Fenster. Und so redete er einfach weiter: »Wir werden das Gespräch mit ihr morgen souverän bestreiten, so wie wir bisher alles rund um unser Kind geschafft haben. Wir haben als Eltern all die Jahre einen unglaublich guten Job gemacht. Du bist eine wunderbare Mutter und ich bin ein guter Vater – kein guter Ehemann, aber ein guter Vater und …«

»Du warst der beste Ehemann, den man sich wünschen kann, den *ich* mir wünschen konnte, Robert … Du …«, flüsterte Cara erwachend aus ihrer Schockstarre. Ihre Stimme versagte, als die mühsam unterdrückten Tränen aus ihren Augen quollen.

»Ja, war. Bis ich … bis … Egal.« Er schaute sie seitlich an, war versucht, sie in den Arm zu nehmen und zu trösten, aber er tat es nicht, sondern sprach schweren Herzens ruhig weiter: »Um Lilly sollten wir uns zurzeit am wenigsten Sorgen machen. Wir werden das gemeinsam schaffen.«

»Meinst du nicht, sie wird etwas merken? Sie ist doch nicht dumm. Ich konnte mich bisher zwar gut verstellen, wenn wir allein miteinander gesprochen haben, aber wir beide jetzt zusammen und dann noch via Skype …?«

»Nein, natürlich ist sie nicht dumm, aber sollte sie uns den Stress ansehen, können wir es auf die Arbeit schieben. Sie weiß, wie viel Energie du in das Seehotel steckst, und ich kann es auf die Mehrbelastung ohne dich hier bei uns im Hotel abwälzen.« Er hob die Hand, um sie Cara auf den Arm zu legen, ließ sie aber sofort wieder sinken. Es war anstrengend, seine Frau nicht mehr berühren zu dürfen, wie er es gewohnt war. Robert vermisste schmerzlichst die Vertrautheit der letzten Jahre und deshalb fielen ihm die nächsten Worte auch unsagbar schwer. »Bevor wir *ihr* irgendetwas erzählen, müssen *wir* erstmal wissen, wie es weitergeht. Ob wir in Kürze auf eine Scheidung zusteuern werden oder vorerst abwarten und uns langsam an die neuen Umstände gewöhnen?«

»Umstände?« Cara lachte bitter auf. »Das hast du ja super umschrieben.« Sie wischte sich die Tränen vom Gesicht und drehte sich ihrem Mann zu. »Du meinst also, wir sollten zuerst einmal Ruhe bewahren und sehen, wie sich die nächsten Monate entwickeln?«

»Ja, Cara, das wäre meiner Meinung nach die vernünftigste Lösung. Mit Schnellschüssen ist uns allen nicht geholfen.« Er sah sie offen an und wartete auf ihre Reaktion.

»Vermutlich hast du recht …«

Seine Hand legte sich kurz auf ihren Oberarm und er schaute sie dankbar an.

Sie blickte von seinem Gesicht auf seine Finger, die sich sogleich von ihrem Arm lösten, und versuchte, ihre nächste Frage in Worte zu fassen: »Wie geht es mit … mit Carlos weiter? Ich meine …«

»Darüber musst du dir keine Gedanken machen«, beruhigte er sie sofort. »Carlos ist bis auf weiteres beurlaubt und so wirst du ihm die wenigen Male, die du hier bist, nicht über den Weg laufen müssen.«

Caras Augen weiteten sich erstaunt.

»Das haben wir die letzten Tage gemeinsam beschlossen und er hat bereits einen Vertreter für diese Zeit gefunden, der nächste Woche hier anfangen kann.«

»Aber … aber wie steht er denn finanziell da, wenn er jetzt nicht arbeitet und …«

Robert winkte ab. »Lass das unsere Sorge sein, es ist alles geregelt. Du musst dir wirklich keine Gedanken machen.«

Schlagartig wurde Cara klar, dass ihr Mann für den finanziellen Verlust seines Freundes aufkommen würde. Ihr lag eine bissige Bemerkung auf den Lippen, dass er seinen Geliebten wohl aushalten würde, doch sie schluckte sie hinunter und sagte stattdessen: »Okay, das ist gut so.«

»Cara, wir werden es doch schaffen und anständig miteinander umgehen, oder?« Beinahe flehend sah er sie an.

»Ja … Ja, klar, Robert«, bestätigte sie resigniert. »Klar schaffen wir das irgendwie. Ich war schon immer der

Meinung, dass ein Paar, das sich über Jahre geliebt hat, auch einen anständigen Schlussstrich hinbekommen kann. Ich … wir … *Ich* muss mich nur bemühen.«

»Cara, du weißt, wie leid mir alles tut«, er griff nach ihrer Hand und drückte sie zart, »und … und nur du bist die Frau, die ich immer lie…«

Ruckartig löste sie sich von ihm und unterbrach ihren Mann mühsam beherrscht: »Bitte nicht, Robert. Ich kann das weder hören noch ertragen. Es macht alles nur umso schwerer für mich.« Tränen rannen über ihre Wangen, als sie leise hervorstieß: »Es wäre so viel einfacher, ich würde dich hassen … oder noch besser, du wärst mir einfach egal … aber noch bist du mir das leider nicht … Noch nicht …«

Die Begrüßung zwischen Cara und Falk am heutigen Nachmittag war weit weniger herzlich ausgefallen als noch in den vergangenen Wochen. Keiner von ihnen fand anfangs die richtigen Worte nach ihrem mehr oder weniger kühlen Abschied am gestrigen Abend– sie fühlten sich augenscheinlich beide unbehaglich. Und so hatten sie es auch als überhaupt nicht störend empfunden, dass Tom sich zu ihnen gesellte, und sie nunmehr gemeinsam mit dem Vorarbeiter die weitere Vorgehensweise besprachen.

Falk schenkte sich Kaffee nach und beugte sich konzentriert über die Pläne, die Cara mitgebracht und auf dem Tisch am See ausgebreitet hatte. »Also Tom, Sie sagten, es ist jetzt wirklich alles so weit fertig, dass wir mit der Einrichtung starten können?«

»Ja, so ist es.«

»Gut.« Falk schaute fragend zu Cara. »Und was machen wir jetzt?«

»Ja, was machen wir?« Sie strich sich die Locken hinters Ohr und starrte auf die Skizzen. Sie hatte sowohl ihre Ursprungsidee von den zwölf Zimmern als auch Falks Wunsch der Acht-Suiten-Variante auf dem Tisch ausgebreitet und war genauso unentschlossen wie Falk. »Also mein Vorschlag wäre, wir gehen nochmals alles durch, machen gemeinsam eine Pro- und Contra-Liste und entscheiden nach der Auswertung das weitere Prozedere.« Cara sah auf und versank sogleich in Falks liebevollem Blick. Sie meinte, das Grün seiner Augen würde heute noch intensiver leuchten, nur um sie zu verwirren – was es auch problemlos tat. »Ähm … Was denkst du, ähm … Ist das«, sie schluckte schwer und wandte den Kopf ab, »so okay für dich?«

»Alles gut.« Falk bemerkte ihre Unsicherheit und fühlte sich selbst auch nicht gerade wohl in seiner Haut. Sein erster Impuls war, sie um ein kurzes Gespräch unter vier Augen zu bitten, um die quälende Anspannung zu klären, damit sie sich dem Tagesgeschäft gelöst widmen konnten. Doch er folgte diesem Impuls nicht. Ihm war klar, dass es momentan zwischen ihnen nichts mehr zu bereden gab. Alles was sie brauchten, war Zeit – und die war er bereit zu geben.

»Wie geht es jetzt also weiter?« Der Vorarbeiter sah von Cara zu Falk.

»Wir sind wirklich unentschlossen, was die Zimmer betrifft«, fasste Cara zusammen, »und wissen nicht, ob ein Themenhotel mit allgemeinen Spezialangeboten Sinn macht, was es aber weltweit schon des Öfteren gibt, oder ob wir …«

»… oder ob wir zurück auf Caras Ursprungsidee gehen und mit einzigartigen Angeboten, speziell nur für eine Zimmervariante buchbar, wählen sollen …«

»… von denen es meines Wissens und meiner Nachforschung nach keine oder nur wenig ähnliche Modelle gibt.« Cara schaute von den ausgebreiteten Papieren auf. »Wobei ich nur acht Suiten immer noch für gewagt halte und weiterhin zu zwölf Zimmern tendiere.«

Falk kniff kurz die Augen zusammen und rechtfertigte sich: »Ich sagte doch, dass das unternehmerische Risiko gering ist und …«

»Ja, aber nur dann, wenn du meinem Vorschlag folgst und die speziellen Suiten mit einmaligen Attraktionen verbindest. Ansonsten wird dein *Traum am See* nur eines von vielen Hotels werden.« Cara verschränkte die Arme vor der Brust und betrachtete ihn kämpferisch.

»Aber«, Falk richtete sich auf und blickte ebenso angriffslustig zurück, »wir könnten dann …«

»Leute, Leute«, unterbrach der Vorarbeiter sie kopfschüttelnd und bemerkte offenbar gar nicht, dass er ins vertraute Du verfiel, »ihr seid euch ja total einig, wie ich sehe. Wisst ihr was? Ich gehe mal an die Arbeit und ihr sagt mir später Bescheid, auf welche Variante ihr euch geeinigt habt. Also bis später dann.« Grinsend stand Tom auf und verließ munter pfeifend den Steg.

Sowohl Cara als auch Falk starrten ihm mit verkniffenen Mienen lange nach. Sie wussten, dass sie zu einem Konsens kommen mussten, wenn sie die Arbeiten nicht weiter verzögern wollten, allerdings war das leichter gesagt als getan – die vorherrschende Anspannung setzte sie beide unter Druck.

Nervös hantierte Cara mit den Papieren vor sich. »Wo fangen wir an?«

Falk fixierte sie genau, zögerte nur kurz, bevor er die Unterlagen zur Seite schob, nach Caras Händen griff und unglaublich sanft fragte: »Wie geht es dir?«

Elektrisiert von seiner Berührung und gleichzeitig ergriffen von seiner gefühlvollen Frage hob sie den Kopf – und versank augenblicklich im Grün seiner Augen …

Kapitel 28

Wie geht es dir?«, fragte er erneut und rieb sanft ihre kalten und leicht zittrigen Finger, als sie schwach mit den Schultern zuckte. »Wie war dein Gespräch mit Robert?«

»Wir haben uns entschieden, Lilly vorerst nichts zu sagen. Sie möchte morgen mit Robert und mir skypen. Sie will uns unbedingt etwas erzählen. Ich bin schon gespannt und hoffe irgendwie …«

»Dass sie nach Hause kommen will?!«

»Ja, irgendwie schon. Sehr eigensüchtig von mir, ich weiß.« Cara zuckte abermals mit den Schultern und wirkte schuldbewusst.

»Du wünschst ihr ja nichts Böses, und ein wenig Egoismus tut dir bestimmt gut.« Er nickte ihr aufmunternd zu. »Und wie ging es dir mit Robert?«

Ihr Blick war leer. »Unser Gespräch war schwer, traurig, elend … aber ich möchte weder darüber reden noch darüber nachdenken. Nicht hier. Hier bei dir ist der Ort, an dem ich alles andere vergessen kann … Zumindest zeitweise.« Ihre Pupillen weiteten sich, als sie weitersprach: »Die Arbeit hier tut mir gut. Du … du tust mir gut. Ich möchte hier nicht grübeln, über nichts … Über gar nichts.«

»Ich verstehe dich.« Er zog ihre Hand an seine Brust. »Und wenn du reden magst, dann reden wir, über was auch immer du möchtest. Alles, was ich will, ist dir guttun.«

»Oh Gott, Falk, es ist zurzeit echt alles recht kompliziert«, stöhnte sie auf, schloss die Augen und drückte seine Hand ganz fest.

»Ich weiß, aber wir haben ein Ziel – ein gemeinsames Ziel. Und wir sind Profis genug, um alles zu erreichen, was wir wollen.«

»Ja«, flüsterte sie, hob die Lider, sah ihn an und bestätigte dann kämpferisch: »Das kriegen wir hin. Bis Oktober wird es nur noch dein Hotel geben.«

»Gut.« Er zog ihre Hand an seinen Mund und küsste zart ihre Finger.

Sachte entzog sie sich ihm und sagte betroffen: »Ich … Nichts von dem gestern … Ich wollte das nicht, wollte dich nicht benutzen. Ich dachte wirklich, dass ich bereit wäre, aber …«

»Schon gut, Cara«, beruhigend sprach er auf sie ein, »es ist wirklich alles gut.«

»Du musst stinksauer auf mich sein, weil …«

»Ich bin nicht sauer … Nicht mehr«, unterbrach er sie. »Es ist, wie es ist und wir können nichts ändern oder gar rückgängig machen. Lass uns das Hotel fertigstellen und dann sehen wir weiter …«

»Verdammt aber auch, bist du vernünftig.« Cara schüttelte ihre Locken und lächelte ihn zaghaft an.

»Tja, Vernunft ist ab heute mein zweiter Vorname«, stellte er zunächst todernst fest und grinste im nächsten Moment jungenhaft.

Cara konnte beim Blick in seine fröhliche Miene endlich ein wenig befreiter aufatmen. »Gut. Vernünftig und wieder ganz Profi ab jetzt.«

»Schön. Also zurück zu unserer Planung. Was jetzt?«

»Was jetzt?«, ahmte sie ihn neckend nach und kicherte mit einem Mal ausgelassen. »Jetzt ziehe ich meinen Joker aus dem Ärmel und mache, dass alles gut wird.«

»Na dann auf, zaubere mal, Perfekt-Poppins.« Falk fühlte sich angesichts Caras jäher Lockerheit schon deutlich wohler und spürte, wie die Anspannung langsam auch von ihm abfiel. Er beäugte Cara erwartungsvoll, konnte in ihrer Miene jedoch nicht lesen, ob sie spaßte oder wirklich die perfekte Lösung parat hatte.

Cara war bisher unsicher gewesen, ob sie ihm ihre dritte Variante wirklich vorschlagen sollte oder ob diese einfach nur für noch mehr Verwirrung sorgen würde. Doch jetzt war ihr deutlich bewusst geworden, dass es keine bessere Lösung gab und sie Falk unbedingt ihre Gedanken mitteilen musste. »Letzte Nacht konnte ich kaum schlafen vor … vor …«, sie winkte ab, »ach egal. Und deshalb habe ich über die Für und Wider nachgedacht und dabei hatte ich diesen wirklich genialen Einfall.« Jetzt grinste Cara richtig übermütig und fasste in ihre stets griffbereite Umhängetasche. »Trommelwirbel bitte.«

Falk feixte und klopfte mit den Zeigefingern lautstark auf den Tisch.

»Tataaaa …« Cara rutschte ihren Stuhl ganz nah an Falks, ignorierte dabei hartnäckig das Kribbeln, welches ihren Körper erfasste, zog einen weiteren Skizzenblock aus ihrer Wundertasche hervor und legte ihn vor sich. »Schau!«

Und Falk schaute. Er betrachtete sich ihre Aufzeichnungen lange und staunte dabei nicht schlecht. Cara hatte es irgendwie geschafft, ihre beiden Vorstellungen in einer Variante zu vereinen.

Vollkommen stumm wippte sie neben ihm auf ihrem Stuhl auf und ab und erst, als Falk aufblickte und ihr lächelnd zunickte, fing sie wie aufgezogen an zu reden: »Ich habe echt lange gegrübelt und wollte meine Idee einfach nicht verwerfen, weil ich sie doch so genial finde.«

»Das ist sie auch wirklich«, bestätigte Falk strahlend und wartete auf ihre weiteren kreativen Ergüsse.

»Danke, vielen Dank.« Sie kicherte unbefangen. »Also habe ich mich dazu entschlossen, zwei Arrangements für dein Hotel zu entwickeln. Einmal in vier Suiten im 1. Stock, die ganz spezielle Aktivitäten beinhalten, abgestimmt auf die Wahl der jeweiligen Suite – *Edle Tropfen und Kulinarische Träume, Natur pur und Entspannung, Tanz und Musik sowie Fitness und Bewegung*. Und …«

»Fitness? Wann hatten wir das Thema denn?«

»Noch überhaupt nicht. Aber dazu sind mir echt viele Dinge eingefallen. Heutzutage gibt es so viele Bewegungsverrückte, dass es super einfach war, dazu ein individuelles Programm und eine Zimmereinrichtung zu finden. Allein schon Walken, Joggen, Schwimmen oder Radfahren sind hier vor Ort möglich und Fitnessgeräte im Zimmer unterzubringen, ist auch ein Leichtes und außerdem einen Personaltrainer und …«

»Alles gut, ich bin überzeugt.« Falk hob abwehrend die Hände und bat gespielt überfordert: »Weiter.«

»Zunächst habe ich mich an deinen acht Suiten echt festgebissen, bis ich bemerkt habe, dass eine Kombi genau das ist, was wir brauchen. Also habe ich im zweiten

Stock die Zimmer- und nicht die Suitenvariante gewählt und mir dazu Gedanken über etwaige Angebote gemacht. Und das geht auch. Oben haben wir *Märchen, Weltreise, Sterngucker, Jackpot, Romantik pur* und *Lesefieber* und dazu gibt es etliche Events in der Umgebung oder wir könnten auch hoteleigene Veranstaltungen anbieten. Da schweben mir zum Beispiel Lesungen, Spieleabende, Vorträge über ferne Orte oder über die Sternenbilder und das Weltall oder ein Candle-Light-Dinner mit Mondscheinspaziergang sowie …« Cara holte tief Luft. »… sowie noch ganz viele andere, ganz individuelle Happenings und …«

»Soso, Happenings?!« Falk grinste nun breit angesichts Caras Euphorie.

»Ja. Also es könnte doch …«, fing sie zu erklären an und in den nächsten Minuten ließen sie beide ihrer Kreativität freien Lauf. Cara hörte überhaupt nicht mehr auf, Notizen zu machen, und auch Falk sprühte vor Begeisterung über.

»Cara, ich …« Er legte seine Hand leicht auf ihren Arm und sah sie gefühlvoll an. »… ich glaube, wir, nein, du hast unser Konzept gefunden. Vier und sechs ist der Schlüssel zu unserem Traum am See.«

»Ja?« Ungläubig und mit laut klopfendem Herzen, strahlte sie ihn an, während ihre Finger den Schlüsselanhänger an ihrer Halskette umfassten.

»Ja, ich denke schon.« Er legte eine Hand auf ihre. »Was hat es denn nun mit deinem Anhänger auf sich?«

»Er ist der symbolische Schlüssel zu meinem Traum, den ich träume, seit ich ein Kind bin.«

Falk nickte leicht, er hatte sich so etwas schon gedacht. Sanft lächelnd neigte er sich vor und hauchte einen zarten Kuss auf ihre Lippen. »Perfekt-Poppins, du bist einmalig und inspirierend – und einfach traumhaft.« Er nahm ihre Hand und presste sie auf sein heftig schlagendes Herz.

Elektrisiert fuhr sie zusammen. In jener kleinen Geste und seinen liebevollen Worten entdeckte Cara in diesem Augenblick all das, was sie momentan brauchte – Bestätigung und Zuneigung. »Danke, dass du an mich …«, sie zögerte für ein paar Sekunden, »… an uns glaubst. Danke, dass du uns die Zeit gibst, die wir brauchen werden, um gemeinsam etwas zu erreichen.«

»Ja, Zeit ist alles, was wir brauchen. Der Rest ist bereits da.« Er hielt ihre Hand noch immer fest auf sein Herz gepresst und versank in ihrem Blick.

»Oh Gott, es ist wirklich alles traumhaft.«

»Es könnte noch traumhafter sein, wenn du Teilhaberin des Hotels werden würdest«, sagte er aus heiterem Himmel.

Cara riss vor Überraschung die Augen weit auf. »Was? Ich? Teilhaberin?«

»Ja, du.« Falk lächelte angesichts ihrer Reaktion.

Cara wandte den Kopf, sah auf das Hotel, in das sie sich auf den ersten Blick verliebt hatte und betrachtete den See, der im Sonnenlicht silbrig funkelte. Sie schaute wieder zu Falk, dem Mann, der so plötzlich in ihr Leben getreten war und ihr so guttat. *Teilhaberin?!* Cara konnte kaum begreifen, dass sich ihr nur wenige Tage nach all den schrecklichen Ereignissen eine Möglichkeit bot, die sie wieder positiv in die Zukunft blicken ließ – ihr Traum von einem Hotel am See war zum Greifen nah …

»Wo ist Robert?«, wollte Falk wissen, ohne Cara zu begrüßen, als sie aus dem Auto stieg.

»Hallo auch.« Sie lächelte ihn sanft an. »Er ist kurz nach mir losgefahren und kommt gleich.«

»Wie war euer Skypen mit Lilly?« Falk war nervös und fragte sich, ob es jetzt immer so sein würde, wenn Cara zurück nach Mainz zu ihrem Ehemann fuhr. Musste er jedes Mal bangen, ob sie nicht doch zueinander zurückfinden und als kleine Familie wieder glücklich werden würden? Als sie ihn vor gut zwei Stunden angerufen und ihm mitgeteilt hatte, dass Robert seinen gestrigen Vorschlag der Teilhaberschaft großartig fand, hatte das Erwähnen ihres Ehemanns und dessen Meinung ihn noch nachdenklicher werden lassen. Robert Sandberg würde immer in Caras Leben präsent bleiben – und somit, sollten Cara und er eine gemeinsame Zukunft haben, auch unweigerlich in seinem.

Sie strahlte über das ganze Gesicht. »Ob du es glaubst oder nicht, meine verrückten Eltern sind seit gestern bei

Lilly in Neuseeland und wollen für ein paar Monate dortbleiben. Sie haben ihre Arbeit in Ecuador beendet und wollen sich als Nächstes auf einer der polynesischen Inseln ansiedeln. Hendrik meinte, er würde dort eine Stelle als Lehrer in einer Schule bekommen.«

»Wow, klasse! Das erleichtert dich doch bestimmt enorm, oder?«

»Oh ja, ich bin total happy. Ma bei Lilly zu wissen, ist wie ein Sechser im Lotto. Sie wird meinem Lillykind viel Energie dalassen und Lilly wird dann ... dann, wenn es so weit ist, gefestigt sein.«

Falk musste nicht nachfragen, was sie mit »es« meinte. Er wusste, sie sprach von Roberts Outing und der unausweichlich damit einhergehenden Trennung. »Und Robert hat also positiv auf meinen Vorschlag reagiert?«

»Ja, absolut. Ich wollte ihn ja schon gestern Abend damit überfallen, aber er war nicht da und so musste ich mich bis heute Morgen gedulden.« Sie standen noch immer an ihrem Auto und Cara zeigte auf das Hotel. »Er wird begeistert sein und sofort die Papiere fertigmachen.«

»Da bin ich ja mal gespannt. Komm!« Sie schlenderten zum Haus. »Weißt du, was ich gestern bei deiner Zimmerauswahl überhaupt nicht bemerkt habe?« Sie traten in die Lobby. »Erst heute Nacht ist es mir siedend heiß eingefallen.«

»Wieder einmal eine rhetorische Frage. Wie soll ich das wissen?« Cara sah sich um, im Hotel herrschte reger Betrieb, von überall her hörte man Stimmen, Hämmern und Sägen – mit ihrem gestrig gefassten Entschluss für vier Suiten und sechs Zimmer war nun der Endspurt eingeläutet.

»Wo ist in deinen Plänen das Zimmer *Leidenschaft und Kick*?« Gespannt wartete er auf eine Antwort und schaute sie dabei grinsend an, wohlwissend, dass sie von seiner Frage peinlich berührt sein würde.

Doch das Gegenteil war der Fall. Lachend gestand sie: »Dieses Zimmer hat mich vorgestern wahrscheinlich auch meinen Schlaf gekostet und nach ellenlangen Für- und Wider-Listen kam ich zu dem Entschluss, dass *Leidenschaft* dann doch eher in ein Erotikhotel gehört und nicht hierher.«

»So, meinst du?!« Er kam einen Schritt auf sie zu und blieb ganz dicht vor ihr stehen. »Und meine Meinung interessiert dich dabei überhaupt nicht?«

»Wie ist denn deine Meinung dazu?« Sie versuchte, sich von seiner Nähe nicht durcheinanderbringen zu lassen.

»Mmmh ...« Er strich mit dem Finger eine Locke hinter ihr Ohr, was Cara sogleich erschauern ließ, und erwiderte leise: »Ein Zimmer der Leidenschaft fände ich schon schön. Ganz privat, nur für uns ... Für dich und mich.«

Cara schluckte schwer und konnte nicht anders, als ihm nickend zuzustimmen: »Ja ... Ja, das wäre schon schön.« Sie schnappte heftig nach Luft, als seine Finger zärtlich über ihren Hals wanderten und an ihrer pochenden Halsschlagader stoppten. »Gott, Falk«, seufzte sie und trat hastig einen Schritt zurück. »Das ... Du bringst mich durcheinander. So kann ich nicht mehr professionell denken und somit nicht meinen ganzen Sachverstand für dein Hotel verwenden ...«

»... und das ist mir egal«, unterbrach er sie grinsend und wollte gerade einen Schritt auf sie zumachen, als das Motorengeräusch eines Autos sie beide zusammenzucken und in Richtung der offenen Eingangstür drehen ließ.

Als sie vor die Tür traten, stieg Robert gerade aus seinem Wagen und kam herzlich lächelnd auf sie zu. »Guten Tag, Herr Baringhaus. Sie haben wirklich ein wunderbares Anwesen hier. Ich bin erstaunt, wie sehr sich die Hotelansicht von der Fotografie von vor ein paar Monaten unterscheidet.«

Falk ging ihm langsam entgegen und ergriff die ausgestreckte Hand. »Guten Tag, Herr Sandberg. Danke, ja, ich bin auch immer wieder aufs Neue begeistert, wenn ich hierherkomme.« Verstohlen musterte er den Stadthotelbesitzer und tat sich ein wenig schwer, eine neutrale Miene aufzusetzen. Er hatte ihn seit über vier Monaten nicht mehr gesehen, doch ihm fiel rein äußerlich keinerlei Veränderung auf, was ihm einen Hinweis auf Robert Sandbergs Gemütszustand hätte geben können. Noch während er das feststellte, spürte er, wie Groll in ihm hochstieg, als er daran dachte, wie der Mann Cara behandelt hatte, und nur mühevoll schaffte er es, seine Gesichtszüge zu kontrollieren.

»Ich hoffe, es ist in Ordnung für Sie, dass ich mir alles genau ansehen und auch noch ein paar Details über Ihre und Caras weitere Pläne erfahren möchte?« Er warf seiner Frau einen liebevollen Blick zu und legte eine Hand leicht auf ihren Rücken.

Falk zuckte unmerklich zusammen, als er wahrnahm, wie bei der Berührung ihres Ehemannes Caras Wangen eine zarte Röte überzog. »Natürlich ist das in Ordnung. Cara hat mir schon gesagt, dass Sie dem Ganzen positiv gegenüberstehen und sich nur einmal anschauen möchten, in was Sie Ihr Geld investieren.« Falks Tonfall war äußerst freundlich und seinen Mund umspielte ein aufgesetztes Lächeln, obwohl er innerlich zerrissen war. Caras Ehemann so vertraut bei ihr stehen zu sehen, versetzte ihm einen heftigen Stich. Wenn er auch zuvor keinerlei Eifersucht verspürt hatte, keimte sie schlagartig in ihm hoch, als er beobachtete, wie Cara ihren Mann ansah – trotz aller Vorkommnisse strahlten ihre Augen so etwas wie Zuneigung aus. Wenn jetzt noch die Tochter hier wäre, wäre die kleine, perfekte Familie komplett, dachte Falk und fühlte sich selbst mit einem Mal fehl am Platz. Er blickte von einem Ehepartner zum anderen und ihm wurde klar, dass Cara und er nicht nur Zeit brauchen würden, sondern auch viel Geduld und Durchhaltevermögen. Immer noch mit einem freundlichen Lächeln auf den Lippen wurde er sich bewusst, was ihn an dieser Situation noch störte – hier war sein Reich, seins und Caras, und ihr Ehemann war hier in seinem Hotel ein Eindringling. So sehr er sich auch wünschte, der ganzen Situation neutral gegenüberzustehen, konnte er nichts gegen seine bohrenden Gefühle tun – nicht gegen den Neid und auch nicht gegen sein Misstrauen oder die Furcht, Cara vielleicht wieder zu verlieren. Verlieren? Er hatte keinerlei Ansprüche auf sie.

»Lasst uns reingehen«, sagte Cara und Falk wie Robert folgten ihr.

»Wie ich sehe, geht es jetzt auf die Endphase zu«, stellte der Stadthotelbesitzer beeindruckt fest. »Es ist wirklich wunderschön, genau so, wie es meine Frau beschrieben hat. Ich bin sehr interessiert an einer kleinen Führung.«

Falk zögerte kurz und warf Cara einen fragenden Blick zu, während er aus dem Augenwinkel Robert Sandberg beobachtete, der gerade einen Schritt auf die offenstehende Fahrstuhltür zuging und den neu eingebauten Lift bewunderte.

»Wow, das ist ja wirklich das Beste vom Besten, Herr Baringhaus. Er sieht klasse aus.« Robert schaute zu dem jungen Hotelbesitzer. »Nur schade, dass der alte Paternoster weichen musste.«

»Ja, schade«, erwiderte Falk gedankenverloren und sah wieder zu Cara.

»Chefin?!«, hallte es durch die Lobby.

»Ja, Tom?«

»Wir brauchen Sie mal kurz?«

»Komme!« An die Männer gewandt entschuldigte sie sich: »Bin gleich wieder da.«

Robert nickte nur und wandte sich an Falk. »Dürfte ich Sie fragen, wie viel Sie dafür hinblättern mussten?«

Falk fühlte sich allein mit Caras Ehemann auf einmal recht eigentümlich und fragte sich, warum.

»Ich will das nicht nur aus reiner Neugierde wissen, sondern weil wir überlegen, in naher Zukunft neue Fahrstühle im *Stadthotel* einzubauen, und mich würde interessieren …« Er drückte auf den Knopf und redete weiter, während Falk ihn anstarrte. »… bei welcher Firma Sie …« Falk nickte nur stumm, aber hörte Roberts Begründung kaum zu. »… und ob Sie zufrieden waren mit …«

Falk wurde mit einem Mal klar, warum er sich so eigentümlich fühlte. Nicht aus irgendwelchen negativen Gründen, sondern weil er Robert Sandberg trotz allem, was zwischen ihm und Cara vorgefallen war, immer noch äußerst sympathisch fand.

»Gott, sind die Ornamente schön«, rief Robert mit einem Mal aus und zeigte an die Decke.

»Ja, das sind sie wirklich, Herr Sandberg«, bestätigte Falk. »Und die gleichen finden sich auch auf einigen Bodenfliesen.«

»Wollen wir uns nicht duzen? Meine Frau hat mir schon so viel von Ihnen und Ihrem Hotel vorgeschwärmt …« Er lächelte Falk offen an und streckte ihm die Hand entgegen. »Robert.«

»Falk.« Wie selbstverständlich ergriff er die dargebotene Hand und ihm fiel zu seiner eigenen Verwunderung diese Vertraulichkeit überhaupt nicht schwer.

»Ich muss es nochmal sagen: Du hast ein wunderschönes Anwesen. Einfach …«

»Einfach traumhaft«, vollendete Falk den Satz, während er sich versonnen umschaute. Den zunächst verblüfften Blick, die kurzzeitig grüblerische Miene und das darauffolgende erkenntnisreiche Lächeln von Caras Ehemann bemerkte er dabei überhaupt nicht.

Traumhaft. Das hatte Robert Sandberg bisher nur von einer Person gehört – seiner Frau.

Als Cara in diesem Moment wieder die Treppen herunterkam, sah er von ihr zu Falk und ahnte plötzlich, warum sie einen solch seligen Gesichtsausdruck hatte und der Hotelerbe ein verdächtiges Flackern in den Augen – die beide mochten sich offensichtlich mehr als nur als Hotelpartner. Er betrachtete seine Frau, dachte an all den Schmerz, den er ihr angetan hatte, und konnte, trotz einem winzigen Gefühl der Eifersucht ganz tief in sich, nur zufrieden feststellen: Falk Baringhaus war vielleicht derjenige, der Cara wieder glücklich machen könnte.

»Wo wollen wir anfangen?«, wollte Falk wissen, als Cara wieder bei ihnen stand.

»Ich denke, wir gehen von unten nach oben und dann in den Außenbereich, oder?!«

»Okay. Also folgt mir«, bat er und ging in Richtung Treppe.

Caras Handy klingelte und nach einem kurzen Blick aufs Display, sagte sie überrascht: »Oh, das ist Lilly. Geht schon mal vor, ich komme gleich nach.« Verwundert nahm sie ab – es war in Neuseeland bereits tiefe Nacht – und verschwand durch die Eingangstür nach draußen, während sie ins Telefon sprach: »Hallo, Süße. Was ist los?«

»Das würde ich gern von dir wissen, Cara-Darling.«

»Ma, du?«

»Was ist passiert?«, fragte Isla sanft.

In Caras Hals bildete sich ein dicker Kloß. Wenn sie und Robert auch ihrer Tochter hervorragend Theater hatten vorspielen können, bei ihrer Mutter war es ihnen anscheinend nicht gelungen, stellte sie keineswegs erstaunt fest. Selbst über Skype erkannte Isla die wahre Gefühlswelt ihrer Tochter. Aufschluchzend sagte sie: »Robert verlässt mich.«

»Oh Darling, ich ahnte es schon.« Stumm ließ Isla ihre Tochter für eine Weile weinen.

Cara spürte die enge Verbindung zu ihrer Mutter und wie deren Ruhe sich auf sie übertrug. Langsam versiegten ihre Tränen und während ihr Blick zu einem der Balkone schweifte, auf dem Robert und Falk sich unterhielten, lauschte sie den Worten Islas: »Du kannst niemanden in deinem Leben halten, der gehen muss, und das solltest du auch nicht. Er nimmt den Platz von jemanden anderem ein, der genau dort hingehört. Vertraue in dich, dein Gefühl und deine Zukunft …«

Kapitel 29

Mit emotionslosem Gesichtsausdruck bog Cara in die Hoteleinfahrt ein und hatte heute zum allerersten Mal kein Auge für die Schönheit des Anwesens. Nichts konnte sie seit letztem Dienstag, als sie mit Falk und Robert die Teilhaberschaft besprochen hatte, aus ihrer inneren Erstarrung aufwecken. Noch nicht einmal die wunderschönen Kunstwerke, die sie der Künstlerin Carm in Auftrag gegeben und soeben abgeholt hatte, vermochten ihr ein Lächeln ins Gesicht zu zaubern. Als sie das Auto parkte und Falks Wagen nicht an seinem gewohnten Stellplatz erspähen konnte, zog sich ihr Magen heftig zusammen. Sie hatte die letzten Tage mit einem Magen-Darm-Virus im Bett gelegen und fühlte sich nicht nur vom tagelangen Übergeben ausgelaugt. Immer wieder spukte ihr das Gespräch zwischen Robert und Falk von Dienstagnachmittag durch den Kopf und auch heute noch, vier Tage später, hallten die Wortfetzen, die sie nach ihrem Telefongespräch mit ihrer Mutter aufgeschnappt hatte, in ihrem Kopf nach: *»Falk, ich bin so froh, dass du und Cara … ich mir das erhofft … wie bei unserem ersten Treffen besprochen …« »Ja, Robert … hat funktioniert … tolle Frau … ihre Leidenschaft … genau, wie du sie beschrieben hast … voller Hingabe und …«* Als sie vom Vorarbeiter in ihrem Lauschen unterbrochen worden und mit ihm ein paar Schritte in Richtung See gegangen war, hatte sie einen Blick zum Balkon werfen und die beiden Männer dabei beobachten können, wie sie heiter miteinander aufgelacht und sich wie die besten Freunde anerkennend auf die Schulter geklopft hatten. Absolut geschockt hatte sie deren seltsame Vertrautheit hinterfragt – sie waren nicht wie zwei Menschen miteinander umgegangen, die sich erst das zweite oder dritte Mal im Leben getroffen hatten, sondern hatten wie langjährige

Kumpels auf sie gewirkt, die irgendetwas ausgeheckt hatten und deren Plan allem Anschein nach aufgegangen war.

Caras Herz drückte schmerzhaft in ihrer Brust und sie hoffte noch immer, dass es für alles eine simple Erklärung gab. Da Robert gleich nach dem Treffen mit Falk zu einer einwöchigen Geschäftsreise aufgebrochen war, hatte es keine Gelegenheit gegeben, mit ihm über die Teilhaberschaft und erst recht nicht über das Gehörte zu reden. Sie wusste, nur ein Gespräch mit Falk konnte eventuelle Missverständnisse beheben und so wartete sie voller Anspannung, dass er bald kommen würde.

Da im Untergeschoss seit Tagen keine gravierenden Arbeiten stattgefunden hatten, lief sie die Treppen hoch in den ersten Stock, um sich die Einrichtung für die *Entspannungs- und Natur-Pur-Suite* anzusehen, die mittlerweile zum Teil aufgebaut worden sein sollte. Erwartungsvoll, wie sich der integrierte Whirlpool und das recht offen gehaltene Badezimmer machten, schritt sie den Gang entlang, öffnete die Zimmertür und erstarrte innerlich wie äußerlich.

»Ups, Frau Sandberg, noch nie etwas von Privatsphäre gehört?«

Cara hatte das Gefühl, sich bei dem sich ihr bietenden Anblick übergeben zu müssen.

»Sind Sie nicht ein wenig früh dran? Falk meinte, wir hätten noch genug Zeit für eine zweite Runde.« Die kleine Blondine erhob sich langsam aus dem Whirlpool, präsentierte dabei schamfrei ihren jungen, makellosen Körper und nickte vielsagend zu dem nagelneuen Bett in der Ecke. »Würden Sie mir bitte das Handtuch reichen? Ich fühle mich ein wenig unwohl so nackt.«

Cara ging wie automatisiert ein paar Schritte in den Raum und griff nach dem Handtuch auf dem Stuhl. Stumm hielt sie es Falks Freundin hin. *Falks Freundin?* »Was … was machen Sie hier?«

Hell lachte Selina auf. »Na, nach was sieht es denn aus?« Sie stieg anmutig aus dem Pool und fing bedächtig an, sich abzutrocknen. »Versöhnungssex ist heiß und aufregend, da braucht man im Anschluss ein wenig Entspannung.«

Cara starrte sie entsetzt an und fühlte sich hilflos.

»Dachten Sie wirklich, Falk würde mich für Sie verlassen? Sie waren, wie er mir zwischen wilden Küssen und hingebungsvollen Stößen gestanden hat, nur Eines: Mittel zum Zweck.« Sie setzte sich in das Handtuch gewickelt aufs Bett und griff nach dem zerknäulten Laken. »Wollen Sie mal riechen?« Sie hielt es sich unter die Nase und atmete tief ein. »Es duftet nach Falk und mir.«

»Sie lügen«, brachte Cara mühsam hervor.

»Warum sollte ich?« Ihre Kulleraugen schauten erstaunt. »Falk hat mich gebeten, heute mit ihm hierher zu fahren, um, wie er es so schön ausdrückte«, sie kicherte albern, »sein Revier mit ihm zu markieren. *Unsere* Zukunft ist hier in diesem Hotel.«

»So etwas würde er nicht sagen ...«, murmelte Cara vor sich hin, und war sich gleichzeitig nicht mehr sicher, zu was Falk wirklich fähig war.

»Meinen Sie wirklich?« Sie schlug die Beine übereinander und lehnte sich entspannt auf ihre Ellenbogen zurück. »Sie kennen Falk nicht. Er ist durch und durch Geschäftsmann und nimmt sich immer rücksichtslos, was er will, wen er will und wann er will.«

»Er wäre ja kaum so blöd und würde Sie mit hierhernehmen, obwohl er mit mir verabredet war«, konterte Cara, deren Verstand langsam wieder einsetzte.

»Ja, um elf, liebe Frau Sandberg.« Sie richtete sich auf, griff nach ihrer Armbanduhr auf dem Stuhl und sagte: »Selbst für Ihre Verhältnisse sind Sie sehr früh. Es ist erst halb zehn. Wir haben nicht vor zehn mit Ihnen gerechnet und ich musste Falk versprechen, kurz vorher abzuhauen.«

Alles, was diese Frau sagte, war unsinnig, und doch machte es irgendwie Sinn. Woher weiß sie, dass ich immer überpünktlich bin, dachte sie entsetzt und fragte laut: »Wo ist Falks Auto?«

»Bei uns zu Hause. Ich bin gefahren. Er wollte Sie später bitten, ihn nach Mainz zu bringen, um sich dort wieder mit mir zu treffen. Ein Freund von uns feiert seinen dreißigsten Geburtstag. Wie alt sind Sie nochmal?«, fragte sie süffisant.

»Ich werde vierzig«, antwortete Cara leise und spürte ihren Magen Kapriolen schlagen. *Verdammt, hört dieser Albtraum denn nie auf?* Sie konnte kaum noch einen klaren Gedanken fassen. »Und wo ist Ihr Auto?«

Die Blondine winkte herablassend ab. »Das kann Ihnen doch egal sein. Was brauchen Sie eigentlich noch, um mir zu glauben, dass Falk und ich uns wieder versöhnt haben?« Selina stand auf und musterte Cara mit einem hochnäsigen Blick. »Wieder und wieder versöhnt haben. Wie naiv sind Sie eigentlich?«

»Ich …« Cara hatte den lächerlichen Einfall, sich zu verteidigen, bremste sich aber bei Selinas nächsten Worten.

»Da Sie ja ganz offensichtlich das Offensichtliche nicht sehen wollen, hier ein paar Hintergrundfakten: Falk und ich haben uns schon vor ein paar Tagen versöhnt, immer und immer wieder, wie ich bereits sagte.« Sie grinste vulgär. »Ich weiß also, dass er Ihnen letzte Woche die Teilhaberschaft angeboten hat, jetzt aber wieder einen Rückzieher machen wird, da *wir* in Zukunft gemeinsam hier regieren werden.« Sie lachte derb.

Ihr Lachen war in Caras Ohren nun nicht nur noch vulgär, sondern abartig ordinär.

»Wo … wo ist Falk?«

»Er wollte sich im See abkühlen.« Selina grinste breit.

»Warum nicht mit Ihnen im Whirlpool?« Cara wusste nicht, wohin sie die Fragerei bringen sollte.

»Weil ein Whirlpool warm ist und nicht erfrischend. Und zudem«, hemmungslos ließ Selina das Handtuch fallen und präsentierte sich Cara abermals nackt »wie sollte er bei diesem Anblick abkühlen? Falk ist ein heißblütiger und äußerst potenter Liebhaber. Schade für Sie, dass Sie noch nicht in den Genuss kamen.«

Wie konnte Cara immer noch Zweifel haben? Doch sie waren ohne Frage in ihrem Gesicht zu lesen.

»Wollen Sie noch mehr wissen? Na dann hier Fakten, die Sie wohl endgültig überzeugen sollten. Ich weiß, dass ihr Mann, oder baldiger Ex-Mann, am Dienstag auch hier war, dass Sie beide momentan in einer recht schwierigen Lebenssituation stecken und dass Falk Mitleid mit Ihnen hat.« Sie hüstelte gekünstelt. »Abgesehen natürlich von dem Vorteil, den Sie ihm gebracht haben. Er wäre wohl kaum so schnell und günstig an ein solch perfektes Hotel gekommen, hätte er Ihnen nicht ein wenig Honig um den Mund geschmiert. Und die Teilhaberschaft?!« Sie winkte abfällig ab. »Ein Trick. Er wollte heute das Angebot zurückziehen.«

Cara zuckte zusammen.

»Ach, und um Ihnen nun endgültig verständlich zu machen, dass Sie nur Mittel zum Zweck waren, und nun leise und ohne großes Aufheben abtreten können ...« Sie kramte in ihrer Handtasche, fingerte kurz an ihrer Hand herum und streckte Cara dann ihre manikürten Krallen freudestrahlend entgegen. »... unser Verlobungsring.«

Sie musste an die frische Luft, musste raus, weg von dieser Frau und rannte ohne eine Erwiderung aufstöhnend aus dem Zimmer – ihr Leben war wohl wirklich eine einzige Lüge ...

Falk zog voller Vorfreude seine Bahnen durch den See. Energiegeladen hatte er heute zum ersten Mal den ganzen See durchquert und war nun gut auf der Hälfte des Rückwegs. Er schätzte, dass er um kurz nach zehn wieder am Hotel sein würde und Cara am Steg begrüßen konnte.

Er dachte zurück an die letzten Tage ohne sie, die ihm so leer vorgekommen waren. Sie hatten noch nicht einmal telefoniert, nachdem sie am Dienstag Hals über Kopf weggefahren war. Er hatte nur eine WhatsApp von ihr erhalten, dass sie krank sei und gestern eine weitere, dass sie soweit genesen wäre und heute gegen elf ins Hotel käme. Cara musste wirklich krank gewesen sein, was er nach all den Ereignissen in den letzten Wochen nicht verwunderlich fand – ihr Körper hatte sich die Auszeit genommen, die er zu brauchen schien.

Auch er hatte in den letzten Tagen einige Kämpfe mit seiner Familie, seinen Freunden und vor allem mit Selina auszustehen gehabt. Niemand von ihnen, außer seiner älteren Schwester Meike, konnte verstehen, dass er seinen lukrativen Job als Investmentbanker an den Nagel hängte. Er hatte schon vor Monaten mit seinem Chef seinen Ausstieg besprochen, daraufhin zum 1. September gekündigt und war somit in vier Wochen nur noch Hotelbesitzer des *Traum am See*. Seine Wohnung in Frankfurt stand zum Verkauf und die ersten Habseligkeiten hatte er schon in Kisten gepackt. Cara hatte ihm zugesichert, dass er Mitte September seine Dachwohnung beziehen konnte und er fing nach und nach an, die Dinge auszusortieren, von denen er sich trennen wollte. Er hatte bisher auf hundertdreißig Quadratmetern gelebt und vergrößerte sich nun auf knapp zweihundert, was eigentlich bedeuten würde, er könnte all seine Habseligkeiten behalten. Doch er wollte einen Schnitt machen und besann sich deshalb auf das Wesentliche – die Jukebox, die DVD-, CD- und Plattensammlung, den Flachbildschirm, das Wasserbett und die große graue Wohnzimmercouch. Er hatte Cara bei der Einrichtung der Zimmer in seinem Apartment freie Hand gelassen und sie lediglich darauf aufmerksam gemacht, dass seine Lieblingsfarben Grau und Grün waren. Doch ansonsten hatte er keine weiteren Erwartungen an sein neues Zuhause gestellt. Er wusste, er konnte sich voll und ganz auf Caras Geschmack verlassen.

»Nur noch knapp zwei Monate«, sprach er laut vor sich hin und tauchte mit dem Kopf kurz unter. Er konnte es kaum fassen, wie schnell die Eröffnung seines Traumhotels näher rückte, und freute sich weiterhin auf die gemeinschaftliche Arbeit mit Cara in der nächsten Zeit. Der 3. Oktober nahte und die Werbekampagne musste langsam anlaufen. Flyer mussten mit allen Exklusivangeboten in Druck sowie die Straßenschilder und Werbebanner in Auftrag gegeben werden. Zudem sollten Zeitungsannoncen geschaltet und eine Website aufgebaut werden. Darüber hinaus würde Cara mit Hilfe ihres Vertreters Jeremy Hotelpersonal sichten und einstellen – von Köchen über Küchenhilfen, Zimmerservice, Kellnern, Empfangspersonal bis hin zum Gärtner und Hausmeister.

Er war knapp vor dem Steg und konnte es kaum erwarten, Cara wiederzusehen. Mit Schrecken dachte er daran, dass ihr Treffen annähernd ins Wasser gefallen wäre, da sein geliebter Geländewagen den Geist aufgegeben hatte. Doch Selina, die immer noch nicht ausgezogen war, hatte ihm angeboten, ihn hierherzufahren. Zuerst hatte er auf ihren Vorschlag erstaunt reagiert, aber dann dankbar zugestimmt. Selina und er hatten die letzten Wochen viele Kämpfe ausgestanden, die sich aber in den vergangenen Tagen gelegt hatten und er glaubte fest daran, dass sich ihre Wege bald endgültig und letztendlich doch im Guten trennen würden. Als er ihr am Morgen sagte, dass er etwas früher ins Hotel wollte, da Cara grundsätzlich vor der vereinbarten Uhrzeit zu Terminen kam, hatte sie ihn ohne jegliches Gemurre hergefahren und wollte danach gleich weiter zum Geburtstag ihres Bruders nach Ludwigshafen.

Guter Dinge stieg er aus dem Wasser, schlüpfte aus der Badehose, duschte sich ab und schlang ein Handtuch um seine Hüften.

»Hallo, Falk«, er zuckte leicht zusammen, als Cara plötzlich vor ihm stand, »ich hoffe, ich bin nicht zu früh und störe dich? Aber ich konnte die Zeit nicht richtig abschätzen, da ich noch schnell bei Carm gewesen bin und die ganzen Zeichnungen und Bilder abgeholt habe.« Sie zeigte auf ihr Auto vor dem Hoteleingang.

Ein seliges Lächeln breitete sich in seinem Gesicht aus. Endlich war sie wieder da. »Hallo, ich habe dich gar nicht kommen hören.« Er ging einen Schritt auf sie zu, stoppte jedoch jäh, als er wahrnahm, dass Caras Miene verschlossen war und sie ein Stück zurückwich. »Du siehst noch immer mitgenommen aus. Geht es dir wirklich wieder gut?«

»Ja, geht schon.«

»Was ist dann los? Ist was passiert?« Prüfend sah er sie an und stellte fest, dass der Virus sie ganz schön gebeutelt haben musste, so müde wie sie auf ihn wirkte.

»Ja, es ist etwas passiert.« Sie schaute ihn fest an und fuhr schonungslos fort: »Ich habe mich gegen eine Teilhaberschaft entschlossen und auch gegen dich!« Sie konnte in Falks Augen Schmerz sehen, den sie offenbar mit ihren Worten verursachte, doch das ließ sie kalt. Sie hatte sich in wenigen Minuten einen Plan zurechtgelegt und wollte sich von nichts und niemandem davon abbringen lassen. »Ich bin glücklich im *Stadthotel* und weiß jetzt, dass Robert und ich auch weiterhin gut miteinander zusammenarbeiten werden. Ich liebe ihn noch immer, werde ihn immer lieben und werde ihn ganz bestimmt nicht aufgeben, ich werde …«

»Waaas?«, fiel er ihr fassungslos in Wort. »Du … du scherzt doch, oder?!« Er wartete kurz ab, hoffte, jeden Moment ihr herzliches Lachen zu hören, doch ihre Gesichtszüge blieben verhärtet. »Was ist denn in den letzten Tagen passiert? Und was heißt ›Ich werde ihn nicht aufgeben‹? Dein Mann ist schwul!«

»Robert und ich lieben uns seit zwanzig Jahren innig und das lässt sich nicht von heute auf morgen verdrängen, außerdem war bis vor kurzem ja auch noch alles gut zwischen uns gewesen. Wir lieben uns!« Cara ließ keinen Zweifel daran, dass sie es ernst meinte.

»Aber … aber was ist mit uns?« Falk konnte noch immer nicht begreifen, was hier gerade geschah.

»Uns? Es gibt kein *uns*. Das war einfach nur Geplänkel … sinnloses Geplänkel und das ist vorbei und ich werde mich nur noch auf meine Arbeit hier konzentrieren.« Caras Stimme klang selbst in ihren Ohren kalt und sie wunderte sich, dass sie so gefasst agieren konnte.

»Aber was ist denn passiert in Gottes Namen?« Was hatte Caras Sinneswandel ausgelöst? Ihr Mann konnte sie doch nicht in diese Richtung beeinflusst haben?! Falk hatte sich doch ausführlich mit Robert unterhalten und er war doch von der Idee der Teilhaberschaft begeistert gewesen. Waren seine Worte nicht: »Du und Cara habt anscheinend eine *traumhafte* Zeit zusammen und ich freue mich für euch, dass ihr so vertrauensvoll zusammenarbeitet.« Hatte er sich dermaßen geirrt? Hatte er Caras Mann derart missverstehen können, vielleicht einzig und allein aus seiner eigenen Hoffnung heraus? Nein! So war es definitiv nicht gewesen, Robert war sehr klar in seinen Worten, er hatte …

Seine Gedankengänge wurden von Cara unterbrochen. »Ich möchte darüber nicht weiter diskutieren«, stellte sie nüchtern fest. Innerlich kalt, interessierte sie es nicht, dass ihm jede Menge Fragen auf der Seele brannten. »Es tut mir wirklich leid, dass ich dir Hoffnungen gemacht habe und dass … dass das Ganze so … so … halt irgendwie aus dem Ruder gelaufen ist.« Sie hob beinahe verlegen die Schultern, betrachtete ihn aber weiterhin kühl. »Bitte lass uns dein Hotel wie geplant fertigstellen und danach gehen wir getrennte Wege. Ich möchte die Teilhaberschaft nicht mehr. Das ist wohl für uns alle am besten.« Sie holte tief Luft und sagte geschäftig: »Und jetzt möchte ich ein paar Details wegen der Zimmer klären. Okay?«

»Okay?!«, wiederholte Falk fast tonlos und wechselte augenblicklich die Gesichtsfarbe. Hochrot vor unterdrücktem Zorn knurrte er: »Sag mal, hast du sie noch alle? Du kannst mich doch nicht einfach mit ein paar lapidaren Sätzen abspeisen und dann zum Tagesgeschäft übergehen. Wir … wir hatten Pläne. Wir …«

»Falk, bitte.« Cara blieb weiterhin gefasst, ihr innerliches Zucken verbarg sie geschickt. »Hör auf damit. Ich habe es mir anders überlegt, was mein gutes Recht ist und bin dir gegenüber zu nichts verpflichtet …«

»Verpflichtet?!« Er lachte hart auf. »Ich … ich bin fassungslos. Wie kommt dieser Sinneswandel?« Sein Lachen versiegte und er wurde ernst. »Es war doch alles ganz klar. Die Teilhaberschaft und … und wir haben uns doch gemeinsam auf den Tag der Eröffnung gefreut, wenn wir den ganzen Umbaustress hinter uns haben und endlich zusammen sein können … Einfach nur wir beide, ein Neuanfang – für uns … uns zwei.«

Erneut zuckte Cara innerlich zusammen, hielt aber seinem Blick stand. »Sei bitte still! Ich bin dir zu nichts verpflichtet und …«

»Ich bin dir zu nichts verpflichtet«, äffte er sie nach und rollte die Augen. »Das weiß ich auch, aber du musst wohl zugeben, dass ich ein wenig mehr als ›wir haben fertig‹ verdient habe, oder?!«

»Das führt doch zu nichts. Lass uns professionell weiterarbeiten und damit hat es sich. Meine Arbeit hier ist bald beendet und dann gehe ich wieder ins *Stadthotel*, wo ich seit Jahren glücklich bin, und arbeite dort mit meinem Mann, den ich immer noch liebe. Punkt.« Cara schaute sich um, als sie ein Auto hörte. »Zieh dir was an, die Arbeiter kommen!«

Er kniff die Augen über ihren Befehlston zusammen und sagte schneidend: »Warte kurz, wir sind noch nicht fertig.« Falk drehte sich um, schnappte sich Shorts und Shirt, die über einem Stuhl lagen, und zog sich hastig an. Als er sich wieder Cara zuwandte, fragte er: »Habe ich irgendetwas Falsches gesagt oder getan, was dich …«

»Oh ja«, zischte sie und funkelte ihn an. »Das hast du. Du und auch …« Sie unterbrach sich, als ein Auto die Auffahrt hereinfuhr. »Schluss jetzt! Lass uns an die Arbeit gehen.« Sie rannte nahezu in Richtung Hotel und Falk konnte ihr nur mit offenem Mund nachstarren.

Cara empfand eine tiefe Traurigkeit und hatte Mühe, die Tränen zurückzuhalten, jedoch spürte sie gleichzeitig die Erleichterung darüber, mit Falk die Fronten geklärt zu haben. Selinas nackter Körper kam ihr in den Sinn, gefolgt von deren anzüglichen Bemerkungen und ihren zunächst zweifelhaften, doch abschließend glaubhaften Anmerkungen über Falk. Sie war heute mit dem festen Vorsatz hierhergekommen, Falk auf die Bruchstücke seiner Unterhaltung mit Robert, der sie gelauscht hatte, anzusprechen. Doch das Zusammentreffen mit Selina hatte ihre Pläne mir nichts, dir nichts zerschlagen. Übrig blieben eine unsägliche Enttäuschung, tiefe Verzweiflung und der verlorene Glaube an das Gute in einem Menschen.

Es war Cara unbegreiflich, wie der Mann, mit dem sie jahrelange gelebt und den sie unbeschreiblich geliebt hatte, ein zweites Mal in kürzester Zeit zu so einem Betrug fähig war. Und der Mann, von dem sie geglaubt hatte, dass er ein Teil ihres zukünftigen Lebens werden könnte, hatte sich an dem großen Betrug ihres Ehemanns beteiligt. Falk hatte ihr bis heute schamlos große Gefühle vorgegaukelt und ihr Herz erneut gebrochen. Beide Männer hatten sie benutzt und enttäuscht – Robert sowie auch Falk …

Kapitel 30

Wie bei ihnen seit Monaten üblich, wartete Falk auf dem Steg auf Cara und wappnete sich innerlich für das Gespräch, das er mit ihr führen wollte. Er hatte nach dem Vorfall vor vier Tagen mehrmals versucht, sie alleine im Hotel zu erwischen, aber sie hatte immer dafür gesorgt, dass Arbeiter in der Nähe waren, und war dann irgendwann einfach verschwunden. In einer kurzen WhatsApp hatte sie ihm mitgeteilt, dass sie sich nunmehr erst einmal von zu Hause aus um die Werbung kümmern und erst heute wieder ins Hotel kommen würde. Er war stinksauer gewesen und hatte beim besten Willen keine Ahnung gehabt, wie er mit der Situation umgehen sollte. Wenn sie meinte, ihre Erfüllung im *Stadthotel* an der Seite ihres schwulen Manns zu finden, dann musste er sie in dem Glauben lassen. Aber er fand, dass er nach all den Monaten mehr Details erfahren durfte als ein paar belanglose Worte und ein mühsam hervorgebrachtes »Es tut mir leid, dass ich dir Hoffnungen gemacht habe«. Er fragte sich immer wieder, was nach Roberts Stippvisite hier passiert war. Wie konnte in nur wenigen Tagen etwas zerstört werden, was gerade erst anfing, Form anzunehmen – das nur Zeit brauchte, um zu wachsen? Falk stand vor sich hin murrend vom Stuhl auf, entledigte sich seiner Schuhe und Socken, setzte sich an den Rand des Stegs und ließ die Füße im Wasser baumeln.

Er hörte einen Wagen die Einfahrt heraufkommen und wusste, dass es Cara war. Kurz darauf vernahm er ihre Schritte und nur Sekunden später ihr leises »Hallo«.

»Hallo, Cara«, erwiderte er, ohne sich umzudrehen. Er spürte ihren Blick im Rücken. »Wie geht es dir?«

»Danke, mir geht es sehr gut«, antwortete sie gezwungen fröhlich und wollte im gleichen Atemzug wissen:

»Bist du bereit, um die letzten Details für die Zimmer zu besprechen?«

Ihr ging es sehr gut?! Falk traf ihre Antwort mehr, als ihm lieb war. Nicht er und das *Traum am See* waren das, was sie wollte und in Zukunft glücklich machen konnte – das *Stadthotel* und Robert schienen auch weiterhin Caras Leben zu sein.

»Ich komme.« Er verharrte allerdings in seiner Position und schwieg eine Weile, um sich zu sammeln.

»Was ist, Herr Baringhaus, keine Lust, die Zimmer zu erkunden?« Cara wurde unsicher. Sie sah an seiner Haltung und hörte in seinen knappen Worten, dass er noch nicht bereit war, rein beruflich mit ihr zu kommunizieren. Doch sie wollte und konnte sich keiner weiteren Auseinandersetzung mit Falk ausliefern. Sie musste professionell bleiben, auch wenn ihr das bei seinem Anblick schier unmöglich schien. Ihr Kopf sagte ganz klar, dass er sie benutzte, ihr Herz dagegen schrie, dass er sie wollte – sie als Frau. Hastig, ihre wirren Gedanken verdrängend, sagte sie: »Falk, wir …«

Mit Schwung stand er auf und war mit einem Schritt bei ihr. Erschrocken wollte Cara zurückweichen, wurde jedoch von seiner Hand, die ihren Arm umfasste, festgehalten. »Warum? Warum hast du deine Meinung geändert?«

Sie wollte seine Hand abschütteln, aber er hielt sie eisern umklammert. Empört schnaubte sie auf: »Lass mich los!«

»Nein, ich lasse dich nicht los. Nicht, solange du mir nicht eine einigermaßen plausible Erklärung für dein Verhalten gegeben hast.« Er fixierte sie und nahm ihre Unruhe deutlich wahr, was ihn augenblicklich sanfter stimmte. Er lockerte den Griff seiner Hand und strich gleichzeitig mit der anderen zärtlich über ihre Wange. »Bitte, Cara, ich brauche mehr als ein ›Sorry, Süßer, es war ja ganz nett mit uns, aber mein altes Leben ist mir trotzdem lieber‹. Ich brauche …«

»Was brauchst du? Mich ja wohl nur fürs Hotel.« Cara riss sich los und funkelte ihn zornig an. »Und deshalb akzeptiere einfach, dass wir nur noch rein geschäftlich miteinander verkehren. Und wenn du das nicht kannst, dann … dann …«

»Dann was?«

»Dann werde ich … ich …«

»Dann wirst du alles hinschmeißen?!«, vollendete er ihren Satz mit stoischer Ruhe und wartete gespannt auf ihre Reaktion.

Scharf sog Cara die Luft ein. Ihre Augen weiteten sich für Sekunden, bevor sich ihre Miene verdunkelte und sie zornig erwiderte: »Ja, verdammt, dann ist es so. Dann ist hier und heute Schluss mit allem. Willst du das? Willst du, dass ich gehe?«

Er kam wieder einen Schritt auf sie zu und musterte sie von oben bis unten. »Nein, Frau Sandberg, so leicht mache ich es dir nicht. Nicht ich entscheide, ob du gehst oder nicht. Du musst dich selbst dazu entschließen, zu kündigen … Ich schmeiße dich nicht raus.«

»Verdammt, lass uns die Arbeit professionell abschließen und danach sehen wir uns nie wieder. Das ist es doch, was du wolltest. Du hast mich engagiert, um dein Hotel zu einem der begehrtesten Urlaubsorte zu machen, und ich liefere beste Arbeit ab. Das war der Deal. Das und mehr nicht! Also lass es uns fertigbringen … Bitte.« Beinahe flehend sah sie ihn an.

Wenn er auch meinte, vor Sehnsucht nach einem guten Ende beim Blick in ihre grünen, hoffnungsvollen Augen zu vergehen, so schüttelte er rigoros den Kopf und stellte klar: »Nein! Ich will Antworten und …«

»Du willst Antworten?!« Caras Gesicht verzog sich empört. Wenn jemand Antworten zustehen würden, dann ja wohl ihr selbst, kam ihr in den Sinn und sie überlegte für einen winzigen Moment, das Problem beim Namen zu nennen. Doch nur für wenige Sekunden – viel zu verletzt spürte sie eine nahezu lähmende Angst vor einer erneuten Lüge und ihrer abermaligen Blindheit.

»Ja, ich will Antworten! Ich bin nicht bereit, einfach weiterzumachen, als sei nichts passiert. Gib mir die Antworten, die ich will und ich verspreche dir, ich werde dich von heute ab in Ruhe lassen.«

»Das ist Erpressung und das mache ich nicht mit.« Sie stampfte erbost auf und fuchtelte wild mit den Armen. »Dann gehe ich lieber und lass dich allein alles zu Ende bringen … Wenn du das überhaupt schaffst. Du … du …«

»Ich werde es schaffen«, entgegnete er kühl. »Du warst mir eine gute Lehrmeisterin und die verbleibenden Arbeiten sowie Organisationen werde ich auch ohne dich hinbekommen. Vielleicht nicht so gut wie mit dir, aber das ist mir egal.«

»Das ist doch dumm und kindisch. Ich … Wir können doch …«

»Nein!« Er verschränkte die Arme vor der Brust und betrachtete sie finster. »Nicht ich bin kindisch, sondern du. Ich habe mich seit wir uns kennen in meinem Hotel auf Kompromisse eingelassen, so wie auch in den letzten Wochen in unserer Beziehung oder wie du das zwischen uns auch immer nennen willst. Doch jetzt ist Schluss. Rede mit mir oder geh!«

Cara schnappte mehrmals nach Luft. »Jetzt entscheidest ja doch du, dass ich gehen soll.«

»Nein, das tue ich nicht. Ich sage nur, wenn du hier weitermachen willst, dann gib mir die mir zustehenden Erklärungen über deinen Sinneswandel und ehrliche Antworten – das ist meine Bedingung. Und wenn du das nicht willst, ist unsere Zusammenarbeit hiermit beendet. Es liegt einzig und allein an dir.«

Ehrliche Antworten?! Ihre Augen füllten sich mit Tränen, als sie darüber nachdachte, dass es mit seiner Ehrlichkeit selbst nicht weit her war, und sagte resigniert: »Dann gehe ich jetzt wohl und wir sehen uns erst an der Eröffnung …«

»Nein! Wenn du jetzt wirklich gehst, dann für immer. Ich kündige dir, du bekommst dein volles Gehalt, aber ich möchte dich nicht wiedersehen.« Das auszusprechen, tat ihm in der Seele weh, doch er wusste, wenn es überhaupt noch eine Chance gab, Cara zum Reden zu bewegen und vom Bleiben zu überzeugen, dann nur auf die harte Weise.

»Das … das kannst du doch nicht so einfach machen. Das ist …« Entsetzt starrte sie ihn an und wurde sich mit einem Mal dem Ernst der Lage bewusst. Nie hatte sie mit solch einer Reaktion von ihm gerechnet.

»Doch, das kann ich ganz einfach, genauso einfach, wie du dich dafür entschieden hast, das *Traum am See* aufzugeben.« … und mich, hätte er am liebsten hinzugefügt, verkniff es sich aber. »Das war doch scheinbar auch nicht schwer für dich.« Seine sonst so fröhlichen, grünen Augen fixierten sie kalt und seine Stimme war schneidend.

In diesem Moment wusste Cara, wie sich Falk als harter Banker durchs Leben geschlagen hatte – ihr lief ein Schauer über den Rücken. Hatte nicht genau das Selina vor zwei

Tagen gesagt – Falk sei ein rücksichtsloser Geschäftsmann. »Das … das war doch nicht einfach … Ich habe … Du hast doch …« Sie brach ab, zuckte hilflos mit den Schultern und sah ihn flehend an. »Bitte, Falk … Bitte lass es nicht so enden … Bitte.«

Er war versucht, ihrem Flehen nachzugeben, haderte sekundenlang mit sich und brachte dann nur knapp hervor: »Ich will Antworten.«

»Wo bist du vor vier Tagen hin, nachdem du hier von der Baustelle weg bist?«, wollte sie im Gegenzug wissen, und hoffte, dass er ihr einen guten Grund gab, um an Selinas Worten zu zweifeln.

»Ich bin zu einem Freund«, erwiderte er blitzschnell und mit erstaunt hochgezogenen Brauen.

»Wer hat dich hingefahren?«

»Tom hat mich mit nach Mainz genommen.« Er fixierte sie weiter. »Warum willst du das wissen?«

Sie winkte ab. Um dort Selina zu treffen, schoss ihr in den Kopf. Doch sie wollte es immer noch nicht glauben – Caras Herz schrie nach einer glücklichen Wendung. »Wie bist du ohne Auto hierher gekommen?«

Falk wollte ihr wahrheitsgemäß antworten, doch fürchtete er, wenn er jetzt auch noch Selina ins Spiel brachte, würde das keineswegs zu einer Verbesserung ihres Gesprächs führen. Und überhaupt, warum stand er auf einmal da wie ein Schuldiger und wurde ausgequetscht? »Sag mal, was wird das hier eigentlich? Das ist ja das reinste Verhör. *Ich* will Antworten!«, brachte er mit Druck hervor.

Sie hatte es gewusst, Selinas Worte hatten der Wahrheit entsprochen. Cara schüttelte ernüchtert über sein Ausweichen und ihrer letzten Hoffnung beraubt den Kopf und entgegnete matt: »Die will ich dir nicht geben.«

Falk konnte nicht begreifen, warum sie so unnachgiebig war, und brachte resigniert hervor: »Dann endet es wohl jetzt hier.«

Cara zuckte mit den Schultern und nickte dabei leicht.

Urplötzlich, von seiner eigenen Enttäuschung getrieben, riss Falk sie beinahe rabiat an sich, umfasste ihr Gesicht und legte seinen Mund ungestüm auf ihren.

Auch wenn sie sich zunächst sträubte, weil das Bild von einer nackten Selina vor ihrem inneren Auge erschien, erlosch in Sekundenschnelle jeglicher Widerstand, als ihre eigene Sehnsucht nach seinen Zärtlichkeiten sie überrollte. Seufzend und ohne weiter nachzudenken, krallte sie ihre Finger in seinen Rücken und gab sich seinem Kuss hin.

Die erste Wildheit wandelte sich in eine hingebungsvolle Liebkosung und als sie sich nach Minuten schwer atmend voneinander lösten, sahen sie sich an und erkannten sogleich, dass trotz dieses intimen Augenblicks keiner von beiden bereit war, dem anderen gegenüber irgendwelche Eingeständnisse zu machen und sie sich genau in diesem Moment zum letzten Mal geküsst hatten.

Falks Wut war verraucht und er fühlte nur noch eine schmerzvolle Traurigkeit. Zart strich er über ihre Wange und murmelte: »Mach's gut, Cara, ich wünsche dir ausschließlich Glück und Zufriedenheit in deinem Leben.«

Caras Gedanken fuhren Achterbahn und sie dachte an ihre »zwei Welten« mit Robert und Falk, von denen nun keine mehr traumhaft war, sondern beide überaus real und noch dazu qualvoll. Sie hatte das Gefühl, ihr Herz würde zerspringen, so sehr schmerzten sie deshalb auch seine liebevolle Geste und seine sanften Worte. Mit tränenschimmernden Augen schaute sie ihn an, fasste nach seiner Hand und schmiegte ihr Gesicht hinein. »Ich wünsche dir auch nur das Beste.«

Auch wenn es ihnen schwerfiel und sie sich innerlich nach mehr Zärtlichkeit sehnten, ließen sie ihre Hände sinken. Zu groß war das Misstrauen zwischen ihnen, zu zahlreich die Zweifel in ihren Köpfen – zu viel Vertrauen war zerbrochen.

»Auf Wiedersehen, Herr Baringhaus«, brachte Cara noch mit erstickter Stimme heraus und verließ langsam den Steg.

Falk lag ein »Auf Wiedersehen« auf den Lippen, aber letztendlich kam nur ein tonloses »Goodbye, Perfekt-Poppins« hervor.

Über drei Wochen voller Tränen und Hoffnungslosigkeit lagen hinter Cara. Es war Anfang September und ihr Leben war festgefahren. Ihr Alltag im *Stadthotel* kam ihr stupide vor und sie erledigte ihre Aufgaben lustlos. Meist verkroch sie sich in ihrem Büro und scheute den Kontakt mit den Angestellten und Gästen. Robert hatte sie kaum zu Gesicht bekommen, und wenn, dann nur kurz und geschäftlich, bevor er schon wieder aus seinem Hotel zu einem nächsten Termin verschwunden war. Seit sie zurück war, hatte er ganze zweimal im Penthouse im Gästezimmer geschlafen, ansonsten kam er früh morgens und verschwand gegen Abend.

Es war früher Sonntagabend, als sich Cara mit Zettel und Stift bewaffnet auf die Couch im Wohnzimmer setzte und mit einem weiteren Brief an ihr Zukunfts-Ich zu schreiben begann. Sie erhoffte sich, dadurch Klarheit in ihre Gefühlswelt sowie neue Erkenntnisse zu bekommen und sich danach endlich besser zu fühlen.

Liebe Cara im Jahr 2019,
mein innigster Wunsch ist es, dass ich das Jahr 2018 unter »jeder hat einmal eine Scheißzeit« abgehakt habe und positiv ins neue Jahr gestartet bin. Auch wenn ich heute noch nicht wirklich daran glauben kann. Alles in meinem Leben läuft momentan irgendwie verkehrt. Mein Lillykind ist noch viel zu lange in Neuseeland. Robert ist andauernd mit seiner »großen Liebe« unterwegs und hat noch überhaupt nicht mitbekommen, dass ich nicht mehr im Seehotel arbeite. Falk habe ich seit dem Tag unseres letzten Kusses nicht mehr gesehen. Ich sitze hier einsam und allein im Penthouse des Stadthotels und heule mir die Augen aus. Die Tage sind okay, ich bringe mich wieder mehr im Hotel ein, auch wenn es ganz gut ohne mich zu laufen scheint, aber die Nächte sind grausam. Das plötzliche immer allein Schlafen ist purer Horror und ich weine mich allabendlich in den Schlaf und wache morgens heulend auf. Wann hört das endlich auf? Meine Lichtblicke sind die Telefonate mit meinem geliebten Lillykind, die Gott sei Dank immer noch nichts von Roberts

und meiner Trennung ahnt. Das ist wirklich der einzige Vorteil daran, dass sie so weit weg ist. Wäre sie hier, würde sie einen schwulen Vater verstehen und eine gebrochene Mutter ertragen müssen. So aber genießt sie ihr junges Leben in vollen Zügen und ist absolut happy, dass meine Eltern noch immer bei ihr sind.
So jetzt aber genug gejammert. Mit diesem Brief an mich, mein Zukunfts-Ich, möchte ich Bilanz ziehen und möglichst emotionslos festhalten, wie es mir geht und was gerade in meinem Leben passiert.
Pah, emotionslos lesen sich die ersten Zeilen ja nicht wirklich. Aber das ändert sich jetzt!!!
Es sind über drei Wochen seit meinem letzten Tag im »Traum am See« vergangen, und ich grübele immer noch. Fakten dazu:

Robert und Falk!
1. Die beiden scheinen ein Abkommen getroffen zu haben, das weit über geschäftliche Interessen hinausgegangen war???!!!
2. Ich kann es immer noch nicht ganz glauben!
3. Ich scheu mich, Robert darauf anzusprechen, da ich Angst vor der Antwort habe!
4. Ich kann nicht glauben, dass Falk so durchtrieben ist, wie es den Anschein hat!
5. Ich wünschte, ich könnte mir sicher sein, dass er es nicht ist!!!
6. Ich vermisse meine vertraute Zeit mit Robert!
7. Ich sehne mich schier grenzenlos nach Falk!
Na ja, das war nicht ganz unemotional, aber immerhin mal ordentlich aufgelistet und somit für mich ein guter Überblick. Ich denke, ich werde den Brief nicht, wie sonst, gleich an meine Mutter schicken, sondern ihn noch ein paar Tage auf mich wirken lassen.

Selina! Selina und Falk?!
1. Welchen Grund hätte sie gehabt, mich zu belügen? (Falk – Sie wollte ihn zurück!)
2. Wieso hat sie ihn zum Hotel gefahren, obwohl er sagte, sie wären nicht mehr zusammen?
3. Wie soll sie das Ganze eingefädelt haben, ohne dass Falk etwas davon mitbekommen hat? (Noch heute wird mir speiübel, wenn ich an diese nackte Barbie denke)

4. Wo war eigentlich ihr Auto?
5. Warum hat Falk mir nicht gesagt, dass sie ihn ins Hotel gefahren hat?
6. Er wollte nach Mainz! Zu ihr? Sie hatte mir gesagt, dass sie sich dort auf einem Geburtstag treffen wollten.

Falk! Warum habe ich eigentlich nicht die Courage gehabt, Falk gleich an Ort und Stelle nach alldem zu fragen?
1. Ich hatte Angst, er lügt mich an!
2. Ich hatte Angst, er sagt mir die Wahrheit!
3. Ich habe vor allem Angst, was mir in den letzten Monaten passiert ist!
4. Ich habe Angst vor der Zukunft!
5. Ich habe Angst vor einer Zukunft ohne Robert!
6. Ich habe Angst vor einer Zukunft mit Falk!
7. Ich hatte in meinem Leben noch nie so viel Angst und das macht mir noch mehr Angst!
Okay, Punkt 3,4,5 und 7 haben eigentlich nur indirekt mit Falk zu tun – aber Angst, vor allem Zunkunftsangst beherrscht mich ganz offensichtlich.

Was wäre das Schlimmste, was mir hätte passieren können, wenn ich Falk und Robert auf alles angesprochen hätte?
1. Es hätte mir das Herz brechen können!
2. Ich wäre wieder allein!
3. Ich hätte das Vertrauen in andere Menschen (Männer) verlieren können!
4. Ich hätte nach meinem geliebten Mann den Mann, der meine neue Liebe hätte werden können, verlieren können!
5. Mein Traum vom »Hotel am See« hätte sich ausgeträumt!

Was ist heute das Schlimmste, was mir passiert ist?
1. Mein Herz ist gebrochen!
2. Ich bin wieder allein!
3. Ich habe das Vertrauen in andere Menschen (Männer) verloren!
4. Ich habe nach meinem geliebten Mann den Mann, der meine neue Liebe hätten werden können, verloren!
5. Mein Traum vom »Hotel am See« ist ausgeträumt!
Oh Gott, mir wird soeben klar, dass ich durch mein Handeln nur verlieren konnte – dass meine Angst mich blind gemacht hat.

<u>Was wäre das Beste, was mir hätte passieren können – was hätte ich mir gewünscht, wenn ich Falk meine Ängste anvertraut hätte?</u>
1. Er hätte für sein Gespräch mit Robert eine logische Erklärung gehabt!
2. Er wäre mit mir ins Hotel zu Selina gegangen und hätte alle Missverständnisse (sofern es welche gab, wovon ich ja in meinem Wunschdenken ausgehe) an Ort und Stelle geklärt!
3. Er hätte Selina als Lügnerin enttarnt!
4. Er hätte mich in seine Arme genommen, getröstet und meine Sorgen weggeküsst!
5. Mein Herz wäre NICHT gebrochen!
6. Ich wäre NICHT allein!
7. Ich hätte immer noch Vertrauen!
8. Ich hätte zwar weiterhin mit dem Verlust von Robert leben müssen, aber Falk hätte ich lieben lernen können!
9. Ich hätte Falks Traum, und somit auch meinen eigenen, weiterträumen dürfen!
10. Ich würde mich immer noch auf den Tag freuen, wenn ich meiner Sehnsucht nach Falk endlich nachgeben würde!
11. Ich hätte eine Zukunft ohne Angst vor Augen!
Fünf Punkte zum Schlimmsten, was hätte passieren können! Fünf Punkte zum Schlimmsten, was mir passiert ist! Und ELF Punkte zum Besten, was mir hätte passieren können, die aber nun nicht mehr eintreten können, weil ich mich von meiner scheiß Angst habe beherrschen lassen! Ich glaube, ich drehe durch???!!!

<u>Ich muss ganz dringend etwas unternehmen, damit ich NICHT durchdrehe … aber was?</u>
1. Ich könnte Robert bitten, mir die Wahrheit über sein Abkommen mit Falk zu sagen!
2. Ich könnte das aber auch Falk fragen!
3. Ich könnte überhaupt damit anfangen, Fragen zu stellen und Antworten zu geben!
4. Ich könnte diese scheiß Angst endlich als das sehen, was sie ist – meine Angst vor der Zukunft!

Okay, ich glaube, das ist ganz schön viel auf einmal und ich werde mich in den nächsten Tagen Punkt für Punkt mit alldem beschäftigen.

ICH muss, meine Zukunft in den Griff bekommen und hoffe für MICH, dass ich das bis ins neue Jahr einigermaßen geschafft habe.

Es grüßt mein trauriges ICH im September 2018!

Cara legte erschöpft von den vielen Gedanken, die durch ihr Hirn jagten, die Zettel und den Stift beiseite, stand auf und lief unruhig umher. *Was soll ich tun?* Wie ferngesteuert bewegte sie sich auf das Radio zu und schaltete es an.

»... wenn die Angst dich in die Enge treibt, es fürs Gegenhalten nicht mehr reicht, du es einfach grad nicht besser weißt – dann sei! Es geht vorbei ...«

Es geht vorbei? Cara starrte aus dem Fenster über das nächtliche Mainz, lauschte der Stimme von Andreas Bourani und konnte zunächst nicht glauben, dass ihre Angst vor der Zukunft irgendwann vorbeigehen würde. Sie ging zurück zum Wohnzimmertisch, griff nach dem Blatt und betrachtete die Zeilen – es war ein langer Brief geworden, einer der ausführlichsten, den sie sich je geschrieben hatte.

»... Hey, sei nicht so hart zu dir selbst, es ist okay, wenn du fällst. Auch wenn alles zerbricht, geht es weiter für dich – Hey, sei nicht so hart zu dir selbst, auch wenn dich gar nichts mehr hält. Du brauchst nur weiterzugehen, komm nicht auf Scherben zum Stehen ...«

Komm nicht zum Stehen? Cara spürte mit einem Mal, wie Energie durch ihren Körper strömte, als sie auch schon hektisch eine Mappe hervorkramte, in der sie feinsäuberlich ihre bislang erhaltenen Zukunfts-Briefe aufbewahrte. In wenigen Sekunden hielt sie die Nachricht ihrer Mutter in der Hand, die vor ein paar Wochen einem ihrer Briefe von Anfang des Jahres beigelegt war: *Die Zeit ist immer reif für irgendetwas – sei es für Stillstand oder Veränderung. Es liegt an dir, mein geliebtes Kind, die Zeichen der Zeit für dich und dein Herz richtig zu interpretieren.*

Zeichen der Zeit? Mit der Botschaft ihrer Mutter im Kopf las sie erneut ihren Brief von heute durch und plötzlich brachten die Worte so viel Klarheit über all die Dinge, die geschehen waren, dass es sie beinahe schon wieder ängstigte. Cara sank in die weichen Kissen der Couch und beschloss in diesem Augenblick für sich, zunächst einmal den momentanen Stillstand zu akzeptieren, um dann ihre

Angst vor Veränderung in den Griff zu bekommen, damit sie endlich den nächsten Schritt wagen konnte – Fragen zu stellen und Antworten zu geben …

Kapitel 31

»Wo liegt denn nun genau das Problem?«, wollte Falk von seinem Vorarbeiter wissen, der neben ihm an der halbfertigen Außenbar des Hotels stand.

»Na ja, die Frage ist, ob es nicht vielleicht doch besser wäre, den gesamten Terrassenbereich samt Bar zu überdachen, sodass man jederzeit draußen sitzen kann und auch die Bedienungen trockenen Fußes servieren können.« Der Vorarbeiter sah seinen Chef abwartend an.

»Mmmh …« Falk griff zu den Plänen und überflog sie. Die Außenbar stand nun seitlich zum Ausgang des Restaurants angrenzend an die Terrasse, so wie es im Plan eingezeichnet war. Doch in diesem war keine Überdachung vorgesehen und Falk wusste momentan auch gar nicht, ob er überhaupt eine wollte. Auf Caras Zeichnung, die er ebenfalls hervorholte, waren die Tische durch große Schirme geschützt, was in seinen Augen bedeutend besser aussah als eine moderne Glasüberdachung. »Hier, schauen Sie, Tom, so hatte Cara sich das vorgestellt und ich finde, dass es um einiges schöner ist als ein herkömmliches Dach, oder?!«

Der Vorarbeiter betrachtete die Skizze und nickte zustimmend. »Ja, schon, aber wie gesagt, trockenen Fußes kommt hier kein Kellner hin.«

»Boah …« Falk fühlte sich leicht überfordert und rieb sich die Schläfen. »Lassen Sie mich darüber nachdenken.«

»Klar, Boss.«

Tom ging durch die Restauranttür ins Hotel und ließ einen grübelnden Falk zurück, der erneut Caras Skizze mit zusammengekniffenen Augen studierte. Überdachung oder nicht? Wie würde Cara sich entscheiden?

Es war nicht das erste Mal in den letzten Wochen, dass Falk überlegte, wie Cara wohl in der einen oder anderen Situation agiert hätte. Er vermisste ihre Kreativität, ihren

Sachverstand und den ihr eigenen Schwung, der bisher alles am Laufen gehalten hatte. In Zwei Wochen bereits sollte die Eröffnung sein und es fehlten noch die kleinen, liebevollen Details, die Cara immer wie auf Kommando aus dem Hut gezaubert hatte. Allein schon die Zitate und Sprüche für die einzelnen Zimmer und Suiten, die jeweils auf kleine Holztafeln in die Zimmertüren eingearbeitet werden sollten, brachten ihn schier zum Verzweifeln – Cara hätte das wahrscheinlich in wenigen Minuten erledigt gehabt. Genauso ging es ihm bei den Zimmernamen. Sollte er jetzt wirklich die Namen nehmen, die sie als sogenannte Arbeitstitel ausgesucht hatte? Ihm kam *Kulinarische Träume* und *Edle Tropfen* schlicht zu lang vor und auch *Natur* und *Entspannung* klang in seinen Ohren einfach nicht einladend genug. Für was hätte Cara sich letztendlich entschieden? Und wo würde sie den Namen der Zimmer anbringen – an, über oder neben der Tür? Und wie? Das alles waren Dinge, die ihm den letzten Nerv raubten und bei dem ihm weder Tom noch sonst einer der Arbeiter behilflich sein konnte. Er war bei diesen Entscheidungen auf sich allein gestellt und das bereitete ihm schlaflose Nächte. Doch noch mehr als in geschäftlichen Belangen fehlte Cara ihm schlichtweg als Mensch. Er vermisste ihr Lachen und ihr Maulen, ihre Ups' und Ohs, ihren natürlichen Esprit und ihr nachdenkliches Schweigen, ihre lebhaften Skizzen und ihr wüstes Gekrakel. Aber vor allem wünschte er, sie noch einmal spüren, küssen und berühren zu dürfen – jede Faser seines Körpers sehnte sich nach Cara und er hatte das Gefühl, es würde von Tag zu Tag schlimmer und kein bisschen besser.

Mit hängenden Schultern und resigniertem Blick schaute er von der Terrasse aus zum Steg. Vor gut sechs Wochen hatten sie sich dort verabschiedet – für immer?!

Er bückte sich gerade nach einem heruntergefallenen Stift, als er Schritte hinter sich hörte und im gleichen Moment ein ihm bekanntes Aufschnauben: »Warum gehst du nicht an dein verdammtes Handy?«

Ein freudiger Schauer überlief ihn und er erwiderte, ohne aufzusehen: »Ich habe gar kein Auto gehört, bist du den ganzen Weg hierhergelaufen?«

»Ich habe immer und immer wieder versucht, dich anzurufen«, sagte sie vorwurfsvoll und baute sich mit finsterer Miene vor ihm auf.

»Ja, ich weiß, und ich habe deine Anrufe immer und immer wieder erfolgreich ignoriert«, entgegnete er gelassener, als er sich fühlte, richtete sich langsam auf und drehte sich zu ihr um.

Das Erste, was Falk wahrnahm, war Caras müder Gesichtsausdruck und ihr trauriger Blick. Er versank in dem trotz offensichtlicher Erschöpfung leuchtenden Grün ihrer Augen und sein Herz polterte wie wild los. Sie ist wieder da. Sie ist zurückgekommen, schrie es in seinem Inneren und er hätte sie am liebsten ohne Umschweife in seine Arme gerissen.

»Warum ignorierst du meine Anrufe? Was soll dieses kindische Verhalten? Es hätte wichtig sein können.« Ihre Augen funkelten und ihre Hände bewegten sich wild vor seinem Gesicht hin und her.

Wenn die Situation nicht so ernst gewesen wäre, hätte er am liebsten losgelacht, doch er beherrschte sich. »Wenn es dringend sein sollte, dachte ich mir, wird sie schon vorbeikommen, und schwupp, hier bist du.« Er lächelte sanft. »Was gibt es denn nun so Wichtiges?«

»Ich will mit dir reden, was sonst«, schnaubte sie wütend, drehte sich um und lief in Richtung Steg. »Komm mit, ich möchte nicht, dass die Arbeiter alles mitbekommen.«

Falk sah sich um und traf auf den Blick von Tom. Der Vorarbeiter stand wenige Meter entfernt am Eingang des Hotels, machte große Augen und malte ein Fragezeichen in die Luft. Falk grinste ihn an und zuckte mit den Schultern, während er sich in Bewegung setzte, um Cara zu folgen.

»Es ist mir verdammt schwergefallen, hierherzukommen«, begann Cara, als sie am knarzenden Holz hörte, dass Falk auf den Steg trat. Sie selbst starrte auf den ihr so vertrauten See, der im Sonnenlicht einladend funkelte, und augenblicklich machte sich eine heftige Sehnsucht in ihr breit – sie wollte wieder täglich hier sein, wollte miterleben, wie sich Falks und, ja, auch ihr eigener Traum in Kürze erfüllte.

»Das glaube ich dir, aber dann verstehe ich erst recht nicht, warum du hier bist.« Auch wenn Falks Seele nach Caras Nähe schrie, blieb er äußerlich gelassen und hielt sich zurück – es war an Cara, den ersten Schritt zu tun.

»Ich muss dir wohl …« Sie drehte sich um und schaute ihm fest in die Augen. »Ich muss mit dir reden, will dir …«

Verwundert unterbrach er sie: »Und um zu diesem Entschluss zu kommen, hast du fast sechs Wochen gebraucht?« Sein Blick versank in ihrem. »Meinst du, reden bringt jetzt noch was?« Fasziniert beobachtete er ihr Mienenspiel, das von entrüstet in entsetzt und dann in fragend wechselte.

»Ist es zu spät?«, wollte sie mit einem Mal ängstlich wissen.

»Ist es zu spät, Cara?«, stellte er im Gegenzug ihr die Frage und sah sie dabei zaghaft lächelnd an.

Ihr Gesicht erhellte sich langsam und ihre Augen bekamen einen sanften Glanz. »Nein, es ist nicht zu spät.«

»Gut.« Er streckte ihr seine Hand entgegen und sagte: »Dann komm, es gibt noch jede Menge Arbeit für uns.«

»Aber …« Verwirrt starrte sie auf seine dargebotene Hand. »Du … Ich … Wir müssen doch reden und …«

»Eins nach dem anderen«, beruhigte er sie und umschloss ihre Finger. »Erst einmal brauche ich deinen fachmännischen Rat. Wie sollen denn nun die einzelnen Zimmer und Suiten heißen? Ich zerbreche mir seit Tagen den Kopf.«

»Was?« Cara war immer noch irritiert von seiner Hand in ihrer und zudem verblüfft von seinen Worten. Er wollte nicht hier und jetzt, sofort und gleich ein klärendes Gespräch führen, sondern gab ihr mit einem Mal die Zeit, die er ihr vor Wochen nicht hatte geben wollen. »Aber … aber die stehen doch schon im Flyer, samt Arrangements.« Cara zog wie selbstverständlich eines der Faltblätter aus ihrer Umhängetasche, reichte es Falk und bohrte nach: »Aber dir war es doch so wichtig, über alles … über uns zu reden. Warum auf einmal nicht mehr?«

Falk ging gar nicht auf ihre Frage ein, öffnete den Flyer und haute sich lachend gegen die Stirn. »Gott, Cara, du hast mich mit deinem Weggehen dermaßen aus der Bahn geworfen, dass ich das glatt vergessen hatte.« Er grinste sie an und las laut vor: »*Rhythmusgefühl, Pulsschlag, Weltenbummler, Sternenhimmel* …«

»Falk! Ich … Warum …«

»Was ich auch nicht entscheiden kann, ist, ob wir doch vielleicht eine Überdachung über die Terrasse machen sollten.« Er ignorierte ihren Einwurf einfach erneut, wedelte mit dem Flyer in der Luft und sprach weiter: »Tom meinte, dass es eine gute Lösung wäre, aber ich bin mir total unsicher. Deine Skizzen mit den Schirmen gefallen mir viel besser, aber sein Argument, dass es bei Regen sinnvoller wäre …«

Noch während er redete, richtete Cara ihr Augenmerk auf die Restaurantterrasse und stellte, sogleich wieder in ihrem Element, sachlich fest: »Da hat Tom schon recht, aber das alles zu überdachen, wäre ein Mammutprojekt und ich fände es auch nicht wirklich passend. Doch ich könnte mir vorstellen, dass es gut aussehen und dem gesamten Stil entsprechen würde, wenn man nur einen Teil der Terrasse samt Bar mit einer schönen Holzkonstruktion und einem …«

»Das hört sich doch nach einem perfekten Kompromiss an«, unterbrach Falk sie begeistert. »Dann können bei Regen halt nicht alle Tische besetzt werden, sondern nur …«

»Falk!« Auch wenn Cara viel lieber diese neue Variante weitergesponnen hätte, wusste sie, es gab momentan zwischen ihnen Wesentlicheres zu besprechen und so bat sie eindringlich: »Bitte sag mir, warum ist dir eine Aussprache auf einmal nicht mehr so wichtig?«

Falk verstummte, steckte flugs die Broschüre in seine Gesäßtasche und sagte: »Du bist hier. Du bist bereit mit mir zu reden. Mehr brauche ich nicht.«

»Ja …« Cara atmete ein paarmal heftig ein und aus. »Ja, ich bin da und bin bereit, aber zuerst muss ich unbedingt Klarheit haben, wissen, was mit dir und … mit dir und Selina war … ist?!«

Falk bemerkte augenblicklich ihren inneren Rückzug und erklärte sanft lächelnd: »Es war und ist nichts mehr mit Selina. Sie hatte mich an jenem Tag hierhergefahren, weil mein Auto den Geist aufgegeben hatte. Sie hat mich abgesetzt und ich hörte sie wegfahren. Dass sie ihr Auto nur ein paar Meter weiter hinters Hotel gestellt hatte, habe ich nicht mitbekommen. Selina wusste von mir, dass du wahrscheinlich gegen zehn, wie immer zu früh, hierherkommen würdest und hat sich hoch ins *Entspannungszimmer* geschlichen. Sie wusste ebenfalls, dass es soweit fertig eingerichtet war und dort ein Whirlpool steht. Sie war die Tage vorher so verdammt nett und hat mich über alles rund ums Hotel ausgefragt, da hätte ich eigentlich schon ahnen müssen, dass sie etwas im Schilde führt.

Aber ich bin überhaupt nicht auf die Idee gekommen, dass sie hier so ein großes Ding abziehen würde. Auf der Fahrt hierher hatte ich ihr gesagt, dass ich bis zu unserem Treffen die Zeit nutzen wollte, um einmal durch den See zu schwimmen. Selina ist ein gerissenes Luder und sie hat sich alles genau ausgemalt. Ich im See, sodass du mich nicht siehst, sie im Bett oder Pool, wie ich gehört habe – und dann kam ihr großer Auftritt, als du dir die Einrichtung anschauen wolltest.« Er holte kurz Luft, ließ bei seiner Erklärung Cara nicht aus den Augen, und fuhr fort: »Selina hatte nichts mehr zu verlieren, zwischen uns war es aus, das Apartment bereits verkauft und …«

»Es ist verkauft? Und wo wohnst du?«, unterbrach sie ihn.

»Es ist erst zum 1. Oktober verkauft und ich pendele zurzeit. Ab und an schlafe ich oben in meinem Apartment in dem Gästezimmer auf einer Matratze.«

»Auf einer Matratze? Dein Apartment müsste doch fertig renoviert sein, oder?«

Er musste ein wenig in sich hineingrinsen, weil Cara gerade bei diesem Punkt einhakte und allem anderen mit stoischer Ruhe gelauscht hatte. »Ja. Es ist alles so, wie du es wolltest. Die alte Hotelküche ist auch schon eingebaut und jetzt müssen die Zimmer nur noch nach und nach eingerichtet werden.«

»Gut.« Sie nickte zufrieden und fragte vorsichtig: »Und wie ging es mit Selina weiter?«

»Ihr war klar, dass sie in Kürze ausziehen musste, und ihr Auftritt hier war ein letzter, schäbiger Versuch, dich aus dem Weg zu schaffen, um den Weg für sie wieder freizumachen. Was sie damit erreicht hat, war, dass du wirklich aus meinem Leben verschwunden bist, aber sie hat trotzdem keinen Platz mehr darin bekommen. Selina ist ausgezogen und ich werde sie nicht wiedersehen.«

Caras Miene entspannte sich langsam. »Woher … Wie kannst du das alles wissen?«

»Meine Ex-Freundin ist, wie du ja am eigenen Leib erfahren hast, ein durchtriebenes Miststück und dachte, wenn sie meiner großen Schwester Claudia im Nachhinein von ihrer Aktion erzählte, würde sie von dieser Unterstützung beim Versuch, mich zurückzuerobern, bekommen. Doch auch wenn die beiden immer ein hervorragendes Verhältnis hatten, war ihr wohl nicht klar, dass meine Schwestern und ich trotz vieler Meinungsverschiedenheiten eine Einheit sind und Claudia keineswegs begeistert von dem war, was Selina getan hatte. Meine Schwester hat mich, gleich nachdem Selina bei ihr gewesen war, angerufen. Das war am 1. September, was ich noch ganz genau weiß, weil es mein erster Tag als Hotelier war und ich den ganzen Tag in Feierlaune gewesen bin.« Er neigte den Kopf ein wenig und lächelte sie schief an. »Was meine gute Laune jedoch geschmälert hat, war die Tatsache, dass du leider nicht da warst, um diesen Moment gebührend mit mir zu zelebrieren. Dafür hat sie sich an dem Abend wieder merklich gehoben, als ich meine liebe Ex hochkant rausgeschmissen habe.«

»Warum … Du wusstest, dass mir das widerfahren ist und … und hast mich nicht aufklären wollen? Warum?« Cara verstand nicht, wie er sie hatte weiterhin im Unklaren lassen können.

»Ich wollte, dass du zu mir kommst, weil du mir vertraust. Oder zumindest weil du auch meine Version hören willst.«

»*Eifersucht ist eine Leidenschaft, die mit Eifer sucht, was Leiden schafft*, sagt man doch«, murmelte sie und sah ihn kopfschüttelnd an. »Deine Ex hat das mit wahrer Hingabe ausgelebt.«

»Und? Glaubst du mir? Und vor allem, vertraust du mir?«

»Ich glaube dir und vertraue dir von ganzem Herzen.« Cara hatte in keinster Weise Zweifel an seiner Geschichte.

»Das ist schön.« Glücklich strahlte er sie an.

»Ich möchte dir jetzt meinerseits erklären, warum ich sagte, dass ich im *Stadthotel* bei Robert bleiben will und die Teilhaberschaft …«

Falk griff nach ihrer Hand und führte sie an seine Lippen. Zärtlich liebkoste er Finger für Finger, sah ihr dabei tief in die Augen und nahm jede ihrer Gefühlsregungen wahr. Murmelnd erklärte er: »Auch das ist schön. Du bist bereit, mit mir über alles zu reden. Wann wir das tun, ist nebensächlich. Es ging mir nur darum, dass du ehrlich zu mir bist.«

»Aber woher willst du wissen, dass ich ehrlich sein werde?«

»Du wärst nicht hier, wenn du mir Lügen unterbreiten wolltest.«

»Aber was ist mit Robert und …«

»Du und Robert seid kein Paar mehr – definitiv nicht!«, sagte er voller Überzeugung, zog sie an sich und nahm sie fest in die Arme.

»Aber wie kannst du …«

»Ich bin unsagbar glücklich, dass du da bist«, unterbrach er sie erneut, vergrub sein Gesicht in ihrem Haar und lachte erleichtert auf. »Ich habe dich vermisst, Frau Sandberg, die letzten Wochen waren die reinste Hölle für mich.«

Leicht löste sie sich von ihm, umfasste sein Gesicht zärtlich mit ihren Händen und legte ihre Lippen gefühlvoll auf seine. »Ich habe dich auch vermisst … Wahnsinnig vermisst«, brachte sie atemlos hervor.

Ihr Versöhnungskuss war berauschend, so berauschend, wie es auch schon ihr Abschiedskuss gewesen war. Nur dieses Mal war ihnen beiden klar, dass es eine Zukunft gab – eine gemeinsame Zukunft.

»Cara?« Falk schob sie sanft von sich. »Können wir es erstmal auf sich beruhen lassen und so tun, als wäre nichts von all den Missverständnissen passiert? Es liegt noch eine Menge Arbeit vor uns, wenn wir unseren Traum bis zum 3. Oktober verwirklicht haben wollen.«

»Du willst wirklich nicht über alles reden? Du willst nicht wissen, was …«

»Nein, vorerst nicht. Ich will mit dir unseren Traum leben … Zum Reden ist noch viel Zeit. Du vertraust mir und bist ehrlich zu mir, das ist alles, was ich heute wissen muss.«

»Du bist ein außergewöhnlicher Mann«, hauchte sie und küsste ihn erneut.

»Und du eine faszinierende Frau.«

»Na dann, mal los, Herr Baringhaus, lass uns an die Arbeit gehen.«

»Jawohl, Frau Sandberg.« Er salutierte und zog sie mit sich vom Steg.

Hand in Hand gingen sie auf das Hotel zu, blieben gleichzeitig abrupt stehen und seufzten selig: »Es ist traumhaft …«

Kapitel 32

Wie vor ein paar Monaten fuhren sie gemeinsam den Weg zum Hotel am See, nur dass dieses Mal Cara den Wagen steuerte und Falk erwartungsvoll neben ihr saß. Es war später Donnerstagvormittag und in zwei Tagen würden die ersten prüfenden Blicke ihrer Probegäste all das wahrnehmen, was sie sich jetzt nochmals in aller Ruhe ansehen wollten. Für das letzte Septemberwochenende hatten sie eine Probeübernachtung mit Falks Familie und einigen Bekannten geplant. Im Anschluss blieben ihnen dann noch gut achtundvierzig Stunden Zeit, um etwaige Beanstandungen und Verbesserungsvorschläge umsetzen zu können, bevor am Nachmittag des 2. Oktober die Einweihungsfeier und einen Tag später die offizielle Eröffnung stattfinden würden. Cara hatte schon seit Monaten dafür gesorgt, dass jeder Reiseveranstalter, Eventmanager sowie Gewerbetreibende, mit denen Falk in Zukunft zusammenarbeiten würde, sich diesen Termin im Kalender freihielt. Natürlich hatte sie auch alle Handwerker und Zulieferer sowie die örtliche Politprominenz zu diesem Abend eingeladen und bisher hatte jeder von ihnen sein Kommen zugesagt. Wenn die Schlacht der Eröffnung dienstagnachts dann geschlagen war, würde es am nächsten Morgen richtig ernst werden – denn dann trafen die ersten »echten« Hotelgäste ein.

»Wir sind ausgebucht bis November«, wiederholte Falk träumerisch.

Caras Gesichtsausdruck drückte Zufriedenheit aus, während sie ihn kurz vor der Abbiegung auf den Schotterweg auf die riesige Plakatwand aufmerksam machte, die auf das Hotel am See hinwies. »Groß genug?«

»Oh ja, definitiv.« Er strahlte und streichelte zärtlich über ihren Arm. Erfreut registrierte er, wie sich ihre kleinen Härchen aufstellten und sie kurz zu atmen vergaß.

»Hol Luft, Cara, du musst dich doch langsam an meine Berührungen gewöhnt haben.«

Sie bog ab, stoppte am ersten Hinweisschild und sah ihn mit verklärtem Blick an. »Ich möchte mich nie an deine Berührungen gewöhnen.«

Falk neigte sich vor und umfasste zart ihr Gesicht. »Wirst du nicht, glaub mir.« Er gab ihr einen neckischen Kuss auf die Nase und forderte sie auf: »Fahren Sie bitte weiter, Frau Sandberg.«

Lächelnd gab sie wieder Gas. Nach und nach passierten sie Schild für Schild und erfreuten sich an jedem einzelnen Detail auf den Plakatwänden – die Bilder und Slogans waren überaus gelungen. Trotzdem fühlten beide eine innere Anspannung, als Cara langsam auf die letzte Kurve zufuhr. »So weit, so gut. Dein *Traum am See* ist nicht zu übersehen.«

»Nein, ist er nicht.« Falk knetete nervös die Hände und wusste eigentlich überhaupt nicht, warum. Er war tagein, tagaus diesen Weg entlanggefahren, kannte die Sicht auf sein Hotel in- und auswendig, und doch fühlte er eine seltsame Unsicherheit. »Stopp!«

Cara trat auf die Bremse und sah erstaunt zu ihm hinüber. »Was ist?«

»Sag mir bitte, dass nichts schiefgehen wird«, bat er mit einem herzzerreißenden, elenden Blick.

»Falk?!« Sie legte eine Hand auf seinen Arm und sagte beruhigend: »Es wird nichts schiefgehen, es wird alles perfekt sein, sonst will ich ab heute nicht mehr Perfekt-Poppins heißen.«

Er grinste schief. »Aber du bist nun mal perfekt, Cara.«

»Dein Hotel ist perfekt«, erwiderte sie und gab noch einmal Gas. Sein Hotel, schoss ihr heute nicht zum ersten Mal durch den Kopf. Seit ihrem Streit hatten sie nicht mehr über eine eventuelle Teilhaberschaft geredet und Cara traute sich auch nicht, ihn nochmals darauf anzusprechen.

Sie bog um die letzte Kurve und automatisch hielten beide den Atem an. Erneut stoppte Cara und sie ließen schweigend die Aussicht auf das *Traum am See* auf sich wirken.

Es hatte bis vor wenigen Minuten leicht geregnet, doch jetzt schien die Frühherbstsonne wieder kräftig und setzte so das alte Gemäuer ins rechte Licht. Und als ob der

Anblick nicht auch so schon wunderschön gewesen wäre, erstrahlte in diesem Moment ein intensiver Regenbogen über dem Anwesen. Den beiden bot sich ein beinahe unreales Bild und das ganze Szenario wirkte auf sie wie eine malerische Postkarte.

»Traumhaft …«, kam es wie aus einem Mund und Cara und Falk lächelten sich verklärt an.

Auch wenn hier und da noch geschäftig gewuselt wurde, nahmen beide nur die fantastische Sicht auf das Hotel wahr. Der Parkplatz sowie der Zufahrtsweg wirkten einladend, die Hecken, Büsche und Bäume waren frisch gestutzt und die Blumenrabatte sorgfältig eingesät, das Hotelemblem über dem Eingang glänzte und die antiken Kübel, die den Weg säumten, hoben stilvoll die Natursteinfassade des Gebäudes hervor. Die verschnörkelten Balkone waren mit geschmackvoll bepflanzten Blumenkästen dekoriert und die darunterliegende Überdachung der Terrasse passte sich mit dem rustikalen Eichenholz wundervoll dem Landschaftsbild an. Die lindgrünen Schirme waren aufgespannt und die ebenfalls aus Eiche gefertigten Tische und Stühle luden zum Verweilen ein. Die Außenbar und der aus Naturstein gemauerte Grill passten sich genau wie die zwei Eichenholzweinfässer als Stehtische dem Ambiente an und unterstrichen den zwar rustikalen und dennoch eleganten Flair.

Schweigend und mit einem seligen Gesichtsausdruck fuhr Cara weiter und stellte ihr Auto auf dem Gästeparkplatz ab. Sie stiegen aus, schauten sich verträumt lächelnd an und gingen mit prüfendem Blick den Weg entlang zum Hotel. Ohne Absprache setzten sie zunächst ihren Rundgang Richtung See fort.

Auch hier war alles so, wie sie es sich vorgestellt hatten – auf der flachen Wiese neben den Sanitäranlagen standen zehn Loungeliegeinseln, an denen die lindgrünen und weinroten Vorhänge zum luxuriösen Aussehen beitrugen und für etwas Privatsphäre der Gäste sorgen sollten. Auf dem Steg waren reichlich Sitzgelegenheiten vorhanden und am Hang befand sich die kleine Hütte, in der die Gäste eine Entspannungsmassage genießen konnten. Cara hatte sogar daran gedacht, sowohl Massageliege als auch -stuhl darin unterzubringen, damit man, sollte man sich an der Aussicht auf den See ergötzen wollen, dies problemlos tun konnte.

»Weißt du, ich war zwar jede Woche und die letzte Zeit sogar jeden Tag hier, aber heute nehme ich das alles zum ersten Mal bewusst aus der Sicht eines Gasts wahr und …« Er brach ab und starrte mit einem Mal auf den See. »Gott, Cara … Wann … Wie ist die …«

»Heute Morgen, als du bei deiner Schwester und deiner neugeborenen Nichte im Krankenhaus warst, hat eine Firma die Ponton-Schwimminsel fachmännisch verankert und tatata … Sie schwimmt und …«

»Sie ist ja gar nicht schreiend blau. Wie …«

»Nein, ist sie nicht.« Cara lachte über sein Erstaunen. »Nach längerem Nachforschen habe ich sie in dem fürs Auge doch sehr viel angenehmeren Beige gefunden und dachte …« Der Rest ihres Satzes wurde durch Falks ungestümen Kuss unterbrochen, den Cara lachend erwiderte. »Glücklich?«

»Verdammt glücklich.«

Cara nickte zufrieden und wand sich sanft aus Falks Umarmung. »Lass mich mal überlegen, was dem frischgebackenen, neunfachen Onkel noch so alles entgangen ist …«

»Das kann nicht viel sein, es war ja schon so gut wie alles fertig, als ich gestern zu Meike nach Nürnberg bin.«

Cara lachte hell und zeigte zurück auf die Insel. »Das nennst du ›nicht viel‹?«

»Boah, doch, klar … Aber sonst kann …«

»Komm!« Sie drückte ihre Hände in seinen Rücken und schob ihn vorwärts. »Jetzt inspizieren wir die Küche und den Gastraum.«

»Aber da ist doch nichts Neues mehr passiert, oder?« Falk ließ sich bereitwillig von Cara über die Terrasse lenken und nickte einer der Mitarbeiterinnen, die dabei war, die Gläser in die Regale zu sortieren, freundlich zu. »Läuft alles, Svenja?«

»Ja, Herr Baringhaus, es läuft ausnahmslos gut. Bisher ist mir nicht aufgefallen, dass im Gastronomiebereich etwas fehlt.« Sie lächelte ihn an und widmete sich dann wieder ihrer Arbeit.

»Sind eigentlich alle da, wie abgesprochen?«

»Ja. Seit gestern Mittag sind alle deine Angestellten dabei, dem Ganzen den letzten Schliff zu verpassen.« Cara lief voraus durch die große Terrassentür. »Und ich habe alles im Blick.«

»Weil du perfekt bist«, raunte Falk an ihrem Ohr und ließ eine Hand über ihren Hintern gleiten, der heute von einem engen, strahlend blauen Kleid bedeckt wurde.

»Hör auf damit«, wehrte sie ihn verlegen ab und ging auf Sicherheitsabstand hinter die Restaurantbar. Misstrauisch sah sie sich um, ob auch keiner der Mitarbeiter etwas bemerkt hatte. Doch diese konzentrierten sich alle auf die ihnen zugewiesenen Aufgaben. »Komm, wir gehen kurz in die Küche.«

Sie eilte von der Bar aus in die direkt dahintergelegene Küche und Falk folgte ihr grinsend, während er begehrlich auf ihren leicht wippenden Hintern, ihren geraden Rücken und die roten Locken, die durch die hereinfallenden Sonnenstrahlen noch kräftiger leuchteten, starrte. Er war glücklich, unsagbar glücklich und das nicht nur, weil sein Hotel durch ihre kreativen und oft auch außergewöhnlichen Ideen zu einem Traumanwesen geworden war, sondern vor allem auch, weil er jeden Tag in Caras Nähe verbringen durfte.

In der Küche hörte Falk interessiert Cara und den beiden Köchen zu, wie sie die Spezialitätenkarte besprachen. Als die drei ihr Gespräch beendeten, sagte Falk: »Es wird für die Probegäste also außer den Gerichten auf der normalen Speisekarte noch ganz traditionell und ohne viel Tamtam *Rheinhessiche Backeskartoffeln* geben. Sehr schön.« Sein Blick ging zu dem Lastenaufzug. »Und, funktioniert er wie geplant? Können sich mein ehemaliger Chef und Gattin am Samstag diverse Speisen in die *Edle Köstlichkeiten-Suite* schicken lassen?«

»Ja, das können sie.« Cara zeigte auf die Anzeigetafel neben dem Aufzug. »Aber auch du kannst dir, was immer dein Herz begehrt, in dein Apartment schicken lassen.«

»Passt du da auch rein«, raunte er so dicht an ihrem Ohr, dass die beiden Köche es nicht mitbekamen.

»Als. Die. Arbeiter. Anfingen«, betonte Cara jedes Wort überdeutlich und entfernte sich dabei mit klopfendem Herzen ein wenig von Falk, »das Loch zu bohren, habe ich beschlossen, für nur geringe Mehrkosten den Aufzug bis ganz nach oben gehen zu lassen. Sogar im *Romantikzeit-Zimmer* ist hinter einer Holzvertäfelung alles soweit vorgesehen, dass man ihn mühelos auch dort in Betrieb nehmen könnte, wenn man will.« Sich und ihr rasendes

Herz wieder im Griff lächelte sie ihn schelmisch an. »Nicht *viel* Neues, oder?«

»Zuerst war mir ›zu viel‹ ja zuwider, aber jetzt finde ich ›viel‹ schon irgendwie klasse.« Er lachte laut und nickte den Köchen zu, während er Cara aus der Küche ins Restaurant folgte. »Was jetzt?« Er blieb neben ihr stehen und betrachtete fasziniert die Geschäftigkeit um sie herum. Die Bedienungen waren dabei, die Tische einzudecken und achteten peinlichst genau auf jede Kleinigkeit. Der großzügige Raum war sonnendurchflutet und wirkte einladend. Die flexiblen Trennwände aus Eichenholz, die wunderschön bepflanzt waren, gaben den Zweiertischen die Privatsphäre, die sie haben sollten, konnten aber auch nach Belieben an die hintere Wand geschoben werden, sodass auch eine gesellige Runde möglich war.

»Wie gefällt dir die ›Großtante‹ eingeräumt und dekoriert?« Cara zeigte auf das antike Buffet in der Ecke, aus dem eine Angestellte gerade Tischläufer herausnahm.

»Großtante?« Falk sah sie irritiert an.

»Du sagtest doch, es war eines der Lieblingsstücke deiner Großtante und ich finde, so wunderschöne, alte Stücke haben einen klangvollen Namen verdient. ›Hol doch bitte mal die Servietten aus dem Buffet‹ klingt lange nicht so gut. ›Die Servietten hat die Großtante‹ hört sich doch viel ansprechender an, oder?« Cara grinste breit. »Im *Stadthotel* haben wir eine ›Mutter‹, das ist eine urige Schrankwand, in der Bücher und Gesellschaftsspiele stehen, und auch noch eine ›Oma‹. Das ist die steinalte Mangel, die noch heute benutzt wird …«

Falk unterbrach sie, indem er sich zunächst rasch umschaute und als er keinen Angestellten sah, ihr einen zärtlichen Kuss gab und ergriffen sagte: »Meine Großtante würde sich bestimmt wahnsinnig darüber freuen. Danke, dass du an so etwas denkst.«

Cara winkte verlegen ab und eilte aus dem Restaurant voraus in die Lobby. »Komm. Wir sind noch lange nicht fertig.« Vor dem Lift blieb sie stehen und strich über die massive Eichenholztür, die den modernen Fahrstuhl verdeckte.

»Es ist wirklich sehr schön, aber trotzdem schade um den Paternoster«, seufzte Falk. »Ich fand ihn großartig und er hat mich, genau wie der alte Empfangstresen, immer an meine Kindheit erinnert.«

Cara nickte verständnisvoll und sah sich dabei zum wiederholten Male prüfend um. Hier in der Lobby, dem Aushängeschild des Hotels, war in ihren Augen alles wunderbar ansprechend und lud zum Wohlfühlen ein. Jeder Gast, der durch die große Eingangstür hereinkam, würde beeindruckt sein, dessen war sie sich sicher. Ob die instandgesetzte große Treppe à la Titanic, die hohen Decken mit ihren altertümlichen, eindrucksvollen Ornamenten, die neue, gemütliche, weinrote Couch mit dem rustikalen Tisch oder das Eichenholzweinfass samt drei urig wirkender Barhocker waren allemal ein Blickfang. Hier konnte und wollte sie nichts ändern oder verbessern. »Hier ist alles perfekt. Am liebsten würde ich den ganzen Tag hier sitzen und alles bestaunen.« Sie ließ sich in die Kissen der Couch sinken, lächelte glücklich und fühlte sich jäh in ihre Kindheit zurückversetzt – für einen kurzen Augenblick war sie wieder das zehnjährige Mädchen mit roten Zöpfen und einem strahlenden Gesichtsausdruck, das in der Lobby des Dubliner Hotels saß, in dem ihre Granny arbeitete, und von ihrem eigenen Hotel am See träumte.

Falk lehnte sich derweilen an den neuen Empfangstresen, betätigte mit gespielt mürrischer Mimik die Klingel und rief ungeduldig: »Ist denn hier niemand?«

Cara schreckte aus ihren Gedanken hoch und lachte hell auf, als Rita aus dem Büro unter der Treppe geschossen kam und verwirrt an den Empfang trat. »Ich … ich habe …«, stotterte sie mit einem fragenden Blick in Caras Gesicht. »Ich habe nur gerade …«

Falks ernste Miene wandelte sich und er lachte laut heraus. »Es tut mir leid, aber das wollte ich schon lange wieder einmal machen. Zuletzt habe ich als knapp Zehnjähriger auf die Klingel gehauen und meine Großtante damit immer aufgescheucht.«

»Ihre Großtante wird begeistert gewesen sein«, entgegnete Rita ein leicht ironisch und grinste dabei.

»Sie hat sich ihren Ärger genauso wenig anmerken lassen wie Sie, liebe Rita.« Er zwinkerte der Empfangsdame zu und zog Cara von der Couch in Richtung Treppe. »Wollen wir jetzt unten im Wellnessbereich nach dem Rechten schauen?«

Nachdem sie im Schwimmbadbereich und auch in den Lagerräumen alles zu ihrer Zufriedenheit vorgefunden hatten, fuhren sie mit dem Fahrstuhl in den ersten Stock. Zimmer für Zimmer prüften sie jedes noch so kleine Detail, erfreuten sich an der Vielfalt ihrer Ideen und bestaunten auf ein Neues die einmaligen Bilder der rheinhessischen Künstlerin. Als sie nach gut drei Stunden aus dem letzten der zehn Zimmer traten, brachte Falk gequält hervor: »Ich kann nicht mehr, das ist definitiv zu …«

»… zu viel?!«, lachte Cara.

»Ja, das ist es. Es ist alles traumhaft, schön, wunderbar, großartig, aber ich bin froh, dass wir jetzt fertig sind.«

»Also genug für heute?«

»Ja.« Misstrauisch sah er sie an. Sein Gefühl sagte ihm plötzlich, dass da noch etwas kommen würde. »Wir haben doch alles besichtigt, oder? Ich wüsste nicht, was sonst noch …«

»Na gut, dann ist hier jetzt Schluss und du kannst dir morgen früh in aller Ruhe dein neues …« Cara lief den Gang entlang Richtung Lift und wurde immer leiser.

Sofort wurde Falk hellhörig, eilte ihr hinterher und hielt ihre Hand kurz fest, als sie auf den Fahrstuhlknopf drücken wollte. »Mein neues … Was?«

Schulterzuckend erwiderte sie: »Schon gut, du bist erledigt und hast daher bestimmt nicht noch die Muse, dein neues …« Sie machte eine bedeutungsvolle Pause, die Falk wahnsinnig werden ließ. »Du erinnerst dich doch noch daran, dass ich dich bat, das kleine Eckzimmer in deinem Apartment sowie den Raum, in den dein Schlafzimmer soll, nicht zu betreten, weil …«

»Natürlich erinnere ich mich und ich habe mich auch brav daran gehalten.«

»Okay … und jetzt wäre es dann soweit, wenn du dein neues Schlafzimmer begutachten und«, Cara sah ihn mit einem verführerischen Augenaufschlag an und kicherte dabei, »vielleicht auch einmal in deinem neuen Bett probeliegen möchtest.«

»Probeliegen?« Falk grinste spitzbübisch. »Aber doch bestimmt nicht allein.«

»Na ja, da du ja lieber allein schläfst …«

Er schüttelte leicht den Kopf und erwiderte: »Für dich würde ich das ›Alleinschlafen‹ aufgeben.«

»Würdest du?«

Zaghaft lächelte sie ihn an und er meinte, sein Herz müsse jeden Moment aus der Brust springen. Wortlos drückte er auf den Knopf, den zu drücken er Cara gerade noch gehindert hatte, und nur Sekunden später öffneten sich die Fahrstuhltüren. Als er nach ihrer Hand greifen wollte, klingelte ihr Handy und sie schaute ihn entschuldigend an.

Cara kramte in ihrer Tasche und nahm das Gespräch an. »Ja?«

Falk beobachtete sie und hoffte, dass das Telefonat mit irgendeinem Lieferanten, wem auch immer, schnell erledigt wäre. Als er jedoch bemerkte, wie Cara jegliche Farbe aus dem Gesicht wich und sie ein tonloses »Nein« hervorbrachte, wusste er, es musste etwas passiert sein …

Kapitel 33

»Warum haben sie gerade mich angerufen«, wollte Cara Minuten später mit zittriger Stimme und weiß wie eine Wand von Falk wissen.

»Du bist seine Frau und wirst als Notfallkontakt in seinem Handy gespeichert sein.« Er drückte ihre Hand und fragte: »In welchem Krankenhaus liegt er?«

»In … in Freiburg … irgendwo.«

»Ich fahre dich.« Er legte eine Hand an ihren Rücken und schob sie behutsam in den Fahrstuhl.

Cara nickte nur.

Als sie in der Lobby ausstiegen, wurde Cara noch einen Deut blasser. »Ich muss Lilly anrufen.«

»Nein«, Falk legte für wenige Sekunden beruhigend seine Hände auf ihr Gesicht, »nein, das musst du noch nicht.«

»Aber …«

»Wir fahren zunächst ins Krankenhaus und du sprichst erst einmal mit den Ärzten, um zu erfahren, wie es Robert geht. Dann kannst du Lilly von dort aus immer noch anrufen. Okay?!«

Cara konnte erneut nur stumm nicken.

»Ein Magendurchbruch ist heutzutage aus medizinischer Sicht relativ gut zu behandeln. Robert wird es in ein paar Tagen schon wieder besser gehen, du wirst sehen, er wird wieder vollkommen gesund.«

Sie nickte abermals, stieß aber im nächsten Moment entsetzt hervor: »Aber du kannst hier doch gar nicht weg. Wenn irgendetwas ist, muss einer von uns hier sein. In zwei Tagen ist das Probewochenende.«

Falk wollte sogleich widersprechen. Der Gedanke, Cara allein fahren zu lassen, behagte ihm nicht. Doch er besann sich und schlug widerstrebend vor: »Einer der Hilfskräfte könnte dich fahren.«

Cara schüttelte den Kopf, zuckte zugleich mit den Schultern und sagte dabei: »Mmmh, ja … vielleicht … aber nein …«

»Falk?!«, tönte es rau in ihrem Rücken. »Du müsstest mal wegen den …« Tom unterbrach sich und betrachtete die zitternde Cara. »Ist etwas passiert?«

»Ja, Caras Mann liegt in Freiburg im Krankenhaus und ich wollte sie gerade hinfahren.«

Tom sah von einem zum anderen. »Aber wir brauchen dich hier.«

»Mmmh, ich weiß, aber …« Falks Augen verengten sich.

»Stopp!« Cara hob die Hand und atmete ein paarmal tief durch. »Ich brauche nur einen kleinen Moment, um mich zu sammeln, und dann fahre ich selbst.«

»Aber …« Finster fixierte Falk sie.

Beruhigend legte sie ihm eine Hand auf den Arm. »Du wirst hier gebraucht und ich fühle mich schon besser. Der erste Schock ist vorbei und ich möchte allein …«

Sie musste nicht weiterreden, er wusste auch so, was sie sagen wollte. Robert war ihr Mann, ihr Leben. Der kurze Stich der Eifersucht verflüchtigte sich augenblicklich, als Cara aufstöhnte und wie betäubt sagte: »Ich muss Carlos anrufen.«

»Musst du nicht.«

»Doch! Es geht nicht um mich, sondern um Robert. Und wen will er wohl am ehesten sehen, wenn es ihm schlecht geht? Vermutlich nicht mehr mich.«

Falk war über ihren Gedanken verblüfft und doch gleichzeitig beeindruckt. »Okay, hast du seine Nummer?«

»Nicht hier, aber ich frage im *Stadthotel* nach.« Bittend schaute sie Falk an. »Würdest du ihn dann anrufen?«

»Wenn es dir lieber ist …«

»Ist es.«

Alles ging mit einem Mal wahnsinnig schnell und keine zehn Minuten später starrte Falk wie benommen Caras Wagen nach, der bereits um die Ecke im Wald verschwunden war. Noch immer stand er wie betäubt auf dem Parkplatz und überdachte die Ereignisse. Ihm war ganz schwer ums Herz geworden, als er Caras konzentrierten und auch angstvollen Blick wahrgenommen hatte, als sie losgefahren war. Er wäre wesentlich beruhigter gewesen, wenn er sie selbst hätte fahren können. Doch unabhängig davon, dass er im Hotel gebraucht wurde, hatte er nur allzu deutlich gespürt, dass sie ihn nicht dabeihaben wollte – nicht, wenn es um ihren Mann ging.

Es hatte ihm, wie schon in den vergangenen Wochen, einen Stich versetzt, Cara so voller Gefühl für Robert zu sehen. Ihm spukten ihre Worte von vor knapp zwei Monaten im Kopf herum: *Ich bin glücklich im Stadthotel und weiß jetzt, dass Robert und ich auch weiterhin gut miteinander zusammenarbeiten werden. Ich liebe ihn noch immer, werde ihn immer lieben und werde ihn ganz bestimmt nicht aufgeben. Robert und ich lieben uns seit zwanzig Jahren innig und das lässt sich nicht von heute auf morgen verdrängen, außerdem war bis vor kurzem ja auch noch alles gut zwischen uns gewesen. Wir lieben uns!* Nervös fuhr er sich durch die Haare. Er hatte ihr damals kaum glauben wollen und sich nicht erklären können, warum sie diese Magie, die zwischen ihr und ihm selbst herrschte, so mir nichts, dir nichts zerstören wollte. Als dann ein paar Tage später seine Schwester Claudia von Selinas Machenschaften erzählt hatte, war ihm klar gewesen, warum sie ihn angelogen hatte. Doch noch etwas war ihm in diesem Moment bewusst geworden: In Caras Worten steckte mehr als nur ein Funken Wahrheit. Das Ehepaar hatte sich über Jahre innig geliebt, das war unzweifelhaft für ihn. Liebten sie sich noch immer? Nein, das konnte nicht sein, das war unmöglich, redete er sich ein. Cara wusste, dass Carlos der neue Partner – die neue Liebe – von Robert war. Aber musste das unweigerlich bedeuten, dass sie ihren Ehemann deshalb plötzlich weniger liebte? Falk stöhnte auf. Zu viel schwirrte in seinem Kopf herum. Zu viel, was nicht er beantworten konnte, sondern nur Cara. Er hatte eigentlich bis nach der Eröffnung warten wollen, um mit ihr über all die Ereignisse nochmals ausführlich und vor allem in aller Ruhe zu reden, aber momentan drängte es in ihm hoch, schnellstmöglich alle Missverständnisse aus der Welt zu schaffen. Vor allem ihr wütend gezischtes »*Oh ja, das hast du. Du und auch …*« auf seine Frage, ob er etwas falsch gemacht hätte, war für ihn immer noch ein Rätsel. Was hatte sie damit gemeint?

»Falk?!«

Er drehte sich in der Einfahrt zu seinem Vorarbeiter um, der mit einer Tasse Kaffee vor ihm stand. »Ja?«

»Hier.« Tom reichte ihm die Tasse. »Trink erstmal und dann komm mit, du müsstest mir was helfen. Das lenkt vom Grübeln ab.« Und ohne eine Reaktion abzuwarten, ging er ins Haus.

Falk folgte ihm gemächlich und nippte dabei an seinem Kaffee. Seine Gedanken drehten sich weiter um Cara und er wünschte, er könnte ihr beistehen. Es würde nicht leicht für sie werden, auf Carlos zu treffen und mit ihm gemeinsam zu Robert zu fahren. Während er ins Hotel trat, beschlich ihn ein ungutes Gefühl – er hätte sie begleiten sollen, ganz egal, was Cara darüber dachte.

Es herrschte eine beklemmende Stille zwischen Cara und Carlos auf ihrer Fahrt nach Freiburg. Von Zeit zu Zeit sah sie den Geliebten ihres Manns, der neben ihr auf dem Beifahrersitz saß, verstohlen an und wusste nicht, was sie zu ihm sagen sollte. Sie hatte ihm beim Einsteigen kurz erzählt, was sie bisher über Roberts Zustand erfahren hatte, und dann geschwiegen. Warum gab es keine Anleitung für eine Situation wie diese, fragte sie sich nervös. Wenn sie auch bisher in ihrem Leben alles Private und Geschäftliche problemlos gemeistert hatte, war sie seit Roberts Geständnis bereits einige Male an ihre Grenzen gestoßen, und die Umstände in diesem Augenblick ließen sie nahezu hilflos werden.

»Hätten Sie ein Taschentuch für mich?« Er hielt ihr die Hand hin, ohne sie anzuschauen.

»Ja, natürlich.« Sie zeigte auf das Handschuhfach. »Dort drin.«

»Danke.« Er kramte eins hervor, schnäuzte sich und starrte weiter aus dem Seitenfenster.

»Meinen Sie nicht, es wäre angebracht, zum Du überzugehen?«, versuchte Cara, die erdrückende Stille zu durchbrechen, auch wenn sie sich selbst nicht sicher war, ob sie das überhaupt wollte.

Er wirkte erstaunt und fragte: »Meinen Sie wirklich, Frau Sandberg?«

»Ja, ich denke, das wäre nicht mehr als richtig … Denke ich …« Sie wandte sich ihm kurz zu, begegnete seinem Blick offen und sagte fest: »Ja, Carlos, ich denke, das wäre wirklich richtig …«

»Danke.« Mehr konnte er nicht erwidern, da ihm erneut Tränen in die Augen traten und er sich verschämt abwandte.

»Carlos?!«

»Ja?«

»Wusstest du, dass mein Mann … Ähm Robert, auf Männer … Ähm, Männer mag?«

Der Chefconcierge antwortete nicht, sondern nickte nur leicht.

»Wie?«, fragte sie erstaunt.

»Wollen Sie das wirklich wissen?«

»Ja, das will ich. Es hilft mir, alles ein bisschen besser zu verstehen … Wir waren übrigens beim Du.«

»Ich … ich finde, es ist schwer, das zu erklären.«

»Versuch es doch einfach, das lenkt uns vielleicht ein wenig ab. Dass Robert die OP gut überstanden hat, wissen wir ja zum Glück schon.« Cara hatte, während sie vor Carlos' Wohnung auf ihn gewartet hatte, noch einmal im Krankenhaus angerufen und erfahren, dass die Operation gut verlaufen war und Robert nun im Aufwachraum lag. Aus dem Augenwinkel beobachtete sie, wie der etwa so groß wie sie selbst und etwas füllige Spanier in seinen gepflegten Händen nervös das Taschentuch zerknüllte. Das waren die Hände, die Robert umschloss, wenn er einschlief, die er streichelte und die ihn, ihren Mann, berührten, schoss Cara entsetzt in den Sinn und sie hielt unwillkürlich die Luft an, während sie den Blick wieder starr auf die Straße richtete.

»Ich habe es schon bei unserem ersten Termin gespürt, als … als ich mich bei Ihnen vorgestellt habe, da …«

»Da war ich dabei«, stellte Cara verwundert fest. Sie erinnerte sich noch genau an den Nachmittag des Bewerbungsgesprächs und an Carlos' ruhige und besonnene Art, seine vortrefflichen Empfehlungen und an Robert und ihr stillschweigendes Übereinkommen per Augenkontakt, dass sie hier wohl ihren neuen Chefconcierge vor sich sitzen hatten. Und in diesem Moment war Carlos aufgefallen, dass Robert schwul war? Cara konnte es nicht fassen. »Hast du dich da schon in ihn verliebt?«

»Ich … Nein, nein …« Er zuckte hilflos mit den Schultern und senkte die Lider. »Bitte, Frau Sandberg … Cara, ich möchte darüber nicht mit Ihnen … mit dir reden. Aber ich kann dir versichern, dass er dich wirklich nicht betrogen hat, wirklich nicht.«

»Jaja«, Cara klopfte unruhig mit den Fingern aufs Lenkrad, »das hat Robert mir auch tausende von Malen beteuert, aber das nützt mir nichts.« Sie seufzte auf. »Weißt du, Carlos, was für mich das Schlimmste ist, außer natürlich, dass ich den Mann verloren habe, den ich über Jahre geliebt habe?« Sie sprach wirklich in der Vergangenheitsform, irgendwie war ihrer »großen Liebe« in den letzten Wochen die Macht genommen worden.

Stumm schüttelte Carlos den Kopf.

»Dass ich immerzu denke, dass mein Leben eine Lüge war, dass Robert alles nur geschauspielert hat, dass er mich nie wirklich geliebt hat, dass er mich nie wirklich begehrt hat und er seinen ehelichen Pflichten nur nachgekommen ist, weil er den Schein wahren wollte, dass er …«

»Nein!« Carlos hob die Hände. »Nein, das glaube ich nicht … Ich meine, ich kann es natürlich nicht wissen, aber ich … Vielleicht solltest du noch einmal mit ihm darüber reden, wenn es ihm besser geht und er wieder gesund ist. Er wird doch wieder gesund …?« Seine Stimme brach und er wandte den Kopf ab.

Instinktiv legte Cara ihre Hand kurz auf seinen Arm. »Er wird wieder gesund. Robert ist ein Kämpfer.« Hatte nicht Falk vor wenigen Stunden genau dasselbe zu ihr gesagt, um sie zu beruhigen? Und jetzt fand sie tröstende Worte für den Mann, der ihre Ehe zerstört hatte? Ein kleiner Giftpfeil bohrte sich in ihr Herz, um aber sogleich wieder von ihrem Verstand herausgezogen zu werden – Carlos konnte absolut nichts für das Scheitern ihrer Ehe. Er war vielleicht der Auslöser gewesen, aber keineswegs der Grund. Roberts Neigung war der Grund und dafür konnte niemand etwas. Aber wäre ihre Ehe weiterhin so glücklich gewesen, wie all die Jahre zuvor, wenn das zwischen Robert und Carlos nicht passiert wäre? Hätte sie sich dann überhaupt auf irgendetwas mit Falk eingelassen? Was wäre noch alles zwischen ihnen passiert? Oder wäre überhaupt irgendwas passiert? Hätte sie dem Ganzen Einhalt geboten und Falk auf Dauer widerstehen können? »Ja, hätte ich«, murmelte sie vor sich hin und versuchte sich wieder auf Carlos zu konzentrieren.

Dieses eine Mal verleugnete Cara die doch so offensichtliche Realität; so weit ging ihre eigene Ehrlichkeit dann doch nicht. Auch nach allem, was sie die letzten

Wochen mit Falk erlebt hatte, wollte sie sich nicht eingestehen, dass sie sich so oder so mit der Zeit immer mehr zu Falk hingezogen gefühlt hätte. Sie hätte Falks intensiven Annäherungsversuchen und ihren eigenen Sehnsüchten nachgegeben und somit ihrerseits ihre Ehe aufs Spiel gesetzt, das war ihr tief in ihrem Inneren bewusst – aber es sich einzugestehen, brachte sie in diesem Moment nicht fertig.

»Wie habt ihr gemerkt, dass ihr etwas füreinander empfindet?« Cara konnte nicht aufhören.

»Ich … Ähm, Frau … Cara, bitte … Ich möchte darüber nicht reden, nicht jetzt, nicht mit …«

»Nicht mit mir?«

Carlos nickte nur stumm und sah sie entschuldigend an.

»Mmmh … Das muss ich wohl akzeptieren.« Cara spürte erneut diesen kleinen, giftigen Pfeil ihr Herz traktieren. »Ich finde ja, du schuldest …«

»Nein! *Ich* schulde Ihnen nichts …« Plötzlich erhob der sonst so beherrschte Spanier seine Stimme, um jedoch sogleich wieder ruhig und gefasst weiterzusprechen: »Entschuldigen Sie, Frau Sandberg. Aber bitte, können wir das Thema lassen?«

Unwillig schnaubte Cara auf. Er wollte nicht weiter mit ihr darüber reden?! Was bildete er sich eigentlich ein? Schuldete er ihr nicht ein wenig Dankbarkeit? Sie hätte ihn schließlich nicht anrufen und schon gar nicht mitnehmen müssen. Dass sie ihm die Möglichkeit gab, Robert zu sehen, ihm beizustehen und zu unterstützen, war doch wirklich schon genug, konnte er da nicht ein kleinwenig dankbar sein und … Heftig umklammerte sie das Lenkrad, als ihr voller Entsetzen bewusst wurde, wie unfair ihre Gedanken waren – Carlos schuldete ihr wirklich nichts. Es ging heute einzig und allein um Robert und seinen Gesundheitszustand. Das hatte sie im Hotel am See auch noch ganz klar so sehen können, sie hatte ihr Herz – ohne das Gift darin – entscheiden lassen und nur das Beste für Robert gewollt. Und Carlos war nun einmal der Mann, den er liebte. Allein das zählte in der jetzigen Situation und sonst gar nichts. Ihre Finger entspannten sich wieder, sie atmete tief durch und schaute rasch zu ihrem ehemaligen Chefconcierge. »Darf ich dir noch eine letzte Frage stellen?« Sie erkannte augenblicklich Widerwillen in seiner Miene und beruhigte ihn eilig: »Wirklich die letzte und … und es ist mir wichtig, zu wissen.«

»Was möchtest du noch wissen?«

Ihr Herz hämmerte gegen ihre Brust, als sie unsicher fragte: »Lie…«, ihre Kehle war mit einem Mal wie zugeschnürt, doch sie wollte keinen Rückzieher mehr machen, »… liebst du Robert?« Sie erhaschte bei einem letzten kurzen Seitenblick die sich kaum merkbar erhellenden Gesichtszüge Carlos' und das sanfte Strahlen in seinen gütigen dunklen Augen spiegelte Cara alles wider, was sie wissen wollte. Er brauchte nicht zu antworten, sie konnte es sehen. »Das tust du wirklich«, flüsterte sie ergriffen, richtete ihren Blick wieder auf die Straße und kämpfte dabei mit den Tränen.

Mehr als ein Nicken brachte Carlos nicht zustande.

»Das ist schön, das ist wirklich schön … Für dich … Für euch«, brachte sie mühsam hervor und wusste im gleichen Moment, dass sie ehrlich so empfand – sie gönnte Robert sein Glück genauso, wie sie es von nun an auch für sich beanspruchte.

Falks Gesicht tauchte plötzlich vor ihrem inneren Auge auf und ihr Herz hüpfte unnatürlich – er war der Mann, dem ihre Zukunft gehören und mit dem sie glücklich werden könnte …

Kapitel 34

»Was … was machst du denn hier?« Caras Augen weiteten sich erstaunt, als sie aus Roberts Krankenzimmer trat.

»Du sagtest zwar, ich solle auf der Baustelle nach dem Rechten sehen, aber irgendwie kamen mir deine Ja-Nein-Spielchen wieder in den Sinn«, Falk reichte ihr einen Kaffee, »und da dachte ich mir, wenn du nicht genau weißt, was du willst – ich weiß, was ich will. Ich möchte bei dir sein, als moralische Stütze.«

»Du … du …« Ihr schossen Tränen in die Augen. »Der Kaffee ist kalt.«

»Das dachte ich mir schon. Nach gut fünf Stunden auch kein Wunder.«

»Du stehst seit fünf Stunden hier?«

»Ja«, sagte er so selbstverständlich, als wäre es das Normalste der Welt. »Wie geht es Robert? Wie geht es dir?«

Cara schüttelte verwirrt den Kopf. »Es ist gleich Mitternacht.«

»Ich weiß. Ich bin kurz nach dir losgefahren.«

»Warum?« Sie konnte es noch immer nicht fassen.

»Wegen dir.«

»Du … du bist verrückt.« Eine Träne rann aus ihrem Augenwinkel und wanderte langsam über ihre Wange.

Falk macht einen Schritt auf sie zu, nahm ihr den Kaffee wieder ab, stellte ihn beiseite und zog sie in seine Arme. »Lass das Verrücktsein mal meine Sorge sein«, murmelte er an ihrem Haar. »Du bist bestimmt müde.«

»Ja, allerdings«, schniefte sie an seiner Brust.

»Du wolltest doch jetzt nicht noch heimfahren, oder?«

»Nein, ich wollte mir eigentlich ein Hotelzimmer suchen und nur noch schlafen. Robert geht es soweit gut und Carlos bleibt bei ihm.« Sie löste sich leicht von Falk und sah ihn mit gläsernem Blick an. »Es waren aufregende Stunden.«

»Willst du mir davon erzählen?«

»Ja.« Sie nickte heftig, sodass ihre roten Locken wippten. »Ja, unbedingt. Ich muss dir so viel erzählen, so viel erklären.«

»Gut.« Er lächelte sanft und strich ihr die Tränen von den Wangen.

»Falk, können wir bitte heimfahren?«

»Okay?! Aber was ist mit deinem Auto?«

Sie überlegte kurz, sagte dann: »Warte bitte einen Moment« und verschwand, nachdem sie angeklopft hatte, erneut in Roberts Krankenzimmer. Als sie nach nur einer Minute wieder herauskam, griff sie nach Falks Hand und erklärte: »Ich habe Carlos den Schlüssel gegeben und er fährt dann mit meinem Wagen nach Hause.«

Er nickte nur und schweigend verließen sie das Krankenhaus. Als sie kurz darauf in Falks Auto saßen und er den Motor starten wollte, legte Cara eine Hand auf seine und begann von den letzten Stunden zu erzählen. »Robert und Carlos lieben sich wirklich, du hättest sie zusammen sehen sollen. Auch ohne dass sie sich vor meinen Augen auch nur einziges Mal berührt haben, konnte ich die Spannung spüren, konnte sehen, wie liebevoll sie sich anhimmelten …«

Falk holte tief Luft, um sich zu erkundigen, wie sie sich fühlte, doch Cara beantwortete seine Frage, ohne dass er sie stellen musste.

»Mir geht es gut. Ich hatte auf der Herfahrt ein ausgiebiges Gespräch mit Carlos, das mich zwar nachdenklich und traurig gestimmt hat, aber irgendwie dann doch gut war.« Sie erzählte ausführlich von den aufwühlenden Stunden im Auto. »Und als wir dann hier ankamen, Robert in seinem Bett gesehen haben, so blass und dennoch glücklich lächelnd, als er uns erblickte, da war alle Anspannung von uns abgefallen. Robert hat die OP super weggesteckt und die Ärzte sagten, der Magendurchbruch ist auch meist nicht das eigentliche Problem, sondern die Magensäfte, die sich dadurch im Körper verteilen. Und da Robert sofort ins Krankenhaus kam, hatten sie alles recht schnell im Griff. Sie gehen davon aus, dass er nach dem Wochenende bereits entlassen werden kann, und Carlos wird ihn abholen.«

»Das hört sich doch recht positiv an.« Falk war erleichtert.

»Gegen acht Uhr, nachdem ein Arzt nochmal routinemäßig nach Robert geschaut hatte, haben wir dann Lilly angerufen. Sie hat natürlich geweint und wollte sofort hierherkommen, aber wir konnten sie beruhigen. Wir haben einen Videoanruf gestartet und so konnte sie sich bildlich davon überzeugen, dass es ihrem Papa gutgeht.« Als sie an ihr kleines Mädchen im fernen Neuseeland und deren Angst dachte, traten ihr kurz wieder Tränen in die Augen, doch schnell sprach sie weiter: »Carlos war so rücksichtsvoll und ist solange auf den Flur gegangen. Du müsstest ihn eigentlich gesehen haben, wenn du schon so lange hier bist.«

»Ja, habe ich. Wir haben uns kurz unterhalten. Ein sehr netter Mann.«

»Du … du hast ihm gesagt, wer du bist?« Cara war irritiert.

»Nein, das brauchte ich nicht. Er hat mich sofort erkannt und mir gesagt, dass ihr gerade mit Lilly telefoniert.«

»Er … Ihr? Er hat kein Wort darüber verloren, als er wieder reinkam.«

»Ich habe ihn gebeten, nichts zu sagen. Du solltest deine Zeit mit Robert haben, ohne dich zu fragen, was ich vor der Tür mache. Es war eure Zeit. Ich wollte nur für dich da sein, wenn du rauskommst.«

Cara schossen abermals die Tränen in die Augen. Gerührt beugte sie sich zu ihm hinüber und küsste ihn liebevoll. »Danke, danke, dass du für mich da bist.«

Falk genoss ihre Lippen, ihren aufrichtigen Dank, ihre Nähe. Durchdringend betrachtete er sie, registrierte ihren sich entspannenden Gesichtsausdruck und fragte sich, ob jetzt der richtige Moment wäre, um ihr ausstehendes Gespräch zu führen. Kurz kamen ihm Zweifel, doch die schob er resolut beiseite. Es würde keine bessere Gelegenheit kommen. »Ich habe vor zwei Wochen keine Antworten auf meine Fragen mehr gewollt, weil ich bereits wusste, dass du zwar ins *Stadthotel* und eure Wohnung zurück bist, aber nicht mehr zurück zu deinem Ehemann. Aber jetzt würde ich mich über einige Erklärungen freuen.«

Ihre Augen weiteten sich erstaunt. »Jetzt willst du über alles reden?«

»Ich weiß, das kommt jetzt recht überfallartig, aber wann sonst?« Er zuckte mit den Schultern und beobachtete sie genau.

Zunächst leicht verunsichert und auch ein wenig ängstlich rutschte sie zurück in ihren Sitz. Zögerlich zupfte sie ihr Kleid zurecht. Doch noch während sie innerlich haderte, wurde ihr eines klar: Falk hatte recht. Wann sonst sollten sie reden, wenn nicht jetzt? Er war hier, hier bei ihr – und nur wegen ihr. »Warum wusstest du es?«

»Ich habe vor ein paar Wochen Robert und Carlos in einem Lokal in Wiesbaden gesehen und da war mir sofort klar, dass er in diesem Mann seine Liebe gefunden hat.« Er wartete gespannt, wie seine Worte auf sie wirkten, und nahm sehr wohl ihr heftiges Ein- und Ausatmen wahr.

»Warum?«

»Cara, ich kenne deinen Mann zwar wirklich nicht gut, aber als ich ihn mit diesem anderen Mann gesehen und die Vertrautheit zwischen ihnen gespürt habe, da …«

»Ja, diese Vertrautheit …«, wisperte sie kaum hörbar. »Sie war mal ganz allein mir.«

»Es tut mir leid, soll ich lieber aufhören? Wenn es dir zu viel ist, lassen wir es. Jetzt habe ich mich so lange geduldet und halte es auch noch ein paar Tage länger aus.«

»Nein, nein, es ist schon gut … Irgendwie …« Sie verdrehte die Augen und kaute unruhig auf ihrer Lippe. »Ich habe diese Vertrautheit zwischen ihnen heute ja auch spüren können.«

»Na, auf jeden Fall wusste ich in diesem Moment, dass du nicht wieder mit Robert zusammen sein kannst, weil er dich bestimmt nicht gleich wieder hintergehen würde. Nicht nach dem, was er dir schon angetan hatte und … ja, und daraus schlussfolgerte ich, dass du aus einem anderen Grund vor mir geflohen bist, und ging davon aus, dieser Grund wäre Selina.«

»Pah, Selina.« Cara winkte ab, als wäre das absolut lächerlich.

»Na ja, sie hat dir wohl ganz schön zugesetzt, oder?«

»Ja. Das kam noch dazu, aber ich war schon vor diesem grauenhaften Zusammentreffen …« Sie brach ab, um ihre Gedanken zu ordnen, schaffte es aber nicht. Unzusammenhängend fuhr sie fort: »Du hast richtig geschlussfolgert, Robert und ich haben uns nicht wieder versöhnt …

oder doch, schon versöhnt, aber wir sind kein Paar mehr.«

»Wie ging es dir in den Wochen, in denen wir uns nicht gesehen haben?« Falk neigte sich ein wenig zu ihr und fixierte sie eindringlich.

Sein ehrliches Mitgefühl trieben ihr erneut die Tränen in die Augen. »Es ging mir schlecht, weil ich die Zeit mit dir vermisst habe.« Offen begegnete sie seinem Blick und tauchte wie hypnotisiert von der Wärme und Güte, die seine Augen ausstrahlten in das Grün ein. »Und zudem habe ich mich elend gefühlt, weil ich nicht wusste, wie es weitergeht in meinem Leben und außerdem war ich stinksauer, dass du und mein Mann alles geplant habt …«

»Geplant? Was meinst du?« Er verstand nicht, was sie da redete und richtete sich ein wenig auf.

»Na, geplant eben, mein berufliches Weiterkommen, aber vor allem mein privates.«

Falks Brauen zogen sich zusammen und er fragte irritiert: »Ich weiß nicht, inwiefern es geplant war, dass Robert mich wegen des Hotels angerufen hat. Ich denke, es war eher spontan gewesen, als er von meinem Projekt gehört hatte, aber was meinst du mit ›privat‹?«

»›*Falk, ich bin so froh, dass du und Cara … ich mir das erhofft … wie bei unserem ersten Treffen besprochen …*‹« wiederholte sie die aufgeschnappten Worte. »›*Ja, Robert … hat funktioniert … tolle Frau … ihre Leidenschaft … genau, wie du sie beschrieben hast … voller Hingabe.*‹ Das waren Gesprächsfetzen, die ich mitbekommen habe, als ihr so vertraut auf dem Balkon gestanden habt und da dachte ich …«

»Was dachtest du?« Falk richtete sich noch ein wenig mehr in seinem Sitz auf, augenblicklich äußerst angespannt und keineswegs mehr mitfühlend.

»Dass Robert mich sozusagen mit dir verkuppeln wollte, um freie Bahn für Carlos zu haben und du das ganze Spiel mitgespielt hast, weil es dir ganz gelegen …«

»Sag mal, spinnst du total? Wie … wie kannst du dir nur so einen Blödsinn zusammenreimen und … wie kannst du hier mit mir sitzen und mir so etwas unterstellen?« Seine Augen waren geweitet und er verstand gerade überhaupt nichts mehr. »Wie konntest du dich die vergangenen Tage von mir berühren und küssen lassen, wenn du so von mir denkst?«

»Ich weiß, Falk, ich weiß ja, dass es nicht so war, ich …«

»Wie, du weißt?«, unterbrach er sie unwirsch.

»Ich habe Robert irgendwann vor ein paar Wochen darauf angesprochen und er hat mir, entsetzt von meinen Gedanken, euer Gespräch wiedergegeben. Und da war mir klar, dass ich riesigen Mist gebaut habe und …« Sie wirkte zerknirscht und knetete nervös ihre Finger.

»Du glaubtest wirklich, ich wäre zu so etwas fähig?« Er war fassungslos.

»Nein … doch … nein, nur ganz kurz. Allerdings wurde mir schon bevor ich mit Robert sprach irgendwie klar, dass ich mir da irgendetwas zusammengesponnen habe.« Sie betrachtete Falks verhärtete Miene und jegliche Hoffnung auf ein gutes Ende dieses Gesprächs schien für sie momentan in weite Ferne zu rücken. »Dann war noch das Zusammentreffen mit Selina, was du mir ja alles erklärt hast, und ich dir jetzt auch glaube, aber damals, in diesem Augenblick, war das einfach zu viel … Ich konnte meinen Kopf nicht ausschalten, wollte auch nichts fühlen, weil … weil …«

»Weil?«, bohrte er nach.

»Weil ich die Tatsache, dass du mir eines Tages vielleicht mehr bedeuten könntest als … als Robert, einfach nicht verkraften konnte.« Ehrlich, ich muss ehrlich sein, war der einzige Gedanke, der sie beherrschte. »Ich war … Ich bin auch jetzt noch nicht so weit, um weiter in die Zukunft zu denken. Sie macht mir eine Scheißangst und deshalb …« Cara brach ab und senkte die Lider.

»Du hast Angst davor, ich könnte dir eines Tages vielleicht mehr bedeuten als Robert?«, wollte er absolut erstaunt wissen.

Cara schaute auf und begegnete seinem zweifelnden Blick. »Ja, wie gesagt, Scheißangst.«

»Wow … Das muss ich jetzt erstmal sacken lassen.« Er schloss die Augen und lehnte sich zurück. Scheißangst, hallte es in seinem Kopf. Minuten vergingen, bevor er sich wieder aufrichtete und sagte: »Zusammengefasst heißt das, du hast mir misstraut, mir und Robert, dann kamen dir Zweifel, doch die hast du wegen dieser Scheißangst ignoriert und erst als Robert auf dein Nachfragen das ganze Missverständnis aufgeklärt hat, bist du zu mir gekommen?!«

»Ja, genau so war es«, bestätigte Cara und schöpfte aus seinen Worten ein klein wenig Hoffnung. »Und dann kam noch die Geschichte mit Selina dazu. Ich habe ihr eigentlich keine Minute geglaubt, aber es klang alles so logisch. Na ja, und dann kam noch diese Scheißangst dazu und … und weg war ich.«

»Warum hast du mich nicht gleich gefragt?«

»Ähm, ich denke, ich hatte unterbewusst Angst, dass …«

»Scheißangst und unterbewusste Angst?!«, unterbrach er sie leicht ironisch. »Gott Cara, bin ich denn so furchteinflößend?«

Sie schüttelte leicht lächelnd den Kopf und beendete ihren angefangen Satz: »… Angst, dass du ja doch ein Guter sein könntest und ich mich auf dich einlassen müsste.«

»Müsste? Ehrlich jetzt?« Nunmehr trieften seine Worte vor Ironie.

»Na ja, könnte vielleicht?!« Caras Unruhe wuchs mit jeder Silbe.

»Könnte? Ähm, wie wäre es mit wollte?« Kopfschüttelnd beobachtete er sie und war beinahe amüsiert darüber, wie sie sich zierte.

»Ja …« Sie holte tief Luft und sagte fest: »Vielleicht auch wollte.«

»Boah, das ist echt krass.« Einerseits zufrieden mit ihrem Eingeständnis, nagten andererseits Zweifel an ihm. »Nie hätte ich vermutet, dass du mir dermaßen misstrauen könnest. Ich war doch immer ehrlich zu dir, von Anfang an und habe dir doch keinen Grund gegeben, so von mir zu denken.«

»Falk, bitte«, sie straffte die Schultern und sah ihn durchdringend an, »ich habe eigentlich nie wirklich so von dir gedacht. Ich wusste nur nicht mehr, was ich überhaupt denken sollte. Dann war da noch Lilly und dieses beinahe panische Beklemmungsgefühl bei dem Gedanken, dass sie etwas von Roberts und meiner Trennung erfahren würde, und dann habe ich noch ständig befürchtet, auf der Baustelle könnte irgendjemand etwas von uns mitbekommen … Ja, und das alles zusammen hat mich einfach blind gemacht, oder ich wollte einfach nur blind sein, um nicht weiter in die Zukunft sehen zu müssen. Ich … ich habe in den Wochen ohne dich mehr geweint, als ich es jemals für möglich gehalten hätte. Und ironischerweise konnte mich erst Robert, der mich vor

Monaten in dieses Tal der Tränen hineingestoßen hat, feinfühlig und umsorgend, wie er schon immer war, aus dem Tränental herausholen.« Sie atmete tief durch und versuchte, in Falks Augen zu lesen, was er dachte.

»Liebst du Robert noch?«, fragte er zögerlich.

»Oh ja«, kam es sofort über ihre Lippen, was Falk einen Stich versetzte, »ich liebe ihn noch immer und das ist auch etwas, was sich nie ändern wird, nie!« Sich nicht bewusst, was ihre Worte in ihm auslösten, legte sie eine Hand auf seinen Arm.

»Okay …« Falk winkte resigniert ab und starrte aus der Windschutzscheibe.

»Falk.« Sie neigte sich zu ihm, legte eine Hand an seine Wange und zwang ihn förmlich, sie anzusehen. »Aber ich weiß nun, dass ich, obwohl ich Robert liebe, auch frei bin – frei, eine neue Liebe zu finden.«

Falks Gedanken jagten davon und er versuchte, ihr Gesagtes zu verinnerlichen. Zweifelnd begegnete er ihrem Blick.

Cara nahm sehr wohl sein Misstrauen wahr und griff nach seinen Händen. »Robert wird immer mein Vertrauter bleiben, dafür waren wir einfach über so viele Jahre ein verdammt gut eingespieltes Team. Aber ich weiß auch, dass ich ihn nicht mehr als Mann liebe, nicht mehr lieben kann, das ist …« Sie holte tief Luft und sprach dann mit voller Überzeugung aus, was sie nie gedacht hatte, dass sie so etwas je über Robert und sich sagen würde: »Das ist vorbei, endgültig vorbei!«

Es war vorbei, sie liebte ihn nicht mehr. Falks Herz begann unnatürlich heftig zu schlagen. »Aber du trennst dich räumlich nicht von ihm?«, wollte er weiter wissen.

»Richtig, wir werden vorerst weiter zusammenwohnen, uns das Penthouse teilen, bis wir uns darüber klar sind, wie es mit dem Hotel und auch mit uns weitergeht und vor allem, bis wir Lilly eingeweiht haben«, bestätigte sie und strich mit ihrem Daumen zart über seine Handfläche.

Ihre Nähe und ihre zarte Berührung brachten ihn kurzzeitig aus dem Takt, doch sein Wissensdurst war noch nicht gestillt. »Und … und Carlos?«

»Er hat eine Stelle in einem Hotel in Wiesbaden angenommen, in der Nähe seiner Wohnung, und Robert wird wohl des Öfteren bei ihm sein.« Ihre Stimme klang gefestigt und kein bisschen wehmütig.

»Und … und wie habt ihr vor, eure Zukunft zu gestalten?«

Cara zuckte mit den Schultern. »Mmmh, genau weiß ich das noch nicht … es kommt auf so vieles an.«

»Auf Lilly?«

»Oh Gott, dir gehen die Fragen wohl nie aus?!« Sie lachte belustigt auf, um aber sofort wieder ernst zu werden. »Nein, eigentlich nicht auf Lilly.« Cara berührte seine Wange sanft mit ihren Fingern und fixierte ihn eindringlich. »Es kommt zum Beispiel auf dich an.«

»Auf mich?!«, fragte er beinahe tonlos.

»Ja, auf dich«, wiederholte sie zaghaft.

Falk stieß heftig die Luft aus seinen Lungen, griff nach ihrer Hand auf seiner Wange und umschloss sie mit seinen Fingern. »Gut. Das ist gut«, er nickte wie zur Bestätigung, »ich bin froh, dass ich in deinen Gedanken eine Rolle spiele.«

Mit beiden Händen zog Cara seine Hand an ihre Brust und flüsterte mit gesenkten Lidern: »Du spielst nicht nur in meinen Gedanken eine Rolle, sondern auch in meinem Herzen …«

Kapitel 35

Ich spiele eine Rolle in deinem Herzen«, wiederholte Falk nun schon bestimmt zum zehnten Mal, während sie im *Traum am See* in seinem Apartment am Küchentisch saßen und frühstückten.

Nach Caras gefühlvollem Geständnis waren sie beide wie paralysiert gewesen und hatten sich für eine rasche Heimfahrt entschieden. Sie wussten zwar, es war noch nicht alles gesagt, aber für den gestrigen Abend mehr als genug. Nachdem sie mitten in der Nacht gegen vier Uhr wieder im Seehotel angekommen waren, hatten sie sich gemeinsam auf die große Couch im Wohnzimmer gekuschelt und waren binnen Sekunden eingeschlafen. Als Cara bereits um kurz vor acht Uhr wach geworden war, hatte sie zunächst bei Robert angerufen, dem es weiterhin besser ging, und war dann mit Falks Wagen nach Mainz ins Stadthotel gefahren, um dort zu duschen, Zähne zu putzen und sich frische Sachen anzuziehen. Auf dem Rückweg zum *Traum am See* hatte sie Frühstück besorgt und dort um kurz nach zehn einen immer noch tief schlafenden Falk vorgefunden. Mit einem zärtlichen Kuss hatte sie ihn geweckt und sein anfängliches Murren verflüchtigte sich in dem Moment, als er die Augen aufgeschlagen und Caras muntere Miene erblickt hatte.

»Ja, du spielst eine Rolle in meinem Herzen«, bestätigte Cara erneut, biss in ihr Brötchen und lächelte ihn liebevoll an. »Und wenn du möchtest, sage ich es dir immer und immer wieder.«

Falk stand auf, beugte sich zu ihr, legte seine Hand an ihre Brust und fragte abermals: »Wirklich in deinem Herz?«

»Ja.« Ein Strahlen erhellte ihr Gesicht. »Irgendwie hast du es geschafft, dich in einen Teil meines total auseinandergebrochenen Herzens einzunisten.«

»In einem kleinen oder einem etwas größeren Teil?«, wollte er wissen und zog sie zu sich hoch.

»Mmmh, in einem größeren … und ich hoffe, dass ich nach und nach all die anderen kleinen Bruchstücke auch wieder auflesen und zusammenkleben kann, sodass ich … noch nicht heute und wahrscheinlich auch nicht gleich morgen, aber irgendwann bestimmt bereit sein werde, dir mein ganzes Herz anzuvertrauen. Wenn du es dann überhaupt noch haben …«

Falks Mund beraubte sie der letzten Worte und ihres Atems. Hingebungsvoll erwiderte sie seinen Kuss und die Zeit schien stillzustehen. Die Sehnsucht, die sie beide trieb, fand Erfüllung in diesem einen, berauschenden Aufeinandertreffen ihrer Lippen.

Nur schwer konnte Cara sich aus seinen Armen und von seinen Lippen lösen, doch sie wollte nun auch endlich ihre letzte Frage mit ihm klären. »Ich möchte noch etwas von dir wissen und will eine ehrliche Antwort«, murmelte sie, noch immer ganz nah an ihn gepresst, noch immer seinen Atem in ihrem Gesicht spürend und noch immer in seinem innigen Blick versunken.

Er schob sie leicht von sich, tippte mit dem Finger auf seine Brust und sagte mit einem schiefen Grinsen: »Also, wenn hier jemand Punkte für Ehrlichkeit bekommt, dann ja wohl ich. *Ich* war immer ehrlich zu dir.«

Cara verdrehte die Augen. »Jaja, ich weiß. Du schon und ich … Na ja, nicht immer. Aber das war unbewusst und …«

»Von Angst gesteuert, ich weiß.« Sein Grinsen wurde breiter.

»Wie ich dich kenne, wirst du mir das Ganze wahrscheinlich länger unter die Nase reiben, oder?!«

»Das hat uns sechs Wochen gekostet, Cara, verdammte sechs Wochen.« Er umschloss ihre Handgelenke und schüttelte sie leicht.

»Oh ja, viel zu lang und das tut mir auch leid. Aber darf ich dir nun noch eine letzte Frage stellen?« Cara seufzte ergeben und trat einen Schritt zurück.

»Bitte leg los.« Liebevoll musterte er sie und setzte sich wieder an den Tisch.

Nervös trat sie von einem Bein aufs andere.

»Setz dich doch wieder.«

Cara schüttelte ihre Locken und blieb stehen. »Also, Robert und ich haben gestern vereinbart, dass ich im *Stadthotel* weniger arbeite. Jeremy ist ein super Ersatz für mich und so reicht es vorerst aus, wenn ich nur am Wochenanfang im Hotel bin und den Rest der Woche könnte ich … Ich könnte jetzt doch …«

»Jaaa?« Falk ahnte zwar, was kommen würde, doch er hielt sich zurück und wartete gespannt, wie Cara sich winden würde, bis sie dann endlich zum Punkt kam.

»Ich … ich würde gern … Natürlich nur, wenn du willst und meinst, es wäre okay … Aber wenn nicht, ist das auch vollkommen okay für mich. Ich meine, warum solltest du nach all dem und … Es läuft ja alles super und eigentlich brauchst du mich nicht als … Also, bestimmt brauchst du mich nicht, aber wenn doch, dann würde ich gern … Könnest du dir vorstellen, dass ich …« Cara sah ihn mit ihren großen grünen Augen Hilfe suchend an und konnte in seinem Gesicht lesen, dass er genau wusste, was sie ihn fragen wollte. »Du … du weißt doch, was ich meine … Was ich will, oder? Du sagst bloß nichts, um mich zu quälen. Du …«

»Ich genieße es, dich so stammeln zu hören.« Er grinste breit, stand auf und legte eine Hand auf ihre Wange. Der Schalk in seinen Augen und seiner Stimme war verschwunden, als er sagte: »Und ja, ich weiß, was du willst. Und ja, ich brauche dich hier an meiner Seite. Und ja, ich möchte immer noch, dass du Teilhaberin wirst.« Zart berührten seine Lippen ihre. »Ich will das sogar sehr, du würdest mir damit einen Herzenswunsch erfüllen.«

Cara bekam vor Freude feuchte Augen und konnte ihr Glück kaum fassen. Dachte sie noch vor ein paar Wochen, ihr Leben wäre nach Roberts Geständnis zerstört und sie würde nie wieder glücklich werden können, so blickte sie jetzt zufrieden auf gut zwanzig Jahre zurück, die sie an der Seite eines wunderbaren Mannes hatte verbringen dürfen, der sie aufrichtig und zärtlich geliebt hatte, und sah nun an der Seite Falks, der ihr offen und ehrlich seine Gefühle eingestand und nach dessen Leidenschaft sie sich sehnsüchtig verzehrte, ihre nahe Zukunft. Sie nahm sein Gesicht in beide Hände und gab ihm einen hingebungsvollen Kuss. »Ich … Danke. Ich würde dann von Donnerstagabend bis Montagmorgen eines der Zimmer für die Angestellten brauchen, weil ich nicht jeden Abend ins *Stadthotel* fahren möchte.«

»Du könntest auch das Gästezimmer hier in meinem Apartment bekommen«, bot er ihr ohne mit der Wimper zu zucken an.

»Hier? Das Gästezimmer?« Cara runzelte die Stirn.

»Ja.« Er strich ihr die Locken zur Seite, neigte sich vor und küsste zart ihren Hals.

»Mmmh …« Erschaudernd seufzte sie und legte ihre Hände an seine Hüften. »Ich …«

»Du könntest aber auch die Nächte in meinem neuen Schlafzimmer, wenn ich es dann mal von dir gezeigt bekomme«, er küsste sich ihren Hals empor, über ihre Wange zu ihrem Mund und knabberte zärtlich an ihrer Lippe, »neben mir in meinem Bett verbringen.«

»Du … du magst es doch nicht, wenn eine andere Person in deinem Zimmer schläft«, brachte Cara schwach hervor und wartete sehnsüchtig auf seinen Kuss.

»Für dich würde ich eine Ausnahme machen.« Seine Lippen entfernten sich wieder, streiften über ihre Stirn, küssten ihr Haar.

»Aber … aber was ist, wenn es dir zu viel wird?«, wollte sie schon ganz benebelt von seinen Liebkosungen wissen.

»Zu viel?« Er schmunzelte. »Sollte es mir irgendwann zu viel werden, schnappe ich mein Bettzeug und lege mich vor die offene Tür.« Sanft umfasste er ihr Gesicht. »Damit du nicht ganz allein bist.«

»Das würdest du für mich tun?« Ihre Augen weiteten sich und sie verschränkte ihre Finger in seinem Nacken, um ihn an sich zu ziehen.

Zärtlich küsste er ihre vollen Lippen und murmelte: »Ich würde noch viel mehr für dich tun, wenn du mich lassen würdest.«

»Mehr …«, brachte sie atemlos hervor und presste sich eng an ihn.

»Aber eines ist dir doch wohl klar«, resolut schob er sie ein wenig von sich, »wenn du so oft da bist, ich dich ständig sehen kann und du immer in meiner greifbaren Nähe bist, dann werden die Angestellten und Gäste mitbekommen, dass ich in dich verliebt bin. Was dann? Was, wenn ein Gast dich und Robert aus dem *Stadthotel* kennt?«

»Verliebt?!« Caras Augen bekamen einen verträumten Glanz.

Falk küsste ihre Nasenspitze und bekräftigte: »Klar bin ich verliebt. Ich bin in alles, was du bist und was du tust verliebt. Du hast mich verzaubert.«

»Ich … ich …«

»Du musst nichts dazu sagen und auch nichts erwidern«, beruhigte er sie rasch, als er meinte, so etwas wie Panik in ihrem Blick zu erkennen. »Es reicht vollkommen, dass du hier bei mir bist. Das ist alles, was ich will.« Verständnisvoll streichelte er ihre Wange. »Du weißt doch, alles was wir brauchen, ist Zeit.«

Cara konnte zunächst bloß nicken. Ergriffen und dankbar, dass er sie verstand und ihr die Zeit gab, die sie noch so dringend benötigte, schmiegte sie sich an ihn. Alles hätte in diesem Augenblick gut sein können, wäre da nicht Caras Verstand, der nicht aufhören konnte, zu grübeln. »Und wenn ich dir allein nicht mehr reiche?« Sie sah bekümmert zu ihm auf. »Wenn … wenn du mehr brauchst? Wenn du vielleicht Kinder willst oder heira…«

»Wenn es irgendwann soweit sein sollte, lasse ich es dich wissen, und dann finden wir auch dafür eine Lösung«, beruhigte Falk sie sogleich und drückte sie fest an sich. »Doch momentan brauche ich nicht mehr, als mit dir reden, dich ansehen und dich berühren zu dürfen.« Seine Finger streichelten sanft über ihren Rücken und er vergrub sein Gesicht in ihrem Haar. »Mehr brauche ich wirklich nicht.«

Mehr braucht Falk momentan nicht, wiederholte Cara für sich und genoss schweigend seine Nähe. Mit seinen Worten, seinem großen Vertrauen in ihre gemeinsame Zeit im Hier und Jetzt verflog mit einem Mal ein Großteil ihrer Angst vor der Zukunft, und auch Cara blickte plötzlich sehr viel positiver auf ihr kommendes Leben. »Ach Falk.« Cara unterbrach die Stille, griff nach seinen Händen und drückte sie ganz fest. »Du tust mir so gut. Und bitte lass uns heute nicht darüber nachdenken, was wäre wenn … Wenn uns jemand sieht … und auch über Lilly und Robert möchte ich nicht nachdenken« Sie fixierte ihn, in Erwartung einer Reaktion. Als Falk jedoch nur sanft lächelte und nickte, fügte sie hinzu: »Ich halte es heute mit Scarlett O`Hara und verschiebe alles Grüblerische auf morgen. Ich möchte nicht weiter in die Zukunft denken, ich möchte ganz einfach die Zeit mit dir genießen … Mehr will ich wirklich nicht.«

»Dann ist nun eines glasklar, wir beide wollen dasselbe. Aber …« Er überlegte kurz. »… darf ich dich trotzdem noch etwas zu Robert fragen? Es ist mir wirklich wichtig.«

Ihre Augen weiteten sich erstaunt, doch ohne Zögern antwortete sie: »Ja, klar.«

Falk räusperte sich. »Glaubst du, es besteht die Chance, dass dein Mann dein Herz zurückerobern kann … irgendwie … irgendwann?«

»Nein!« Cara schüttelte, ohne weiter darüber nachzudenken, wild den Kopf. »Nein, das glaube ich nicht. Er wird immer ein Teil von mir sein, immer. Aber die Chance, dass er sich noch einmal tiefer in mein Herz drängt, besteht nicht mehr.« Sie legte seine Hand an ihre Brust und sah ihn sehnsüchtig an. »Mein Herz schlägt zurzeit ausschließlich für dich und ich will, dass das noch ganz lange so bleibt.«

Aufseufzend sackten seine Schultern herunter und ein entspannter Ausdruck huschte über sein Gesicht. »Gut.«

»Ich werde die Hälfte der Woche hier bei dir sein und die andere Hälfte werde ich mich danach sehnen, wieder bei dir zu sein … So wird unsere nähere Zukunft aussehen, Herr Baringhaus.« Sie streckte sich ein wenig und hauchte einen Kuss auf seinen Mund.

»Sehr schön, Frau Sandberg.« Er hielt sie fest ihm Arm und erklärte schmunzelnd: »Dann haben Sie soeben mein ganzes Herz gewonnen – halbwöchig wohlgemerkt.«

Caras befreites Lachen hallte durch die Küche und verstummte erst, als Falk sie hingebungsvoll küsste und an ihren Lippen murmelte: »Wann bekomme ich denn nun endlich mein Schlafzimmer zu sehen?«

»Stimmt ja, die zwei fehlenden Zimmer«, brachte sie atemlos hervor und löste sich widerwillig von ihm. »Mmmh, zum Schlafzimmer kommen wir noch, erst möchte ich dir aber das kleine Eckzimmer zeigen. Komm …« Sie griff nach seiner Hand, zog ihn mit sich und öffnete die Tür.

»Oh … Wahnsinn …« Falk starrte, staunte und wusste nicht, was er sagen sollte.

In seinem Apartment, das er seit ein paar Wochen sporadisch bewohnte, hatte es nur zwei Räume gegeben, in denen er noch nicht gewesen war, weil Cara ihn darum gebeten hatte. Von der restlichen Einrichtung, dem riesigen Badezimmer, dem offenen Wohn- und Essbereich sowie der alten Hotelküche war er von Anfang an begeistert gewesen. Und auch in dem Raum, in dem er zurzeit nächtigte und das später einmal das Gästezimmer werden sollte, fühlte er sich pudelwohl. Die Dachterrasse war ein einziger Traum und noch mehr Kreativität als in den ihm bereits bekannten Räumen hatte er bestimmt nicht erwartet. Doch wie schon so oft überraschte Cara ihn mit etwas ganz Besonderem. Der kleinste Raum am Ende der Wohnung mit Aussicht in die Weinberge war für ihn bisher von wenig Interesse gewesen, da er dort mehr oder weniger ein zweites Gästezimmer erwartet hatte. Was er jedoch nun präsentiert bekam, war alles, nur kein einfaches Zimmer mehr.

»Wie hast du …«

Cara ließ ihn an der Tür stehen, schritt durch den Raum und drückte auf einen Knopf an seiner alten Jukebox. Als nur Sekunden später das gesamte Apartment sanft von Abbas *I have a Dream* beschallt wurde, sahen Falk und Cara sich intensiv an und murmelten gleichzeitig: »Unser Traum …«

Falk jagte eine Gänsehaut über den Rücken und er schaute sich sichtlich berührt um.

»Dieses Zimmer ist pure Technik und gleichzeitig Nostalgie.« Sie deutete auf den alten Paternoster, der gleich neben der Jukebox linkerhand im Sichtfeld der Tür als Blickfang stand, und sagte: »Öffne die Türen.«

Falk, der immer noch wie erstarrt war, setzte sich langsam in Bewegung und drückte die Türen vorsichtig auseinander, worauf sofort eine Lampe anging und das Innere des Paternosters beleuchtete. »Scheiße aber auch … Das ist ja verrückt.« Sein Blick fiel auf seine DVD-, CD- und Plattensammlungen, die fein säuberlich in Regale einsortiert waren. Er machte einen Schritt nach vorne und stand inmitten seiner größten Schätze. »Verrückt … Du bist absolut verrückt.«

»Gefällt es dir?«

»Da fragst du noch?!« Er trat wieder heraus und riss Cara ungestüm in die Arme. »Danke … danke, danke.« Er drückte ihr einen festen Kuss auf die Lippen. »Perfekt!«

»Von diesem Zimmer aus kannst du jeden anderen Raum individuell beschallen. Ich verstehe nicht viel von

Technik, aber der Fachmann hat mir gesagt, dass es hier nichts gibt, was es nicht gibt.«

Falk nickte begeistert und drehte sich in dem Raum um. Verblüfft haftete sich sein Blick auf einen Schaukelstuhl in der Ecke neben der Tür. »Das ist doch der von meiner Großtante.«

»Ja.«

»Und … und das ist doch der …«

»Genau, der ehemalige Empfangstresen, den du so gern retten wolltest. Ich habe ihn genau wie den Schaukelstuhl restaurieren lassen, damit du all deine Erinnerungen an einem Platz hast.« Sie stellte sich hinter den Tresen, der nunmehr als Bar diente. »Hier kannst du dich zurückziehen, wenn dir mal alles ›zu viel‹ wird.« Sie malte kichernd Gänsefüßchen in die Luft. »Du kannst dir einen Drink mixen, in deinen Platten stöbern oder es dir in dem Schaukelstuhl gemütlich machen und ein Buch lesen. Und übrigens …« Cara trat hinter der Bar hervor und zeigte auf ein Bild an der Wand. »Kennst du die Ansicht?«

»Das ist doch die alte Fotografie des Hotels, als es noch *Zum einsamen Wels* hieß, mit der ich dich bei unserem ersten Zusammentreffen bereits beeindruckt habe …«

»Genau, damit hat alles angefangen.« Sie lächelte selig.

»Traumhaft …« Falk war geplättet und zeigte auf ein weiteres Bild an der Wand. »Und da, eine von deinen eigenen Zeichnungen.«

»Schau mal genau hin und blättere weiter.«

»Blättern?« Er stellte sich vor das Kunstwerk und beäugte es. Bei dem Bild handelte es sich nicht einfach um eine Zeichnung, sondern es war wie ein Buch gestaltet. In dem kleinen Rahmen fand sich jeder einzelne Entwurf wieder, den Cara skizziert hatte, und von der Malerin Carm jetzt kunstvoll in Szene gesetzt im gesamten Hotel zu bewundern war.

»Du kannst dir je nach Stimmung aussuchen, welches deine Wand verziert.« Sie lehnte sich an den Tresen und sah Falk erwartungsvoll an. »Gefällt es dir?«

Falk löste seinen Blick von den Bildern und sank in den Schaukelstuhl. »Es ist traumhaft.«

Ein zufriedenes Strahlen überzog Caras Gesicht. »Ja, das ist es …«

Tief berührt von Caras liebevoller Gestaltung, erkundeten seine Augen jeden Winkel des Zimmers. »Du hast dich in mich hineinversetzt und alles, was ich liebe, an einem Ort versammelt. Noch nie hat jemand so etwas Wundervolles für mich getan. Danke.«

»Dann wurde es aber mal Zeit.« Sie stellte sich vor ihn und reichte ihm die Hand. »Komm!«

Er umfasste ihre Hand und stand auf. »Was jetzt?«

»Was jetzt?!«, ahmte sie ihn kichernd nach und gab ihm einen zarten Kuss auf die Wange. »Bist du bereit für dein neues Schlafzimmer?«

»Schlafzimmer?! Puh, ja, und wie ich das bin.« Er hob sie hoch und wirbelte lachend mit ihr durch den kleinen Raum. »Ja, ist denn schon Oktober?«

Cara lachte ebenfalls lauthals, löste sich von ihm und trat an die Jukebox. »Na, dann lass uns doch mal ›*Das weise Radio*‹ befragen, ob unsere Zeit gekommen ist.« Sie drückte auf eine beliebige Zahlenkombination und wartete gespannt ab.

Im nächsten Moment tönte aus den Boxen ein Schlager von Howard Carpendale und Cara und Falk lauschten erwartungsvoll. Nach einem kurzen Augenblick des stillen Zuhörens, sahen sie sich zunächst verblüfft und im nächsten Moment strahlend an …

»*… irgendwann ist jetzt, irgendwo ist hier, das ist unsere Zeit …*«

Kapitel 36

»Das … das Bild …«, war das erste, was Falk nahezu tonlos hervorbrachte, gefesselt vom Anblick des riesigen Gemäldes von gut ein auf zwei Metern, das über dem ebenfalls riesigen Bett hing. Trotz der immensen Größe erkannte man auf dem Bild nur schemenhaft einen nackten, muskulösen Mann mit leicht aufgerichtetem Oberkörper, der unter einer ebenfalls unverhüllten Frau lag, die rittlings auf ihm saß und deren makelloser Körper sich grazil nach hinten bog. Dabei umfasste eine seiner Hände eine Brust von ihr und einzig und allein das wildgelockte, flammendrote Haar ihres in den Nacken geneigten Kopfes war hier das absolute Highlight. »Sie hat Locken«, murmelte Falk und fuhr fasziniert durch Caras rote Mähne, ohne die Augen von dem Gemälde zu nehmen. »Du hast dich daran erinnert, dass mir diese Zeichnung besonders gut gefallen hat?!«

»Ja, natürlich.« Sie neigte ihren Kopf ein wenig nach vorne und genoss seine Finger, die mit ihren Locken spielten und sachte ihren empfindsamen Nacken entlangstrichen, was ihr einen leisen Seufzer entlockte.

Falk vergaß schlagartig das Bild, sein neues Schlafzimmer, sein Hotel. Das Einzige, was er wahrnahm, war Cara und ihre Reaktion auf seine unschuldige Berührung. Er zog sie an sich, bedeckte ihr Gesicht mit spielerischen Küssen und raunte an ihren Lippen: »Du bist einfach traumhaft …« Sein Mund verschloss ihren und aus dem zunächst zärtlichen Kuss wurde in Sekunden ein hitziges Spiel ihrer Zungen. Laut hämmerte ihr Herz gegen seinen Brustkorb und in seinem Gefühlsüberschwang warf er sich im nächsten Moment gemeinsam mit ihr auf sein neues Bett, das annähernd die Hälfte des Raumes einnahm. Sie versanken in einem Berg von Kissen und mussten trotz aller Erregung lachen.

»Du hast wirklich an alles gedacht.« Er drückte sie fest an sich und küsste sie erneut. Zwischen ihrem heißen Zungenspiel brachte er mühsam hervor: »Nur an eines anscheinend nicht …«

»An was?«, wollte sie sogleich in ihrem Stolz getroffen wissen und schob ihn mit den Händen ein wenig von sich.

»Nicht dass das große Bett nicht der Wahnsinn wäre, aber wo ist mein geliebtes Wasserbett abgeblieben?« Falk drehte sich mit Schwung über sie, legte sich glücklich lachend mit weit ausgebreiteten Armen in die Mitte des Betts und fuhr in Sekundenschnelle wieder hoch. »Cara … Was …?« Er schaute sie mit weitaufgerissenen Augen an und wippte im Sitzen ein paar Mal auf und ab. »Es schaukelt …«

»Klar, ist ja auch dein Wasserbett.« Cara grinste breit und hob mahnend den Finger. »Sie haben doch nicht etwa an meinem Perfektionismus gezweifelt, Herr Baringhaus.«

»Nein, bestimmt nicht.« Falk schmiss sich erneut nach hinten und rollte sich von einer Seite zur anderen, bis er wieder neben Cara liegen blieb. »Warum ist es so groß, nein, nicht warum, sondern wie? Wie hast du das gemacht, Perfekt-Poppins?«

Glücklich über seine offensichtliche Freude schmiegte sie sich an ihn und beantwortete seine Frage lächelnd: »Das ›Warum‹ ist einfach. Ich dachte mir, dass wenn du dein Schlafzimmer mit irgendjemandem teilen wirst, dann …«

»Mit dir«, wandte er ein und küsste sanft ihr Haar.

Ein wohliger Schauer rann über Caras Rücken und sie schaute strahlend zu ihm auf. »… dann möchte ich dir doch trotzdem den Freiraum ermöglichen, den du brauchst.« Sie küsste ihn verführerisch und erklärte sogleich weiter: »Und da du dein Wasserbett ja so gern magst, habe ich mir überlegt, wie man es vergrößern könnte, und dann zu deinem Zweimeterbett noch auf jede Seite ein gut ein Meter breites Bett mit normaler Matratze anbauen lassen und dasselbe auch an die gesamte Fußfront … und so hast du jetzt eine gut vier auf drei Meter breite Liegewiese …«

»Spielwiese«, verbesserte er sie und zog sie schwungvoll auf sich. »Unsere Spielwiese, Cara.«

Eine sanfte Röte stieg ihr in die Wangen, als sie mit ihren Händen sein Gesicht umschloss und ihm tief in die Augen sah. »Mmmh-mmh, also die Liege…«

»Spiel!« Er hob den Kopf ein wenig an und küsste sie mit einer Leidenschaft, die Caras Atem stocken ließ. Als er dann noch sanft seine Hände unter ihr Kleid schob, an ihren halterlosen Strümpfen vorbei über ein Nichts von String und besitzergreifend ihre nackten Pobacken umfasste, raubte er Cara zum wiederholten Mal den Atem. »Du bist die aufregendste Frau, der ich je begegnet bin … Ich will dich so verdammt …«

Sein genussvolles Aufstöhnen, seine Zunge, die ihre ungestüm umspielte, und sein heiseres Murmeln versetzten sie in einen Sinnestaumel, den sie nie zuvor erlebt hatte. Ihre Hände gruben sich in seine Haare und sie erwiderte seine sehnsuchtsvollen Küsse mit einer bis dato für sie unbekannten Hingabe. Ihr Körper bebte vor Verlangen, ihr Herz begann, in einem Takt zu schlagen, der in Sekundenschnelle ein Feuer in ihr entfachte, das sie hemmungslos werden und jegliche Kontrolle über Körper und Geist aufgeben ließ. Sie war hier, um geliebt zu werden – so wie sie es sich über Jahre nie hatte vorstellen können und sich erst, seit sie Falk kannte, in ihren kühnsten Träumen ausmalte. Das war es, was Cara in ihrem bisherigen Leben nicht gekannt und ihr unbewusst gefehlt hatte – bedingungslose Hingabe, Fallenlassen, Kontrollverlust und sich vertrauensvoll führen lassen. Einfach auf ihr Gefühl, ihren Instinkt vertrauen, ohne groß nachzudenken.

In ihren Gedanken kam nicht für eine Sekunde ihr Ehemann vor, einzig und allein Falk war da – ob sie die Augen offen oder geschlossen hatte. »Falk«, wisperte sie zwischen nicht enden wollenden Küssen, »ich … ich will dich.« Sie öffnete die Augen und traf auf seinen glühenden Blick. »Dich, und nur dich!«

Zwei intensiv grün leuchtende Augenpaare versanken ineinander, glommen vor Leidenschaft und strahlten vor Glück. Nichts nahmen sie wahr, außer sich und ihre zu stillende Begierde.

»Ich will dich auch.« Sanft drehte er sich mit ihr, sodass er ihren Körper halb bedeckte. »Dich – mit Herz und Seele.«

Sie grub ihre Finger in seinen Nacken und zog ihn an sich. »Ja, mit Herz und Seele …«, erwiderte sie zitternd vor Erregung, »… du hast beides.«

Cara fröstelte es und sie zog sich die Decke fester um die Schultern. Ihr Blick richtete sich in der Dunkelheit auf den vom Mond in gleißendes Licht getauchten See, der herrlich funkelte. Noch war alles still um sie herum, noch herrschte eine beinahe gespenstige Ruhe. Doch wenn in wenigen Stunden die ersten Gäste den Weg zwischen den Bäumen entlangfuhren und zum ersten Mal das *Traum am See* erblickten, würde sich das alles ändern. Cara drehte sich um und schaute auf das alte Gebäude, das durch ein paar wenige Laternen und Lampen sanft beleuchtet war und traumhaft aussah. Es fröstelte sie erneut, dieses Mal jedoch vor Vorfreude und Aufregung. Sie nahm auf einem der Stühle auf dem Steg Platz, wickelte sich fest in ihre Decke und setzte sich so, dass sie Hotel sowie See im Blick hatte.

Es war kurz vor sechs Uhr und Cara hatte die halbe Nacht wachgelegen. Immer wieder grübelte sie darüber, ob sie und Falk auch wirklich an alles gedacht hatten. Nachdem das Probewochenende überaus erfolgreich verlaufen war und es von den Gästen bei deren Abreise am Sonntagmorgen mehr Lob als Kritik gegeben hatte, hatten sie die wenigen Verbesserungsvorschläge schnellstens umgesetzt. Dies hatte aufgrund der geringen Mängel nicht allzu viel Zeit in Anspruch genommen und es folgten die Vorbereitungen für die offizielle Eröffnung am Dienstagnachmittag.

Sie hatten den Empfang für sechzehn Uhr terminiert und es waren knapp einhundert Personen ihrer Einladung gefolgt. Falk hatte jeden einzelnen Gast freudestrahlend in der Lobby willkommen geheißen und im Anschluss eine kurze Begrüßungsansprache im Restaurant gehalten, das für diesen Anlass nur mit von edlen weinroten Hussen bedeckten Bistrotischen ausgestattet worden war. Auch Cara hatte kurz das Wort ergriffen und einen kleinen Abriss über Falks Wünsche und Träume und die daraus gemeinsam konzipierten Ideen, was das Hotel *Traum am See* betraf, gegeben. In den letzten Wochen hatte sie die Mitarbeiter gezielt für diesen Tag geschult, damit sie die Gäste im *Traum am See* herumführen und eventuell aufkommende Frage gewissenhaft beantworten konnten. In Zehnergruppen eingeteilt waren sie aufgebrochen und hatten den Journalisten, Reisebürobesitzern, Hotelbloggern, Winzern, lokalen Politikern und zukünftigen Partnern der besonderen Arrangements die Philosophie ihres Traums nähergebracht. Cara sowie Falk hatten sich gezielt um die Medienvertreter gekümmert, sodass sie schon wenige Stunden nach Mitternacht die ersten Empfehlungen im Internet hatten nachlesen können. Für jede Gruppe gab es ein kleines, exklusives Highlight wie eine Whiskey-, Wein- oder Bierprobe, einen kleinen Koch- oder Tanzkurs, einen meditativ geführten Spaziergang, einen astrologischen Vortrag, ein Wissensquiz rund um den heimischen Obst- und Gemüseanbau sowie eine Fahrt in die Weinberge. Cara hatte zuvor Stunden damit verbracht, die richtige Mischung der Präsentationen mit den passenden Gästen zu kombinieren und hatte, wie schon so oft, ein gutes Händchen bewiesen – alle waren restlos begeistert gewesen. Um dreiundzwanzig Uhr hatte sich die Gesellschaft aufgelöst und erneut war ein geschäftiges Treiben unter den Angestellten ausgebrochen, um für den nächsten Tag alles auf den Punkt genau fertigzustellen, sodass die »echten« Gäste sich vom ersten Augenblick an wohlfühlen würden.

Cara schrak aus ihren Gedanken hoch, als sie ein Geräusch hörte und sah Falk, der gerade aus dem Hoteleingang trat und die Tür hinter sich schloss. Er schaute sich kurz suchend um, entdeckte sie und kam auf sie zu. Sofort spürte sie diesen sehnsuchtsvollen Schmerz in sich. Sehnsucht nach dem Mann, der sie selbstlos auffing und die Geister der nahen Vergangenheit für sie erträglich machte.

Vergangenheit – Caras Miene verdunkelte sich ein wenig. Ursprünglich hatte Falk auch Robert zu dem gestrigen Abend eingeladen, der jedoch durch seinen Krankenhausaufenthalt nicht dabei sein konnte. Und insgeheim hatte sie ihn auch nicht vermisst, denn für sie sollte das *Traum am See* das bleiben was es war – Falks und ihr

Traum, und Robert gehörte nicht dazu. Cara senkte die Lider und atmete mehrmals kräftig durch. Er gehörte nicht mehr dazu – nicht zu ihr. Für eine noch unbestimmte Zeit würden sie Partner im *Stadthotel* sein und danach würde er einzig und allein als Lillys Vater in ihrem zukünftigen Leben präsent bleiben. Und auch wenn der Druck auf ihrer Brust beim Gedanken an ihren Noch-Ehemann unsäglich brennend war und es ihr unwillkürlich die Tränen in die Augen trieb, so wusste sie doch, dass nun endgültig ein neuer Lebensabschnitt angefangen hatte, den sie ohne Robert gehen musste – und auch gehen wollte.

»Cara?« Sie hob die Lider, als Falk ihren Namen wie eine zärtliche Liebkosung aussprach. Er stand dicht vor ihr und sah sie fragend an. »Geht es dir gut?« Er strich ihr mit den Fingern die wirren Locken aus dem Gesicht und betrachtete sie prüfend. Beim Blick in ihre Augen wusste Falk sofort, dass sich ihre Gedanken um Robert drehten. Und auch wenn es ihm, wie jedes Mal, einen kleinen Stich versetzte, nahm er ihre Hand und zog Cara hoch an seine Brust. Seine Arme umschlossen sie fest und er küsste liebevoll ihr Haar. »Es ist normal, dass du an ihn denkst und traurig bist.« Er schaute sie an und streichelte dabei beruhigend über ihren Rücken.

Cara nickte nur, verblüfft, dass Falk sie schon so gut kannte und erahnte, was sie gerade beschäftigte.

»Ich bin aufgewacht, weil du nicht mehr da warst. Das ist kein gutes Zeichen, Frau Sandberg. Du bringst mich dazu, dich zu vermissen, obwohl ich es doch gewohnt bin, allein zu schlafen«, versuchte er zu scherzen und hauchte einen Kuss auf ihre Lippen. Sie erzitterte leicht, jedoch blieb ihre Miene ernst. Mitfühlend fragte er: »Was beschäftigt dich?«

Sie fixierte ihn fest mit ihren großen, grünen Augen und brachte zögernd hervor: »Meinst du, Robert ahnt etwas von … von uns?«

Falk überlegte kurz und antwortete dann ehrlich: »Mmmh, ich denke schon. Ist das schlimm für dich?«

»Nein, nein«, wehrte sie entschieden ab, »nicht schlimm. Ich habe eh schon einmal kurz darüber nachgedacht, ihm von meinen Gefühlen für dich zu erzählen. Aber es ist einfach alles …« Sie brach ab und senkte die

Lider. Es tat immer noch unsagbar weh, über Robert nachzudenken, über ihn zu reden, seinen Namen zu hören oder ihn selbst auszusprechen – es zerriss ihr ein jedes Mal das Herz. »Es ist einfach alles komisch, surreal, belastend, verrückt, traurig, schön, unwirklich, verwirrend und … und doch so traumhaft?!«

Er drückte sie fest an sich und flüsterte an ihrem Ohr: »Ja, ich glaube, das alles ist es und so wird es auch noch eine Weile sein. Wir können wirklich nicht erwarten, dass unsere Situation von heut auf morgen normal sein wird.« Er legte seine Finger unter ihr Kinn und hob es sanft an. Aus großen, feuchten Augen sah sie ihm entgegen und versuchte zu lächeln, was ihr jedoch kläglich misslang. Mit einem hilflosen Schulterzucken quittiere sie seine Worte, während Tränen ihre Wangen benetzten. Falk küsste sie behutsam weg und sprach liebevoll weiter: »Das alles darf sein … Muss zurzeit sogar so sein. Gott, Cara, im letzten halben Jahr ist so viel passiert – dir passiert. Alles was wir … Nein, was du brauchst, ist …«

»Zeit. Ich weiß.« Mit einem Mal störten sie ihre schmerzvollen Tränen, ihre wirren Gedanken, ihre unzähligen Gefühle nicht mehr. Sie spürte, dass all das so sein sollte, jede ihrer Emotionen momentan ihre volle Daseinsberechtigung hatte und atmete erleichtert auf. Sich einzugestehen, dass alles gut war, wie es ist, nahm ihr die Schwere vom Herz und ließ sie augenblicklich wieder positiv in die Zukunft schauen. Zärtlich legte sie ihre Hände auf Falks Wangen und küsste ihn voller Hingabe, mit ganzem Herzen. Falk und sein Traumhotel waren ihre Gegenwart und würden vielleicht auch ihre Zukunft werden. Doch darüber wollte sie noch nicht nachdenken. Cara wusste nun, dass sie ihre Vergangenheit, die sie in ihrer Weiterentwicklung hemmte, loslassen musste, und dass sie nicht allzu weit in die Zukunft, deren Ungewissheit sie ängstigte, denken sollte. Ab sofort würde nur noch der Augenblick für sie zählen!

Falk, der zwar nichts von Caras geheimsten Gedanken mitbekam, spürte, wie sie sich in seinen Armen entspannte. Ihr Kuss war sehnsuchtsvoll und drückte für ihn all das aus, was er wissen musste – Cara ließ sich auf ihn, auf ein gemeinsames Wir ein und mehr brauchte er nicht. Die Zeit spielte für ihn – für sie beide.

Er löste sich sanft von ihr, zog ihr die Decke fester um die Schultern, stellte sich hinter sie und drehte sie Richtung Hotel. Seine Arme umschlossen ihre Taille und Cara lehnte ihren Kopf an seine Brust. Gedankenverloren umfasste sie den Schlüsselanhänger an ihrer Kette.

»Ich wollte dir auch noch etwas geben«, flüsterte Falk an ihrem Ohr und hielt ihr eine geschlossene Hand hin.

»Was ist da drin?«

»Mach sie auf.«

Sanft löste Cara seine Finger und erstarrte.

»*Dein* Schlüssel zu *deinem Traum am See*.« Er knabberte zärtlich an ihrem Hals. »Wenn du ihn noch willst.«

Sie schluckte schwer, griff danach und presste den Schlüssel fest gegen ihre Brust. Sie neigte den Kopf seitlich und sah in Falks Gesicht, der sie glücklich anstrahlte. »*Unser* Traum am See.«

»Ja.« Er hauchte einen Kuss auf ihre Nasenspitze und richtete den Blick wieder aufs Hotel.

Auch Cara wandte den Kopf und lächelte glücklich.

Schweigend betrachteten sie ihr *Traum am See*. Die aufgehende Sonne tauchte den Himmel sowie das alte Gebäude in ein sanftes orangerotes Licht, der Duft gegorener Trauben lag in der Luft und eine leichte Brise wehte über den See. Caras und Falks Herzen begannen zeitgleich wie wild zu schlagen und sie atmeten tief ein und genossen die Aussicht auf ihr gemeinsam vollbrachtes Werk.

Falk umschloss sie noch fester und murmelte: »Es ist einfach …«

»… traumhaft«, beendete Cara seinen Satz und küsste ihn zart auf die Wange, ohne den Blick von dem Hotel zu nehmen. »Ja, das ist es – alles ist traumhaft …«

Liebe Zukunfts-Cara,
bin ich im Jahr 2028 glücklich oder nicht, das ist meine Frage.
Wie sieht mein Leben kurz vor der 50 aus?
Was macht mein Lillykind? Ist sie verliebt oder vielleicht schon verheiratet? Bin ich etwa schon Oma? (Oh Gott)
Wie geht es meinen Eltern – sind sie nach all den Jahren sesshaft geworden? (Ich habe da so meine Zweifel)
Wie geht es Robert? Und Carlos? Sind sie noch zusammen?
Bin ich geschieden?
Arbeite ich noch im Stadthotel oder widme ich mich ganz meiner Teilhaberschaft im »Traum am See«?
Fragen über Fragen.
Und jetzt die zurzeit wichtigste für mich:
Haben Falk und ich eine Zukunft miteinander gefunden?
Habe ich ihm mein Herz geschenkt und zugelassen, von ihm geliebt zu werden?
Ich selbst kann heute noch nicht sagen, ob ich irgendwann bereit sein werde, ihm mehr als nur einen Teil meines Herzens anzuvertrauen, aber ich wünsche mir sehnlichst, dass ich es schaffe – irgendwann. Alles, was ich brauche, ist Zeit, beruhigt mich Falk ja immer wieder. Ich hoffe, er behält recht. Zehn Jahre sind dann wohl mal Zeit genug, und ich müsste mein Leben bis dahin wieder im Griff haben und glücklich sein (hoffentlich mit Falk) und in meinem Hotel am See leben (hoffentlich mit Falk im »Traum am See«) und mein Leben in vollen Zügen genießen (hoffentlich mit Falk) und …
Wie ich gerade bemerke, spielt Falk in meinen Gedanken eine größere Rolle, als ich bisher glaubte … Nein, als ich bis heute zuließ. Unglaublich, wie dieser Kerl sich klammheimlich in mein Leben und in mein Herz geschlichen hat. Hoffentlich ist er, wenn ich diesen Brief erhalte, immer noch da. Ich glaube, das ist momentan einer meiner größten Wünsche (ganz knapp nach dem Wunsch, dass mein geliebtes Lillykind wieder nach Hause kommt) … vergiss und streich das »Ich glaube« – es ist einer meiner größten Wünsche!
Mit Falk mein Leben zu teilen, ihn lieben zu lernen, mich ganz auf ihn einzulassen und meine leidenschaftliche Seite mit ihm auszuleben, steht zurzeit auf Platz eins meiner Lebenswunschliste!

Während ich mir diesen Brief schreibe, läuft im Hintergrund der Song »Granted« von Josh Groban – »Das weise Radio« hat mal wieder zugeschlagen. Der Text passt auf MEIN Leben wie die Faust aufs Auge …

»… wenn du einen Traum hast, jage ihn!
Wenn du Hoffnung hast, verschwende sie nicht!
Wenn du Liebe findest, umarme sie!
Und nimm niemals einen einzigen Atemzug als selbstverständlich hin!
Die Geschichte gehört dir, schreibe sie!
Morgen ist unbestimmt!
Unsere Tage auf diesem Planeten werden gezählt …«

Ich muss jetzt los, gleich kommen die ersten Gäste ins »Traum am See«.
Liebe Zukunfts-Cara, ich werde alles dafür tun, dass ich in zehn Jahren ein glückliches Leben führe, das verspreche ich uns.
ICH, glücklich und positiv denkend am 3. Oktober 2018

Danke

Natürlich geht mein Dank auch dieses Mal an ganz viele liebe Unterstützer sowie meine Familie, Freunde und all die wunderbaren Bloggerinnen, aber mein größter Dank geht wieder an meine liebe »Erbse« Uli – Danke von Herzen …

Über die Autorin

Wenn Träume plötzlich funkeln ist bereits der achte Roman der Autorin. Inspiriert durch Musik schrieb Mary Kuniz bereits von 2012 bis 2017 ihre »Finnisch«-Trilogie – *Versuchung küsst finnisch, Liebe lebt finnisch* und *Für immer und finnisch* – die seit Januar 2019 als Neuveröffentlichung von „feelings emotional ebooks" komplett überarbeitet und in neuem Outfit präsentiert wird. Ebenfalls im »feelings emotional e-books«-Verlag sind drei weitere Liebesromane – *Nur dieser eine Tag* sowie die Fortsetzung *Nur dieses eine Leben* und die romantische Geschichte *Irgendwann vielleicht Wir* – erschienen. Mit ihren Liebesromanen lädt Mary Kuniz ihre Leserinnen zum Träumen ein – sie schreibt von starken Frauen, die immer noch an die große Liebe glauben. Selbstliebe und ein starkes Ich sind das, was ihre Protagonistinnen um die Dreißig entweder bereits in sich tragen oder auf ihrem Weg verloren haben und wiederfinden wollen.

Mit *Vergiss die Vergangenheit,* einem Romantikthriller, hat sich die Autorin erstmals an ein neues Genre gewagt und wird in diesem sowie in der Liebesromansparte noch einige Geschichten niederschreiben.

Die 1970 geborene Autorin lebt mit ihrem Mann und ihren drei Kindern in einem kleinen Dorf in Rheinhessen, in dem sie sich die Zeit nimmt und die Muse findet, die in ihrem Kopf herumschwirrenden Ideen auf Papier zu bringen.

Für alle wichtigen Infos rund um ihre Bücher:
Website: www.marykuniz.de
Facebook: https://www.facebook.com/marykuniz/
Instagram: marykuniz_autorin
kontakt@marykuniz.de

Die weiteren Werke der Autorin finden Sie auf den nächsten Seiten.

Die »Finnisch«-Trilogie:

Band 1 – »Versuchung küsst finnisch«

Ein unverhoffter Kuss, wiederentdeckte Gefühle und jede Menge Chaos. Hat die Liebe zwischen der introvertierten Mainzerin Emilia und dem finnischen Rockstar Panu eine Chance?

Band 2 – »Liebe lebt finnisch«

Eine Liebe zwischen Neuanfang und Altlasten. Können Emilia und Panu gemeinsam glücklich werden? Ein Neustart und alte Muster stellen die junge Beziehung immer wieder auf eine harte Probe.

Band 3 – »Für immer und finnisch«

Sie haben es geschafft! Emilia und Panu könnten endlich glücklich sein, käme ihnen nicht die Vergangenheit immer wieder in die Quere. Der finale Band der Finnland-Reihe bringt die Liebenden erneut an ihre Grenzen.

Die etwas andere Begegnung:

»Nur dieser eine Tag«

Die Begegnung mit Krischan stellt Gretas Leben völlig auf den Kopf. Ein Mann, der sie alles überdenken lässt, ein Tag, der das Leben verändert. Ein bewegender Roman über das Schicksal und die Macht der Entscheidung.

»Nur dieses eine Leben«

Der berührende Kampf einer Frau für ihre große Liebe und gegen eine Krankheit, die alles zu verschlucken droht, was ihr wichtig ist. Nach „Nur dieser eine Tag" bekommt die Liebe von Greta und Krischan eine zweite Chance. Ein mitreißender Liebesroman.

Eine romantische Geschichte über die unmögliche Möglichkeit der Liebe – hoffnungsvoll, leidenschaftlich, kompliziert, beherzt.

Helena Treu führt seit Jahren ein glückliches und zufriedenes Leben, bis plötzlich ihre geliebte Großmutter stirbt und ihr eine Finca auf Ibiza vermacht.
Nicht nur ihr Wunsch, auf die Baleareninsel auszuwandern, erfordert Mut. Die weitaus größere Herausforderung birgt die Begegnung mit dem gutaussehenden und charmanten Schreiner Jo. Obwohl er zwölf Jahre jünger ist als Helena, stellt er ihr Leben vollkommen auf den Kopf – und stiehlt sich gleichzeitig gegen ihren Willen in ihr Herz. Und Helena merkt: Sie will sich gar nicht gegen eine neue Liebe wehren. Sie will mit Jo zusammen sein, egal, was andere über das ungleiche Paar denken. Doch bald gibt es die ersten Schwierigkeiten, und damit kommen die Fragezeichen. Hat die außergewöhnliche Liebe von Helena und Jo überhaupt eine Chance? Und kann sie Helenas eigenen Zweifeln standhalten? Oder ergreift Helena doch die Flucht nach Ibiza?

Perfide. Spannend. Unvorhersehbar.
Der erste Romantikthriller von Mary Kuniz.

Eine grausame Schändung der *Schwester* …
Ein unfassbarer Mord des *Vaters* …
Ein *Mann*, der nicht verstehen kann …
Eine *Frau*, die nur vergessen will …
Eine *Suche*, die nie geführt wurde …

Vincenzo Montebello begibt sich auf die Suche nach Wahrheiten, um die schmerzvolle Vergangenheit endlich verstehen, vergessen und verzeihen zu können. Dabei trifft er auf eine Frau, deren Leben ebenfalls von unsagbarem Leid geprägt und unausweichlich mit seinem verbunden ist. Wird es ihnen möglich sein, gemeinsam Licht in die Geheimnisse um die entsetzlichen Verbrechen zu bringen?
Und können sie sich trotz langsam aufkeimender Gefühle füreinander überhaupt vertrauen?

»Der alte Grundsatz ›Auge um Auge‹ macht schließlich alle blind.« *Martin Luther King*

Printed in Poland
by Amazon Fulfillment
Poland Sp. z o.o., Wrocław

53925575R00213